豆腐小僧
京極夏彦

文庫版

豆腐小僧双六道中ふりだし

京極夏彦

角川文庫 16495

○目次

口絵造形製作／荒井　良
口絵デザイン／ＦＩＳＣＯ

文庫版　豆腐小僧双六道中ふりだし

妖怪のお話をさせて戴きます。

所謂《いわゆる》化け物話でございますが——この化け物と申しますもの、ひと頃は一段低いもの、下賤《げせん》なものとして扱われておりましたようでございますな。

文明開化からこっち、お化け語るは無知蒙昧《むちもうまい》、化け物論ずるは品性下劣と、決まっておったような次第でございます。偉いお方は馬鹿馬鹿しいとお顔を顰《しか》め、賢いお方は子供騙《だま》しの戯言《ざれごと》と、鼻で笑って相手にしない、それが世間様の通り相場でございました。

いずれにしても長い間ぞんざいな扱いを受けて参りましたものでございますが、最近はそうでもなくなりましたようで——例えば学問の分野などでも真面目《まじめ》に取り上げるむきが増えて参りましたようでございますな。

これはまことに結構なことでございましょうな。何であっても真面目にやるてェのは結構なことでございます。結構なことではございますけれども、お化けが持て囃されますてェと、それはそれで困ったこともある訳でございまして——。

いやはやお化けの評価が上がったのではなくって、世間様のレヴェルの方が下がっちまったのじゃあないのかいと思われるようなことも、多々ございますですな。

中にはこんなことをお尋《き》きになる方もいらっしゃいます。

「妖怪ってのは、本当に居るんでしょうかな——」

これは返答に困ってしまいますな。

ホラー映画だとかテレビの心霊特番だとか、昨今そうしたモノが流行《はや》ってもおりましょうから、まあ仕方がないことなのかもしれませんけれども、妖怪なんてえものは未確認動物《UMA》じゃあないんですから、居るか居ないかと問われましても、これ答えようがございません。尤《もっと》もツチノコだってチュパカブラだって居るんだか居ないんだか判りやしませんから、答えようがないという意味では一緒なんでございますが。

それでもUMAの場合、

「居ねーよ」

「居るって」

という議論が、まあ多少は出来ましょう。

ところが妖怪の場合は、これ、するだけ虚《むな》しいですな。居るとか居ないとかいう言葉がどうも似合いません。

これはいったいどうしてだろう、てなことをつらつら考えますに——そもそも妖怪と申します言葉は、単に怪しいというだけの意味しかない言葉だった訳でございますな。

古くはようけ、などと読んでいたこともございましたようで、これは奇ッ怪だの怪異だのという言葉と意味は変わりません。そうなりますてェと、居るも居ないも筋違いというものでございましょう。

まあ、小難しいことをぐだぐだ申しましても始まらない訳でございますが、要するに怪しいモノゴトという意味だったのでございます。

ただ、江戸も半ばを過ぎました頃に、化け物てぇモノが出来上がりますな。これは、まあ滑稽なもんでございましょう。いや、元は怖いモノ、恐ろしいコトでもあった訳でございましょうが、まあ絵に描かれちまえば文字通り絵に描いた餅。齧りも殴りも致しません。江戸の化け物と申しますのは、お子様の玩具《おもちゃ》、要するにお化けでございます。それを洒落者《しゃれもの》が気取って妖怪と書き表したりも致しましてね。ただ、これにはちゃんと、ばけもの、とルビが振ってあった訳でございますが。

それからそれから。

文明開化を過ぎますてェと、無知やら蒙昧やらが馬鹿にされる時代がやって参ります。古臭いことを申しますてぇと、

「なんでェ、ザンギリ頭になっても、てめえのオツムはまだ文明が開化してねえな」

などと言われてしまいましょう。まあ、丁髷《ちょんまげ》を落としただけで賢《かしこ》くなったりする道理はございませんから、これは言いがかりというものでございますが、取り敢えずは賢ぶるのが世の習いという時代でございます。

こりゃ庶民を啓蒙せにゃなるまいてえんで、井上圓了《いのうええんりょう》博士なんてえ偉い先生がオカルトを糾弾したりいたしますな。ただ、明治時代にはオカルトなんていう便利な言葉がない。そこで井上博士、今で申しますところのオカルト迷信あたりを一緒くたに致しまして、妖怪と呼んだのでございますな。

　でもって。

　大正昭和と時代は過ぎまして、民俗学だの風俗学だのと申します学問がポコポコと生まれて参ります。

　おっと、風俗学と申しましても夜の巷《ちまた》に繰り出して安いお店を探すような学問じゃあございません。風俗の二文字をご覧になりますてェと、すぐにそっちの方を思い浮かべられるお方が多くいらっしゃいますけれども――こうしてみますと、風俗てェ言葉も随分とズイブンな扱いを受けておりますな。

　妖怪の場合も同じなのでございますが。

　その日本民俗学の父、有名な柳田《やなぎた》國男《くにお》先生あたりが妖怪てェ言葉を使い始める訳でございますな。田舎に伝わる怪しいモノゴトなんかをそう呼んだ訳でございますが、

　これが――混ざります。

　ええ。江戸の化け物あたりから、明治大正昭和と、ぐちゃっと混ざりまして、そのうち漫画なんかになったりもしますな。そうして、怪しいだけの意味しかなかった妖怪と申します言葉が、妖怪さん、妖怪ちゃんになっちゃった訳でございます。

キャラクターと申しますのでしょうか。

はあ。

こうなりますと、居るの居ないの、てェ話にもなって参りますでしょうかな。妖怪ちゃんって居るの——と、尋《き》きたくもなろうというもの。

でも。

身も蓋《ふた》もない言い方を致しますと、妖怪なんてものは存在致しませんな。

居ません。

かといって、まるきり居ないという訳でもございません。私達が申しますところのキャラクター、妖怪ちゃんと申しますのは、まあ、目に見えないモノを無理矢理に見えるようにしたモノなのでございます。目に見えないモノと申しましても、これは透明人間的なもんではございませんな。温度、湿度、臭い、音、それらが醸し出します雰囲気——そうした諸々が生み出す何かと、その何かが喚起する感情やら、それを説明するための理屈、それに纏《まつわ》る物語——そうしたものは目に見えますまい。平たく言えば、現象を伴った概念でございますな。概念を解り易くキャラクターとして表現したのが、妖怪ちゃんでございます。妖怪ちゃんは、そういう形で居る訳でございますな。

このお話でも、まあそういうお約束になっておりましょう。

解り難《にく》い？

解り難いでしょうなあ。

例えば数字の1を思い浮かべて戴けましょうか。

1という概念は慥《たし》かにありましょう。しかしこの世に1というモノは存在しませんな。存在しませんから、もちろん見えも致しません。致しませんが、ない訳ではございません。仕方がないので1なり一という記号で表しますな。多くの方は、イチと聞けば、1や一を思い浮かべることでございましょう。

妖怪は、この1と同じでございます。

で、この1に人格を与えたとお考えください。まあお話でございますから、1はぼやいたりしますな。

「オレはいつも一人だ。二人になった途端に2になっちまう――」

何ともくだらない話ではございますが、これからお話し致しますのも、この類《たぐい》のくだらないお話でございます。

舞台は江戸時代の終わり頃。

厳密に申しますなら、その頃妖怪はおりません。否《いや》、先程申し上げました通り、妖怪という言葉はございましたが、現在とは違う意味で使われていた訳でございます。でも、このお話は現代に暮らします私どもが見聞き致します、しかもくだらないお話でございますから、細かな時代考証を致しましても始まりません。解り易く妖怪で纏《まと》めさせて戴こうと思う次第でございますけれども――。

その昔——。

江戸郊外のとある廃屋《はいおく》に、一匹の妖怪《ばけもの》が棲《す》みついておりました。

棲みついていたと申しましても、先程からくどくど申し上げております通り、妖怪でございますから、これは実体がある訳ではございません。妖怪だけに廃屋に取り憑《つ》いていた——と申し上げた方がよろしいのでしょうか。その方が雰囲気的にはようございますけれど、そういう風に申しあげますと、それはそれで誤解を招く惧《おそ》れがございますな。

地縛霊《じばくれい》だとか浮遊霊《ふゆうれい》だとか、そうした妙なモノと混同されては困る訳でございます。このお話は、まあ与太話ではございますけれども、取り敢《あ》えずそうした嘘っぱちの、いかがわしいオカルト話ではない訳でございまして。

この場合——廃屋に棲みついていたのは、やはり擬人化された概念、とお考え戴けますまいか。お話に出て参ります妖怪さんの方もそのへんは心得たものでございまして、己《おのれ》がそうしたモノだという自覚をちゃんと持っております。自分は形を持ってこの世に存在するモノでもなければ、霊魂のような超自然的な存在でもない、妄念やら駄洒落《だじゃれ》やら自然現象やら、そうした概念が寄り集まって名前を持った、所謂《いわゆる》想像上の産物なのだと、妖怪さんの方も十二分に承知しておるもの——とお考えください。

✴

妄念はともかく、駄洒落とは何なんだ——と仰《おつしや》いますな。この辺はおいおいお解り戴けるようになっております。

さて、その廃屋に棲みついておりました妖怪《ばけもの》でございますが——。

名を豆腐小僧《とうふこぞう》と申します。

小僧と申します以上、姿形は少年でございます。少々頭が大きゅうございまして、笠《かさ》を被《かぶ》っております。手には大抵お盆を持っておりまして、盆の上には紅葉《もみじ》豆腐が載っております。

この豆腐小僧、江戸後期の絵草紙《えぞうし》やら歌留多《かるた》やらに頻繁《ひんぱん》に出て参ります。当時はやけに人気のあったキャラクターだったようでございますな。

しかしこのお化け、人気だけはありましたものの、ただ豆腐を持って立っている小僧だというだけで、取り立てて何をするでもないという妖怪でございました。

怖がらせるとか、人を困らせるような悪さをするとか、そういうことは一切ございません。

そもそも脅かそうと思えども、容姿が容姿でございますから、出て来たところで脅かすまでには至らないという、至って情けないお化けでございます。その所為《せい》か、絵草紙やら双六《すごろく》やらではよく見かけるものの、実際に出会った者はまず居ないという代物《しろもの》でございました。

この豆腐小僧が、このお話の主役なのでございます。

＊

その一　豆腐小僧、情事《いろごと》を目撃する

そういう訳で。

この豆腐小僧、自分がいつからこのあばら屋に棲《す》みついて居るものか、その辺はとんと記憶にございませんな。二三日前からか百年前からなのか、その違いすら判りません。以前はもっと繁華《にぎやか》な場所に居《お》ったような気もするのでございますけれども、それとても夢の中の思い出のようなもの、もやもやと致しまして一向にはっきり致しません。

それもそのはず、この手のメディア妖怪は同時多発的に色々な場所に出現していなければなりませんから、どこに居たのかなどという記憶は当然持っていられないのでございます。刷り物や作り物が流通しております間は、それを目にした人の頭の中にいちいち涌《わ》かねばなりません。

人気が一段落致しまして、人々の記憶の隅に追いやられて初めて、漸く安住の地を得られるという具合でございます。

何故かと申されますか？

例えばものの本に、その何々と申す妖怪は古寺に出おり候《そうろう》――と記されていたとしてくださいまし。それを読んだ人の記憶の中に、何々という妖怪は古寺に出るのだそうな――という情報が属性として残る訳でございます。そうすると、その妖怪は時間を遡《さかのぼ》って、昔っから古寺に居たということになってしまうのでございますな。

そこは概念でございますから、時間に対しても遡行性《そこうせい》がある訳でございます。

ですから、豆腐小僧がこのあばら屋に棲みつきましたのは――ずっとずっと昔のようでもありましたが――もしかしたら昨日今日《きのうきょう》のことなのかもしれないのでございます。いや、ずっと昔から棲んでいたという記憶を持った状態で、ついさっきこの場所に涌いたのかもしれないのでございます。

豆腐小僧は、ぼんやりとそんなことを考えておりました。

相も変わらず飽きもせず、豆腐小僧は紅葉《もみじ》豆腐を持っております。腐りもしないところを見ると、これも並の豆腐ではないのでしょうな。

つまりはこの豆腐も己の属性のうちなのだろうな――と、そんな風に考えますと豆腐小僧は複雑な心境になって参ります。そこでこの豆腐をば、ぱっと手放してしまったならば、自分はいったいどうなるのだろうと、そんなことも考えたり致します。

――ただの小僧になるのかな。

それとも。

――豆腐諸共《もろとも》消えてしまうか。

後の方が確率は高いだろうと、豆腐小僧はそんな風に考える訳でございます。

何故ならば。ただの小僧などという妖怪は居ないと、そう思ったからでございましょうな。

そう考えますと、盆を持つ手にもつい力が入ってしまいます。もし手放してしまったり致しますと、その瞬間にアイデンティティーが雲散霧消《うんさんむしょう》してしまうかもしれない訳でございますから、これは無理もございますまい。

そして——。

それまで気にはしていなかったのでございますが、よく見てみればどうやらこの廃屋は元豆腐屋のようでもありました。なる程人気《ひとけ》がなくなって、寂れた豆腐屋に出る妖怪と勘違いでもされたのかと、豆腐小僧は納得致します。

——そうではないのに。

豆腐小僧本人の記憶が確実《たしか》なら、豆腐小僧はそんな妖怪ではなかったはずでございます。左前になった豆腐屋の怨念が形を得たものでも、うち捨てられて古びて朽ちた豆腐作りの道具が化けたものでもございません。豆腐小僧は豆腐小僧として、ポンと生れたはずなのでございます。

それに——。

これは少々怪しげな記憶なのではございますが——自分は数ある妖怪の中でも取り分け名門の出なのだと、そんな覚えもあったのでございます。

——とはいうものの。

豆腐小僧の親類でございますから、雁《がん》もどき入道とかオカラ爺《じじ》ィとか、思いつくのはその程度。そんな妖怪《ばけもの》は聞いたこともございません。それに、もしそんな妙竹林《みょうちくりん》な妖怪が居たのだとしても、到底名門とは思えない、巫山戯《ふざけ》た名前ではございませんか。

——気の所為《せい》なのかもしれぬ。

豆腐小僧は溜め息を吐きまして、壊れた竈《かまど》の横に腰を下ろしたのでございます。

もちろん、お盆は確乎《しっか》りと持っております。

仮令《たとえ》お化けでも、一旦涌いてしまいますてェと、消えてなくなるのは気持ちのいいものではないようですな。それに豆腐小僧は、何しろ小僧でございますから、それ程達観《たっかん》もしておりませんし、度胸もないのでございます。

とはいうものの——。

誰も居ない廃屋《はいおく》の中でただ豆腐を持ってじっとしているだけの思いっきり無意味な存在などに、果たして存在価値があるのでございましょうか。今ここで豆腐小僧が綺麗《きれい》さっぱり消滅してしまったとしても、どなた様も困りませんな。いいえ、困るどころか、消滅したことすら気づかないことでありましょう。

——ならいっそ消えてしまうか。

そうも思うのでございますが、矢張《やは》り思い切りがつきません。そこで思い切りがつかない原因というのを、更《さら》に豆腐小僧は考える訳でございます。

破れ戸から覗く表の景色は、徐々に茜《あかね》色に染まって行きます。

所謂黄昏刻《いわゆるたそがれどき》というやつでございまして、これはお化けの時間と謂《い》われております。道で行き合う相手の顔が朦朧模糊《もうろうもこ》として参りまして、人だか魔物だか判別出来なくなるという刻限でございますな。

まあ、こうした刻限でございますから、この小僧も意識を持ったのでございましょう。それで要らぬことを考える訳でございます。

——矢張り血縁か。

あれこれ考えた挙《あ》げ句《く》、小僧はそんな小生意気な結論に思い至ったのでございます。

記憶の底の方に、ほんの一寸《ちょいと》だけ、汚れのようにこびりついている朧《おぼろ》げな肉親の思い出が自分を現世に引き止めているのではないかと、そんな風に思ったのでございましょうや。

——しかしなあ。

妖怪《ばけもの》に親も子もないだろうと、それはそうも思うのでした。そもそも狸の親は狸、狐の親は狐。その考え方で行くならば、豆腐小僧の親も豆腐小僧でなくてはなりますまい。

しかし小僧が小僧を産むというのもどうかと思いますし、小僧のメスというのもこれまたどうかと思います。つまりは豆腐小僧というのは種ではなく個体としての特性なのか——と、小僧は頭を悩めるのでございます。

頭を悩めたところで、豆腐を持っております手前、その大頭を抱えるという訳にも参りません。片手で持っても良さそうなものではございますけれど、そこはそれ、もしものことを考えますと、少々怖いのでございましょう。

こう頑《かたく》なですと、例えば鼻の頭が痒《かゆ》くなったりしたらいったいどうするのだろうと、要らぬ心配もしてしまいますな。

実際小僧はもぞもぞと小鼻を動かしたりもするのでございますが、いまだ痒いという感覚を知りませんから、そのあたりは平気なようでございます。豆腐小僧には痒がるという属性は付与されていないのでございます。

――家ン中で笠被《かぶ》って。

馬ッ鹿じゃなかろうか。

とうとう小僧も捨て鉢になってしまいます。とはいうものの、この場合どうすることも出来ませんから、笑ってみたり致します。解決の糸口すらないのでございますから、笑うくらいしか打つ手がございませんな。絵草紙の豆腐小僧はよく笑っておりましたから、笑う方は大丈夫なのでございます。

「けけけけけ」

虚《むな》しい笑いとはこのことでしょう。何と申しましても、虚無《きよむ》そのものが笑う訳でございますから、これは仕方がございません。

「ひひひ」

ものはついでというやつで、もうひと笑い致します。

その時でございます――。

「誰か――居るのじゃァない――」

女の声でございます。

「——何だか笑い声が聞こえたよう」

「なあに気の所為《せい》だ——」

続いて男の声でございます。

「——この豆腐屋は、モウ人が寄り付かなくなって三歳《みとせ》も経つ、見ての通りのあばら屋だ。何か居たとしたって、そりゃ人じゃあないよ。居るのは豆腐を嘗《な》める舌出し小僧くらいのものさアね——」

——舌出し小僧？

豆腐小僧、慌《あわ》てて今まで引っ込めていた舌をぺろりと出しましょう。

そういえば昔はいつも舌を出していたような気もしたのですな。

それで——。

——豆腐を嘗めていたのだっけ。

思い出したものの、今更《いまさら》嘗める気はしなかったようでございます。

「それだって、好物の豆腐がないんだからね。この荒れようじゃア、ここにもたぶん居るまいよ。サアサアそんなところに突っ立っていたんじゃあ人目につかァな。さっさとこっちへおいでな——」

ガタガタと建具の軋《きし》む音が致しまして、やがて破れ戸がガラリと開いたのでございます。傾きかけた夕日がすうと差し込みます。

若い町娘の手を引いた、若旦那《わかだんな》風の男が、逆光の中に立っております。

豆腐小僧、慌てて竈《かまど》の陰に隠れます。しかし別に慌てる必要はございません。何故なら、概念であるところの豆腐小僧は物理的な質量を持っておりません。何か現象を伴うタイプの妖怪でもないため、小僧は不可視なる存在、人間の目にはまったく見えないのでございます。

概念として理解されて初めて人の脳裏に像を結ぶという——豆腐小僧はそうしたタイプの妖怪なのでございます。

それは小僧本人が十分に承知しているはずのことなのでございます。それでも一応隠れてみましたのは、拙《つたな》いながらも自我が芽生えているからでございまして、これはまあ、一種の習性と申しますか、小僧の臆病なる性質のなせる業《わざ》と考えるよりありませんでしょう。ならば一概に馬鹿と責めるのは可哀想《かわいそう》でございましょうか。

とにもかくにも豆腐小僧は、そっと竈の陰に身を潜め、突然の侵入者の様子を窺っておりますな。大きな頭に笠を被っておりますから、もし見えていたならば、これは丸見えでございます。そのあたり、気づかないのは御愛敬でございましょう。

——何だろう。

男の方はもう、何だか眼が血走っております。女はといえば何だか顔をあさっての方角に向けて、ソレ若旦那、早う戸を閉めておくんな——などと鼻声を出しております。豆腐小僧は更に視線を送りますな。

この辺で——もし敏感な人間でしたら、何か感じる訳でございます。

もちろん、豆腐小僧を知らないお方は何にもお感じにならないのでしょうし、もし感じたとしても、

ヤな感じ——。

程度のものでございましょう。

しかし、この若旦那のように豆腐小僧の情報を——仮令《たとえ》それが間違った認識であったとしても——確乎《しつか》りと持っている人間の場合は、また話が別でございますな。特にこの男の場合、豆腐小僧本人よりも豆腐小僧に詳しかった訳でございますから——。

この若旦那、豆腐小僧は潰れた豆腐屋に出るお化けだという、まあ誤った情報を頭から信じ込んでいた訳でございますな。豆腐小僧自身は気がついておりませんけれど、豆腐小僧が今日ただ今この場所に涌いたその訳は、多分この男がそう信じていたからに違いないのでございます。

妖怪なんてものはそんなものでございまして、主体性てェものがないんでございますな。見る者感じる者の方こそが主体。これこれこうじゃろうと思う者がいれば、そうなってしまうものでございまして、否《いや》、こうなのじゃと思われればそうなってしまうものでもございます。誰も何も思わなくなれば消えてしまいますな。

とにかく、そうした情報を持った人間の場合は、例えば、

ト、豆腐小僧が出たァ——。

と大袈裟《おおげさ》に怖がったり致しますな。

こういう場所にはそういうモノが出ると思い込んでいらっしゃいます御本人でございますから、姿など見えなくても怖くなってしまう訳でございます。

まあそこまで臆病じゃアなくッとも、
本当に居るのかよ、おい――。

などと、やや不安になるくらいは致します。もそっと肝の据わった理性的な方の場合でも、
馬鹿らしい、あんなものは作り物だ――。

と打ち消したりしますな。

これだけ小僧が注視しているのでございますから、そのくらいの反応はあっても良さそうなものなのでございますな。

ところが、この若旦那、もうすっかり鶏冠《とさか》に鼻血が昇っておりまして前後不覚。そんな、昔絵草紙で見かけたマンガ妖怪のことなど忘却の彼方でございます。気配を感じるどころか、洟《はな》を引っ掛ける様子もございません。

失礼な男でございます。

若旦那、馬が太鼓《たいこ》を叩くような鼻息で、ただお玉ちゃんお玉ちゃんと連呼して娘の帯を解きにかかりますな。

娘は娘でいやよいやいや、よしてよ旦那――などと言いながら、腰は浮かす躰《からだ》は回すとやけに協力的でございます。

小僧は何が起きているのかよく解っておりませんから、身を乗り出して凝《ぎょうし》視致しますな。

やがて、娘の真ッ白い玉の肌が露《あらわ》になります。

若旦那の方はといえば、鼻息はいっそう荒く、視野はいっそう狭くなりますな。

小僧はもう竈の陰なんぞにはおられません。出て来ております。小さな眼を皿のように見開きまして見入っている訳でございます。何しろ己の何たるかすら不確かな小僧の妖怪、男と女の睦《むつ》みごと、情事を目の当《ま》たりにしたことなどございません。初見学でございます。それでも盆だけは持っている訳でございますが——その盆を持つ手にもつい力が入ってしまいます。

そのうち。娘の白い腿が、指が、若旦那の貧弱な背中やら腰やら、あれよあれよと——。

——何をしているのだ？

豆腐小僧、思わずずいと前に出ますな。若旦那とお玉ちゃんはもう、組んずほぐれつ玉の汗でございます。

——どうやら。

狼藉《ろうぜき》を働いている訳ではないようだということだけは辛《かろ》うじて判りましたから、小僧は安心し、且《か》つ首を傾《かし》げますな。

豆腐小僧はその辺のすれた童《わらべ》なんかより余程純粋でございます。

余計な属性やら知識やらは、見事なまでに持っておりません。そこはそれ、豆腐を手にして立っているだけという無為な存在でございますから、斯様《かよう》な濡れ場に遭遇致しましても、何が行われておりますものかまるで理解出来ないのでございますな。

争っている訳でもないし、じゃれ合っている様子でもない。笑っても、怒ってもいない。

ただ、獣や化け物相手というのであればいざ知らず、そこは人間同士のことでございますから、流石《さすが》に取って喰らうというような切羽詰まった事態ではなかろうと、それはそうも思うのでございますが——。

はてさてこれなる不可思議な律動は如何《いか》なる類《たぐい》の感情表現であるものか——。

小僧は、己の姿が見えないのを良いことに二人の真ん前に出ますと、しゃがみ込んで喰い入るように見始めますな。幾ら近くにいようとも、相手は見えも触れもしない〈概念〉でございます。それはそうでございましょう。一方若旦那とお玉ちゃんの方は気にも致しません。しかも豆腐を持って突っ立っている子供という、何とも無意味な〈概念〉なのでございます。

そんなモノが自分達の痴態を凝視しているなど、これはもちろん想像の外、理解の及ばぬ非常識でございます。怪しめという方が無理な相談でございましょう。

と、申しますより、この二人、もういいところに差し掛かっておりますようでございますから、仮令《たとえ》本物の出歯亀《でばがめ》が覗《のぞ》いていようとも、中断はせなんだろう、とは思われるのでございますが——。

女の白い脚が高く上がりますな。

張りのある太股《ふともも》から艶《なま》めかしく描かれた曲線をなぞりまして、脛《すね》、括《くび》れた足首へと、小僧は視線を移動させます。

そうして見ておりますうちに、小僧の頬はほんのりと赤らんで参ります。

これは、所謂《いわゆる》、い、い、当てられた状態というのとは、少しばかり違っております。

羞《はじ》らっている、照れている、いずれも外れております。興奮はしておりますが、エロティックな昂揚は皆無でございます。これは例えば幼子《おさなご》が物事に集中しますすてぇと呼吸を忘れてしまったりする、そういう状態に近いものと思われますな。

豆腐小僧は息を止めておりました。

ここで、疑問を持たれる方もいらっしゃいますでしょうな。豆腐小僧ってのは概念なんじゃないのか、概念が呼吸をするのか——と。

呼吸は——するのでございます。

豆腐小僧は〈小僧〉でございます。絵姿などを見ましても、顔の真ン中にはちゃんと鼻がついております。これは、この妖怪は呼吸もするし洟《はな》もかむということを表しております。

もちろん、妖怪は生物ではございませんから、生命活動を維持するために呼吸をする訳ではございません。呼吸をしていた方が自然な形状を与えられた場合に、呼吸する方が自然だから呼吸するだけ——でございます。

火を吹いたり垢《あか》を嘗《な》めたりするのと同じようなものでございましょうな。人を喰ったりする化け物も多く居る訳でございますが、それだって同じことでございまして、喰って栄養にする訳ではございません。器物《きぶつ》系の妖怪でございましても、手足や目鼻が付加された段階で、これは獣や人に見立てられている訳でございますから、呼吸くらいは致します。

ただ——傘お化けのような形状の妖怪に関して申しますならば、これは呼吸するかどうかは甚《はなは》だ怪しい、ということになりましょうか。

何と申しましても傘お化け、鼻の在処《ありか》も定かではございませんし、骨と紙ばかりで中身は空でございますから、吸ったところで構造上溜《た》めるところもないようでございます。そうした形状で世間一般に認知されております以上、これは呼吸しない、あるいはしなくても差し支えないと、そういうことになりましょう。

豆腐小僧の場合は完全に人間状の妖怪でございます。鼻もあるなら穴もある、きっと肺もあるのでございましょう。立派に呼吸も致します。呼吸する以上は、息を止めていれば苦しくもなりましょうし、顔も赤くなるのでございましょうな。但《ただ》し止め続けても死ぬ訳ではございません。

そこはお化けでございますから。

まあ、小僧の頬は徐々に上気して参ります。

いや、小僧よりもお玉ちゃん、お玉ちゃんより若旦那の方が上気している訳ではございますけれども――。

突如、お、お玉ちゃあんと、若旦那が気の抜けた声を発します。

小僧は思わず顔を突き出し、豆腐を落としそうになって慌てて引きますな。

白い豆腐がふるふると身を震わせます。

若旦那は一度躰を突っ張らせ、ぴくぴくと痙攣《けいれん》致します。毒でも効いて来たのかと、小僧は吃驚《びっくり》致します。むふうと鼻から空気が抜けて、若旦那は本当に萎《しお》れ、どさりとお玉ちゃんの肉《に》蒲団《ぶとん》の上に身を沈めますな。

――死んだのだろうか。

小僧は確乎《しっか》りと盆を持ち直し、もう一度覗き込みますな。

若旦那の筋肉は、もうすっかり弛緩《しかん》しております。顔は娘のたわわな胸に埋まっておりますから、表情も何も窺えたものではございません。それでも、その貧弱な腰には、娘の二本の白い靭《しなやか》そうな脚が、いまだ搦《から》められているのでございます。

――喰われるのかしらん。

食虫植物――豆腐小僧如きがそんな高等なものを知っているかどうかは判りません。と、申しますより、まあ知らないものと思われます。しかし小僧の脳裏にはそうしたイメージが浮かんでおります。

これは男と女が戦っているのでもなければ巫山戯《ふざけ》合っているのでもなくて、捕食行動の一種じゃないのかしらんと考え直した訳でございますな。どういう仕掛けになっているのかは判らぬまでも、間抜けな男が女の甘美な罠に嵌ってしまい、毒でも注入されてもがいているところだったのではあるまいか――そんな風に考えている訳で。

そして。

たった今、毒が男の全身に行き渡って、息絶えたのではないのだろうか――。

小僧はそう思ったのでございます。

つまりこれから、すっかり痺《しび》れてしまったこの男は、娘にばりばりと喰われてしまうのではないのか――。

――お化けでなくとも。

人も人を喰うのかな、と。

小僧は固唾《かたず》を呑んで見守りますな。

――どうやって喰うのかしら。

頭からガリガリ喰うのかななどと思いましょう。

そういえばその昔、女は魔物だとか、女は怖いとか女に気をつけろだとか――そうした言葉を聞いた覚えもございました。もちろん黄表《きびょうし》紙だの草双紙《くさぞうし》だのに出演していた頃の、頁を跨《また》いだ記憶でございましょう。

しかしまた、女を喰い物にするのはいつだって男だと、そう聞いたようにも思いますな。行く先々で女を抓《つま》み喰いする色男だとか、骨までしゃぶる非道《ひど》い奴だとか、そういうのも居るとか居ないとか。はてサテ人間は共喰いをするものなのかと、小僧は改めて居住まいを正して凝視致します。

ひょこりと若旦那が顔を上げます。

「誰か居る」

「何言ってるのよゥ――」

誰も居やァしないって、アンタが言ったじゃないのさァと、やけに気怠《けだる》い調子で女は申しますな。

「居たとしたって、舌出し小僧なんだろゥ――」

ぬうと手が伸びて、若旦那再び引き戻されます。

若旦那、むにゃむにゃと肉に溺れて再び起き上がりますな。

「何か——見られてる気がするよう」

「見られたっていいじゃないサ」

娘、今度は突き放しますな。

一通りの興奮状態が過ぎ去りますてえと、急激に冷静になりましょうな。冷静になりますってえと、今まで集中していた分、周囲に注意が拡散致しますな。

特に、こうした状態でありますと、肌の露出も多ございます。

この、視線と申しますものは、別にレーザー光線のようなモノが発射される訳ではございません。誰が見ていようが見ていまいが関係ございません。

視線と申しますものは、要するに受ける側が感じるものでございまして、どこで感じるかと申しますと、概《おおむ》ね皮膚で感じるものでございますな。つまり触覚の一種と考えても良かろうかと思う訳でございます。

これは外的な刺激と内的な要因によって齎《もたら》されましょう。

衣類との僅《わず》かな摩擦なども大いに影響致しましょうが、肌の露出面が多ければ多い程に、感じ易いということにもなりましょうか。薄《うっす》らと汗など滲《にじ》ませておりますと、これはもう敏感になっておりますから、僅かな空気の動きでも察知しちゃったり致しますな。

誰か居るんじゃなかろうかと、一度思ってしまったら最後でございます。

一回捩りますってえと、これが中々抜けられませんな。確認しないと収まりません。しかし人間の視野なんてものは限られております。人には必ず見えない角度というのが出来てしまう訳でございます。右を向けば左、左を向けば右が死角になりましょう。三百六十度全部は一度に見えませんから、不安が募《つの》る訳でございます。

で——人は不安を不安のままにしておきたくないという習性を持っております。その不安が視線という認識となって発現したりする訳でございますな。その場合は、先《ま》ずその方の持っております常識の範囲内で理解しようと致しますもので。

犬だろう。

否《いや》、猫だろう。

ま、それで済めば問題なしでございますな。ところがそう都合良く犬猫は居りません。そこで、何者かが何らかの手段で覗いていたのではないか、などと詮索致しますな。曲者《くせもの》が居るのはそれなりに怖《こ》おうございますが、人なら応戦のしようもございます。

しかしところが。

どうも人も居そうにない。ま、大抵は気の所為《せい》なのでございますから本当に何も居ないのでございますが——。

そうした場合に、まま妖怪さんの出番となるのでございますな。それがどんな妖怪さんになるのかは、その方次第。体験者の置かれた状況と、経験やら知識やらが照合されまして、合致した妖怪がいた場合にのみ、ご出現という具合になるのでございます。

妖怪的素養のない方の場合は、何やら特異な経験として認識される訳でございますが、その場合も、後からそりゃあ何々坊主だ、という知識を得まして、遡《さかのぼ》って体験が妖怪化する場合もあるようでございますが——。

この若旦那はこうした廃《すた》れた豆腐屋には豆腐小僧が出るものと、そうした知識を事前に持っております。

ことに及ぶ前はもうサカリがついておりますから、小僧も入道も関係ございません。目の前の女の腿だの項《うなじ》だのしか視界にございませんから、怖くも何ともなかった訳でございます。ところが済んだ途端に——ちょいと小僧を感じてしまった訳でございます。と、申しましても怖いお化けじゃございません。豆腐小僧でございましょうな。

ろでどうということはない訳でございますが、どうやらこの若旦那、お玉ちゃんと親密な関係になったことに就《つ》いて、僅かに罪悪感を持っているのでございましょう。

若旦那、きょろきょろとあばら屋の中を見渡します。

もうすっかり陽も落ちております。燈《あかり》のない廃屋でございますから、家の中まで黄昏刻《たそがれどき》は侵入して来ておりますな。

小僧は——戸惑っているばかり。

死んだと思った男が起き上がり、何かに怯《おび》えております。もちろん、若旦那は小僧の視線に怯えている訳でございますが、小僧はそれが判りません。何か怖いモノでも居るのかと、振り返って己の背後を確認したりまで致しますな。

「何だい意気地なし」

お玉ちゃんは遂《つい》に怒り出します。甘い余韻を愉《たの》しんでいる間もなく、男が慌て出したものでございますから、折角《せっかく》の気分がもう、すっかり台なしなのでございます。こうなりますと取り繕《つくろ》うのは至難の業でございますな。

「誰が見てたって構やしないじゃないか。一緒になってくれるンじゃなかったのかえ。なら親が見てたって平気じゃないか」

着物をぶッつけたり致します。

若旦那の方はあしらいに困るばかり。ぼんぼんでございます。

「お、親って、それはまずいよお玉ちゃん。こんなところをおッ母さんにでも見られたらだったらどうだって言うのサと、遂にお玉ちゃんは切れてしまいますな。

まあ逆ギレでございましょうな。

「ナニさナニさナニさ。舌出し小僧だか何だか知らないけど、洟ッ垂らした童《ガキ》じゃアあるまいに、そんなにおッ母様が怖いのか。ならばとっととお店《たな》に帰っておッ母様の乳でも嘗《ねぶ》っておいで──」

するだけのことはしておいて、アフターフォローがなってないあたりは流石《さすが》に世間知らずの若旦那でございますが、困惑しておりますのは小僧の方も同様でございます。

行きなよ行っちまいなよこの──。

マザコン野郎、などという言葉はこの時代にはございません。

若旦那、物凄い見幕に押されて立ち上がり、手探りで着物を掻き集めまして、這々《ほうほう》の体《てい》で逃げ出しますな。小僧も一緒に立ち上がりますが、立ったところでどうすることも出来ません。ただ豆腐の載った盆を持って立ち竦《すく》むだけでございます。

やがてドタバタと音がして、若旦那は夕闇の中に消えてしまいます。

普通なら小僧もここで消えますな。小僧がこの廃屋に妖怪豆腐小僧として結実したその理由は、逃げて行った若旦那が、この手の場所には豆腐小僧が出る——と信じていたからに他なりません。その本人が退場したのでございますから、消えてしまっても良さそうなものなのではございますが——。

しかし、豆腐小僧の情報は、ついさっき、この娘——お玉ちゃんにも伝えられてしまったのでございます。

ですから豆腐小僧は、消えるに消えられません。

登場したその時より更に詮方《せんかた》なくなって、豆腐小僧は残った女の方を見たのでございます。

白い裸身が浮かび上がりますな。

それまでは若旦那が覆い被さっておりましたから、小僧には部分部分しか見えておりませんでしたが、今や無防備でございます。家の中は真っ暗でございますけれども、妖怪にそんなことは関係ないですな。見えております。

鄙俗《いやら》しい気持ちは——ございません。

綺麗だなあと感心してもおりません。

お玉ちゃんは疲れておりますのか、それともふて腐れておりますのか、はたまたこういう時はいつもこんなに奔放で自堕落なのか、そいつは判りませんが、それは大胆に肢体を投げ出しております。丸い胸乳《むなち》は疎《おろ》か、括れた腰やら淡い翳《かげ》りに至るまで、隠す様子はございません。

この時——。

小僧の心境に、微《かす》かな変化が見られましたな。

豆腐小僧が豆腐赤子だったなら、こうした変化はなかったことでありましょう。しかし、残念ながら豆腐小僧は赤子ではなく小僧でございました。

思春期にはまだ早い、けれども早熟な小僧なら性の目覚めは、まあないこともない——。

そう、豆腐小僧はやけに微妙な年齢設定だったのでございます。

——何だろう。どうしたのだろう。

小僧は困ります。大変に困ります。

これは少年妖怪にしてみれば理解し難《がた》い心境の変化でございます。

何しろ妖怪は、育たないのでございます。妖怪の場合小僧は小僧として生れ、消えてなくなるまでずっと小僧なのでございますな。もちろん爺ィも最初から爺ィ、婆ァも生れながらにして婆ァでございます。稀《まれ》に若い時分の設定が用意されている婆ァも居《お》りますが、その場合も若い頃があったという設定の下に、婆ァとして誕生しております。砂掛け婆ァは最初から最後まで砂掛け婆ァな訳でございまして、砂掛け娘やら砂掛け女房やらが齢《とし》を喰ったものではないのでございますな。そういうのが居りましたなら、それは別の妖怪でございます。

豆腐小僧も同じこと。先に思い悩んでおりました通り、豆腐小僧にはメスも居なければ成人も居ないのでございます。生殖とはまったく無縁——。

つまりこの小僧の場合は、幾ら性に目覚めても、そこから先がないのでございます。先がないというのに目覚めてしまうこと程、残酷なことはございますまい。

——ど、どうしよう。

ただひたすらに困ります。

小僧は盆を持つ手を胸に引き寄せ、豆腐を見たり致しますが、豆腐の濡れそぼった白き表面と女の滑らかな白肌が二重写しになって、一向に落ち着きませんな。

そこでうろうろしたりも致します。

お盆に豆腐を載せまして無意味にうろうろするというパフォーマンスは、もう豆腐小僧の十八番。どなた様より上手でございましょう。

これはもう豆腐小僧の独擅場《どくせんじょう》でございますな。

その所為《せい》なのかどうか、気配でも増したのでございましょうか。俄《にわ》かに女も不安になったり致しますな。慌てて前を隠し着物を手繰《たぐ》って、居ない小僧が居る方向——虚空を睨《にら》んだりも致します。

この期《ご》に及んでお玉ちゃん、昏《くら》い廃屋で素っ裸という、己の置かれている状況を認識したようでございますな。妖怪なんぞ居らんでも、これは安心出来る状況ではございませんな。一応花も羞らう乙女でございます。

慌てて着物を羽織ります。

がさりと音が致します。もちろん、着物が起こした風でございます。

「な、何よッ」

暗闇を怒鳴りつけます。

小僧の驚いたのなんの。

思わず豆腐を落としそうになりまして、再び竈の陰に隠れてしまいます。

――見えている？

見えてはおりません。この場合お玉ちゃんは、小僧をそこに発見して怒鳴った訳ではないのでございます。

「誰か居るっていうの！」

居るなら出ておいでよ――お玉ちゃんは鉄《かなき》切り声を上げますな。

照れ隠しと憂さ晴らしが綯《な》い交《ま》ぜになっております。そこにほんのちょっぴり怖がる気持ちが加味されておりますな。先程の若旦那の言葉が頭の端に残っておるのでございましょう。しかしその若旦那が憎らしいのも手伝って、そんな馬鹿なことがあるかいという怒りの方が勝っておりますな。ヒステリーでございます。

「小僧だか何だか知らないけど冗談じゃないわよ！」

「ひぃ」

小僧は悲鳴など上げます。

お玉ちゃん手許《てもと》を探って我楽多《がらくた》なんかを放り投げます。小僧は首を竦めます。どうせ当たりはしないのでございますが、そこはそれ、当たれば痛いとも思うのでございましょう。何よ何よ——と、娘の方は段々興奮して参りますな。

「何も居ないじゃないのよッ。馬鹿にするんじゃないわよ！」

ひと際《きわ》大声を上げて、その後しんと致します。

がたり。

「ひいっ」

今度の悲鳴はお玉ちゃんでございます。物音に驚いたのでございますな。

「何？　だ、誰なの？」

がたり。

「わあ」

小僧も驚きます。

がたり。がたがたがた。がたがたがた。

やおら廃屋が鳴動致しました。

これは、この音は——。

「何よこれ。いやよッ」

嫌よ嫌よも好きのうち——などといい加減なことを申しますが、この場合は本当に嫌なのでございますな。

そりゃあ壊れかけた廃屋がいきなりガタガタ鳴り始めたのでございますから普通は嫌でございましょう。

ぎい、ぎいと梁《はり》が鳴って、かたかたと箪笥《たんす》の取っ手が鳴って、やがて音は止まります。お玉ちゃんは帯も結びかけのまま、前だけ合わせて取り敢《あ》えず立ち上がります。

視線をちらと上げますと、鴨居《かもい》のところに何か居るような気が致します。

もちろん何も居りません。でも暗うございますから居ようが居まいが関係ございません。

みし。

もう悲鳴は上げませんな。ぎゃあぎゃあ喚《わめ》きますのは肚《はら》が立ったりむしゃくしゃしたり、とにかく誰かに何かを訴えたいからでございましてな、鴨居の上にお化けでも居ようかなどという時には、寧《むし》ろ黙ってしまいます。

ぎい。

お玉ちゃん、一歩後退致します。

そろりそろりと脚を捌《さば》きまして、ゆっくりと移動しますな。

ガタガタ。

ガタガタガタ。

もうあっという間に破れ戸を開け、お玉ちゃんは外に出ております。素早いものでございますな。あれだけ若旦那を臆病意気地《いくじ》なしと詰《なじ》っておきながら、一旦怖いとなりますと、掌《てのひら》を返したように腰抜けになりますようで。自分が逃げる時は若旦那の数倍速《はよ》うございますな。

ぴしゃりと戸が閉まります。

戸口に挟まった着物の裾が、するっと抜けまして、お玉ちゃんの気配もやがて消えてしまいます。

さて困ってしまったのは豆腐小僧でございますな。

——怖い。

お化けのくせに怖がっている訳でございますな。

しかし、よく考えてみますと、妖怪と申しますものは、大概誰かに見られるなり感じられるなりしている時に発生しておる訳でございます。つまりお化けが独りになることと申しますのはこれ、大変に少ない訳でございまして、意外に怖がりなものなのでございましょうかな。

小僧は独りでございました。

間抜けでございます。

ぎぎい。

梁の方から音が致します。

「ひゃあ」

豆腐小僧、眼を閉じて首を竦め、その後に、怯《おそ》る怯《おそ》る瞼《まぶた》を開きまして、ゆっくりと視線を上げます。

そうしますと。

真っ暗な天井の梁のところに猫くらいの大きさのモノが数匹張りついておりますな。

——猫かな。

「猫じゃないぞ」

「ひゃあ」

豆腐小僧はもう一度首を竦めます。

お盆が揺れて、命より大切な紅葉豆腐が波打ちますな。小僧は、慌てて持ち直します。小心故《ゆえ》に消滅してしまったりしたのでは、末代までの笑い物でございましょう。お化けに末代はないのでございまするが。

ボタボタッと、馬糞《まぐそ》でも落ちて来るかのように、それは突然落下して参りました。

ご勘弁《かんべん》、ご勘弁、今消えてなくなりますぅ——小僧はそう叫びますな。

落ちてきたものは何かと申しますと——。

その二　豆腐小僧、鳴屋《やなり》と遭遇する

「眼ェ開けなよ、仕方がねェなあ。おい、お前さんもお化けなんだろうが。情けねえなぁ」

か細いような、野太いような不可思議な声が四方八方から聞こえました。何人も居るのかと思い、小僧は一層身を縮めます。しかし、眼を閉じて震えておりますってェと、不思議なことにどうも感じる気配はひとつなのでございます。

「俺も長年お化けやってるがな、お化けに怖がられて姿ァ現したのは初めてだぞ。おい、いい加減に眼を開けやがれ――」

気配はひとつ。でも声は四方からする――これは運動会のアナウンスのような感じでございましょうか。小僧、相手に敵意のないことを察しまして、緩《ゆる》ゆると瞼を開けます。

「ひ」

それでも驚きます。

一尺二寸程の小さなモノが数匹、闇の中で蠢《うごめ》いております。よく見ますと人の形をしております。が。

いいえ、人ではございません。

鬼――でございます。

髭は強《こわ》く眼を剝《む》いて、大きな口からは牙《きば》が覗いております。手足の指は三本、腕にも脛《すね》にも針金のような毛が生えております。

ただ、躰《からだ》が小そうございますから、鬼というよりも小鬼でございますな。

「お、お、おに」

「俺は鳴屋《やなり》だ」

「俺って――」

俺達ではないのかと、小僧はそう思ったのでございますな。改めて見回しますと、小鬼は都合五人おりました。

まだ居るはずだと小僧は思っております。そもそもこんな小さな躰では、如何《いか》にあばら屋とはいえ、家全体を揺さぶることなど出来る訳もありません。梁の上やら鴨居の上やらにもまだ居るのかもしれず――とにかく一人でないことだけは確実でございましょう。しかし五人は異口同音に声を揃えて喋《しゃべ》っているようでございました。

「だから俺は鳴屋だ。お前は――豆腐持ってるから――豆腐小僧か」

「ご、ご存じですか」

知ってるさ――と声を揃えて言いながら、小鬼達は各々《おのおの》勝手な場所に勝手な格好で座りました。

「俺はな、こう見えてもお化けとしちゃあ古いぞ。何しろこの世に家が出来た時から居るんだからな。それに日本中に出るぞ。北は蝦夷《えぞ》から南は琉球《りゅうきゅう》まで、名前は色々だがな。そのうえ新築の家から廃屋《はいおく》まで、昼でも夜でも出るんだからな。お前の載ってる本だって遠くから見たことぐらいある」

「そ、そうですか――でも」

でも、と言って小僧は鳴屋を見渡しますな。小僧はいまだに五人が揃って一人称を名乗ることに違和感を覚えておる訳でございます。小鬼は一斉に笑いました。

「お前、俺が複数《ぞろ》だと思っていやがるな。こう見えても俺は単品《びん》だ」

「単品？」

そうさな――やはり声が揃っております。合唱に近いですな。

「だってお前、そもそも俺は家がガタガタ鳴るっていう現象なんだからよ、そんなもん一人二人と勘定《かんじょう》出来る訳がねえじゃあねえかよ」

「でも――あなた達は五人――」

わっはっは――声を揃えた笑いですな。

「これか、これはな、今の地震《じふるい》がな、丁度五人くらいが揺さぶったような規模だったから五人なんだよ。もっとでかいヤツだったら十《じっ》たりにはなってたぞ」

「地震――」

家は鳴りましたが、地べたが揺れたようには思えませんでしたから、小僧は首を傾《かし》げます。

「地震だよ地震。躰《からだ》じゃア感じることの出来ねェ程の小さな揺れだァな。地面てェのはな、小僧。いつだって少しは震《ふる》ってるものなんだ。だが躰に伝わらねェような揺れでもな、こう相性が合うてェと、建物ってなァびりびり震えるものなんだよ」

相性が合うと申しますのは、固有振動数が一致した、という意味でございましょうな。つまり体感出来ぬ程の微弱な地面の振動を受けて、古家が共振したということでございましょう。

「じゃあ今ガタガタしたのは、じ、地震で？」

「地震さ。当たり前だろう」

小僧は丸い眼をもっと真ん丸にして鳴屋を見つめましたな。

小僧には何のことだかよく解ってはいなかったのでございますが、慥《たし》かに今のぎしぎしいう音は地震だったようにも思えたのでございますな。しかし、地震だと致しますと、これは大ごとでございます。まあ、家を揺するくらいなら相撲取りにも出来ましょう。でも、こと地震となりますと、この大地が揺れる訳でございますから――これはただ事ではございません。

「お、畏れ入りました――」

小僧、三歩下がって頭を下げます。

尤《もっと》も笠を被《かぶ》っておりますし、胸許には豆腐がございますから、土下座までは無理でございます。ただ豆腐すれすれまでは頭を下げますな。精一杯の恭順の姿勢でございます。

まあ、ここはどうあれ謝っておいた方が無難だと、小僧は思った訳ですな。

何故なら。

今のが地震であるとするならば、この目の前のチビ鬼どもは、地面を揺らす程の能力――神通力を持っているということになるからでございます。この大地を揺さぶってしまうなど、これは――妖怪としては相当大物さんだ、ということになりましょう。

何を畏《かしこ》まっていやがるんだ、と鳴屋は一斉に申します。

「――俺は人獲《と》って喰うようなお化けじゃあねえんだぞ。況《まし》てやお前人じゃねえだろ。お前みてえな小僧妖怪なんざ、喰おうったって喰えやしねえだろうがよ。大体お前なんか絵に描いた餅じゃねえかい。嘗《な》められるぐれえで喰えねえだろうよ。だから俺に頭下げたっていいことはひとつもねェぞ」

「でも」

「でもじゃねえよ。何だ、この格好が怖《こえ》ェのか？　まあ計らずも俺は今、鬼の格好で見えてるんだろうがな、本来なら俺はこんな形の訳はねえ。この格好はどっかの絵師が描いた形だ」

「絵師が？　じゃあ創作ですか？」

「それはお前だろう」

鳴屋は思い思いの姿勢で、しかし一斉に小僧を指差しますな。小僧はどきりと致します。

「て、手前は創作なんでございますか」

「そうだろうよ。だって、お前は絵本にゃ出て来るが、それだけじゃねェかよ。お前が出て来たって、別にどうにもならないんだろ？」

「どうにもって」

「だからさ。お前は何かの説明じゃねえんだろ」

「説明？」

呑み込みの悪い小僧だなあ——鳴屋はそうぼやくように言って、揃って胡坐《あぐら》をかきますな。

「いいか、俺はな、家がぎいぎい鳴るてェ現象そのものなんだよ。家がぎいぎいガタガタ鳴るのはいつだって俺の所為《せい》だ。つまり俺は、家鳴り現象の説明としてこの世に居るんだ。だから鳴屋なんて名前なんだよ。けどよ、お前の方は何の説明もしてねェだろ」

「してません」

「お前が体現してることといやァ」

鳴屋は十個の目玉でじろじろと小僧を見回しますな。

「そうだなあ。俺にはよく判らねェけどな、奇妙な雰囲気というか滑稽《こっけい》さというか——精々《せいぜい》そんなものだろうなあ。それとも何かの宣伝なのかな。まあ、いずれお前は、何の説明にもなってねえ」

「手前はなってない妖怪だと？」

二流ということでございますか、と小僧は泣き顔を晒《さら》します。

この小僧、最前まで己は名門の出ではないのかと夢想していた訳でございますから、これはショックも大きいというものでございますな。ところが。

そうじゃねえよ——と鳴屋は否定致しました。

「二流じゃない？」

「何度も言うが、俺とお前は種類が違うんだ。お化けなんてのはどれもまちまちで、どっちが上等どっちが下等なんて区別はねェんだ。それに——考え方によっちゃ、お前の方が俺よりも高等な化け物なのかもしれねえ」

鳴屋は腕を組みます。

「高等——と申しますと？」

「生き物ってのは後から出来たモノの方が高等じゃねえか。虫より獣、獣より人の方が高等だろう。そう考えると思いの外《ほか》、お前みてェに無意味な野郎の方が高等だ、という考え方はあるだろうな——」

「で、でも手前は鳴屋様と違って何も出来ないんです。こうして豆腐をずっと持っておりましてですね、これじゃ家を揺することも出来ませんし、いわんや地震を引き起こせるような神通力もございません」

「馬鹿だなお前は」

「へい。無学でございます」

「返事が速《はえ》えな、おい」

「はあ。考える余地もなく」

まあ妖怪は皆無学だよ——と鳴屋は嘯《うそぶ》きますな。

「俺が地震を起こせる訳はねェ」

「へ？　起こせないんで？」

「起こせないよそんなもの。神様だって地震なんかは起こせねェや。そんなものは勝手に起きるだけだ。天然の成り行きだな。水が高《たけ》ェ処《とこ》から低い処に流れるのと変わりがねえ。それを不思議と言っちまえば別だがね」

要するに地震は自然現象だと、鳴屋は申しておるのでしょうな。

「いいか、小僧。勘違いするなよ。俺はな、妖怪鳴屋だ。俺のことを説明する時、人はこう謂《い》うだろう。妖怪鳴屋は家を揺すり、叩き、騒いでどんどんバタバタ音を立てる妖怪です——とな。しかし本当は、そりゃ逆なんだ」

「逆？」

「逆だよ。先《ま》ず家がどんどんバタバタ鳴るってェ現象が先にあって、それを説明するために俺様は存在するんだな。俺が説明する現象は家が鳴ることであって、その原因は何も地震に限ったことじゃねェのさ。風が揺さぶる場合もある。子供の悪戯《いたずら》の場合だってある。部材が乾燥して裂ける音やら、生木の中の水気が凍《こお》って弾《はじ》ける時の音だったりもするな。どんな理由であっても、家が音を立てれば、それは俺の仕業だ——」

「はあ。子供の悪戯でも？」

「そうだな。まあ子供がぎしぎしやるわな。でな、その子供がよ、おいらがやりました、と名乗り出れば、そりゃ子供の仕業だよ。そんなこたァ当たり前だ。だが、子供がだんまり決めこんじまったら、そりゃ俺の仕業になンだよ」

「濡れ衣で」

「最初っから全部濡れ衣なんだって。だからよ、例えば家が鳴ってな、地震だ地震だと皆が騒げば、そりゃ地震なんだ。俺は地震が起きる説明には何の関係もないからな。でも、今みてェに、地震かどうか判らねェような場合は——やっぱり俺の仕業なんだ。どうだ参ったか」

畏れ入りました——と小僧はもう一度頭を下げます。

「だからよ、ここで原因と結果、因果《いんが》関係が反転してるだろ——」

流石《さすが》に家屋の歴史とともに歩んで来た年長妖怪は言うことが違いますな。中々小難しいことを語ります。

「——本来は何か原因があって家が鳴るんだよ。今の場合は地震が因で家鳴りが果だな。しかし、原因が地震と知れないから、俺が考え出された。つまり俺の生れた因は家鳴り、俺は家鳴りの果だ。地震、家鳴り、妖怪鳴屋、これが正しい順序だ。しかしな、俺様の存在理由ってェのは家が鳴ったことの説明なんだな。つまり俺は家鳴りの因となるべくして作られたモノなんだ。だから俺が居る以上は、俺の方が家が鳴る原因になっちまう訳だ」

「何となく解ります」

「そうか。まあお前のような小僧に理路整然《りろせいぜん》と解られても気持ちが悪いや」

鳴屋はけろけろと笑いますな。

「そこでな、因果の流れが反対になってるだろ。だから、仮令《たとえ》それが地震の所為《せい》だと判っててもよ——今度はさっきのお前みたいにな、地震を俺が起こしたと勘違いする馬鹿も出る訳よ」

馬鹿ですいません——と小僧は謝ります。

「何しろ手前は、自分がどういうお化けなのかも良く判らないんです」

「お前は豆腐持って突っ立ってる小僧だろうよ」

身も蓋もない解説でございます。

「それだけですか」

「だって──そうなんだろ」

「そうなんですけど──すいません」

謝ることァねえよと言って、鳴屋は一斉に首を傾げます。

「そう卑下《ひげ》することァねェ。そうよなあ。俺は、まあさっき言ったように、そりゃあ昔から家がガタピシいう度《たび》に担《かつ》ぎ出されて来た訳だ。家が鳴るからヤナリだ。そのまんまの捻《ひね》りのねえ命名だな。しかしこの姿を戴いたのは、そう古いことじゃねえのよ。俺が形を持ったなァお前が生れたのとそう変わりねえ頃だ」

「そうなんで？」

「そうだよ。お前が絵草紙《えぞうし》に描かれてこの世に生れたほんの少しばかり前のことだよ。俺がこんな鬼の姿になったのは。考えてもみろ。俺は音ォ出すだけだ。つうか、音だよ。音だけなんだから、別に鬼の格好なんかしてなくたっていいんだよ。実際今でも俺のことを鬼だと思ってる連中はそう多くはないぜ。場合によっちゃ、もっとつるりとした化け物だったり、子供だったり獣だったり、色々だよ」

はあ、なる程と小僧は頷《うなず》きます。

そう言われて見てみますてぇと、五人の鳴屋の中には、慥《たし》かに角が一本の者も居れば二本の者も居りましょう。角がないのも居りますな。いずれ同じような鬼の姿ではありますが、細部はまちまちで、いい加減といえばいい加減でございました。とても同じ種類の生き物には見えないのでございます。

やはり鳴屋とは数の数えられない複数体——つまりは単体なのでございましょうな。鳴屋という種類の妖怪が何匹も居る訳ではないのでございます。そのうえ本人が言っている通り、形もどうでも良いのでございましょう。

笠、盆、紅葉《もみじ》豆腐、そして大頭の小僧という——スタイルやらアイテム自体に本質があるような豆腐小僧とは、その辺大いに違っております。

でも俺はこの格好嫌いなのよ——と鳴屋は申しました。

「なんか抹香臭《まっこうくさ》いだろう。宗教ァ関係ないんだ俺の場合。こりゃあお前、仏教の絵だよな」

「仏教って、その——」

小僧と雖《いえど》も、流石《さすが》に仏教を知らない訳ではございません。しかし改めて考えたことなどございませんから、戸惑《とまど》ってしまう訳でございます。

「——鬼ってのは、いいえ、鬼さんという方は仏教の出なんですか?」

鬼は妖怪の類《たぐい》でございましょう。小僧は一応礼儀を重んじまして、さんづけにした訳でございますな。鳴屋は牙を剝きました。怒っている訳ではなく、鬼の面《つら》でございますから、表情のバリエーションに乏しいのでございます。

「鬼は——立派なお化けだがな。俺は会ったことはないな。話にも聞かないぞ。でも、俺みたいに鬼の形を貫ったお化けは大勢居るようだがな。尤《もっと》も、妖怪同士が出会うってこたァ殆《ほとん》どない。俺もこうして長々話をしたなァ随分久し振りだかンな。まあ、俺が口を利けるようになったのも、この鬼の形を戴いたお蔭《かげ》なんだがなァ——」

慥かに本来なら鳴屋が口を利くのは妙なのですな。ただの音なのでございますから。鬼の形になって、口が出来て、それで喋れるようになったのでございましょう。

鳴屋は照れたように笑います。

「でも——何だかんだ言ってこの格好は覚え易いんだな。誰でも知ってるだろ、鬼は。だからまあ、こうだと言われりゃこの方が記憶に残るな」

鳴屋は銘々《めいめい》が己の角やら牙やらを摩《さす》って、なんともいえない表情を見せました。

「お蔭で俺は生き残ったのよ。この格好がなかったら、俺は消えてなくなってたかもしれんからな」

「き、消えて？」

小僧にしてみれば、聞き捨てならぬ台詞《せりふ》でございます。手元の豆腐を放して良いものかどうか、放したら消えてしまうのではないかと、小僧はずっと思案していた訳でございますから。

「ややや、鳴屋さんは、その、どうしたら消えるんです？」

そりゃ俺の代わりが現れたら消えるよりねえわい——鳴屋は答えます。

代わりとは何でしょうと小僧は問いますな。

「例えば――池袋《いけぶくろ》村の女だとかな」

「い、池袋?」

「知らねェかい池袋村――」

鳴屋は問い返しますな。

「手前は――その」

豆腐小僧は、田舎者でこそないのでございますが、江戸の地名を殆《ほとん》ど知りません。知る機会がなかったのでございますな。ですからそのように申しますと、鳴屋は至るところから小僧を指差して笑います。

「馬鹿だなあ。池袋村は江戸じゃねェよ。一応朱引《しゅび》きの内にゃ入ってるが、田舎だ、田舎。武蔵国《むさしのくにと》豊島郡《しまごおり》池袋村」

「そう仰《おっしゃ》られましても――その朱引きと申しますのは?」

「なァんにも知らねェ小僧だなあ。朱引きってのは、まァ江戸の外枠《そとわく》だな。代官所じゃあなくって、町奉行《まちぶぎょうしょ》所支配の土地ってことだよ。あの辺りの、雑司《ぞうし》が谷《や》村とか高田村とかはよ、その昔は江戸の外だったんだが、まあ近いてェこともある。武家の屋敷なんかもあったしな、江戸の枠ン中に入れましょうか、と――」

「あのう」

何だ――と一斉に声が致します。

「へ、へえ、すんません」

一人だと判っていても、大勢に叱られたような気が致しますな。

「その、池袋村ですか。そこが江戸の端っこの方なんだということだけは何となく解りましたンですけれど――ただ、あの辺りとか、そう仰られましてもですね、どの辺りなんだか、手前にはさっぱり――」

面倒臭ェ野郎だなあ――と、鳴屋は気怠《けだる》い声を出しますな。

取り分け気が短いという訳ではないのでございましょうが、慥《たし》かにこんな小僧相手に池袋がどこにあるかということに就いて諄々《くどくど》と説明するのは、鳴屋でなくとも間怠《まだる》っこしい気が致しますな。

「いいだろうよどこでも。西でも東でも話に支障は出ねえや。在所《ざいしょ》とか、細けえ話はあんまり関係ねェんだよ。女の話だからさ」

「おんな――で」

小僧、今しがたの白い肢体を思い出しましてどぎまぎしたり致します。

「その、それが、ええと」

「何だろうなぁ、この小僧は。そんなでかい面ァ赤くしたり青くしたりされたってなあ。いちいち話の腰を折られるから、話し難《にく》いじゃねェか」

「そこをなんとか」

「何でそんなに聞きたがるんだよ。まあいいや。あのな、その、どこでもいいが池袋って村があると思え」

「思いました」

「思ったか。そこに女が居る」

「居ますか」

「居るよ。男しか居ない村なんてねェよ。陰間《かげま》の村じゃないんだから。女は居るよ。村ってのはな、その——お前のよく出る町たァ少し違う。もっと小さい」

「はあ。五寸くらいで？　一寸五分くらい？」

「馬鹿野郎。そういう小ささじゃねえよ。そんなもん、蟻の巣じゃねえかよ。狭いんだ」

「じゃあぎゅうぎゅう詰めですねえ」

「詰まってねえよ。寧《むし》ろ空《す》いてるよ」

「そらまた奇態な。みんな痩せてるんで？」

「痩せたのも太ったのも居るよ。狭くって、人も少ないんだよ。おっと、これ以上妙な合いの手入れて惚《ぼ》けるなよ。人は少ないがな、それでも男も女も若いのも年寄りも居るんだ。問題はなァ、その池袋村出身の若い女な」

「わ、若いので」

「そうよ。奉公出されたばかりくらいが一番悪い。これが居るてぇと俺の出る幕がなくなる」

「出る幕といいますと」

「だから、俺のお株が取られちまうんだよ。解るか？」

「解りません」

「まったくもう。あのな、その、池袋村出身の娘ってのをな、下女なんかに雇うってェと、その家に変事が起きると、こういう迷信があんだな。ま、何で池袋村なのか、そこンとこは俺も知らねェ。まあ池袋村の連中はな、あれは沼袋《ぬまぶくろ》村の女だと主張してやがるがな。俺が聞いてるのは池袋が多いな。どっちにしたってあの辺は百姓家ばかりだからな。そこの娘が、まあ江戸に働きに出るわな。そうすると、変事が起きると」

「変事って何です？」

「おいおい。お前だって狂歌なんかにも詠《よ》まれてるお化けなンだろ。なら知らねえか？　下女の部屋振動こいつ池袋——って、川柳《せんりゅう》もあるくらいだ。有名だぞ」

「ははあ。そんな川柳が——」

この小僧、どうやら川柳という言葉は知っております。しかしそれがどんなものかということに就いては、きっと知りません。

「——そいつは大変ですなあ」

「何が大変なものか。意外に調子のいい小僧だな。解って言ってるのか？」

解ってますよと小僧は申します。

「で、何が起きますンで？」

「解ってねェな。だから川柳にある通りだよ。家屋が振動してだな、こうバラバラと石が降ったり」

「石が降る？」

「おう。石打ちと謂《い》う。あとは家の中がぐちゃぐちゃになる。茶碗《ちゃわん》やら急須《きゅうす》やらが宙を飛んだりな、家具が倒れたり着物が引っ掻《か》き廻されたり――」

これは――西洋風に申しますてェと騒霊、騒がしい幽霊というやつでございます。洒落《しゃれ》た言葉で申しますならポルターガイスト。この方が通りが宜《よろ》しいかもしれませんな。今でこそ、こりゃあ心霊現象だの超常現象だので簡単に片付けられてしまいますが、よく考えますとそれは沢山ある説明の中のひとつ――しかも非常に信憑性のない、トンマな説明を選択しているに過ぎないようでございますな。

どうであれ、そういうことが起こりました時に、取り分け疑問を抱くこともなく、あッポルターガイストだッ――で通ってしまうのでございますから、今の世の中もいい加減なものでございます。横文字でちょいとばかり耳触《みみざわ》りが良い所為《せい》もございましょうが、それで納得してしまうってことは、あら幽霊が茶碗を投げた、と言われて納得するようなものなのでございますから、これは賢いとは申せませんな。体《てい》の良い言い換えでございます。

そう考えますってェと、有効な説明自体は昔も今もそう代わり映えはしていないことになる訳でございますが、何だか小洒落《こじゃれ》た言い方で逸《はぐ》らかされている分、今の方が余計におつむの具合が悪くなっていると言われましても、返す言葉もございませんな。

まあ、いずれにしろこの迷惑な現象は、洋の東西を問わず若い娘が関わっているケースが多いようでございまして、本邦の場合も、鳴屋が申しますように、池袋出身の下女が引き起こすものだと思われていた時代もあったようでございますな。

「その池袋の女の人は、どうしてそんなことが出来るンです？」

小僧は純真でございますな。

「そりゃあお前、女はよ、時偶癇癪《ときたまかんしゃく》を起こすじゃねェか。肚《はら》ァ立てると土瓶《どびん》でも鍋《なべ》でも投げるだろうに」

「そ、それは畏《おそ》ろしい」

さっきの白い肌、そんな所業もするのかと、小僧は震え上がります。そういえば何やかやと投げつけてもおりました。

「でも——じゃあ池袋の女の人はみんな癇癪持ちなんですか？」

そうじゃねェようと、鳴屋は一斉に眉を顰《ひそ》めます。

「どうして池袋の女だけ癇癪を起こさなきゃならないんだよ。柳橋の芸者だって紀州藩の奥女中だって癇癪は起こすンだよ。男だって起こすぞ。女だからこうだとか、百姓だからどうだとか、どこの村ではそうだとか、そういうのはお前、差別だぞ。だからな。こりゃあお前、江戸の近くの田舎——ッてところが味噌《みそ》だな」

「味噌ですか」

「味噌だ。奥州《おうしゅう》の百姓娘とか、薩摩《さつま》の山娘とかはよ、中々江戸に働きに来ないだろ。池袋村ってのはよ、水際《みずぎわ》なんだな。そっから先は江戸じゃあねェ。つまり町ってェ結界の、際《きわ》から中に働きに来る者な訳だ」

「はあ——」

「解るか。町ってのは囲いが要る。目に見える囲いじゃねェよ。さっき言った朱引きみたいなものだな。囲いの中はよ、こりゃあ安心だ。外は危ねェ。遊廓だとか墓地だとか、そういうものはお前、その囲いの外に出したがるだろうよ。穢《けが》れは追い出す。でもって、あの辺の村はその水際にある」

「池袋だし」

馬鹿野郎小僧のくせに地口《しゃれ》みてェなこと言いやがって――と言って鳴屋は笑いますな。

「まあ、池袋村も沼袋村も実際に水捌《みずは》けの良くねェところでな。だから池だの沼だのが名についてるんだがな。まァどこでも良い訳よ。そういう場所から来た者に罪をおっ被せる訳だよ」

「どこでもいいので」

「どこでもいいんだけども、どこかの娘じゃ説明にならねェじゃねえか。そこはな、どうでもどこかに決めてしまわないことにはよ――」

リアリティがない、というようなことを鳴屋は言いたい訳でございますな。固有名詞を持たせないことには真実味がないから池袋がスケープゴートにされた――と、いうことでございましょう。

「で、大体の筋書きはこうだよ。田舎娘が奉公に来て、そこの主《あるじ》におもちゃにされてな、それから家に怪異が起き始めてな、お祓《はら》いをしようが題目《だいもく》を唱えようが止《や》みはしない」

「はあ」

「で、どうも下女が怪しいということになる」

「どうしてで？」

「そりゃ、邪魔だものよ。亭主のお手つき下女なんざ、女房にゃ邪魔なだけだろ」

「邪魔だからって犯人ってのはどうなんでしょ」

「どうもねェよ。実際、下女を追い出したら怪異は止むんだな。で、なる程あの娘は池袋村の出だったのか──とな」

「はあ。擦《なす》りつけると」

「まあな。これも濡れ衣だな。下女に手ェ出す助平親爺なんてのはざらに居る訳よ。そうしたことは頻繁《ひんぱん》にあるわな。で、女房は角ォ出す。でも怒るなァ女房だけじゃねェだろ。手をつけられた娘だっていい迷惑じゃねェか。そもそも慣れねェ町暮しでイカレてらァ。だから茶瓶にでも釜にでも八つ当たりするかもしれねェ。女房だってカリカリしてるから、だから」

「癇癪を起こすと？」

「そうだな。女房がやったんだとしても、原因は下女だよ。犯人じゃねェけど原因は下女なんだ。そこに家鳴りのひとつも起きてみろよ。こりゃ間違いねェ、あの下女の仕業だ──ってことになるだろうがよ」

「はあ。で、それだとどうして鳴屋様が消えてなくなるンでございます？」

小僧は要するにそこが聞きたい訳でございます。

「解らねェかな」

「さっぱり」

「俺の存在理由は？」

「家の鳴る説明——」

「この場合の下女は？」

「ああ、やっぱり家の鳴る説明」

そうそう、漸《ようや》く解ったかと鳴屋は頷きます。

「俺の出る幕はねェの。俺だけじゃないぞ。例えば俺は家鳴らすだけだが、垣根《かきね》揺する妖怪《おばけ》やら石投げる妖怪だって居るからな。その連中も失業だ。いいか、石は降る、家具は暴れる家は鳴る——こりゃあお前、要するに化け物屋敷なんだよ。化け物屋敷全体の説明として、池袋の女ってのが作られたってことだな。化け物屋敷に出る色ンな妖怪の役割を、下女ひとりがそっくり肩代わりしちまった訳だよ」

「なる程、諒解《りようかい》致しました。するとその下女が居りますと、鳴屋様は」

「まあ消えるしかない」

「でも——」

小僧は不思議そうに小鬼どもを見渡します。

「——健在でいらっしゃいますね」

「そりゃそうだよ。下女の説明はな、残念ながらというか、幸いなことにというかよ、江戸やら京やら、そういう町ン中でしか通用しねェンだよ。池袋の場合はもう江戸だけだわな。地方じゃ通用しねえ。江戸だって、池袋村じゃ通用しねェだろ」

「ああ、全部池袋」

「そうだろうがよ。それに、山ン中で石が降って来たとして、おや池袋の下女が居る――と思う馬鹿ァ居ねェだろ。そういう場合は天狗様だとかよ、狸公《たぬこう》なんかが出張《でば》ることになっているンだ。同じように下女の居ない家だって音は鳴るからな。俺は当分安心だ――」

　鳴屋はそう嘯《うそぶ》いてからそれぞれぐいと胸を張ります。

「まあ、世の中は進歩してやがるからな、蘭学《らんがく》だの何だのが入って来てよ、天然の仕組み自然の理《ことわり》が判って来れば俺の出番もなくなるかもしれねェな。そん時は俺も潔く消えるよ」

　しかし――時を隔てまして鳴屋を駆逐いたしましたのは、科学の進歩でも迷信の衰退でもございませんで、実はラップ音と申します訳の解らないものだった訳でございますが――まあ流石《さすが》の鳴屋も、まさか自分がそんなものにあっさり駆逐されてしまおうとは、夢にも思っておりません。

「それは――羨ましい限りで」

　小僧はそんな小鬼を憧憬の籠った視線で見つめます。

　フットワークも軽く活動範囲も広く、おまけに池袋の女などという強敵が現れても存在が揺るがないのでございますから、豆腐一丁に囚《とら》われて鼻の頭も掻けない小僧とは大違いでございますな。

「さっきの娘な」

「へ？」

唐突《とうとつ》な語りかけに、小僧は我に返ります。

「さっき、ここで情事《いろごと》に耽《ふけ》ってた娘が居るだろ」

「い、色」

「何を困ってるンだよ。あの娘はな、そこの小間物屋の娘なんだがな、あのおッ母さんってェのがよ、後妻でよ」

「ごさい？」

「後添《のちぞ》え。二度目の女房だよ。その女はな、実は下女上りで、しかも出は池袋なんだな」

「ええッ！　じゃあ、それであんな」

「あんな――なんだよ？」

「だってその、男の人を」

「馬鹿。お化けと雖《いえど》もそういう発言は誤解を受けるぞ――」

鳴屋は勘違いをしております。

小僧が、例えば下女上りは淫乱《いんらん》だとかいうような身分差別、職業差別的な考えを持ったのだと、そう思ったのでございましょう。

しかし実際のところ豆腐小僧は真性の馬鹿でございますから、池袋の女は凄い魔力を持っていると――思い込んでしまった節がございまして、そのうえさっきの娘は若旦那を痺《しび》れさせて喰おうとしていたようだ――と疑ってもおった訳でございます。ですから今の発言は、失言と申しますより短絡的にその二つを繋げただけの大ボケな発言なのでございます。

「何を思ったンだか知らねェけどな、そりゃあ根刮《ねこそ》ぎ間違いだぞ。あのな、さっきの娘のおッ母さんな、あれは若《わけ》ェ頃、やっぱり日本橋の小料理屋に下女に入ってよ、疑われた訳だよ」

「化け物屋敷？」

「おう。ところがこれが気丈な女《あま》でな、何が起きてもがんとして自分の所為《せい》じゃないと言い張りやがった。でも、まさか下女の分際で女将《おかみ》さんがやってるようだとは言えねェだろ。そこでな、俺を担ぎ出したのよ」

「は？」

「家が鳴るのは自分の所為じゃァござんせん、こうしたことは古くから、鳴屋というお化けの仕業と謂い慣《なら》わされておりましょう――と、そう言ったンだよ、あの女は。いいや、言っただけじゃねェ。自分でもそう信じ込もうとしたんだな。こりゃ賢いぞ。お蔭で俺は出なきゃいけなくなっちまった。親が教えりゃ子も信じるよ。それで――さっきの娘はよ、家が鳴った途端に、覚えてた俺の絵姿を喚起したンだな。それで俺はこの格好で、素ッ裸の娘の前に登場したと――ン？　どうした？」

小僧、再び裸身の幻想に囚われております。

「おいこら。聞かないなら消えるぜ。俺はお前と違って忙しいんだよ。こうしてる間だってどこかで家が鳴れば俺は出てるンだからな。一遍に何箇所にも、時には何百箇所にも出なきゃいけない時だってあるんだ」

「は？　あ、あのその」

小僧、しどろもどろでございます。

どんな時だって俺は一人なんだからこれでも結構大変なんだぞ——と五匹の鬼は口を揃えて申しますな。

「大体お前が色々尋《き》くから俺は答えてるンじゃねェかよ。俺は別にこんなこたァ語りたくなんかないんだよ」

「あ。いや、もっと語ってください」

小僧はもう一度頭を下げます。

でもこの姿勢、少し離れて観てみますてェと、まるで盆に載せた豆腐をば恭《うやうや》しく差し出して献上でもしているようでもございます。

止《よ》せ止せと鳴屋は一斉に顔を顰《しか》めますな。

「俺に頭下げたっていいこたァねェと最初に言ったじゃねェかよ。それになあ、薄気味悪いったらねェんだよ。お前はお化けなんだから、本来気持ち悪いものだってことを自覚しろ。気持ち悪いものに礼を尽くされる方の身にもなれよ。身の程を弁《わきま》えろって」

申し訳ないと小僧はまた頭を下げますな。

「おい。やめろって。そんなに豆腐差し出すってえと俺ァその豆腐、喰っちまうぞ」

「ヘッ」

小僧は慌てて盆を横に除けますが、除けた先にも同じような顔の鳴屋がおりまして、小僧はひゃあと声をあげてもう反回転致しますな。でもそこにも鳴屋が居たり致します。

小僧は取り囲まれているのでございますから、どこを向いても居るのは当たり前なのでございますが、そこは要領の悪い小僧のこと。結局盆を抱えるようにして豆腐を守ります。

「ご勘弁ください、ご勘弁ください。豆腐だけは、豆腐だけは——」

泣き声でございます。鳴屋はしらけたような顔になりますな。

「何でぇ。人間が命《いのち》惜《お》しみするような声出しやがって。そんな恐ろしげな怯え声は臆病な人間野郎だって然々《そうそう》出しゃあしねェぞ。まぁ家が鳴ったくらいで命惜しみするような奴も少ねェがな。何だ、おい。喰わねえよ。俺は涌《わ》いてこのかた、モノ喰った覚えはねェんだよ」

「本当？」

豆腐小僧、怯《おそ》る怯《おそ》る上目遣いで見上げます。

しかし相手は見上げる程大きくはございません。小粒でございます。

「あのな、お化けは嘘言わないよ。そもそもお前、そんなに大事な豆腐なら、どうしてそんなに差し出すンだよ」

「つい出てしまいますんで」

「どうにかすりゃいいじゃねェか」

「どうにもなりません」

「何でだよ」

「て、手が放せません」

「どうして」

　そこで小僧、最前よりずっと気に懸けておりました己の存在そのものに関わる根源的な疑念をば、怖《お》ず怖ずと説明致しました。

　鳴屋は呆《あき》れて、それから神妙な顔を致します。

「はあ——じゃあ何か？　お前はその盆を持つ手を放したら、自分自身がこの世から、消えてなくなっちまうんじゃねェかと、こう心配してる訳か？」

「然様《さよう》で」

「ううん、それで俺に根掘り葉掘り尋いたのか。それはお前——」

「如何《いかが》でございましょう？」

「慥《たし》かにお前のようなお化けは、そうなのかもしれねェなあ。でも——」

　鳴屋はそこでいきなり黙って、そのうえ深刻な顔になって俯《うつむ》きます。

　思わせ振りなリアクションを目の当たりにして、小僧は生き物でもないのに心臓がどきりと致します。

「や、やっぱり——当たっておりましょうか。手前は——豆腐が」

「ううん。そうよなあ」

　鳴屋は更《さら》に考えますな。小僧は一層に不安になります。

　あ——全員で考え込んでいた鳴屋の一匹が声をあげて顔を上げます。すぐにもう一匹、またもう一匹と、右回りに順々に五匹が顔を上げますな。今回に限り一斉でなかったのは、何か内面に葛藤があったのかもしれませんな。

「お前よ」

「はい」

「今、両手で盆持ってるな。さっき涌いた時からそうなのか？」

いつ涌いたものか記憶が定かではございませんが、ポーズを変えた覚えはございません。

「片手放してみろ」

鳴屋はそう申しました。

「な、なンと――」

何と恐ろしいことを――と、小僧は泣き声を出し、いっそう前傾姿勢になって豆腐を抱え込みますな。こればッかりは何が何でも死守せんことには始まらぬといった案配。何しろこの豆腐には己の存亡がかかっております。

「――て、手前を抹殺する気で」

「抹殺？　何言ってんだお前。おい、涙ぐむこたァないじゃねェか」

分散しておりました鳴屋は小僧の正面に集合いたします。

「だ、だ、だって手前は、消えてなくなるのは――」

「大丈夫だって。ほら」

鳴屋が手を出します。

小僧は盆を横に退《の》けますが、先回りした一体の鳴屋がひょいとその端を摑みますな。

「お、およしください」

「いいから。ほら片方だけだ。左手だけ放せ。片方だけならいいだろう。ほら放してみろ」

「嫌だ、嫌でございますゥ」

放せ放さぬの押し問答が続きます。

盆が左右に揺れまして、上の豆腐がふるふると震え、そのうちつうッ、と鳴屋の方に滑りますな。

「おおっとっと」

小僧の顔面が真っ青になります。

「オオ危ねェ。しッかしお前――余ッ程消えるのが怖いンだなあ。何だその顔は。血も流れてねエのに血の気引かせて、どういうつもりだ。でかい面だから余計目立つぞ。ただな小僧、よく考えてみろよ。お前名前は何だ？」

「豆腐小僧で」

「だろ？　お前は〈豆腐小僧〉であって、〈豆腐の載った盆を両手で持ち続けてる小僧〉じゃねエだろうがよ。なら別にそんな必死んなってその姿勢に拘泥《こだわ》らなくたっていいんじゃねェかなあ」

そうでしょうかと小僧は消え入るような声で答えます。慥《たし》かに鳴屋の言うことも一理あるようでございます。

「そうだよ。どっから見たってお前は小僧なんだし、なら後は豆腐がありゃいいんだから、片手で持とうが頭に載せようが構わねェんじゃねェの？」

「でも」

それではお盆頭載せ小僧になってしまいませんかと小僧は問います。それも一理あるように思いますな。

「そんなけったいな小僧は居ねェと思うけどな。それに——俺の記憶じゃ、お前は別名があるように思う」

「別名？　そ、それは舌出し小僧？」

先程若旦那が言っておりました名前でございます。

「舌出しなあ。それでお前だらしなく舌ァ出し入れしてンのか。そうだったかなぁ。ま、そうなんだとしたら、舌さえ出してれば豆腐は要らねェ」

「そ、そうもいきませんので。何でも手前、本当はこの豆腐を嘗めなくちゃあいけないんだそうで」

若旦那が申しました名前は、正確には豆腐を嘗める舌出し小僧なのでございますな。

「ややこしいなぁ。ただ——俺はひとつだけ覚えてたことがあるんだ」

「覚えてたこと？」

小僧、盆を傾けて器用に豆腐を移動させ、中心に戻します。

「気が散る奴だなぁ。まあ聞け。俺は天井だの梁《はり》だのから、お前の載ってる絵草紙を何度か見ているって——そう、さっき言っただろ」

「へい」

「俺は見てるんだよ。お前が片手で豆腐持って跳ねてる絵——」

「え？」

「だから絵だよ」

「しかしそれは絵でしょ——」

お前は元々絵じゃねェかと鳴屋は大きな声を出しますな。

小僧はひい、そうでした申し訳ないと謝ります。

「どうも妙だな。お前、性格変わってねェか？　なんかぺこぺこいじましいぞ。俺が絵で見たお前はな、もっと無邪気に、笑いながらぴょんぴょん飛び跳ねてたけどな。とにかく、お前は片手で盆を持ってたんだ。こんな感じだ」

鳴屋は五体揃って両手を広げ、片足でぴょんと跳ねます。

「こう、ぴょんだ。な、ぴょん。こういう格好で描かれてるってことはよ、こりゃ陽気に跳ね歩いてる一場面以外にないだろ。だから——」

鳴屋は揃って軽快に跳ね歩きます。小僧にしてみればダンスでも見るような具合でございましょう。小指の先まで乱れのない揃った動きは、まるでシンクロナイズドスイミングでございますな。小僧、思わず拍手を送りたくなりますが、両手が塞《ふさ》がっておりますのでどうも出来ません。

「どうだ」

「凄い芸です」

「芸じゃねェよ。お前の真似だって。こんな瓢軽《ひょうきん》な動きは中々出来るもんじゃねェぞ。余ッ程機嫌良くなくっちゃあこんな歩き方ァしねェ。今のお前みたいに陰気な性格の小僧には無理だな。どうだ出来るか？」

「で、出来ません」

下手《へた》に活発に動いたり致しますと豆腐が落下してしまう危険がございますから、とても無理でございます。

「でも、してたンだよ」

「そう――いえば」

そんな記憶はまったくない、という訳でもないようでございますな。でも小僧、何しろここに涌くまでのことをさっぱり覚えておりません。

「いや、でも」

「やってみな。片手が空けば随分勝手が違うぞ。心配はねェ」

「本当？」

「信じろ」

「でも――何だか手前には」

「うじうじした小僧だなお前も。お前それでも妖怪《ばけもん》なのか？　どうも様子が変だな。もっと簡単に考えられねェかなあ」

「はあ――」

別に難しく考えている訳でもないようでございますな。

先《ま》ずこの小僧、難しいことは考えられません。

「何だか怖くッて——それに手前がそんな活発な小僧だったなんて——とても信じられませんのです」

「お前騙《だま》しても俺にはなンの得もないいんだよ。もう——いい加減つき合ってる俺が馬鹿みたいじゃねェかッ」

言うが早いか二体の鳴屋が小僧の左腕に取り付きます。残る三体が盆を押さえて、あっという間に引き剝《はが》しました。申し合わせることもなく、それでいて流れるような連係プレイ、流石《さすが》は何体いようが一匹の鳴屋。

「ああ御無体なァ」

手込めにされる奥女中のような悲鳴でございますな。

「消える、消えてしまうぅ」

小僧は錯乱致します。

その大頭を鳴屋は五体で同時にぺしゃりと叩きます。

「消えてねェじゃねぇか」

「あら」

小僧、眼を剝《む》いて周りを見渡し、それから己の衣服を確認致しまして、空いた左手でぺたぺたと自《おの》が躰を触り、それで漸く安心したものか、大きく息を吐きました。

「ほ、本当だ。片手なら大丈夫だったんだ。や、鳴屋様、どうもありがとうございます」

小僧、深々と礼を致します。

両手で持っていた時よりは幾分サマになっておりますが、給仕が料理を運んで来たような仕草ですから、お礼をしているようには見えません。

鳴屋は複雑な表情で小僧を見つめますな。

「やや愛敬が出て来たがなぁ。少ォし絵で見たお前に近くなって来たぞ。どうだ、ついでに跳ねてみないか？」

「め、滅相もない」

「なんだ。ものには勢いってものがあるだろう。お前江戸っ子なんだろ」

「手前は江戸っ子なんですか？」

「慥《たし》かそうだよ。だってお前、粋《いき》な着物着てるじゃねェかよ――」

言われて小僧、改めて己の装束を確認致します。今の今まで盆が邪魔して見えなかったのでございますな。金魚やら達磨《だるま》やら狗《いぬ》やらでんでん太鼓《だいこ》やらが染めつけられた、玩具柄《おもちゃがら》の単衣《ひとえ》でございます。

「そんな垢抜けた格好の妖怪は田舎じゃ見ないな。俺はよ、全国津々浦々のお化けを見聞きしてるんだ。こんな風に話し込んだことこそねェから先方は俺のこと知ってるかどうか判らねェけどな。何たって俺、場所関係なく出るだろ。それに長く居るからよ。おおかたは回ってるんだよ。それに俺、雰囲気作りに持ってこいだろ？」

ぎい、ぎいと家が鳴った後に何かが出るてェことはよくある訳で、これは鳴ったが故に何か出そうな気分になるというのもあるのでしょうかな。妖怪さんが心霊現象に席巻《せっけん》されて後、家鳴りがラップ現象――様々な心霊現象の前触れ――に堕してしまうという悲劇の萌芽は、この段階ですでに芽吹いていたのでございますな。

ま、前座扱いと言っちまったらそれまでだけどな――と自嘲《じちょう》気味に申しましてから鳴屋は小僧の正面に再び集結致します。

「――とにかく、田舎のお化け連中はそんなこざっぱりした格好はしてねェし、大体お前みたいに無目的なお化けは村には居ねェよ。お前は泥臭ェ田舎のお化けよりやっぱり高等だよ」

「そうでしょうか」

「自信を持てよ。どうだ小僧――この際、そっちの手も放してみたら」

鳴屋、鬼の顔をずずいと寄せます。

「そ、それは」

「人生に冒険ってなァ大事だぞ」

面白がっている訳でもないのでしょうが、どうもこの鳴屋という妖怪、ややお節介のようでございますな。

しかし小振りとはいえ鬼の顔が横並びに五つ、これが接近しますってェと結構迫力がございます。放せ放してみろと迫られまして、小僧、遂に泣き出してしまいますな。上司に一気飲みを強要されたひと昔前の新入社員のようなものでございましょう。

鳴屋は落胆したように申します。

「お前なあ。そうやって、たぁだ怯気怯気《びくびく》してたってどうもねェだろうがよ。大体そのまんまじゃ不自由で何にも出来ねェだろ。その格好で出来るなァ屁ぐらいだぞ」

妖怪が屁をするものかどうか判りませんが、小僧、蚊の鳴くような声を出しますな。

「て、手前は当面、な、何かする気もございませんですし」

まるで無気力で消極的な若者のような台詞《せりふ》でございますが、しかしこれは仕様がございませんでしょうな。

この豆腐小僧は、繰り返し申しますように豆腐を持って立っているだけの存在でございまして、それ以外のことは本当にしないのでございます。

そういう設定で発生しておりますから、腹も減らなきゃ眠くもならず、大望があるどころかささやかな希望すらもございません。

「まあなぁ。それは俺も同じなんだけどな――」

鳴屋は溜め息を吐《つ》きます。

その溜め息に合わせて、鳴屋のうちの二体がすうと消えました。

「あッ、き、消えた、消えた消えた」

「騒ぐなよ。今しがた陸奥《むつ》の代官屋敷が鳴ったんだよ」

「それで――お仲間はそちらに？」

「仲間じゃねエって。俺は一人。俺は今、陸奥にも居るんだよ」

「同時に？」

「そうだよ。酷《ひど》い時には百箇所同時に出現したこともあンぞ」

別の場所に百箇所同時に存在していて、意識はひとつというのは、いったいどんな感覚なのでございましょう。

鳴屋は渋い顔を致します。

「こんな具合でよ、俺達妖怪にはよ、何だ、主体性ってモノがねェだろ。人間どもが感じてくれている間だけ、こうして存在する訳だから——ま、俺達自体が屁みてェなものだよなァ。これぱっかりは自分でどうすることも出来ねえ。俺は出る場所も出る時間も自分じゃ決められねえのよ。ン？」

鳴屋はそこで全員が右に傾きます。どこかお子様のお遊戯じみておりますが、三体見えていても一匹なのですから、これは仕方がございません。

なななな、何ですと小僧は後ずさります。

「ちょっと待て。この状況は——何か変じゃねェか？」

鳴屋は真顔で申しました。

「へ、変と申しますと——」

笠を被った大頭の小僧と数体一組の小鬼が廃屋で語り合っているのでございますから、これを変と言わずして何を変と申しましょうか。

そういうことじゃねェ——と小鬼は申します。

「いいか小僧。俺は——あの小娘が俺のことを知っていて、それでこの家が鳴った時に俺の姿を想起したから、この鬼の姿ァ現したんだ。いつも通りの展開だな。まあそこまではいいや。それで——あの娘が去った後、引き続きお前が怖がってたから、こうしてここにとどまっているんだろうな。お前怖がってたもんな？」

小僧は何度も首を縦に振ります。

「怖かったですよう」

「泣くなよ。それならまあ、俺がここに居るってのは解らないでもねェが」

「はあ」

お前の方は、何でまだここに居るんだ——と鳴屋は申しました。

「へ？」

「俺はともかく、お前が今ここに居るのは、おかしいだろ？」

「手前はおかしいですか？　顔が？」

「顔もおかしいけど、そうじゃなくてよ。変だろよ」

「何故です？」

「だって——お前を出現させた人間、つまりお前を見るべき人間ってのは、あの若旦那だった訳だろ。あいつがお前のことを知っていたから、お前はここに出た。それはいいわな。それから、あの娘はこの場で若旦那からお前の話を聞いたんだから、まあ、あの娘も不確かながらお前を見る資格があるだろう」

「へえ」

「でも――」

鳴屋は眉毛のない目の上の肉の突起を歪《ゆが》ませます。

「――でもその二人とも、もうここには居ねえンだぞ」

「はあ、それが？」

「それが――じゃねェよ。お前を認識すべき人間がこの場を去ったなら、お前はとっくのとんまに消えてなくなっていて然《しか》りじゃねェかよ」

「き、消えて――手前が？」

「そうだよ。手ェ放すのは嫌だの、豆腐が大事だのとほざいている暇ァ、本来ならねェはずだぜ。お前はもう消えてなくちゃならないはずなんだ」

小僧はガタガタと震えます。

「何を震えてるんだお前。お前さっきから消えるの怖がってるがな、そもそも俺達には実体はねェ。神出鬼没ってのは、出たり消えたりってことじゃねェか。消えンのは当ッたり前のことだぞ」

「でも鳴屋様は――ずっと消えないのでございましょう？　家が鳴って、その原因が知れない限りは――」

「消えるよ。この国中、どっこの家も鳴ってねェ時、俺はこの世に居ない。どこにも存在しないのよ」

「そうなんですか」

「おいおい。お前も妖怪だろうが。怖がったり怯えたりする人間が居ない処に妖怪は涌けないんだよ。人間の居ない処に妖怪は居ねェンだ。そんなこと自明の理じゃねェか」

「消えている間って――手前達はどうなってるんでしょう」

「どうもこうもない。ねェんだから。文字通りねェんだ。その間は、もちろんこんな意識なんかない。存在しないんだから、ない」

「じゃあ消えるってのは、その、人間様でいう眠ってるようなもので？」

　寝てるというより死んでるんだな、と鳴屋はあっさり申します。

「し、死ぬ！」

「死ぬったって、またどっかで誰かが怖がりゃ嫌でも涌くンだよ。人間で言やァ生き返っちまう訳だ。涌いてしまえば元通り、意識は連続してらァな。消えてる間のことなんかなかったも同然だ。だから怖いことはねェ」

「でも――誰も――怖がってくれなかったら？」

「そりゃ涌かない」

「みんなに忘れられてしまったら」

「おしまい。終わり。終了。未来永劫、なし」

「ひいいい」

　小僧は悲鳴をあげます。

「怖がるなよ。何だよその蚯蚓《みみず》踏ん付けたお嬢さんみてえな悲鳴はよ。だって、そういうものだろう。疑問に思う方が間違ってるよ。俺達はそれだけのモノなんだから、別にどうということは――」

だからよ――そう言った三体の鳴屋のうちの二体が、薄くなって闇に溶け出します。きっとまた何処《いずこ》かで家が鳴ったのでございましょう。

「でも」

残った一体が申します。

「そもそもおかしいんだよなァ。何でお前はここに居るんだろう？　俺はお前を怖がってないし、お前を見るまでお前のことなんか忘れてた。それに――」

鳴屋は更に珍妙な顔になりますな。

「――よく考えれば、俺がここに居るのもおかしいンだよな。俺は、今の今までお前が俺を怖がったから俺は存在してるンだと思ってたが――」

鳴屋の脚が淡朦朧《うすぼんやり》として参ります。

「――どうやら勘違いだったのかもしれないな。俺は勘違いで今までここに存在していたのかもしれない――」

「勘違い、勘違いと申しますと？」

小僧は漸く空いた片手を土間につけまして、鳴屋に向けて身を乗り出します。鳴屋は更に淡くなって参ります。もう腰の辺りまで半透明になっておりますな。

「――だって考えてもみろ小僧。俺達は自我はあるが主体はねェ。俺達は、説明だったり、意味の集合体だったりするだけで、あくまで主体は感得した人間にある。俺達は認識されることによって知覚される観念の――」

声が遠くなって行きます。

「鳴屋様――」

「俺がお前に知覚されてるってのは、きっと何かの間違いだ。その証拠に、それに気づいた途端俺は――」

鳴屋、すうっと霞みます。

「ああ、消えないでください。手前にはまだお尋《き》きしたいことが」

豆腐小僧は手を伸ばします。

しかし実は元々存在しないモノ同士、小僧の指は空を掻くばかり。

「でも――でも豆腐小僧、どうしてお前は、そうやってお前自身を保って居られるンだ――」

い、い、い、い、い、

もしかしたらお前は――その言葉を最後に、鳴屋は――すっかり消えてしまったのでございます。

その三　豆腐小僧、臨終《いまわのきわ》に立ち会う

さあ、これで最初の場面に逆戻りでございますな。

哀れ豆腐小僧、廃屋《はいおく》の中にぽつねんとただ独《ひと》り、取り残されてしまった訳でございます。変わったところといえば、片手が盆から放れたことと、周囲《まわり》が真っ暗になってしまったことだけでございます。

いや、もうひとつございました。

小僧の、心境の変化でございますな。小僧は今、それまでに感じたこともない、何とも言い表し難《がた》い感情の発露に見舞われ、居ても立ってもいられなくなっているのでございます。私ども人間の感情に置き換えますならば、これは寂しい気持ち、ということになりましょうか。

小僧、寂しがっております。

最初から独りだったものが独りに戻って何故寂しいかと仰《おっしゃ》いますな。独りのままならそれはそれでも良かったものを、可惜《あたら》多くの刺激がございましたものですから、興奮もしているのでございましょう。

そもそも人に見られるためだけに、人に見られている間だけ、束の間の夢幻のように存在を許されるのが妖怪の本分でございます。その妖怪が、誰にも見られていない状態――つまり一人きりの状態で、現世にとどまっていることと申しますのは、これ、稀有《けう》なことなのだと御諒解ください。

ならば妖怪は元来寂しがり屋なのかもしれませんな。

更にもうひとつ。

小僧は鳴屋《やなり》の残した言葉が気になっております。

どうしてお前は、そうやってお前自身を保って居られるンだ――。

どうしてと言われても困ってしまいますな。自己の存在に関わる根源的な問題を、去り際にちょちょいと問われましても、それは誰だって困りましょう。しかも鳴屋は最後の最後に、

もしかしたらお前は――。

などと気をもたせる捨て台詞《ぜりふ》まで置いて行った訳でございます。頭の回る賢《さか》しいお子ならともかくも、そこは頭が大きいだけの豆腐小僧でございます。台詞など捨てられましても何が何だかさっぱり解りません。

――もしかしたらおいらは。

と、その辺りまでは賢そうに思うのでございますが、結局、

――何なのだろう？

と、ただ首を傾げるばかりでございます。考えた振りをしているだけですな。

ただ、ひとつだけ確かなことは、この場に誰もいなくなったというのに、豆腐小僧が豆腐小僧として存在しているということだけでございます。

——さて。

どうしよう、と小僧は思います。もう考えるのもやめておりますな。深く考えるのは得手ではございません。一度放した左手を再び盆に添えて立ち上がり、舌など出して廃屋の中を徘徊してみたり致します。得意のポーズですな。

無意味でございます。

元々無意味なお化けなのに加えまして、見物人がどなたもいらっしゃらないのでございますから、これは無意味の二乗でございます。

二度三度跳ねてみますな。

鳴屋がいくら跳ねろと言っても跳ねなかった癖に、居なくなった途端に跳ねたりするのでございますな。自棄糞《やけくそ》になっているのでございましょう。

すぐにやめます。

豆腐を眺めて無事を確認し、何故この豆腐は乾かないンだろうなどと考えてから、もう一度だけ跳ねます。

「ハア」

溜め息を吐きます。

これは——究極の手持ち無沙汰でございましょう。

これが人間様でありましたなら、仮令《たとえ》どれだけ暇であろうとも、ある程度時が経てば暇な時間は終わってしまいますな。お仕事などもございましょう。失業されているお方は生活するため職探しに奔走せねばなりますまいし、ただ遊んで暮していらっしゃるような羨ましいお方でも、何にもしないことはございませんな。暇があれば何か致しましょう。

世の人々は、拘束されるのは息苦しい、管理されるのは厭だ、決めつけられるのは御免だ、自由が欲しいと口を揃えて仰いますが、こうなるとそれもどうか――と考えてしまいますな。

拘束されないことの、何と辛いことか――。

今の小僧の心境はと申しますれば、仕事一筋で生きて来た企業戦士の定年退職後の心境あたりに似てもおりましょうや。何ものにも拘束されぬが故に何も出来ない、目的もないからすることもない――。

しかし小僧の場合はもっと深刻でございます。定年後であろうと何であろうと、人間の場合黙っていても腹は減ります。はばかりへも行きたくなる。眠くもなりましょう。

小僧には、それすらもないのでございます。

もしもこのまま、小僧が消えてなくならなかったならば――そしてこの廃屋に誰も人が来なかったならば――何年でも何十年でも、いいえ、何百年でも小僧はこのまま、笠を被《かぶ》って盆を持って、うろうろしていなければならないのでございます。

何と恐ろしい。

無間地獄《むげんじごく》とは正にこのこと。何しろ概念《おばけ》は死なないのでございます。

「ううむ」

唸《うな》ります。そこは愚かな小僧のことでございますからよく解ってはいないようですが、何となくそうしたことを察したのでございましょう。

消えてしまうのは怖い――。

でも、永遠にこのままというのも、それは大変に恐ろしい――。

素《す》ッ惚《とぼ》けた小僧妖怪には、荷が勝ち過ぎた根深い問題でございましょう。そもそも鳴屋の言葉が事実なら、小僧はとっとと消えていたはず。ならば悩む隙間もなかったはず。

なのに――。

――何でおいらは消えねェんだ。

ここに到ってこの小僧、漸《よう》く鳴屋の言葉の真意が少ォし解った訳ですな。

とはいえ堂々巡り。最初に戻っただけのこと。少々寂しげな気持ちになっているだけで、豆腐小僧は、相変わらずのポーズでただ突っ立っております。

外にはもうすっかり夜の帳《とばり》が下りておりまして、廃屋の中は漆黒《しっこく》の闇でございますな。

――どうしたものかなあ。

途方に暮れて視線を泳がせます。

――豆腐。

豆腐を嘗《な》めてみます。

豆腐の味が致しますな。尤《もっと》も小僧、豆腐以外のものの味など知りません。

――嘗めるだけで。

喰えない、と小僧、再び溜め息を吐きましょう。喰えるモノだという認識はあるのでございますな。

　ふと。

戸板の破れ目に目を遣《や》ります。そして思います。

――ここまで消えずにいるのだし。自分がこの廃屋の中に居なければならない理由は、もしかしたらないのではあるまいか――。

――でも。

臆病に変わりはないようですな。

しかし、遣り切れない思いの方がやや勝っていたのでございましょう。小僧、馬鹿は馬鹿なりに小賢《ま》しい考えを巡らせます。

――先ず、あの若旦那。

あの若旦那は、豆腐小僧は潰れた豆腐屋に出没する、豆腐好きな小僧妖怪であると思っておりましたようで。これは本人が口にしておりましたことでございますから、まず間違いないことでございましょう。

でも、小僧自身はそれを間違った認識だと感じておりました。これも事実でございます。豆腐小僧は自分はそんな妖怪ではないと、始めから認識していたのでございます。もっと繁華《にぎやか》しい場所にいた記憶が微《かす》かに残っておりました。

――それから鳴屋。

鳴屋は、姿が既に小僧なのだから豆腐さえ持っていれば豆腐小僧の条件は満たされているだろう――と、そう言っておりました。加えて小僧のことを評して、粋《いき》な江戸っ子だとも言っていたのでございます。

ならば。

この廃屋から出ること自体は、豆腐を手放すことなどより、ずっとリスクの少ないことではないのか――と、小僧はそう考えたのでございますな。

賢明なのか愚鈍なのか、判断に躊躇《ちゅうちょ》があるところではございますが、取り敢《あ》えずその通りでございましょう。

小僧、抜き足差し足――別にそんなことをするこたァないのですが、そこは雰囲気、音を立てないように――立たないのですが、まあそこはそれ。そろそろと戸口に近づきます。板の割れ目から外を覗きます。

往来でございます。

行き交う人はおりません。

左手を戸に掛けます。

――待てよ。

引っ込めますな。もう、殴りたくなるほどじれったい小僧でございます。

小僧、今度は何に戸惑ったのかと申しますと、

――開けられるのかしらん。

と、思った訳ですな。

つまり、妖怪である自分に戸を開けるなどということが出来るのか、概念なんぞが物理的作用を及ぼせるものか――という疑問を抱いたのでございますな。

そんなこたァやってみりゃいいじゃねェか、とお思いでしょうな。それは誰でもそう思います。しかし――それも他人事《ひとごと》だから言えることなのでございますな。小僧にしてみれば、これも深刻な問題なのでございます。開けられなくては出られない。出られなければ――。

――永遠にこのまま。

手を掛けて何の引っ掛かりも手応えもなかったら、その段階で無間地獄の終身刑はほぼ確定してしまうのでございます。

慎重にもなりましょうな。

手を出しては引っ込め、引っ込めては出して、小僧は逡巡《しゆんじゆん》致します。

ええい、ままよ――の度胸がありませんな。だから話が先に進みません。

――埒《らち》が明かない。

流石《さすが》に気がつきました。

しかし――。

よく考えてみますてェと、手が戸に掛からないのでしたら、小僧自体が戸板を透過出来てしまうような気もするのでございますが――どうもそう上手《うま》くは参りませんようで。

しかし質量のない概念が物理的な遮蔽物《しゃへい》に行く手を阻まれるというのはどうも納得が出来ない、するする通り抜けて然《しか》りだろうと——まあ、大抵の方はそう思われるでしょうな。

慥《たし》かに小僧は概念でございます。

でも概念だけに、概念には縛られてしまうのでございます。

古来、幽霊妖怪はまじないに弱いものと相場が決まっておりますが、これもそこに由来しております。

元来、まじないなどと申しますものは、何の科学的根拠もない、たわごとであると思われておりましょうな。そのために昨今では非科学的なものとして退けられることも多いようでございますが、これは間違っております。

私どもにも、実はちゃんと、まじないが効いております。

そんなことはない？

いいえ、効いております。

例えば——横断歩道を思い出して戴けましょうか。

あれは、ただ路面に白い線が引いてあるだけでございまして、あの白線が車を弾き飛ばしてくれる訳ではございません。河川に架かった橋と違って、別に他の場所でも渡る気になれば渡れましょう。でも——一部のせっかちな方々を除けば——道路を横断する時にあの白線が書いてあったなら、大抵はその上を歩きますな。

それは何故でございましょう。

法律があるから——自動車が止まってくれて安全だから——習慣になっているから——どれも正解でございます。そう、つまり決まりごとだからでございましょうな。これ、決めたのは人間でございまして、科学的根拠のあるなしは関係ございません。そうしよう、と勝手に決めて、みんなでそうしているに過ぎませんな。

車の影が一台も見えなくても、やはり信号待ちをしてしまう——。

これがまじないでございます。

神社の境内は聖域であるから冒《おか》すべからずというのと、白線の上を渡れというのは、実は同じことなのでございますな。

牡丹燈籠《ぼたんどうろう》のお露《つゆ》さんがお札を貼った家に入れないのも、紳士マークのついた御不浄に御婦人が侵入されないのも、これは同じことなのでございます。これらは凡《すべ》て、文化的背景に支えられた情報による結界——とお考えください。

ただ、人には緊急事態というのがございます。

御婦人が男性用の御不浄で用を足さなければならないような非常事態も、考えられない訳ではございませんし、仮令《たとえ》そのようなことが起きましても、その方が死んでしまうようなことはございません。信号無視を始め、所謂《いわゆる》掟破りというのはままあることでございます。

しかし妖怪さん幽霊さんは、自身が概念そのものなのでございますから、この辺は人間以上に厳密なのでございますな。所謂〈お約束〉は絶対に守ることになっております。

そこで——。

戸板は、建物という閉じた空間の開口部を遮蔽するために存在するものでございますな。これは物理的に遮蔽するだけではなく、遮蔽するという意味を持った情報でもあるのですな。人の口に戸は閉《た》てられぬなどと、慣用句でも申しますけれども、人間の口に戸板が嵌る訳はございません。

これは、遮蔽出来ないという比喩でございまして、つまりは戸は遮蔽するという概念でもあり得るのでございます。戸は、開けなければ外に出られないモノなのでございます。ですから、質量を持たない小僧と雖《いえど》も、やはり戸は開いていなければ出られないのでございますな。

ただ、幽霊などは戸板スルーでございますな。先ほどの御不浄の喩えで申しますと、これは清掃業者の方のようなものでございましょうか。男子トイレでありましても女性の清掃員は平気で入って参ります。

時には吃驚《びっくり》も致しますが、この場合は入っても良いというお約束なのでございます。ですから、同じように戸が閉まっておりましても一部のお化けに限っては通り抜けることが出来ますようで。

しかし小僧のようなタイプの妖怪はそれが出来ないのでございます。

もちろん豆腐小僧もどこからともなく涌いて出ては消える訳でございますから、出現する時と消える時に限っては、先ほどの鳴屋同様に神出鬼没でございます。でも涌いている間に関していうならば、そうしたお約束は破ろうったって破れないのでございます。

閑話休題《それはともかく》――。

どうあれ小僧、出るに出られず、結局開閉せずに屋外に出られる開口部はないかと、廃屋の中を見渡しました。のこのこと歩き回りまして裏口を捜します。妖怪と申しますのも結構不便なものでございますな。

――あ。

裏口を発見致します。

――戸が外れてる。

幸いにも裏口の戸は外れており、三分ばかり隙間が開いておりました。

小僧、暫《しばら》くその隙間を眺めます。

――どうしよう。

臆病な小僧にしてみれば、これは大冒険なのでございます。それに戸板の隙間は狭く、出られるかどうかも怪しいところ。大頭で笠被り、おまけに片手は盆で塞がっていて、その上には豆腐が載っております。障害物競走並みのかなりのハンディでございますな。

先《ま》ず盆を差し入れてみます。

これが通らなければ、話になりません。さて盆は――。

――通った。

一旦盆を引っ込めて、次に頭を差し入れてみますな。どうやら笠の幅が広過ぎます。首を傾けて再度挑戦致します。四十五度くらい傾けますと何とか通るようでございました。

で、盆は水平に。

アクロバットでございます。

人間ならば首が攣《つ》っているところでございますな。まあ、小僧は首こそ攣りませんが、苦しい姿勢であることは間違いございません。

足を差し出します。

十分に捻《ひね》りも入っておりますから、もうヨガのポーズのようなもの。ところが足が短いので中々地面に届きません。盆がするるっと傾きますな。

つつうッと豆腐が滑ります。

「あぁッ」

慌《あわ》てて盆を水平に致します。縁《ふち》のところぎりぎりにとどまって、豆腐がふるふる震えております。危機一髪とはこのことでしょう。

――くう。

いっそう辛い体勢になりますな。何とも因果な存在でございます。このキャラ設定を考えた人物を、小僧は肚の底から恨みますな。

――ああもう。

ここで漸く、小僧にも踏ん切りがついたようでございます。消えるなら消えてしまえと肩からぐいと前に――。

その時でございます。

かたかたかた、と何かが鳴って、ぐらりと家が揺れました。そしてバタンと大きな音が鳴りますな。

「ひいいッ」

小僧は奇妙な姿勢のまま硬直してしまいます。臆病者の常でありまして、当然眼も固く閉じておりますな。きい、きいという音が鳴っておりましたが、それもやがて止《や》みました。

薄目を開けますと——。

裏口の戸板は、外に向けてすっかり倒れておりました。

——じ、地震か。

そういえば先ほども地震があったのでございます。今度のは少しばかり大きかったのでございましょう。

——それじゃあ。

「鳴屋さん！」

小僧は変な格好のまま、更《さら》に無理な姿勢で振り向きます。

梁《はり》の上に、丁度猫ほどの大きさのものが数匹蠢《うごめ》いていたようでしたが、小僧がすっかり振り向き終える前に、それは消えてしまったのでございました。

「鳴屋さん！」

小僧はもう一度叫びます。

もちろん、返事はありません。

鳴屋の説明に依りますと、地震はあくまで勝手に起きるものであり、鳴屋が起こせるものではないのだそうでございます。でも。

その時小僧は、鳴屋が自分のために戸板を倒してくれたのだと——そう信じたのでございますな。

「鳴屋さん、恩に着ます」

小僧はそう言った後、漸《ようよ》うこんがらがった躰《からだ》を元に戻して、廃屋の裏口に立ちました。

——さあ。出るぞ。

小僧は勇気を振り絞って右足を敷居の外に踏み出しました。

そして。

いよいよ——小僧の旅が始まるのでございます。

外は昏《くろ》うございました。

豆腐小僧は盆を両手で確《しっか》乎りと持ち直しますと、左右にちょちょいと傾けまして、豆腐を中央に戻します。それからウォーミングアップに二度三度ぺろりぺろりと舌を出しまして、それから漸く歩み始めました。

行く当てなどございません。足の向くまま道なりに、ただ漫然と歩くだけでございます。絵《え》面《づら》的には屋内にいた時よりも原形——絵本の挿絵《さしえ》に近づいております。

とぼとぼという感じが中々いい味を出してもおりましょう。

——満更《まんざら》でもない。

小僧はそう思っております。

小僧、いまだ疲れ知らずでございますから、この調子でどんどん歩いて行けばどこまでも行けちゃうぞ、などと、そんな事を考えておりますな。先程まで半べそかいて怖がっておりましたくせに、調子のいい話ではございますが、小僧の時速を考えますと、どこまでも行けちゃう訳がございません。

それでも小僧にしてみれば逡巡の挙げ句意を決しての一大行動でございますから、もう、廃屋から出られた段階で、自分のステージがワンランクアップしたかのような錯覚に陥っております。

冒険が大事だとかいう鳴屋の言葉を聞いていた所為《せい》もありましょうが、やや開放的にもなっているのでございますな。不安が薄れているのでございます。

文字通り闇雲に進みます。

しかし、さっぱり進みません。

足取りだけは軽いようでございます。狭い路地を抜けまして、漸く表通りに到ります。

右も左もございませんな。適当に進みます。どちらを向いても暗くって何が何だかよく判りませんな。

何しろ当時は街燈などございませんから、本当に鼻を抓《つま》まれましても判らない程の真っ暗闇でございます。人間でしたら提燈《ちょうちん》でもなくっちゃあ歩けやしないところでございますが、妖怪は関係ございません。取り敢えず何も見えなくっても不自由はございません。

小僧、すっかり調子に乗っておりまして、脇道がありますと必ず曲がってみたり致します。三回同じ方向に曲がって元の道に出たりも致しますが、まるで気にしませんな。気づいてもおりません。

しかし、アイデンティティーを持った概念が夜道を無目的に徘徊していると申しますのも考えようによっては不気味なものでございます。気配《けはい》が移動しているような具合でございましょうか。それでも半刻ばかり歩き続けておりますと、それなりに成果は得られる訳でございまして、辺りの様相も若干なり変わってまいりますな。

石畳やら土塀やら竹藪やら、破れ提燈やら——何やらお化けに相応《ふさわ》しい道具立てになってまいります。どうやら寺院の裏手に到ったようでございますな。

何だか嬉しくなりまして、小僧、右手を盆から放しまして、ぴょんぴょんと跳ねます。廃屋の中で予行演習しておりますから、やや足取りも確かでございます。

これぞ正真正銘、鳴屋が絵で見た豆腐小僧そのものでございます。

しかしその軽やかなスキップも、四歩も保《も》たなかったのでございます。

ふう、っと。

生温かい風が——と申しますな。そうした風でございます。それが小僧の頬を撫でます。概念の頬を撫でるのでございますから、この風はただの風ではございません。

——腥《なまぐさ》い。

小僧、初めて嗅覚を意識致します。

急に不安が蘇《よみがえ》ります。そこで小僧、ぴたりと立ち止まり、黒々とした夜空を仰ぎ見ました。

どろどろと——。

どろどろと何かが流れております。

雲やら霧やらではございません。不可視な何かが、闇夜の天空に墨でも流したかのようにどろどろと流れて、塀の向こうに流れ込み、渦を巻いているのでございます。

——何だろう。

これが所謂《いわゆる》、厭《いや》な気配——という奴ですな。

気配と申しますなら——遠くから何やら騒がしい物音も聞こえてまいります。かちんとかどすんとか、争うような音でございますな。叫び声なども聞こえます。

——なな、なんだろう。

慌てて盆に片手を戻し、小僧やや身を固くして耳を欹《そばだ》てます。

——悲鳴かな。

怒号のようにも取れますな。

——方角は。

小僧、ゆるりと音のする方に顔を向けます。それから顔を傾《かたむ》けて、もう一度聞き直します。

——右手の。

土塀の中。多分、墓場でございますな。

——こんな夜中に。

墓場なんかでいったい何をしているのであろうかと、小僧、常識人染みたことを考えます。それじゃあそれを墓場の脇で聞いているお前はいったいどうなんだと、突っ込みたくもなりますな。

——喧嘩かな。

火事と喧嘩は江戸の華などと申します。豆腐小僧もどうやら江戸っ子のようでございますから、それくらいは心得ております。でもこの小僧、涌《わ》きたてのほやほやでございますからもちろんナマの喧嘩など一度も見たことがございません。激しく諍《いさか》い争うことだ、くらいは知っておりますが、

——華と謂《い》うしなあ。

もしや綺麗なものなのかいと、想いを巡らせたりも致しますな。馬鹿でございます。情交を目《ま》の当たりにして捕食行動と勘違いし、喧嘩を美しいものと夢想したりするのですから、この小僧も困ったものでございます。

——見てみたい。

すっかり舞い上がっております。調子に乗るのもいい加減にしないと痛い目に遭うぞと助言をしたくなりますな。何をするにもいちいち一言言いたくなる小僧でございます。

小僧、とことこと土塀に近づきまして、土の壁に耳を近付けます。やはり剣戟《けんげき》の響きが聞こえております。

——やっぱり喧嘩だ。

剣戟でございますから、この場合は斬り合いと申します方が宜《よろ》しいようでございますが、小僧には区別がございません。

ぐい、と耳を寄せます。

笠が邪魔でございますな。壁にくっつけることが出来ません。

――ああ邪魔だ。

小僧は少し苛々《いらいら》しまして、笠よ外れろとばかりに――もちろん外れないのは承知のうえなのでございますが――大きくぐるりと首を廻します。丁度顔面が真上に向いた、その時――。

「あ」

小僧、そう言ったきりその角度で固まってしまいました。

小僧の視線が捉えましたのは――。

「お、お化けッ」

自分もお化けでございます。

しかし――こればっかりは少々驚いたとしても無理はございません。

先程より天空を流れておりました、ドス黒い何やら不気味なモノが、渦を巻いて滞《とどこお》り、巨大な獣《けだもの》の形になっていたのでございます。猿のようでもあり、熊《くま》のようでもあり、また狸《たぬき》のようでもありました。見ようによっては獅子《しし》や狛犬《こまいぬ》のようにも見えました。耳まで裂けた口からは鋭い牙が覗いております。素《す》ッ惚《とぼ》けた小僧とは大違いの、邪悪な形相《ぎょうそう》でございますな。しかも大きゅうございます。まるで怪獣でございますな。

これも——もちろん実体があるモノではございませんな。こんな非常識なモノが実際に居ったのでは、まあ大方の常識は立ち行かないということになりましょう。小僧と同じく、現世《うつしよ》には存在しないモノ、つまりは妖怪さん——ということになりましょうか。

お化けで合っております。

小僧、上空を見上げたまま、まん丸に眼を見開きまして、おまけに口まで開けまして、序《つい》でにぺたりと尻餅をつきましょう。大頭でございますから、まるで赤ん坊が座っているようなシルエットでございます。

上空の凶悪な獣は、濁り血走った眼玉で凝乎《じっ》と真下の墓場を睨《にら》みつけております。

たぶん、先程よりの剣戟の音はその視線の先から聞こえているのでございます。

と、いうことは——。

今、そこで刃を交わしている者どもの中に、このお化けを認識している人間が居る——ということでございましょう。

——な、何と恐ろしげな。

小僧、白地《あからさま》にビビっておりますな。

天空の妖怪は禍々《まがまが》しい妖気を発しながら、墓場の喧騒を注視しておりましたが、そのうちチラ、と脇見を致しました。

——あ。

小僧、思わず顔を下に向けます。

眼を合わせないように――というようなレヴェルではございません。教師に指《さ》されないようにきゅッと顔を背ける、昔の小学生みたいなものですな。僕はここに居ないよゥと、そういうサインでございますな。そうやって災難が通り過ぎるのをただ待つ訳でございますが――。

笠越し、上目遣いに見上げます。

――見てる。

邪悪な視線は確乎《しつか》り小僧を捉えておりました。

さあ、小僧。今までのカラ元気は一瞬にして雲散霧消《うんさんむしよう》してしまいました。元々体温などないお化けでございますが、凍りつくとはまさにこのこと。亀のように首を竦《すく》めてしまいますな。

――こっちを見てる。

こんな恐ろしいことはまずございますまい。先生に指名されたどころではございません。銭湯でイレズミのお方に水を引っ掛けちゃったようなものでございますかな。何しろ相手は天空いっぱいに広がった凶悪な形相の怪獣でございます。河馬《かば》よりでかい口からは鰐《わに》より鋭い牙がにょきにょき生えております。こちらはといえば片手を盆から放せもしない、のろまな小僧でございますから、縦《よ》しんば戦ったとしたって何秒と保つ訳がございません。

――もう。

もうおしまいだ――一秒が何時間にも感じられますな。

しかし。

どうも襲って来る様子がない。恐る恐るもう一度薄目を開けますと――。

怪物は一応小僧を気に懸けてはいるようなのでございますが、それでもやはり真下の喧嘩から目を離す訳にもいかぬ様子で、落ち着きなく視線を泳がせております。激しく争う音が聞こえますな。

気合いが入る度《たび》、怪物の表情が凶悪になりますな。そして——。

悲鳴が響きます。

「ひゃあ」

これは小僧の悲鳴でございます。小僧、尻餅をついたまま腰を抜かしたのですな。凶刃《きょうじん》が振るわれたのでありましょうか。

その瞬間——。

墓地からの悲鳴が鳴り止んだその途端のことでございました。

なんと、天空を黒雲のように覆っておりました怪物が、ふっと暈《ぼや》けたのでございます。血走った眼《まなこ》も尖《とが》った牙も、何もかも滲んでまいります。恰《あたか》もカメラのピントを送って参ります時のように、怪物の輪郭が曖昧《あいまい》になって行くのでございます。小僧、己の目の焦点がずれたものかと思いまして、片手を盆から放しますとゴシゴシと瞼を擦ります。

しかしそれは乾き眼でも疲れ眼でもなかったのでございます。

更に目を凝《こ》らしますと——怪物はどうやら無数の粒子に分解しているようなのでございますな。まるで砂絵が風に散るように、怪物は細かく細かく分かれているのでございました。

——あれは。

やがて、打ち上げた花火の火の粉が落下でもするように、怪物は――いいえ、怪物だったモノは、ゆっくり落下してまいります。

――綺麗《きれい》だ。

呑気《のんき》な小僧でございますな。

さっきまであんなに萎縮していたことをケロッと忘れて、小僧は立ち上がります。

粒子――それは明らかに粉でございました――は、深海に降り積もるプランクトンの死骸の如く、非常に柔らかい動きで、真っ直ぐにすうっと降りてまいりました。

風がなかった訳ではございません。その時、小僧の頬には慥《たし》かに僅《わず》かばかりのそよ風が当っておりましたし――頬を通り過ぎていたというのが正しいのでしょうが――上空に浮かぶ雲もまた、緩々《ゆるゆる》と移動していたのでございます。

しかし、その粉はまったく風の影響を受けてはおりませんでした。

つまりは――この粉もまた、質量を持たないモノなのでございましょう。

粉の多くは、先《ま》ず墓場の左右に繁りました樹木に降りかかりました。それらは暫《しばら》くは綺羅綺《きらき》羅《ら》と光って、そのうち木に吸い込まれるように消えて行くのでございます。樹木のない場所に降ってまいりました粉も、ゆっくりと地面やら草花やらに到達致しまして、同じように暫く光ってから、すっと消えるのでございます。

こうなりますと小僧、どうにもその粉が間近に見たくなってしまいます。

もしも戦ったところで――粉なら負けないような気がしたのでございましょうな。

小僧、慌てて土塀に沿ってちょこちょこと走ります。早く行かねば粉が全部消えてしまうと思った訳でございますな。盆の上の豆腐が波打っておりますが、大分バランスの取り方が上手《うま》くなって来ているようでございまして、落ちる様子はございません。

土塀が切れまして、門が現れます。

――ここから入るのか。

小僧が門を抜けようとしたその時、突如、門から血相を変えた数名の侍が走り出てまいりました。

「うひゃあ」

途端に小僧、門柱にへばりつきになります。

侍も侍でございまして、これが物凄い形相でございます。

手には血刀を提げておりますし、一人は負傷しているようでもございました。

「お、お許しを」

小僧は背を丸めて豆腐を守ります。しかし侍どもはもちろんそんなへなちょこお化けの小僧などには気がつきもしませんな。小僧が声を上げようと草が戦《そよ》いだ程にも思いませんから、そのまま駆け抜けて行きましょう。

――おいらは見えないのか。

やっと気づきます。

小僧、侍どもの姿が闇に紛れるのを待って、墓場の中に入りました。

「きゃあ」

入るなり。小僧、黄色い声をあげました。それも無理はございません。地面一面が——チカチカと光っていたのでございます。大量の蛍——いや、光苔《ひかりごけ》でございましょうか。

いいえ、それはたぶん、あの粉なのでございます。

小僧、屈《かが》んでみます。

それは慥《たし》かにあの怪物だった粉でございました。その粉が、苔やら草やら地衣類やら——どうやら植物の上だけで、薄ぼんやりと発光しているのでございました。

それは発光することでエネルギーを放出でもするのか、ひと頻《しき》り光ると植物に吸収されるかのように消えて行くのでございました。

「こりゃあ——奇態なものだ」

豆腐小僧なんかにそんなことを言われたくはございませんが、まあ奇態な景観ではございましょう。もちろん、それもこれも人間の眼には見えないモノなのでございますが——。

小僧、我慢出来なくなってそっと左手を差し出しまして、その小さな粉に触れてみますな。

粉でございますから簡単に指先に付着致します。

——これがさっきの怖いモノか？

小僧にはどうにも信じられないのでございますな。

「何だお前は」

「うひゃああ——」

粉が口を利いたのでございます。蚊の鳴くような声でございます。小僧は慌てて手を振り回します。しかし粉はすぐには取れません。

「おい止せ。やめろ」

「やめろやめろ」

回すなやめろ——小僧、か細い声で一斉に非難されまして手を止めます。

そろそろと鼻先に近付けます。

それは粉ではございませんでした。

それは——粉粒程の大きさの小さな小さな獣だったのでございます。

「あ、あ、あなた様がたは——」

「俺達は魑魅《ちみ》だ」

「ち、チミ？」

「そう。魑《すだま》だよ。魅《おに》だ」

「スダマ様で？　お、鬼なので？」

よくよく見てみますてえと、その小さな獣、形だけは先程の怪物と同じようなのでございますな。ただ、どうも邪悪な感じは致しません。毒気がすっかり抜けております。

「す、すると先程のあれは——」

「先程？　先程ってなんだ？」

「何のことだ？」

「何だ？」

口々に疑問符を発して、スダマどもは消えて行きました。と、いうよりは小僧の指に溶け込んでしまったのでございます。

「あら――」

小僧水を切るように何度か手を振ります。それから周囲を見渡しました。

最早《もはや》、光は一粒もございませんでした。

墓場は夜露に濡れて、ただしっとりと昏《くろ》うございます。

「す、スダマって――」

「だ――誰か居るのか」

呻き声が致しました。

小僧が振り向きますと、墓石に凭《もた》れかかるようにして、一人の若侍が倒れておりました。

血塗《まみ》れでございます。先程小僧を蹴散らして駆けて行った侍どもに斬られたのに違いありますまい。敵は四五人から居りましたから、まあ孤軍奮闘《こぐんふんとう》したのでございましょうが、そこは多勢に無勢、どうやら肩口から袈裟懸《けさが》けにざっくりと斬られたようでございますな。ぱっくりと開いた傷口から、どくどくと赤黒い血が溢れております。

腕や脚にもかなり負傷している様子でございます。手に持った大刀は無残にも折れ曲がっておりますようで。風体もむさ苦しゅうございますし、月代《さかやき》の毛も伸びておりますから、まあ浪人でございましょうな。

――これが喧嘩か？

あまり綺麗ではございません。

察するに、これは喧嘩と申しますより、闇討ちのようなものだったのでございましょう。

「だ、誰か――そ、そこに居るのか」

息も絶え絶えに侍は問いますな。

「ひい」

これはすっかりお馴染みの小僧の悲鳴でございますが、もちろん、侍の耳には聞こえておりません。

ただ、何となく気配が凝《こご》っておりますのは判りますようで――。

「ひ――人を呼ぶことはござらぬ。介抱手当ても無用にござる。せ、拙者、この傷ではもう助からぬ。いずれ厄介ごとになろうから――このまま立ち去られるが宜しかろう」

何のことだか解りませんな。それに、何しろこちらは実体のない豆腐小僧でございますから介抱したくたって介抱のしようがございません。横っちょに豆腐を持って立っている小僧が居るような気がするというだけで、治る傷などございますまい。しかし、立ち去れと言われましてもハイそうですかと行くのはどうかと、これは誰でもそう思いますな。何やら気拙《きまず》い雰囲気でもございまして、小僧、ちょこちょこと侍の脇に進みます。

「ん――わ、童《わらべ》か」

「へ？」

――見えるの？

と、そう思った訳でございます。

もちろん見える訳がございません。しかし――。

「そうか――幼い者には見せたくない有様であったな。どんな時にも殺し合いはいかん」

――殺し合いだったのか。

鈍いにも程があろうというもの。小僧、漸く深刻な状況であることを認識して、やや慌てます。

「待て――いいんだ。大人を呼ぶことはない。自分の躰だ。自分が一番よく判る。拙者はもう間もなく死ぬ」

――死ぬ！

それは恐ろしい。

「その証拠に――拙者はもう眼が見えないのだ」

「は？」

小僧の声は侍には聞こえません。しかし何やらハッとした気配は伝わるのでしょうな。見えないのに何で判るのと、まあ小僧はそう思った訳でございますが――。

「ふふふ」

瀕死の侍、そこで笑いますな。

「童、何故に童と判ったのか――と、そう思うておるな」

妖怪の心中を読むとはただ者ではない——と、そうお思いになられるのはちと早い。

「なに、これでも拙者は随分と修行を積んだからな。眼を瞑《つむ》っていてもそこに何が居るのかくらいは気配で判るのだ。驚くことはない——」

まあ、気配しかない豆腐小僧が傍に居るのも、実際に子供が存在していてその気配がするのも、気配がするのに変わりはございません。眼を瞑っておれば同じことでございます。

それにこの侍、既に生死の境を彷徨《さまよ》っておるのでございますから、今や外界と内面の、客観と主観の区別が上手に出来ておりません。それが外部から齎《もたら》される刺激なのか、あるいは己の内面の変化なのか、そうしたことはもうどうでも良くなっております。

「このままここで野垂れ死ぬかと思うていたが——仮令童《たとえ》でも、看取《みと》ってくれる者が居てくれて良かったように思う。ああ——すまぬな」

「滅相もない」

一応答えます。この人には隠し事が出来ないと、小僧はそう考えているのですな。

侍は頷《うなず》きます。この場合、本来不通のはずの人とお化けのコミュニケーションが取れておる訳でございまして——。

まあ、これも可笑《おか》しなものでございますな。小僧の発する言葉は一切侍には届いておりません、侍の言葉の意味を小僧は殆《ほとん》ど理解出来ておりません。しかし、侍は自らの発した言葉が相手に届いていると信じ、それ故に微かな反応を答えと解釈して受け取っております。小僧もまた自分が返事をしたから侍は頷き、話しかけて来るのだと信じているのでございます。

つまり——何らかの齟齬《そご》を来《きた》さぬ限りは、一切通じていなくても、互いに通じ合ったような気になれる訳でございますな。まあどなた様でも本来、意思の伝達なんぞはその程度のことなのでございましょう。思い込み半分でございます。

もしやこの寺の小坊主かな——と侍は申しました。

いいえ豆腐小僧でございますと、小僧は答えました。

「そうか——それなら丁度いい」

「そうですか、それは良かった」

何が良いのか解りません。大いにズレておる訳でございますが、互いにまったく気になっておりません。

「墓場で斬り合いになったのも運命《さだめ》であったかな。こうしてみると手間が省けたということにもなろう。このまま無縁仏にして貰おう。下手《へた》に騒がれると——同志に累《るい》が及ぶやもしれぬ」

「て、手前は、ど、どうすれば良いので。あ、あの、そうだ」

取り敢えず豆腐を嘗めてみますな。

無意味でございます。

「ああ——寒い」

「さ、寒いですか。そうなんですか」

小僧、寒暖の差を知りません。

「ううん、どうすれば——」

「血が——血が抜けて寒いのだろう」

「ははあ。なる程」

感心しても始まりません。

「い、いいか、小僧——」

「は、ハイ」

侍の呼ぶ小僧は寺の小僧でございます。

返事をしているのは豆腐小僧なのでございますが。

「この、この国はもうすぐ変わる」

「国？」

「ああ。変わる。侍だけが威張って百姓や町人がぺこぺこする時代は、もうすぐ終わるのだ」

「そうなんですか」

「俺はここで果てるが、俺には大勢の仲間が居る。その同志達が必ず変える。変えてみせる」

「はあ」

「ば、幕府は必ずや倒れ、新しい時代が来る。よく聞け小僧——」

「聞いておりますとも」

解っちゃいませんが——とは言いませんな。言ったって聞こえやしませんが。

侍は悲愴な面持ちで続けます。何しろ生涯最後の演説でございますから、聴衆が呑気なわりに、演者の方は必死なのでございますな。

「約束してくれないか」

「約束でございますか」

さてどうすればいいものか。

侍は血に染まった腕を伸ばします。

小僧には届きません。仮令《たとえ》届いてもそこには何もございません。

「これから――」

「へえ」

「――これから世の中がどう変わるのか、お前は確乎《しっか》りと見届けるのだ。そして新しい時代を生きろ。俺達の志《こころざし》がどう実を結ぶのか――それを――見届けてくれ」

「み、見れば良いので」

「そ、それがお前達子供の役目だ。いいか。お、俺のように生き急ぐな。俺達の死を――無駄にしないでくれ。頼む」

「はあ、それは構いませんが――」

手前は妖怪でございますと、小僧はどうしても言えません。繰り返しますけれども、言っても聞こえないのでございますが。

「お、お前達の――」

未来は明るいと侍は申しました。

――未来？

未来とは何か——そもそも刹那的に現れては消えるだけの花火のような妖怪に、未来の二文字は理解不能でございましょう。

「み、未来ってなんでしょう」

「け、決して途切れることなく明日へ繋ぐ希望——」

「はあ？」

——消えないいってことか。

「——よ、夜明けは近い」

——夜明け？

夜明けとは何なのか、実は小僧は知りません。黄昏刻《たそがれどき》から夜を経て、薄明《はくめい》の彼誰刻《かわたれどき》までの間しか、この小僧涌いたことがないのでございますな。昼間知らずでございます。

「夜明けってどんなもので？」

ああ——侍は大きな息を漏らしました。

「少し——喋り過ぎたか」

「左様で」

侍は最早瞳孔の開きかけた見えない目玉を己の足許に向けます。

「もう——お迎えが来たようだな」

「はあ。どこに？」

小僧釣られて、その目玉の向いた方を見ますな。すると——。

「うひゃあ」

投げ出された侍の脚の上に襤褸襤褸《ぼろぼろ》の昏い色の衣服を纏《まと》って、杖《つえ》を持った小さな老人が乗っかっております。これが、実に恐ろしげな顔でございまして。

「あ、あなたがお迎えで――」

「あのなあ」

老人は地獄の釜の蓋を開けたような死ぬ程暗い声を絞り出します。

「お前何なんだよ」

「て、手前は豆腐小僧で」

「その小僧が何でここに居るんだよ」

「な、なり行きで」

仕方がねえなあ――老人は不機嫌そうにそう言って、のそりと足を踏み出しました。腿の辺りまで登ります。

「何だか雰囲気が台なしじゃやねェか。先《ま》ず面《つら》が面白い。荘厳な感じがねェ」

「はあ」

侍は口を何度かパクパクと動かしております。

どうやら何か話しているようでございますが、もう声になっておりません。

「ああ――お前なんかが居るからよ、こいつ、まぁだ何か喋ってるじゃねえか。困るよなあ。儂《わし》の進みが遅くなるんだよ」

「進み？」

「儂は頭の方まで行かないといけねェんだから。臨終に合わせてよ」

「はあ。するとあなた様は」

「死に神だよ」

「ひゃあああ」

小僧はのけ反《ぞ》りますな。

「何を怯える」

「だ、だって死に神といえば——死ぬので、死んでは死んで」

「なんだと？」

既に意味のある言葉になっておりませんが——小僧と普通に会話をしております以上、この老人も実体のない連中であることは間違いございません。

小僧、無意味に盆の豆腐を躰の陰に隠します。存在を脅《おびや》かすモノから、存在の中核をなすモノを遠ざけようという意識が働くのでございましょうな。

「あの、その、こ、これからこのお侍を殺すので」

「殺す？　殺さないよ。死ぬんだよ」

「し、死なせるんですか」

「別に死なせなくても、まあこいつはもうすぐ死ぬがな」

「うひゃあ」

一尺ばかり跳び退《の》きます。

「つ、次は手前で」

「何言ってるんだ？　お前は馬鹿か」

「ま、まあ馬鹿です」

心得て来たようですな。

「本当に馬鹿だな。どうして儂がお前を殺さなきゃならんのだ」

「だってあなたは死に神で」

「何をほざいているんだか。お前、見たところお化けなんだろ？」

「一応お化けかな」

「お化けは死なないよ」

「でも――消えるのは死ぬようなものだとか――」

鳴屋がそう申しておりました。

死に神は、どこか髑髏《どくろ》じみた痩せこけた顔を歪ませます。

「そりゃ消えるじゃろ。元々存在せんのだから。そうやってそこに居る方がどうかしてるだろうよ。あのな、死ぬってのは生きてるから死ぬんだ。お前は生きてないんだから死なないの」

「そうなんで――」

そうだよ――死に神は大層不機嫌そうにして、今度は侍の腰の方まで登ります。どうやら侍はこの老人の姿を認識しているようで、やや諦めたような寂しげな顔になりますな。

「で、でも、そうだ、お化けは誰かが覚えていてくれれば、また復活するんだとか。で、では人は──」

それも鳴屋が申しておりました。

死に神は眼窩《がんか》の落ち窪《くぼ》んだ眼で小僧を睨みつけます。

陰気でございます。

「そりゃあ人間も同じだ。誰かが覚えている限り、なくなりはしない。だが残るのは人そのものじゃなくて観念だからな」

「かんねん？」

「こいつは死ねばただのゴミ。こいつ自身はもう二度と蘇らん。こいつの自我はなくなっちまう。でも、こいつのことを覚えてる連中が居る限り、こいつは記号として有効なのじゃ」

「解りません」

解らないかなァ──死に神は苛《いら》ついて、杖の先で男の肚を突きます。

「つまり儂らと同じになるのじゃ」

「お化け？」

「お化け──そうだな。お化けとか幽霊とか、そういうもんじゃな。中には神様になるのも居るぞ。でもそれは生きていた頃のこいつ自身とは何の関係もない。こいつの持っていた記憶も感情も、何もかも連続してない。別物だ。それはな、こいつのことを見知っている連中の記憶によって構成されるモノだからな。こいつ個人の自我とは無関係なモノなんじゃ」

「もっと解りません」

いいよ解らなくて――死に神は肚の上まで登りますな。

「とにかくこいつは人だ。人は生き物だ。生き物というのは何だって、いつかはこうして死ぬんじゃよ。人は必ず死ぬ。死ねばそれまでだ」

そりゃあ可哀想《かわいそう》でございますよと小僧は泣き声を出します。

「人は死ねばそれまでなんですか」

「まあな」

「復活しない？」

「しないよ」

「なら殺さないでやってくださいましよ。手前はよく解らないですが、何でもその、夜明けが明るいとか」

死に神は灰褐色の顔を骨だけの指でつるりと撫でました。

「あのなあ、小僧。お前基本が間違ってるよ」

「まあ、その――馬鹿なもので」

「儂がこいつを殺す訳じゃないんだから勘違いしないでくれよ。儂は押し込みやら辻斬りじゃないんだから」

「だって死に神は――」

「死に神ってのは死ぬから出るの。死に神が殺すんじゃないの」

「はあ？」

「いいか、死ぬってのはな、生物が生命活動を止めるってことじゃろう。原因は全部現世《うつしよ》にあるのじゃ。こいつみたいに外傷が原因の場合もあるし、衰えて死ぬる者も居る。病の場合もあるわな。儂らはな、物理的に何か出来る訳じゃないんだから、頸《くび》も絞められんわい。殺せる訳がないじゃろ」

「ああ」

小僧自身が戸さえ開けられないのですから、何をかいわんやでございます。

「それではあなた様は――」

「儂か？　だから儂はな、死期を悟った人間の意識が最後の最後に認識する、けじめみたいなものじゃな」

「けじめ――で」

小僧はぽかんと致します。

「そうじゃ。だから儂はな、人が死ぬ時大抵呼ばれるんじゃな。まあ信心次第によっては仏様なんかが現れなさることもあるし、突発的にコロッと逝《い》っちまったような時には出番がないんだが――大体はこいつみたいにジワジワ死ぬるからな。死ぬのは怖いだろ。嫌だろ。誰でも死にたくないと思うわな。でも、まあ自分が死ぬのは判るわい。するとな――みんな儂を想い浮かべる」

「すると嫌でも出ちゃう？」

鳴屋と同じなのか――と小僧は漸く気づきます。

鳴屋が家を鳴らす訳じゃなく、家が鳴るから鳴屋が現れるんだと、鳴屋は申しました。同じように、死に神もまた出て来て人を殺す訳ではないのでございますな。

出ちゃうのよ――と死に神は愚痴っぽく申しました。

「だから儂はな、この国だけじゃなくて、海の外にも居るんじゃよ。今だって同時に何千箇所にも存在しておる。姿形も、死んで行く者が自分に引導を渡すのに一番相応《ふさわ》しいと思う形で、それぞれ勝手気儘《きまま》に認識しよるから、まちまちじゃ」

その辺も鳴屋と同じなのでございますな。

「まあ、死ってのはよ、忌まわしいもの避けるべきものということになっておるからなあ。こりゃ万国共通のようでな。だから儂はいつだってこんな陰気な顔だ。髑髏とか爺ィとかな。大鎌とか持ってたりよ。服も黒いし、地味じゃな。この侍も想像力が乏しいのじゃろうなあ。どうにも凡庸《ぼんよう》な格好だ。この格好は、たぶん、この侍の死んだ祖父の面影がかなり雑《ま》じっておるぞ。陰気臭うて困るわい。でもな――そう、西洋の方じゃ、元はこう、可愛らしい形してたりもしたんよ。随分昔のことだがのう」

「はあ」

死に神はブツブツ言いながら侍の胸の上に乗ります。

「もうすぐ臨終だ。まあさっきけじめと言っただろ。これ、どういう意味かというとな、これで、ここまで来て息を吹き返す場合があるのだなあ」

んじゃが――」

「生き物ってのは生き意地が汚いからな。そこで、死ななかった時な、儂はこう足の方に引く

「そうなんで？」

死に神はちょっとだけ下がります。

「――儂が引いた所為《せい》で生き返ったんだと、まあそう理解する訳じゃ。解り易いだろ？　儂が命を左右してる訳じゃないのだがな。儂の所為にしよる」

鳴屋は説明、今度はけじめでございます。

「まあな、これでもう少し意識が遠退《とおの》くとな――儂は消えて、今度は地獄だの極楽だのが立ち現れる。それでも中には生き返る奴も居るわ。そういうのはもう儂は知らないけどな。管轄外だから」

それは要するに臨死体験という奴でございましょうかな。

「だから儂はな、地獄やら極楽やらも入口しか見たことないのよ。見えた途端に御払い箱じゃから。ああ、もうすぐじゃ」

死に神はそう言いながら侍の頸に跨《また》がりました。

うう、と侍は唸《うな》ります。

小僧はもう、どうしたら良いものか判らなくなりまして、盆を左右に揺らしながら、短いストロークで右へズレ左に移動して、所謂《いわゆる》右往左往致しますな。まるで花笠音頭でも踊っているかのようでございます。

「よせよ」

死に神は腹の底から凍《こご》えるような陰気な声を出します。

「はあ、でもその」

小僧は困りまして、いっそうじたじた致します。

死に神は眼光鋭く小僧を睨みつけます。

「やめろって。人の死ってのは厳《おごそ》かなモンなんだからさ。静かにしてくれよな。調子が狂うんだよ」

「はあ、ではどうすれば」

「凝《じっ》としてろよ。お前が動くと、なんだか滑稽《こっけい》じゃないかよ」

「でも何だか苦しそうで」

「そりゃあ苦しいだろうよ。だからってお前が踊ると苦しいのが紛《まぎ》れると思うか？」

「それは――」

小僧、盆だけを左右に振りますな。

照れ隠しでございます。しかし巫山戯《ふざけ》ているようにしか見えませんでしょうな。

死に神は心底うんざり致しまして、落ち窪《くぼ》んだこめかみを押さえます。

まあ――これが死に神でなくッて、瀕死《ひんし》の侍のご家族の方かなんかでございましたら、小僧もただでは済まなかったことでございましょう。何しろ臨終の場面なのでございます。殴《なぐ》られるか蹴られるか、良くても抓《つま》み出されておりましょうな。

しかし——そこは数え切れない臨終に立ち会っております死に際《ぎわ》のスペシャリスト、死に神さんでございますから、場違いなお調子者にもまだ寛容なのでございましょう。嫌な顔こそ致しますが乱暴なことは致しません。

「とにかく黙っていろよ。儂だって立場ってのがあるんだよ。さっき言っただろうが。儂はけじめだって。お前が踊るとけじめがつかないンだってば。ほら、もう呼吸が止まりそうだ。心の臓も弱ってるからな。もうすぐ死ぬよ」

「死ぬんで」

小僧、ちょこちょこと走り、死に神を追い越しまして侍の顔を覗《のぞ》き込みます。

顔面はすっかり土気色《つちけ》になっております。唇は真っ白でございまして、眼はどこを見ているのか判りません。ただ口だけはぱくぱくと、この侍、いまだに何かを語っておりますな。

「あらら」

「あららじゃないよ。どうしてそういう緊張感のない反応をするかな」

「はあ。経験がないもので」

「お前が近付いたりするから、こいつまた何か語り出したじゃないかよ。意識が戻るだろ。迷惑なんだよ」

「そうですか」

「そうだよ。俺は忙《いそが》しいんだから。早く消えたいんだよ」

「き、消えたい？」

意外な言葉でございます。

「何を驚いてるんだお前」

「だって——消えたいって」

「消えたいよ。別に好きで現れてる訳じゃないんだからさ。出たっていいことがある訳じゃなし」

死に神はブツブツ言いながら一歩後退致します。

侍が僅かに保《も》ち直したのでございましょうな。

小僧はそんな死に神の側に走りよってちょこんと小首を——いいえ、大頭を傾《かし》げますな。

「で、でも死に神様、あの、お化けが消えるってェのは、一旦死ぬのと同じことなんでござんしょう？　普通、そういうのは怖いンじゃないかと思いまして——」

馬ァ鹿。と死に神は小馬鹿にしたように申します。

「へえ、そりゃあ仰《おお》せの通りで」

小僧、額をぺたりと叩きます。馬鹿にし甲斐《がい》のない小僧でございますな。死に神は死臭混《ま》じりの溜め息を吐《つ》きます。

「あのな、何度も言うけどもな、儂らは本来居ないものなの。居るのがおかしいの。儂なんか意識がはっきりしてるうちは見えない訳だし、見てる奴が死んじまえば消えちまうんだぞ。知名度のわりに存在感ないのよ。生き返った奴らもさ、覚えてるのは地獄や極楽だ。みんなホトケさんとかに攫《さら》われッちまうしな。誰もはっきり覚えておらんのよ」

「覚えてない！　それじゃあ」

「この姿はな、儂を見る奴らがそれぞれ勝手に思い描くのだ。だから出るたびにバッラバラだよ。今は爺ィだが、髑髏《どくろ》の時もあれば女の時もある」

「お、女で！」

「何でも驚く小僧だなあ。ま、国や宗旨によって多少の傾向はあるが、それでも一向に定まらんのだわ。それが証拠に、お前らと違ってこの国じゃ儂の絵が描かれることなんかないんだぞ。絵でもありゃまだ出易いんだけども、ここまでまちまちだと出難《にく》いんだよ。まったく、やり甲斐がないったらないよ。働かされるだけ損だわい」

「損と——申しますと？」

小僧、損得の差がよく解りません。

「損だろうよ。儂はお前らただのお化けと違ってな、夜昼関係なく出ずっぱり出てなくっちゃいけないんだぞ。世界各国、四六時中だよ」

全国にチェーン展開している二十四時間ストアのようなものでございますな。しかも、それをひとりで切り盛りしている訳でございますから、死に神稼業も大変でございます。

「人ってのはそんなに沢山死ぬものでございますかね」

小僧、今回涌きましてからこっち、出会った人間と申しますれば、先程逃げて行った侍を含めましても七、八人でございます。それ以前の記憶は不確かなのでございますな。

死ぬさ、死ぬ死ぬ——と死に神は申します。

「ころころ死ぬんだよ。合戦でもあろうものなら、そりゃもう大変だよ。人間なんてものはお前、畳鰯《たたみいわし》みたいにうようよ居るんだからな——」

「はあ」

「はあじゃねェんだよ。解ったか。儂はな、お前らみたいに、昼間は用ナシのお化けとは違うの。だから休みたいの」

「昼間って何です？」

死に神はぽかんと致しますな。

「お前、昼だよ昼——」

その時侍、くう、と唸ります。死に神は慌てて頸に跨がりますな。

この死に神、小僧のあまりの馬鹿さ加減につい職務を忘れておったようでございますな。侍にしてみてもいい迷惑でございましょう。臨終《いまわのきわ》に現れた死に神が豆腐小僧なんかに気を取られていたのじゃあ、それこそ死んでも死に切れませんな。

死に神が怖い顔を作って覗き込んだので、漸く死に到る自覚が蘇ったのでございましょう。侍、硬直致します。

尤《もっと》も——。

これは、本当のことを申しますと、話が逆なのでございます。死に神の一挙手一投足は侍の朦朧《もうろう》とした意識に完全に左右されております。侍が死を実感したからこそ、死に神は覗き込む格好になったのでございまして——。

つまり小僧に、小僧の気配に翻弄されておりますのは侍の方なのでございますな。

侍、死の淵に臨みまして、己を看取ってくれている——と、侍が思い込んでおります小僧と勝手に会話していたのでございましょう。それで意識が遠退いたり近づいたり致しまして、その度《たび》に死に神は下がったり上ったりすることになった訳でございます。死に神は侍の見る幻影なのでございますから、小僧との会話やリアクションは、完全に侍の意識とシンクロしている訳でございますな。

それでも死に神という名前が与えられておりますから、死に神の方にも自我はございます。死に神は死に神で、豆腐小僧のモノ知らずに大いに呆れている訳でございまして——。

「お前、昼を知らないのか？」

真顔で尋《き》きますな。

「何のことだか」

真顔で答えます。

「昼ってのは——説明しづらいなあ。いまだ嘗《かつ》て昼が何かを説明せにゃならん状況に追い込まれた者が居るだろか。昼ってのは、そう、お天道様が出ててな、明るいンだよ」

そういえば——。

涌いた時はこんなに昏《くら》くなかったかしらんと、小僧は思い出しますな。慥《たし》か夕陽が差し込んでおりました。今思えば、赤くて綺麗だったようにも思いますな。あの綺麗なものがいっぱいあるのが昼なのか、と小僧は思ったり致します。

「それは――綺麗なもので？」

綺麗というかなあ――死に神、腕を組んで困り果てますな。

「そら見る者の主観によるんじゃないか。何を見るかというのもあるが。というか、昼というのはモノじゃないからな。綺麗も汚いもなかろ」

「それはまた不可思議な」

死に神、何だかうんざりした顔を致しますな。

「まあ、考えてみれば、お前らお化けは昼とは無縁なもんだわな。大抵のお化けは昼間は出ないぞ。消えている。夜が明ければ嫌でも消えちゃうんだな」

「ほ、本当でございますか」

「ほら、昼間ってのはモノがはっきり見えるだろ。だから、お前みたいに実体のないモノは中々感じて貰えないんだな。この――」

死に神は血の気の引いた侍の顔に骸骨のような顔を一層近づけます。

「――この侍だってよ、目が見えなくなったからこそお前を感得したんだ。世間が見えてりゃお前なんか感じやしないよ。お前は見えないンだから」

「はあ――」

見えないから見えなくなると見えるんだ――まるで早口言葉でございますな。

「いずれにしても昼間お化けは出ないのじゃ。朝日とともに消えるの。消えちゃうの。ぱあっとなくなるの」

小僧、昼間が少々怖くなって参ります。いまだに消滅するのが怖いのでございますな。

死に神はちらりと小僧を見まして、脅すように申します。

「もうすぐ夜明けだ。お前だって消えるぞ」

「ひい」

悲鳴を上げます。

夜明けが近いと、慥《たし》か侍も申しておりました。

「何がひいだ。いいじゃないか消えるのは。羨《うらや》ましいなあ」

死に神は口をひん曲げますな。

「死に神様は——違うんで？」

「儂は別だよ。昼間でも人は大勢死ぬし、死ぬ人間は昼だろうと夜だろうと、世の中がよく見えなくなるからな。儂はまあ出ずっぱりなの。完全に消えることなんか、ほぼないと言ってもいいくらいだわい。だから一件一件丁寧にやってると草臥《くたびれ》るんだ。だから一刻も早く消えたいんだよ」

「でも」

「でも何だよ」

「消えてしまうってのは恐ろしいことなんじゃあないですか。恐ろしいでしょう。恐ろしいですよ。だって消えるんですよ？　羨ましいなんて仰いますけど、死に神様は——怖くないのでございますか？」

「怖い？　怖いってのは何だ。儂は随分《ずいぶん》長くこうして臨終に立ち会っているが、一度として怖いと思うたことはないぞ。生き物は死ぬのが当たり前、お化けは消えて当たり前だ。というか儂らはないのが正常な状態だものよ」

「信じられないなァ。正直じゃないよなァ。いくら死に神様でも——消えてなくなるのはやっぱり怖いでしょうに」

「何でだよ」

「だって——消えてしまった後、誰も思い出してくれなければ、手前ども妖怪は二度と復活出来ないんでございましょう？」

「そらそうだな」

「じゃあ怖いじゃないですか。誰かが覚えていてくれる保証なんか、どこにもないじゃございませんか」

「大馬鹿小僧。馬鹿の塊《かたまり》」

「へえ——」

そこまで言わなくてもいいんじゃないかなあ——と、流石《さすが》の小僧も思っております。

「あのな、儂を誰だと思ってるんだ。お前みたいな出来たての創作妖怪と一緒にしないでくれよ。儂はな、死に神だぞ。儂ゃ人類が死を意識したその瞬間から、この世にずうっと居るんだぞ。あ、いや、居ないんだけど、出るんだわい。そしてたぶん未来永劫、出続けなんだ」

どうも——死に神は鳴屋よりも古参の妖怪のようでございますな。

「じゃあ死に神様は人間に忘れられることがないんでございますか？　そういう自信がおありなので？」

忘れられるこたぁまずないね——死に神は断言致します。

そして侍の顔を穴が開く程に見詰めまして、うんうんと頷いてから愈々《いよいよ》侍の頭を踏ん付けますな。何だか痛そうでございます。

小僧、顔を顰《しか》めて、もう一度尋ねます。

「そのすごい自信はどこから来るのでございましょう」

絶対に復活するという確証があるのなら、慥《たし》かに消えるのも怖くなんかないだろうと——小僧はそう考えたのでございます。

死に神はうつろな眼で小僧を見据えます。

「何度も言うがな、儂は今も数千箇所、数万箇所に存在しておる。数なんか数えられないくらいだ。しかも死の瞬間は一瞬だが、死に至るまでの時間は人によってはかなり長い。だから完全に消えてしまう時間が訪れる確率というのは、物凄く低い。訪れてもほんの瞬間《ひととき》だ」

「はあ——」

「良いか小僧、この世に死人がある限り、そして人間に意識がある限り、儂が忘れられることは決してないのだ。儂が完全に消えるのは、人が全部死に絶えた時なんだ。だからな、人が居る限り、姿像《すがたかたち》は変われども、死に行く者の混濁した意識の狭間に儂は住み続け、死に到る朦朧とした僅かな時間にこうして涌くのだ。そして——」

死に神は手にした杖で侍の頭をとんと突きました。

がくり。

頸が落ちます。

「臨終だ。躰はまだ生きておるが」

どこからか、ちん、と鈴を打つ音が響きます。

「——こ奴の意識はただ今途切れた。小僧、さらばだ」

死に神はそう言い残しまして——。

ふ、と掻き消えました。

ふわっと、ほんの一瞬だけ、花が咲き乱れるような幻影を、小僧は見たような気がしたのでございます。

その四　豆腐小僧、夜明けを迎える

墓場に小僧、ぽつねんと立っております。

足許には無残な浪人の死骸が転がっているばかり。

出会う妖怪出会う妖怪、皆消えて行きますな。人だって逃げるか死ぬかでございまして、まあ寂寥《せきりょう》感《かん》は増すばかりでございましょう。

さて――。

小僧、屈《かが》んで侍の顔を見ます。

死んでおります。

首を傾《かし》げて見入ります。

やはり死んでおります。

「死んじゃった」

死んじゃったよう――そう申しまして、小僧は大きな大きな溜め息を吐《つ》きますな。非力中の非力、豆腐小僧などには何も出来ないのでございます。

そしてこの小僧、お化けの癖に菩提《ぼだい》を弔《とむら》う真似事《まねごと》などを致しますな。弔うと申しましても、心中で手を合わせる程度でございますが。盆で手が塞《ふさ》がっておりますから、それくらいしか出来ません。ただ、そうしておりますと、廃屋《はいおく》で一人きりでいた時とはまた違った寂《さみ》しさが小僧の胸に涌《わ》いて参ります。

単なる先行きの不安やら心細さやらといった漠然《ばくぜん》としたものが、別離やら孤独やら哀悼《あいとう》やらという、名目を持った感情に結晶した訳でございます。

しかし。

そこは豆腐小僧でございます。だからどうなるという訳でもございませんな。所詮《しょせん》は豆腐を持ってうろうろするだけの存在なのでございますから、仮令《たとえ》荘厳な人の死に直面したり致しましてもどうもありません。結局は豆腐を持って立っているしかないのでございます。そこのところに、小僧も漸《よう》く気がついたようでございますな。

——埒《らち》が明かない。

小僧、名残惜《なごりお》しそうに遺体に別れを告げまして、墓場を後に致します。後にしますが——。

——で、どうするか。

何も決めておりません。と、申しますより、小僧すっかり気が萎《な》えております。

まあ、ついさっきまで死に神と立ち話をしていた訳でございますから、これは誰だって気が滅入《めい》るというものでございましょうが——まあ、いずれにしましても小僧、廃屋を抜け出ました時の、意気揚々《いきようよう》とした勢いをまるで失っておりますな。

心なし俯《うつむ》き加減で、とぼとぼと寺の塀に沿って歩きます。

時々止まったりも致します。

悄然《しょうぜん》としておりますな。

今の小僧には、どこまでも行けちゃうぞ——などと本気で思っていた先程までの自分が信じられません。仮令《たとえ》どこまでも行けたとしたところで、

——じゃあどこへ行くんだよ。

と思う訳でございます。

——で、行ってどうするんだよ。

とも思う訳ですな。

目的意識というものが芽生《めば》えたのでございましょうか。芽生えたところで豆腐小僧は無目的でございます。無意味な存在に目的意識だけ芽生えてみても、どうもこうもありませんな。

角を曲がります。

ぎょっと致しますな。

「なんだこれは——」

小僧首を右から左に廻します。

広い——のでございますな。

「こ、これは——」

小僧、駆け寄ります。それから屈みますな。更《さら》に左手を差し出します。

「これは——水だな？」

水をよく知りません。

「み、水が流れてるぞ。すっごいなあ」

それもこんなに流れてるぅ——と、小僧は思わず叫んでしまいます。

単に河原に出ただけでございます。

「そうだ——」

顔が輝きますな。

「——この水を辿《たど》って行こう」

そんなことを思いつきます。

まあ大した思いつきではございませんが、それでも小僧にしてみれば随分と建設的かつ斬新《ざんしん》な着想でございましょう。加えてそこは大きいだけで単純な頭の作りでございます。小僧、今の今まで沈んでいたはずが、すっかり元気になっております。

「さあ行こう！」

単に川を見つけただけでございまして、状況に何も変化はございませんな。それでさあ行こう！　もないと思いますが、小僧の元気は取り敢《あ》えず復活しております。

気は持ちようとは申しますけれども、ここまで白地《あからさま》なのもどうかと思いますな。それにつけましても、暗い川岸を笠を被《かぶ》って豆腐を持った間抜けな小僧が足取りも軽く進んでいるのですから、これはまあ奇異な図柄でございましょうな。

盆を片手に石だの砂利だのぬかるみだの——歩き難《にく》い道ばかりを進みます。小僧はどうやら楽しんでおるようでございますな。

ところが。

大きな岩の上に乗りまして、そこで小僧の動きは、はた、と止まります。

片手を盆に戻します。神妙な顔を致しまして、やがて下を向きますな。どこから見ても意気《いき》消沈《しょうちん》といった様子でございます。浮き沈みが激しいにも程がありますな。

——そういえば。

小僧、空を見上げたり致します。

——ええと。

ぐるりと周囲を見渡しまして、もう一度下を向きますな。

——よ。

声に出しますな。

「夜明け——だっけか」

そう。小僧はそこで死に神の言葉を思い出したのでございます。

もうすぐ夜明けだ。お前だって消えるぞ——。

それがやって来ますてェと、何やら綺麗な光が満ち満ちまして、お化けは消されてしまうというのでございます。しかも、どうやら有無を言わさずに消されるらしく、しかも、それはもうすぐなのだそうで——。

何と恐ろしい——いきなり恐怖心が涌き上がった訳でございます。しかし思うに、それを聞いたのはついさっきのことでございまして。そんな大事なことを今まで忘れている方がどうかしております。

——夜明けは近いのか？

怯《おび》える小僧の頬に——すっと淡い光が差したのでございます。

——よよよ夜明けか！

これが話に聞く、美しくも恐ろしい夜明けというモノなのか——小僧、瞬間的に抑え難《がた》い好奇心に駆られ、光源に顔を向けようと思ったのでございますが——同時に耐え難い恐怖心にも見舞われておりまして、顔を背《そむ》けようとも思った訳でございます。逡巡《しゅんじゅん》と申しますより、これは一種の痙攣《けいれん》でございますな。

首を小刻みに震わせます。盆も首の動きに合わせて震えます。当然、盆の上の豆腐もぷるぷると震えまして、これが小僧の葛藤《かっとう》を端的に表しておりますな。

なんともくだらない葛藤があったものでございます。

「見ようか逃げようかどうしよう」

これが本当に夜明けなら、どこに逃げても無駄でございます。しかしそこは昼間知らずの妖怪小僧でございますから、逃げても夜明けは追って来るんだろうかなどと、そんなことを考えておる訳でございますな。

しかし妖怪と雖《いえど》もいつまでも痙攣している訳には参りません。

小僧、遂《つい》に意を決しまして――いいえ、意を決したと申しますより、いざとなれば逃げりゃいいや、などといういい加減な肚《はら》の括《くく》り方をしたのでございましょうが、取り敢えず光源に顔を向けてみることに致します。

「おお」

光っております。

煌々《こうこう》と光っております。

眩《まばゆ》いばかりに光っております。

「意外と小さいものだな」

そんなことを申しますな。

夜明けが小さい訳がございません。

小僧、目を円《まる》く致しまして凝乎《じっ》と見入る訳でございますが――夜明けなんてものは、まあ凝乎と見入れる類《たぐい》のものでもございません。

「丸い」

そんなことを思いますな。

残念ですが、小僧の見ておりますのは夜明けではございません。小僧の見ておりますのは、たぶん空気中の放電現象、雷の親戚のようなものでございましょうか。

小僧、感心致します。そして光に近づきますな。臆病なのか怖いもの知らずなのか、判ったもんじゃあございません。

「ああ、玉だ。玉が光ってるんだ。夜明けってのは火の玉みたいなもんなのか」

どうやら玉――が見えているようでございます。放電現象の中心部は陽光柱《ようこうちゅう》と呼ばれるものでございます。これは電解気体、つまりプラズマと呼ばれるものでございますな。

そう、某大学教授が火の玉の正体として世に知らしめましたアレでございます。これは、簡単な辞書などを引きますと、原子が高温でガス状に電離した状態――ですとか、高度に電離したイオンと電子が一様に分布した状態にある気体――などと出ております。

そんなこと言われても何のこっちゃ解らんわいと、そう仰《おつしや》られる方も多ございましょうな。

専門家ではございませんから、これは解らなくて当然でございます。物質と申しますのは固体、液体、気体と、この三つの状態――相《そう》で現れる訳でございますが、何でも、このプラズマと申しますのは、そのどれでもない状態らしいのでございます。相と致しましては気体なのだそうでございますけれども、性質は大いに違っておるのだそうで、電場・磁場の影響を受け易く電気伝導性も高うございます。ともかく通常の気体とはまるで違った性質になっておるようなのでございますな。それ故《ゆえ》に物質の第四番目の状態と理解されているようでございます。

おっと。

そんなことはどうでも良いと？　まあそれもそうでございますな。このお話は物理学のお話ではございません。くだらないお化けのお話でございます。何しろ主役からして素ッ惚《すとぼ》けた豆腐小僧でございますから、そうしたことはそう詳しく知る必要もございませんし、知っても詮《せん》ないことでございましょうか。

そういう訳でございますから——詳しく述べるのはよすことに致します。詳しく述べ始めますと、理解の及んでいない箇所が露見してしまう可能性も大いにある訳でございますし。

いずれにしましても豆腐小僧でございます。夜明けを知らぬモノがプラズマを知る訳がございません。口を半開きに致しまして、光の玉を見つめております。

「あなた、夜明けさん？」

尋《き》いてみたりも致しますな。

馬鹿でございます。何であれ、これは単なる自然現象でございまして、尋いたところで何かを答える訳はございません。

ところが。

「おう、あれは——」

「あれは——人魂じゃないのか！」

「ば、馬鹿な——」

——なんて声が聞こえますな。

小僧の声ではございません。人間の声でございます。しかし火の玉に見蕩《みと》れておりますから小僧の耳には入っておりません。

「お、おい、あれは奴の——」

「馬鹿者。た、仮令《たとえ》あれが奴の魂だとしても、魂如きに何が出来よう。攘夷《じょうい》だ勤皇《きんのう》だと偉そうな御託《ごたく》を並べておっても、所詮《しょせん》は喰い詰め浪人だ」

「しかし――」

「現実に目を向けずに理想だけ掲げてうろちょろされるは迷惑。結果、大望《たいもう》は果たせぬことになる。ああいう真《ま》っ直《す》ぐな奴は、今この時期には邪魔なのだ。奴の理想を実現するためには奴には死んで貰わねばならなかったのだ」

「でも――」

「ええい臆病な。死人がいちいち祟《たた》るなら、今この国は祟りだらけだ。祟りが怖くて改革が出来るか！」

混み入った事情があるようでございますな。

どうやら先程墓場で浪人を斬り殺した連中が、遠くからこの火の玉を見て慌《あわ》てているようでございます。

その時――ぼうっと――。

プラズマに顔が浮かび上がります。

「ああ、あなたはッ」

見ていた小僧は――仰《ぎょう》天《てん》しますな。

「あなたはさっきのお侍さん！」

火の玉の中に浮かび上がったのは、慥《たし》かに先程絶命致しました浪人の面相でございました。

「生きていたのですか！」

馬鹿なことを尋くものですな。

ざいます。

もちろん答えは致しません。どのように見えていようとも、相手は結局ただの自然現象でございます。

「そ、それともやっぱり死んでいるのですか？」

いっそう馬鹿な質問でございます。

「あ――あなたが夜明けさんだったのですか。水臭いなあ。そうならそうと最初から仰ってくださいよ。怖がってしまったじゃあないですか」

プラズマに対して水臭いとは、馬鹿も休み休み言うべきでございましょうな。小僧、こうなりますてェと、もう逡巡も躊《ちゅう》躇《ちょ》もあったものではございません。掌《てのひら》を返したように馴《な》れ馴《な》れしくなっておりますな。

「しっかしまた、妙な格好になっちゃったもんですなあ。でもお侍さんが夜明けさんなら、手前を消しちゃうこともございますまい。まったく、死に神さんも人が悪いなあ」

死に神は人ではございません。

「それより、熱くないですか？」

もう、何をかいわんや。

ところが。

「私は夜明けではない」

口を利いてしまいました。

「へ？」

ぎょっと致しますな。

慥《たし》かに自然現象が口を利いたのですから、大概の方は驚いて然《しか》りの状況ではございましょうが、この小僧のように自分から気安く話しかけておいて、それで驚くというのも、これはどうなのでございましょうか。

「な、何です？」

「だから私は――夜明けさんではないと言っている」

「ち、違うんですか。じゃあ――ただのお侍さんで？」

「ううん」

プラズマ、考えております。

「私は侍なのか」

「何を言ってるんですか。お侍さん、ついさっきそこのお墓で死んだじゃないですかあ。忘れちゃったんですか？」

「忘れたか、と言われてもなあ」

「だってさっき死んだばっかりじゃないですか。死んだでしょうに」

「そうなのか――私はその人とは無関係なのだ。私は――火だから」

「火？」

「そう。まあ――今回私は鬼火だな。取り敢えず」

「鬼火？　今回はって？」

「うん。その時々で違うのだな。名前だとか、誰の手下だとか」

「手下ァ」

小僧、混乱致します。しかし小僧でなくてもこれは混乱致しますな。

「そうだ。今回、私は取り敢えず誰の影響下にもなかったようだが、場合によっては狐だとか天狗だとかの先触《さきぶ》れだとか眷族《けんぞく》になってしまうのだ」

「今回は——じゃあ鬼で」

そこで小僧、鳴屋《やなり》を思い出します。

鳴屋は小鬼の姿をしておりました。思い出しますてェと、何とも懐かしい気持ちになりますな。随分前のことのようでございますが、実はほんの半日ばかり前のことでございます。

「しかし——」

小僧繁々《しげしげ》と鬼火を眺めます。

「——鬼にしては角がない」

違うよ——と鬼火は申します。

「別に角がある訳じゃないよ。鬼というのは隠れているものだからな。個別の条件が何にもない時は属性が決められないから、鬼火と呼ばれることが多いんだけれども——今、私にはその侍の顔があるんだな？　じゃあ人魂なのか」

「何を言ってるんですお侍さん」

「だから私は侍ではなく、火だ」

「はあ――」

理解出来ておりません。

懸命に考えます。

「――あなた様も、妖怪ですよね」

「まあ、今はそうだな」

「じゃあ――」

鳴屋の言葉が蘇《よみがえ》ります。

俺達妖怪には主体性ってものがねェだろ。人間が感じてくれている間だけこうして存在する訳だから――。

ふっと振り返ります。遠くに人影が確認出来ますな。

「――あの人達が見ている幻覚で？」

「それも違う。私は――人間に見られなくても発生する。風が吹き、水が流れるのと同じことだ。しかしその場合は――ただの火だ」

「はあ。それはその、つまり何かの説明なんでございましょうか」

「説明ではない。解釈だ」

「かいしゃく？」

「解釈次第で私は狐火にもなるし、天狗の御燈《みあか》しにもなるようだ。解釈するのは私を見た人間で、何とも解釈されなければただの火だ」

「はあ」

「解釈された段階で私達は妖怪の仲間に入る。属性が決められると、それに添った怪異として認識される。私は、ついさっき生れて、生れた時はただの火だった。だから意識も何もなかった。しかし、あそこの人間どもが私を見て騒ぎ出したものだから――それで私は鬼火になってしまった」

「はあ」

小僧は眉間《みけん》に皺《しわ》を寄せます。これは考えている振りでございますな。どうせ心の中では、何を言ってるんだろうお侍さん――と、そう思っているに違いがございません。外見からそんなことは判りませんから、鬼火は続けますな。

「そのうえ、あの人間達は私に妙な属性を与えてくれた。彼らは私が誰かの――魂だと思っておるのだろうな」

「魂――でございますか？」

慥《たし》かに玉のようではございます。

「そう。魂というのは、人間という動物の、種としてではなく、個としての主張みたいなものだ。要するに思い出のようなものだ」

「思い出？」

「記憶――と言ってもいい」

「記憶ですか」

「記憶すること――つまり時間の経過を経験的に認識出来るという特性こそが、動物と人間を分かつ唯一の機能なのだ。ならば魂とはそのこと自体なのだろうと、私は思う」

「きお、きお、にんし――何です？」

理解不能。

火中の顔はそんな小僧を見まして情けない表情を作ります。

「ともかく、あそこの人間達は私を見て誰かの魂だと解釈した。そこで私は鬼火から、どうやら人魂に変わってしまったようだ」

「ヒトダマ？」

「本来人魂は私とは違う種類の発光体である場合が多い。人魂には、大抵尾があるからな。私にはない」

「尾？　尻尾ですかい？」

「そうだ。人魂は細くて長い尾を引いている。これは残像の絵画的表現だ。即ち人間の目にそのように残像が見えているということ――つまり発光体が移動しているということだ。だが私は移動する発光体ではない」

「動けないので？」

「動く種類の火ではない。私はここで燃え尽きるだけだ。まあ、普通の火ではないから燃えている訳ではないのだが」

プラズマでございますから、燃焼ではなく放電でございます。

「人魂というのは、肉体と別個に自我はあるんだという考え方に基づいて認識される。だから人魂の尾は、人体と繋がっている、あるいは人体から抜け出たような格好で理解される場合が多い。私の場合尾はない訳だから、君の言うようにあの人間達は、私を死者の魂として認識したのだろう。これはつまり——幽霊ということだ」

「ゆ、幽霊！　あなたは幽霊様で」

だから私は火だ——と火は繰り返します。

「しかし幽霊的なものになってしまったことは間違いない。だからこうして君と話が出来ているのだ」

「ううむ」

「幽霊だからこそ、私には顔が与えられた。顔が生じたからこうして喋れるようになった。この顔は君の言う通り、その墓場で死んだ侍の顔なのだろう。その侍は、多分様々な肉体的な特徴よりも、顔の方で多く識別されていたに違いない。殆《ほとん》どの人間は顔で識別されるから、幽霊的な存在には多く顔が生じるものなのだ。しかし、だからといって私は侍ではない。私はその死んだ侍とは何の関係もない」

「関係ないんだ」

ない、と断言してから火の玉は、一層強い光を放ちます。ぱりぱりと音が——これは実際に聞こえる音が——響きます。遠くの人影が声を上げますな。

「だから私は君を知らない。それに私は仮令《たとえ》人間がどう思おうと、もうすぐに消える」

「げッ」

また——消える話でございます。

「あなたも消えますんで」

「当然だ。この世に存在するあらゆるモノは消える。消えると言うのが嫌なら像《かたち》を変えると言い換えてもいい」

「像を変えるので？」

「その通り。存在に実相はない。私は偶々《たまたま》発生する条件が整ったから今、このような相を成している。しかし本来はただの空気だ。私が発生したことで条件は変わる。刻々と環境条件は変化している。私はやがて元の空気になるしかない」

「ご安心なさい。消えても——あの人達が覚えてさえいれば、また」

復活出来ると小僧は申しました。

「残念だがそれはないのだ」

「ない！」

「彼らが覚えているとしたならば、それは私ではなく、その死んだ侍のことだろう。私が消えた後、あの人間達が幻覚を見たとしても、それはただの幽霊だ。私とは何の関係もない。私と同じ顔をしているのだとしても、私ではない。それに、そこでもし彼らが再び火の玉を見たとして、それをその死んだ侍の魂だと解釈したとしても——それは別の火の玉だ」

「別人で？」

「人ではないから別人とは言わない」

火の玉に突っ込まれております。

「私達は限られた条件の下でほんの僅《わず》かな時間だけこうして出現する。偶然それを目撃した人間が何らかの解釈を加えると、それに応じて私達は様々な意味を持つ訳だが――仮令《たとえ》どんな意味を持ったとしても、私達自然現象は条件が変われば有無を言わさず消えるだけだ」

「それは――夜明けのようなもので」

火の玉は妙な顔を致します。

夜明けってのは何だよというような顔でございます。

「強制的に消されてしまうので？」

「消されるというより消えるのだ。それは必然なのだ」

「ご、ご自分でお消えになるんで？」

「私の意志ではないが、それがこの世の理《ことわり》である以上、そして私が自然現象である以上、それは必然なのだ。そもそも自然現象に意識などないから、自発も強制もない。それまでのこともその後のことも、私には一切関係がない。ただ消えてしまった後――消えたことに対して目撃者がまた別の意味を付加することはあるのだがな」

「そ、それは？」

「目撃者が私に投影した死者の魂が成仏したとか――あ」

ぱっ、と火の玉は消えます。

「あ、って何なんです！」

跫《あしおと》が致しました。

振り向く間もございません。

「おのれ妖怪！」

鋭い刃が振り下ろされまして、小僧は一尺ばかり飛び上がります。

もうすっかり慌ててしまっておりますが、それでも豆腐だけは守ります。潰れない程度に片手で上から押さえまして、身を躱《かわ》しますな。刃は次に横に薙《な》ぎ払われます。

「うひゃああ」

小僧岩の上からずり落ちまして、川に半身を浸します。もちろん水音などは致しません。概念が落っこちて音がする訳がございません。同様に、概念は刀で斬れるものでもないのでございますが――。

しかし。以前にも申しあげました通り、お約束には縛られますのが妖怪の常。刀が当たれば斬られてしまうと――こう思うのが当たり前。ですから斬られまいと思って逃げちゃう訳でございます。

「どうした！」

じゃばじゃばと水を撥ね上げて侍達が駆けよって参ります。

「大事ないぜよ！」

抜き身を提げました侍が肩で息を致しております。

「怪《あや》かしいことなどない。一刀の下《もと》に斬り伏せたきに。心配は要らんがね」

「斬ったのか？」

「人魂をか？」

「人魂を斬ったというのか！」

「無論。斬ったら消えたぜよ。拙者の気合いに恐れをなしたんじゃ」

事実関係が前後しております。

ぱ、と消えて、そこでエイッと斬り込んで来たのでございます。

後先入れ違って見えたのか、さもなくば思い込んでいたためにそう感じられたのか——人間の記憶やら五感やらと申しますものも、アテに出来ないものでございますな。

「所詮は陰火《いんか》じゃ。刀の鉄気《かなけ》で邪気が祓われたのじゃ」

当然、斬った侍は得意げでございます。

これ、要するにただ刀を振っただけなのでございますが——妖怪退治でもしたかのように鼻息が荒《あろ》うございます。他の連中はと申しますれば、訝《いぶか》しげに致しておりますな。そんなことあるかいなという気持ち半分、やっぱりちょっと怖いよという気持ち半分なのでございましょうな。

「し、しッかし——妖《あや》しの陰火なら斬れもしようが、あれがまっこと奴の魂であったなら」

「返す返すも臆病な奴じゃ。おまんら、もしかして人を斬ったのは初めてじゃなかかね」

「ば、馬鹿な——わしは——もう何べんも斬っちょるが」

「せ、拙者とて——」

「ふん。ならば何故そのように恐れるんかのう？　人を殺して祟《たた》らるるなら戦国の世の武将は皆、祟り殺されちゅうが！　ならば幕府も何もなかったきに」

「それではそこもとは、今の火の正体は何だというのだ！」

「遊火《あそびび》じゃ」

「その——遊火とは何だ？」

「青い陰火のことじゃ。土佐ではそう呼んどる。ただの火じゃきに、怯《おそ》るるに足りんわ——」

侍、そう豪語致しまして、刀を鞘《さや》に収めます。

「——ありゃただ光るだけのものぜよ。出たり消えたり増えたり減ったり、人を馬鹿にするだけで、何もせんきに、怖がるのは女子供だけじゃ。化けもんの中でも下等なものじゃ」

「だ、だが、拙者は先程の火の中に、奴の顔がはっきり見えたぞ。あれは奴の魂、死霊の火ではないのか」

やはり、見えていたようでございますな。一人がそう申しますてェと、拙者も見えた俺もだわしもだと、一斉に申します。

ま、そんなものでございましょうな。

「奴の顔が浮かんだなら、やはりそれは怨霊であろう」

「おまんら、わしが田舎もんじゃ思うて小馬鹿にしとるんじゃなかかね。笑わせよる。土佐の侍は人魂なんぞ怖がりゃせんきに。あがいなもんは、ケチ火というて遊び相手ぜよ」

「遊び相手？」

そうじゃそうじゃと言って、土佐出身らしい侍はさっきまで小僧が登っておりました岩の上に乗りました。

さて――。

小僧の方をすっかり忘れておりましたな。

川に落ちました豆腐小僧は下半身を水に浸しまして、侍達の様子を茫然と眺めております。よく馬鹿みたいに見詰める――などと申しますが、小僧は本当に馬鹿でございますから、馬鹿が見詰めると申しました方が宜《よろ》しいようで――。

「何がどうしたどうなった」

全く解っておりません。

もちろん侍達の会話の内容も、殆《ほとん》ど理解出来ておりません。吃驚《びっくり》ついでに斬られそうになったことすらもう忘れておりまして、豆腐が無事で何よりと、精々《せいぜい》そう思っている程度でございます。そこで、侍が岩の上に飛び乗った訳でございますな。

ぎょっと致します。

――変な侍だな。

そんなことを思いますな。

盆に豆腐を載せて川の中に突っ立っております大頭の小僧に変だと言われたんじゃァおしまいだ、という気も致しますが、実際その侍は少々変でございました。

人間には中々見えるものじゃございません。ですから仲間の侍連中は何とも思っておりませんな。でも、小僧には見えております。

――犬？

犬ではございませんな。

――猫か？

猫でもございません。しかし、どうもそのくらいの獣が、侍の襟首に引っ付いておるのでございます。

――暑苦しくないのかな？

実際にそんなところに獣がへばり付いておりましたなら、相当に暑苦しい状態だろうとは思いますな。汗疹《あせも》は出来るし、先《ま》ず生臭うございます。

しかし侍は平然としております。

それもそのはず。へばり付いておりますのは――小僧の同類、つまり妖怪の類《たぐい》なのでございましょう。質量を持たぬ非存在でございます。くっ付いていようがいまいが痛くも痒《かゆ》くもございません。

さて、その侍でございます。人魂などは怖くないと息を巻きまして、威勢よく岩の上に乗った訳でございますが――。

「良いか。よッく見ちょれ。ケチ火なんてのはこうして遊ぶもんぜよ！」

侍はいきなり草履《ぞうり》を脱ぎまして両手に持ち、ぱんぱんぱん、と三度打ち鳴らしました。

「そこもと、何をしておる」

「竹皮の草履を三度叩くとケチ火が涌くち、土佐では謂《い》うぜよ。待っちょれ――」

人魂見せちゃる――と、侍は申します。

やがて――。

「おお!」

本当に火の玉がふっと現れます。

「ほ、本当だ!　ひ、人魂」

「まだまだ!」

岩の上の侍は、満面に奇怪な笑みを浮かべまするると、手にした草履の裏に唾を吐きかけまして、その火を招くように致します。

「ケチ火!　来い、こっちに来い」

これが土佐あたりに伝わる、怪火《けちび》を呼ぶ作法なのでございましょうな。

「ケチ火なんちゃ呼べば来よる。犬みたいなものぜよ。こっち来い。こっち来いや!」

火はふッと消えます。

元々単なる放電現象でございますからそう長く持続するものではございません。

しかし――先程より少し小振りの奴が二つ三つ、パッと岩の周りに現れますな。

「おお!」

「き、来た!」

情けないことに侍ども、驚いてばかりでございます。

まあ、何らかの気象条件が整ってこうした現象が起き易くなっているだけ——なのではございましょうが。

すぐに消えます。

「ははは。どうじゃ。可愛いもんじゃろが。人魂なんちゅうもんは所詮この程度のもんじゃきに。怖がるおまんらは腰抜けじゃ——」

岩の上で侍は笑っております。

小僧の目から見ますれば——笑っているのは獣でございます。

——なんて不気味な獣だろう。

獣は笑いません。犬でも猫でも、解剖学的に笑うことは出来ません。それが笑っておるのでございますから、まあ不気味ではございましょう。

「そんな腰抜けでこの国が変えられるち思うちょるのか。斬って斬って、斬りまくって、それで——」

ぴかり。

今度は天空全体が発光致しました。

すかさずに——。

ガラガラどしんと——。

はい、雷でございます。

雷は珍しいものではございません。しかし大変近くに落ちたようでございますから、音も大きゅうございましたし、何しろこの状況でございますから、侍達は一様に腰を抜かしたようでございます。岩の上の侍もこれには少々面喰らった様子。

しかし、誰よりも何よりも驚いておりましたのは――。

そう、豆腐小僧でございます。

「よ、夜明けだあ、夜明けが来たぁ」

そんなことを申しまして、一目散に川からあがり、木陰に隠れます。

しかしこうしてみますとこの小僧、涌き出《い》でました頃に比べますると、随分と身の熟《こな》しが俊敏になっておりますようで――。

「よ、夜明け様ァ、い、命ばかりはお助けを、どうぞ手前を、消さないでくださいましィ」

命も何もない化け物風情が、何を誰に懇願しているものやら。

「雷さんぜよ。雷ごときで慌ててどうするんじゃ！」

岩の上では過激な侍が一人で怒鳴っております。しかし残りの連中はと申しますと――。

藪だの木陰だのに身を隠して震えております。これでは豆腐小僧と大差ございませんな。とても人斬り侍には見えないみっともない為体《ていたらく》。

そこに――。

ふわり。

ふわりと――。

「ひ、ひゃあ、本物の人魂だ！」

隠れているうちの一人が声を上げます。

事実——絵で見るような人魂が、細い尾を引きながら、臆病な侍どもの間を縫うように飛んでいるのでございます。

「お、お主が馬鹿なことをするから、こんなものが出たのだ。何が可愛いものだじゃ！　うわあ、こ、こっちに来るな！」

「バチが当たったのだ！」

「た、祟られて死んでは尊皇も攘夷もないわ。南無八幡——」

尻を捲《まく》って逃げ出します。それはもう大慌てでございまして。

「おい！　こら待て！」

岩の上の侍は独り取り残された格好でございます。

その周りを人魂がふわりふわりと回ります。

「なんじゃ！　こらあ、ケチ火じゃないぜよ。気味が悪いきに——」

——移動する火。

小僧、意外に冷静でございます。

——あれがさっきの人と違う火なんだな。

つい先程、さっきの人——大きなプラズマから色々と説明を聞いておりました所為《せい》か、小心者の豆腐小僧、狼狽することもなく、観察までする余裕があるようでございますな。

これは、球電現象でございます。

落雷の直後、雷が落ちた辺りに、直径二十センチから三十センチくらいの光の玉がふわりふわりと飛ぶという現象でございますな。落雷で放出されたエネルギーと因果関係を持つ現象であることは慥《たし》かなのでございましょうが、これ、現在に至りましても科学的にも完全に解明されている訳ではございませんようで――。

強気な侍は再び刀を抜きまして球電に斬りつけます。

何でも刀で斬れると思っておるようでございますな。

「ええい！　これが話に聞く雷獣というものか！」

侍がそう言った途端。

玉の中心に、今度は穴熊のような動物の姿が浮かびました。

雷獣――でございます。

こちらは、雷とともに落ちて来ると信じられていた幻獣でございますな。何で落雷とともにケダモノが落っこちて来なければならないのか――現代人の感覚では理解し難《にく》いものがある訳でございますが、根岸鎮衛《ねぎしやすもり》が纏《まと》めました江戸の奇談集『耳嚢《みみぶくろ》』などにもその目撃談が記されておりますところから考えましても、ある程度リアルなものとして認識されていたのでございましょうな。

「わあ、人魂さんの中に動物がいる」

小僧が叫びますな。

「煩瑣《うるせ》ェな。人魂じゃねえ。今の今から俺は雷獣だ、解ったかこの野郎！」

「わあ、口を利いた！」

「黙りやがれ。人魂だの雷獣だのしち面倒臭ェ。何で出たところに人が居やがるんだよ！　誰も居なけりゃただの玉なのによ！」

もちろんこの会話、侍には聞こえてはおりません。

実体を持たぬ概念同士の会話でございます。

ところが――。

「面倒臭いなら、さっさと消えたらいいがぜよ。邪魔ぜよ。下等妖怪が」

刀を振り回す侍の肩口から、奇妙な声が聞こえたのでございます。

あの、有閑マダムの襟巻きのようなケダモノが口を利いた訳でございますな。

「何者だてめえ、そんなとこにくっつきやがって！　管狐《くだぎつね》か。それとも御前狐《オサキ》の野郎かよ！」

雷獣、ふわふわしているわりに威勢がいいようでございますな。

「けッ。出ちゃ消える自然現象が生意気な口利くがぞね。わしらは、おまんら下等妖怪とは格が違うきに。早《はよ》う消えや！」

「何だとオコンの野郎ッ！」

球電、ふわりと侍に近づきます。

侍、でえッと声を上げて斬りかかりますな。

「け、喧嘩かな？」

これは小僧の声でございます。

小僧は喧嘩が見たかった訳でございまして、その理由はと申しますれば、要するに綺麗だろうと勘違いしていたからなのでございますが――。

球電、結構綺麗でございます。

「喧嘩ですね！　喧嘩なんですね」

「じゃかましいわいこの馬鹿小僧が。大体なんだっておめえはそこにいやがるんだコラ！」

「ば、馬鹿小僧――」

「生意気な口を利くな自然現象！　そこン小僧は、それでも貴様よりはずっと高等な妖怪だぜよ。わしらに近いところにおるきに」

「てッ、手前は上等なんで――」

馬鹿野郎――小僧の言葉は雷獣の啖呵《たんか》に掻き消されてしまいますな。

「――そういうてめえは何者だって尋《き》いてるのが解らねェのかこのスットコドッコイ。その野暮ッてえ話ぶりから察するにどうせクソ田舎の憑物《つきもの》かなんかだろう」

「憑物ォ？」

小僧には未知の言葉でございます。

「けッ。馬鹿によるぜ自然現象。残念だがな、わしゃあそういう病気がらみじゃないきに！」

「病気？」

さっぱり解りませんな。

会う妖怪会う妖怪、皆それぞれ違うことを申します。鳴屋は説明、死に神はけじめ、火の玉は解釈と申しました。

「わしはな、志《こころざし》じゃ。おまんのように出ては消える屁みたいなものとは違うぜよ。望むと望まないとに拘《かかわ》らず、この男が考え方を変えて変節せぬ限り、永遠に消えることのない、理《ことわり》の権《ごん》化《げ》じゃきに！」

「こころざしィ？　そんなメザシみてェなものにあれこれ指図される筋合いはねェんだよ。こちとら瞬間勝負だ。ぱっと出てぱっと消える、夏の花火の心意気だぞこの野郎！」

雷獣はバチバチと火花を散らしますな。侍はうう、と唸って引きます。

「てやんでえべらぼうめ。俺様はな、人が思おうと思うまいと出る時は出て勝手に消えるんだ畜生。てめえみてえにこびりついた褌《ふんどし》の汚れみてえなのたァ違うんだよッ」

「まあ好きなだけ言うちょれ。どうせおまんはもうすぐ消える」

「煩瑣《うるせ》ェ！　あ」

ふう、っと。

雷獣は——と、申しますより球電は消えてしまいました。

侍、流石《さすが》に疲れた様子でございまして、ぐったりとして岩の上に座り込みます。

「あのう」

小僧、のこのこと出て参りまして、岩の上によじ登ります。盆を片手に、結構器用になっておりますな。

「あのう、手前はその――」

「おまんは豆腐小僧ちゅうたかの」

「そうなんですけど、あの」

「しかし――あの雷獣も言うちょったが、おまんがこがいな場所に居《お》るちゅうのは少々変じゃのう」

「そうなんで？」

岩の上に座り込んだ侍の首筋にへばりついた獣と会話する豆腐小僧――今までで一番妙な図柄でございます。

「そうよ。わしと違って、おまんは通常は――居《お》らんものぜよ」

「あなた様はずっと？」

「もちろんじゃ。わしはずっと居るきに」

「夜明けも？」

「当然じゃ」

夜明けが訪れましても消えない妖怪とは、果たしていったい何者なのでございましょうか。

「あなたはいったい――」

「わしゃあ――四国の八百《はっぴゃくや》八狸《だぬき》が一匹じゃ」

「タヌキ！」

タヌキって、あの狸でございますかと――小僧はしこたま間抜けな顔で問いますな。

侍の肩口にへばりつきました狸は不服そうな顔を致します。

「あの狸ちゅうのは、どの狸ぜよ」

「ですからこう――ふぐりが八畳敷きくらい大きくて、それでお腹《なか》をぽんぽんと」

「ナメたらいかんぜよ！」

「は」

小僧、豆腐を引っ込めます。

「何の真似じゃ？」

「あ」

小僧、今度は舌を引っ込めます。

「おまん――」

狸は呆《あき》れますな。

「あのな、おまんは豆腐小僧じゃ。だから豆腐は嘗《な》めてもいいがぜよ。おまんは豆腐嘗めるが信条じゃろが。ひと嘗めでなんぼのモノじゃきに。わしが言うちょるんは、そういう意味じゃないきに」

「どういう意味で」

狸、暫《しばら》く考えます。

「ううん、そうじゃ、おまん――狸を馬鹿にしとりゃせんかのう」

「馬鹿――は、手前で」

それは知っちょる——狸はそう言いますな。

「まあ、おまんは江戸もんじゃきに、仕方がないかもしれん。江戸の狸ちゃあ、埒《らち》もないもんぞね。本所《ほんじょ》の狸 囃子《たぬきばやし》か、おまんの仲間の戯《ざ》れ絵の狸くらいのもんじゃろ」

「ああ、狸囃子。それです。ぽんぽん叩く。すっぽんぽんの腹鼓《はらつづみ》」

「けッ」

狸は鼻先に皺を寄せます。

「そりゃあ狸の中でも下等な奴じゃきに、一緒にせんといてくれんかのう」

「下等なので」

「下等じゃ。鳴屋だの天狗倒しだのと一緒じゃ」

「や、鳴屋さんと一緒で？」

鳴屋は小僧の恩人でございます。

しかも小僧にしてみれば、鳴屋あたりは大妖怪の部類でございまして、とても下等なものとは思えません。何しろ、関係性はどうであれ、地震だったりする訳で。開かぬ扉も開けられてしまうのでございますし。

「や、鳴屋さんは、立派な妖怪さんです。だって——ええと」

この小僧、いざという時に限って言葉に詰まるタイプでございます。

「あんなもの何が立派か。高だか説明じゃろが」

「説明は下等で？」

「下等じゃ。あれならまだ狸囃子の方がマシじゃ。鳴屋は家ば鳴らすちゅうが、あれは鳴った音そのものじゃろ。それに狸囃子ん方はただぎいぎいいうんと違って音曲《おんぎょく》じゃし、狸が悪戯《いたずら》で鳴らしちょう音じゃち謂われよる。音自体は狸ッちゅう妖怪に隷属しちょる。狸は音より偉いきに」

「じゃあ――偉いんじゃないですか」

豆腐小僧はたぶん、よく解っておりません。

「偉くなんかないぜよ。あんな、説明なんぞに使われよって、情けないこっちゃ。あれじゃったら、まァだ戯れ絵の狸の方がマシぜよ。多少巫山戯《ふざけ》ちょるがの、術が大きいぜよ」

「その、戯れ絵――と申しますのは何でございます？　今し方、手前の仲間とか言ってませんでした？」

己の出自《しゅつじ》を知る――そういえば小僧も、当初はそうした志を持っていたのでございます。

「何にも知らん小僧じゃのう」

「はあ――」

「おまんの思い描いちょる狸の姿ちゅうのは、たぶんそれじゃろ思うぜよ。おまんと同じ間抜け面の、愛敬《あいきょう》のある狸どもがぞろぞろと出て来よって、滑稽《こっけい》なことする奴じゃ。睾丸《きんたま》広げて船造ったり、家造ったり――まるで幇間《たいこもち》みたいに譃《おどけ》ちょる絵があるがじゃろ――」

「ああ――」

知っているような。知らないような――。

何とも情けない記憶でございますが、まあ、そうした戯画《ぎが》――今で謂うところの漫画の絵のようなものが、同じく漫画出身の小僧の大頭に朧《おぼろ》げに残っていたのでございましょうな。

残っておりますのは、皆様御存知の絵柄、判り易く申しますならば信楽《しがらき》焼きの狸の姿と思って戴ければ間違いございませんな。あれは実在の狸とはかけ離れております。かといって口碑《こうひ》伝承《でんしょう》の中の狸とも微妙に違っております。所謂《いわゆる》キャラクターとして確立した、ステレオタイプなタヌキ像でございます。

「――それで、その、何なんで」

「手応《てごた》えのない小僧ぜよ」

狸は溜め息を吐《つ》きます。

「とにかく――わしゃあそういう類《たぐい》のもんじゃないきに。わしゃ、おまんのような造り物でもないいし、さっきの雷獣のような自然現象でもないがぜよ。何の説明にも利用されちょらん。わしゃ、志ン象徴として、こん侍に感得された、由緒正しい狸じゃきに」

「わあ。由緒正しいんだ」

「どうじゃ、見直したかのう。こん侍に感得されたきに、馴れぬ土佐弁なんぞを使うちょるがの――元はといえば伊予は久万山《くまやま》に住まう、狸の中の狸――隠神刑部《いぬがみぎょうぶ》狸様の眷族である、名門八百八狸の一匹、七百二番じゃ」

「ななひゃくにばん？」

「七百二番目に偉いちゅうことじゃ」

狸は威張りますな。

どうもエリート意識が強うございます。しかし八百八番中の七百二番でございますから、下から数えた方が早いような気も致しますな。とはいうものの、これは八百八匹の中の順列でございまして、その他の狸はと申しますれば、それはもう、星の数程居る訳でございます。そいつらは順位表にさえ漏れておりますから、まあ偉いといえば偉いのでございます。

「コン侍はな、志ちゅうか、野望を抱いたんぜよ。わしら八百八狸は、久しく久万山に封じられておったのじゃが、こいつらが大挙して野望を抱きよったお蔭で、こうして復活することが出来たんじゃ。で、この国を盗《と》っちゃろう思うてな」

「く――国？」

「そうじゃ。こ奴は――まだよく解ってはおらんようだがな。とにかく幕府を倒そうちゃ思うちょる。異国も嫌いなようじゃ。で――どうしたいかちゅうと、取り敢えず人を斬りゃええかと思うとるぜよ。まあ、こん侍の尊敬しちょるんが、あの岡田以蔵《おかだいぞう》じゃきに」

「それはどなた様で」

知ってる訳がございません。

土佐国土佐郡江ノ口村出身、江戸は桃井春蔵《もものいしゅんぞう》門で剣術を修め、土佐勤王党に従って上洛して後、天誅《てんちゅう》と称して佐幕派に対する殺戮《さつりく》行為を次々と繰り返した暗殺者・岡田以蔵、人呼んで人斬り以蔵――。

小僧とは無縁の男でございます。

「以蔵には――わしら八百八家の中でも最も凶暴な四十三番殿がついておられるからな――」

四十三番目くらいですと結構順位は高いようでございますな。

「――あれは強いぜよ。強くなくちゃあ四十三番殿はつかんきに」

「と、取り憑いたんで？」

憑物じゃないと言うちょろうが――と七百二番狸は厳しく申します。

「取り憑くんじゃないぜよ。憑物ちゃ、人が勝手に憑けたり落としたりするもんじゃ。わしらは、人間が立てた志とわしらの性質が合致した時に、人間の思うと思わざるとに拘《かかわ》らず涌くんぜよ。もっと高尚じゃ」

「はあ」

よく解りませんな。

解りませんが、そこは追々にお解り戴けるようになっておりまして――。

小僧、腕を組んで――と言いたいところではございますけれども、盆がありますので腕は組めません、片手でしっかり盆を持ったまま、腕を組んだような格好を真似まして、ちょっと考えますな。しかしこの小僧、それでもそれ程高級なことを考えている訳ではございません。妖怪といっても色々だなあと、そんな感慨に浸っている訳でございます。

――この狸。

慥《たし》かに今までの連中とは少しばかり違っているようでございます。どこが違うのか、小僧でございますから明確には解りませんな。

先《ま》ず鳴屋は不可解な現象に対する説明として創造され、そして現れた——いいえ、現れさせられたのでございました。説明でございますから、用が済めば消えてしまいますな。鳴屋側が出ようとしても出られるものではございません。

続いて死に神は人間が死ぬ間際《まぎわ》に、生死のけじめをつけるために出現する——させられる訳でございますな。死という未知なる領域に踏み込む——あるいは踏み止まることに対して取り敢えず納得をするために、こちらも強制的に呼び出され、そして強制的に消される訳でございます。

それから怪火《けちび》、雷獣の類でございますが、これは天然の現象でございますから、出て欲しいからといって出てくれるものではございません。人間の望むと望まないとに拘らず、出る時は出るし出ない時は出ませんな。

ただ、出た時にそれを見た人間が、勝手に解釈を加えると——その段階で色々な妖怪になる訳でございますな。しかしてどのような妖怪になろうとも、これも人間の望むと望まないとに拘らず、消える時は消えちゃう訳でございます。

——消えちゃうんだよな。

いずれにしましても、妖怪側の意志というのは全く尊重されない訳でございます。出るも消えるも他人任せでございます。と、申しますより概念《おばけ》に意志などございません。

——でも。

この狸はどうなんだろうと、そこのところをこの小僧は考えている訳でございますな。

この狸、慥《たし》かに何かを説明している訳ではございません。何か納得をするために呼び出された訳でも、何かに対する解釈でもないようでございます。そもそも人間にはまったく見えていないようでございますし、引っ付かれている侍さえも、気づいていない様子でございます。

それでもこの狸、やはり自分の意志で出て来た訳ではないようでございますな。この侍が何やら不穏当なことを考えまして、その不穏当なことを象徴するかのように像を結んだ――ということなのでございましょうか。

それ故にこの狸は――。

――消えないとか。

夜明けでも大丈夫とか、そんなことを申しておりました。

さあっと細かい水滴が宙を覆いますな。

小僧は馬鹿なりに考えておりますから、気がついておりませんが、これは――雨でございます。それまで放心したように岩の上に座っておりました侍が、漸く重い腰を上げますな。

但《ただ》し、背中で交わされている妖怪同士の問答などまるで関知しておりません。人心地ついたところに雨が降って来たものでございますから、濡れては大変とやおら立ち上がったのでございます。

小僧、慌てて問い質《ただ》します。

「あのう、その、七百二番様は――ずっとそのお侍さんとご一緒で――」

そりゃそうじゃ――と、肩の上の七百二番は申します。

「じゃあ、離れたりは」

そりゃあ出来んと狸は申します。

「主体はあくまでこいつにあるきに。わしの方からはどうにも出来んぜよ。わしらは人あっての妖怪ぜよ」

人——人人。何でもかんでも他人任せでございます。そこが小僧には、何故か気に入らないようでございますな。

「じゃあこの人がその、ご無事な限りは七百二番様はずっと——？」

小僧、そこで一度矯めます。

「——きッ、消えないのでございますか？」

とどのつまりはそこんとこが尋《き》きたいのですな。

小僧結局、消えるのが怖いだけでございます。

消えるよ——そう狸は申します。

同時に侍は岩からぴょんと飛び降りますな。

「消えるので？」

「消えるさ。こん男が死ぬるか、あるいは温厚な性格に変わった時にゃあ、わしゃ消えてなくなッちまうきに。ただ、それまでの間はずっと、わしはこいつン象徴としてここに居《お》る」

「はあ、じゃあ夜明けになっても消えはしないんで？」

「わしは元々見えぬものじゃきに、消える意味がないがぜよ」

「見えぬ——もの？」

「おまん、本当に何も知らんのう。ようく聞きいや。見えるお化け、聞こえるお化けちゅうのは、見る者聞く者がいなくなったら、そりゃ消えるぜよ」

「はあ」

「元々見えぬお化けは——消えようがないきに。ないもんはなかろ。人間どもにわしは見えんのじゃき、出るも消えるもこ奴の気持ち次第なんじゃ」

七百二番、鼻先で己の寄居主《やどぬし》を示しますな。

「ええと、その——」

侍は雨の中を歩き出します。

その後ろから、笠を被った概念小僧が追いかけます。背中で概念狸が、聞こえない言葉を発しております。

「物理現象に伴う妖怪は、最終的にはその現象に規定されるぜよ。神経やら錯覚やら、生理現象に伴う妖怪は人間の状態に規定されるぜよ」

「はあ」

間抜けな返事でございます。

「わしらは心的現象に伴う妖怪じゃから、心の状態に規定されるぜよ。昼間お化けが出ないのは、物理現象を妖怪と解釈してみたり、在りもせんものを見て説明せんと納得出来なかったりすることが少ないからじゃ」

死に神も似たようなことを申しておりました。

見え易い昼は見えないものが見え難《にく》く、見え難い夜は見えないものが見え易いという、どうにもややこしげな話でございます。

「だが――わしらみたいな妖怪は、心の中におるものじゃきに、昼も夜も関係ないぜよ」

「あのう、手前は――」

「おまんは何の説明もしちょらんし、何に対する解釈でもないいきに。しかしてわしのように心に涌くもんでもないがぜよ。本来そうして涌くもんじゃないいきに」

「へ？」

「へ、じゃあない。おまんは作りもんじゃきに、そうして居ることがそもそも変なんじゃ。まあ、戯れ絵に描かれたおまんを見て、本当に居ると勘違いする粗忽者が居《お》って、そいつが適当に感得したような場合、稀に涌く」

まあ、この度《たび》の場合はあの若旦那でございますな。

「ま、まれなんですか手前は」

「稀ちゅうかあり得んぜよ。その、戯れ絵を感得するような粗忽者が居れば、まあ場合によっちゃあ昼でも涌くかもしれんがの、感得する者が居らんとなれば、本来なら昼であっても夜であっても涌くもんじゃなかろう」

「はあ」

「なのにおまんは涌いておる」

「まあこうして」

豆腐小僧、些《いささ》か調子に乗っておりまして、ちょこまか歩きながらぺろりと舌を出しまして豆腐を嘗めます。

喰うまではしません。

豆腐の味が致します。

「調子のいい小僧じゃ。じゃから、おまんが誰も感じておらんのにそうしてそこに居るちゅうこと自体が、何かの間違いじゃろ。おまんには昼も夜もなかろうが」

「やっぱり——そうなので」

鳴屋も死に神も、それらしいことを申しておりました。

「て、手前はどうして消えないのでございましょう。手前は何故ここにこうしていて、それで何をすれば良いのでございましょう」

深いのう、と狸は申します。

「——まあ、おまんが悩んじょるいうことは何となく解ったきに。そうじゃのう、こン侍の居候しちょる道場に、そういうことに詳しいモンが居る。話ィしちみるがええ。一緒に来るか？」

悪そうな顔相をしておりますわりにこの狸、意外に親切なようで。

「そ、それは、願ってもないことですが、でも——そろそろ夜明けさんが来てしまいませんでしょうか。そうしたら、手前はその、七百二番さんとは違って——」

「馬鹿」

「へえ、馬鹿で」

「夜明けならとっくに来とるぜよ。天気が悪いから淡暗《うすぐら》いだけじゃ」

「えええ！」

小僧、辺りを見回しますな。

周囲は慥《たし》かに――明るくなっていたのでございます。

その五　豆腐小僧、禅問答する

侍がその道場に着きましたのは、もうすっかり夜も明けきって、往来に人が行き交うようになった時分でございました。

結局——。

感じてくれる人間様が居なくなった段階で消えているはずの豆腐小僧は、昼間になってもまた消えることがなかった訳でございます。

妙な具合でございますなあ。

でも、どうせ見えないし感じられない訳でございますから、居ても居なくても変わりはございません。これでは居ない方がまだマシというようなものでもございましょうな。

小僧、ひょこひょこと侍の尻にくっついて門を潜ります。

これが、小汚い道場でございます。

廊下はもう、暫《しばら》く拭いた様子が窺《うかが》えません。埃《ほこり》が積もるどころか固まっております。畳《たたみ》は乾いて目が疎《まば》らになり、天井には蜘蛛《くも》の巣が縦横無尽に張り巡らされております。

折からの雨でございます。傘もささずに歩いて参りました侍は、すっかり濡れそぼっております。しかし足を拭くでもなく、裾《すそ》を搾るでもございません。

侍は声もかけずにあがり込みますな。

小僧も続きます。

雨ざらしの縁側や框《かまち》は腐っており、庭には茫々《ぼうぼう》と草が生い茂っております。初めに涌《わ》きました廃屋《はいおく》と変わりがございません。

やがて侍は奥の部屋の障子《しょうじ》を開け、濡れた着物を脱ぎ散らかしたまま、万年床らしきものに潜り込みますな。背を向けた蒲団の端から狸が顔を出しております。

「おい小僧、こいつが眠るとわしもぼやけるきに。そこの——床の間じゃ」

「はあ——何が」

「何がじゃない。紹介するち言うたぜよ。だからついて来たんじゃろ」

「ああ、そうだった——」

真性の鳥頭《とりあたま》でございます。

「で——その。お詳しいとかいう人は誰で？　やっぱり妖怪さんでございますか？」

「まあ——わしの知る限り、おまんに一番近い妖怪じゃないかのう」

「え！」

小僧、飛び上がります。

親類かもしれない——などと思う訳でございますが——。

「普通は人間があれこれと妄想せにゃ出て来ないんじゃが、おまんが居るから出るかもしれんの。そこの床の間じゃきに、行って見てみ」

狸は顎をしゃくって床の間を示し、その後大きな欠伸《あくび》を致しました。

小僧、期待に胸を膨らませまして床の間に目を遣《や》りますな。すると。

そこには——古ぼけた達磨《だるま》が置いてあったのでございます。

「達磨さん——だよなあ」

小僧、まじまじと達磨を眺めます。

汚い達磨でございます。

埃がたかっておりまして、赤い塗装も、あちこち剝げているのか、それとも汚れが付着したものか、まだらになっておりまして、一歩下がって見てみますてェと、全体は何だか褐色に見えますな。目玉は両方入っております。達磨でございますから当然クソ面白くもないといった顔に描かれておりまして、達磨でございますから当然少々威張ってもおります。

で——。

その人はどこに居るのだろう、と思いまして、小僧は大頭を傾けますな。

後ろにも何もおりません。

煤けた床の間があるばかり。掛け軸も掛かっていなければ花も飾ってありません。

「後ろか」

回り込みます。

蜘蛛の巣が張っております。

黴《かび》も生えております。鼠《ねずみ》の糞まで転がっております。

「ううん」

小僧、振り返りまして、訴えかけるような視線を狸七百二番に投げかけますな。

しかし狸は死角になっておりまして小僧からは見えません。侍の寝顔が見えるばかりでございます。この侍、人を斬って、その後人魂を斬って、更《さら》に雷獣に襲われたと申しますのに高鼾《たかいびき》をかいて眠っております。流石《さすが》人斬り以蔵を尊敬しているだけあって、中々剛胆な男でございますな。

「七百二番さあん」

泣き声を出します。

ごおごおという鼾の音だけが、小汚い小部屋に谺《こだま》しますな。

何とも貧乏臭くて虚《むな》しい情景でございますな。ボロ蒲団で寝ている侍の横で豆腐を持った小僧が狼狽《うろた》えている訳でございまして――これが何ともはや形容しがたい侘《わび》しさを醸《かも》し出している訳でございます。しかもこれ、真っ昼間なのでございます。いくら豆腐小僧が妖怪の端くれでございましても、怪しげ恐ろしげなところはただのひとつもございません。間抜け一辺倒でございます。

「狸さあん」

もう一度情けない声を出します。

侍、そこでごろり、と寝返りを打ちます。小僧に背を向けるような格好になった訳でございます。襟首に引っ付いております八百八狸七百二番も当然小僧の方に背を向けることになるのでございますが——。

「あら」

七百二番、透《す》けております。

狸越しに侍の項《うなじ》やらはだけた肩口やらが見えております。

狸の躰《からだ》が半透明になっているのでございます。

——暈《ぼや》けるきに、か。

そう申しておりました。それはこういうことだったのでございますな。

そのうえ半透明狸は、口を開けて眠りこけているようでございます。これでは話になりませんな。

「無責任だなあ」

無責任の権化《ごんげ》、豆腐小僧なんかに責任を問われたくはありませんな。石川五右衛門《いしかわごえもん》に泥棒呼ばわりされるようなものでございます。

「どこに誰が居るというのさ。嘘吐《つ》きだなあ。寝ぼすけめ。なァにがそういうことに詳しいのが居るぅ——だ」

小僧、何もない畳の上を蹴《け》ってみたりします。

「なァにが、おまんに一番近い妖怪かもしれん——だ。誰も居ないじゃないかぁ」

もう一度蹴ります。

「なァにが普段は人が妄想しないと出ない——だ。ん？」

——そうか。

何か考えれば出て来るのかな。

そう思った訳でございますな。まあ馬鹿の見本市みたいな豆腐小僧に致しましては、飛躍的に賢い結論でございましょう。慥《たし》かに、妖怪は見る者が居て初めて現れるもの。主体性はあくまで観察者、体験者の方にございます。出現する妖怪の性質も形状も、凡《すべ》てはそうした人の主観に五割方委《ゆだ》ねられているのでございます。

え？　残り五割は何か？

まあこうしたものは数値化できるものではございませんから割り合いもあくまで目安ではございますが——残り五割は、観察者なり体験者なりが自己決定するための判断材料に拠《よ》るのでございます。

社会やら文化やらと申します、その人を取り巻く情報に規定される訳でございますな——。

平たく申せと。

平たく申しましょう。例えばどなた様かが幽霊を見たと致しましょう。幽霊なんてェものは実在は致しません。先程申しました通り、見るも見ないも見た方次第——でございます。元々ないものでございますから、どんなモノを見ようが、これは勝手。十本脚の空飛ぶブタを見ようが、笑うニンジンを見ようが、それをその人が幽霊だと思えばそれは幽霊でございますな。

しかし——。

もしブタやニンジンを見てしまったとしても、普通はそれを幽霊とは思いません。他のモノだと思いますな。

ところが、ざんばら髪に青白い顔、頭に三角の布をばつけ、死出装束の帷子《かたびら》を着込み、両の手を胸の前でだらりと下げて構えまして、陰に籠ったか弱い声で、恨めしぃ——というようなモノが見えてしまったならば、これは誰が見たって幽霊でございましょう。

この、幽霊を幽霊として認識するための要素やら条件と申しますものは、個人が勝手に決定出来るものではございません。その国々、土地土地の文化習俗、あるいは信仰などに拠りまして、予《あらかじ》め決められている、または造られて行くものでございます。

言ってみれば〈お約束〉の部分といえましょうかな。

おいおい、今更そんな格好の幽霊が居るかい——と、申されますな。慥《たし》かにこうしたお約束は時代によって移り変わるものでございます。古いお約束は大抵形骸化致しまして、小馬鹿にされる対象へと変質してしまう訳でございますな。

しかしそれは、単に別のお約束が有効になったというだけのこと。仕組み自体は変わっておりませんから、一概に昔の人は迷信深くて馬鹿だった、と決めつけることはいけませんな。

私どもも、そんなには違っておりません。

幽霊の場合、亡くなった方の情報と申しますのが大部分を占めますから、このお約束の割合いはやや低いのでございますが、妖怪の場合は、これが五割ということでございますな。

そう、妖怪の場合、この五割部分が曲者《くせもの》なのでございます。同じような怪異を体験致しましても、それがヒョウスベになるのかカワウソになるのか、それを決めますのはこの五割なのでございますな。

で——。

小僧でございます。

中々良いところに気がついたと申しましても、この小僧、基本が馬鹿でございますから、文化の積み重ね、知識の蓄積、教養の深みというものがございません。

何を考えたら良いものやら。

思い起こすに、小僧の持っております記憶といえば、男女の情交シーンと侍どもの斬り合いシーンだけ。まるで安物の時代劇でございます。後はといえば、鳴屋《やなり》だの死に神だの魑魅《ちみ》だの雷獣だの、常軌を逸したお方との不毛なかけ合いばかりでございます。それ以外で会得したことといえば、せいぜい豆腐と盆の扱い方くらい。なぁんにも考えることなどございません。

「ううん」

唸《うな》るだけでございます。

息を止めて力んでみたり致します。

力を入れることと考えることの区別がついておりませんな。これはしかし、小僧ならずともよくあることでございまして、念力だあ、とか言いながら踏ん張って顔を赤くするようなお調子者はままま見かけますな。

念力なんてェものは、まあ、あり得ないものでございましょうが、もしあったと致しましても、力んで出るもんじゃございませんでしょうな。

また、鉢巻《はちま》きをきりりと締めまして、気合いを入れて勉強をなさるお子などもおりますけれども、根性を入れても頭は良くなりませんな。あれは一種の決意表明でございます。もちろん決意を表明するのは結構なことなのでございましょうが、表明しただけで賢くなることはない訳でございます。

同様に、熟考のあまり息をするのを忘れることはございますけれど、息を止めれば考えが巡らされるなんてェこともございません。

「ぷはあ」

小僧、息を吐き出します。

なあんにも考えておりませんな。

「誰かぁ」

ついに声を発します。

「誰か居ませんかぁ」

ウンでもスンでもございません。当たり前でございます。誰も居ないのでございます。

「誰か居ないのですかあ」

「誰も居ない」

「え?」

小僧、目を円《まる》く致します。

「誰も——居ないんですか？」

「誰も居ない」

「え？」

きょろきょろと見回します。

慥《たし》かに声が聞こえました。小僧、まるで自分の尻尾にじゃれる仔犬のような仕草で後ろを振り向きまして、ちょこまかと部屋中を駆け回りますな。障子の隙間から外を覗いてみたり致します。開けることは出来ません。

「誰ですかあ」

返事はございません。

「お侍さん、起きたんですか？」

頸《かし》を傾げて覗き込みます。

だらしない寝顔でございます。

もう、襟首の七百二番などは半ば消えかかっておりますな。熟睡でございます。

「狸さん。たあぬきさん」

起きやしません。尤《もつと》もこの狸、寄居主《やどぬし》が目覚めない限り起きられません。一方寄居主である侍はといえば、これは小僧の声は聞こえないのでございますから、小僧が泣こうが喚《わめ》こうが目覚める訳もございませんな。

ざいます。

小僧、思わせ振りに身を起こしますな。眼を細めて険しい顔をしてみたりします。滑稽《こっけい》でございます。

「もしかしたら——」

「——何だろう」

結局何も考えておりません。

「誰か居るのかなあ」

今更何をかいわんや。

「やっぱり誰も居ないんだな」

「その通り」

「え?」

振り向きます。

張り子の達磨があるばかり。

小僧、達磨の正面に参りまして、達磨を睨《にら》んでみたりしますな。

文字通り睨めっこでございます。

そうしておりますうちに。

豆腐小僧、本当に睨めっこをしているような気分になって参ります。

だぁるまさん、だぁるまさん、にぃらめっこしましょ——と歌にはございますが、本気で達磨と睨めっこする者はまず居ません。流石は正真正銘の馬鹿小僧でございます。

眼を見開いたり顔をひん曲げたり、舌を出してみたりも致します。元が元でございます。土台が間抜け面《づら》でございますから、これは相当に間抜けな面相でございましょう。

しかし。

絶対に勝てませんな。何しろ相手は達磨さんでございます。しかも張り子の達磨でございます。張りぼてが笑ったりしたら、これは妖怪で――。

にやり。

笑いました。

小僧、透《す》かさず思い切り変な顔を致します。

「あっぷっぷぅ」

「わっはっは」

達磨、大笑い。

「あ。手前の勝ちだ」

「お見事」

「なあんだ、達磨さんが喋ってたんですか」

小僧、馴れ馴れしくそう申します。慥《たし》かにこの掌《てのひら》返《がえ》しの順応性は、お見事なものでもございましょうな。

「そうかぁ。達磨さんなら最初からそこに居たもんなあ。どうして返事をしてくれなかったんです？」

小僧、間抜け面をぐいと達磨に近づけます。

「ねえ」

達磨、無言でございます。

「ねえったら」

何も申しません。

それどころか、どう見ても張り子の達磨でございます。張り子はこの世のモノでございます。これは実存するモノでございまして、決して小僧の同類ではありません。ですから動く訳がないのでございます。

小僧、どうもこうもなく胡坐《あぐら》をかいて不貞腐《ふてくさ》れます。

「何だよ何だよ。黙っちゃってさ」

拗《す》ねているのでございますな。

でも——達磨は達磨。張り子は張り子でございます。

「ヘンだ。こうなれば我慢比べだ」

小僧、達磨を再び睨みつけます。

しかし今度は睨めっこという雰囲気ではございませんな。小僧も何やら意地になっておりまして——。

「負けるもんか」

などと思っております。敵愾心《てきがいしん》が芽生えておりますな。

しかし張り子相手に我慢比べとは、馬鹿も程々にしたほうが宜《よろ》しいようで。

でも。

そこは意味なし目的なし考えなしの三拍子揃ったナイナイ小僧でございます。そのくせ、昼間も消えないとなりますと、時間だけはたっぷりとある訳でございます。腹も減らなきゃ眠くもならず、そのうえ脚も痺《しび》れません。

結構強いかもしれませんな。

ぐうぐうと鼾の音。

寝ている侍の横で、床の間の達磨を睨みつけて座っている、笠を被《かぶ》って豆腐を手にした妙な小僧――。

何なんでございましょう。

刻々と時間は過ぎますな。

小僧、動きません。もちろん達磨も動きません。

半刻――つまり一時間も経った頃でございましょうか。小僧の表情に若干の変化が窺えましたな。

ちょっと眉根を寄せまして。

悩んででもいるような。

これは――。

「何だっけ」

この小僧、もうとっくにバレておりますが、真性の鳥頭でございまして、自分が何故意地を張っているのか忘れてしまったのでございます。それでもまあ、他にすることもございませんから取り敢えず動きはしません。ただ、やっぱり最初から誰も居なかったのかな——などと思い始めておりますな。何ともはや、情けない程に優柔不断な野郎でございます。

それから更に半刻——。

「うん」

小僧、納得致します。

そして頷《うなず》きますな。

「最初から——誰も居なかったんだ」

「その通り！」

「ひゃあああ」

「最初から誰も居《お》らん。愚僧《ぐそう》も居らんしオノレも居らん。この部屋には、何も存在して居らあん！」

「ひゃあひゃあひゃあひゃあ」

悲鳴三連発でございます。しかし小僧が驚くのも無理はございません。何しろ今度声を出しましたのは——。

何と、小、僧、の、着、物、の、柄だったのでございます。

小僧の着物——それは玩具《おもちゃ》の絵柄が鏤《ちりば》められた、愉快な柄の単衣《ひとえ》でございます。

狗《いぬ》張り子やら金魚やら御所車やら、もちろん達磨の絵もついておりました。喋ったのはその達磨の絵だったのでございます。

「うひゃ、うひゃ」

小僧、それはもう大慌《おおあわ》てでございますな。片手で己の着物の柄をパタパタと叩きまして、這《は》うように移動致します。

「やだ、やだやだ、何だこりゃあ」

「喝《かつ》ッ！」

野太い声が響きます。

「か、かつって——」

「喝は喝である。いい加減にせい。見苦しいことこの上ないわ。オノレは、小僧と雖《いえど》も妖魔の端くれ。何を畏《おそ》れる。何を慌てる」

「あ、あなた様を畏れて、吃驚《びっくり》して慌てておりますう」

「そこである！」

ぴょん、と達磨は小僧の着物から抜け出しますな。

小さい達磨でございます。丁度、鼠くらいの大きさでございまして、ちゃんと手足が生《は》えております。手には払子《ほっす》を持っております。

「オノレはこの世に居ないモノ。居ないモノが何を畏れることがあろう」

「だって」

「だって——ではない。怖い恐ろしいという感情は自己の存在の保持にとって好ましくないものに遭遇したか、遭遇することが予想される場合に芽生える感情である。恐怖に限らず、一様に不快感と申すものは、存在を脅《おびや》かすような対象を遠ざけよう、そうした状況を回避しようという本能に由来するのである」

「はあ」

「それは普《あまね》く、自己の保存が前提となっておる。これは即《すなわ》ち生物が種を保存するために個体を維持する必要があったからこそ、必然的に発生した機能といって良いであろう」

「へえ」

「それが何だ！　オノレも愚僧も、存在しないモノなのだ。存在しないモノの存在を脅かすモノなどあり得ようか！　如何《いか》に！　さあ如何に、豆腐小僧！」

　達磨はそう申しまして、小僧に詰め寄ったのでございます。

「如何にと言われましても——」

　小僧、ただ引くばかり。

「生者必滅会者定離《しょうじゃひつめつえしゃじょうり》、在るものは移ろいやがて消えるが世の習い。しかし、ないものは消えようがあるまい！」

　何だか怒っております。小僧も困ってしまいますな。

　しかしこの達磨さん、顔はたいそう怖《こお》うございますし、言うことも小難しゅうございますけれど、総体のスケールが小そうございまして、何やら可愛らしくも見えるのでございます。

——動く人形のようなものだな。

小僧、呑気なものでございまして、そんなことを考えております。

所詮《しょせん》、豆腐小僧に哲学めいたお話は無理でございましょう。況《まして》や相手は達磨さんでございます。達磨さんといえば——。

思い出しますのは縁起物でございますな。現在でも選挙なんかがある度《たび》にでかいのが登場致しますが、あれもまた妙なものでございますな。達磨さんのそもそもは、勝ち負けなどとは無関係。中国禅の開祖、あの達磨大師でございます。

その名で呼ばれている以上、張り子の玩具《おもちゃ》も禅がかるというもの。

禅となりますと、これはもう哲学よりも難解でございまして——。

「そもそも居ない我々が、居なくなることを恐れるとはどういうことか」

質問も禅問答じみておりますな。

しかしこの禅問答——公案と申しますものは、考えてしまってはいけないものなのでございます。答えはございません。下手《へた》に論理的に考えたり致しますとドツボに嵌《はま》ってしまいます。

小賢《こざか》しい考えを巡らせたり致しますと却《かえ》ってパラドックスに陥《おちい》ってしまったりする訳でございます。それもまた当然のことでございます。公案と申しますものは、逆説的状況に直面することで、飛躍的に論理を超克《ちょうこく》することを求める修行なのでございますな。ですからぐちゃぐちゃ考えてはいけませんな。瞬発力勝負でございます。かといって、ウケ狙いというのも、これはいけません。

で、小僧でございます。

「あのその——」

考えている訳ではございません。御存知の通りこの小僧、あれこれ考えられる程賢くありません。

「——そもそも居ない手前どもが、居なくなるのを怖がるのはですね」

「怖がるのは」

「そもそも居ない手前どもが、居るからでしょ」

「見事！」

小達磨は払子を振りました。

「見事な領解《りようげ》。お前中々見どころがある」

「そんなあ」

照れている場合ではございません。

落語の方にこんにゃく問答と申します演目がございますけれども、今の場合はそれと大差ございませんな。まあ往々にして賢者は馬鹿に敵《かな》わぬものでございます。

小達磨は床の間の張り子の上にぴょんと飛び乗りまして胡坐《あぐら》をかきます。

ここは坐禅《ざぜん》と言いたいところでございますが、残念ながらこの小達磨、坐禅が組める程に足が長くないのでございます。おまけに身体の方は丸っこい訳でございまして、結跏趺坐《けつかふざ》は疎《おろ》か半跏《はんか》も出来ませんな。

「愚僧は見ての通りの達磨だ」

「そうですね」

「しかし見ての通り手足がある。そのうえお前と睨《にら》めっこして負けてしもうた。だから愚僧は達磨であって達磨でない」

「はあ」

「愚僧は唐土の高僧菩《ぼ》提達磨多羅《だいだるまたら》であり、玩具の不倒翁《ふとうおう》である」

「へえ」

「そして起き上がり小法師《こぼし》であり、縁起物であり魔除けでもある。それはいずれも愚僧の相《そう》である。だから愚僧は高邁《こうまい》かつ深遠な禅の在り方と、現世利益を齎《もたら》す呪物としての機能とを持ち合わせておる。形状や性質から様々な事象の隠喩としても使われる。しかし愚僧は結局——戯《ざ》れモノである」

「はあ——」

この返答、何が何だか解りませんと、まあそういうことでございましょうか。

ところが——驚いたことに豆腐小僧、考えを巡らせているようでございます。

「すると——あの、ええと、あなた様は何かを説明している訳ではないのでございますか？」

大変な進歩でございますな。

小達磨は憮然としたまま——まあ達磨でございますから当たり前なのでございますが、首を縦に振り、続けて横にも振りました。

「そうともいえるし、またそうでないともいえる」

「うーむ」

折角《せっかく》ない頭を使いまくってそれなりの質問を致しましたのに、もうおしまいでございます。

「解りません」

「素直じゃ」

「どうやらそれだけが取り得で」

「例えばな、香具師《やし》仲間で達磨といえば、羽織のことである。何故だか解るか」

「はて」

「腰までしかないからだ」

「わあ面白い」

「達磨――つまり愚僧は、羽織というものの説明を兼ねた呼称として一部で機能しておる。また愚僧は起き上がり小法師でもあるが、これは、よく転ぶという意味で遊女の隠語となっておる程じゃ」

「遊女さんは転ぶんで？　すってんと？」

「おい。転ぶと申しても意味は色々である。斯様《かよう》に言葉と申すものは奥が深く、複雑なものであるが――それは、裏を返せば言葉は何も真実を言い表さないということでもある」

「おやおや」

「それは侍じゃ」

達磨は指を差します。

振り向きますと相も変わらず侍がぐうぐう寝ておりますな。

「そうであろう？」

「はあ。まあどこから見ても侍で」

「しかし侍という言葉は、別にその侍を表してはおらぬぞ。侍という言葉とそこに寝ているそれは無関係じゃ」

「そうですかね」

「そうじゃ。それはそれだ」

「まあ、そうなんですが、それはお侍です」

「人、ではないか？」

「いや、人の、お侍ですよう」

「男、ではないか？」

「いや、人の、男の、お侍ですって」

「小汚くはないか？」

「いや、ですから、人の、男の、小汚いお侍ですし——って、キリがないです」

「キリがないのう。なぜなら、それはそのどれでもあるからだ。それは、人だし男だし小汚い侍だが、人そのものでも男そのものでも小汚さそのものでも侍そのものでもない。それらの言葉はそれを説明しているが、それ自体ではない」

「はあ」

「言葉は本質ではない。従ってありとあらゆる諸相で発展進化しよる。例えば坊主は鮎《あゆ》の事を剃刀《かみそり》と呼ぶ。魚の鮎と刃物の剃刀はまるで別物、無関係じゃが、言葉の上では同じものになってしまう。かみそりの四文字の上で区別はない。使う者が使う環境に応じて区別しておるというだけだ」

「ほう」

「これは実物の鮎と剃刀の見た目形状が似ているところから出た隠語じゃな。魚と刃物が言葉の上では同じモノになってしもうたのだ。愚僧の場合は、愚僧が面壁九年《めんぺきくねん》の末に脚を失ったなどという俗説と酒胡子《しゆこし》という玩具が結び付けられたが故に発生した、脚のないモノという特性と、腰までしか丈《たけ》がないという羽織の形状とが合致したために、言葉としては同一になってしまった訳じゃ」

「ふう」

最前より小僧の発します返答は、はあ、ふう、へえ、ほう、ばかりでございますな。因《ちな》みにひい、と言った時は悲鳴でございます。

「言葉と申すものはな、異なった事象を結びつける力を持っておる。連想が意味を連鎖させて行く。愚僧の場合が良い例だな」

「むう――」

新しい合いの手でございます。

「愚僧も、この衣の赤と藪睨《やぶにら》みが破邪の呪《しゅ》と連鎖して魔除けとなった。玩具の愚僧が睨むのは魔を除けるため」

「魔除けで」

「つまりこの皿のような眼はオノレのような妖怪を遠ざける呪力を持っておるのだ」

達磨はキッと小僧を睨みますな。

「ひい」

逆戻りでございます。

「安心せい。先程愚僧はお前に睨めっこで負けてしまったではないか。口を開けてしまえば眼の呪力は消える」

「そうなんで？」

「そうじゃ。それに愚僧はな、この、赤色に由来して、疱瘡《ほうそう》除けもすることになってな。まあ別に愚僧が病をどうにか出来る訳ではないが、とにかくそういう役目を課せられた。でな、疱瘡というのは先《ま》ず眼を庇《かば》わにゃならん。それでほれ、目玉が抜かれた」

「ああ」

「売っておる張り子の愚僧は白目だけしかないじゃろうが。あれはその所為《せい》である。まあ、張り子になってからのことじゃがな。眸《ひとみ》を抜かれちゃ眼力も出ぬわ」

「じゃあ平気」

「平気ってお前、さっき睨み返しておったじゃないか。妖怪の癖に」

「まあそうですが。で、さっきから聞いておりますと、あの、達磨先生は妖怪ではないのでございますか？」

「妖怪だよ」

「ううん」

解りませんな。

「売ってるんですよね？　妖怪なのに？」

「愚僧は妖怪達磨だ。しかして魔除けの呪具でもあるし、子供の玩具でもある。最初にちゃあんとそう言ったではないか」

「言いましたっけ」

「言ったわ。それだけではない。高僧達磨大師でもあると言ったはずだ」

「お坊様で——え？　じゃあ、あなた様は幽霊さんなんで？」

「幽霊ではない」

「でも死んだ人なんでしょ」

「でも幽霊じゃない」

「じゃあ何なので？」

「信仰じゃ信仰。だいたい愚僧はな、死んでないのだ」

「死んでない！」

小僧、眼をまん丸に致します。

「だって、随分昔の人なんでしょ？」

　つまらないことだけは知っているんだな——と申しまして達磨は腕を組みます。

「愚僧はその昔、遥か遠き南印度《インド》の香至国《こうしこく》の王子であった。生まれながらにして聡明でな、出家する前から仏教の真理に目覚めておった。その後、般若多羅《はんにゃたら》様に師事し大乗禅を修めた」

「偉い人だ」

「別に偉くはないわ。その後震旦《しんたん》に渡って禅を広めたが——失敗したな」

「失敗しましたか」

　したなあ——と言って達磨は眼を細めます。

「ちっとも広がらなかった。気難しくて嫌われたんだろうなあ。でな、愚僧は壁に向かって九年も座ってな」

「九年って——ずっと？　飲まず喰わずで？　死ななかったんですか？」

「知らん」

「へ？」

「知らないよそんな昔のこと」

「ううん」

　煙《けむ》に巻かれっぱなしですな。

「だって、あなた様ご自身のことなんでございましょう？　あ、忘れちゃったんで？　そうでしょう。そりゃ忘れますよねえ。手前なんかここにどうして来たかすらもう忘れかけて」

慥《たし》かに千年から昔のことでございます。三歩歩むと忘れてしまう鳥頭にしてみれば、忘れたことすら忘れてしまう程の遠い昔。

お前と一緒にするでないと達磨は申しますな。

「忘れるものか。知らないのだ。壁に向かって座ったのは大昔の印度の坊主であって、愚僧ではない」

「うええん、解りません」

「泣くな。菩提達磨多羅と申すのは人間じゃ。人間じゃからきっと死んだに違いない。北魏《ほくぎ》の侵冦《しんこう》に伴って幽閉され、八十六歳で死んだともいう。しかし死んだかどうか、そんな昔のことは確かめようがないのだ」

「だってあなた、本人じゃないですかあ。本人のくせに自分が死んだかどうかも判らないんですか。変な人ですねえ。あなたは——」

「愚僧は達磨であって人間ではない。愚僧は菩提達磨の死後三年目に現れ、魏《ぎ》の宋雲《そううん》が目撃したという、片方の履《くつ》を持った聖人の達磨である。その時、愚僧は西へ行くと申した。墓に片方の履を残して西の天に向かい、そしてこの国に渡って聖徳太子《しょうとくたいし》に出会った」

「聖徳太子？」

「そうだ」

「それは——偉い人で？」

小僧は聖徳太子など知りませんな。印象発言でございます。

「さあな」

「だって立派な人っぽい名前ですよ」

「よく知らん」

「出会ったのでしょう？」

「出会った。しかし出会ったのは言葉の中でのこと。言葉だけでは顔も何も判らぬわ。そんな男を愚僧は知らぬ」

「言葉――の中？」

「左様。先程申したであろう。言葉の上では、剃刀と鮎は同じものになる。同じように出会うはずのない者も出会う。愚僧は聖徳太子に出会ったと謂われたのだ。それは伝説になった。話を創ったのは天台宗の坊さんだ」

「はあ。つくりで」

「左様。やらせだ。愚僧はそうしてこの国に根付いたのだ。その頃の愚僧は――信仰の対象である。神仏と同じだ」

「へへええッ」

小僧、平身低頭致します。

片手に持った豆腐の盆を躰の横に出しましての変則土下座でございます。

「おそれいりました」

達磨、不機嫌な顔を致します。

「なんだ畏《かしこ》まって。慥《たし》かに愚僧は信仰の対象であった。しかし、信仰心と申すのは信仰する者が決めるものでな。愚僧は大乗禅を説いたが、この国の禅は愚僧が広めた訳ではない。菩提達磨の弟子の法脈を受け継いだ僧達が、この国にも禅を広めたのだ。一方で、愚僧自身は縁起物だの魔除けだのの呪具として信仰されておる。禅坊主連中はことあるごとに愚僧のことを担ぎ出したから、今でもこのように禅坊主じみてはおるが、見ての通り、現世利益を齎《もたら》すまじないものだ。矛盾しておる」

「そうですかねえ――」

小僧は顔を上げます。

「――病気やら禍《わざわい》やらを除けて、福を呼ぶってのは凄いことじゃないですかぁ。福達磨とか寿達磨とか、おめでたいんでしょ」

「そんなことは功徳《くどく》にならぬ」

「そうですかァ。手前のような無意味と違って役に立ってるじゃないですかぁ」

それはその通りで。

「慥かに愚僧は現世に些細な貢献はしておる。しかしそんなものは煩悩《ぼんのう》の因《もと》である。やれどもやれども実質は伴わぬ、影のようなものだ」

「そうかなあ」

「そうじゃ。浄《じよう》智《ち》妙《みよう》明《めい》、実体は自《おの》ら《ずか》空寂《くうじやく》だ。俗世に求めても大乗の功徳は得らるるものではない」

「よくわからんです」

「解らなくて良い。悟りとは、廓然《かくねん》として自由無礙《むげ》であるを第一義とする」

「わからんです」

「それで良い。愚僧は斯様に菩提達磨であり禅坊主であるが、斯様に現世利益を齎す縁起物であり玩具なのだ。だるまさんが転んだであり睨めっこしましょ、なのだ」

「あっぷっぷぅ」

よしてくれ――達磨、眼を伏せますな。何だか屈辱を感じている様子。

「愚僧だって好きでやってる訳じゃないんだから。ありがたい達磨大師が妖怪だからなあ」

「そうそう、そこのところでございますよ――」

小僧、畳を擦るように致しまして達磨に近づきます。

「何だか解ったような解らなかったような、今までお話しした方々の中じゃ一番解り難《にく》かったですが、それでも達磨先生は妖怪なんで？」

「そうなんだ。だからほら、手があるだろ、足もあるだろ。躰はほれ、張り子の玩具そのまんまだろ。でもって名前は達磨だから」

「達磨であって達磨でないと」

「そう。本来は高僧だったのが、信仰の対象から呪具、縁起物、玩具を経て、愚僧は戯れ絵になってしまった」

「戯れ絵でございますか――」

つい何時間か前に聞いた名でございます。

「――ええと、何か面白い絵でございますね。狸とか描いてある」

「左様。愚僧もな、あれこれいじられたものだ。この格好で、この怖い顔で色々なことをすると、滑稽であろう。滑稽達磨図とか申してな、沢山描かれたものだ。これが結構人気があってなあ。絵だけじゃなくて、この格好、手足付きの達磨人形なんかも出来てしもうてな。こうなりゃもう、妖怪である」

「そうですかあ。玩具はみんな妖怪なんですかあ？」

「いや、亀山のお化け張り子だとか、妖怪を模した玩具はあるがな、玩具だからといって妖怪とは限らぬわい。同じ滑稽絵だの民芸品だのでもな、愚僧のような来歴を持たぬものどもは妖怪にはならん。お前の着物に描いてある金魚だの狗だのは別に妖怪ではないのだ。だが、愚僧やら――猩猩《しょうじょう》やらはな、可惜《あたら》来歴があるばっかりに妖怪の仲間入りだ」

「ははあ」

小僧、更に近寄ります。

「で――そのですね」

「解っておる。お前と愚僧は、だから親戚のようなものである。お前が知りたいのは――消える消えないという問題であろう？」

「その通り！」

小僧の眼が輝きますな。ズバリそこに切り込んできた妖怪さんは初めてでございます。

「良いか、妖怪には消える妖怪と消えない妖怪が居るのだ」

「そ、そうなんで？」

「ただな、消える妖怪が消えない妖怪になり、再び消える妖怪になることもある」

「じゃ、じゃあ――」

結局消えるのでは。

「いや、消える妖怪が消えない妖怪になった時、それは別の妖怪だから。同じように消えない妖怪が消える妖怪になっても、それは別もの。消えないのは消えないままである。で、ズバリ申そう。お前は――」

達磨は眼《む》を剝きます。

「お前は消えない妖怪だ」

達磨はそう申しました。

「え？」

「だから消えない」

「え？」

「だから――聞こえているであろう」

「もちろん聞こえてます」

小僧、満面に笑みを浮かべておりますな。それはもう、だらしない顔でございますな。

「出来ればもう一度お願いします、達磨先生様」

「お前は消えない」

「消えない――はあ、何とまぁいい響きでございましょうね。手前も胸の閊《つか》えがすっと取れたようでございます」

「そうかな」

「左様で」

小達磨は難しい顔を致します。

「何度も申すが、消えないということがどういうことか――お前は理解しておろうな」

「消えないってことは――消えないってことでございましょう?」

「ううむ」

達磨、髭を撫でますな。

「――お前の方が禅問答じみておるではないか。良いか、消えぬということはない、ということなのだ。最初からないんだ」

「はあ。でも」

「ないということがどういうことか、お前は心得ておるか?」

「はあ――ないものはないでしょう」

「そうではない。愚僧達はないという形であるではないか」

「ああ」

それは小僧が、先程自分で答えたことでございます。

「あのな、ない、というのはな、愚僧もお前も、この実の世界の中に対応する実相がない、ということだ。我々は現象を伴わないモノなのだ。だから消えることもないのだ。では、それがどういうことかお前に解るか？」

「解りませんです」

解る訳がございませんな。

達磨は張り子達磨からぴょんと飛び降ります。

「それはな、小僧。だれも——愚僧達を見る者が居ないということだ」

「はあ——」

まあ、人間には見えないようではございますな。いくら馬鹿でもそのくらいは察しております。

「でも——先生はそうして」

小僧、左手で達磨を指差します。

「ほれ、誰の目にも見える」

「これは張り子だ。人形だ。玩具《おもちゃ》だ。紙と胡粉《ごふん》と塗料の塊《かたまり》だ。これが喋るとか動くとは誰も思わん。子供でも思わん。齢端《としは》も行かぬ小童《こわっぱ》が顔が怖いと泣く程度じゃ。そんなもの怪異でも何でもない。そういう童《わらべ》はクマを見たって親爺を見たって泣く」

「へえ、まあそうでしょうなあ」

小僧は座り直します。

「手前だってこれが動くとは思いませんでしたからねぇ」

「嘘を吐《つ》け」

「だって紙でしょ」

「お前話しかけていたじゃないか。睨めっこしてたじゃないか。なあんだ達磨さんが喋ってたのかあ、とか言っていたじゃないか」

「そうでしたっけ」

覚えておりません。

「だからさ。まあ愚僧はお前のような馬鹿には見えるんだが、普通の人間には見えないということだ」

「お子は？」

「童は愚僧だろうが何だろうが、何を見たって、怖がったり面白がったり色々するがな、奴らにとってはあるものもないものも区別がない。区別がないということは怪異になりようがないということだ」

「はあ」

「童は何も知らぬ故、見るもの聞くもの凡《すべ》て初体験だ。知らない物事に出会うことが不思議だとすると、何もかも不思議に思うであろうし、この世が不思議だらけなら取り分け不思議じゃということもない。だから怪異は成立せん」

「そうですかねえ。幼子の方が不思議がるように思いますがねえ」

「そりゃ物事を知り始めるからであるな。例えば、だ。秋刀魚《さんま》と鯵《あじ》を覚えた子供が鮃《ひらめ》を見るとする。これは秋刀魚でも鯵でもないということになるであろう。サテも不思議な魚よな、ということになる。それが鮃というものだと知れば不思議ではなくなるが、今度は鱏《えい》を見て——」

「ありゃま不思議な魚だ——と？」

尤《もっと》も、豆腐小僧は鱏を知らぬようでございますな。

左様——と達磨は申します。ボロは出なかったようでございますが——。

「何も知らなければ全部魚で済む。魚も知らなければ困りようがない」

「なる程」

「知れば知る程に謎は深まろう。人は知識を増やすことで世界を識ったように思うておるようだが、それは大きな間違いだ。何も知らぬことこそ、世界を感得するただひとつの方法である」

「へええ」

「へえではない。斯様に人間は世界から遠ざかっておるのだ。そうした人間どもにとって愚僧は紙で出来たハリボテに過ぎぬから、怖くも何ともない。そうなる前の子供には区別がないから怖くても怪異ではない。つまりこのハリボテは愚僧であって愚僧でない」

「べんべん」

「妙な合いの手を入れるな。最初に申したであろう。愚僧は達磨であって達磨でないと」

「べんべん」

「よせって」

「はあ、どうも癖《くせ》のようで。でもですね、それはその、先生は形は達磨だけれど、偉いお坊さんの達磨さんでない——という意味だったのでは？」

「如何にも」

「それでいて、先生は達磨だけれど、張り子の達磨でもないと？」

「如何にも」

「じゃあなんなんですかあ」

「だから妖怪だと言っているのだ」

「あッそうか！」

小僧、額をペンと叩きます。

「そうじゃ。愚僧はこの世に名もあり形もあるが、現象として実体を持たぬものである。ない、という形であるものである。お前も同じだ。従って、ないものは消えない。ただ、ないから誰にも見ては貰えない」

「はあ——」

何だか釈然としませんな。

「ううん」

考えております。旧式のコンピュータのような具合でございまして、簡単な演算にも甚《はなは》だ時間がかかります。

「そうだ」

何か思い出したようでございますな。

「ええと——」

何だっけ——と、すぐに忘れます。しかし流石《さすが》は壁を九年も睨んでいただけありまして、達磨は我慢強く待ちますな。普通なら早う言わんかボケと、どついているところでございます。

「ああ」

小僧漸《ようや》く用件を纏《まと》めましたようで。

「手前、その、ここに参りますまでは廃屋におりまして、と申しますか、そこで涌いたようなのですが、その時にですね、ええと——若旦那にですね」

「見られたか？」

「見られたような、見られなかったような——」

あの若旦那、慥《たし》かに小僧の気配を感じましたな。そのうえ小僧の姿を想起致しまして、尻をからげて逃げたのでございます。

「でもですね——あ、あの人は手前をですね——そ、それからですね、あの裸の娘さんも」

お玉ちゃんも小僧を感じてはいたようでございますな。

「ええと、手前を——見た」

ような——と小僧は申しました。

疑問相解った——と、達磨は宣言致しました。

「先程申したな。妖怪には消える妖怪と消えぬ妖怪が居ると。そして消える妖怪が消えぬ妖怪に、消えぬ妖怪が消える妖怪になることもあると」

「はあ」

「お前はな豆腐小僧、もう少しで消える妖怪になる可能性がある」

「げげ」

小僧、動揺致します。

「案ずるな。その時は――消えるのはお前とは別の妖怪だ。良いか、その若旦那は暗闇に何か気配を感じて、そこが元豆腐屋であったことから、笠を被って頭の大きい、おまけに盆に豆腐を載せて突っ立っている小僧の姿を感得したのであろう？」

「たぶん――そうかなあ」

そうなのですが、小僧に真偽の程は判りませんな。ただ、それは勘違いだと、そう思っただけでございます。

「お前のその姿は、その男にとってその場の雰囲気を説明するのに相応《ふさわ》しい姿だった――訳である。つまりお前は説明に使われただけだ」

「げげげ」

「しかし、お前の姿はな、本来そんな状況を説明するために創られたものではないのだ。全く違う」

「は？」

「お前は凡《すべ》ての小僧妖怪の末端に位置しておる。従ってお前の中にも、愚僧同様に信仰の残滓《ざんし》もあろうし、解釈めいた機能も残っておろう。某《なにがし》かの現象を説明することも可能であろう。しかしお前は、そうしたものを超克《ちょうこく》する形で創作されておる。しかも創ったのはその男ではない。どこぞの絵師だ」

「絵描きさんで？」

「そうである。様々な伝承や信仰、説明や解釈の結果として、お前は一個の形と名前と性質を与えられた。そうした伝承や信仰は、愚僧が菩提達磨や起き上がり小法師であってそうでないように、お前自身の性質や形態と、関係はあるが無関係なものだ――」

「ううん」

小僧、脂汗を流しております。

考えるのが何より苦手。

達磨は解らん奴よなと申します。

「もし、暗闇に何か居るような気配がした時に、その若旦那が何の先入観も持っておらなんだら――普通は怪しい奴が隠れていると思うであろう。ところが誰も居ない――そこで、なお気配がしたなら、そこで初めて妖怪《ばけもの》かということになる」

「それは解ります」

「そこで家がぎい、と鳴る。すると」

「鳴屋《やなり》さんだ！」

「左様。次に何かがぼうと光る」

「あ、火の玉さんだ」

「左様。燐が燃える場合もあるし、本当の焔《ほのお》である場合もある。いずれにしても自然現象であるから、それが狐火なのか鬼火なのか、更に解釈が加えられよう。何もなくて気配だけの場合は、こらあまあ何でもいい訳だ」

「何でもいいんで？」

「そうだろ」

「手前はどうでもいい妖怪で？」

「だから、納戸婆でも化け草履でも、人によっては幽霊でも、なァんでもいい訳である。何でもな。体験者がその場の状況を観察し、想像して納得行くように再構築して判断する訳だからな。状況やら現象やら、そうした実相先にありきの妖怪が、消える妖怪だな。しかして、お前は豆腐小僧という名前と形が先に決まっておった。普通はお前みたいなものは状況の説明にならんぞ使われないものなんだが、まあ使うことも出来るわい。お前は使われた。だからこそ、自分が消える妖怪の仲間入りをしたのではないかと思って心配になった訳だ」

「ははあ」

「お前の形やら性質を決めたのは遊びであり文化なのであって、神秘体験やら怪奇現象やらという個人的な体験に依って立つモノとは本来乖離《かいり》したものなのだ」

豆腐小僧、今や青息吐息でございますな。

知恵熱が出そうでございます。

つまり――こういうことでございましょうな。

例えばどなたかが夜道で頰をぺろっと撫でられたと致しましょう。これは撫でられた本人にしますれば、紛《まご》う方なき事実でございます。

で、そのご本人が所属しておりまする民俗社会に〈頰撫《ほおな》で〉と申します妖怪が伝えられていたと致しますな。これは頰を撫でられる類《たぐい》の神秘体験を説明するために用意されたモノでございますな。ハイ、当然その方は〈頰撫で〉に出会った――と周囲の方に申告致しますでしょうな。これはその方にとってあくまで事実でございます。彼にとって頰撫ではリアリティを持ったモノでございます。

本当に怖い訳でございます。

この場合、形質は撫でられた体験者の実体験によって決められますな。

何だか蒟蒻《こんにゃく》みたいに冷たくッて、指もこんなに長かったぞう――と、解説したと致しましょう。正体はともかく、それは実体験でございますから、嘘はございません。周りの者は思いますな。

おっかねえ、やっぱり頰撫では居るんだ――と。

で、その時思い描く頰撫での姿は人それぞれ。お決まりの条件にだけは合致したものになりましょうが、それ以外の部分は個人個人の想像で補われます。ここで怪異現象は名前と形態を獲得致しまして、それぞれにとってリアリティを持った妖怪さんが誕生致します。

ところが。

これは頬を撫でられたと誰かが感じた時にしか出ません。ぺろりの一瞬で消えます。また詳細が記録される訳ではございませんし、形の方は人によって微妙に違っております。これは時間が経ちますと忘れられてしまいますな。更に文化や習俗は移ろいますから、性質も、名前さえも忘れられてしまうことがございますな。

すると完全に消えます。

これが消える妖怪でございます。

一方、そうした伝承や体験談が都会に伝わりまして、記録されたりすることがございます。怪談奇談が持て囃《はや》されるのは世の習い、今も昔も変わりませんな。やがては『百物語』のような諸国の奇談集的なものが開板《かいはん》されます。

で――。

絵がついたり致します。

こうなりますと少々話が変わってまいりますな。なんたって絵つきでございます。体験なんぞしておりませんでも、どなた様にも簡単に解っていただける仕組みになっております。想像力は要りませんな。見て読んで、擬似的に怪異が体験出来る訳でございます。

こうして妖怪――当時の呼び方は化け物でございますが――が誕生致します。

これはもう、立派なキャラクターでございます。

しかし、そうなりますってェと色をつけたくなりますのが人情というものでございます。

化け物キャラは、そのうちに怪談物語や妖怪話などという創作物に転用され始めます。そうなりますと見境はございません。やがて妖怪さん自体が創作され始めますな。こちらは最初から形と名前がございます。

キャラクターでございますから、創れますな。

この創作妖怪、もちろん作り物でございますから、どれだけ怖く描かれていてもリアリティはございません。リアリティのない妖怪は、牙爪のないトラのようなものでございまして、こうしたものは、やがて愛玩物へと変わるが定めでございます。何と申しましても牙爪なければトラもネコ。これは、もう怖くないのでございます。

はい、怖い訳がございません。現実には居ないと誰もが知っております。居ないという共通認識の下に居るというのがお約束で。

こちらは――。

消えないようでございます。

ところが、これがまた田舎の方へと流れまして、怪異現象の説明に使用されたりする訳ですな。そうしますてェと、名前も形も大体同じだけれどリアリティを持った別の妖怪さん、なんてェのが生まれたりする訳でございます。

そうなりますと、これは消えるようになりますな。

現実《リアル》か創造《フィクション》か――そこが消える消えないのひとつの目安になるようでもございますな。いずれ小僧は――消えないようでございます。

「ううんと」

コメントを差し挟む余地がございません。

豆腐小僧、奇妙に顔を歪ませます。

「手前ってものは——その、本当に役立たずなのでございますねえ」

「まあな。しかしそう悲観したものでもないぞ。お前は輝かしい来歴を持っておるのだし」

「達磨先生よりも？」

「左様。それにお前は——結構偉いのだ。その様子では知らぬだろうがな」

「はあ？」

——偉いって？

「手前が——偉いんで？」

そうである——と言って、達磨は目玉を剝《む》いたのでした。

「偉いってどのくらい？」

小僧、団栗眼《どんぐりまなこ》を負けずに剝いて尋《き》き返しますな。しかし、どのくらい偉いかと問われましても、これは中々簡単には答えられません。そもそも、偉いという基準や尺度が曖昧でございます。しかし、そこは流石《さすが》に達磨でございます。暫く考えまして、

「そうだな。人間の位でいうと——御三家の三男坊くらいかな」

と答えました。

「御三家？」

「そう。罷《まか》り間違えば将軍になってしまうこともある。だが大抵は何にもならず、活躍もせずに終わるのだ。功績は何もないが一応家系図の中だけで歴史に記される――そのくらいの偉さだな」

「よく解らない偉さですねえ」

「そうか。これ以上解り易い喩《たと》えはないと思うがな」

「そうですかねえ。説明の後ろ半分は寧《むし》ろ貶《けな》してるじゃないですか。最初の罷り間違えば将軍に――ってところだけが偉いような」

「その通り。だから結構偉いと申したであろう」

「ううん」

小僧、小さな指で大きな額を掻きますな。

「それは、手前自身は偉くないという意味ではないですか？」

達磨、仁王立ちになりまして、そんなことはなあい、と怒鳴りました。

「ひええ。怒らないで」

「怒るわい。百姓町人だったら罷り間違おうが死のうが転ぼうが、天地が引っ繰り返っても将軍にはなれぬのだぞ！」

「そりゃそうでしょう」

「しかし、御三家の三男坊だったなら、たった五、六人親戚や兄弟が死んだだけでも将軍職が回って来る――かもしれないのだぞ」

「そ、そりゃそうですが。それはその、本人が偉いというより、家柄に恵まれたというか」

「喝ッ！」

「ひゃあ」

「偉いなどという馬鹿馬鹿しい基準はその程度のものである。血筋家柄学歴官位役職と、どれを取ってもくだらないものではないか。また、どれだけ世の中の役に立ったとしても、それで褒められてしまえば煩悩に根差した悪業となる。無為にならねばいかぁん！」

「はあ」

「とにかくお前はそういう位置に居るお化けなのである。と、いってもお前自身はそんなへっぽこな妖怪なんだがなあ」

「待って」

小僧、手を翳《かざ》します。

「待ってください達磨先生」

「何を芝居がかっておる？」

「その話、聞き捨てなりませんです。偉い偉くないは別にして——その、それは手前には親類縁者が居る——ということになりませんか」

「なるな」

「それは、手前にはその——肉親が居るということでございますか？」

「肉親も居《お》る」

「ひゃああ」

小僧、小躍り致します。

「肉親と申しますと、その、ええと、従兄弟《いとこ》とか」

「ややこしいところから来るな。まあ従兄弟だの再従兄弟《またいとこ》だの、そういうのは沢山居るわ。名前に小僧がつきゃ大抵親戚だ」

「そ、そうか沢山居るのかぁ。手前はまた豆腐小僧族という一族と申しますか種族と申しますか、そういうのがあるのかと思ってたんです」

「豆腐小僧族？」

「はあ。豆腐小僧にオスとメスが居てですね、でもって父豆腐小僧母豆腐小僧、子豆腐小僧がおりまして――」

馬鹿だねえ――達磨は呆れます。

「小僧ってのは全部男。女が居たら豆腐娘とかになるだろうよ」

「豆腐娘！」

小僧の膨らんだ頬がほんのりと赤くなりますな。

「そういうのが居る！」

「居ない」

あらら――小僧、豆腐を落としそうになりまして大慌て。

「居ないんですかね」

「居るかそんなモノ。お前は小僧なんだから同類は小僧だろ。提燈《ちょうちん》小僧に株切り小僧、袖引き小僧に——一つ目小僧」

「ひ、一つ目？」

名門である——と、達磨は厳《おごそ》かに申しました。

「お前はな、名門一つ目小僧の性質を受け継いでおる」

「しかし手前の目は二ァつ」

「だから、お前は豆腐小僧なんだよ。お前の目が一つだったら一つ目小僧と見分けがつかなくなるだろうが。いいか、小僧」

「へい」

「一つ目小僧というのはな、小僧だが大した妖怪だ。お前が小僧妖怪の末端に居るなら、一つ目小僧は小僧妖怪の元祖みたいなものだぞ。愚僧達消えない妖怪の元祖みたいな妖怪でもあるのだ。だから——」

今後の身の振り方を考えるなら会っておいた方がいいな——と達磨は申します。

「どちらにいらっしゃいますか」

「さあ——今はどこに居《お》るのかな。昔は江戸にもよく出たものだが——お前のようなのがうろうろしておるということは、江戸には居なくなったということかもしれんな。カブってるからな、属性《せい》が」

「手前の所為で」

「似た性質を持った妖怪は、ひとつところで共生出来んのよ。天狗囃子が出る場所に狸囃子は出られんだろう」

「縄張りは荒らさないとか？」

「違うよ。出る意味がないだろ」

「あ、そうか」

「お前と一つ目小僧も同じことだよ。そうやって豆腐持った一つ目小僧というのも居るからなあ。でも——もしかしたらまだ居るかもしれないなあ」

「はあ——」

小僧、何ともいえない表情をしておりますな。

何しろ。

消える消えない問題と出自《しゆつじ》問題という、馬鹿が抱えるには少しばかり深刻過ぎた二大問題が、今——続けざまに解決しようとしている訳でございます。

嬉しくて愉しくて、それで戸惑いもございまして、もうどうして良いのか判らないというような具合でございますな。

「す、するとですね、手前は、その一つ目小僧様を頂点に戴く、小僧一族の末裔《まつえい》なのでございますね？」

「ところがどっこい」

達磨は払子を振ります。

「そればかりではないのが創作妖怪の凄いところである！」

「す、凄い？」

「先程申したであろう、お前は御三家の三男坊だと」

「はあ」

「罷り間違えば将軍だと申したな」

「へえ」

「お前もそういう位置に居るのだ」

「ほう」

小僧、フリーズ致します。

「ふう」

息を吐きますな。

「あの、解り易く言ってくださいよう」

ふん――達磨は鼻を鳴らして腕を組みます。

「まったく大きいだけで何も入らぬ頭よのう。よく考えろ小僧。あ、考えられないのか。じゃあ聞けよ。つまりこういうことだ。御三家の三男坊の場合、偉いのは親父だ。そして親父の親父はモロ将軍だったりするんだよ」

「親父？」

小僧、丸い目をくにゃりと歪めまして、泣き笑いのような顔を致します。

「手前に――親父様が居るので？」

「居るよ」

「そ、そんなあっさり」

「だって居るものさ」

「そ、それは――例えば豆腐大僧とか」

「そんなものは居らん。大僧って何なんだよ。そんな言葉はない」

「じゃあ――何です」

「お前の親父はな、見越し入道だ」

「み、みみみ、見越し入道！」

「そうである。良いか、見越し入道といえば、全国各地で様々な形、様々な呼び名で伝えられる怪異現象でもあり、その背後に中国妖怪まで遡《さかのぼ》れる歴史まで持った、大妖怪であるぞ」

「大妖怪で」

「そう。その正体はカワウソやタヌキから神霊に到るまで多岐に亘《わた》る。恐れられ、そして親しまれた」

「親しまれた？」

「左様。見越し入道殿はな、伸び上がり、見上げ入道、次第高《しだいだか》など、土地土地によって色々に呼ばれるが、要は大きくなる妖怪である――」

　そうなのでございます。

見越し入道とは、概《おおむ》ね次のような妖怪でございます。

まあ、こう、俯《うつむ》き加減でとぼとぼと道を歩いておりますな。そうしますってえと突然目の前に小坊主が立ちはだかります。下を向いておりますから足許しか見えません。

おや、小坊主だ——と思いまして視線をこう上に向けます。足、脛、股と段々に上げて行きますな。しかしですな、いつまで経っても顔に行き着きません。こりゃ変だと思いますな。それは変でございます。

小坊主は視線を上げる速度と同じ速度でどんどん大きくなっている訳でございまして——。自分の目の高さまで視線を上げましても、まだ顔が見えません。更に上を見ます。小坊主と思ったものが自分より大きいのでぎょっと致します。しかしどんなに見上げてもまだ見切れません。

ずんずんずんと大きくなりまして、やがて顔が見えるくらいで——。尻餅をつきますな。

伸び上がりますから伸び上がり、次第に背が高くなりますから次第高、見上げるので見上げ入道、高いから高坊主と、まあいずれも単純なネーミングでございますな。

これは、先程の区分で分けますならば、リアルな妖怪、つまり消える妖怪の類でございますでしょう。

これに出合いました時は、落ち着いて、見越し入道見越した——と呪文を唱えれば消えるなどと謂《い》われます。

ただ、この見越し入道、後ろから覆い被さって来るのだ――とされる場合もございますようで。この場合は追いがかりと申します妖怪と同じでございます。歩いておりますってえと、背後から覆い被さって――つまり見越されてしまう訳でございますな。

寺島良安《てらじまりようあん》が著しました『和漢三才図会《わかんさんさいずえ》』などは、こちらの説を採用しておりますな。それに拠りますと――。

身の丈は高く無髪、背後から人の頭を越して、その顔を覗く、俗に見越し入道と謂うが、これは山都《さんと》と謂うものであろう――。

と、記されております。『三才図会』は見越し入道を山都というものに比定しまして、表記もそのまま当てておる訳ですな。この山都と申しますのは、中国の山怪《さんかい》でございます。『三才図会』では『述異記《じゆついき》』を引用致しまして説明しております。これは神の類と前置きしておきながら、その説明を読む限りはどうみても動物の一種という書きぶり。雌雄があるなどとも書かれておりまして、要するにサルの一種くらいの認識なのでございます。動物の一種という扱いなのでございますな。

こうなりますと――。

この妖怪、斯様《かよう》に早い時期から中央進出を果たしておりました訳で、いち早く消えない妖怪になっていた訳でございます。そのうえ――。

「そのうえその形が――面白かったのだなあ」

達磨はそう申しました。

伸びる——という運動が先《ま》ず面白かったのでございましょう。

背が高くなる——躰が伸びるという特性は、いつの間にか頸がにゅうと伸びるという特殊な形に変化して参ります。これは、作り物や絵画の影響が大きいようでございますな。例えば作り物でずんずん大きくなることを表現しようと致しますと、これは難儀でございます。一番簡単なのは頸を伸ばす細工でございますな。そこで吹き矢を的に当てますと、びろんと首の伸びる見越し入道人形——などが盛んに作られたのでございます。これは面白うございます。見越し入道はお江戸の人気キャラクターだったのでございますな。

人気者は当然媒体を越えて登場致します。見越し入道に著作権はございませんから、使い放題でございます。読み本黄表《きびょうし》紙の類にも頻繁に登場するようになる訳でございますが——。

この本と申しますものは、現在の書籍と形態は変わりません。つまり、こう見開きに致しますてェと、横長の版面《はんづら》になります。その横長画面を有効に使いまして、見越し入道の特徴を表現しようと致しますてェと——頸を横に伸ばさなければなりません。

元々縦方向に伸びてたモノが横に伸び出します。しかも頸だけが伸びるという具合でございまして、これはもう、男のロクロッ首でございます。その辺りから、これまたメジャーなロクロッ首との姻戚関係までが取り沙汰されるようになったのでございますな。

で。

「現象を伴った怪異でもあり、歴史や信仰も持っており、かつ人気者でもあった見越し入道殿は、物語に登場したその段階で——妖怪《ばけもの》の総大将という物凄い肩書きを得たのだ」

「妖怪の総大将？」

「その通り。お前の父親は妖怪の総大将だったのである！」

「人間でいえば将軍だと？」

「その通り。妖怪一の豪傑にして人気者、妖怪総大将の見越し入道を父に、妖怪小町とその名も高い美人お化けの轆轤《ろくろ》首を姉に、そして小僧妖怪の元祖と思しき一つ目小僧を親戚に持つ形でお前は生れたのであるぞ。どうだ、凄かろう――」

「う、うひゃあ」

小僧、尻餅をつきます。

「信じられません」

「お前自身が小僧妖怪のカタマリみたいなものだからな。お前ン家《ち》はまさに名門妖怪一家なのである」

名家でございますな。

「しかし――」

そこで小僧、少しだけ懸念を抱きますな。

「み、見越し入道から豆腐小僧が生れるものでございましょうか」

「いや、お前は最初からお前だよ」

「そうなんで？」

「小僧はずっと小僧だからな。入道はずっと入道だ。因みにおッ母さんは居ない」

「ああ——そうなんで」

小僧、少々寂しそうな様子を見せますな。馬鹿妖怪でも母は恋しいのでございましょうか。まあ、小僧という姿形の性質がそうさせるだけなのでございましょうな。

「でも——では何を以《もっ》て親子と申すのでございましょうか」

「親子と定められた時から親子なのである。簡単に述べれば面白いから誰かがそう決めたのだな。我らは、ないという形であるもの。因果関係も逆転するのだ。愚僧が聖徳太子と出会ったのと、それは同じことである」

「そうですか——でも、その見越し入道——お父ッつあんは、今はどこに」

「うむ」

達磨はそこで、何故か深刻な顔を致しました。元々怒った顔でございますから、これは相当に不機嫌な表情になっております。

「見越し入道殿は——失脚された」

「し、失脚ぅ？」

「左様。反乱があったのだ。見越し入道殿は総大将の地位を追われ、野暮《やぼ》妖怪の烙印を捺《お》されて、箱根から向こうに追放されてしまったのだ。我ら創作妖怪は——結果散り散りになってしもうたのだ」

「反乱——で？」

反乱——所謂《いわゆる》クーデター、革命、そうしたものがあったのでございましょうか。

「それはその——例えばお家乗っ取りのようなものなので？」

小僧、黄表紙出身だけありまして、妙なことは知っておりますな。尤も、どの程度理解が及んでおりますものか知れたものではございません。

まあなあと達磨は適当に答えます。

「お家騒動と申しますと、その身内同士が争うのでございましょう？」

「そういうことだ」

「す、すると例えば姉様が不潔な父様をこう、追い出したとか——」

達磨、払子でぽこりと小僧の頭を叩きます。中味がございませんから中々良い音が致しますな。鬆《す》の入った西瓜《すいか》のようなものでございます。

「馬鹿もの。それじゃ長屋の親子喧嘩ではないか。そうではないのだ。身内といっても妖怪全般ということであるぞ。愚僧達妖怪の身内は幅が広くて奥が深ァいのだ」

「はあ——それは何となく解って参りましたが」

この小僧、僅《わず》かな間に随分多くの妖怪と出会っております。それも悉《ことごと》く種類が異なっておりまして、当代きっての鳥頭は混乱する一方なのでございます。

「——それでは誰が？」

色々ややこしいのが出て来おってなあ——と達磨は腕を組み、口をひん曲げます。

「新しい連中のこたぁ判らん」

「じゃあ今の総大将は」

だから判らん——と達磨はない首を竦めます。

「今は何がどうなっておるのか判らないのだ。例えばそこの——」

達磨はない首を捻って寝ている侍を示します。

「——狸な。あの狸どもも政権を狙っておる。訳の解らん南蛮《なんばん》渡来の連中もおるし、往《いにしえ》の怨霊どもやら、もう滅びたと思われておった形のない連中までが、国学者とかいう賢いンだか馬鹿なンだか判らない連中に担ぎ出されてな。我こそ将軍の座を射止めんと、虎視眈々《こしたんたん》と狙っておるわい。まるで北条氏に国立戒壇《かいだん》設立を請願する日蓮聖人のような勢いであるな」

「何が何だか」

愚僧に判らぬものがお前に判るかと達磨は嫌味たっぷりに申します。

「こうしたことは過去にも幾度かあったのだ。愚僧達妖怪というのは、どうあれ人間次第であるからな。政変だの戦《いくさ》だのがあって人心が荒廃し、価値観が揺らぐと、決まってぐちゃぐちゃになるのだな」

達磨、目を瞑《つむ》りましてううん、と上を向きます。

「まあ、これも世の習いというものである」

「習いで」

「そうだ。だから愚僧もお前も——そう長いことはあるまいて」

「え！」

小僧俄《にわ》かに大慌《おおあわ》て。

「何を仰《おつしや》います達磨先生。手前どもは消えない妖怪だと、先程仰ったではありませんか！」

「消えないわい」

「なら長いも短いも——」

「そうではないのだ。何度も申すが、我らはないという形であるものだ。だから消えようたって消えない。何故なら最初からないからだ」

「承知しております」

いくら馬鹿でも、そこのところは何となく解って来たようでございます。

「しかし！」

達磨、急に大声を発します。

「ないものは所詮《しよせん》ないと——いずれ人間どもは気づくであろうよ。ないものはないぞと」

「は」

「つまり——愚僧やお前は、最初からなかったことにされてしまう可能性があるのだ。あったモノが消えるのではない。なかったことにされてしまう」

「うひゃあ」

これは——小僧ならずとも解り難《にく》いお話でございますな。流石《さすが》は解り難《にく》いことにかけては高等数学にひけを取らないと噂も高い、禅宗の開祖の名を持つ妖怪でございます。

「し、しかし達磨先生、それはその、言葉のあやという奴ではございませんか？」

あやとは何であるかと達磨は問います。

小僧、必死で抗弁しますな。

「な、なかったことにされたって、あったものはあった訳で、いくらないと言い張ったところで、過ぎ去った昔まで消えはしないのでは――」

必死でございますから、やや小難しいことを申します。

こんなに頭を使いますってェと、本当に知恵熱が出る虞《おそ》れがございますな。

しかし小僧の言うことにも一理はございます。

「ところがどっこい」

「どっこい？」

「愚僧もお前も、実体を持たぬ概念である。従ってそうした理屈は通用せんのだ。人間を含めて、この世に実体を持つモノ――実存するモノは普《あまね》く時間に対して遡行《そこう》性を持たぬのだが、愚僧達概念はそうではない。罷《まか》り間違うと遡って改竄《かいざん》されてしまうのだ。今、こうして話している歴史すら――」

なかったことにされてしまうのだと達磨は申しました。

要するに決算期に帳簿を改竄して帳尻を合わせてしまうようなものでございましょうか。

「例えば、お前と見越し入道殿は本来なら無関係な歴史を重ねて来たのだ。お前は小僧妖怪の末端、向こうはまるで違う出自の大物だな。轆轤首は古くは唐の飛頭蛮《ひとうばん》、更には南蛮国の首妖怪などにその根を持っておる。しかし、どこの誰かは知らないが、誰かがこれを親子姉弟とすると決めた。その途端にお前達は最初から家族だったことになった」

「はあ」

「無関係な歴史が接続してしまったのであるな。今後、どこかの誰かが、見越し入道は豆腐小僧の親の仇《かたき》じゃと決めて、そっちの方が世間に流通してしまえば――親子関係は解消されてしまうのである」

「そりゃ酷《ひど》い。誰が決めるんで」

「そりゃ人間じゃ。良いか、愚僧達消えない妖怪は、所詮娯楽を提供する色モノであることを忘れるな。面白ければ何でもアリなのだ。面白ければ三つ目達磨だろうが九つ目小僧だろうが何にでもされるのだぞ」

「い、いい加減ですな」

「創作じゃからな。大体、お前だって今回こうして涌いて出ておるが、その前はどうしておったのだ。はっきりした記憶があるのか？」

「ええ、まあ、それは」

「廃屋に涌く前に――お前どうしていた？」

それが――よく判らないのでございますな。

この小僧、どうもその辺りがいい加減でございます。

過去の記憶があるようなないような、全く覚えていないという訳でもないようではございまするが、いつのことだかどこのことだかさっぱり判りませんな。

「そうした記憶を持ったまま、廃屋で生れた――とは考えなんだのか」

「そりゃまた吃驚《びっくり》」

そんな考え方があろうとは、思ってもおりませんでしたな。記憶は経験学習するモノと思い込んでおります。

「そういうことだってあるのだぞ。まあ、お前の場合は違うのだがな。良いか豆腐小僧、お前はな、昨日廃屋で意識を持つ以前、物凄く沢山の場所に同時に涌いておったのだ」

「て、手前が？」

先程までこの小僧は、鳴屋《やなり》や死に神などの話を聞き、同時多出の器用さ加減に大層感心していたのでございます。それが——。

——鳴屋さんと同じとは。

ちょっと嬉しゅうございますな。

「お前はなあ、その昔、実に人気者であったからな。それは色んな本に載っておったぞ。その本の中でお前は家族を持った訳だしな。だが流行《はや》りというのは廃《すた》れるモノだ」

「人気がなくなったんで？」

「世の中が段々物騒になって来てな、戯《ざ》れ本自体読まれなくなったのだ」

「あれれ」

「だから愚僧もお前もそれ程忙しくはなくなったのだが——ただ本が残っておるから消えはしない。読まれれば涌くし、前に読んだ者もまだ覚えておるからな」

小僧の場合、若旦那が覚えていたのでございますな。

「記録されているから忘れられない、ということでございますね？」

「だからよ。愚僧やお前が描かれた絵を見て、記された文を読んで、理解出来る人間が居るうちは消えないのだ。しかし愚僧達の絵を見ても妖怪だと思わなくなる、あるいは妖怪なんぞは居ない、必要ないんだという世の中が来ると——消える。そういう連中が世間を席巻《せっけん》してしまうと、愚僧の歴史もお前の歴史も遡って全部抹消されてしまう可能性があるということだ」

「ま、まっしょう！」

「抹消というのはおかしいかな。別に消える訳ではないのだ。消えるというよりもだな——否、否、定されてしまう、ということだな」

「ひ、否定——」

消えちゃうよりも怖い響き。

「——それは困りまする」

「困ることはない。やむを得ぬことである。諸行無常の理《ことわり》であるぞ。時間を越え空間を越えてあり続けるような愚僧達の形こそ不自然なのだ」

「そうは仰いますが——」

小僧、珍しく深刻な顔を致します。達磨、心配そうに覗き込みますな。

「腹でも痛いか？」

「腹ァ痛くないです。そもそも痛いという感覚がよく解りませんですし——ただ、手前は、そのウ——」

「何であるか」

「折角《せっかく》、折角肉親が居ることが判ったのにですね、一目も会わぬうちに肉親であった事実ごと否定されちゃうのは悲しいじゃないですか。せめて入道様にお会いして、親子の名乗りくらいはあげたいんでございますよ」

浪花節《なにわぶし》であるなあ——と達磨はぼやきます。

「瞼《まぶた》の父——であるな。ううむ、お前は馬鹿の癖にどうして泣かせるツボを心得ておるなぁ」

この達磨、理屈も多く悟り切った顔をしている割りに人情家のようですな。

「しかし入道殿に会うには旅をせねばならんぞ。今、江戸には居《お》られんからな。しかも——この調子では愚僧もお前も風前の燈火《ともしび》じゃ。そこの狸どもも焦《あせ》っておるようだしな」

「焦って——いるのでございますか」

小僧、侍をちらと見ますな。

「きゃつらは時代を変えると言うておるのだ。この幕府を倒し、旧弊《きゅうへい》な世の中を引っ繰り返そうとしておる。そもそも八百八狸どもはそうした権力志向を持った連中であるからな」

小僧にしてみますれば、何やら親切な狸さんだなあ、くらいに思っていたのでございまするが——。

「一方で、蘭学《らんがく》じゃ開国じゃという連中もおってな、そういう連中は科学と申す新手のお化けを信奉しておる。これは中々手強《てごわ》いのだ。簡単には敵《かな》わぬぞ。敵は多いのだ」

「はあ」

「それに加えて――豆腐小僧、お前は移動する速度が遅い」

「へえ」

まったく以て亀の歩み。始まりましてから随分と経ちますが、殆《ほとん》ど移動できておりません。場面もまったく変わりませんので、これではそろそろ飽きが来るというものでございます。

ううむ、と達磨は沈思《ちんし》致します。

「それは愚僧も親子の対面は叶えてやりたいと思うがな――都合のいい場所でお前を観想してくれる者が居《お》ると良いのだがな」

「はあ。どういうことで？」

「そうすりゃそっちに涌くだろ。瞬間移動だな。お前達親子が一緒に出ておる本でも読んでくれる者が居《お》れば、更に都合が良いのだが――この状況では中々難しかろうて」

その時――でございます。

その六　豆腐小僧、勧誘される

すらり、と奥の襖《ふすま》が開きました。

そこには老人が立っております。

商人《あきんど》のような身綺麗な身なりの町人でございまして、齢の頃なら六十でこぼこ。白髪混じりの鬢《びん》を綺麗に撫でつけておりまして、広めの月代《さかやき》に細い髷《まげ》がちょこんと載っておりますな。

「なんや、寝てるンかいな」

老人は渋い顔を致します。もちろん侍に向けて言っておるのでございますな。豆腐小僧など見えません。達磨《だるま》も見えません。小汚い床の間に古ぼけた張り子達磨があるばかり。

「田村はん。田村はん。起きておくんなはれて。何や昼間っからぐうぐう寝てけつかって。それで倒幕が出来まっかいな」

老人は侍の真横に立ちまして小言を言いますな。その襟首に——。

「あ——」

小僧は驚きます。

そこにも——どうやら狸が引っ付いておるのでございます。

しかしこの狸、侍に引っ付いております七百二番とはえらく面相が違っております。毛は白く、顔は丸く、どことなく品があるような、それでいて下品なような妙な面相。おまけに鼻筋に一本、白い線が引かれておりまして、烏帽子《えぼし》のようなものを被《かぶ》っております。

老人は侍を必死で起こしておりますが、その狸は小僧と達磨の方を見ておりますな。

小僧、思わず座り直しまして、すいと後ろに下がります。

「なんやおまはんは」

狸、口を利きます。

「ひッ。とと、とう、とうふ」

「豆腐？　豆腐には見えんな。あ、なんや豆腐持ってるやないか。豆腐売りかいな。けったいな豆腐屋やな。それでは売れんで」

「そうではない。これは豆腐小僧という妖怪である」

「ああ坊《ぼん》さんもおったんか。人間どももおらへんのによう涌《わ》いて出たな」

老人の動きを無視して、狸は肩の上に胡坐《あぐら》をかき、小僧を見据えます。

さよか——ほならおまはんも絵草紙《えぞうし》妖怪やな——などと申しますな。

「み、見越し入道が一子、と、ととと豆腐小僧でござい」

「見越し入道？　ああ、あの前《さき》の総大将かいな。そやったかいな。そんなもんが何で江戸におんねん。おまはんら駆逐《くちく》されたんとちゃうんかい」

「それを申すなら尊公《そんこう》が江戸に居るというのもおかしかろう。尊公は上方《かみがた》の妖怪ではないか」

「妖怪ちゃうねん。何べん言うても解らん坊《ぼん》さんやな。わては妖怪とちゃうわ。神さんやで」

ふんッ——達磨は思いきり鼻から息を吹き出します。

「何が神か。祠《ほこら》に祀《まつ》られておるだけではないか。同じ狸でも金長《きんちょう》殿の方が余程信仰を集めておる。稲荷《いなり》社に祀られた狐《きつね》など数知れぬわ」

「けッ。何ほざいてけつかんねんこの達磨ァ。伊勢《いせ》屋《や》稲荷に犬の糞や。数だけあったかてありがたいことあらへんがな。わてを誰やと思うてもの言うてんねん」

「誰なんです？」

「ふんッ」

達磨、余程この狸が嫌いなようでございます。

「この狸公はな、芝《しば》右衛《え》門狸《もんだぬき》と申してな、徳島の田舎狸である」

「ちゃうわい。わては芝居者《しばいもん》狸大明神ちゅうてな、芝居の神さんやで。それもな、大坂《おおざか》の神さんや」

「もとは徳島ではないか」

「昔の話やろが。コラ達磨、そりゃあおまはんは、大昔大層な坊さんやったそうやから来歴素姓に拘泥《こだわ》りたいのやろがな、昔のことは昔のことでっせ。関係あらへん。今が大事や。今おまはんはただの慰みものやないか。達磨なんか賽銭のひとつも貰われへん。それに、これから仏教は流行《はや》りまへんで」

「信仰に流行は関係ない」

「関係ないことあるかい。そんなもんあんた、世の中変わったら潰されまっせ」

「黙らっしゃい」

「黙らへんて。さっさと引っ込み」

さあ大変。芝居者狸と滑稽《こっけい》達磨の睨《にら》み合いでございます。

豆腐小僧、困ってしまいます。

七百二番もそうでございましたが、どうもこの妖怪狸と申しますものは喧嘩《けんか》ッ早《ぱや》いようでございますな。小僧の知っております絵草紙の中の狸どもは皆、お調子者でおっちょこちょいでございますから、これは少々意外なことだったようでございます。

まあ、古来狸は陽、狐は陰などと申します。けれども、狐合戦と申しますのはあまり聞きませんが、狸合戦と申しますのは耳に覚えがございますな。

陽気だからこそ喧嘩する——ということはございましょうな。陰に籠《こも》ってじめじめとしておりますうちは、これ喧嘩にはなりません。怨むだけでございます。大した考えもなしに軽挙妄《けいきょもう》動《どう》に出ますってェと、これは大体喧嘩になるようでございまして——。

芝居者狸、鼻柱に縦横の皺《しわ》を寄せまして、かあッと達磨を威《い》嚇《かく》しますな。

しかしそこはそれ、相手は達磨さんでございまして、睨み合い——睨めっこには熟《な》れております。

太い眉《まゆ》を吊り上げまして、大きな目玉を剝《む》きますと、ぎろりと睨みつけますな。

これは大抵怖い面相でございます。先程、達磨自身が語っておりましたように、達磨の呪力と申しますのはその眼力に籠められているのでございます。ところがこれは、口を開けてしまえばパアなのでございますな。

笑う門《かど》には福来《きた》る——と申しますように、大口を開けて笑いますのも、これ邪気を祓い福を呼ぶ呪的行為ではございます。

これは、偏《ひとえ》に笑い顔が醜いから、なのだそうでございます。そもそも、鬼妖怪の類《たぐい》は概《おおむ》ね醜いモノでございましょう。ところがあれも、自分より醜いものには敵《かな》わないのだそうでございますな。大口を開けておりますと、人も化け物のようになると——まあそういうことなのでございましょうか。

重ねて口を開けて笑うという顔面の筋肉の運動は、発生的には動物が他者を威嚇する時のそれに由来するのだそうでございます。大笑いは、本来は攻撃の意思表示でもある訳でございますな。同時に、裂け目と申しますのも呪力を持っておりますようで——。

例えば——古来、鬼は女陰を怖がるものだそうでございまして、これもそうしたことに由来しておるようでございますな。上の口はものを喰う口、下の口は鬼を喰う口——などと申しまして、陰部を開陳《かいちん》致しまして鬼を追い払うという、少々露骨《ろこつ》な民話なども残っております。

一方で邪視《じゃし》——イビルアイと申しますものも、世界各国で有効とされるポピュラーな呪術でございます。敵を呪ったり貶《おとし》めたり不幸にしたりしようとする時にこう、キッと睨む訳でございますな。視線には毒がございます。相手はころっと参りますな。

古今東西、高名な魔術師は大抵この凶眼の持ち主でございます。達磨さんの場合はこの邪眼を逆に魔除けに使っている訳でございましょう。

ところが、一方でこの邪眼を除ける呪術と申しますのも、当然あるのでございますな。代表的な邪眼除けはと申しますと、これも生殖器や、それを象《かたど》ったものを見せる——というものでございましょうか。現在では単に性行為を表しますだけの、あの下品な指の握り方も、元を辿《たど》れば魔除け——邪眼を躱《かわ》すためのサインだった訳でございます。

つまり。

笑う呪術と睨む呪術は同じ魔除けであっても正反対のものなのでございますな。同時に行ってしまっては相殺《そうさい》されてしまう訳でございます。

ですから達磨さんの場合は、

——笑うと負けよ。

と、なります訳で。

で、怒っております。

「何や何やその景気の悪い面《つら》は。だいたいわてはな、あの禅寺ちゅうのが大嫌いなんや。何なんや、あの枯《か》れ山水《さんすい》とかゆうのんは。山川を枯らしてどないせッちゅうんじゃ。あれもおんどれが元凶やろ」

「黙らっしゃい。そもそも尊公は、芸事全般に通じた上品な老爺《ろうや》だったはずではないか。田舎者にしては珍しい、粋《いき》な通人だったと聞いておる。それがどうだ。銭銭銭と浅ましい」

「何やと？　毎度毎度辛気臭いことばかり吐《ぬ》かしよってからにこのクソ達磨が。侘《わ》びや寂《さ》びやと貧乏《びんぼ》臭いわ。わてはおんどれみたいな説教臭い手合いが一番嫌いなんじゃ！」

「フンッ。尊公に厭《きら》われたとは、これ幸いであるな。愚僧は尊公の如き俗な狸を心底軽蔑するものであるぞ。妖怪が執《しゅうじゃく》着を持って如何《いか》にするか。人に化けては贅沢三昧、挙げ句芸事に通《つう》暁《ぎょう》し、祀り上げられたまではよかったが、賽銭を貰ううちに慢心でもしたのであろう。金に執着する悪しき心根となり果てて、そのような守銭奴に感得されるとは、この恥曝《はじさら》しめが」

「何を訳の解らん屁理屈捏《こ》ねくり回しけつかって、なンやねんいったい！」

芝居者、肩の上で立ち上がります。

「オノレの講釈なんぞ聞きとうないんじゃこのボケ達磨。オノレかて銭の亡者に感得されとるやないけ。金が欲しい儲けたいと祈られて、儲かった暁《あかつき》には目ェ入れられて、それで喜んどるのはどこのどいつじゃ！」

「愚僧は何もしておらぬ」

「せやったら、わてかて何もしとらんわ。ええか。オノレが侮《あなど》っとるこの播磨屋九兵衛《はりまやきゅうべえ》かてオノレを何個も持っとるわい」

「存じておるわ。慥《たし》かに愚僧は金運も呼ぶ福も招くとされておる。金の亡者どももあれこれ愚僧に祈願しおる。しかしそれは愚僧の与《あずか》り知らぬこと。現世利益を求むる者はいつの世にもどこの国にもおる。尊公のように個人に宿り個人の利を潤《うるお》すようなことはせん。達磨は万人のものである！」

「万人の玩具《おもちゃ》やないけ。わてかて好きでこないな因業爺《いんごうじじ》に引っついとる訳やないで。故郷では今だっておおらかにやっとるわい。それに、浪速《なにわ》の役者連中かて皆わてを拝みよるで」

「だから、それで良いと申しておるのだ。それだけで十分ではないか。前から言おうと思うておったが、その芝居の守り神が江戸で何をしておるか！」

「け」

狸、髭を震わせます。

「しゃあないやないけ。この爺は、芝居好きが高じてわてに深く帰依《きえ》し、自宅にわてを、分祠《ぶんし》勧請《かんじょう》しくさったんや。わてはこいつの屋敷神なんや――」

個人的に雇われたということでございましょうな。つまり、その段階でこの芝居者狸は本来の芝居者狸から分かれて、独自の性格を持ったということなのでございましょう。

「――せやからどんな性格になろうともわての所為《せい》やないやろ。妖怪が人間次第で白くも黒くもなるいうことは、おんどれも承知のことやろが」

「あのう」

豆腐小僧、恐る恐る声を発します。

「――喧嘩はやめて」

「喧嘩ではない」

「喧嘩違うがな」

同時に申します。

「愚僧は忠告をしておるのだ。良いか小僧、この狸はな、邪《よこしま》な狸である。決して言うことを聞いてはならぬぞ」

「よこしま？」

別に縞《しま》はない——というようなボケをかます前に、狸は申します。

「何が邪じゃ。わてはこの爺に感得されたんやからな、厭《いや》でもこの爺の思うがままなのや。そんなクソ達磨の戯言《ざれごと》に貸す耳はないで。おい豆腐」

「はい？」

小僧きょとんと致します。

「あんた、わてらに協力しなはれ」

「きょ」

主役の台詞《せりふ》が一番短うございますな。

「きょ、やおまへんがな。協力や」

「て、手前に何が出来ましょう」

出来ますことといえば豆腐を持ってうろうろするだけ。屁の突っ張りにもなりませんな。

ところが狸は大いに破顔致します。

「出来るがな。ええか——」

「聞かんで良いぞ。小僧」

「黙れや達磨——」

その時でございます。

「煩瑣《うるさ》いのう。寝てられんきに」

熟睡侍が漸《ようや》く目を醒ましたようでございます。しかしこの侍、妖怪どもが枕元であがあ問答した所為《せい》で覚醒した訳ではございません。化け物同士の会話はもちろん人間様には聞こえません。達磨と狸がどれだけ言い合いをしようとも、精々《せいぜい》落ち着かない雰囲気になるというだけのこと。この寝惚け侍はあくまで耳許で怒鳴っていた老人——播磨屋の声が煩瑣《うるさ》くて起きただけでございます。どうぞそこのところを勘違いなされませんように。

「なンや田村はん、煩瑣いと違《ちゃ》いますやろ。やっと起きなはったか」

「煩瑣いぜよ。わしは疲れとるのじゃき。寝かせてくれや」

「西村を斬らはったそうでんな」

「そうじゃ。しかも妖怪《ばけもん》まで斬ったきに。だから疲れておるのじゃ」

話は聞いてま——そう言ってから、播磨屋は羽織りの裾をぱっと広げて座り直します。

「権藤はんら、青い顔して震えてはったわ。何やら火の玉だか人魂だかが出たそうでんな。それにしても——西村も忙し男やで。化けて出るにしても、もう少し間ァ開けたら良さそなもんやで。死んですぐはないやろ」

あれはただの火じゃ——と言って、田村と呼ばれた侍はううんと伸びを致します。

「その後、雷獣に襲われたが。それも斬り伏せたきに。疲れておるんじゃ」

「呑気《のんき》やなぁ」

老人は渋い顔を致します。

「邪魔な西村が死にましたさかい愈々《いよいよ》立ち上がる時ですわ——」

「皆の動揺も治まったかの」

「そりゃあ綱紀《こうき》粛正《しゅくせい》には反乱分子を殺すのが一番やて。糞の役にも立たん正論ばかりかます西村のような手合いが居《お》るから、くだらん疑問を抱くド間抜けも出て来る訳や」

「くだらん疑問か」

「くだらんですやろ。今は先《ま》ず、幕府の足許を蹴ったぐることが先決や。何のためにこのわてが後ろ盾についてますのや。あんさんらの足並みが乱れては——わてまで潰されまっせ」

「まあ——あんな腰抜けは斬って捨てる以外になかったとは思うがの、ただわしは、まだおまんを全面的に信用しちょる訳じゃないがぜよ」

「何を仰《おっしゃ》る。ここまで来たらわてとあんさんらは一蓮托生《いちれんたくしょう》や。ええか、わてが中継ぎせなんだら、薩長が天下とったかてあんたら浪人はただの無頼の徒やで。解っとるか——」

同じ穴の貉《むじな》でっせ——と播磨屋は申します。

「何じゃ。同じじゃあないが。わしは伊予の名門八百八狸じゃき。おまんは徳島の爺狸じゃなかね——」

はい。

この台詞は——田村の襟首に巻きついております七百二番狸の言葉でございますな。寄居主《やどぬし》が覚醒しましたので、意識も姿も取戻したのでございましょう。

ここが少々ややこしいところなのでございますが、人間の会話は妖怪どもには聞こえておりまして、妖怪どもの会話は人間には聞こえておりません。そういうお約束でございます。

七百二番の言葉を受けまして、芝居者狸はへん、と申します。

「何や。人間にしてみれば四国は四国、狸は狸やないか。伊予も阿波も一緒くたやし、どこの狸も狸は狸やで。そないな痩せ浪人の背中で文句垂れたかて始まらへんがな。あのな——七百二番」

芝居者、七百二番を眺めます。

「おまはんがたは二言目には名門や名門やゆうけどな、いい加減そないな血統意識は捨てなはれ。所詮は狸や。八百八匹もおってからに、結局まるごと封じ込められたンを忘れたんか？」

「忘れちょらん」

「古今東西、狸妖怪は仰山《ぎょうさん》おるが、そないに大量に封じ込められたンはおまはんがただけやで。わてかて六右衛門《ろくえもん》かて、名のある狸は皆祠《ほこら》に祀られて大事にされとるがな。佐渡の団三郎《だんさぶろう》親方かて立派なものやで。皆大明神や。金長はんなんかは正一位やで。おまはんとこの大将の隠神刑部《いぬがみぎょうぶ》はんはどうや」

「わしとこ大将は久万山《くまやま》の大伽藍に鎮座ましまして広く信仰を——」

「集めておった、のやろ。過去形や。昔の話やないか。そもそも、松山藩を相手に戦《いくさ》した時もな、城主にないがしろにされて怒ったんがそもそもだそうやないか」

「そ、それはそうじゃが——」

「まあええわ。ええか。狸が国盗ろうとしたちゅうのは慥《たし》かに見上げた話やが、城攻めるにしたって人間の手ェ借りとる訳やし、それでもって八百八匹もかかって松山城ひとつ落とせなんだのやろ？　情けないやないか。今回は田舎の藩が相手やないで。幕府相手や――」

「解っておるわ――」

「さよか」

それならええわ――と芝居者狸は言いますな。

同じく、それならええわと播磨屋も申します。もちろん田村も解っておるわと申したのでございますな。

人間には片方しか聞こえませんが、妖怪どもの耳には両方聞こえておりますから、まるで音声多重放送を一度に聞くようなものですな。同時通訳でございます。小僧などそもそも馬鹿でございますから、もう混乱の極《きわ》みでございます。

「ところで田村様――」

播磨屋は顔を寄せます。

「何じゃ、改まって」

「次の――標的を決めましたんや」

「押し込むんか」

「人聞き悪いな。援助のお願いでんがな」

この怪しい商人と過激な浪人、何やら良からぬ企《たく》みごとをしているようでございますな。

寄居主同士が顔を寄せますと、当然狸同士も顔が近づきますな。

「のう芝居者の——」

「何やねん」

「わし、思うンじゃけんど、こんな強盗紛《まが》いの侍に引っついておってええんじゃろか。これで狸の天下ァ来るンかいの」

「心配あれへん。その馬鹿侍が死んだかておまはんは残るやないか。この馬鹿どもが人間どもの天下盗ったら——妖怪は狸一色に塗り潰されるで」

小僧、ぎょッと致します。達磨は、きな臭い狸どもに得意の邪視を送ります。それに気づいて芝居者、ぎろりと小僧の方を見ますと、こう申しました。

「どや豆腐。おまはんも——狸にならんか？」

「た、た、たぬきになる？」

「せや。狸はええでェ——」

芝居者、顎を摩《こす》っていかにも悪そうな顔を致します。典型的な悪徳商人顔という奴でございますな。まあ狸の顔ではある訳でございますが。そういう意味では寄居主の面相を凌駕《りようが》しております。余計な雑事が欠落している分、妖怪の方が徹底しておる訳でございまして——。

「狸はのぅ、何にでも化けられンねんど。娘でも小判でも大名でも、何でもありやで。愉《たの》しいでェ。嬉しいでェ。狸にゃ束縛も決まりも何にもないがな」

「は、はあ——」

それが本当なら——これは大変なことでございます。何しろ今の小僧といえば、戸も開けられない屁もひれない。手にした豆腐は放せない。放せないけど食べられない。顔は不細工頭はでかく、でかいけれども中味は空という、徹底的に無力な有様なのでございます。それが。化け放題と来ましたな。もしも変幻自在の化け術をば会得出来るものならば——少々の代償は厭《いと》わないけどなあと、まあそんな風に思いましたようで——。

「そ、その、たたた狸に」

「そないに慌《あわ》てんでもええがな。自由はええど。なあ七百二番」

そうかのう——七百二番は浮かぬ顔でございますな。

「何やねん」

「こがいな侍に感得されちょっても活躍のしようがないぜよ。精々人斬る時に威勢良く吠えるだけじゃきに」

威勢の良いところは小僧も見ておりますな。

芝居者、髭をひくひくさせまして、倒幕までやて——と申しました。

「幕府が倒れくさッて狸の天下が来よッたら、そらあんた好き放題やでェ。飽食三昧の酒池《しゅち》肉《にく》林《りん》やがな。何しろあらゆる怪異現象はすべて狸に還元されるねんど。幽霊も妖怪も火の玉も、全部狸の仕業やもの——」

やはり先程達磨が申しておりましたことは事実だったようでございます。狸は妖怪世界の覇者になろうと考えておるようでございますな。

「そう上手《うま》く行くものかッ！」

もちろん達磨の声でございます。

「そもそも愚僧達妖怪は能動的に活動出来るものではない。人が感じてくれなんだら、消えとるか、温順《おとな》しくしているよりないのだ！」

「フンフンフン！」

芝居者、達磨を見下《みくだ》して鼻を鳴らしますな。

ここで――位置関係を説明させていただきましょう。

先《ま》ず、ボロ蒲団の上に床の間の方を向いて田村が胡坐《あぐら》をかいております。その頭の上から七百二番の顔が覗いております。肩車でもされているような格好ですな。一方、播磨屋は床の間に背を向けて座っておりまして、田村にぐいと顔を寄せ、悪事相談のひそひそ話に夢中でございます。その背中と申しますか肩の上に、芝居者狸が立っておりまして、こちらは床の間の方を向いております。達磨はチビでございますから、これだと芝居者に見下ろされる格好になってしまう訳ですな。睨み技と申しますものは見上げるよりも水平勝負の方が効き目があるようでございますな。見上げて睨みますてェと、どことなく恨みがましいような顔つきになって参ります。それでなくても狸に見下されてはいい気持ちは致しません。

達磨は実に忌《い》ま忌《い》ましそうな顔を致しますと、ピョンと跳びまして、小僧の肩にちょこんと乗ります。

――まだ低い。

それから笠の縁を摑みまして懸垂《けんすい》の要領で登りますな。これで大体目線も同じ高さになりますな。達磨は威張ります。何事にもポジションというのは大事なものでございます。

「これ芝居者！　オノレは先程その汚らしい牙が生えた口で申したではないか。人間次第で白くも黒くもなるのが妖怪——と。その舌の根も乾かぬうちに何を戯《たわ》けたことを申すのだ。主体性を持たず実体のない妖怪が野望を持ってどうするというのだ！」

「阿呆やな」

「な、何が阿呆だ」

「せやったら尋《き》くがな、おんどれはどないしてそこにおんねん」

「ど、どういうことか？」

「見たところ人間もおらへんのに豆腐と達磨が雁首揃えて涌きくさって、そがいなところで何をこそこそしてけつかんねん——と、わてはそう言っとんねん」

「それはだな——」

「主《しゆう》たる人間不在でも、おんどれら創作妖怪は涌くやないか。そやって消えもせずにうろうろしとるやんけ。そういうのを主体的行動と呼ぶンと違うんかいこのド阿呆！　政権とったろと思うのも、一寸《ちよつと》ひと休みしよと思うのも、思うとるのは一緒やないかこの阿呆ンダラ」

「言葉遣いの汚い狸だのう」

「そんなことはどうでもええのんじゃ達磨ぁ。わてら狸はな、間もなくこの国を戴くで。そうなったらおんどれらはどうなると思う」

なかった、、、ことになるねんで――と、芝居者、憎々しく申しますな。小僧、ぞくぞくッと致します。達磨もかさかさッと揺れますが、これは小僧の笠に乗っているからでございます。笠大揺れ。

「あ、案ずるな小僧。震えるのをやめろって。しかしな――」

達磨、サーファーのようにバランスを取り直しまして、

「――それはどうかな芝居者。そんなに上手くは行かぬと思うぞ」

と勝ち誇ったように申します。

何故やと狸は鼻息荒く問いますな。そうだろうと達磨が愈々《いよいよ》申しました時、小僧、首を傾げました。

「あのう――」

「ば、馬鹿、落ちるではないか」

「ああ」

笠を水平に戻します。

「あのうしかし、その、狸になるには具体的にはどうすれば」

「その気ありまっか、豆腐はん――」

「ええ、その何と申しますか」

「小僧、こんな奴の言うことに耳を貸すな」

黙っとれ達磨ァ――芝居者、迫力満点でございます。

「わてはこのお小僧はんと話しとるんじゃァ」

せやろ豆腐はん――狸は滑り台でも滑るような格好で話し込んでおります商人の背中を滑り下りまして、小僧の手をぎゅうと握ります。どうやら、低くとも神格を持った狸の場合は寄居主と離れることも可能なようでございますな。

「流石《さすが》に小僧はん話が早いわ。あんたのお仲間な、小僧妖怪いうたらもう、軒並み狸でっせ」

「そ、そうなんですか？　じゃ、ひ、一つ目の兄さんも？」

「そうや。一つ目小僧はんは狸やで。それから大入道に轆轤首――」

「姉さんも！」

小僧、姉さんと口にしたのが何とも恥ずかしゅうございまして、頬を赤らめて身悶《みもだ》えたり致します。純情でございますな。

「父さんも兄さんも、姉様も狸なら、手前も狸でもいいかなあ」

「せやろ」

「騙されるな小僧。こいつらの言うておるロクロッ首は不細工なロクロッ首じゃ。お前の姉とは違うぞ。もう、顔なんかへちゃむくれで南瓜《カボチャ》みたいで男だか女だかも判然としないような、そういうロクロッ首だ」

「そ、そうなんで？」

「そうに決まっておろう。狸の化ける轆轤首が妖艶な訳はないわ。そもそも一つ目小僧殿からして、お前達のような田舎者の甘言《かんげん》に簡単に靡《なび》く訳がないのだ。貴様ら何か――したな」

「ふっふっふっふ」

芝居者、不敵に笑いますな。

「わてらはな、この遣り方で四国を統一したんや。犬神と長物《ながもの》除けば、四国の妖怪はぜェんぶ狸なんやで――」

芝居者、そう申しまして小僧にじりじり近づきます。

さてここで――狸達の悪巧みがどのようなものなのか、簡単にご説明しておきましょう。

この狸どもは『妖怪総狸化計画』という恐ろしい作戦を推進しているのでございますな。

こりゃ、どういう計画かと申しますと――。

例えば。

家がぎし、ぎしと鳴りますな。これ、普通なら、おお、鳴屋《やなり》だ、とか何だとか、それぞれの地域での色々な説明が施《ほどこ》される訳でございますが――四国では、おお、狸が悪戯《いたずら》してるでねェか――と、こうなりますな。

怪異の説明は全部狸でございます。

例えば。

ふわりと火の玉が飛びますな。普通ならおお鬼火じゃ、いいや人魂じゃ、何の火じゃかんの火じゃ、となるところでございますが、四国では、おお狸が悪戯してるでねえか――と、これもまたこうなってしまいますな。

全部狸で解釈致します。

例えば。

大入道が出たと致します。これは大入道ですから、うわあ大入道だ——と、こうなる訳でございますが、その後がございます。ありゃあ狸が悪戯で化けてたんだァ——とこうなる訳でございますな。狸は何にでも化けましょうから、どんな妖怪の正体も全部狸だと、言って言い切れないことはないのでございますな。全部狸でございます。

それにしても芝居者、どうやって豆腐小僧を狸にしようというのでございましょうか。

小僧、頭に達磨を乗せたまま、じりじりと後ずさります。何やら改造でもされるのか、それとも薬でも飲まされるのか——。

芝居者狸、懐よりさっと矢立《やたて》を取り出《い》だしまして、筆をば手に取り、ちょんと小僧の鼻の頭に墨を塗りました。

「な、何をなさいます」

続いて小僧の眼の周りにぐるりと墨を塗ります。羽子板で負けた時のようなものでございまして——。

「うひゃひゃ擽《くすぐ》ったい」

最後に左右の頬に三本ずつの髭を描きます。

ただでさえ阿呆面なのでございますから、これはもう、物凄く、この上なく、最上級に間抜けな顔でございますな。

「これでええねん」

「ええねんって――顔に悪戯描きしただけじゃないですかァ。こんなんで狸になんかなりませんよ。手前が能なしの小僧だと思って馬鹿にしてるんですね。酷《ひど》いなあ――」

小僧、不服そうにプウと頬を膨らませます。ますます狸顔になりますな。

「――冗談だったんですか」

「じょ、冗談じゃないぞ。そうか、この手があったか」

達磨が申します。

「はあ？　この手があったかって――達磨先生まで何ですよう」

「お前も本当に馬鹿よのう。あれほど愚僧が止めたというのに――これで狸一族の仲間入りではないか」

達磨は笠の上で腕を組み、困ったような顔を致しますな。

「仲間入りって何ですよう。悪戯描きですよ、これ」

「馬鹿者。いいか小僧。お前、その顔のまま誰かに見られたらどうなる？」

「手前はその――見えないんでは」

「廃屋《はいおく》の若旦那のようにお前を感得した者には見えるであろう。そういう者がいたとして、それで現れたお前がそんな顔をしておれば、いったいどう思う。何だ、豆腐小僧というのは狸のようだな――と、思わないでもないであろう」

「まあねえ。でも、それは――ねえ。でもこんな下手《へた》な悪戯ですよう。誰も本物とは思わないでしょうに」

「どうなるんで？」


「馬鹿者」

「どうせ馬鹿ですよ」

「馬鹿だわい。本物である必要はないだろ。良いか、お前を感得した人間が、その間抜け面を見て豆腐小僧は狸みたいだと——いや、狸だったと、もし何かに書き記したらどうなる」

「どうなるんで？」

「だから。そう書かれた瞬間から、お前の正体は狸になってしまうのだぞ。先程申したであろう。過去に遡《さかのぼ》って、豆腐小僧の歴史は改竄《かいざん》されてしまうのだ。名門の血を引く豆腐小僧は、狸がいい加減に化けたモノ——になってしまうのだ」

「ほ、本当の狸に？」

「そうだ。お前というモノは消滅し、狸だけが残るのだ」

「でも、その狸は——手前なんですよね？」

「狸は狸であって、お前ではないのだ。その狸が化けたのがお前なのだ。つまりそれは『狸が化けた豆腐小僧』であってお前自身ではないことになる」

そう言われましても——ややこしくって小僧にはよく解りませんな。自分は自分だと思うております。

達磨、笠の縁から小僧を覗き込み、大きな溜め息を吐きます。

「解らん小僧だなあ。そうだ。お前なあ、狸になってしもうたら、もう見越し入道殿との親子の縁は切れるぞ」

「え」

「姉も親戚も全部なしだぞ。それでもいいのか」

「良くないですよ。でもその、よく解りませんが——一つ目小僧兄は」

「一つ目殿が簡単にこ奴らの言いなりになったとは思えぬが——いずれ狸になったと申されるなら、最早《もはや》お前との繫がりはない。まあお前も狸になれば狸繫がりになることはなるが——」

「狸繫がりで」

「それは狸の一族というだけのこと。そうだな——狸になるということは、簡単に言えば狸に乗っ取られるということだ」

「乗っ取られる！」

「左様。お前が狸になるのじゃあないのだぞ。お前は元々狸だったということになる訳だからな。まあ——早まったことをしたものだわい」

達磨は落胆したような声を出しますな。小僧、俄《にわ》かに心細くなりまして、顔を擦《こす》ったり致します。

「こ、こんなのは拭けば」

「取れんがな」

「と、取れないんで？」

「狸を嘗《な》めたらいかんなァ。そもそも実体のないおまはんに描いたんやで。こら、ただの墨やおまへんで」

小僧、盆を左右に持ち替えては、代わる代わる眼を擦ります。入れ墨でも入れたかの如くくっきりと、まったく取れませんな。

「取れてませんか？」

「取れてないな」

「てってっ手前は——取り返しのつかないことをしてしまったんで？」

達磨は笠から下りて首肯《うなず》きますな。

「してしまったのだ」

「わはははは。なかったことにされるよりずっとマシやろ。ええか豆腐。現象を伴う妖怪は概ね我らが手の裡《うち》にあるのんじゃ。しかしおんどれらみたいな創作妖怪は難しわ——」

「難しいッて——」

「一匹ずつ引き剝《はが》して騙すのが一番やて。それにしても——まあけったいな顔やで。はずかしはずかし」

芝居者狸、老人の背中に引っ付きます。その途端に播磨屋は立ち上がりますな。

「ええか。そういう段取りやで」

「解っちょるきに」

面倒そうに頷き、浪人——田村は播磨屋の顔を見上げます。

「まったくおまはんも悪い親爺じゃきに」

「信用して戴けましたかな」

「いっそう信用出来んようになったぜよ」

どうやら悪事の相談が纏《まと》まったようでございますな。

「あのう、芝居者さあん」

「じゃあな。豆腐狸」

「げげ。七百二番さあん！」

「ご愁傷さまとしか言いようがないきに。頑張って生きるぜよ」

田村も立ち上がります。

小僧、危機一髪——。

「待ってくださいよう」

小僧、縋《すが》るように後を追いますが、いかんせん脚が短い。頭が重い。バランスが悪い。そのうえ動揺していて気は重いという有様でございます。

一方、狸どもはともかくも、その寄居主《やどぬし》であります人間どもは、自分の背後からそんな不細工なものが追って来るとは夢にも思いませんから、さっさと座敷を出ましてーー。

ぴしゃりと襖を閉めますな。

「あ」

片手を伸ばし片足を上げた形でぴたりと止まります。

盆の上を豆腐がつうと滑りまして、端でぷるるんと止まります。小僧——本当に危機一髪でございます。

何しろこの小僧、自分で襖が開けられません。いいえ、襖だろうが障子だろうが、物理的作用を及ぼすことは一切出来ないのでございます。つまり――。

閉じ込められてしまった訳でございますな。

「あー」

「あーじゃないだろう。まったくだらしのない小僧じゃな」

「へえ」

「何じゃその屁っぴり腰は。踏み込みが甘いわい。今の間合いであれば、絶対に間に合っておったぞ――」

達磨、まるで何かのコーチのような口振り。何のコーチだか。

「しかしその、豆腐をですね」

守らなければ――という意識が、アクションにブレーキをかけますな。

「ぼ、盆から豆腐がですね」

「何だ豆腐くらい」

何だって、何ですかァ――と小僧、激昂致しますな。

ここに至るまでどんな想いで豆腐を死守して来たか。馬鹿な小僧にしてみれば、それはもう並大抵のことではございません。それを思えば憤慨するのも当然なのではございますが――幾ら怒っても顔に悪戯されておりますから、どうもこうもありませんな。ちっとも怖くありません。まるで信楽《しがらき》焼《や》きのパンダでございます。

「と、豆腐は豆腐小僧の命でございますよ。幾ら達磨先生だからってそんな簡単に言わないでくださいよ」

「命って——大袈裟じゃなァ」

「お、大袈裟じゃありませんよ。何を言ってるんですか！　こ、この豆腐こそ、手前が豆腐小僧である唯一の証《あか》しなんですよ！　こ、これを放したら手前は消えてなくなってしまうかもしれな——」

達磨、しらあっとした顔をしておりますな。

「き、消えてなくなって——」

達磨、腕を組みます。

「消えませんか」

「たぶん——な」

「本当——でしょうかね」

「放してみ」

「い」

「放してみよ」

「いや」

「何で」

「だって——」

「だってじゃないわい」

達磨は苦々しい顔を致します。

「お前、自分が現在おかれている状況を把握してるか？　お前は、狸になるかならぬかという瀬戸際なのだぞ。狸になんかなってしまったら、消えるよりうんとタチが悪いわ。説明しただろうに。お前は消えないの。ちゃんと絵に描いてあるんだし、それを見る者がいれば厭でも現れなきゃならんのだ。もし消えたって心配ないわい」

「しかしですね――」

何と言われようとも、どう諭《さと》されようとも、この小僧、豆腐だけは放せませんようでございますな。筋金入りの小心者でございます。絶対にバンジージャンプは出来ないクチでございましょう。

「しかしじゃないわい。あのな、狸になってしまったら、仮令《たとえ》絵に描いてあったとしても、豆腐小僧という個は消滅することになるんだぞ。そうやってその豆腐を死守しても、だ。そりゃ豆腐持った狸になるんだからな」

「うええん。でもお」

度胸のないうえにしつッこい小僧じゃなあ――と、達磨は心底厭そうな顔を致します。

「まあいい。それよりも策を講じずばなるまい。愚僧はお前を狸にしてしまうことだけは避けたいのだ」

「そうですか」

「そうじゃ。考えてもみろ。あんな連中に天下が盗れる訳がないのだ。妖怪が全部狸になったとして、その後狸が駆逐されてしまったらどうなる？」

「なり損で？」

「と言うより——全滅だ。下手をすれば神も仏も妖怪も全滅だ」

「か、神も仏も——ですか？」

左様——と、達磨は深刻な顔を致します。

「多様な解釈、多様な文化——その多様さが豊かさに繋がるのだ。何を誰が見ても同じように考えるような世の中は、恐ろしいとは思わぬか？」

「よく解りません」

「正直だな。良いか小僧。この世の中に絶対に正しいことなどあり得ないのだ。しかし——例えば解釈が一通りしかなかったなら、それが正しいと思うてしまうであろう？」

「はあ」

「みんながそう思うておる。異を唱える者も居《お》らん。当然のようにそう思うわなあ。それで今度は、その解釈が間違っておる——ということになればどうじゃ」

「さあ」

「世の中が間違っておったということになろう。あのな、狸どもはあのように威張りくさっておるが、そう上手くは行かぬのだ」

「行きませんか」

「行かん。慥《たし》かに——四国では狸の趨勢《すうせい》は強い。かなりの怪異が狸化しておる。かの地にはそもそも多くの怪異があったのだ。密教、修験、陰陽道と、宗旨も多く、信仰も深く、且《か》つ幅広い。山の者も居《お》るし海の者も居る。それ故に憑物《つきもの》なども根深く残っておる。怪異の数も豊富であった。それが——ここ最近、徐々に狸化しておることは確実である。狸というのは斯様《かよう》に手強《ごわ》いわい。しかしな、狸が四国でそれ程強いのが何故だか、お前に解るかな？」

「全然」

「少しは考えろよ。あのな、小僧。四国には——狐が居《お》らぬからだ」

「はあ？」

「結局狸は解り易いということと、真摯《しんし》な信仰心と切れているという軽さが売りなんだな。しかし、裏を返せばそれだけのもんなのだ。競合する近似種が居ったなら、それ程強いものじゃあないのだ」

「狐が居れば狸は負ける？」

負けやせん負けやせん——と、達磨は掌《てのひら》をひらひらさせます。

「ただ、一人勝ちは出来ぬ——と申しておるのだ」

「ははあ。大穴は狙えないと」

「博打《ばくち》じゃないわ。あのな、狐はな、狸同様、便利で手軽という軽さも持っておるがな、同時にお稲荷さんの御使いという肩書きも持っておるし、茶吉尼天《だきにてん》やら天狗やらと、ごちゃごちゃ繋がっておるからな。信仰とも深く関わっておる」

「狸より偉いんで？」

偉いとか偉くないとか言うなよと達磨は口を尖らせますな。

「人間じゃないんだから、そういう下司《げす》な区別はないんだよ。まあ、売りが違うのだな。今も言ったように狸の方はそういう来歴がないことが売りなのだ――」

つまり。

狸も狐も簡単便利が謳《うた》い文句の、ライバル同士なのでございましょうな。

ただ狸の場合は、無印良品、簡易包装的な展開をしておりまして、一方狐の場合はブランドイメージやバックボーンも含めてセールスポイントにしている――というようなことなのでございましょう。

「さっきの芝居者を始め、狸も一応信仰されとるがな。所詮は後盾《うしろだて》がない。所謂《いわゆる》土地の流行《はやり》神《がみ》だ。狸全般が崇《あが》められとることはないのだ。しかし狐の方は――上は天狐《てんこ》からその辺の野狐《やこ》に至るまで、稲荷社が背後に見えとるからな」

狐、どうやらフランチャイズのチェーン店を全国展開しておるようでございますな。そこに無店舗販売系の狸が参入して来たということでございましょうか。

「とにかく江戸は稲荷社が多いしな。そんなに上手く行くとも思えぬわ。それにな、これからが大事なのだぞ」

「はあ――」

相変わらず緊張感のまったくないパンダ面《づら》でございます。

「やり難《にく》いなあその顔。よく聞け小僧。狸が天下を盗ったとしてだ。果たして妖怪世界が安泰になると思うか。たかが狐ごときに負けそうになるような種族なのだぞ。それが他の怪異を駆逐して、狸一色になって、ありとあらゆる怪異が全部狸になったとしてだ。狸は怪異全般を外敵から守るだけの説得力を人間に対して持ち得ると――愚僧にはどうしても思えぬのだ」

「負けますか」

「一種族支配は危険なのだ」

「二大政党がいいとでも？」

「政党ってのは何だよ。今はほれ、狸が駄目でも川獺《かわうそ》が居る、河童《かっぱ》が居る鬼が居る猫が居る天狗が居ると代わりが色々居るからな。全部駄目――と謂われても反論のしようがあるし、沢山居れば生き残る種類もあろう。しかし狸だけになってみい。あれはただの動物じゃ――となれば、それでしまいであろうに」

「全滅――で？」

「全滅じゃ全滅。しかも、怪異が消滅するということは――愚僧に言わせれば、人間が神仏から独立《ひとりだち》するということでもある」

「それで神様も仏様も？」

目を丸くしますと益々《ますます》パンダ面でございます。

「そうである。そうなれば神も仏も不要になる。いや、怪異同様に、権威を失《うしの》うてしまうであろうな」

そんなものですかねェと小僧は大きな頭を捻《ひね》ります。

「そんなものである。そんな世の中はどうかしておると愚僧は思うぞ。と、いうよりも、そうなったらもうどうなるか判らぬわい。しかし狸連中は目先のことにしか考えが及んでおらぬからな。こんな——」

達磨、パンダ小僧を見上げます。

「——困ったことをしよるのだ。ううん。どうしたものかのう」

達磨、パンダ面を見詰めながら考えます。しかしあまりマジマジと見ますと、睨めっこに負けてしまいますから途中で目を逸《そ》らしますな。

面白い面なのでございます。

「とにかく、先《ま》ずはこの部屋を出ねばなるまいな——」

「でも手前は襖も障子も——」

ちょっと待っておれ——達磨はそう申しまして、縁側に面した障子の破れ目からひょいと外に抜け出したのでございます。

その七　豆腐小僧、江戸を出る

さて。

小僧、久し振りに独りになった訳でございます。

不安でございますな。何が不安かと申しますれば、もうそれすらも解りません。今や何が何だか解らない状態——でございましょうかな。

廃屋《はいおく》を出てからこっち、矢継ぎ早にそりゃあ色々なモノどもと遭遇致しまして、小僧もパンク寸前といったところでございましょうか。何しろこのボロ笠の下の大頭、器《うつわ》だけは大きゅうございますが、殆《ほとん》ど何も入りません。猪口《ちょこ》に一升酒を注ぐようなものでございまして、大方は溢れてしまいましょう。

それが。

今や政権抗争に巻き込まれんとしているような状態な訳でございますから、何をかいわんやといったところでございます。

くりくり。

目の周りを擦《こす》りますな。

パンダの縁どりは益々《ますます》くっきりと、取れやしません。

——どうする気だろう。

達磨《だるま》には何か算段があるのでございましょうか。それとも——もしや躰《からだ》が小さいのをいいことに、一人だけさっと逃げてしまったのでありましょうか。

——そうかも。

小僧、疑心暗鬼になっております。

何だか偉そうで賢そうなお方ではございますけれど、あの達磨だって所詮《しょせん》は他人。否《いな》、他妖怪。こんな小僧に義理も何もございません。

——どうやって開けるのだろう。

そう。いくら物知りだからといっても、妖怪に違いはございません。能動的に物理的作用が及ぼせないという意味では小僧と同じでございます。部屋から出たところで戸は開けられないはずでございます。

——逃げたんだ。

「逃げたんだな。あの達磨」

声に出します。

「達磨だけに手も足も出ないとか」

小僧にしては洒落《しゃれ》たことを申しましたものですが、その途端——。

「何を言うか。馬鹿にするな」

「ひゃッ」

久し振りの悲鳴。

「だ、達磨先生——」

声は——床の間のボロ達磨から聞こえて参ります。

「——い、居たのですか」

「ずっとここに居《お》るだろうが。愚僧は元々居ないという形で居るのだから、不在という状態はあり得ないのだ。全国各地いつ何時《なんどき》でも、達磨のあるところ愚僧は居るのだ」

声だけ——でございます。

「愚僧はお前と違って人形だの張り子だのと、人の目に触れておる訳だからな。妖怪として認識されずとも、こうして見張っておることは出来るのである!」

つまり、達磨ネットワークが出来上がっている訳でございますな。警備会社の如き監視態勢でございます。

「じゃあ聞いていたんで?」

「聞いていたわい」

「こ、こりゃまた失礼」

「まったく、愚僧がどれだけ親身になっておるか解らんのか。この恩知らず馬鹿小僧が。心配せずに待っておればここを開けてやるわい」

「開けてやるって――ですから、どうやって開けるのでございますか？」

「心配性じゃなあ。愚僧は今、戸を開けてくれる妖怪のところに行って交渉しておる真っ最中なのだ。何しろ気紛《きまぐ》れな奴だからな、こっちの言うことは一切聞かぬのだが、まあ――いつもの調子であれば間もなく開けてくれるであろう」

「戸を開ける妖怪？」

そんな便利な妖怪が居るのでございましょうか――。

「おう――丁度良い」

達磨はそう言って黙り込みます。

「な、何が丁度良いのでございますか達磨先生――」

返事なし。

しんと致します。

かりかり。

「ひッ」

小僧、三尺飛び上がりますな。

かりかりかり。

何かを削るような不気味な音でございます。

「だ、誰か居るの？」

小僧、大頭を振り回しまして、部屋中を見回します。

かりかりかりかり。

がたッ。

「ひやああ——」

障子《しょうじ》に何やら影が映っております。

影があるということは実体があるということ。つまり妖怪ではございますまい。でも——。

「あれは——角？」

三角の突起が二つ——しかし角ではないようでございます。

やがて、達磨が出て行きました障子紙の破れ目から、にゅ、と毛むくじゃらのモノが出まして、すう、と障子を開けます。

「ど、どなた様でございますか」

小僧目を瞑《つぶ》り頭を下げまして、最早《もはや》謝る体勢に入っております。取り敢《あ》えず謝れば何とかなると思っているようでございまして——。

のた、と気配が致します。

「にゃあおう」

気配はそう申しました。

「にゃ、にゃあお？」

小僧上目遣いに声の主を見ます。

「こ——これはまた」

尖った耳。大きな眼。そして髭。

這入《はい》って参りましたのは――それは見事な三毛猫でございました。

「ね――猫じゃないか」

「そうじゃ猫じゃ」

「わッ」

猫の背中に小達磨が跨《また》がっていたのでございます。ぐにゃぐにゃしていて大層乗り悪《にく》そうでございますな。

これまた妙な絵柄でございます。

小僧が呆気《あつけ》にとられておりますうちに、三毛猫はにょろりと座敷を横断致しまして、先程まで侍が眠りこけておりました襤褸蒲団《ぼろぶとん》の上に乗りますってえと、前足を突っ張りまして、にゅうと伸びを致します。

「おっとっと」

達磨、途端にバランスを欠きましてころころと転げ落ちますな。滑稽《こつけい》達磨と申しますだけに動作が悉《ことごと》く滑稽でございます。しかし、猫の方はそんな達磨のオーバーアクションなどどこ吹く風。ぐるりとトグロを巻きまして、そのまますうすう寝てしまいますな。

「おお痛い。まったくけものは困ったものじゃ」

「だ、達磨先生。これはいったい」

小僧、慌《あわ》てて達磨に駆け寄ります。

「いったいも何もあるか。戸を開けて貰ったのだ。愚僧達には開けられぬのだから仕方があるまい。少々細いが、何とかなろう」

慥《たし》かに身を捩《よじ》って潜《くぐ》り出れば、大頭も通りそうな隙間ではございます。

「そ、それより先生、今、このけものに乗っていませんでしたか?」

「乗っていた」

「ど。どうして乗れるのですか。先生はその、何と申しますか、ええと」

小僧、目を白黒させます。語彙《ごい》が少のうございます。おまけに考えが纏《まと》まりませんな。何やら問題があるとは思うのでございましょうが、問題がどこにあるのかが見定められないのでございましょう。

小僧が引っ掛かっている点を要約致しましょう。

先《ま》ず――達磨と雖《いえど》も実体を持たぬ妖怪の端くれではございます。これは妄想、概念――何と呼んでも構いませんが、どうあれ物理的な影響力を持たぬモノでございます。それが――猫に乗っているというのは、妙といえば妙だということですな。戸が開けられない者が猫に乗るのはおかしい――そう豆腐小僧は思ったのでございます。

もう一点。

達磨はどうやって動物とコミュニケーションをとったのか――。

狸との問答で達磨自らが申しておりました通り、妖怪は普《あまね》く受動的な存在でございます。人間が感じたり解釈した段階で後追い的に発生するもの。

どんな場合も妖怪側から能動的に働きかけることは出来ないのでございます。仮令《たとえ》相手が動物昆虫であろうとも、妖怪側から話しかけることは出来ないはずなのでございます。これは人間が自力で空を飛ぶよりも不可能なことだとご承知ください。妖怪がコミュニケーション出来るのは妖怪同士か、その妖怪を感得している個人だけなのでございます。小僧、そのあたりのことを詳《つまび》らかに問い質《ただ》そうとしているのでございますが、まあ先程申しました通り——簡単に申しますと馬鹿でございますから、しどろもどろになるばかりでございますすな。

しかし達磨の方はその辺すっかり心得ておりますようで、問わず語りに諭《さと》し始めます。

「あのな、小僧」

「あふあふあふ」

「何だよ。そんなに狼狽することはないわ。お前の尋《き》きたいことくらいは想像出来ておる。先《ま》ず——概念である我らがものに跨がって移動したり出来るのか、ということであろう。これはな、結論から言えば出来るのだ」

「出来ますか」

「お前は戸が開けられぬ。しかし同時に出られない。これは矛盾しておるだろう」

「は」

そうなのでございます。以前ご説明致しました通り、これは矛盾しております。戸が開けられない躰なら、戸が閉まっていても通り抜けられるはず。

しかし、戸は遮蔽するという概念でもありますから。概念である小僧に対しても有効なのだと——こうご説明致しましたな。お約束だけは守る約束なのでございます。

つまり——と達磨は申します。

「お前自身は世間に対してまったく影響力を持っていないが、世間はお前に対して強い影響力を持っておるということだ」

物理的作用は及ぼせないが、物理的影響下にはあるということでございましょう。

「お前は物理的に存在しない。而《しこう》して——畳の上に立っておる。それも矛盾だ。お前が畳の上に立つのと愚僧が猫に乗るのは同じ理屈」

「ああ、何となく解ります」

「そうだろう。愚僧は猫を持ち上げることは出来ぬ。否《いな》、鼠だろうが蟻《あり》だろうが、塵《ちり》ひとつ動かすことは叶わぬ。しかし乗っかることは出来る」

「なる程——じゃあ手前も」

「左様。荷車に乗る、馬に乗る、そういうことは出来るはずである」

もちろん、ここで小僧は乗ってみたいなあ——などと夢想する訳でございますが、気にかかる点がもう一点ございますから素直に喜べません。

「で——」

かっかっか——と、達磨は笑いますな。

「これか——」

達磨、猫を指差します。

「——これはな、小僧、そうだ。その猫の尻尾を凝乎《じっ》と見てみろ」

「尻尾でございますか？」

小僧、寝ていますまず猫に近づきまして恐る恐る覗き込みます。

不思議な光景でございました。

猫の尻尾は当然一本でございます。二本も三本もある訳がございません。ところがよッく見ますと、その短い尻尾の先端から、半透明に霞んだ尻尾の続きが伸びているのでございます。更《さら》にそこを凝視《ぎょうし》しておりますと、その先端がどうやら二つに分かれて見えますな。

「ふ、二股で」

「左様」

「じゃあ、こ——こちらは噂に聞く」

「そうよゥ」

その時、まるで足の裏でも嘗《な》められるかのような猫撫《ねこな》で声が聞こえたのでございます。途端に——寝ている猫の背中から、にゅっと猫が生《は》えて参りました。

「うひゃああ」

小僧吃驚仰天《びっくりぎょうてん》。ぺたりと尻餅をつきますな。それでも盆を水平に保っているところが健気《けなげ》と申しますか——今やひとつの芸とでも申しましょうか。

「せ、せ、先生、これは」

「うむ――」

達磨、頷《うなず》きます。

「――幸い本体が眠ってしまったので自由になったのだ。それが――」

「きき気持ち悪い」

猫から生えた猫はくるりと顔を撫でた後、小僧をじろりと見まして、

「気持ち悪い？　何とまァ失礼な小僧じゃないかえ」

と申しました。艶《なま》めかしい女の声でございます。

「だってその、ええと――」

小僧つつつ、と後ろに下がりましてぺこりと頭を下げますな。一応謝っておきさえすれば取り敢えずは何とかなろうという姑息《こそく》な考えだけは捨てておりません。

「――御免なさい」

「御免で済めば閻魔《えんま》様は要《い》らないんだよぅ。あたいをいったい誰だと思うてるのサ。この二股尻尾は伊達《だて》じゃァないんだ。人の話を聞き分けて、襖を開けるは朝飯前、開けて閉めるもお手のもの、行燈《あんどう》の、嘗めた油は数知れず、被《かぶ》る手拭い豆絞り、大江戸八百八町に隠れもねェ、猫《ねこ》股《また》の三毛姐《ねえ》さんたァあたいのこったよ」

「ひええ、お、畏れ入りました。手前は無知な馬鹿小僧でございます故、何卒《なにとぞ》お許しを――」

「ヤレヤレまったく野暮天《やぼてん》だねェ。達磨の旦那、これが本当にお頭目《かしら》の子供なんでござんすかえ？」

達磨は口をひん曲げて首肯《うなず》きますな。

「そうなのだ。まあ名門と雖《いえど》もまだまだ小僧——ああ永遠に小僧なのだが、世間のことは何も知らぬのだ。お三毛殿、ここは愚僧の顔に免じて許してやっちゃ貰えまいかな」

にゃおう、と鳴きまして三毛はするりと立ち上がりました。

どうやら二足歩行が出来るのでございますな。如何《いか》にも艶めかしい肢体でございます。ただ実体である猫の方はそこまでは出来ませんな。見れば何やら齢経《としふ》りし老猫のようではございますから、先程のように襖や障子くらいは開けるのでございましょうが、如何《いかん》せん二足歩行は致しますまい。こちらはぐうぐう寝ております。

一説に、自分で開けた障子を閉めるようになりますってぇと、その猫はもう化け猫だ——などと申しますな。

ところが、戸を開ける猫は居《お》りましても閉める猫と申しますのは、まず居りません。まあ——だからこそ、そう謂い習わす訳でございましょうな。どちら様のお宅の猫も、軒並み化けたとあっちゃあ物騒でなりません。

つまり——どうやらこの猫股、寝ております古猫によって喚起される妖怪のようでございますな。

同じ動物の妖怪でも狸どもとは少々違うようでございます。

寝ております猫はただの老《お》い耄《ぼ》れ猫なのでございますな。ただ、あまりにも長く生きたために、こいつは化けてるんじゃないか——と、謂われてはおるのでございましょう。

猫に限らず、家畜ペットの類《たぐい》には、情が移るものでございますな。可惜《あたら》コミュニケーションがとれるものですから何やら感情移入もしがちでございます。しかしこれ、まあ冷静に考えますならば、交渉は成立しておりますものの、厳密にはコミュニケーションがとれている訳ではございません。

けものにはけものの理屈がございまして、人間の理屈は当て嵌まりませんな。けものはけものの理屈で行動しているだけでございます。

野生動物が果敢に狩りを致しますのと、ペットが主人に甘えますのは、これ同じ行動原理から導き出された同様の行為——捕食行動の一環なのでございます。犬が主人に忠実なのも猿が芸を致しますのも同じこと。飼い主の方はと申しますってえと、とかく人情を持ち込みがちなのでございますが、人情と申しますのは人の情けと書くものでございます。獣情という言葉はないのでございます。

人の理屈で人の愛情を押しつけますのは、けものにしてみれば本来は迷惑な話。撫で回してチュウをして高い高いをした後に、わんわんくうんと甘えて来たら餌をやる——となりますてえと、これ要するに食物を得るための手続きが増えているというだけのこと。もちろんけものは餌が欲しい訳ですから環境に応じて何でもやりますが、人が人に対して感じるような愛情をけものが持っている訳ではございません。

けものを擬人化して溺愛致しますのは、人間様の身勝手な独り相撲といったところでございましょうな。

そうは申しましても、けものに人の理屈が伝わりませんように、けものの理屈も人には理解出来るものではございません。どうしたって、人は人の物差しで量《はか》ってしまうものでございます。ただけものの方は、どう解釈されようと、そう不都合はございません。それでもギブアンドテイクの関係は成立しておりますから、そうそう齟齬《そご》は来《きた》しませんな。結果、コミュニケーションが取れているかのような錯覚を抱くのでございます。

ところがこれが高じますってぇと、けものが人格を持っているかのような錯覚まで抱くようになる訳でございます。行動のパターンが人間の様式で読み解き易いけもの程、この傾向は強いようでございます。まあ犬猫猿——というところでございましょうか。

中でも猫は犬などと違いまして、行動が人間的様式で解釈し易い反面、どうしても人に慣れぬところを持っております。猫をお飼いになっているお方ならお解りでしょうが——猫というものは何か考えているような顔や仕草をするもの。

犬は忠義従順、猫は勝手気儘《きまま》と謂われます。犬は家畜でございますが、猫はあくまで禽獣《きんじゅう》の類《たぐい》。猫と申しますのは恰《あたか》も人格を持っていそうな外見であるにも拘《かかわ》らず、人と馴れ合わぬところを残しておるものなのでございますな。

それに、猫は犬と違いまして座敷も屋外も自由に行き来して暮しますな。家の外に猫の社会を持っております。犬の場合、座敷犬は座敷だけ、外犬は家にはあがりません。猫はそんなこたァ気にしません。長く生きれば知恵もつきますし、町中で暮すことに適応しても参りますから、戸のひとつも開けましょうし、行燈の油を嘗めたりも致しましょう。

いっそう仕草も妖しくなって参ります。

その辺りが化けると謂われる所以《ゆえん》でございましょうな。しかし、繰り返しますが、猫自身は踊ったり喋ったりは致しません。年老いた猫の仕草を見まして、化けてんじゃねえかと人が思うだけでございます。人がそう思った瞬間、猫とは別に、想念の世界に化け猫という概念が結実する訳でございます。それがこの三毛姐さんなのでございます。

「本来——猫股と申すのは雄猫なのだがな——」

達磨が申します。

「——鴨長明《かものちょうめい》も、老いたる猫間《ねこま》、野良に住むなどは人の子を奪い、人の妻を拐《かどわか》すむくつけきものであると『四季物語』に記しておる。『和漢三才図会《わかんさんさいずえ》』にも、凡《およ》そ十数余年の老雄猫は化けて禍《わざわい》を為《な》すと記されておる」

「ははあ」

「それに『和漢三才図会』には純黄赤毛の雄、『本朝食鑑《ほんちょうしょっかん》』には純黄毛、純黒毛が化けるのだ——とも書かれておるしな。しかし、化け猫遊女の読み本などが流行《はや》った所為《せい》で、最近ではすっかり雌だな」

三毛、そこでにゃあおう、と色っぽい声を出します。

「ははあ、猫騒動とかですね。何となく知っています。おみそれ致しました」

「この三毛殿は、この家に棲みつく齢《よわい》二十年という古猫だ。猫の齢では百歳を優に越えておるのだが——」

「じゃあ婆さまで」

ふうッと三毛は怒ります。

小僧また後ずさりますな。

「失礼な小僧だね。慥《たし》かにけものとしちゃァ年寄りサ。しかしこのあたいのどこが婆だというんだい――」

三毛は艶めかしい肢体をくねらせますな。

「――妖怪に齢《とし》があるかい。お前はずっと小僧だし、達磨の旦那は最初から爺ィだ。あたいはずっと妙齢の姐さんさァね」

「も、もう一回おみそれしました」

小僧は大頭を下げます。

「まあ、妖怪《おばけ》同士でもあるし、愚僧も三毛殿も、この世に実体を持っておるモノでもあるからな。ま、古い馴染みじゃな――」

片や張り子、片や老猫でございます。

「――ただ、この三毛殿は己の意志では移動出来ぬのだ。移動するのはすべて本体であるその猫である。化け猫である三毛殿の行動は、一から十までその猫に規定されておるのだ」

「なる程」

猫本体は勝手に暮しているだけでございます。その仕草を人間が見て、それで化け猫を想起する訳でございますな。

ここでも、妖怪である化け猫には己の意志の下に行動する自由が許されていないのでございます。

「だから——まあ、戸は開けてくれるのだがな、開けるのはあくまで猫。愚僧と雖《いえど》も猫を自由には出来んわい。でもな——まああの狸どもが部屋を出て行ったから、そろそろ入って来るのじゃないかと、そう思うてな」

「はあ」

この猫はあの田村という侍に懐《なつ》かないのだ——と達磨は申しました。

「まあ、懐くというような齢でもないのだが——ここは元々その猫の塒《ねぐら》。そこにあの生臭い侍が転がり込んで来たのだから、こりゃあ仕方がない」

「ほんに、いけ好かない野郎だよゥ」

三毛は鼻の上に皺を寄せます。

「吐き気がするよ。あのクソ狸」

「狸——お嫌いですか」

小僧、思わず顔を隠します。何しろ今の小僧は悪戯《いたずら》描きの狸面《づら》なのでございます。

嫌いサ、大ッ嫌いサと、吐き捨てるように三毛は申します。

「うむ——猫自身も侍に懐かないのだが、この三毛殿も狸が大嫌いでな。まあ、あの七百二番というのはそれ程悪い奴でもないのだが——三毛殿は、狸一族全体に反感を持っておる。三毛殿と愚僧とは、取り敢《あ》えず反狸で意気投合しておるのだ」

「反狸？」

妙な言葉でございます。

偉そうに――三毛が申します。

「何が狸一族だい。そもそも狸なんてのは間抜けなけものじゃないかえ。その間抜けが、いっぱしの妖怪になれたのは誰のお蔭だと思っているのサ」

「誰のお蔭なんで？」

「あたいら猫一族サ。あいつら狸は、あたいらの築き上げて来た歴史を盗みやがったのさ」

「歴史を盗んだ？」

小僧、縁どられた目玉を円《まる》くして、更に白黒させます。益々以《もっ》てパンダ面《づら》。

「そんなもの盗めるのですか？」

盗めるサ――と三毛は申しまして、しなを作って横座り致します。どう見ても仇《あだ》っぽい女性の仕草でございますな。

「ど、どのような仕組みになっているのですか？」

「勘違《かんちが》い――じゃな」

達磨が答えます。

「よく解りませんよう。先生の話はいつも唐突《とうとつ》で、そのうえ手前にはちょっと難し過ぎます」

「お前なんかが簡単に解るような話をする方が難しいわい。良いか小僧、先程愚僧はこう申したな。場合によっては我ら妖怪は、なかったことにされてしまうこともある――と」

「おっかない話でございますねえ」

「怖いな。遡《さかのぼ》って我々の歴史は消されてしまう——我々自体ももちろん居なかったことになるということだな」

「怖いですねえ」

「そうだ。そこで小僧、こういう場合はどうだろう。何か別のモノが、我々妖怪の代わりに怪異説明、怪異解釈の表舞台に台頭して来る——と、いうことはあろう」

「それは新手《あらて》妖怪じゃないので？」

「妖怪じゃないのだ。我らが絶えた後に出て来るモノかもしれぬしな。いずれ別物だ。それがな、我らの昔を乗っ取ってしまう——そうしたことはあり得るだろう」

小僧、首を傾《かし》げます。

達磨の申しますのはこういうことでございます。

例えば——宇宙人。

宇宙人と申しますのも、これまた妙な言葉でございますな。この宇宙空間に存在している人間という意味なら、我々地球人以外にあり得ません。我々以外のモノは、命があろうと知性があろうと人ではないのではございますまいか。

地球外知的生命体、と呼ぶ方が、まあ正確ではございましょう。これには色々なタイプがおりますな。いいえ、実際にどこそこに居るという訳ではございませんから、色々なタイプが想像されていると申し上げるのが正しいでしょうな。

その昔はタコのような姿の火星人と申しますのがポピュラーな形でございましたが、昨今はまあ、そうでもないようでございます。最近素人衆《しろうと》にも有名なのが、グレイタイプと呼ばれますものでございますな。これは知的生命体自体ではなく、知的生命体が作り出しました疑似生命であるなどとも謂われておるようですが、どうせ嘘でございましょうし、もしそうであっても素人目には同じことでございます。

子供程の大きさで体毛がなく、つるりとした質感の皮膚を持ち、大きな頭と大きな目、やけに長い二肢を持っていると、まあ大まかなところはそう謂う形なのだそうでございます。映画やらテレビやらコミックやらでも、概《おおむ》ねこのあたりのイメージで統一されているようでございます。

これが——河童《かっぱ》なんじゃないかという説が流布《るふ》したことがございます。

まあ、似てはおります。

共通点もございましょう。

幸いにも定着こそ致しませんでしたが、この手の珍説はわりとありがちな言説でもございまして、河童宇宙人説のようなモノはそちこちに根強く残っておりますようで——。

こうした説がもし、一般的に認知されてしまったと致しましたら、いったいどうなりましょうか。

カッパがグレイでも別に困らないと？

まあ困りはしませんな。しかし、カッパカッパと侮《あなど》るなかれ。

河童は現在でも大層人気のあるキャラクターでございます。水がらみ、エコがらみ辺りですと、いまだにカッパデザインが採用され続けておりますから、まあ息の長いキャラでございましょうな。

それもそのはず、河童は特殊撮影映画の怪獣やアニメーションのモンスターなんかと違いまして、どなた様か一個人が考え出したキャラクターではございません。気が遠くなる程に長い期間、不特定多数の人々の厳しい審査を幾度も幾度も受けまして、それに次々とパスし続けた強者《つわもの》妖怪なのでございます。いわば国民の同意の下に成立したお化け、民意を得て出来上がったキャラでございます。

河童が河童として完成致しますまでには、それはそれは長い長い歴史の積み重ねがあるのでございますな。当然、信仰や、習俗や、環境や、文化や制度とも無関係なものではございません。異なった地域の異なった文化や宗教や政治や歴史が交錯し、多くの人間の想念や妄念が錯綜し、累積し、整理され、統廃合を繰り返した結果があのカッパちゃんなのでございます。我が国の精神文化の一端を担う、まさに国民的キャラクターと申せましょうな。

水神様はもちろんのこと、御霊《ごりょう》や疫神《えきじん》、それに連なる祇園《ぎおん》信仰、職人に渡来人、水の民に山の民、亀に蛙に川獺《かわうそ》に猿、果ては登録商標から愛くるしいマスコットまでカバーするに至る河童の歴史は、到底一言二言で語れるものではございません。

それらの来歴がそっくり——グレイなる珍奇な新参者に乗っ取られてしまう訳でございますな。

地球外生命体が存在するのかどうか、それがこの地球にやって来ているのかどうか、そんなことは存じませんし、また関係のないことでございます。どうであれ、グレイは河童の出来上がって参りました文脈とまったく無関係なところから生まれて来たモノではございましょう。

その赤の他人にそうした来歴をまるごと預けることになる訳でございます。

これで、例えば河童そっくりの新種の動物が捕獲されたと致しましょうか。それはまるで問題ないのでございますな。捕まったと申しますならそれは動物なのでしょうから、これは鼈《すっぽん》やら蛙と同じでございます。河童の正体がひとつ増えたというだけのこと。その新生物の名前が河童の長い歴史の中に書き加えられるだけのことでございまして、この場合、河童側は痛くも痒《かゆ》くもございません。

しかし。

グレイは捕獲されておりません。おまけに幻獣――UMAでもございません。現段階でグレイは、単なる情報でしかないのでございます。一方河童も情報として存在しております。そこが問題でございまして――。

情報は結合致します。

互換性を持っております。改竄《かいざん》も捏造《ねつぞう》も、これ自由自在なのでございます。

長い紆余《うよ》曲折《きよくせつ》の歴史の果てに、漸《ようや》くキャラクターとして確立致しました河童が、最後の最後に訳の解らない舶来の宇宙野郎にその苦労の軌跡を横取りされてしまう――そういうことは十分にあり得ることなのでございますな。

まるで額に汗して搗《つ》き上げた天下餅を座ったままの家康に喰われた秀吉のようなものでございます。まあ、私ども人間にはどうでも良いことでしょうが、河童にしてみれば釈然と致しませんでしょうな。これなら鳴屋《やなり》とラップ音の関係のように、成り代わる際に来歴を一切捨てられてしまった方がまだマシ、というものでございましょうか。

「まあ、そういうことが妖怪同士で起きたと思えば良いのだ――」

達磨はそう申しました。

「すると猫の――いや、お猫様がたの歴史の上に、狸が乗っかったと？」

まあそうだなァ――と達磨は申します。

「ただ、そうしたことは妖怪同士では実はよく起きていることなのだ。河童だってそうなんだぞ。河童というのは元々江戸の方言だ。地域限定だ」

どうやら河童という呼称はその昔、東京ローカルだったようで。

「それが今では結構どこでも通じよう。全国制覇しよったのだな。河童は水虎《すいこ》、川虎《かわこ》――川太郎だの、甲羅《ごうら》だの河伯《かはく》だの兵主部《ひょうすべ》だのという連中を、少なくとも名前の上では淘汰しよったのだ。しかしな、連中の場合は、寧《むし》ろ歴史を共有して派閥を広げ、一大勢力を築き上げたと考えた方がいいような感じなのだがな」

提携あるいは合併した――ということでございましょうか。合併後、社名として一番通りの良い河童が冠に採用されたと考えるべきなのでございましょうか。するとグレイあたりは、その巨大合弁会社を買収にかかった海外資本――ということにでもなりましょうか。

「ま、河童は現在、水怪《すいかい》の頂点ではあるが、裏を返せば総称でしかない訳でな、河童に歴史を盗られたと兵主部が怒る——というような悶着は、今のところない。あの連中はどいつもこいつも元から親類だしな。それに元々この世に実体を持たぬ連中ばかりだ。影は沢山持っておるがな。だから名前が変わったとか歴史を盗られたとかいうより、精々《せいぜい》呼び方が増えた、二つ名がついたくらいの感覚だろうな。だが——」

達磨はそこで三毛を見まして、それからその下で寝ております老猫に視線を投じます。

「ほれ。猫一族はこの世に実体を持っておる」

にゃあおう、と三毛は申します。

「猫はどうしたって猫なのだ。猫と狸が提携することはない。合併もせぬわい。もう一段上に化けると話は別だがな」

「一段上？」

「例えば猫が魍魎《もうりょう》になる、次に狸がその位置を奪う、魍魎の名の下に猫と狸は統合する——こうしたことはあり得る。それだと魍魎の正体として猫と狸は並列し、その歴史を一部分共有する——ということになる。まあ、実際には起こらなかったのだが」

気色悪いこと言わないでおくれよォと三毛は申します。

「あのクソムジナどもはどいつもこいつも品がなくて卑しいからサぁ。格式のあるモノには接続出来ないのさね」

「し、しかしさっきの人は、か、神様だと」

「成り上がりサ。お狐さんの真似っこだよ。そのお狐さんとだって、張り合える身分じゃないサね。奴らァあれだけ対抗意識を燃やしてサ、化け合い競い合って来たけどサ、お稲荷さんの大看板は取れやしなかっただろう。お稲荷さんの眷族《けんぞく》にゃなれなかったじゃないか」

三毛、ぷうと頬を膨らませます。

「あんな下品な連中と親戚になるなんざ身の毛が弥立《よだ》つよ。魍魎なんて偉いお方の前じゃ、タヌ公なんざ縮み上がっちまうに決まってるのさ」

「も、魍魎様というのは」

「あたいらの親戚だよ。魍魎様は、火車《かしゃ》や川獺や河童一族とも通じる、斯界《しかい》の大物なのさ。何しろ大陸のお方だからね」

「ひゃあ、海の向こうのお方で」

小僧、大いに驚きますが、達磨はそれを冷ややかに見つめます。

「あのな、こう見えて愚僧も印度《インド》渡りの妖怪ということになるんだけどな。まあお前は生粋《きっすい》の日本妖怪だからなァ。驚くのも仕方がないが、とにかく、今の狸一族の隆盛も、元を辿《たど》れば猫一族のお蔭——とこう言いたいのであろう。そうだな、お三毛殿」

「そうだよォ。それが、今度は妖怪の総称にまで上り詰めようとしてやがる。何だい。盗人《ぬすっと》猛々《たけだけ》しいとはこのことじゃないか。ウサギにさえ負けちまったうすのろのムジナの癖にサ」

「あのう」

小僧、三毛におずおずと話しかけます。

「ムジナとタヌキと、どう違うのでございましょう」

「同じだよ。あいつらはみィんな、元はムジナなのさ。田舎者の、お間抜け妖怪だよ。火ィつけられて、汁にでもされるのがお似合いじゃないかえ。そうだろ、達磨先生」

過激じゃのう、と達磨は申します。

「貉《むじな》というのは、まあ狸のことじゃ。どこも違わん。だが狸どもの多くは自分達の旧型が貉だと思うておるようだがな。西の狸連中は、まず自分で貉とは名乗らないな。位が低いと思うとる。だから上方《かみがた》なんかでは貉と言っても通じぬ。まあ、関東以北ではまだ貉で通るし、山奥なんかでな、ひっそりと貉を名乗っている連中は今でもおるんだがな。その所為《せい》か、今は狸とは別モノのように思われておる節《ふし》もあるな。そもそも別物が混同したのだと思われてもおる。それから猯《まみ》だとか何だとか、狸にも眷族は沢山おるのだが、狸どもはどれも狸の一種だと思うておるようだ。全部狸だ。狸至上主義なのだな」

「はあ」

「しかしなあ、小僧。この獣偏に里と書く狸という字。これが曲者《くせもの》なんだ。こりゃ元々大陸ではリィと読んでな、山猫のことだ」

「山猫？」

小僧、パンダ面の目を一層円く致します。

「や、山猫って申しますものは、その、大きなお猫様でございますか？　そ、その山のように大きい――」

「この馬鹿――」

達磨は軽蔑の言葉をぶつけます。

「山猫というのは野生の猫のことだ」

「や、野生――野良じゃなくて」

「山に居る――虎の親戚のようなものだ。これはな、よく化ける。屍体を盗み火の車に載せて運び去る火車という妖怪が居《お》るが、この火の車を引っ張っているのが山猫だ。ただ、この牽《ひ》き役はな、先程の魍魎にも割り当てられておる――」

魍魎と山猫は同僚ということでございますな。

「――そこで、まあ魍魎は猫一族の親類になった。魍魎というのはな、これ水の怪でもあってな、そのお蔭で山猫も水の怪に近しくなってしまった。河童の親類に水虎というのが居るであろう。あれ、水の虎と書くが、これも元は山猫だな。猫一族は河童の先祖にもあたる訳だ」

そうよゥ、と三毛は誇らしげに申しまして、それからつるりと顔を洗います。

「あたいらはね、隠れた名門なのさ。今でこそお前なんかと一緒のサ、新参の絵草紙《えぞうし》妖怪だと思われてるけども、とんでもない話サね。大陸の猫はねェ、金華《きんか》の猫を始め、よゥく化けるのサ。山猫もね。虎だってあたいらの親類だからねェ。ところが残念なことに、この国には虎も山猫も居なかったンだ」

「い、居なかったので。その頃?」

今も居ないわと達磨が答えます。

「山猫は対馬《つしま》だの琉球《りゅうきゅう》だの、あっちの方には棲息しておるがな、本土にはまず居《お》らぬ。そこでな、この山猫妖怪が遥々《はるばる》海を越えて我が国にいらした際に、だ」

「え？　いらっしゃったので？」

「来たさ。悪いか？」

「だって、この国には居ないって言ったじゃないですか」

「だからさ。居ないのは獣の山猫。いらっしゃったのは妖怪の山猫。愚僧やお前と同じで、居るけど居ない、概念だ」

「ははあ。なるへそ」

「臍《へそ》あるのかよお前。いいか、ここで困ったことが起きたのだな。山猫妖怪は来たけれど、実体である山猫がおらん。伝承を補強するために生きた山猫を輸入する訳にもいかんからな。そこでな、山猫妖怪は、分割してだな」

「民営化ですか」

「違うよ。何だよその妙な合いの手は。あのな、山猫の性質の一部は川獺や河童に割り振られてたんだな。そして山猫を表す狸《リイ》という文字の方は——貉に割り当てられたのだ」

「割り当てというと、子供手当のような」

「その意味不明な合いの手をよせよ。あのな、狸《リイ》ってのは山猫を表す文字なんだから、本来なら〈やまねこ〉という読みを当てるべきであろうよ。ところが山猫が居ないもんだから、狸と書いて、〈たぬき〉と読ませるようになってしまったんだよ」

「あらま。でも、タヌキとお猫様は似てませんよ」

「似てないが、ネコには猫という字があるし、狸《リイ》というのはそもそも山野におって化けるものだからな、町や家におる猫には割り当てられなかったのだ」

「ははあ」

「そこから日本の猫妖怪の受難の歴史は始まるのだ。化けるような、化けないような——猫妖怪はな、江戸の洒脱《しゃだつ》な文化が爛熟《らんじゅく》するまで、居るのだか居ないのだか判らないような、実に不思議な位置におった」

「あたいらは——結局猫岳《ねこだけ》という妄念の山を創ってサ、そこで山猫の霊力を得る修行をするような、そんなまどろっこしい仕掛けを作らなくっちゃならなかったのサ。そうでもしないと妖怪として認めて貰えなかったんだよ。それなのに——」

三毛は大きな眼の虹彩《こうさい》をきゅっと細めます。

「それなのにあのクソムジナどもと来た日には——」

三毛、身を低く取りますな。

「鼬《いたち》だの川獺だの、まあそうした動物は化ける。昔っから化ける。貉も化けた。でもな、それまでは皆、団栗《どんぐり》の背比べだった訳よ。鼬が少々目立ってたくらいでな。しかし貉はな、名家である狸の一文字を名に戴《いただ》いたが故に、あっという間にこの世界でのし上がって来よった。周囲が勘違いしたのだなあ」

「勘違いですか」

「そうだ。山猫の呪力来歴をすっかり戴いて、化け上手になった訳だな」

「名前だけでそんなに違いましょうかな」

「違うだろ。お前だってオカラ小僧だったら、もっとずっとみっともない格好の方が似合っていただろ」

「オカラァ」

小僧、パンダ面を歪《ゆが》ませますな。

「逆にサンマ小僧だったらもう少し動き易いのではないのか」

「はあ。まあサンマは尻尾を持ってればいいんでしょうし、おっことしても崩れるこたァござんせんが。でも少々生臭いような——」

想像したくはございません。

「しかし——今のお前は豆腐を持った狸小僧だ。良かったな」

達磨は皮肉たっぷりに申します。見た目通りの意地悪な性格で——。

「そこでございますよぅ。達磨先生。今、こちらのお猫様からお話を伺いまして、手前はいっそう心苦しくなってしまいましたもの。そんな極悪非道な成り上がりになってしまうのは、いくら馬鹿でも厭《いや》でございます」

「何を言うか。さっきまで狸様は素晴らしい、何にでも化けられるなんて素敵だなあ——などと言っておった癖に。喜んでたのはどこのどいつだ」

それは言わないで——と小僧赤面致しますな。

「馬鹿なんですよう。人の話を聞くとすぐに納得しちゃうんですゥ」

小僧、がっくり下を向きます。その顎《あご》を柔らかい肉球のついた靭《しなやか》な手が摑みます。ぐいと顔を上げさせます。三毛姐さんが覗き込んでおります。

「不細工だねェ。でもこりゃ、雑巾で拭くしかないいんじゃないかい」

「ぞぞぞ、雑巾？」

果たしてそんなことが出来るのでありましょうか——。

「でででも、自分の力じゃ蟻一匹、塵一粒動かせないいんじゃなかったですか？　手前ども妖怪ってのは？」

小僧、大声を出します。

左様——達磨は当たり前のように答えますな。

「愚僧らは感情と理性の狭間《はざま》に現れる概念である。つまり可笑《おか》しい肚立《はらだ》たしいというのと変わりがない。〈可笑しい〉が雑巾を持ったとか〈肚が立った〉が床掃除をしたとか、そんなことは聞いたことがない」

大変思弁的な発想でございますな。そこまで行きますとシュール過ぎまして絵面《えづら》すら思い浮かびません。

「それじゃ、いったいどうやって雑巾を持つんですかぁ。どうやって雑巾絞るんですよぅ？」

どうも語尾がだらしなく伸びておりますな。小僧、少々必死になり始めておるようでございます。漸《ようや》くことの重大さに気がつきましたようで。

いや持ちも絞りもせんのだよ——と達磨は答えます。

「だって持ちも絞りもしないで顔は拭けないですよ。それに——不細工とはいえ、手前のこれは顔でございますから、拭くなら手拭い——せめて布巾とかに出来ませんかねえ」

「手拭いじゃァ駄目サね——」

三毛はそう申しまして、どこからともなく手拭いを取り出《い》だします。

「あッ」

「何を驚いてるのサ。化け猫に手拭いはつきものじゃないか。お前の豆腐とおンなじだよ」

三毛は頭に手拭いをひょいとかけ、その端を口に咥《くわ》えまして、軽く踊るような仕草をしました後に、ちょちょいと小僧の顔を拭きました。

「うひゃあ擽《くすぐ》ったい」

「動くんじゃないよ。それにしても広い顔だねェ。まるでお寺の本堂みたいじゃないか。並んだ小坊主に雑巾がけして貰った方がいいよ」

「酷《ひど》いなあ」

「酷かァないサ。本当のことじゃないか。お前のようなのをでかい面《つら》してやがるというんだろうねェ」

「取れました？」

「全然取れんな」

冷徹な達磨の声。

「もそっと力を入れてくださいよう」

「無駄じゃ」

いっそう冷徹な達磨の声。

「なんか擽ったいだけですよう。力が入ってないなあ」

「煩瑣《うるさ》いねェ。あたいは猫なんだよ。力を入れられる訳がないじゃあないか。昔っから猫は非力なものと決まってるんだ。だから猫の手も借りたいなんていう言葉があるんじゃないか」

「え？　あれは、困った時、猫さんは大層役に立つもんだ——という言葉じゃないので？」

「違うわい。全然役に立たない猫の手ですら借りたくなる程に大変だ、という意味じゃ。困った小僧だのう」

「そんなことより」

ちゃんと拭いてくださいようと小僧懇願致します。

「達磨先生代わってくださいよ。ちっちゃいけど力ありそうじゃないすか」

「愚僧は手拭いは持たない」

「何故ですよう。変な意地張らないでくださいよう。それとも手拭いは持つなって、お祖母《ばあ》さんの遺言か何かなんですか」

「違うわ。あのなあ。持てないんだよ」

「ちびっこいからですか？」

「違うわ。愚僧の道具は払子《ほっす》。これで払ってやろうか？」

「結構です。痒くなりそうで」

「失礼なことを申すな。いいか、そんなものでいくら拭いても無駄なんだ。化け猫の手拭いは踊りの小道具なんだよ。顔を拭くためにあるものじゃないのだ。さっきのように粋《いき》に被って踊るんだ。中々艶《つや》っぽくていいぞ」

三毛はくるりと身を翻《ひるがえ》しまして、前足ひょいと猫招き。

チントンシャン——口三味線《くちじゃみせん》で踊ります。

「踊ってる場合じゃないじゃないですかぁ。手前は困ってるんですよ」

「身から出た錆《さび》じゃないか」

「面目ない」

「良いか、お前が後生大事に持っているその豆腐。それは——なんだ」

「豆腐」

「豆腐は判っておるわ。あのな、お前はよく知っておるだろうが、豆腐というものは普通どうやって売っている」

「とおふぃ、とおふはいかが」

この馬鹿——と言って達磨、ペカリと小僧の脛《すね》を蹴《け》ります。

達磨はチビでございますから痛くも痒《かゆ》くもありません。

「あのな、豆腐というものは普通は水につけておくものだ。乾いてしまうからな。それに、そう何日も保《も》つものではない。そうやって盆に載せて持って歩くなど言語道断」

「ご、言語道断って、そんなことを仰《おつしや》られましても、この豆腐がなくては手前は豆腐小僧でぃられなくなるかもしれないのですよ。この豆腐は——手前が手前である証《あか》し——手前の一部分でございます」

「そうだな。でも——それは豆腐だ」

「まあ——そうですが」

「それは現実に存在する豆腐そのものではないのだ。概念であるお前の盆の上に載っているのはやはり豆腐という概念なのだ。ただ、食べるものであるという肝心の部分が欠落しているのだがな」

「え？」

「喰えないのだろう、それは。それは乾くことも腐ることもなく、永遠に豆腐であり続ける豆腐の概念だ。しかし豆腐というモノは本来喰い物だからな、それは豆腐でありながら、本来の機能を果たせていないことになる」

「へえ」

「三毛殿の手拭いも同じだ。顔は拭けないのだよ」

「うええん」

小僧、べそをかきます。

「お二人は寄ってたかって手前を馬鹿にしているんですかぁ」

「違うわ。お前が勝手に馬鹿なんだよ」

「勝手に！」

「勝手じゃ。最初から無駄だ無駄だと言ってるじゃないか。お前が納得せんのだろうよ。とにかく三毛殿の言う通り、ここは雑巾のところに行くしかあるまいなあ」

「ですから」

達磨は手を翳《かざ》し、解っておる皆まで言うな——と申しました。

「——今説明した通り、愚僧達妖怪の付属品としてある道具は、斯様《かよう》に役に立たない。しかしな——例外はあるのだよ」

「例外——とは？」

「多くの例に外《はず》れるという意味だ」

馬鹿にしております。

「いや、それは承知しておりますよ。その例外と申しますのは、手前ども妖怪にも自由に出来るような物体があるという意味ですか？　それとも顔を拭いたり出来る便利な道具を持った妖怪さんがいらっしゃるという意味で？」

どちらでもないな——と達磨は申します。

「モノの特性そのものが妖怪化した連中も居《お》るということだ」

「解りません」

「簡単に申すとな、モノ自体が化けた妖怪——所謂《いわゆる》〈付喪神《つくもがみ》〉という連中が居るのだ。奴らはな、当然そのモノ自体の特性を備えておる」

「つ、つくも？」

蜘蛛《くも》の仲間ですかと小僧あくまで馬鹿街道まっしぐら。

「よくもそこまでボケられるな。お前、化け物じゃなくボケ物なんじゃないか」

「上手い」

「褒めるな。付喪神というのは、モノだ。しかも古いモノだ。百年近く使われた大層に古いモノという意味だな。本来は九十九髪《つくもがみ》と申して、年老いた人間の女の白髪のことをそう呼んだのだが、これが転じて劫《こう》を経《へ》た古い器物が霊威《れいい》を為すことを指すようになったのだ」

「霊威——ですか」

「解ってないだろ。平たく言えば化けるんだな」

「狸のようにですか」

「違う。狸や狐は他のモノに化けるだろ。それで人間を騙《だま》す訳だわな。連中はな、そんな手妻《てづま》のようなことはせんのだ」

手妻——今でいうマジック奇術の類でございますな。

「じゃあどういう——」

「モノがモノとして主張するのだな。ただ竹に萱《かや》を接《つ》いだものじゃない、俺は竹でも萱でもない箒《ほうき》だ——ただ木を削って組み合わせただけのものじゃない、俺は箪笥《たんす》だ——ただの石じゃない、俺は硯《すずり》だ——」

「はあ」

「それまで、木だの山だの雨だのという天然自然にこそ向けられていた人間どもの畏敬の念がな、技術を伴った道具という、本来人間が使うために創り出したモノにまで向けられるようになって、それで連中は生まれたのだな」

「へえ」

「異なった文化を持った集団同士が関わり合うこと——新しい技術によって現出する数々の事象——それらが生み出した第三の怪異が付喪神なのだ」

「第三？」

「それまでは鬼神やら精霊のようなものと、怨霊しかおらなんだのだ」

「それで第三で」

「連中は——まあ、今でこそあまり流行《はや》らなくなったのだがな、これが中々どうして、大したものなのだ。付喪神の登場というのは我々妖怪の発展と繁栄に大きな貢献をしたのだぞ。先《ま》ず形態が多様化した。道具ごとに違った形を備えておる。それまでの化け物といえば、概《おおむ》ね人間の形か、精々《せいぜい》蛇だの動物だのの形をしていただけだった訳だからな——」

慥《たし》かに——。

達磨が申します通り、古い記録などに現れまする化け物や異形《いぎょう》は、大抵はけだものか人間の形をしております。さもなくばそれらが変形したもの——大きい小さい、部位の数が多い少ない、あるいは異種の複合——でございます。恐ろしげに描かれてはおりますが、デザインはシンプルでございます。

例えば鬼と申しますのは、今でこそ角がございますけれども、古くは必ずしも角があったという訳ではございませんな。現在の鬼のイメージが生成されるまでには、やはり多くの紆余曲折があった訳でございます。

しかし。

ステレオタイプな鬼が完成致します以前から、鬼と呼ばれるモノは居たのでございます。

とは言うものの、角がなければ——鬼は単なる人間の形でございましょう。少なくとも動物型でないことは間違いございませんな。その昔は、躰《からだ》が人間で頭が牛や馬という鬼なんかも居た訳でございますが、それとても人間の形態であることに違いはありません。牛の角に虎の皮の褌《ふんどし》と、動物的なパーツを獲得した現在もなお、基本は人型《ひとがた》を保っている訳でございます。

鬼の原型は、人の姿なのに人でないもの——性質は別にしましても、形態はあくまで人間でございます。

神様もまた然《しか》り。

本来我が国の神は像《かたち》を持ちません。現世に顕現《けんげん》なさいます時は、蛇、烏、牛などなど——動物の姿形を取りますか、さもなくば人間型でございます。

一方で精霊と申しますものもございます。山の精、川の精、動物の精と、何でもございますな。もちろん器物の精もございます。これは——全部人間の形で現れます。馬の精もイワナの精も樹木の精も、人間の姿をとって出て参ります。椅子《いす》の精も箪笥の精も碁石の精も、どれもこれも人間の形で出現致します。

ところが。

付喪神は違いますな。箪笥は箪笥の形、楽器は楽器の形、仏具は仏具の形でございます。手足が生える顔が出来ると、擬人化――獣化もしておりますが、道具の形態的特性は残しております。

付喪神は器物の精ではなく、モノそのものなのでございます。箪笥の精は、あの箪笥にもその箪笥にも等しく宿っております。謂わば世の箪笥全部を引き受けて出て参る訳でございますが、箪笥の付喪神の場合は、古くなったこの箪笥が化けるのでございます。

ですから付喪神と一口に申しましても、その形態はバラエティーに富んでおります。ありとあらゆる道具がモチーフになりますから、妖怪のデザインも飛躍的に多様化した訳でございまして――。

「付喪神はな、何かの事象を説明する訳でも、何かを解釈した結果出て来たものでもない。連中は、何も表していない。体験によって生れたものでもない。伝承もない。古いモノには魂が宿り得るという理屈から出て来たものなのだ。そして絵師がそれを描いたことで――」

愚僧達が生れたのだ――と達磨は申しました。

そう、描かれること――像を得ることが、妖怪の生成に大きく貢献したことは間違いのない事実でございます。付喪神はその斬新で奇妙な形態が絵師の創作意欲を掻き立てたのか、好んで描かれたのでございますな。土佐光信《とさみつのぶ》筆と伝えられます、真珠庵《しんじゆあん》の『百鬼夜行絵巻《ひやっきやこうえまき》』などは有名でございます。

像を与えることは、そもそも存在しないものを現世に呼び込む──見えぬものを見せる行為として捉えることもできましょう。

「──描き分けられることがな、妖怪の個別化に拍車をかけたのだな。それまでは芒洋と一緒くたにされておったものが、鬼と天狗は違うだろうとか、河童と川獺は別物だとかな。形が性質を決定し、性質が来歴を引き込む形になって、我々妖怪は分裂と融合を繰り返し、爆発的に種類を増やすこととなった。もちろん、愚僧やお前も、そうした妖怪絵があったればこそ、こうしてここにおるのだ」

怪異のキャラクター化──妖怪生成の第一歩は、付喪神の生まれた時代──実に室町時代まで遡《さかのぼ》ることが出来る訳でございますな。

話がちょっと横に逸《そ》れたがな、と達磨は申しました。小僧にしてみれば、ちょっとどころではございません。切羽《せっぱ》詰まっておりますな。

「その付喪神さんが──ええと」

既に何の話だか忘れております。

「何でしたっけ」

「だから。道具としての機能を備えた妖怪が居《お》る、ちゅう話じゃや。琴古主《ことふるぬし》はちゃんと琴として鳴るし、蒂《ほうき》神《がみ》は落ち葉を搔き集めるわい。筆は筆、木魚《もくぎょ》は木魚の役目を果たす」

「左様で──」

小僧、大頭を傾けまして、

「あ」

と申しました。

「ぞぞぞ。雑巾妖怪が」

「左様。やっと気がついたのか。鈍いのう。馬鹿だのう。雑巾の付喪神は雑巾の役割を果たすのだ。つまり——顔が拭ける」

待ってくださいようと申しまして、小僧はパンダ面をば歪ませますな。

「ですから布巾とか手拭いとか、少しは綺麗な布で——」

「馬鹿だねェ。本当に。先生から道々馬鹿だ馬鹿だと聞いちゃあいたけど、本当に抜けた小僧だよう」

三毛が申します。

「はあ」

「付喪神ってのは古い道具なンだよ。古くなきゃいけないのさ」

「新しいつくもさんは居ない？」

「居ないよ。正式には百年経たないと化けないのさ。どんなに綺麗な布も、おべべも手拭いも布巾も、とどの詰まりはおしめか雑巾じゃァないか。着物やなんかは古いのもあるけどさ、古い手拭いなんてものは、もう雑巾なンだよ」

「そうですか」

小僧、少々不服でございます。

「まあ、いいですけど。その――雑巾妖怪さんがいらっしゃるのでございますか？」

まだ居《お》るかのう、と不安げに達磨が申しました。さァねえ、と三毛が答えます。

「あれは相当に臭かったからねェ。あの不潔で無精者の浪人が、鼻が曲がり落ちるとか言って
サぁ、それで裏に捨てられたんだよ。もうドロドロに腐ってたしねぇ」

「そそそ、そんなくッさいモノで手前の顔を？」

「そこまでならんと妖怪にはならんのだから仕様があるまい。幸い付喪神の場合は、一度妖怪
的だと判断されてしまえばいちいち感得する人間がおらんでも会える。モノさえあればな」

慥《たし》か捨てられたのは廁《かわや》の裏であったかな――と達磨は三毛に問いますな。そうさ、あのドブ
の処《ところ》さと猫は答えます。

いっそう臭そうでございます。

「さあ、早くせい」

達磨は小僧の裾《すそ》を引きます。

小僧は渋々立ち上がります。歯医者に誘《いざな》われる子供のような具合で。

「さあ行け――」

急《せ》かされて足を踏み出した小僧ではありましたが――。

「ううん」

小僧の歩みがぴたりと止まります。

どよんとした、弛緩《しかん》した表情でございますな。虚《うつ》ろな眼は障子の隙間を見つめております。

敷居の上におりました達磨、振り返りましてその顔を見上げますと、怪訝《けげん》そうに眉《まゆ》をひン曲げます。

「何だ。どうした。そんなに臭い雑巾で顔を拭かれるのが厭《いや》か？　なァに心配要らぬ。そんなちっぽけな鼻なんぞ落ちたって変わりゃせんわい」

「え？　いやあ、そうじゃないんですが」

「じゃあ何だ。ハハァ、お前、まだ狸に未練があるのだな？」

「そうじゃないので」

「嘘を吐《つ》け。美男に化けておなごにモテようとか、木の葉を小判に変えて美味《うま》いものを喰おうとか考えているのじゃないのか？　そんなことが出来る訳はないだろう。狸になるということは、お前自身が居なくなるだけのことだと先程申したであろう」

「それは、じゅ、十分承知しております。手前が考えておりますのはもっと別のことでございまして」

「ほう」

達磨、意外そうな顔を致します。

「お前が物事を考えるとは珍しいな。何を考えておる？」

「へえ。手前、思い出しております」

「何をだ？」

「はあ、それが」

躊躇《ためら》っておりますな。

「はっきりしない小僧じゃのう」

気が短《みじこ》うございますな。達磨さんは面壁九年《めんぺきくねん》と申しますくらいで大層我慢強いはずなのでございますが、小僧相手ではいけません。そもそもこの滑稽達磨、睨《にら》めっこにも負ける程でございますから、堪《こら》え性《しょう》のない達磨のようでございまして――。

「いい加減にせい。愚僧はうじうじしたのは嫌いじゃ」

「すんません。あの、手前は――手前が涌《わ》きました廃屋《はいおく》のことを思い出していたのでございます」

「ほう。で？」

「そこからも――やはり出られませんでしたもので」

「だから？」

「はあ。その時、出るに出られなかった裏の戸の隙間がですね――」

小僧、障子を指差します。

「丁度そのくらいだったと」

「何じゃと？」

達磨、隙間と小僧を交互に見比べます。

「出られないかのう？　いや、そんなことはあるまい。お前は頭こそでかいが、それはあくまで比率の問題。躰は子供の大きさなのであるから――いやあ、大丈夫だろう」

「それが――」

小僧、笠の縁《へり》をつっと撫でます。

「――この笠がですね」

「笠なんか傾ければ平気じゃて。何ならはずしてしまえば良い」

「はあ。それはそうですが」

「まだ何かあるのか」

小僧、ぐいとお盆を突き出します。

「これが――」

ぷるんと豆腐が揺れますな。

「馬鹿。盆など一旦置いて、出てから引き寄せるとかしろ。何とかなる」

「なななななりませんよぅ。もし手前が出られたって――この盆の幅だけ隙間が開いてなくっちゃあ意味がないんです。こればっかりはこう、傾ける訳には参りませんから――」

傾けますと、豆腐が滑《すべ》ります。

慌《あわ》てて戻します。今まで幾度となく危機に晒《さら》されて参りました百戦錬磨《ひゃくせんれんま》の豆腐でございます。こんなところで落としてなるものか――。

廃屋の場合は戸板が外れて立てかけられた状態だった訳でございまして、隙間自体が斜めに開いておりましたから盆も何とか水平に差し出せたのでございますな。ただ、盆を水平に、笠を傾けてという不自然な姿勢が不器用な小僧を苦しめたのでございました。

「あの時は鳴屋《やなり》のおじさんに助けて戴《いただ》いたのですが——」

と——小僧は思い込んでおるのでございますが、要するに都合よく地震が来ただけのことでございますな。

しかし——。

仮令今《たとえ》、地震が起こったと致しましても、この障子はどうにもなりませんでしょうな。外れているどころか少々建付けが悪いくらいで——。

「豆腐など後でどこからでも調達して来れば済むではないか」

「調達——なんか出来ません」

「どうして。たぶん何とでもなると思うがな」

「それは予測でございましょ。他人事《ひとごと》だから言えることですぅ」

頑固《がんこ》じゃのう、達磨困り果てます。

「そうじゃ。こうしよう。先ず、盆をここに置いてお前出ろ。それで、走って雑巾のところに行って、拭いて貰ってだな、急いで帰って来てだな——」

「厭です」

「何で」

「一瞬でも一寸《ちょっと》の間でも一緒です」

「どうして」

「だって」

「盆を置け」

「出来ません」

「ううん」

禅問答ならぬ押し問答。まるで埒《らち》が明きません。

「あのな、愚僧がどれだけ親身になってお前の身を案じておるか、お前には解らんのか。これはな、一刻を争うことなのだ。こうしている間にも、どこの誰がお前の載っている絵草紙を読まないとも限らない。読み飛ばしてしまえばそれまでだが、もしも、もしもその人間がお前のことを夢想したとしたら——そして心中思い描いたお前の姿を眺めて、何だ狸じゃないかよと思ったとしたら——」

「でも——」

小僧、下唇を噛み締めまして、下を向き、やがてそっと後ろを振り返ります。

猫が寝ておりますす。その横には三毛姐さんが、切羽詰まった状況などどこ吹く風と、ぺろりぺろり毛繕《けづくろ》いをなさっておられますな。

「そ、そうだ、簡単じゃないか」

小僧、一気に明るい顔つきになりますな。単純でございます。

「お、お猫様ァ」

「なにサァ」

ねだるような声でございます。

　こちらは天性の猫撫で声でございますな。

「あのう、お開け戴いたこの障子なんでございますが、その、もう少しばっかり開けては貰えませんでしょうか」

「無理よゥ」

　あっさりしております。

「そんな意地悪言わないで」

「女は意地悪なものよォ」

「そんなぁ」

「だってサ。それが道ってものじゃァないか。どうしようもないのサ」

　三毛、再び毛繕いを始めます。お猫さまァと小僧は泣き声を上げますな。

「年端《としは》も行かぬ馬鹿小僧に男女の道は難しゅうございますよぅ。ねえ、お願いですからここを開けて」

　ぽこり、と達磨は小僧の脛《すね》を蹴ります。

「愚か者。その道ではないわ。あの三毛殿はな、妖怪だ。だから自分では何も出来んのだ。戸を開けるのはあの猫であって、三毛殿ではないのだ」

「同じじゃないんですかァ」

「最初に申したではないか。三毛殿の行動は、すべてあそこで寝こけておる猫に縛られておるのだ」

「へ？」

「三毛殿はな、愚僧達以上に不自由なのだぞ。その猫めが東に行けば東、西に行くなら西に行く。猫が移動しなければここを出ることも出来ん」

「へえ」

「三毛殿がその猫本体の呪縛から解き放たれるのはな、あの猫が死んだ時なのだ」

「だってさっきそこの障子を——先生頼みに行ってくれたのじゃ」

「だから。あれは猫が勝手に開けたのだ。いつも侍がいなくなると戻って来よるからな。近くにおらぬか捜しに行ったのだよ。愚僧には三毛殿が見えるから捜し易いのだ」

「それじゃあ」

「だから三毛殿に頼んだところでどうにもならぬのだ」

「で、でも猫が起きれば」

あのねえ坊やァ——と、三毛は申します。

「猫は自分の躰が通り抜けられればそれでもういいの。あんなに大きく開いてるんだから、あれ以上開ける訳ないじゃないサ」

うう、と小僧は唸《うな》ります。

「八方塞がりですよ」

「馬鹿たれ。お前が豆腐を手放せばそれで済むことではないか。この愚僧が、胸を張って断言しておるのだぞ。絶対に——」

大丈夫だッ——と達磨は大声で申しました。

でもねえ、と小僧、あくまで煮え切らない態度を貫く様子。達磨、愈々堪忍袋《いよいよかんにんぶくろ》の緒《お》を緩《ゆる》めまして、背伸びしてぐいと盆の端を攫《つか》みます。

「喝！」

「な、何をされますので」

「何をもかにをもないのだ。言葉で解らぬならこうするまでじゃ。ええい往生際の悪い。この盆を放せ。おい三毛殿、手助けを」

「あらやだ。猫の手でござんすよゥ」

「ああ——まあ構わんわい。じゃあ、そうだこの小僧を擽《くすぐ》るとかしてくれ。目を醒まさせてやるッ」

「酷《ひど》いですよう」

その時。

くいッと小僧の盆を持つ手が下がります。

「あら」

つつつッと床に一直線。

「どうした、遂《つい》に観念したか」

「そ、そうじゃないんですゥ。て、手が勝手に」

ひょい。

今度は両足が一度宙に浮きまして、小僧、ぺたりと尻餅をつきますな。

「こ、これはどうしたことで」

「こうしたことよゥ」

猫撫で声の方を見ますッてェと、三毛姐さん、両手を猫招きの形に致しまして、ひょいひょいと動かしておりますな。

右手をくいッ、と上げます。小僧の顎がくいッ、と上がります。横にぷいッ、と回しますってェと、小僧の顔も横にぷいッ、と向きますな。

あっち向いてホイ状態でございます。

「ああッ、こんな方向向きたくないのにい。顔が勝手に」

「おお！」

達磨が声を上げます。

「これぞ化け猫秘伝の猫操《ねこあやつ》り！」

「ねねね、ねこ操りィ？」

小僧、明後日《あさって》の方向を向きながら、横目で何とか達磨を見ますな。

「そ、そりゃ何のことで？　お、お猫様が手前を操ってるんで？」

「左様。噂《うわさ》には聞いておったが見るのは初めてじゃ。尤《もっと》もこりゃ人間が作った術だがな。猫は魍魎と親類じゃからなぁ。古来から屍体を操ると謂われるのだ。屍体に猫魂《ねこだま》を込めて、自由自在に操るとも謂うな。それが転じたものじゃろうが――」

「そうサ。まさかあたいも本当にこんな術が使えるとは思ってもみなかったけどね。お前、絵草紙かなんか読んだかえ?」

「さ、さて——」

「舞台なんかじゃやるンだよゥ。お前はもう、あたいの操り人形だよゥ」

「ひ、ひいい」

小僧、必死で盆を持ち上げようと致しますが、まったく動きません。反対に空いている自分の手がずんずんと豆腐に迫ります。

「きゃあ、お、お許しを!」

小僧、正真正銘の危機一髪でございます。

その時——でございます。

突然、がらりと障子が開きました。

「おお、タマ、ここにおっただか。捜しただよ!」

物凄くどん臭い声が響きました。

途端に——小僧の躰がふっと軽くなりますな。小僧、慌てて体勢を立て直しまして、豆腐を守ります。

「こら、まァたその蒲団《ふとん》で寝てるだか。毛ェがつくから駄目だって、田村様が言ってたでねェかよ」

声の主は小僧や達磨を踏み越えるようにして、急いで寝ている猫に近づきます。

そんなところにそんなモノがいようとは、もちろんまったく、爪の先程も思ってもおりませんようで――。

みすぼらしい格好でございます。

話し振りからも窺《うかが》えますように、もちろん武士ではございません。小作人か何かのような風体でございます。月代《さかやき》には半端に毛が生えておりまして、継《つ》ぎ接《は》ぎの着物を纏《まと》っております。

三毛姐さん、眼を細めて男を睨《ね》めつけますな。少しばかり厭そうな顔でございます。

おお、ほれタマ、こっちさ来い、と男は申します。

ところが猫は、短い尻尾――もちろん実際の尻尾でございますが――をば、ぱふぱふと振るだけ。

「達磨先生、こ、こちらは――？」

「この男は権太《ごんた》と申してな、この道場の下男だ。尤も雇い主は前の持ち主でな。その道場主が亡くなって、不逞《ふてい》の輩《やから》の巣窟《そうくつ》になって以降は、ただここに住み着いているだけの男――になってしまったようだがな」

「はあ」

「あたいの本体――その猫はサ、元はその道場主の先生の奥方の飼い猫だったンだ。みんな死んじまって、今はこの鈍感不細工な権太が飼っているンだよう。ところがこの権の字と来た日にゃァ――」

にゃあ、と猫が鳴きます。

ほうれタマタマ——と、相変わらずどん臭い声で呼びまして、権太は寝ております猫を抓《つま》み上げます。動作が野卑《やひ》でございまして、抱き上げると申しますより、やはり抓み上げる——でございますな。

「あらやだ」

その途端、三毛姐さん、まるでデスクトップのウインドウを間違って閉じちゃった時のように、しゅるッと猫に吸い込まれてしまいました。

「あらあら」

小僧、呆《あ》っ気《け》に取られます。

「この権太はな、餅を詰めた土瓶が蒲団に包《くる》まっているような鈍感男なのだ」

これはまた——もの凄い比喩でございます。いったいそれはどんな鈍感なのでございましょうか。

鈍感にも程があると達磨は申しました。

「この男、いまだ嘗《かつ》て怖いと思うたことがないのだ。幽霊は疎《おろ》か、その手のものは何ひとつ感じない。こういう人間にとっては、愚僧達は存在しないに等しいのだな。だから猫にとっては飼い主なのだが、三毛殿辺りから見ると迷惑千万よ。この猫を可愛がっておった奥方が亡くなって以降、ここの道場主はこの猫が化けているのではないかと内心で疑っておった訳だ。それで三毛殿は涌いた訳だが、権太の前では消えなァいかん。猫が化けるなど思うておらんのだ」

「はあ、なる程」

「さあ、小僧、そんなことより今のうちに出るのだ。人間は猫と違って部屋を出る時障子を閉めるからな――」

達磨、そう申しまして小僧を再び急かします。

しかし小僧が踏み出そうとするより早く――。

「さあ、早く逃げるだよ！」

権太、そう申しまして、猫をぎゅうと懐に突っ込みますと、走るように部屋を出ますな。

「あわわ」

小僧、大慌て。

がらりと障子が――。

幸い権太はぞんざいな閉め方を致しましたようで、障子は半ば開いておりました。

この小僧、余程に悪運が強いのか、今回も豆腐を温存したままの脱出に成功致したようでございますな。

「おい小僧、後を追え！」

「ど、どうして」

「あの調子では玄関も開けてくれるのではないか！」

「ああ、玄関というものがあったのでございますね」

小僧、慌てて権太の後を追います。

「いいか、タマ――」

権太、懐の猫に話しかけます。

「——ここを出るだ。一緒におらの在所《ざいしょ》に帰るだよ。もうここには居られねえだ。ここの連中はな、前のご主人とは違《ちご》うて、悪《わり》ィ連中だだよ」

「やっぱり悪いのですか？」

小僧、話しかける訳ですが、当然権太には聞こえておりません。

「悪いんだ。また、どこぞの大店《おおだな》に押し込み紛《まが》いの真似するそうだ」

「押し込み？」

「さっき来た、あの妙な上方者《かみがた》の爺《じじ》ィが悪いだよ。あれが侍どもォ焚《た》き付けるだよ。おらァもう、我慢出来ねェからよ、さっき玄関先で盗み聞きした大店の名前を裏のご隠居に書いて貰って、お奉行所に投《な》げ文《ぶみ》して来ただ。だからもうすぐここにお役人が来るかもしンねえ」

鈍感であってもこの権太、悪人ではないようでございますな。

「おらも仲間と疑《うたぐ》られても厭だだが、もしおらが報《しら》せたと判っても、おらの命はきっとねェだよ。猫と雛《いえど》もおめェも危ないど」

猫は別に危なくないようにも思いますが——。

権太、玄関から飛び出します。

小僧も飛び出します。

「おい！　小僧、待て待て」

達磨が後から追いかけて参ります。

「ぞ、雑巾はどうするのだ！」

しかし小僧、もう権太について行くことしか頭にございません。権太は通りを大きく回りまして、裏手に止まっておりました荷車の荷台に飛び乗ったのでございます。

「馬鹿者、何をするか！」

達磨、大声で叫びまするが――もう遅い。猫を懐に突っ込みました権太の横っちょに、大頭の小僧が、ちょこなんと座っておりますな。達磨は慌てて駆け寄りますが、荷台と申しましてもこれ、結構高さがございます。チビ達磨にはとても届かぬ高さですな。

しかし考えてみますれば、小僧の方はそんなところに豆腐を盆から落とさぬように飛び乗ったのでございますから、これはもう一種軽業《かるわざ》の域に達しております。

「おい、馬鹿、早く降りろ」

達磨の呼び声を掻き消すように、権太のどん臭い声が響きます。

「さあ親爺さん、早《はよ》う行ってくれや。お礼は何でもするだでよ――」

解ったベエ、などと権太に輪をかけた田舎臭い返事が返って参ります。

達磨が屈《かが》んで見ますってぇと、荷車の先ににょっきりと脚が。

妖怪ではございません。要するに荷車の前には馬が居《お》るのでございます。つまり馬車だった訳でございますな。

ハイヨー――と、当時の馬子《まご》が言う訳はございません。

けれども、それでもそういう意味の、それなりのかけ声をかけますな。

馬言葉というものがございます。これは現在でも残っております。ハイハイ、ドウドウ、というやつでございますな。

これは諸説あるようでございますけれど、早《はや》し早し、疾《と》う疾うが語源ではないかなどと申します。些《いささ》か出来過ぎているような気も致します。一方でシイシイというのもございまして、これは止《し》い止いではないかと謂われておりますな。この場合ドウドウは動《ど》う動うということになりましょうか。そうしますとハイは接頭語で、ハイシイは止まれ、ハイドウは動けということになりまして、大層すっきり致します。

ただ、これはいっそう出来過ぎの感が強うございますな。子供さんなどが親御さんをお馬さんに致します時は、ハイシイ、ハイシイとか、ハイドウ、ハイドウと両方申しますし、童謡の金太郎もハイシドウドウハイドウドウ――と混ざっております。行くのだか止まるのだか。時代や地域で格差がございますようで、それぞれ行けも止まれも混同されておりますから、すっきりとは致しません。

ですから――この場合、権太の乗りました荷車を引く馬を操ります男の素姓《すじょう》というのが先《ま》ず不明なのでございまして――それ故に何と言ったものかは判然と致しません。

それでもポックリポックリと馬は歩み始めます。

走りはしません。

何しろここは大西部の荒野ではございません。はずれとはいえ江戸の町中でございます。これで思いッきり走りますってェと、これは暴れ馬ということになりましょう。

とはいえ――もちろん人よりは速うございます。矮軀《わいく》で短足の滑稽チビ達磨に追いつける訳もございません。

「おい、こぞう、とうふこぞお、雑巾で顔を拭いてから行けえ」

呼べど叫べど詮方《せんかた》なし。

達磨、暫《しばら》くその後ろ姿を睨《にら》んでおりましたが、やがてフっと掻き消えてしまいます。まるで最初から何も居なかったかのように――荒れ道場の門前には静寂が訪れたのでございます。

こうして――豆腐小僧は、遂に江戸を出たのでございます。

その八　豆腐小僧、小僧に会う

さて——荷車の上の小僧でございますが、何やら興奮状態にございます。

何せ景色がどんどん変わりましょう。

当時のことでございますから、何里と行かぬうちに景色はもう田舎。所謂《いわゆる》田舎。ディスイズ田舎。一面の田畑風景でございます。そのうえ、うららかな午後でございますから。これは気持ちが良いに決まっております。

馬は、先程申しました通り、わりにのんびりと進んでおるのでございますけれども、小僧の時速を考えますってェと、これは大変に速《はよ》うございますな。

自分の顔に簡単には消せぬ悪戯《いたずら》描きがあることや、そのお蔭で自分が、延《ひ》いては妖怪全般が危機に陥《おちい》る可能性もあるということを、この小僧すっかり失念しておりますな。

ただ——小僧、大事なことを忘れているような気だけはしているのでございます。どことなく漫《そぞ》ろなのですな。しかしまったく思い出せないようでございます。

それに、こうなってしまった以上、もうどうすることも出来ませんな。

——仕方がないや。

開き直っておりますな。

やがてぽかぽかとした午後の陽気に当てられまして、権太もこっくりこっくりと居眠りを始めます。小僧は妖怪でございますから別に眠くはなりませんようで——ただ、もの珍しい景色にも、もの珍しい速度にもやや飽きて参りましたようで、小僧、権太の見学をし始めます。

下品な顔でございます。

——面白い顔だな。

小僧、自分のことを完全に棚に上げております。面白い顔という意味では負けませんな。と、言いますより、妖怪に顔を貶《けな》されたりしたのではいくら権太と雖《いえど》も立つ瀬がないというものでございまして——。

とは申しますもののこの権太、残念ながらそれもまた已《や》むを得ないというご面相ではあるのでございます。

先《ま》ず鼻の穴が大きゅうございます。ぽかんと開けた口も、その周りの濃い髭剃り跡も、悉《ことごと》く品性がございません。俗に謂《い》う阿呆面というやつでございます。

そのうちこの阿呆面が、ごうごうと鼾《いびき》をかき始めますな。本格的な睡眠に入ったようでございます。ごうごうという鼾に合わせまして、その大きな鼻腔が開いたり閉じたり致します。小僧、ついその運動を見詰めてしまいますな。荷車の上で眠りこける下品な男の鼻の穴に見蕩《みと》れる大頭の妖怪小僧——という、最大限に間抜けな構図が完成致します。

小僧、中々見飽きません。

「何サ」

見蕩れております。

「何観《み》てんのよゥ」

「え！」

吃驚仰天《びっくりぎょうてん》。

まったく以《もっ》てよく驚く小僧でございますな。思わず転げ落ちそうになるのを何とか踏み止《とど》まりまして、小僧、声のした方を目を丸くして見据えます。

権太の胸からにゅう、っと。

「ああ、お猫様かぁ——」

生《は》えておりましたのは粋《いき》で艶《つや》っぽい女化け猫——三毛姐《ねえ》さんでございました。

怪異を感じぬ鈍感男の権太が眠り、なおその懐で本体である古猫が眠ってしまったのでございましょう。それで、にゅうっと現れたのでございましょうな。

「——まったくもゥ。驚かさないでくださいよお猫様ァ。危うく落っこちてしまうところだったじゃございませんか」

「何だか厭《いや》だねエ、その呼び方。姐さんでいいよ姐さんで。それよりお前、何だいその顔は」

「顔——でございますか？　この間抜け面は自前の大顔でございまして」

そうじゃないよゥと三毛は申しますな。

「その眼の周りのみっともない狸印は何だと言ってるンじゃないか。消さなかったのかえ？」

「へ？」

「へじゃァないじゃァないか。お前、それを消すためにあの部屋を出たがってたンじゃないのかい？」

「ああ」

「ああって、何だよゥ。忘れてたんじゃないだろうねェ」

「は。忘れてた訳じゃないんですが、その、思い出せはしなかったと申しますか、ええと気がつかなかったと申しますか」

馬鹿だねェ――三毛は呆《あき》れます。

「心底馬鹿だよ。そういうのを忘れたというんじゃないのかい。それにお前、何だってこの車に乗ってるのさね」

「え？　それはまあ、その、成り行き上どうしようもなかったというか」

「何で」

「はあ。ええと、そうだ。慥《たし》か達磨《だるま》先生があの男の後を追えと、そう言ったものですから」

「そりゃ、一緒に外に出ろということじゃなかったのかい」

「出ましたよ」

「出てどうしたのサ」

「はあ。ただ玄関が」

「だから。あの部屋を出りゃアすぐに廁《かわや》じゃないか。さっさと部屋を出て、庭ァ廻って厠の脇のボロ雑巾で顔を拭いて、それから急いで玄関抜けて門の外に出れば自由になれる——って段取りだろ。そもそも急ぐのは雑巾の顔拭きじゃないかサ。もし、あの道場から出られなかったとしたって困りやしない。顔が拭ければ済むことだったんだろ。ただ出てどうするのサ、ただ出て。それでまた、どうしてこの車に乗ってるのかと尋《き》いてるンだよあたいは」

「はあ。手前はどうやらひとつのことしか頭に入りませんもので。こう、ひとつ聞いたらひとつは忘れ——」

「情けないねえ。そんなに大きな鉢だっていうのにサ」

まったく以て無駄な大頭で——と小僧はおのが頭を叩きます。中の空《す》いた不味《まず》い西瓜《すいか》のような音がしますな。

「あ」

「何があ、だい」

「解った。その前に、手前は妖怪も乗り物にだったら乗れるというような話を先生から聞いていたんだ。それで手前は、乗りたいなァと強く思ってまして。それで、つい」

ついねえ——と言って三毛は権太の胸から抜け出し、荷台の上でウンと伸びを致します。

「はあ、つい。ところでこの荷車はどこへ?」

「困ったねえ。この男の在所《ざいしょ》は三多摩《さんたま》だか見沼《みぬま》だか、ずっと田舎の方だよ。そう都合よく雑巾妖怪《おばけ》が居るとは思えないけどねえ。どうするのサ」

「でも三毛姐さん。お言葉を返すようですが、田舎の人だって雑巾くらい使いましょう？」

「そりゃ使うけどサ。付喪神《つくもがみ》ってのは町のモノなんだよォ。田舎にいるのは精々《せいぜい》農具やら民具の妖怪だし、それも通常《いつも》は出ないそうだよ」

「またァ。そうやって人を脅かそうったって駄目ですよ」

本当サ――三毛は申します。

「田舎にはね、実害を及ぼす連中しか居ないんだよ。そんな古雑巾は、単なるゴミだよ」

「そんなあ」

小僧の煩悶《はんもん》をよそに、ごとごとと荷車は進みます。やがて――陽が傾き始めますな。徐々に薄暮《はくぼ》が迫って参ります。

そうしますうち――ずっとうじうじしておりました小僧が、突如山の方を指差しまして大きな声を上げますな。

「あ――大変だッ」

「何が大変なのサ」

「あれ、あれ見てくださいよ。ありゃ姐さん、火事とかいうものなんじゃないんですか？　火事というのは綺麗で大変なものなんでございましょう？　手前はずっと見たかったのでございますよ」

「火事ィ」

猫、眼を凝《こ》らしますが何も見えませんな。

「どこが火事なのサ」

「ほら。わあ、綺麗だなあ。手前はですね、喧嘩というのは見たんでございますけれど、あれは謂《い》う程綺麗なものじゃございませんね。でも火事は」

「馬鹿」

「何ですよう」

「ありゃお前、お天道様じゃないか」

猫は呆れて申します。小僧が指差しておりましたのは——真っ赤な夕日でございました。

「お、お天道様って——」

「お日様さ。知らないのかい。昼間中空の上に浮かんでるじゃないか」

「そ、それは朝日のことで？」

朝日に就《つ》きましてはいつぞや死に神から教授されまして学習致しております。妖怪の天敵と聞きまして、随分恐れたものでございます。

「朝日ってのは朝のお日様。あれは夕方のだから夕日。今日はもう終わるンだよ」

「今日——とは？」

「一日。いいかい、あのお日様がね、ホラ見てご覧な。沈んで行くだろ」

「おお」

「あれが沈ンじまうと一日は終わりサ。それでまた夜——新しい一日が始まるんだよ」

「夜と申しますのは、その、昏《くら》い時分のことでございますね？」

それは承知しております。思えば、小僧がこの世に涌《わ》いて出ましたのも、丁度昨日の今時分だった訳でございますな。涌いてより、まだ一日しか経っておりません。そうして考えてみますと、何とも波瀾万丈な一日だったのではございますまいか。

「はあ。しかし綺麗なものでございますねえ――」

小僧、今度は夕日に見蕩れております。

まあ、権太の鼻の穴よりは随分マシな絵柄でございますな。僅《わず》かばかりロマンチックでさえありますな。

「ああ、どんどん落ちて行きますよ。あの先には何があるのでございますかね、三毛姐さん」

知らないよそんなこと――と三毛は申します。

「見えることをさ、見えるもののうちだけで考えりゃ、獣は十分生きて行けるからね。見えない先のものなんか知る必要もないことじゃないのかい」

そんなものでございますかねえと小僧は申します。

「慥《たし》かに不自由はございませんが、それにしても不思議なものでございますねえ。あんな光るものが――あんな遠くですから、ありゃあ随分と大きいもんなのでございましょう？　あんなものが浮き上がったり落っこちたり、しかも、あんなに真っ赤になってますよう」

不思議だなあとか申します。

妖怪に不思議がられたのでは太陽も堪《たま》ったものではございませんな。しかし、まあ本来なら人間も、こうしたことこそを不思議だと思うべきなのかもしれませんな。

「あらあら、もう見えなくなった。おや、昏くなって来た」

「お前なんかの出番じゃないか」

「そう――なんですか」

「そうさ。あたいなんかはね、この本体が夜になると動き回るから、出難《にく》いやら出易いやら解らないんだけどさ。お前なんかは――ホラ、こう、淡《うす》ッ昏くなって来てからが活躍時サ。逢魔《おうまが》刻《とき》と謂《い》ってさ。お化けの時間だよ」

「お化けのねえ」

小僧は視線を遠くに泳がせます。

その当時は高い建物などございませんから、今より遥かに見通しが良うございます。遥か遠くまでよっく見渡せたようでございまして――。

「あッ」

「何サ。今度は何が見えたのサ」

「あれ、あれあれ」

小僧の指差す先――。

江戸の方角でございます。

三毛が見ますってえと、遥か遠く、何やら巨大な、真っ黒いドロドロとしたモノが、半ば暗くなった中空にぽっかりと浮かんでおります。獣のような形の、如何《いか》にも邪悪そうな――。

そう。

小僧が墓場で出会いました、あの妖怪でございます。

「あら、邪魅《じゃみ》じゃないかえ」

三毛はそう申しました。

「ジャミ？」

「そうだよ。あれの丁度真下の辺りでね、邪悪なことを考えてる連中が居るんだよ。あの大きさじゃあ——人死にが出るだろうねえ。まったく物騒じゃないか」

「ジャミというんですか？　あのお方は。でも、先達《せんだつ》て手前がですね、そのお逢いしました時には——」

ぱっと散って——粒子状の小さな小さな獣になったのでございます。

「——その、ええと、スダマだったかな？　ああ——魑魅《ちみ》だったかな」

「そりゃあお前、毒気の抜けた邪魅だよゥ。あたい達の大本だ」

「毒気？　大本《おおもと》？　それはどういうことなんで？」

「そうサねえ。お前のような抜け作小僧に解るように語るのは——ちょいと難しいやねェ」

三毛はそう申しましてのろりと躰《からだ》を裏返します。猫とも女ともつかぬ艶《なま》めかしい動作でございますな。

「どうせ馬鹿でございますよ」

小僧、拗《す》ねますな。拗ねたり怒ったりと、涌いたばかりの頃は慌《あわ》てるだけの馬鹿でございましたが、馬鹿は馬鹿なりにバリエーションが出来て参りますな。

そんなでッかい頭で拗ねたって、そう可愛かァ見えないよ——と、三毛は申しますな。

「お前の見たスダマってのは、粉みたいなもんだろ」

「はあ。それは小さなお方でございましたが」

「それが——あたいらの素《もと》だ」

「もと。素とは」

「あたいは達磨先生じゃないから上手《うま》く説明なンか出来ないけどサ」

三毛はうんと伸びます。

「あたいらは——人間が思ったり考えたりすることで生れるだろ」

「へえ。そうだそうですね」

「あたいはよく解ンないけど概念とか観念とか、そういうものなんだろ」

「はあ。そうでござい」

「解ってンのかねェ。それって、笑うとか怒るとか、腹が痛いとか、簪《かんざし》を買うとか、ちょっと多かったとか、苦し紛《まぎ》れとか、いい男とか、要するに何でもいいンだけど、そういうモノと同じな訳だろ」

「うーん」

小僧、神妙な顔を致します。まあ猫でございますから達磨のように小難しいことは申しませんが、その分解り易いかと申しますと、そうでもございませんようで。

「——同じなんでございますか」

「同じなんだよ。あたいらの方が少し複雑で、なのに解り易いってだけなんだそうだよ」

「複雑なのに解り易いんで？」

「だからさ。〈腹が痛い〉ってのはどんな顔だい。解るかい」

三毛流し目で問いますな。

「解りませんよ。そんなモノに顔はないじゃないですか」

「そうだろ。じゃあ、〈足を挫《くじ》く〉って、どんな声を出すね？」

「痛いッ——とか」

「それは足を挫いた時に挫いた奴が出す声じゃァないか。あたいが尋《き》いてるのはそういうことじゃないよ。〈足を挫くっていうこと〉はどんな声を出すかって尋いてるンだよう」

「さ、さっぱり——」

中々高等な質問でございます。

「解らないだろ。でもね、そうだ、〈お産で死んじまった無念〉ってのはどんな声を出すと思う？」

「そりゃだからそんなものは声なんか出さないです」

出すンだよと三毛は申します。

「出すンで？」

「出すのサ。負《お》わりょう、負わりょうと啼《な》くンだよ。しかも〈お産で死んじまった無念〉には顔もあンのさ」

「顔？」

「そう。髪ィ振り乱した苦しそうな女の顔。赤んぼを抱いてね、こう、下半身は血で真っ赤になってンのサ」

「そ、そうなんで？」

「そうサ」

「そ、それはその、お産で死んじゃった人、御本人なんじゃないんですか？　や、死んじゃってるから、ええと、ゆ——幽霊、そうだ幽霊さんなんじゃないんですか？」

違うンだよと猫は言います。

「幽霊ってのはね、死んだ人間自身なんだよ。例えばサ、天神長屋のお豊《とよ》さんがお産で死んだとしな——」

「手前その方は存じませんが」

「喩《たと》えだよ喩え。というか、お前誰なら知っているというのサね。誰も知らないだろう。だからお豊さんにしておきな。で、お豊さんが死んじゃってサ、それで死んだ後にお豊さんがどろどろ化けて出て来たンなら、そりゃお豊さんの幽霊サ。でもね、お豊さんって個人の名前がなくなっちまったら、それはもうお豊さんの幽霊じゃないだろ。幽霊かどうかも怪しいじゃないか。精々《せいぜい》幽霊みたいなモノさね。それで、お産で死んじまった、悔しい——ってところだけが残ってたなら、それはもう、お豊さんたァ関係ない——」

はい——。

幽霊と申しますものは、言うまでもなく死人でございます。しかし、ただ死人と申しますだけではこれ、どうにもこうにもなりません。亡くなっておりましょう。まあ、亡くなってるのに出て来るから幽霊なのでございますが――。

死人がただ蘇《よみがえ》って来たならこりゃゾンビでございます。ゾンビは幽霊ではございません。それはそうだろう――と、どなたも仰《おっしゃ》いますでしょうな。

ではどう違うのでございましょうか。ゾンビはこれ、〈動く屍体〉でございます。幽霊の方は〈霊〉でありましょうから、遺体はなくッても構いませんな。実体はないんだ――と、まあこういうことになりましょうか。

これ、どこがポイントかと申しますと、要するにゾンビは生前の人格を失っているというところでございますな。一方幽霊は、肉体こそ失っておりますものの、生前の人格だけは持っております。幽霊の場合ももちろん像《かたち》は伴う訳でございますが、姿像と申しますのはその方の人格を解り易く象徴するものとしてある訳でございますな。

ここがポイントなのでございましょう。

一般に幽霊と申します場合、どのような条件が重要になるかと申しますなら、この死後の自我保存という点に負うところが大きいようなのでございますな。

霊だとか何だとか申しますと、大層なもののように聞こえますけれども、要するにこれは死んだ後も個人としてのアイデンティティーは残るんだ――残って欲しいんだという、人間の浅ましい願望、執着心の発露に他なりませんでしょうな。

これは当然、平安期に確立致しました怨霊《おんりよう》、あるいは御霊《ごりよう》なんかにその端緒を見て取ることが出来るものなのでございましょうが、近代以降の幽霊は国家に対する祟《たた》り神としての怨霊なんぞとはやや異なったものとして捉えた方が良いようでございます。発想の根幹には、誰が何と言おうと俺は俺だ私は私よという、近代以降の個人主義がございますようで――。

ですから、近代以降の心霊界に幅を利かせております背後霊だの守護霊だのと申しますものも、どれも漠然とした神霊ではございません。十代前の先祖の誰だとか、どちらさまも皆人格を持っております。

天然自然の理《ことわり》に人格を与えますと神様やら精霊やらというものが生じる訳でございますが、幽霊の場合は人格が先んじてある訳でございますな。つまり、幽霊が幽霊たるための条件のうち、最も重要になって参りますのが〈個人であること〉なのでございます。生前の個人情報がどれだけ残っているかということが重要な問題になって参る訳でございます。

お岩さん。

お露さん。

お菊さん。

有名な幽霊の方々は、どなた様も固有名詞が残っておりますな。

お菊さんの登場致します所謂《いわゆる》〈皿屋敷〉怪談などは、これ、全国各地に分布しておりますようで、お菊さんと申します幽霊はこりゃもう何人もいらっしゃいます。どこのお菊さんもまあ皿を割って井戸にじゃぼんでございますな。

これを実話と捉えまするなら、全国のお菊という名前の女性達の間に、皿割ってお手打ちになるブームが巻き起こった——ということになってしまいまするが、もちろんそんなこたァございません。こうした伝承が各地に伝わりますその背景には、様々な事情がある訳でございます。しかし、こうなりますと、井戸から出て来てお皿を数えますあの女性は、果たして何なのか——ということになっても参りましょう。本当にお菊ちゃんは実在したのか、してないのなら幽霊じゃないじゃないかと、疑惑も涌いて来ようというもの。

それでも、あれは幽霊なのでございます。何故なら——彼女はきちんと生前の情報を温存して出て参りますし、お菊という固有名詞を残しているからでございます。

これを妖怪と捉え直しますと、一挙に固有名詞は失われてしまいます。

夜な夜な井戸から出ては皿の数を数えます〈妖怪〉は、これ、お菊ちゃんではございませんで、〈皿数え〉という名前になるのでございますな。

はい。

そこで三毛の話へと戻ります。

産褥《さんじょく》で死んだ天神長屋のお豊さん。

これが死後化けて出た——と致しましょう。これはあくまで〈お豊ちゃんの幽霊〉でございます。お豊ちゃんはどうしたってお豊ちゃんでしかございませんから、産褥で亡くなった他の女性とは無関係でございます。

ところが。

　ここからお豊ちゃんという固有名詞が欠落した——と致しましょう。すると後に残りますのは、産褥で死んだ女という情報だけでございます。これはもう個人の幽霊ではございません。純粋な〈産褥死の無念〉という概念そのもの——妖怪ということでございましょう。

　これを——。

「——ウブメっていうのさ。大物の妖怪さんだよ。人間にとってお産っていうのはね、あたいら猫なんかと違って危険だし大事なこったからさ。ウブメ姐さんは顔役だ。親戚やら係累やらも多い。火車《かしゃ》を通じてあたいとも遠い親戚だしね」

「はあ」

「解ってるのかい」

「へえ」

　怪しいものでございます。

　怪しいねえと三毛も申します。

「い、いや、解りましたよ。手前はその、お産というものがどういうものなのか、その辺がよく解らない——つうのはございますけれど、理屈は解りましてございます」

「そう？」

「はあ。妖怪は名前と像がある分、解り易いけど、それが指し示すものは複雑だと、ま、こういうことで？」

　珍しく聡明じゃないのサと三毛は感心します。

「するってえと姐《ねえ》さん、あの、例えば便所で転んだとか風呂で屁をこいたとか、そういうことも、何ですか、解り易く名前と像があれば、妖怪に」

「馬鹿」

三毛は大きな眼で睨《にら》みます。

「風呂で屁ェこいたのを妖怪にしてどうすんのさね。まあ、居るかもしれないけどね、似たのは。まあ、そういう仕組みを頭に入れて聞きな」

「はあ。今これを入れましたから、前に入ってたものは出ましたが、取り敢えずは入っております」

情けない大頭だよぅと三毛は申します。側《がわ》が大きいだけで容量は僅《わず》かでございますな。ほんに大昔のコンピュータのようなもので、役に立ちません。

「お前が見たスダマってのはね、この世界――ってことなのサ」

「は？」

「だから。ウブメが〈産褥で死んだ無念〉だろ。あたいの場合は〈猫の異様な仕草〉だよ。お前は〈豆腐持った滑稽《こっけい》な小僧〉って――お前の場合はそのまんまだねえ。無意味だねえ。捻《ひね》りがまるでないねえ。まあいいか。で、スダマは〈不可解なるこの世界〉なのさ。〈手を出せぬ天然〉と言ってもいいよ」

「はあ――そりゃまた大層な――」

小僧、またまた吃驚《びっくり》致します。

　自然そのもの——という大きな括《くく》りに人格を与えますってェと、これは神様になってしまいます。しかしその怪《あや》しさ、不可解さに焦点を絞りまして、象徴的に形質を与えますと——これも妖怪になりましょう。この場合は個別の現象を述べておりません。山川草木森羅万象《さんせんそうぼくしんらばんしょう》の怪異を総括致しております。

　スダマ——魑魅《ちみ》でございますな。

　前に話のございました魍魎《もうりょう》と合わせまして魑魅魍魎と申しまするとこれで妖怪全般を表す言葉と相成ります。

「大物さんで——」

「大物っていうか、だからあたいもあんたも——お前の場合は判らないけどさ、まあスダマではあるんだよ。あたいらを作っている素があれなんだ」

「ああ——」

　そう言えば、小僧の手に付着致しましたスダマはそのまま体内に吸収されてしまったのでございます。小僧、それを思い出しまして大いに感動致します。

「ああ、そうだったのかあ」

「何じいんとしてるんだい。だからスダマってのはね——説明しづらいけどさ、言うなればその辺全部スダマなんだよ。特に木や草にゃ、よくくっつくのさ」

　くっつくと言うより涌いて来ると言うのかねえ——と、猫は三角の耳をひくつかせます。

「そう言えば手前が見ました時も——木や草の葉っぱがキラキラ光っておりましたっけ」

小僧は一種幻想的な光景を思い浮かべます。で——。

「そうだ。でもそのキラキラは空から降って来たんだ。いや、それは」

小僧、首を捻《ひね》りまして、元々見ておりました遠くの空に目を遣《や》ります。

「それはあの、怖くてでっかい妖怪様だったんだ！　あの空の上のでっかい妖怪様が細かく分解して、それで降って来たんだ！　あ、あれは——ええと、邪魅様でしたっけ？」

そうそう——三毛は何だか飽きておりますな。欠伸《あくび》をしております。

元来猫と申しますものは執念深い反面、飽きっぽいもので——。

「あれはさ、人間の邪念やら妄念やらがね、こう、凝《こ》り固まったと思えばいいのサ」

「邪念？」

「そう。例えば——人をブッ殺してやろうとか、殴り倒して金盗《と》ろうとか、そういう凶暴な気持ちだよゥ。まあ人間ってのは馬鹿で小狡《こずる》いから、悪いことする時にサ、己のそういう気持ちはね、誰か別の魔物みたいなモノが起こさせてるんだ——と、そう思いたいンだろうね。悪事はそういう邪悪なモノがやらせてる——と」

「本当は自分が好きでやってるだけなのに？」

「好きでというか——まあ好きでやってるのさ。でも、まあ妖怪ってのは皆そうしたもんじゃないか。本来は人間の心の動きやら、捏《こ》ね回した理屈の副産物でしかないンだよ。あたいらには主体性はないんだって——こりゃ達磨先生の受け売りだけどサ」

それは小僧もたっぷり聞かされて来たことでございます。

「だからね、あの邪魅ってェのは人間どもの〈悪い心〉なんだよ。悪い心はあんな像だと思ってるんだ。何だか獣っぽいだろ？　人は卑怯だから残虐なことや道に外《はず》れたことはみんな獣に押しつけるンだ。悪口で畜生とかケダモノとか言うじゃないかサ。獣ってのはただ生きてるだけで、善も悪も優も劣もないってのにサ」

まあ、動物さんには申し訳ない話ですな。

「でも、その邪魅様がどうしてスダマさんになるんでございますか？」

「つつうか、スダマが寄り集まって邪魅になるンだよ。言ったたろ、人間は悪いこと良くないことってのは己の外側にあると思っているのサ。天然自然の悪意、純粋な邪悪の塊《かたまり》みたいなモノがどっかにあると――そう思ってる」

「へえ」

「だからサ――そういう邪念を以て世界を見るってえとサ、本来善悪なんて無関係のはずの世界が、歪んで見えるんだよ。スダマってのはさ、本来良いも悪いもない、そんなこととは関係ない天然そのものなんだけどね、悪意を持った人間どもの濁った眼《まなこ》で見るってェと――」

三毛もまた、大分暗くなって参りました空を見つめます。

「――ほら、あんなに醜悪な化け物に見える――って訳サ」

「はあ――それでは」

小僧は思い出します。

慥《たし》かに。

前回小僧が邪魅を目撃しました際、その邪魅の真下で殺人が行われていたのでございます。

何もないところに善悪の価値を持ち込むこと——それこそが邪魅生成の秘密なのでございましょう。そして負の感情の象徴として選び取られた像こそが、あの恐ろしくも禍々《まがまが》しい妖怪なのでございましょうな。

「すると——ああ、解った。その邪魅様を見ている人間さんが、その、例えば殺し終わっちゃうとか、悪意を失ってしまうと——」

「邪念が消えれば——あんなものはなくなっちまう。元の木阿弥、ただの天然だ。ほら、ごらんよ。きっと——あの下で人が殺されたんだ——」

天空に浮かんだ巨大な獣の輪郭がふっと曖昧《あいまい》になります。

そして、まるで風に飛ばされる粉雪のように——雲散霧消《うんさんむしょう》致しますな。

「あの下で——たった今、悪意が遂げられたのでございますか」

小僧、何とも言えぬ気持ちになりますな。

きっと今——あの遠くの遠くの町の中、あの死に神が、殺された人の最後の意識を看取るために現出致しまして、腹か胸か、はたまた頭の上に乗っているのでございましょう。

きらきらと。

金粉でも撒《ま》き散らすように。

邪魅はスダマに還元致しまして、夕暮れの町に降り注ぎます。

何とまあ不可思議な光景でございましょうか。

細かく暉《かがや》くスダマに見蕩《みと》れておりますうちに、いつの間にやらとっぷりと陽は暮れておりました。到頭、豆腐小僧にとって二度目の夜が訪れたのでございます。

場所も既に武蔵国《むさしのくに》——埼玉県になっております。

やがて大きな茅葺《かやぶ》き屋根の家が見えて参ります。形状からして農家でございましょうな。

「権太ァ」

馬を牽《ひ》いておりました馬子《まご》が気の抜けた声を発します。

「着いたでぇ」

返事はございません。

権太、不細工な鼻の穴を思い切り広げて熟睡中でございます。腹の上の化け猫とその横の妙な小僧があれこれ話し込んでいようとは、夢にも思っておりません。

白河夜舟《しらかわよふね》を通り越しまして前後不覚の大鼾《おおいびき》でございますな。

「何だか随分と田舎臭いところに着いたねェ——」

三毛、すっかり丸くなった瞳を細めて、厭ァな顔を致します。小僧、きょろきょろと辺りを見回しております。既に夜でございますから、はっきりとは見渡せませんな。

「そうでございますか？　手前にはよく判りませんがねぇ。前居たところと、どこがどう違うのでございますか」

大した違いはございません。何もないだけでございます。しかし——どうやら三毛は田舎が嫌いなようでございまして、白地《あからさま》な嫌悪感を表明致しますな。

「違うじゃないか全然。判らないのかねェ。野暮《やぼ》なんだよ野暮。野暮天の臭《にお》いがプンプンしやがる。あたいの肌には合わないねェ」

　そうですかねェ――小僧の方はあくまで淡々と致しております。田舎臭いの何のと言われましても、そもそも小僧には臭《にお》いそのものがどういうものなのか明確には解っておりません。

「何ともはや」

「何を言ってんだい。気楽な狸小僧だよォ。それでも前大将《さきのたいしょう》見越し入道が一子、お江戸の人気妖怪《ばけもの》豆腐小僧かえ？　情けないやねェ。顔に墨塗られてすっかり狸化しちまったんじゃないだろうね」

「そそ、そんな恐ろしい」

「恐ろしいサね。いいかい、狸なんてのは大概は田舎者サね。山出しか、肥臭《こえくさ》い連中だよ。あたいはこれで深川生れの谷中育ちだ。ホラ、先《ま》ず見た目が垢抜けてるだろうサ――」

　三毛、ちょいと形《しな》を作ります。

「どうだい」

「はあ――」

「はあじゃないだろう。何ともはや無粋な男サ。世辞のひとつも言ったらどうだい。女も褒《ほ》められないようじゃ、ろくな妖怪になれやしないよォ」

　三毛、改めて小僧の顔を見ます。

「み、見詰めないでくださいよ」

「ううん。お前はなんだか——ろくなものじゃあないよねェ。怖くもないし怪しくもない」

「何が何だか」

おい権の字ィ——そこで馬子はいっそう気の抜けた声を発しますな。

「権よう」

「ううん？」

権太、右目を薄く開けますな。途端に——三毛姐さん、すいっと権太の懐に消えます。

「ああ——ね、姐さん」

小僧、心細くなって叫びます。

「にゃあお」

代わりに権太の懐からにゅうと出て参りましたのは、化け猫ならぬただの老猫、タマでございます。これでは言葉は通じませんな。

「お、親爺さん、着いたのか。すまんすまん。チョイとうとうとしておったたよ」

うとうと——ではございません。今様《いまよう》に申しますなら爆睡でございます。

権太、のっそりと荷台から降りますな。小僧も後に続きます。

「ほれ、これはお礼だ」

権太は懐から金子《きんす》を出しまして馬子に攫《つか》ませます。馬子、大いに慌てますな。

「あんだ、こんな——大金でねえか。いや、帰りがけのことだでよ。権の字、おめえから施《ほどこ》し受ける謂《いわ》れはねェ」

「いいから受け取れや」

権太はもう一度握らせます。

「遠慮することねえだよ。親爺さんのお蔭でおらァ命拾いだで。こうしておっかねえ場所から逃げ出せたのも、上手《うま》い具合に親爺さんが葱《ねぎ》ィ届けてくれたからだよう。命からがらだ」

苦吹《くど》いようですが——鼾ぐうぐうでございまして、緊張感のかけらもなかったのでございますが——。

馬子は奇妙な顔を致します。

「しかし——権、こりゃお前、だって大金でねえかい。お前まさか、御法に触れるような悪さ仕出かしたんじゃねェだろなあ」

「しただよ」

「し、しただか——」

なら余計に受け取れねえと、馬子は金を突き返します。

「だから、慌《あわ》てるでねえて。よく聞けや親爺。この銭はあの屋敷に出入りしてる悪い奴がくれただよ。口止め料ということだだな」

「口止め？」

「だんまり賃だ。おらァあそこに住んでただで、悪巧みも聞こえて来るだよ。その度《たび》にちゃりんちゃりんと銭っこくれるだね。だから——まあそれで黙ってればおらも悪党の仲間だ。しかしおらは我慢出来なかっただ。そこでお奉行所に投《な》げ文《ぶみ》して逃げて来ただよ」

「ハァ」

馬子には縁のない話。

いつだんまり賃がだんまり刀にならんとも限らんでなと権太は申します。

それじゃあ遠慮なく貰《もら》うべえと馬子は金子を懐に仕舞います。権太の話のどのあたりで納得したのかは察し兼ねます。

「しかし権よ。おめえ、これからどうするだ。この家にゃもう誰も住んでねェぞ。兄貴の金太だって死んじまったし、おッ母さんも続けて逝っちまった。嫁はどこかに逃げちまった」

「だから帰って来ただ」

「おめえ——百姓に戻るだか」

馬子、目を円《まる》く致します。

「あれだけ野良仕事を嫌ってたでねェか。それで家出して、江戸に出たんでねェのか」

おらもう侍は懲《こ》り懲《ご》りだと権太は申します。

「おらァ上石原《かみいしわら》の勝太《かつた》みてえになりたかったんだが、中々上手くはいかねェ」

権太の申します勝太とは武州調布は上石原の郷士宮川久次郎《みやがわきゆうじろう》が一子にして、後に近藤周助《こんどうしゆうすけ》の養子となった人物——そう、かの新撰組《しんせんぐみ》局長、近藤勇《いさみ》のことでございます。この権太、不細工な顔に似合わず野心大望を持っていたようでございますな。

「侍は厭になったか」

ああ厭だと権太は申します。

「ありゃ結局、だんびら振り回して人ぶッ殺すだけのもんだ。口を開ければ尊皇だ佐幕だ攘夷だ開国だと、何を言ってるのか解らねえ」

「おらも解らねェ」

「だべえ」

まあ、この場合は解らない方が悪いという見方もない訳ではございませんでしょうが。所詮、理想と現実の間にはギャップがあるものでございまして——上の方がどうなっていようと、底辺の生活にはそれ程関わりがございませんようで。

「あの道場に出入りしてるお侍だって結局押し込みだだよ。どんな立派な理屈があるか解らねえども、抜き身ひっ提《さ》げて乗り込んで金せびり取るなら押し込みだんべ？」

「押し込みだなあ」

「だろ。おらァどんだけ落魄《おちぶ》れても泥棒にだけはなりたくねェ。人様のものは盗るなというのが死んだ婆さまの遺言だでよ」

遺言は守らねばなあ——と、馬子は感心致します。

「侍にいい人間は居ねえだか」

「おう。まあ、中にはいい人も居るだよ。西村様というお侍様は、ありゃ気さくでいい人だったがな。身分やら家柄やら侍やら百姓やらつうのは関係ねえ、分け隔てのねえ世の中が来るとか、夜明けが来るとか言ってただが——」

権太はそこで黙ります。

――ああ。

あの侍だと小僧は思います。

「どうしただ？」

「たぶん死んだだ？」

死んだァ――馬子は裏返った声を発します。

「病か」

「うんにゃ。きっと殺されただな。あの人はよッく意見してただから。そんだらことはもうやめれって」

「はあ、お侍ってのは意見しただけで殺されるだか」

だから厭んなっただ――権太は下を向きます。

「それでおめえ百姓するだか。いい心掛けだだよ」

馬子は幾度も首を縦に振りますが権太はただ鼻の穴を広げます。

先程から聞いておりますとこの権太、侍は厭だとは言っているものの、農業をやるとはひと言も申しておりません。

「親爺さん、おら――そんでも百姓は肌に合わねえんだ」

「は？」

「他に行くところがねェから取り敢えず帰って来たが――おら、ここで畑作るつもりはねェ」

「だっておめえ、ここで――」

他にやることなんかねえぞと馬子は怪訝《けげん》な顔を致します。当然でございましょう。その当時職種の選択など自由に出来るものではございません。しかし不細工権太、ここで不敵に笑いますな。不敵ではありますが、顔付きが間抜けでございますから、どうにもしまりがございません。馬子の目にはイカレたようにしか見えませんな。

「おめえ、大丈夫か」

「ああ。心配ねえ。おらにはおらの考えがあるでな。まあ、暫《しばら》くここでほとぼり冷ましたらおらは北へ行く」

「北？」

「おう。まあ暫く時間はかかるだろうけんどもな、そのうち親爺さんにもいい思いさせてやっから。待っとってくれや」

権太にっこり致します。

変な顔でございます。馬子はいっそう怪訝な顔を致しまして、まあ頑張れやと言い残し、馬を牽いて夜道に消えたのでございます。

たぶん――。

気味が悪かったのでございましょうな。

しかし権太はまるで意に介しておりません。鼻歌など歌いながら家の戸を抉《こ》じ開けまして屋内に入ります。

――まずい。

ここで戸を閉められてしまいましては、小僧は文字通り締め出しを喰らうことになってしまいます。いくら妖怪でもこんな見知らぬ場所で夜明しは厭でございますから、小僧、まるで猫に追われた鼠のようにするりと権太の脇を抜けまして、屋内に入ります。

真っ暗でございます。

「ああ黴《かび》臭い埃《ほこり》臭い。暫く放っておいたから仕方がねえが――さて蠟燭《ろうそく》はどこにあっただかな。こう暗くっちゃ蒲団《ふとん》もしけねえ。納戸《なんど》かな」

権太、燈《あかり》を求めてのそのそと暗闇を移動致します。

小僧の方はと申しますと、これ、明暗は関係ございません。ちょこまかと権太の後をついて行きますな。

その辺一帯をごそごそとまさぐりましてから、権太やっぱり納戸だと呟《つぶや》きます。

「納戸といえば――死んだ婆さまを思い出すわい。よく怖い話をしてくれただなあ。おらにはチッとも怖くなかっただがなあ」

この権太、鈍感故《ゆえ》の怖いもの知らずなのでございます。幽霊妖怪の類《たぐい》はまったく理解出来ません。たぶん――亡くなったお祖母《ばあ》さんがどれだけ熱弁を振るってもまるで怖がらなかったのでございましょうな。思うに方便お世辞の類とも縁がないようでございますから、怖がる振りすらしなかったと思われます。

語り甲斐のないことで。

「ただ納戸は厭だっただなあ」

独り言でございます。

「粗相《そそう》する度《たんび》に入れられてただからなあ。まあ、ただ我慢すればいいことだから構わなかったがなあ。殴られるよりましだから――」

権太、がらりと納戸の戸を開けますな。ごそごそと探ります。

「この辺だったかなあ。何だか懐かしい臭いがするでねえか。お」

前屈《まえかが》みになった途端に、懐からタマがぬるりと抜け出します。

「おお、吃驚《びっくり》しただ」

「姐さん！」

小僧、三毛姐さんが唯一の知り合いでございますから、慌てて猫を追いかけまして、納戸の中に入ります。しかし、猫は素早いものでございまして、すぐにもぬるりと納戸から抜け出してしまいますな。一方小僧の方はご存知のように間抜けでございますから、もたもたと足踏みを致します。

猫の行方に気がつきましたその時――。

「ああ、あった」

権太、蠟燭を発見致しまして――。

納戸の戸を閉めてしまいました。

「ああッ」

正真正銘の危機一髪。

小僧、必死で戸を叩きますが、もちろん音など致しません。

「だ、出してよう。ここから出してくださァい」

必死で叫びますが、これももちろん誰にも聞こえません。それでも気がつかずに叫ぶところがまあこの小僧のいいところでございまして——。

「うえええん」

ついには泣き出します。

「出られないよう嫌だよう」

「懐かしいのう」

「うええん出してよう」

「お前、どんな悪いことをした」

「うええん。何もしていませんよう」

「何もしないでこんなところに入れられる訳がなかろ。悪さしたに決まっておるわい。ほれ反省せえ」

「わ。悪さなんて——」

——え?

このあたりで漸《ようや》く気づくところも、小僧の良いところでございますな。

「ど——どなた様で」

「どなた様って——お前——あらま、人間じゃないのか。お化けか」

「へえ。一応お化けで」

「なんだ。泣いておるから悪戯《いたずら》小僧かと思うたわい」

暗がりからぬうっと顔が出ます。

かなり――迫力のあるお顔でございますな。皺《しわ》くちゃ白髪の老婆でございます。白髪もほつれておりまます。所謂蓬髪《いわゆるほうはつ》というやつでございます。皺の間にぽっかりと開きました口の中には黄ばんだ歯が二本しかございません。

普通は――驚きますな。

しかし小僧、いつも驚きまくっている癖に、今回ばかりはそれ程驚きません。不意を突かれたというやつでございましょう。驚き忘れたと申しましょうか。

「悪戯小僧ではなく――手前は豆腐小僧でございます」

「トーフ小僧？　聞かないね。どこのお化けだい」

「え、えどで」

「江戸？　江戸ってのはあの江戸かいな。ああ、お前、流行《はや》りのお化けかい。いやあ、初めて見たねえ。それにしても江戸で流行りのお化けが何だってこんな田舎の納戸に放り込まれているんだね」

「それはその――」

成り行きでございます。

「――事情がありまして」

「事情ね。小難しい言葉を使うでねえか。まあ何でもいいけどね、あたしも長い間子供ォ脅かして来たが、妖怪《ばけもん》脅かしたな初めてだわいな」

「はあ。すると、あのう、あなた様はやはり妖怪様で」

「妖怪って言うか——お化けだよお化け」

「違うんで？」

「違わないけどさ。あたしは年寄りだからね、流行りの言葉は嫌いなんだわさ。妖怪なんて洒落《しやれ》た言葉は使いたくないわい」

「はあ——で、あなた様は」

「尋《き》かれる程のこたァねえわさ。見ての通りだ。お化けってのはそのまんまが基本だろ」

「はあ。手前の方も、まあ、そのまんま、見たまんまなんでございますがね。ええと——じゃあ、お婆さんで」

「見りゃ判るだろ」

「で——ええと、怖い顔」

「余計なお世話だよ。顔で言うなら鬼婆には負けるよ」

「じゃあ、その」

「婆ァで納戸に居るんだからさ。あたしは——納戸婆だよ」

決まってるじゃないかえと言って納戸婆は大いに笑います。小僧、笑う妖怪婆ァの面妖な容姿を繁々《しげしげ》と見詰めまして、輪をかけて面妖な狸面で感心致します。

「なる程、納戸に居るお婆さん、納戸の婆ァで納戸婆ァ、ははあ」

「何だよ悪いかい」

「いやあ、納戸に婆ァで納戸婆。うんそうか」

これは馬鹿にしている訳ではございません。本当に感心しております。

「それで、納戸婆ァさんなんでございますかァ。はあ――」

婆ァ、ぴたりと笑うのをやめます。それでも小僧、しきりに婆ァの名を連呼して感心し続けますな。これだけしつこいと馬鹿にしているようにしか聞こえません。

婆ァ、流石《さすが》にむっと致しますな。

慥《たし》かに、納戸に居る婆ァだから納戸婆とは――これ、豆腐小僧同様に何の捻りもないストレートな命名でございますな。芸がございません。とはいうものの、こうした妖怪は別にウケを狙っている訳ではございませんから、仕方がありません。

これは、つくべくしてついた名前なのでございまして、至極《しごく》当然のネーミングなのでございますな。思い起こしますなら、家が鳴るから鳴屋《やなり》、死を司《つかさど》る神だから死に神、雷とともに落っこってくる獣だから雷獣と、どれもそのまんまの名前だった訳でございまして――。

そもそも我らが豆腐小僧からして、豆腐を持った小僧だから豆腐小僧――と、見事にそのまんまなのでございますから、文句の言えた筋合いはございませんでしょうな。

何を感心してるんじゃい――と、納戸婆、やや不機嫌に申します。

いやその別に、と小僧大慌て。

「な、何か、ご、ご機嫌を損ねましたでしょうか」

「そうじゃないけどさ。別にいいよ。でも、それにしたって何だか気に入らないわい」

「お、お気に召しませんか」

「それだよ。その口の利き方。お化けだろ？　お化けがご機嫌を損ねましたかァ、とかお気に召しませんか、なんて言うもんじゃないよ。何だか透《す》かしたものの言い方じゃないかい。童《わらし》はもっと童らしく、お化けはお化けらしくするもんじゃ」

「はあ」

そう言われましても、小僧は困ってしまいます。

「あの」

「あのじゃないんだ。お化けなんてものは元々モウとかガアとかしか鳴かなかったものさ。あたしだって普通は喋《しゃべ》りゃしないよ。黙って出て驚かすだけだもの」

「もう、に、があ？」

そんなものさと婆ァ、枯れ枝のように痩せ細った腕を組みます。

「そうでなきゃ名前を言うんだよ」

「名乗りますか」

「違うよ。こうだ。おーばーけー」

「ひゃあぁ」

聞き慣れた悲鳴でございますな。

「ほうれみい、これで十分じゃい。いいかい、夜に山道歩いてて吃驚《びっくり》したとするわいな。その時、吃驚した人間の耳にぺらぺらと言葉が聞こえてるかいな？　聞こえないわさ。吃驚する方だって、今のお前みたいにわあとかひゃあとかしか言わないだろ」

わあとかひゃあなら小僧の十八番でございます。

「怖《お》ず怖《お》ず出て来て、少々脅かさせて戴《いただ》きますが宜《よろ》しゅうございましょうかなんて断るお化けは居ないんじゃ。お化けってのはいきなりモオッと出るんじゃよ」

「いきなりで」

「いきなりじゃ。いいや、もっと言うならな、お化けが驚かすンじゃない。人間は驚いたのをお化けの所為《せい》にするんじゃ。だからチマチマ喋るお化けなんてものは、その昔は居なかったんじゃ。みんなモオッと鳴いたもんだわい」

「牛みたいでございますね」

「牛のどこが悪いんじゃ。田舎者だと思うて馬鹿にしおって」

「田舎者と申しますと――」

小僧、そこで先程の三毛姐さんの言葉を思い出しますな。

「――田舎臭《くさ》いので？」

何じゃ――と婆ァは妙な顔を致します。

「ええと――野暮の臭《にお》いがぷんぷんとか――」

いい加減にせえと婆ァ、小僧の大頭を小突きます。

「まったく、やってられないよ。そりゃあたしはね、そもそも備中《びっちゅう》やら備前《びぜん》の辺りが本場なんじゃ。向こうじゃ今でもよく出てるわさ。だからって、お前みたいな狸小僧に野暮天呼ばわりされたのじゃ堪《たま》らないわい」

「た――」

狸小僧がショックだったのでございますな。しかし複雑な事情を説明するだけの語彙《ごい》と申しますか甲斐性と申しますか、そうしたものを小僧は持ち合わせません。

申し訳ございませんと、小僧無理矢理頭を下げます。大頭に笠でございますから納戸の中は窮屈でございます。

「まったくやってられないよ。この家は餓鬼《こども》がおらんようになって暫《しばら》く経《た》つし、あたしのことを語る婆さまも死んじまったからね、もう出ることもないかと思うておったのんじゃ。それが珍しくお呼びがかかったから、久し振りに怖がって貰えるかと思って出てみれば――感得した相手が同類じゃあね。しかもこんな間抜け面の」

婆ァ、一層むくれて腕を組みます。

「怖がられたって本領発揮も出来やしないわい。そのうえ――いけ好かない江戸者と来たもんだ。あたしはこれでもまだ現役だからね。他で呼ばれるまで休んでいたいから、早く出て行っておくれ」

「あのう」

「何だよ。早く出て行きなよ。あたしは消えたいんだから」

「ですから」

しつっこいねえ——婆ァ、皺くちゃの顔を更《さら》にくちゃくちゃにします。

「何だよ」

「出られないんで」

「どうして」

「戸が開けられません」

はあ——と婆ァ溜め息を吐《つ》きます。

「そうか、お前——お化けなんじゃないか。そういえばお化けが納戸に入れられることなんかないわいのう。開けられないのか」

「開けられません」

「前代未聞じゃな」

「珍しいですか」

「田舎じゃ聞かないわい。田舎のお化けはそれぞれ出る場所が決まっておるからな。互いに領分荒らしたりはせんし——と、言うより出来んしなァ」

「出来ないのでございますか」

「だって考えてもみな。あたしが雪隠《せっちん》に出たら——雪隠婆ァになってしまうじゃないか」

「なる程！」

小僧、膝を打ちます。

「感心するのをよしな。雪隠に出るのは便所のお化けだろうさ。夜道に出るのは夜道の怪だわい。河童《かっぱ》だ狸だは色んなところをうろちょろするが——こんなところには入って来んぞ」

「入って来ませんか？」

「来ないって。納戸の怪は、どうしたって全部あたしの所為《せい》じゃからな。ここじゃ、何が起きたってあたしの仕業になるんじゃよ」

「なる程！」

小僧再び膝を打ちますな。

馬鹿は馬鹿なりに——大分妖怪の仕組みが解って来たようでございます。

「同じように吃驚《びっくり》しても、納戸で驚けば納戸婆ァさんの仕業に、野原で驚けば野原婆ァさんの仕業になるんで」

野原婆ァなんてお化けは居ないよと婆ァは申します。

「いや、居ないと思うよ。この辺に出る婆ァは小豆磨《あずきと》ぎ婆くらいのものだね。まあ、どうであれ、その通りじゃな」

「それでは——お婆さんはここから出たことがないので？」

「当たり前じゃないかよ。あたしは井戸端にも玄関にも出ないんじゃ。そりゃ別のお化けじゃな。あたしは納戸に出るから納戸婆なんであって、納戸から出てしまえばただの婆ァじゃ。それじゃあお化けじゃないわい」

まさに名は体を表すでございます。妖怪と申しますものは名前そのもの——。

ストレートなネーミングには十分な理由があったのでございます。

「そうか――解りました。手前がこの豆腐を手放さないのと、お婆さんがここから出ないのは同じ理由でございますね？」

「ううん――」

婆ァ、考え込んでしまいます。

「まあ、お前は――慥《たし》かに豆腐を持ってるから豆腐小僧なんじゃろうけどなあ」

「同じでございましょ」

「いや、ちょっぴり違うべえ」

婆ァ、口をもごもごとさせます。

たぶんそんなことはいまだ嘗《かつ》て考えたこともなかったのでございましょう。

「違わないでしょう――」

小僧、珍しく己の頭を使って出しました結論でございますから、やけに主張致しますな。

「手前の存在の証《あか》しは豆腐。お婆さんの存在の証しは納戸。同じでございますよ」

いや、違う――と婆ァは頑《かたく》なに首を横に振ります。

「存在とか何とか、そういう洒落た言葉は解らぬがのう。そうじゃ。お前はその豆腐、手放そうと思えば手放せるのじゃろ？」

「ひッ」

小僧は豆腐を引きます。

過去にも幾度か豆腐を取られそうになった経験があるからでございます。鳴屋も達磨も、小僧と深く関わった妖怪はいずれも豆腐を放せと申したのでございます。

取らぬ取らぬと婆ァは申します。

「安心せい。しかし、それ、手に盆がくっついておる訳でも盆に豆腐がくっついておる訳でもないのじゃろうて」

「くっついてはおりません」

豆腐はしばしば落っこちそうになりますし、盆を持つ手は持ち替えられますから、これは融合している訳ではございません。

「じゃあ――放せるのじゃないか」

「は、放せるかもしれませんが、放した途端に、手前は――消えてしまうのじゃございませんか？　お婆さんが納戸から出たら消えてなくなるように」

「消えるとしても――放すのはお前の意志じゃろ？」

「ええ――まあ」

厭《いや》ですけど、と小僧は口籠《くちご》ります。

そこが違うのじゃと婆ァは説教でもするかのように申します。

「何で？」

「違うだろ。するとお前は――自、分、の、意、志、で、消、え、ら、れ、る、と、い、う、ことになりゃせんか？」

「は」

「お前、消えようと思えば豆腐を放せばいい――ということになろう。そりゃお化けの掟《おきて》破りじゃないのか」

「そうなんで？」

あったり前じゃ、と婆ァ鼻から息を吹き出します。

「いいかい。あたしはこの納戸から出られないのじゃない。納戸に居るからあたしは居る。あたしは、納戸の中の暗がりそのものなのじゃ。出るとか出ないとか、そういう選択はハナッからない。一切の自由意志はないのじゃ」

「そう――らしいですね」

死に神も滑稽《こっけい》達磨も化け猫も、やはり同じようなことを申しておりました。

妖怪には自由意志はないのだ、と。

「不自由で？」

「不自由じゃない。そういうものだ。誰かがこの納戸に入って来て、それで初めてあたしは出るのだし、そいつがここを出て行ったらそこで消える。お前の言葉を借りるなら、誰も居ない状態であたしゃ存在しない」

「は」

「ところが――」

婆ァ、節くれだった指で小僧を指差します。

「お前はどうじゃ。お前は誰に見られてここに居《お》るのじゃ」

「お――お婆さんに」

「あたしはお前が名乗るまでお前なんか知らなかったよ」

「はあ」

「お前は慥《たし》かに豆腐持ってるから豆腐小僧なんだろうさ。でもね、たぶん、お前は、豆腐を手放しても豆腐小僧だよ」

　婆ァ真顔でございます。小僧、少々たじろぎますな。

「そ、そりゃ無茶で。消えなくてもただの小僧じゃ妖怪じゃございません」

「そうじゃないわ。お前は――豆腐を放しても、ただの小僧にはならないんじゃろう。その時お前は、豆腐を持っていない豆腐小僧になるだけなんじゃないか」

「そ、そうでしょうか？」

「そうに決まっておる。まあ、そうして出っぱなしでうろちょろしておるということがそもそも妙な話なんじゃが――いや、それも必ず何か理由があるのじゃろう。でも、いくらお前が新種のお化けだとしたって、お化けである限りは自分の意志で出たり消えたり出来る訳がないのじゃ。自分勝手に消えられるというのはおかしいわ」

「おかしいですかね」

　絶対変じゃと婆ァ力説致します。

「そうですかねェ」

「そもそもお前はどうして涌くのじゃ？　豆腐屋に出るとかそういうのじゃないのじゃろ？」

「違うようでございます。鳴屋さんや達磨先生の話だと——」

「鳴屋？　あの煩瑣《うるさ》いオッサンと知り合いかね」

「ご存知で？」

家は何処《どこ》でも鳴るからなと婆ァは申します。慥かに鳴屋は全国区の妖怪だと、自分でも申しておりましたな。

「手前は——何でも読み本やら黄表《きびょうし》紙やら、そういう絵本に描かれているのだそうでございまして」

今でいうならビジュアル系でございます。

かなり様子は違いますが。

「その絵本を読まれた方が、何らかの拍子に感得するんだとか」

「ややこしいのう」

納戸婆は首を捻ります。

「もそっと素直に出られんのかい。しかしそれなら話は早い」

「どう早いので？」

「誰かがその本だか何だかを読んでじゃな、お前を感得しさえすれば、お前は一瞬のうちにここから掻き消えて、そっちに出なけりゃなるまいよ」

「そうか！　そうなのか。いや、それは気がつきませんでした。つまり江戸だろうが上方《かみがた》だろうがひとッ飛びで移動出来る訳でございますね？」

「移動——つう考え方はよく解らんがのう。ともかくお化けってのは誰か人が感じてくれなくちゃ出られないんだから。誰も感じてくれてないのにお前が納戸になんか涌いているから、出るとか出られないとかいう面倒臭いことになるのじゃよ」

そうか待っていればいいのかと、小僧安心して笑顔を作ります。笑顔と申しますより惚《ほう》けております。

やがて——。

「あッ」

間抜け面がさっと青ざめますな。

一滴の血も流れていないのに血の気が引いて行きます。

「何があッじゃ。どうしたのじゃ」

「そ、それは——マズいのでございます。とってもマズい」

「何でまずいことがあるかいや。本来そういうお化けなんだから何処もまずくないわさ」

「それが——」

小僧、己のでかい面を短い指でつうとなぞります。

「て、手前の顔ッ——」

「馬鹿面かい」

「そ、それは自前なんですが——この隈取《くまど》りと髭と鼻の頭——」

「馬鹿な狸面かい」

「そう！」

小僧、慌てて居住まいを正します。

「その狸でございます。すっかり忘れておりました。この筆描きの狸面は狸一族の陰謀でございまして、この状態で誰かに感得されますと——手前は疎《おろ》か——」

妖怪全般の危機——達磨はそう申しておりましたな。

そう。小僧の馬鹿面をキャンバスとして描かれました滑稽な狸の悪戯描きは、四国八百八狸と芝居者《しばいもん》狸の画策致します妖怪総狸化計画の一端なのでございます。

小僧、そのトリの脳味噌を限界まで酷使致しまして、先程一度諦めましたこれまでの経緯を必死で説明致します。何しろ、ひとつ入れるとひとつ出て行くからっぽの大頭でございますから、解るように説明するのもひと苦労でございますな。一方納戸婆に致しましても、今まではただイイナイイバアと脅かしていただけの朴訥《ぼくとつ》な妖怪でございますから、これまた中々理解するのが難しゅうございます。

しかし流石《さすが》に年の功。やがて婆ァも納得した模様でございます。

「ふうん——」

えらく複雑な顔つきでございますな。元より縦横無尽の皺が顔の造作を掻き回しておりますから、言葉では形容し難《がた》い表情になっております。

「狸ねえ——」

「狸でございますよ」

「そりゃまあ困ったことなのかもしれないわい。そういえば慥《たし》か、ここの裏山の大入道も、あれ——本来はただの見越し入道だったのが——近頃じゃあ狸になっちまったとか——」

「み、見越しィ」

「どうかしたかい」

「それは手前のお、お父ッつぁんで」

「は？　大入道に子供が居たかね。ああ——まあ、居るようなご時世になったのかもしれないね。そのうちあたしにも孫や曾孫が出来るかね」

「そ、そんなことより——その見越し入道——お父ッつぁんは、何ですか、も、もう狸になっちまったんで？」

なってしまったようだねえと、納戸婆、やけにしんみりと申しますな。

「あ、会いたいです」

「会うのは後じゃろ。先《ま》ずはその悪戯描きを消すことじゃろうに。それにあの大入道は、今のお前の話を信じるなら——もうすっかり狸化しちょる。会ってもお前のことは判らぬのではないかな。何しろ、そのお蔭で村はずれに棲《す》まう三太郎狸が大層迷惑してるんだと聞いたぞ」

「迷惑ですか？」

「おう。前にここの家の死んだ婆さんが言っておったわさ。あの大入道は狸なんかじゃないのになあ、と」

「はあ。しかし迷惑とは？」

「だから濡れ衣だわさ。三太郎狸の縄張りは村はずれの竹藪なんだそうじゃ。しかして大入道が出るのは裏の山じゃろ。だから本当は関係ないはずなのに、この辺で狸と言えば三太郎じゃから、大入道が出る度《たび》に、狸じゃ狸が化かしよったんじゃと言われてな、竹藪の三太郎は肩身の狭い思いをしちょると、まあこういう訳じゃ。しかし——それが狸どもの陰謀だったとは気がつかなんだなあ。でも」

「でも？」

「三太郎はその陰謀に荷担《かたん》しておらんじゃろうよ。迷惑しておるそうだから」

「はあ」

「そうか」

「何です」

小僧、婆ァの一挙手一投足にひやひや致します。

「三太郎に頼めばいいわさ。同じ狸ならその悪戯描きを消せるのじゃないか」

納戸婆は皺くちゃの顔を伸ばして小僧を見据えました。

「ほほほ」

「何を笑ってるんじゃ」

「わわわ」

「ちゃんと喋《しゃべ》らんか。小僧」

納戸婆口をへの字に結びます。

「ほほ、本当でございますか——と、先《ま》ず申しましたのです。それから、わわ、笑ってはおりません——と申しましてですね」

もう解ったわいと婆ァは申します。

「狸の術なら狸に解いて貰《もら》うのが一番じゃろうて」

「その三太郎さんという狸は良い狸なのでございますか?」

そういえば、狸も西と東ではまた違うのだというようなことを達磨が言っていたような気もします。

「もちろんあたしはここから出ないんだから会《お》うたことはないわ。じゃがこの家の死んだ婆様の話だと——まあ間抜けでお人好しの、よくある狸だわさ」

「よく——あられますか」

「おうさ。よく居るわい。ボタ餅と見せかけて馬子に馬糞《まぐそ》を喰わせてみたり、温泉と見せかけて庄屋を肥溜《こえだ》めに浸《つ》からせたりな。そういう詮方《せんかた》ないことばかりしよる悪戯狸じゃな」

「ううん」

小僧、腕を組みます。

聞いている限り、別に良いことはしておりませんようで——。

罪がないだろと婆ァは申します。

「それはその、罪ではないので?」

「罪はないわ。だって、しておるのは人じゃもの」

「人で？」

「そりゃ人間の失敗譚じゃないか。言い訳だ言い訳。誤って肥溜めに落ちたり、酔って馬糞喰いかけたりした言い訳じゃい。狸を言い訳に使っておるだけじゃ。くだらない世間話、笑い話じゃよ。そうじゃろ」

「ええまあ」

「だから、その八百八狸か？　そいつらみたいな血腥《ちなまぐさ》い企《くわだ》てはないじゃろが。何しろ世間話じゃからな。それに、まんず酒宴や夜語りで語り種《ぐさ》になるような狸じゃからな。誰かひとりが感得せんでも、三太郎はその辺に行けばいつでもおるようだわい。気楽なものじゃ」

　気楽ってのはいいよなあと小僧、俄《にわ》かに明るい顔を致しますな。小難しいことはさっぱり解りませんから、楽なのが一番と思うております。

「じゃあさっさとその三太郎さんに会おう。お婆さん、どうも有り難う」

「ボケ」

「はあ」

　小僧、ぽかんと致します。今更ボケと言われたところで何と返して良いのやら。婆ァ呆《あき》れますな。

「何がどうも有り難う、じゃ。お前、どうやって行くというんじゃ」

「ああ、場所を知らない」

「そうじゃないわい」

「違いますか」

婆ァ、枯れ枝のような指で蓬髪を掻《か》き毟《むし》りますな。苛々《いらいら》しておりますようで。

「先《ま》ずはここから出ることが先決じゃろうに。戸板一枚開けられなくて、どうやって狸に会うんじゃ」

「ああ」

「ああじゃないよ。お前、そんなでよくもまあこんな遠くまで来たもんじゃねえ。怖いもの知らずというか無鉄砲というか――」

「そうなのだ。こ奴はほんに世話の焼ける小僧なのであァる」

「ひいいッ」

小僧、久し振りの悲鳴でございますな。何に驚いたかと申しますと――いきなり聞き覚えのある声が、己の着物から聞こえた訳でございまして。

「な、何ですか?」

「何ですかではない。何だ。愚僧を置き去りに無謀な暴走をしおって」

「だ、誰ですか?」

「誰ですかじゃない。愚僧だ愚僧」

小僧の着物の柄の達磨が――ぴょんと抜け出しますな。

「だ、達磨先生! どうしてここに」

「申したであろう。愚僧は何処にでも居るのだ。達磨の図像のある限り、西だろうが東だろうが納戸の中だろうが愚僧は居るのだ」

そこで達磨、くるりと踵《きびす》を返しまして納戸婆に挨拶を致します。

「愚僧は滑稽達磨と申す者である。お婆殿、この度はこの豆腐小僧めが、たいそうご迷惑をおかけ致した様子。愚僧に免じて許されよ」

「こりゃまた玩具《おもちゃ》のようなのが出て来たねえ。構わんわい。別に迷惑じゃないわ。それより何だね、お前さん、わざわざ出て来たところを見ると、この戸が開けられるのかい」

「否《いな》」

達磨、大見得《おおみえ》を切って否定致しますな。別段威張ることでもございませんが。

「ただ——愚僧は、もうすぐここは開くということを報《しら》せるために出て来たのである」

小僧、思わず空いた手で達磨を掬《すく》い上げます。

「もうすぐ開く？　本当でございますか先生」

「左様。権太が開ける」

「何故《なにゆえ》そんなことが解るので？」

「権太は今、寝苦しくて困っておる。そのうえ藪蚊《やぶか》が飛び回っておってな。蚊帳はどこだと申しておった。遠からず捜しに来るであろう」

蚊帳ならここにあるわいと納戸婆が指差します。

「一昨昨年《さきおととし》に仕舞《しま》ったままじゃ」

「そうであろう。権太は先程から十五箇所も刺されておるからな。ああ、また刺されたぞ」

「どうして判るので？」

小僧、達磨を顔の真ん前に引き寄せますな。

「適当なことを言ってるのじゃないんですか？」

「こら。暑苦しい狸面をあまり近づけるなよ。まだ解らぬか。愚僧はどこにでも居《お》るのだ。あのな、この家のへっついにも達磨が置いてあるのだ。愚僧はその達磨の目を通じて、権太の様子を見ておるのだ」

「今も？」

「今もだ。因《ちな》みにお前の居た道場の座敷にも、まだ愚僧は居るぞ」

「そっちはどうなっているので？」

「奉行所の手入れがあって大騒ぎじゃな。芝居者狸は狡《ずる》いからさっさとトンズラを決め込んだが、七百二番などは危ないところだったぞ。まああの侍が死んでも、七百二番はどうということはないのだがな。斬り合いになってな、無頼の侍が五人ばかり怪我をした。七百二番と、それから五百十九番というのが逃げ延びてな、余所《よそ》におった仲間と合流して、権太憎しとこちらに向かっておるわ。一両日中にこの場所は割れる。あの権太も、今はのんびりしておるが、危機一髪じゃな」

「はあ。便利ですねえ先生は」

小僧またまた感心致します。

「便利とはなんだ。道具扱いしおって失礼な。愚僧は別にお前なんかどうなったって構わないのだぞ。しかし妖怪界全体のことを思えばこそ、こうして老骨に鞭《むち》打ち、骨を折っているのではないか。と、いう訳で——もうすぐこの戸は開く。そこでお婆殿——」

達磨、小僧の掌《てのひら》の上で向きを変え、再び納戸婆の方を向きます。

「——先程から聞いておったのだが、流石《さすが》は年の功である。お婆殿の語られたは妙案。見事な見解《けんげ》である。さすればこの戸が開き次第、その」

「回りッくどい達磨だね。要するに三太郎狸の居る場所を教えろと言いたいんじゃろが」

ごほん、と達磨、咳払いを致しますな。威厳あるインテリゲンチア妖怪達磨先生も老獪な婆妖怪の前では形なしという訳でございますな。

「ああ——まあ早い話がその通り。村はずれの竹藪とか申しておったが、それは如何《いか》なる方角であろう」

「さあねえ。あんたも聞いてたんなら解ってるじゃろうが、あたしはここから出たことがないんじゃ。北も東も判りゃしないんじゃ」

「うむ」

達磨は小僧をちらと見ますな。

「——それじゃあこの馬鹿と彷徨《さまよ》う以外に方法はないか。心許《こころもと》ないのう」

「先生はどこにでも居るんじゃなかったんですか？　なら」

「馬鹿。屋外に達磨がぽこぽこ置いてあるか。竹藪に達磨なんかないわ」

達磨がそう申しました、その瞬間。

ぞろり、と戸が開きました。

でかい鼻。濃い髭。小僧に負けない間抜け面が覗《のぞ》きますな。但《ただ》しこれは妖怪ではなく、れっきとした人間でございます。

「今じゃッ」

「痒《かゆ》くて痒くて堪《たま》らねえだ。慥《たし》か蚊帳があったと思うただがなあ」

達磨、透《す》かさず小僧の手から飛び降りまして、ちょこまか外へと飛び出します。

「ななな何が」

「今だと言っておるだろうに」

小僧、おろおろ狼狽《うろた》えまして、ただあたふたと致します。完全に本番に弱いタイプでございますな。

「それでどうしろと」

馬鹿、早く出え、と申しまして、納戸婆は小僧をひっぱたきます。

「おう——」

権太、何故《なぜ》か反応致します。

「——いきなり童《わらし》ン時分に床の間にションベンした時、婆さまにひっぱたかれてここにぶち込まれたことを思い出したど。どうした訳だ。この納戸の匂い嗅いだ所為《せい》だだかな。妙なこと思い出すもんだなあ」

これ、権太が婆ァに反応したのではなく、権太が呼び起こしました記憶に因《よ》って婆ァが動いた――と取るべきなのでございましょうか。

いずれにしましても、ここは上手く運びましたようで、達磨に引っ張られ婆ァに叩かれまして、小僧は納戸からの脱出に成功致します。権太はと申しますと、いまだごそごそと納戸を捜索しておりますな。

「ああ、何だか懐かしいものがあンなあ。これはおらが童ン時に着てた着物でねえか。袖《そで》が破れてるな」

「ああそうだよ。そりゃお前が――お前は童の頃からヒドい面だねえ。あたしの方が人間じみてるってのは、問題じゃないのかい。そういえば――」

ああッ、と突如婆ァ、大きな声を出しますな。もちろん権太の耳には聞こえません。しかし小僧には届きます。

「何ですかお婆さん！」

「お前はすぐ忘れるから――そこのチビ達磨、あんたお聞き」

「何か――」

先に立っておりました達磨、小走りに敷居のところまで駆け戻ります。

「よくお聞き。この界隈《かいわい》には袖引き小僧という小僧のお化けが出る。あたしの知る限り、そいつは狸化していないし、夜に限ってじゃが――この村中に出没する」

「ほう。袖引き小僧とな。あれはこの辺りのお化けか」

「そうじゃ。たった今この権太が思い出しおったから——もしや近々現れるかもしれぬ。普通は人間が慌てないと出てこないが、お前さん達と一緒ならば——一度出てしまえば当面は消えぬのであろうが。その者に道を尋《き》け」

「おう。またも妙案。慥《たし》かに、この小僧が感得する形で他の妖怪も持続存在することが可能なようじゃ。流石《さすが》お婆殿——」

「あ。あっただよ蚊帳！」

権太が歓喜の声を上げます。

ほれ、早く行け——と婆ァは申しますな。しかし小僧、思わず婆ァに駆け寄ります。

「お婆さぁん！」

「こら馬鹿、戻ってどうするか。また出られなくなるではないか」

「でも先生、何だか名残惜《なごりお》しくってですね、あのその」

「馬鹿の癖に情に絡んでどうするというのだ馬鹿。妖怪同士で別れが辛《つら》いも寂しいもなかろうが！　ほれ、婆殿の好意を無にする気か馬鹿小僧」

「でも」

権太、蚊帳の埃をバタバタと払い、二三度噎《む》せまして、それからくるりと婆ァに背中を向けます。

途端に——婆ァ、一瞬皺《しわ》くちゃに笑いまして、暗闇にフェードアウト致しますな。

「おばあさあん——」

手を伸ばします小僧の裾《すそ》を、達磨必死で引っ張りまして引き止めます。

婆ァの姿が完全に消えまして——それと同時に、納戸の戸はぴしゃりと閉められます。

「ああ、お婆さん——」

小僧、しんみりと致します。

「おい」

「はあ」

「名残惜しいか」

「何だか——少々」

達磨、非常に不機嫌な面で小僧の狸面を見上げます。

「愚僧を置いてけ堀にした時はまるで悲しそうではなかったよな。お前」

「え？」

「え、じゃないよ。愚僧がこんなに世話を焼いておるのに——」

達磨、腰に手を当てまして口を尖《とが》らせ、空を蹴ったり致します。拗《す》ねておるようでございますな。

「——もうお前なんかの世話を焼くの、よそうかのう」

「あ——だって先生とはこうして会えてるじゃないですかァ。手前は覚えていたんでございますよ。ほら、グソーはどこにも居《お》らぬがどこにでも居るとか、仰《おつしや》ってたじゃないですか」

怪しいものじゃと達磨は申します。

「ひとつ覚えたらひとつ忘れる鳥頭の癖に都合の良いことを吐《ぬ》かしおってからに。あれだけ色々教えてやったのにこの恩知らずが」

拗ねないでくださいよう、小僧は狸面を歪《ゆが》めます。

「大体こうやってどこにでも出て来られるなら、どうしてもっと早く出て来てくれなかったんですか」

「お前の薄情加減を確かめておったのだ馬鹿者。危ない時にはこうやって出て来てやっておるではないか。まあいいわい。それより——袖引き小僧じゃなぁ」

達磨、思案に暮れて家を見渡しますな。

権太は嬉々《きき》として蚊帳を吊っております。

部屋の真ん中には蠟燭が明々《あかあか》と燈《とも》っておりまして、蚊帳越しに権太の影がくにゃくにゃと動きますな。まるで妖怪でございます。達磨からは見えておりませんが、下の方から淡燈《うすあかり》に照らされております間抜け面は、妖怪よりも奇ッ怪に見えております。小僧、その動く影が面白うございまして、暫《しば》し見蕩《みと》れます。何しろ妖怪には影が発生しませんから、妙に見えるのでございましょうな。

蠟燭の横には煎餅《せんべい》蒲団が展《の》べられておりまして、枕元には干物と、徳利《とつくり》と茶碗が置いてあります。権太、生意気に寝酒を嗜《たしな》もうとしていたようでございますな。

「あ」

障子に——何やら怪しい影が映ります。

権太の影ではございません。

そのうち影は異様に大きくなります。要するに影の主が光源に近いのでございますな。

その影が――ぼうっと一瞬、女の姿に変じます。

「ああ、三毛姐さん！」

そう――それは猫股《ねこまた》の三毛でございました。

蠟燭の傍《そば》におりましたのは、つまり三毛の本体でありますところの猫――タマだったのでございます。影のような三毛姐さん、何とも艶《あで》やかな顔でにこりと笑いまして、すぐにふっと消えました。

「ああ！　コラ、何するだよ！」

権太が叫びますな。

とたとたと駆ける音。

察しの良い方はもうお解りでございましょう。

タマが干物を盗んだのでございますな。

「待てこら猫。タマ。折角《せっかく》助けてやったのにこの恩知らずが。それはおらの愉《たの》しみでねェか！」

権太、どすどすと下品な跫《あしおと》を立てまして猫を追いかけます。

「これは好機である。小僧、この機会を逃すな。外に出るのだ」

達磨、まるで采配を振るう武将の如く、さっと払子《ほっす》を振りますな。小僧はあいあいと妙な返事を致しまして権太の後を追いかけます。

権太の方は、そんな妙なモノが背後からついて来るとは努々《ゆめゆめ》思っておりません。不格好な蟹股《がにまた》で、お魚くわえたドラ猫の後を追いかけますな。先《ま》ず廊下に出まして、そのまま縁側から庭を抜け、木戸を開けます。

小僧、するりと木戸を抜けます。

「こら！　タマッ！」

「三毛姐さぁん」

呼べど叫べど返事はございません。と、申しますより、既に影も形もございません。

「あらら。すばしこい猫だだな。恩を仇《あだ》で返しやがってあのドラ猫。田舎に連れて来た途端に元気になっただ」

権太、あっけなく標的の姿を見失いまして、道の真ん中で立ち往生でございますな。

「悔しいだ。ううううう」

唸《うな》っても干物は戻りませんな。

縦《よし》んば戻ったところで所詮は猫の喰い残しな訳でございますから――これは、晩酌の友には相応《ふさわ》しくない代物《しろもの》でございましょう。

「あれはおらが江戸からわざわざ持って来たものだだよ。逃げ完《おお》せた時は是非とも祝いに喰うべえと、愉しみにしてた干物だというに――」

権太、地団駄《じだんだ》を踏んで悔しがりますな。激しく動きましたもので、襤褸《ぼろ》な着物の袖が生け垣に軽く引っ掛かりますな。するってェと――。

何やら黒い小さな影が、生け垣の下からつるりと顔を出しました。

「あ——あれは」

小僧、大声を上げまして指差しますな。そう、その黒い影こそ——。

小僧、狸顔の眼を擦《こす》ります。

「あんれ？」

鈍臭《どんくさ》い声を上げましたのはもちろん権太でございます。

「あにをすっだ」

権太、袖をぐいと引っ張ります。しかし何をするもないもので、生け垣に袖を引っ掛けましたのは権太自身でございます。

こらやめれと引っ張りますが、着物が襤褸でございますから取れません。

黒い影はえへへへへ、と笑います。

「わ、笑ってる！　達磨先生、あいつ笑ってますよゥ」

小僧が声を上げます。やがてびりびりと音を立てて袖が離れます。

「あ。破れてしまっただ。このォ——」

権太、黒い影に向けて拳骨《げんこつ》を振り上げます。小僧、何故《なぜ》かドキドキと致しますな。権太に見えているということは、あの影は実体を持ったモノということ。つまり妖怪ではない——ということになるからでございます。

「こんの、クソ生け垣が」

権太は——何と影ではなく、生け垣の方を叩いたのでございます。

何のことはない、モノに当たっているのでございますな。

「フンとに忌《い》ま忌《い》ましい生け垣だだよ。枯れてしまえばいいだ。おらァ童《わらし》ン時分から、これの所為《せい》で何枚着物破っただか判らねえど」

権太は生け垣を叩きます。

「この出っ張りだ。この枝の出っ張りに袖を引っ掛けるだよ」

黒い影は酷《ひど》く不服そうに生け垣の下からのそりと這《は》い出ますと、権太の面《つら》をやはり不服そうに見上げます。しかし権太は鼻から大量の息を吹き出しまして生け垣に八つ当たりしておりますな。

「ああ。まったく猫だの生け垣だの、寄って集《たか》っておらの門出を台なしにしやがって。こんな生け垣壊しちまおうかの。ああ肚《はら》が立つ」

振り向き様に反対側の袖がもう一度引っ掛かりそうになりますな。流石《さすが》の権太も気がつきましてすっと腕を上げます。

「まァた引っ掛けるところであった。そういえば——死んだ婆様が言っておったがな。夜道で袖ェ引くのは」

黒い影はくい、と権太に顔を寄せますな。

「ええと、客引き——棒引き——ああんと、なんだら小僧——ええ、忘れたべえ。くッだらねえ。そんだらモノは居る訳ねェだよ」

権太ぼやきながら家に引き返しますな。

黒い影はその後ろ姿をただ無為に眺めておりますようで――。

「何だよあいつ――」

呟《つぶや》きますな。

「――あいつ、久し振りに帰って来たかと思ったら、結局こうじゃないかぁ。もう、知らねえや。出かけで引っ込む空《す》きっ腹の屁みたいな扱いは一番肚が立つよ」

黒い影は権太同様生け垣を蹴飛《けと》ばしたり致します。

どうも、大きさから考えますに子供のようでございますな。頭が大きくない分やや小振りではございますが、豆腐小僧とほぼ同じくらいの大きさでございます。

前に出ようとする小僧を無言で達磨が制します。

達磨、小僧に一度視線を送りまして、それからちょこちょこと影の横に歩み出ますな。影はまだ家の方をちらちら見たりしております。

「あいつ、嫌《きれ》ェだだよ」

「左様か」

「嫌いさ。おいらのことをちっとも信じてやがらないんだ。知ってはいるからさ、こうやって袖が引かれたりするとチラリと思い出す癖に、結局感得する前に打ち消されッちまうのさ。出られそうで出られないんだよゥ。ずっとそうなんだから」

「なる程。消化不良なのであるな」

「そうだよ。出たり引っ込んだりは仕方ないけどさ。出る前に引っ込めじゃ、何だか厭《いや》だ。まあ、おいらの場合はこういうの多いんだけどさ。最近特に」

「多いか」

「多いさ。だって──」

そこで影は漸く話し相手が存在することに疑問を感じましたようで。

「──お、おめえ誰だ？」

ぴょん、と横跳びで達磨から離れます。

やはり童形でございます。どことなく黒い、五六歳の子供でございますな。

褐色のちゃんちゃんこを着ておりまして汚れた腹がけをしております。髪の毛は──頭頂部と前髪を除いて剃《そ》られておりまして、頭頂部の毛は結ばれております。丁度、その昔一世を風《ふう》靡《び》致しました『子連れ狼』に出て参ります大五郎《だいごろう》とでも申しましょうか。時代劇ファンには解り易い喩《たと》えかと存じます。あ、リメイク版も流行ったようですが。

つけ加えますならこの子供、顔も躰も黒いのでございますが、これは汚れている訳でも日焼けしている訳でもございません。たぶん、向こうが透けているのでございましょう。夜を透かしているために、黒いのでございます。

「愚僧は滑稽達磨と申す」

「だ、ダルマさんかあ。まんず小せえもんだな。その達磨が何でここに居《お》るだ」

「少々込み入っておる。それより尊公《そんこう》は袖引き小僧殿であるか」

「は？　まあおいらァ袖ェ引くと謂《い》われてる小僧だで、袖引き小僧以外の何者でもねえけんども。込み入ってるってのはどういう意味だ。難しいこたァ生れてこの方考えたこともねェんだがね」

「まあおいおい話そうぞ。それより紹介したい者が居《お》るのだが――」

達磨、豆腐小僧をちらと見ます。

「紹介って――馬鹿こくでねえよ。おいらは人が錯覚したその瞬間だけ、ふっと涌くお化けだで。姿ァ現すなァごく僅かだ。瞬《まばた》きする間に消えることだってあんど。それを――」

そこで袖引き小僧、達磨相手にぺちゃくちゃ語っておりますところの我と我が身に気がつきまして、あんれまあと驚きます。

「お、おいらはどうして消えないいんだべ。こらァ病気だべか」

「やっと気がついたか」

「あの、おいらは」

「まあお前もあっちの馬鹿小僧と五十歩百歩のようだなあ。見て見ィ、袖引き小僧よ。あそこに何か間抜けな小僧が突っ立っておるじゃろう」

達磨は小僧を――小僧といっても豆腐小僧の方を――指差します。小僧がその方向に目を向けますと、小僧は――ああややこしい。

袖引き小僧が達磨の指差す方に目を向けますと、豆腐小僧はぴょこりと木の陰に隠れてしまいます。

それまでは、昏《くら》い木の下に豆腐を持って茫然と佇《たたず》む妖怪——という、もう如何《いか》にも如何にもというシチュエーションでございましたのに、まあ照れて隠れちゃあ台なしでございます。折角お化けっぽかったというのに、もういつもの馬鹿小僧でございますな。

「おい。何で隠れる」

「だだ、だって恥ずかしいもの」

シャイでございます。

「お化けが人見知りをするなよ。幽霊じゃないんだからさ」

「ゆ、幽霊は人見知りするだか——」

袖引き小僧は驚いた様子。

「——あれはおっかねぇモノなんでねえのか？」

「まあ恐ろしいモノではあるのだが、幽霊と申すのは故人の生前の情報を知らない人間の前にはハッキリとは出られないのだ。しかし妖怪の方はな、噂でも何でも知っていれば出ることになるし、知らずとも感得されることは多い——ってこんなところで講釈を垂れていても始まらぬわい。おい小僧」

「何だべ」

「お前じゃないよ。おい、小僧、豆腐小僧。こっちへ来いって」

「だって」

「早く来いよ。人見知りするなというておろうが。子供でもあるまいに」

「手前は子供で、それに人見知りしているんじゃなくって、お化け見知りしてるんでございますよ」

「どこの言葉じゃ」

豆腐小僧も丸一日遍歴を重ねまして、かなり複雑な心情を獲得したようでございますな。

「見知らぬ愚僧と出合い頭《がしら》に睨めっこしたのはどこのどいつじゃ」

「あれはホラ、張り子の玩具《おもちゃ》だと思ったから」

「喝！」

「どひゃあ」

達磨の怒号に驚いたのは、寧《むし》ろ袖引き小僧でございました。

「達磨さん、ちっこいのにでっかい声が出るだなあ。驚くでねえか」

「すまぬな。おい小僧」

「何だべ」

「お前ではないて。面倒じゃのう。こら、トーフ！」

「へい」

「早く来い。時間がないのだ」

笠を目深《まぶか》に致しまして、豆腐小僧抜き足で出て参ります。

「紹介しよう。これが江戸の妖怪で豆腐小僧である。おいトーフ、こちらが武州の妖怪、袖引き小僧であるぞ。同類じゃ」

「て、手前はその」

「照れるな。親類のようなものだぞ」

「はあ。手前は、と、とうふ」

「おいら袖引き小僧だ。こんにちは」

妖怪に夜も昼もございません。

豆腐小僧も頭を下げます。

「しかし不思議なこともあるだなあ」

袖引き小僧は首を傾《かし》げます。

妖怪に不思議と言われてしまっちゃあ、もう何が何だか。

「おいら、どうして消えないんだべ。こんなに長いこと出てたことはいまだ嘗《かつ》てねェだに」

「それはな、どうやらあのトーフが居《お》るからなのだ。愚僧とて斯様《かよう》に自在に動き回ることなどない」

「この小僧はそんなにすんげェお化けだか？　見たとこおいらと変わりねェようだがなァ」

袖引き小僧、笠の内側を覗《のぞ》き込みますな。豆腐小僧赤くなりまして顔を背けます。

「あんれ。赤くなってるだよ」

「だって」

「だってと言ったど。しかしこうやって話をするのもいいもんだだな。おいら、お化けと口を利くのは初めてだぁ」

「左様か」

袖引き小僧、にこにこと致します。

「当たりめェだ。おいら、人が袖引かれたかな、と思った瞬間に、ちらりと手ェ見せるのが精々《せいぜい》だもの。この姿形だって、後講釈で出来たようなもんだから」

「なる程。暗闇で己の袖を引いたのはきっとこんな姿形の小僧であったに違いない——と、後になってから人間が思う訳であるな」

うんうんと袖引き小僧は頷《うなず》きます。

「そもそもおいらァここらでおッ死《ち》んだ落ち武者か何かだったらしいだが、誰も来歴を覚えてくれなかっただよ。だから形なんか何でもいいんだべな。場合によっちゃ、もっと気味の悪い形にもなるだ。こんなのよりずっとお化けらしい格好だな。でも、あの権太とかいう顔の造作の悪い男は、どうもその辺が駄目だで」

「駄目かな」

「駄目だ。面白くねェ。お化けっぽくねェ。この姿は、あの権太が童ン時によく遊んだ近所のガキの姿だで——」

「近所の子供か」

「これは六つの時に疱瘡《ほうそう》で死んだ兵吉《へいきち》って子供の姿だと思うだ。おいら、その子の袖はよく引いたもの」

「ううむ。あの男はお化けが解らない男なのだそうだからな——」

そういえば三毛姐さんも言っておりました。この権太という男、どうも想像力が著しく欠乏しておるようなのでございますな。

小僧と聞けば普通の小僧しか思いつきません。しかも、自分が知っている小僧を思い描いてしまうのでございましょう。

「それにね――」

袖引き小僧、つまらなそうな顔を致します。

「最近、この村の連中もおいらを信じなくなってるんだ。だから今みたいに折角呼び出されても、出る前に打ち消されちゃうことが多いんだ。出そうで、出ないんだ。結局掠《かす》るだけで、居るんだか居ないんだか、おいらが先《ま》ず判らねえもの。おいらは後講釈のお化けだから実際に人の袖を引いたりはしねえんだけんど、それだって引いた後の手なり、気配なりがありゃさ、悲鳴のひとつも聞こえればさ、ああ袖引いたなあ、引いてやったんだなあと思って引っ込めるだよ。そんでも、出る前に否定されちまったら、自分が何だか解る暇もねえだよ」

「信じないのか」

「信じないんだ。若い連中はさ、このご時世に袖引き小僧なんて居るものかってさ、言うんだよ。自分が信じねェから自分の家の童にも教えねえ。年寄りが少なくなってるで、おいらも消えてなくなる日は近《ちけ》ェ」

「き、消えるゥ！」

それまでもじもじしていた豆腐小僧が素《す》っ頓狂《とんきょう》な声を上げます。

「袖引きさん消えちゃうんですか」

「袖引きさんだぁ？」

　変な呼び方でございます。

「消えるだろ。普通は消えてるでねえか」

「そ、そうですけども、その、消えて——なくなるって」

「だって、誰もおいらのことを覚えていてくれなくなったら——段々出る回数も減るし、そうすれば余計に思い出す者も減って行くだろうし、やがて消えてなくなるだよ」

「そ、それは」

「おいらだけじゃねぇ。このあたりのお化けはみんなそうだだよ」

「納戸のお婆さんはそんなこと言ってなかったけどなあ」

「納戸婆は本来もっと西の地で語られるモノであるからな。この土地が本拠ということでもないので、出る場所はいくつもあろう。しかし、この袖引き小僧なんかはこの土地限定であるからな。だが、左様であるか——」

　達磨、腕を組みます。

「ここもそんな状況になっておるのか。江戸と違ってこの辺りは長閑《のどか》だから、まだマシなのかと思うておったが——それは相当に拙《まず》い状況のようだのう。何か原因はあるのか」

「知らねえけんど、村外《はず》れに江戸から流れて来たなんたらいう学者が住み着いておるだよ。それが村の者を、毛だか藻《も》だかしてるだ」

「ケにモ？」

「何かもじゃもじゃしてそうでございますね先生」

達磨、豆腐小僧を横目で睨みます。

「なんだその妙な感想は。それはたぶん、啓蒙《けいもう》であろうな」

その藻だな、と袖引き小僧は申しますな。

「そ、それはどういう藻なんでございますか先生」

「藻じゃないよ。まあ、愚かな者、無知な者を教え諭《さと》すという意味であるな」

「じゃあ達磨先生だ」

「愚僧は啓蒙などせんわ。教化したり説教したりするのである。まあお前があまりにも愚かで無知だから当たらずと雖《いえど》も遠からずになっておるがな。すると、その学者というのは——儒学者か何かなのかのう」

「知らねえけど、百姓してる場合ではねぇ、世の中変わるだで武器を持てとか、物騒なことを言うだ」

いかんなあと達磨は申します。

「まあ、世の中の仕組みを変えること自体は悪いことではないし、そのためにあれこれ考えることは良いことなのであるが、ゆとりをなくしてしまっては人間が駄目になる。畏《おそ》れをなくすと連中はすぐに増長するからな。まして武装などするといっそういかんことになる」

「いかんのか？」

「いかんわ。過激な理想論者に武力を持たせると人命を疎《おろそ》かにし始めることがあるからな」

「よく解らんが物騒なんだべか」

「そうじゃな。命の妙を忘却するなら幽霊変化狐狸妖怪など怯《おそ》るるに足りぬし、その逆もまた然《しか》りである。我らを切り捨てるは生命の貴さを忘るることにも通ずるのだ。理想は人命より重いというのは勘違いである。天命が革《あらた》まるのは天の意志であろう。天とは即《すなわ》ち、人知を越えた存在——つまり我らがことである。人の意志で革命を起こそうなどというのは増長以外の何物でもないわい」

「解らねえだよ」

「解りませんです」

「解らぬだろうなあ」

達磨髭を撫でます。

「まあ良い。それは愚僧の見解であるから。異論もあろう。しかし——そうすると、袖引き小僧よ。この界隈の妖怪《ばけもの》衆は瀕死なのかな」

「他のもんのこたァよく判らねぇどもな。はァ、裏山の川獺《かわうそ》はこの前、根刮《ねこそ》ぎ捕まってしもうてなあ、なんだ、捕えてみればやっぱり獣は獣だと」

「川獺が？」

「んだ。それまでは大入道に化けるとか謂《い》われてただがね、やっぱりただのケダモンだったべと。作物荒らすって殺されちまっただ」

「なる程。まあ、川獺は大入道に化けると謂われるものであるからなあ。そこで、今度は狸の仕業ということになったのかな？」

「ああ——でも、それは昔っから両方謂《い》うだよ。大入道はな、川獺と狸と出る場所によって分担だだよ」

「お、お父っつあんは、か、かわう、た、たぬ」

「このおっきな変な顔のお化けは何を言ってるだね、達磨さん？」

「まあ狼狽しておるのだ。大目に見てやってくれ。で、何だ。その川獺を退治してしまったので、大入道の正体は狸だということになって——まさか、狸狩りか？」

少し違うだな、と袖引き小僧は申します。

「狸も化けたりはしねえ、と若い者は言うだよ。あれもただのケダモンだから、大入道になんか化けられねえと言うだ。それを証明するとかほざくだよ」

「では、この辺りの狸をどうにかしようというのか」

「この辺りの狸って、竹藪の三太郎のことだろ？」

問題はその三太郎じゃと達磨は申します。

「三太郎は——無事であるかな」

「ああ。どうだかなあ。あのクソ狸も捕まえて狸汁にすべえと、最近村の若い者が罠《わな》ア仕掛けたりしてるだよ。なんせ、年寄り連中が三太郎は化ける化ける謂うで、変な学問に気触《かぶ》れた連中はムキになってるだ」

「そりゃいかんな」

達磨、豆腐小僧を見上げます。

「愈々《いよいよ》まずい状況になって来た訳でございますね」

「他人事《ひとごと》のように申すな馬鹿小僧。お前がうかうかしておるからこんなことになったのではないか。すまぬがな、袖引き小僧よ」

「何だだ」

「愚僧達をその竹藪まで案内してはくれまいか。三太郎に用があるのだ」

「おいらが？　まあいいけど――こんなの初めてだよ」

おいら袖引き以外したことなかったのに――と袖引き小僧は申しました。

その九　豆腐小僧、狸に同情する

夜の田舎道でございます。

昔のことでございますから街燈などございません。月も翳《かげ》っておりますから、真っ暗闇でございます。そこを奇妙な一団が通り過ぎますな。もちろん姿は見えません。しかし、暗いから見えない訳ではございません。

存在しないから見えないのでございます。適当な言葉がございませんが、言うなれば彼らは概念でございます。物理的に存在はしませんが、名称はございまして、その意味内容としてそこに居るのでございます。つまり、妖怪でございます。妖怪が黙々と夜道を急いでいるのでございますな。

先頭は——袖引き小僧という名の概念でございます。闇夜で着物の袖が攣《つ》った時に、こいつの仕業と解釈されるというモノでございますな。

次は滑稽達磨《こっけいだるま》。これは達磨のキャラクターが手足を生《は》やして動き回ったら面白かろうという戯《ざ》れ絵でございます。ただ達磨でございますから一応偉そうな来歴も背負っております。

最後はお馴染《なじ》みの豆腐小僧でございます。盆の上に豆腐を載せて歩き回るだけという、無意味な意味を体現しておりますな。

ただこの小僧、顔に狸の悪戯《いたずら》描きをされておりますな。

「ああ、こうして歩いたり喋《しゃべ》ったりするというのは面白《おもしれ》ェものだなぁ」

袖引き小僧は申します。

「袖引きさんは歩いたり喋ったりしないいんですか？」

豆腐小僧が問いますな。

一向にしねェなあと袖引き小僧は答えます。

「だって、おいらは袖攣《つ》ったッて瞬間に吃驚《びっくり》した人間がさ、ありゃま袖引き小僧だって思うだけだもの。袖引くぞうとか口では言わないだよ」

「でも出た後に、モーとか言うんじゃないんですか？」

田舎のお化けはそう鳴くんだと、納戸婆が申しておりました。

言わないだよと、袖引き小僧は首を振ります。

「モーって言わない？　ガーも？」

「何にも言わないだよ。おいら、その瞬間に出た——と思われるだけで、その人が振り向いた時にはもう居なくなってるんだから」

闇夜で袖を引かれる、誰か居るのかと振り向く、誰もいない——これが現象としての袖引き小僧でございます。

ですから——もちろん袖引き小僧という名称には、小僧というある程度形態を表す属性が付加されてはいるのでございますけれども、現象としての袖引き小僧は、その場に誰も居ないことが条件になる訳でございまして、つまりは目撃されないからこそ、袖引き小僧は袖引き小僧として成立する訳でございます。

「人前に出ないんだ？」

「出ないだよ」

「じゃあつまらないね」

豆腐小僧、まあ人並みのことを申しますな。

「まあ、つまらないだよ。色々な処《ところ》に出ることは出るだが、移動はしねえだ。姿ァ現すとしても、袖引いた直後にちらっと出て、すぐに居なくなるんだもの。暗闇でおいらが出るかもしんねェなぁとかって、童《わらし》なんかが思った時には、まあ先に出ることもあるだが、そんでも動かないだよ」

「動かないんで」

「こうして足ィあるってェのに、歩く姿を想像する人間が居ないだよ」

「はあ」

その辺は豆腐小僧とは大違いでございますな。

豆腐小僧は江戸の絵草紙《えぞうし》出身でございます。生れた時からうろうろと徘徊《はいかい》させられて、ぺらぺらと台詞《せりふ》を喋らされておりますから、袖引き小僧の気持ちはまるで解りません。

同じ小僧妖怪でも、民俗社会でリアリティを持っております袖引き小僧と都市のメディアから涌《わ》き出ました豆腐小僧では天と地程の差がある訳でございます。それを纏《まと》めて妖怪と片付けているのですから、乱暴なことでございまして。

「友達とか知り合いとかは居ないのでございますか？」

小僧、間抜けなことを尋《き》きますな。

「それは何だ？」

知らないのでございます。

「お父上やお母上は？」

「さあ」

知らないのでございます。

「知らないんだ――」

豆腐小僧は複雑な顔を致します。

「妖怪《ばけもの》は天涯孤独じゃ」

達磨はそう申しますな。

「お前のように親兄弟が居る方がどうかしておるのだ。ま、どいつも親戚は沢山居《お》るがな。多くは没交渉だ」

「ボツ？」

互いに親戚であることを知らぬということだと達磨は申します。

「この袖引き小僧にも——まあ因果関係は愚僧にもよく解らぬがな、大層な親類縁者が居るかもしれぬ。袖の霊力というのは奥が深いからな」

良かったですねえと豆腐小僧は申します。

当の袖引き小僧はぽかんとしております。

「それは良いことなんだべか？　遠くの親戚より、おいらはこうやって話が出来る分、おめえ方《がた》が面白いだよ」

「それじゃあ——そうだ、もう手前と袖引きさんは知り合いなんだから、今日から友達になりましょう」

「友達ってそういうものなのか」

「そうでしょ。そうですよね？　達磨先生」

達磨は渋い顔を致します。

「妖怪の友達なあ。あまり聞かぬがなあ。そもそもこの状況は極めて特殊だと思うぞ。妖怪の長ァい歴史を顧みても絵草紙妖怪と田舎のお化けが友達になって連れ立って歩いている図など見たことがないわい。前代未聞じゃ」

「善哉《ぜんざい》でございますか」

いいわい、好きにせいと達磨は申します。

「それより袖引き小僧、その竹藪はまだか。凡《すべ》てを夜のうちに済ませるというのが、妖怪としちゃ都合が良いのだが」

「この村ァそんなに広くないだ。ほれそこの辻から向こうが竹藪だ。その中の古い祠《ほこら》に狸が住み着いておるだよ。ただ、居るかなあ」

慥《たし》かに辻がございます。

その先に鬱蒼《うっそう》とした暗がりがございます。

それが竹藪――なのでございましょうな。

袖引き小僧、躰《からだ》を低くして暗がりを覗《のぞ》き込みます。豆腐小僧も恐る恐るその後ろに近付きまして、怖わ怖《こ》わ覗《ご》き込みますな。

「狸は猫と同じく夜に活動しよるからなあ――」

達磨、再び先頭に出ましてそう申します。豆腐小僧、その小達磨の頭を覗くように致しまして、問いかけます。

「すると――その三太郎狸さんは、あの七百二番さんや芝居者《しばいもん》狸さんとは違って、人にくっついているんじゃないのでございますか？」

「まあ違う。寧《むし》ろ三毛殿に近いのだ」

「ああ三毛姐《ねえ》さん」

猫股《ねこまた》でございます。

「三太郎は夜、いつも居ねェんだ。おいらはね、この竹藪には良く出たんだよ。ほら、笹竹が引っ掛かるから」

袖引き小僧、豆腐小僧の袖をつんつんと引きます。で、声を上げます。

「おおおッ。なッがいこと袖引き袖引きと謂われてるけんど、おいら本当に袖を引いたのはこれが初めてだだよ」

「そ、そうなの？」

「だって——そうなんだもの」

先程も申しました通り、袖が引かれたようになる物理現象の後講釈として、この小僧は居るのでございます。妖怪は、如何《いか》なる時にも己の方から物理的現象を引き起こすことは出来ないのでございますな。豆腐小僧の場合は、妖怪同士でございますから触れたり引いたりも出来ますが、そもそも人間の袖を攫《つか》もうとしたって袖引き小僧には攫めないのでございます。それに加えて、この袖引き小僧は妖怪同士の交流初体験でございますから、過去に袖を引いたことがないのは当然なのでございます。

「初めて引いてみてどう？」

豆腐小僧、何やらレポーターのようなことを尋《き》きますな。

「あんまり面白いことはねえだな。世間の者はおいらのこと人の袖引いて面白がってる悪戯者《いたずら》みたいに謂うだが、こんだらことしたって、そうそう面白《おもしれ》えことはねえだよ」

「おい袖引き小僧——」

達磨、怖い顔で申します。

「——己の存在を否定するような考えは捨てよ。面白かろうが面白くなかろうがお前は袖を引く者なのだ。お前の存在意義を決定するのはお前ではなく、あくまで人間の方なのだからな」

「それはあんまりですよ達磨先生」

「黙れ。もしこの袖引き小僧が袖を引くことに愉《たの》しみを感じなくなってしまったら、出る度《たび》に苦痛を感じることになるではないか。好むと好まざるとに拘《かかわ》らず、我ら妖怪は出現させられるのだぞ」

「ああ」

「厭《いや》でも出なければならぬということは、これ辛《つら》いことである」

「そういえば死に神さんもそんなことを言ってたなあ」

「死に神は愚僧と同じく知識教養があるから人格も備わっておるが、そもそも田舎の純朴なお化けにはそんなものはないのだ。こ奴にとって自我は禁断の木の実なのだぞ」

達磨、とても江戸時代の仏教徒とは思えぬ言葉を吐きますな。

天竺《てんじく》渡りのワールドワイドな妖怪でございますから、まあその辺はご勘弁。

「おいら、よく解んねェけんど、まあどうでもいいや。別にそんなに厭にはならないよ。それより三太郎に用があるんだろ。おおい、三太郎——」

袖引き小僧はあっけらかんとして竹藪に分け入ります。

「三太郎ォ、居ないだかァ。ほれ、おいら、お前の悪戯の罪を軽くしてやっている、袖引き小僧だよォ」

「どういうこと？」

豆腐小僧、ちょこちょこと袖引き小僧について行きます。

「ああ、この竹藪で袖引きがあった時はね、まあこン中はあの狸の縄張りだから、本来は三太郎の所為《せい》にされるところなんだけんど、おいらがこの辺り一帯に出没するお蔭でさ、おいらの所為にされるだよ」

「なぁる程」

オオイ三太郎——と袖引き小僧は叫びます。ただ、声は一切聞こえておりません。妖怪の呼び掛けは妖怪だけにしか聞こえませんな。狸本体には聞こえないのでございます。これがもし聞こえておりましたなら、野生の狸など余計に逃げてしまいますな。

かさかさと藪が鳴ります。それだけでございます。

「居ないなあ。あっちこっちに狸罠《わな》が仕掛けられてるだから、捕まっただかなあ。それとも逃げたべか？」

「困ったのう」

達磨、藪睨《やぶにら》みで竹藪の中を見渡しますな。

「慥《たし》かにここは罠だらけだのう。これでは堪るまいて」

「罠ってどれです？」

「ほうれ、あそこには括《くく》り罠、あそこにはコブチ、そこの竹は撥《は》ね柱罠じゃ。しかし、たかが狸一匹に大した入れ込みようであるな。この分だと、落とし穴もあるじゃろう」

括り罠とは、縄紐《なわひも》を輪に致しまして獣の通り径《みち》に仕掛け、動物が輪の中に足などを入れますと輪が締まる仕掛けでございますな。コブチは鳥などを獲《と》る罠でございます。

籠を棒で支えまして中に餌《えさ》を置き、獣が餌を喰うと籠が落下して生け捕りにするのでございますな。撥ね柱は撓《たわ》ませた竹や木の先に括り罠を仕掛けるのでございます。罠に嵌《はま》ると吊り上げられてしまいますな。

どうもこの竹藪の中はブービートラップのオンパレードになっているようでございます。

「幸い命に関わるような罠はないようだがな。あくまで生け捕りにして、霊力のなさを誇示しようという腹積もりであろう。まっことどうしようもない連中じゃ」

達磨は眼を細め、一層眼光鋭く罠を見据えます。

「狸は狸である。獣を捕まえてほれ獣じゃと示すようなことに、いったい何の意味があるというのだ。不可解な出来事を獣に託して納得する知恵も、天然の恩恵を獣の背後に感じ取って敬う気持ちも、何もかも忘れおってからに」

達磨、憤慨致します。

「慈悲も畏怖心も、凡《すべ》ては人が己を保つために生じた感情であろうが。それを捨てることは大いなる無意味じゃ。履き違えておる。無闇に履き違えておるぞ！」

「あら」

豆腐小僧が耳に手を当てますな。

「何か聞こえませんか」

「おう、あれは狸の声だだよ！」

袖引き小僧、罠など気にせず一直線に走ります。

物理的な影響力を持たぬことを承知しておりますから罠に掛かることもないのでございますな。一方、豆腐小僧はと申しますと、よたよたと罠を避けて続きます。こちらは何度も閉じ込められておりますから、これは相当懲《こ》りておるのでございます。何しろ間抜けでございますから、何かの拍子に籠の中に入らないとも限りません。入ったら自分からは出られないというお約束でございまして――。

やがて祠《ほこら》が見えて参ります。

「あそこが狸どもの巣なんだ」

袖引き小僧が申します。

「狸ども？」

「んだ」

「三太郎さんというお方は一匹じゃないのでございますか？」

「三太郎は一匹だけど、狸は何匹も居るだよ」

「ううん」

小僧、また解らなくなってしまいますな。

狸のような野生動物が単独で棲息《せいそく》するということは、まずございません。家畜が野生化したもの、群れからはぐれたものなど例外はございましょうが、概《おおむ》ねは何匹か群れておりますな。少なくともつがいにはなっております。狸の場合は一頭ずつ巣穴を占領している場合もあるようではございますが、多くは数頭、つまり家族で住んでいるようでございますな。

「この祠の下に隙間《すきま》があんだ。そこにな、三太郎達は住んでるだよ」

「な、何匹？」

「大きいのが二頭に子が三頭」

「五匹で？」

「二匹ほど死んだから今は五匹だ」

「死んだので？」

「そうだな。この間生れて、二匹死んで、残りのは多分この秋にゃ巣立つはずだから——おおい、三太郎——」

クンクンと犬が鼻を鳴らすような声が聞こえますな。

「中に居るようだなあ。オイ三太郎ォ——」

「おう」

低い声が致します。

祠の壊れかけた扉から、ぬうっと狸が顔を出します。まさに信楽《しがらき》焼きの狸そのものの大きさでございます。尤《もっと》も、これは生物としての狸ではございません。実体を持たない世間話の中の妖怪、三太郎狸でございます。

「ああ？　お前は？」

「袖引き小僧だ」

「おめえそんな顔だったかな。いや、顔なんか見たことないからなぁ」

「それよりどうしたんだ三太郎」

「ン？　ああ、俺、怪我《けが》しちまってなあ。もう駄目かもしれねえ」

「怪我？　雄の方か？」

「雄も雌もだ。何たって、赤ん坊はまだ餌が獲れねえからな。また二匹死んで、とうとう後一匹だ。これが死んだら、俺は危ねぇ」

「危ないって、この竹藪には親族がいっぱい居るでねェか。あれは、全部お前なんだろ？」

狸の個体識別は難しゅうございます。人に区別はつけ難《にく》いのでしょうな。

「それがな、ここ半月で殆《ほとん》ど獲られてしまってなあ。あんまり残ってねえんだ。それに、本家三太郎はこの巣穴に棲む狸だからな。この巣の狸が死骸で見つかっちまったら三太郎はもう死んだっつうことになるだろ。そしたら俺は消えるわい。世間話ではなく昔話になっちまう」

「それ、違うんですか？」

豆腐小僧、小声で達磨に尋《き》きます。

「違うわ。昔話は昔々であろう。今はもうそうじゃないということだ」

「じゃあ――」

「左様。記憶されていたとしても三太郎狸は過去のものということになってしまうのだ。つまり、今後は出ることが叶《かな》わぬということになる」

「それって――」

消えてなくなるということですかと豆腐小僧は申します。

「でも、記憶されている限り妖怪は消えないんだと――」

「普通の妖怪はそうだがな。実体を伴った連中は実体の死が確認されれば、それでおしまいなんだな。退治されたということになる。まあ、後に三太郎の幽霊として復活することは可能だがな」

「そんな――」

豆腐小僧、涙目で狸を見ます。

「おい袖引きの。そこの妙な連中は、いったい何者だァ？」

三太郎、訝《いぶか》しそうに見返しますな。

まあ、とことん間抜けな連中でございますから、妖怪狸の目にさえも怪《あや》しく映るのでございましょうな。

「そこの小僧はなんだ、俺の仲間なのか？　そら、どっかの山の狸だろう。しっかし化けるのが下手《へた》だなお前。それだば狸とまる判りじゃねぇかい」

「そ、そ、そ、その――」

その時豆腐小僧、何を思ったか、いきなり三太郎狸に飛びついたのでございます。

「な、何をしやがるかね！」

三太郎、大いに慌《あわ》てます。豆腐小僧はその首にひしと抱きつきますな。

「うええん」

泣いております。

「な、何を泣いてるだよ。気持ち悪いなあこいつ。俺ァおめえの親でも兄弟でもないだぞ、この狸小僧め」

「だってぇ」

「何だお前——」

達磨も訝しそうに覗き上げます。

「——妙な小僧だなあ」

「妙？　何が妙なんでございますか」

「だって——なあ」

達磨、困り果てて袖引き小僧に同意を求めます。袖引き小僧はぽかんと口を開けておりますな。何が何だか解りませんという顔でございますな。

「——変じゃないかよ」

「へ、変なのは先生の方でございますよゥ。どうしてそう平然としていられるのでございますか。それじゃあまるで、鬼か蛇じゃございませんか」

「いや、一応妖怪なんだがなぁ。鬼や蛇の方に近いと思うぞ」

だから何だというのです——豆腐小僧、三太郎から離れて振り向きますな。間抜けな隈取《くまどり》の中のちっこい眼が涙で潤《うる》んでおります。

「悲しいじゃないですか。可哀想《かわいそう》じゃないですか」

「別に。何が悲しい？」

豆腐小僧、溜め息を吐《つ》きます。

「こちらの三太郎さんは、悪いこともしていないのに夫婦揃《そろ》って大怪我《けが》をして、それで子供さんまで次々亡くなっているのですよ！」

「まあそうだが——で？」

「で、って、可哀想だと思わないのですか。この人非人」

「だから妖怪なんだって。あのな、小僧。獣が人間に獲《と》られるのは、これは仕方がないことなのだ。まあ意味もない乱獲はどうかと思うがな。獣はそれで人間を恨んだりはせん。そういう仕組みになっておる」

「どーして」

小僧、不服そうでございます。

「だって親ァ殺された、子ォ殺されたとなりゃあ、獣とて肚《はら》も立ちましょうし、恨みも涌きましょう」

「涌かぬのよ。けだものにしてみれば天災で死ぬのも天敵に喰われるのも人間に殺されるのも同じことだからな。それで恨むこたァない。何とか種を保存しようと努力はするが、それは本能という奴で感情ではない」

「感情ですよ」

「違うって」

今度は達磨が溜め息を吐きます。

「それは人間の見方である。けだものの理《ことわり》にそんな余計な感情はないわ。子供が死んでいちいち鬱《ふさ》いでいたのでは種が途絶えてしまうではないか。産めるうちは産む。十四死ぬ環境なら十一匹産む。二十四喰われるなら二十一匹産む。それだけのことだ」

「だからって——」

「だからって喰いもせんのに無闇に獣を殺すなら、そら人間が悪いわな」

「でしょう」

「だから人間は、獣を殺すことにある程度は罪悪感を持つんだわい。慈悲をかけるのだ。そうあるべきであろう」

「でしょう」

「でもな」

「でも？」

お前は妖怪だ馬鹿者——と達磨は申します。

「三文戯作《げさく》でもあるまいに、れっきとした妖怪が、そんなお涙頂戴の田舎芝居みたいなことほざいてどうすると申すのだ。まったく以《もっ》て情けないではないか。何だその涙は。お前は泣き小僧か」

「だって悲しいンだもの」

豆腐小僧、袖引き小僧に視線を送ります。

「悲しいだろ袖引きちゃんも」

「おいら――」

袖引き小僧は鼻の頭を掻《か》きます。

「――おいら、よく解んねえども、何となく洒落《しゃれ》てると思うだよ」

「洒落てる？」

「流石《さすが》は江戸者ッつう感じだだよ」

そうか――達磨は腕を組みます。

「何がそうか、なので？」

「うむ。なる程袖引き小僧の言うことは尤《もっと》もであるぞ。おい豆腐。お前は本来戯作の中から生れ出た妖怪である。だから、生れた時からそうした人間的な感情を持ち合わせておる――のやもしれぬな」

「先生だって同じじゃないですか」

「愚僧の場合は落書き悪戯描きの類《たぐい》だからな。格好やら仕草やらが滑稽だというだけで、筋書きがない」

達磨の戯れ絵にストーリーは殆《ほとん》どございませんな。

滑稽な絵柄の羅列――精々《せいぜい》四コマ漫画でございます。一方豆腐小僧の方が登場致しますのは黄表紙《きびょうし》なんかでございまして、こちらは波瀾万丈《はらんばんじょう》の筋書きがございます。ストーリー漫画でございます。

ううむ――と、達磨はもう一度唸《うな》ります。

「おい豆腐。お前は——もしや我ら妖怪の生き残る道を示唆《しさ》するために存在しておるのかもしれぬなあ」

「シサ？」

まあいいわいと達磨は話を切り上げます。

「お前が悲しいのは解ったわ。しかし、これぱっかりはどうにもならぬ。我らは常に受動である。この悲惨な状況を能動的に変えることは出来ぬのだ。狸には死んで貰《もら》うよりない」

「じゃあこの三太郎さんは」

豆腐小僧、涙目を擦《こす》って狸妖怪を見ます。俺ァ別にどうでもねェから——と三太郎、呆《あき》れた顔で申します。

「好きでここに居る訳でもねえしな」

「でも」

「でもスモモもねえって。俺ァ、この竹藪で起きる色んな事柄を、村の者どもが都合良く解釈するために作り出されただけのもんだでな。ま、この竹藪に棲まう狸ども全部の人格ってことになるだな。だから、まあ、どうなろうとも狸まかせで、どうもないだよ」

「そうなんですか」

「まあなあ。狸どもが全滅すりゃ、出る理由もねえし、実際に姿見せるこたァなくなるだろうが、話のタネにされる分には一緒だからなあ。今だって、俺が実際に出て悪さをする訳ではねえ。村の者がこんなものだべえと想像するから、ここにこうして居るだけだ」

「はあ」

「昔は居たんだべえ、と想像されたって同じことだがね」

　そうなのだ——達磨は申します。

「まあ、これでこの三太郎、名前も何もないただの狸だったら後がなかったのだがな。もし名前がなかったなら、狸が全滅すれば消えるよりない。でもこ奴には、幸いにも固有名詞がついておるからな」

「コユー？」

　名前のことだ名前——達磨は乱暴に申します。

「いいか、幽霊というのはな、小僧。突き詰めてしまえば個人名だぞ。お花《はな》ちゃんとか吉兵衛《きちべえ》とか、個人が特定出来なくちゃ幽霊にはなれない」

「誰だか判らない幽霊だって居そうですけどねぇ」

「そりゃ妖怪なんだよ。誰だか判らないけど死んだ人間が化けて出た、というのはこりゃ〈お化け〉だろう。つまり〈幽霊〉という名前の妖怪なんだ」

「は？」

「死霊とか怨霊《おんりよう》とか、そうとしか呼ばれないような場合、それは妖怪なのだ。妖怪〈死霊〉であり、妖怪〈怨霊〉なのだよ。お岩だのお菊だのお露だの、名前があって誰だか判ると、これは幽霊である。だからな」

「だから？」

「これは三太郎だからな。狸が全滅しても三太郎という人格は残る。狸の幽霊だ」

「はあ、なる程」

小僧、三太郎を見上げます。

「良かったですねえ」

「そうかぁ？」

三太郎は口を尖《とが》らせますな。それから少し考えて、やがて重たい口を開きます。

「でもな、達磨どんよ」

「何かな」

「俺ァ思うだが、それでも俺ァもう駄目かもしんねえ」

どうしてですか——豆腐小僧、再び動揺致します。

「あのな、ここに罠ァ仕掛けてる連中はな、狸が化けるなんてこたァねェと言うだな。ま、それはそれでいいだが、幽霊も居ねえと言うだな」

「ああ——そうか、しまった」

達磨、苦虫を噛《か》み潰《つぶ》したような顔を致します。

「それでは——尊公《そんこう》は消えてしまうかもしれぬな」

「消えるだろうな。この穴の狸ァ、三匹とも身動きが取れねえ。朝になったら連中が来るだ。そしたらきっと終わりだな。そうでなくても——もう幾日と保《も》たねぇ」

「うえぇん」

「泣くな豆腐。そうか――まあ、込み入った時期に面倒ごとを持ち込んでしまうのは誠に心苦しいのだが――」

達磨思案の末に、やっと来訪の意図を告げます。

「八百八狸ィ？」

三太郎は、声を上げまして、大いに怪訝《けげん》な顔を致しますな。

「左様。世間話の中におる尊公とは違い、けだものとしての本体を持たぬ、伝説の妖怪狸どもである」

「ふうん。こちとら今にも消えそうだというに、そんだら天下布武《てんがふぶ》を狙うような大それた狸どもが居《お》るだかね。世の中ァ、上も下もあるもんだ。しッかしなあ――」

三太郎、豆腐小僧の顔を両手で攫《つか》みましてぐいと己の顔に近付けます。

「変な顔だな」

「ほっといてください」

「殴り描きでねえか。狸はな、字より絵が上手《うま》いもんなんだがな――」

元禄時代の有名な俳人、宝井其角《たからいきかく》などもそう書き記しておりますから、それはそうなのでございましょう。狐のお稲荷《いなり》さんに対しまして、狸は禅寺に関わりが深いことが多いようでございまして、それ故に字より絵――と申しますのは考え過ぎでございましょうや。

「先《ま》ず土台の造作がまずいな」

「だからほっといてください」

「こりゃ消せねえぞ達磨どん」

「消せぬか」

「俺はよ、筆で書いた字を消すような悪戯をさせられたことがねェ」

「そうか――」

「俺は狸惑わし専門だかんな。字ィ書いたり絵ェ描いたりよ、況《まして》や消したりするなんてこたァしたことがねェ。そうだなあ、茂林寺《もりんじ》の狸僧だとか、鎌倉建長《けんちょうじ》寺の托鉢《たくはつ》狸だとかな、そういう徳の高い言い伝えのある連中でねェとなァ――」

「文福茶釜《ぶんぶくちゃがま》か」

茂林寺の釜は有名でございます。

そうそうと三太郎は申します。

「そうだわ。その茶釜だわ。だがな、達磨どん。そもそもこの村の連中ってのは、字ィ知ってる奴の方が少ねェからよ、筆も墨もあんまりねえ。だからそれに関わる悪戯もしねェよ」

しないというよりさせて貰えないのでございますな。

「駄目なの？　駄目？」

豆腐小僧、三太郎ではなく達磨に尋ねます。

「む、むむ、無駄足なんで？」

「うむ――霊力というのは人間が勝手に作るものであるからな。我らの自由になるものではないが――」

「すまねェのう」

三太郎、頭を下げます。

「もう少し時間があればなぁ。何か手立ても考えつくかもしンねェが——如何《いかん》せん、俺にゃあもう時がねェのだ。夜明けまでじゃ、新しい悪戯の噂も立つまい」

「如何《い か》にもそれはそうであろう。こうなると返す返すも憎いことよのう。その学者は——」

達磨顔をくしゃくしゃに致します。虚妄迷信を排斥し、農民を啓蒙《けいもう》して武器を持て立ち上がれと扇動する過激なる学者とは——いったい何者なのでございましょうか。

「——すると狐かのう」

「この辺りに化け狐は居ねえだよ。そうだなあ。川越の辺りなら何匹か居るような話も聞いただがな。なあ、袖引き小僧よ——」

袖引き小僧が答えようと致しましたその時——。

がさがさ、ぱあん、と音が致しました。豆腐小僧を除く三《み》ったりの妖怪は一斉に音のした方を見ます。豆腐小僧はと申しますと、祠の陰に隠れてしまいますな。

隠れようが隠れまいが——見えはしないのでございますが。

「な、何ごとだべえか。まんだ夜明けまでには間があるに——もう連中が来たんだかなあ」

三太郎狸、のそりと祠から乗り出します。

袖引き小僧が手を翳《かざ》して闇の向こうを覗きます。

「いや——違う違う。違うど三太郎。見たことない奴だど。村の者ではねえよう」

「村の者じゃない？」

がさがさ、ぱしり。

また音が致します。今度は達磨が三太郎の上に乗っかりまして、目を凝《こ》らしますな。

「おや」

「何だ達磨どん」

「あれは――うむ、変じゃのう。愚僧の眼力に狂いがなければ、あれは仕掛け罠を壊しているようだが」

「罠を？」

そのうち声が聞こえて参ります。

若い声でございます。

「おおッと、酷《ひど》いことをするなぁ。こんな子狸まで罠にかけてよ――今はずしてやるぞ。まったく許せねェ奴よ室田《むろた》了軒《りょうけん》って奴は――おお痛いか痛いか。今手当てをしてやる」

どうやら罠にかかった狸を救出しているような口振りでございますな。

かさかさと音が致します。聞こえました言葉を額面通りに受け取りますれば、罠にかかって怪我をした子狸の手当てをしている――のでございましょうか。

「な、何者なのでございます？」

豆腐小僧が祠の陰から大頭をそろりと覗かせます。

「ひひ、人で？」

「何じゃ。徹底的に情けない妖怪だなお前は。だいたいな、そんな慌てて隠れなくたって平気だって。この馬鹿小僧。愚僧達は見えやせんのだから」

「解っちゃいるけどやめられない」

百年くらい後に流行《はや》るだろう歌謡曲の歌詞のようなことを申します。

「いい加減に学習をせい。お前は感得された場合は嫌でも見られてしまうのだが、そうでない場合は見えもしなけりゃ聞こえもしない。気配すら感じては貰えないのだぞ——」

ところが。

ところがでございます。

「ちゃんと見えてるぜェ」

陽気な声が竹藪に響きました。

「な、何奴！」

「玩具《おもちゃ》の癖に威張ってるなあんた」

声は、がさがさと音のする方から聞こえて参ります。しかし先程狸を介抱していた男の声とは、どうも少し違っておりますようで。どちらも青年の声のようではございますが、明らかに後の方の声は——陽気なのでございます。達磨、すっと払子《ほっす》を翳《かざ》しまして、闇を睨《にら》みますな。

やがて子狸を手当てし終わったものか、竹と竹の間にすっと男の影が立ち上がります。

やはり青年でございます。いや、相当若《わこ》うございます。童《わらべ》でこそございませんが、若衆とでも申しましょうか。

しかし、侍ではございません。どうやら貧しい身分の者のようでございますな。

あまり綺麗な身なりではございませんな。しかして農業に従事しているようにも見えませんし、商いをしているようにも見えません。遊び人と呼ぶには若《わこ》うございます。どうやら今で言う不良少年――今はそのような言い方は致しませんのでしょうが――のようなものでございましょう。

その頭の上。

頭のてっぺんに、すっと、まるで燈台のように白い、小さな生き物が乗っております。背筋を伸ばして前足を胸の前で揃えております。丁度、動物園などで人気のミーアキャットのような格好でございますな。これが――どうやら薄白く発光しておりますようで。

「わっはっは。人だと思って油断しやがったなァオイ。達磨さんヨゥ、人には聞こえなくっても、この俺様には丸聞こえだぜ畜生め！」

「何を威張っておるか。お前が妖怪なら聞こえて当然ではないか。人にくっついておるところを見ると――御前狐《オサキ》か。それとも管狐《くだぎつね》かな」

「けけッ。べらぼうめ。俺様の乗ってるこいつはな、術使いでもなきゃ憑物筋《つきもの》でもねェよ。こりゃあオドケ者よ」

「オドケ者？」

おめえ――袖引き小僧が叫びます。

「――もしかして久《きゅうた》太郎《ろう》さんじゃねえのか！」

「いかにも俺様は久太郎だが、さて俺の名を知るてめぇは誰だ」

狐は袖引き小僧を切れ長の眼でじろりと見据えてから一度ぶるっと震えまして、

「そう言うおめえは、人の袖引く、袖引き小僧だなァ」

と、見得を切るように申しました。

芝居がかった狐でございます。

「久太郎？　そりゃ川越六軒町《ろっけんまち》の久太郎狐のことか？」

達磨が申します。

袖引き小僧は少々驚いた様子。

「達磨さん、知ってるだか？」

馬鹿にするな――と、達磨と狐、同時に申します。

「こう見えても愚僧は妖怪一の見識を誇る滑稽達磨であるぞ。何でも知っておるわ！」

「この界隈《かいわい》で久太郎兄さんを知らねぇ奴はモグリかトンマと決まってるじゃねェか！」

これ、同時に申しておるのでございますが――一緒には記せませんな。

「手前は知りません」

豆腐小僧が申します。器用に話を聞き分けた――訳では決してないようでございますが、偶然にも両者の話を受けた返答になっておるようでございますな。

「お前は何にも知らないいじゃないいか」

達磨憮然《ぶぜん》と致します。がっかりしたのでございましょう。

「お前、世の中で知ってることの方が少ないだろ。何にも、何ひとつ知らないじゃないか」

「ええまあ」

「でも俺も知らねえだよ」

三太郎が申します。

「おい、袖引き、その狐は有名なのか？　それとも俺がモグリの狸なのかな？」

「まあ川越では有名だけど——おいら本当は川越界隈が縄張りだからよく知ってらあ。でもこの辺りじゃ三太郎、おめえの方が有名だだな」

「俺、有名かな」

「この辺じゃな。でも隣村に行けばあまり知られてねェ」

じゃああんまり有名じゃねェなと、三太郎狸は口を歪《ゆが》めます。

「それで当たり前である」

達磨は申します。

「そもそも我ら妖怪は概念なのであって現実世界に実体を持たぬモノである。つまりその概念を共有出来る集団の中でのみ有効なのだ。村なり血縁者なり同じ宗旨の信徒なり、そうした集団の中にのみ棲息出来る。そこからはずれれば無である」

「無」

「無だ」

ヘン——と狐は申します。

「しょぼくれたこと吐《ぬ》かすじゃねえかよ達磨さんよ。残念だがこの久太郎兄さんはな、こんな小汚《こぎたね》ェ田舎村に収まるようなセコい器《うつわ》じゃねェんだよ。オウオウ。如何《いか》にもその通り。聞いて驚け見て畏《かしこ》まれ。俺様が、川越宿に隠れもねえ、六軒町の久太郎狐様だぞこの野郎。よッく覚えておきやがれってンだ。解ったかこの狸小僧」

「はあ」

豆腐小僧凝乎《じっ》と狐を見つめます。

「拝見」

「な、何だか拍子抜けする野郎だなこの小僧は。何で見る？」

「だって偉い妖怪なんでしょ。有名なお方なんでしょ。よく見ておこうと」

「て、照れるじゃねェか」

この狐、威勢はいいがシャイなところもあるようでございまして――。

はあ立派だなあ有名だとなあなどと、豆腐小僧は久太郎を見回しますな。達磨、ギョロ眼を細め、そんな豆腐小僧を横目で見まして、嫌ァな顔を致します。

「おい小僧」

「なんだべえ」

「お前ではない。豆腐の方じゃ。ややこしいな。あのな、有名かどうかで言うならな、お前の方がこんな狐より遥かに有名なんだぞ豆腐小僧」

「へ？」

「お前はな、江戸の絵草紙妖怪だからな。所謂《いわゆる》全国どこでも通用するんだよ。絵に描いてあるんだから字の読めぬ童《わらし》でも解る訳だしな。有名だ」

「そうなんですか久太郎さん」

「く」

狐、小首を傾げまして、

「悔しいけどなァ」

と見得を切ります。

ちょん、と拍子木《ひょうしぎ》の音が聞こえますな。

「俺様は川越の六軒町という、うら寂しい場所に棲《す》みついていた野狐《やこ》だ。まあ川越ではかなり鳴らした悪戯者《いたずら》なんだが――今のところはボチボチだ」

「いっぱい悪戯したので？」

「タニシの蓋《ふた》を銭に見せかけて餅を掠《かす》め取ったり、通りかかる旅人を騙して贋物《にせもの》摑ませてやったりな」

「セコい」

「煩瑣《うるさ》いな。そんなものだぜェ普通はよゥ。なあ、狸公」

「まあね。品物売り買いするなんて高等な化かし方だだよ。俺なんか精々馬糞《まぐそ》喰わせる程度だもの」

「ばっちいなあ」

三太郎の場合は他愛もない悪戯でございますが、久太郎の方はこれ、金品の取り引きがございますから、明確な詐欺でございますな。

「しかし久太郎。お前が活躍したのは遥か昔——あの辺りが今のように栄える前のことではないのか。今は人も多く移り住み、野狐の数も減っているであろう」

「減ってるんだよ。っつうか、もうあの辺にゃ居ねえよ。妙養寺《みようようじ》の裏手にたまに顔出す程度だから」

ふむ——達磨は腕を組みます。

「そうなら——お前はもう、世間話の中の化け狐ではなく、昔話の狐ではないか」

「そうだよ」

リアリティを失っている——ということでございますな。

「愚僧の認識でもお前は昔話の中のオドケ者であった。それがこうして、現実世界にのこのこ出張《でば》って来るというのはどういうことだ？」

「ゆ、幽霊なんで？　先生さっき、名前がついていれば幽霊になるって」

そんな辛気臭《しんきくせ》ェものじゃねえよと久太郎は申します。

「俺様はなァ、ただの昔話のオドケ者じゃねェんだよ。その後、祀り上げられたんだ」

どういう意味です——と豆腐小僧が尋《き》きます。

「だからよ。まあ神様に祀り上げられたってことだか、神様——小僧平伏致します。

「おおおお、おみそれ致しましたッ。バチをあてないでくんなましィ」

「お前、どういう神様観を持っておるのかなあ。素直なのか屈折しておるのか判らぬわ。あの豆腐、神様ったって色々じゃ。我が国の神様は異国のそれとは違うぞ。まあ、解り易く言えば高等な幽霊のことだからな」

「高等な幽霊？」

「概念としては同じということだ。まあ、仏教の影響もあるし、最近は国学者だのなんだのが立派なモノに仕立て上げておるからな、中々見切れはしないのだがな。要するに我が国の神というのは絶対者ではない。自然の幽霊、技術の幽霊、個人の幽霊、そして概念の幽霊のことである」

「解りません」

「おいらも解らん」

「ついでに俺も解らないだよ」

「解る訳はないと思うておったがな。軒並みかよ。あのな小僧、いい例がある。お前の顔に墨を塗った芝居者狸な」

「あのにっくき狸さんで」

この騒動の大本《おおもと》でございます。

「憎い相手にさんづけか。まあいいわい。あの芝居者狸も神様であるぞ」

「ああ」

「あのクソ爺《じじ》ィはあれでちゃんと祠《ほこら》に祀られておるし、役者や興行主の信仰を集めておる。それこそ昔話の狸だが、芝居者狸は信仰として生きておる。元になる芝右衛門《しばえもん》狸は、そういう者どもにとってはご利益《りやく》のある神様なのじゃ。だからあの爺ィは現役なのだ」

現役も現役、現役ばりばりでございますな。何しろ八百八狸を煽《あお》って日本制覇を企《たく》んでいるのでございますから生臭いこと極まりない。

「何にしても、現世利益を齎《もたら》すと思われている場合は強いのだ。人は欲深いものだからな。利益追求のためなら信心でも何でもするのである。かく言うこの愚僧も、願いを叶《かな》える福徳達磨として崇《あが》められておるくらいだからな。菩提《ぼだい》達磨と金儲けは、まるで関係がないのだがな。まあ、ご利益先にありきであるから、狐でも狸でも拝むわい。特に狐族なんかは、背後に荼吉尼《だきに》天《てん》のような面倒臭いのがついておるからなあ。稲荷社の数などいったい幾つあるんだか、愚僧も把握出来ぬわい」

しかしなあ——と、達磨、怪訝な顔を致します。

「——久太郎狐を祀った祠などあったかな？　出来たんだとしても、残念ながら愚僧は知らぬのだがな」

「何でも知ってるって言った癖に」

「だーから、その愚僧が知らぬから変だと言っているのではないかこの愚か小僧め。おい久太郎、それはその、やはり稲荷社なのかな？」

「違うよ」

久太郎、胸を張ります。

「いいか達磨さんよ。耳の穴カッぽじってよォく聞きな。あんたの場合は耳どこにあるのか知らないけどな。耳なくってもよく聞きな」

「張り子の達磨に耳はないわい。しかしな、カッぽじらずともよゥく聞こえておるから心配するな」

「そうかい。あのな、俺様の場合、祀った祠ってのはない。どこ探したってない。影も形もない。ないんだが――実はな、この俺様を祠に祀ったという伝説だけは残ってるのよ」

「おお！」

達磨、思わず声を上げます。

「その手があったか」

ケッケッケと久太郎狐は笑います。

「それがなくっちゃア俺様も、ただの昔話のお狐さんだァな。本体が生きてた時期が古いから今更《いまさら》幽霊にもなれやアしねェ。名前は残ってても実体を失っていやがるから、出るに出られぬオドケ者だぜ。でもな、俺は祀られた、信仰の対象になったてェ過去を持っているンだ。事実かどうかは判らなくても、そうした言い伝えだけは残ってるのよ。そこで俺は昔話から抜け出して、現世に出られるって、まあこういう仕組みだ――」

さて。

昔話、世間話、民話、説話、そして伝説――これ、いったいどう違うのでございましょう。

これは、中々難しい問題でございましょうな。と、申しますより、そんなもの区別して使っている人の方が少ないのではございますまいか。

取り敢《あ》えず、辞書を引いてみますってェと――。

昔話――。
①昔の話。古い話。
これは当たり前。
②民俗学でいう口承文芸のひとつ。
問題にするのはこちらの方でございましょうな。辞書によっては、民間に口承されてきた説話だとか、具体的な事物と結びつかない空想的な話、などとされておるようでございます。

次に民話――。

これは民間に承伝された説話――となっております。

更に広義では伝説、世間話なども含む、となっているものもございますようで。

どちらも説話ではございます。

では、説話とは――。

話、物語――これが第一義でございますな。続いて神話、伝説、昔話、世間話、童話などの総称、とされることが多いようですな。詳しい辞書には、狭義では時代が示され人物が固有名詞で語られるもの――とございます。

さて、問題は伝説でございます。

これは、噂、風説――これが本来の意味でございます。これが転じまして口承文芸の分類の一つとされます。転じましたのは明治以降でございますが、この新しい意味の方が私どもには馴染《なじ》みがございます。現在、伝説を噂の意味で使うことは殆《ほと》んどございません。それでは現在ではどういう風に転じたのかと申しますれば、これは概ね次のように位置づけられております。

まず、具体的な事物と結びついて語られるもの。

それから、過去には事実と信じられていたもの。

所謂《いわゆる》言い伝えというやつでございますな。

最後に世間話でございます。

これはまあ一般に謂われております世間話と同じ意味でございますな。世の中のことをあれこれと取り留めなく語るのが世間話でございます。

世間話なんて関係ないだろうと仰《おっしゃ》る声が聞こえて来そうでございますが、これは重要でございます。世間話も古くなりますってぇと――昔話になりましょう。

解り難《にく》いと。ご尤《もっと》も。

ではもっと簡単にかい摘《つま》んでお話し致しましょう。

誰もがご存知の桃太郎――これは昔話でございます。桃太郎は、むかしむかしあるところに爺《じい》さまと婆《ばあ》さまがおった――と語り出されましょう。時代、場所、固有名詞が特定されておりませんな。桃太郎という名前さえ記号でございます。型さえあればリアリティなどはどうでも宜《よろ》しいのでございます。

しかし。

鬼ケ島跡――というのがございまして、その場所にその昔、桃太郎が攻めて来たことがあるのじゃ――ということになりますと、話が違って参ります。

これは伝説なのでございます。

具体的な事物に関わる物語になってしまうからでございますな。この場合、ただの記号だった桃太郎も、実在の人物となってしまいます。名前はともかく、それに比定される人物が過去に存在した――ということになるのでございます。鬼も、妖怪かどうかは別にして、それ相応の悪者がそこに居たのだろう――ということになりましょう。

これが過去に事実と信じられていたということなのでございます。

これが。

何年何月、この地この場所を根城にしていた何々という悪党が誰それという武将に討ち取られた――それが桃太郎のそもそもである――という風に語られる場合は、これ、狭義の説話でございますな。時代も固有名詞も限定されております。

しかし、こうなりますと所謂歴史的事実と変わりがないようでもございます。ところが、ただデータとして残されているだけでは駄目なのでございまして、これが物語――お話として伝えられている場合を説話、と呼ぶのでございますな。史実かどうかより、物語っているかどうかが肝要なのでございます。

さて。

世間話と申しますものは、これリアルタイムなものでございまして、真偽《しんぎ》の程は別としてもほんとうのこととして語られます。事実であろうとなかろうと面白可笑《おか》しく語られるものでございます。

この世間話、事実のみを残すなら単なる記録でございますが、語りを語りとして伝えました時に、それは説話となり得るのでございます。

この、語りの構造だけを抽出致しまして——つまりコード化致しまして、固有名詞を一般名詞に置き換えましてお話ししますってェと、これは昔話になりましょう。純粋に語りの面白さだけを伝える——これは口承文芸でございます。

口承文芸という部分に力点を置かずに、説話をただ後世に伝えた場合が、民話と呼ばれる訳でございます。一方で物語の面白さを重視せず、所謂《いわゆる》事実としての側面を重視して後世に語り伝えました場合は、伝説になりましょう。伝説にはリアリティが必要なのでございます。

因《ちな》みにこの説話、事実の部分だけを記しますってェと、単なる記録になってしまう訳でございますが、語ること——物語の方を文字で記しますと説話文学となるのでございます。これは小説のハシリでございましょうか。また、語りのテクニックが職業化致しますと、これはお噺《はなし》——いわゆる落語などの話芸になって参ります。落語はその昔、昔話と呼ばれていたのでございます。

世間話の妖怪から昔話の妖怪になると申しますのは、つまりリアリティを失うということでございます。

伝説が残っていると申しますのは、反対にまだリアリティが残っているという意味でございまして——。

例えば桃太郎型の昔話は全国各地で語られている訳でございますが、本家とされまする岡山県におきましては——これは伝説なのでございます。

神話、迷信、御伽咄《おとぎばなし》など、またそれぞれなのでございますが、それはまた別のお話でございまして——とにかくこの場は久太郎狐でございますな。

久太郎狐の場合は、固有名詞のみならず、その土地に祠があったのだ——という伝説が残っておりまして、その伝説が妖怪としてのリアリティを保証することになったのでございましょうな。

一方三太郎狸の場合はそれがございません。これは固有名詞が残っても、それ程意味がございません。三太郎狸という名も、やがて単に化け狸を指し示すだけの名詞になってしまうことでございましょう。桃太郎のように記号化してしまう訳でございます。

そしてお話——虚構の中の登場人物——妖怪として、繰り返し繰り返し語られるのでございます。繰り返し繰り返し語られるおんなじオハナシに何度も出て来るオドケた奴にリアリティはございませんから、これは妖怪としては死んだも同然、ということなのでございますな。そうなりますと、やがて名称から三太郎という固有名詞さえも脱落してしまうかもしれません。

すると、それはもうただのタヌキのオハナシになってしまいましょうな。

説話ならぬ説明が長くなってしまいましたが、そういうこととご諒解ください。

「で──」

達磨はじろりと薮睨《やぶにら》み。

「──それは諒解したがな、久太郎。それでその若者に感得されたということなのか？　祠もないのにか？　たかが伝説で？」

たかが伝説されど伝説だろう──と久太郎は申します。

「どういう意味だ」

「この男──本当の名は九　助《きゆうすけ》というんだがな、今は久太郎を名乗っているんだぜ。もちろん俺様にあやかろうという訳だ。こいつにとって俺様は人生の目標なんだ。こいつの目指すカブいた人生は、この俺様──悪戯狐の久太郎様に象徴されるんだそうだぜ」

「意味がよく解らぬが」

反体制よ──と久太郎は申します。

「このガキはな、ご政道に盾突《たてつ》くのが生き甲斐《がい》みたいな野郎なんだな。元は水呑み百姓の九男坊でな、何しろ貧乏人の九男坊だからな、世話されるどこじゃねェや。捨て子同然で育ったのだな。生きるためにはカッパライでも詐欺でもしなくちゃならねェやい。ついた渾名《あだな》が狐の九助──往《いにしえ》の久太郎狐が憑《つ》いてるんじゃねェかという評判だ。それでこの野郎、その気になっちまったのよ──」

狐は足許を見ます。人間の久太郎はといえば──せっせと罠を外しているのでございます。

「それでそのカブキ者が何だって狸の罠を外しておるのだ？」

達磨、器用な手つきで罠を外し狸を介抱する九助を垣間見《かいまみ》まして、その頭上の久太郎に問い掛けます。

「あ、そこだァな」

久太郎、再び見得を切りますな。

チョンと拍子木が鳴ります。

「いちいち格好つけんでいいわい。何がそこなんだ」

「要所要所で格好つけないで人生どこが面白いんだ。いいじゃないか別に」

「いいけどな。お前の場合はその要所が多過ぎるのだわい。ここ一番というところで格好をつけんか馬鹿者。そんなにのべつ見得切られたのじゃ、かけ声もかけられんわい」

そうかなあ――狐、意外と素直でございますな。

「この九助はな、まあそうしたあぶれ者、鼻抓《はなつま》み者だったんだけどよ、それも撥《は》ねっ返りてェだけのことで、正義感だけは強《つえ》えんだな。そこでな、まあ、ある一味の仲間になった」

「一味――盗賊か？」

盗賊なんかじゃあねェやい、と狐は妙に真顔になりますな。

「世直し一味よ。義賊だ」

「ぎぞくぅ？」

それは何ですか、と問いましたのはもちろん豆腐小僧でございます。

「義賊と申すのはな――」

「正義の味方よゥ」

達磨が答えるより早く久太郎が答えます。

「いい人達なんで?」

いい人の訳あるかい——達磨は眉間《みけん》に皺《しわ》を刻みます。〈ダルマ〉は法と漢訳致しますな。その所為《せい》かどうか、この達磨、法に背くような行為には抵抗感があるようでございますな。

「いい人じゃない?」

「いい人じゃないわい。義賊というのはな、もし正義の味方だと申しても非合法な正義の味方じゃ。非合法と正義というのは相並び立たぬ言葉であろうが。いくら正義を掲げようとも法に従わぬは不正。法を破るは即《すなわ》ち正義に非ず。矛盾しておる」

豆腐小僧、袖引き小僧、ついでに三太郎狸、三者とも揃《そろ》って首をばこくりと傾《かし》げます。

「解らんのか。お前らなあ。あのな、義賊というのは金持ちから金を盗《と》って貧乏人に撒《ま》いたりする盗賊のことだ。知らぬか? 鼠《ねずみ》小僧とかな」

「手前は豆腐小僧で」

「おいらは袖引き小僧だよ」

「妖怪じゃない、人間だ。泥棒だ泥棒。まあそうじゃなあ、平たく言えば欲のない盗人《ぬすっと》だ。盗んだものを他人に施《ほどこ》すのだ。施すのは良いことかもしらんが、施すものを他人から盗めば泥棒だろう。悪いことしておるのに変わりはないわ」

違うッ——と久太郎は叫びます。

「野狐党《のぎつねとう》はそんな悪人じゃねェ」

「のぎつねとう？」

「オウよ。まあ、元は近在の破落戸《ごろつき》の集まりだったんだが——伯蔵《はくぞう》様が頭目になられてからは別だ」

「伯蔵？」

「そうだぜ。小石川傳通院《こいしかわでんづういん》に祀《まつ》られている伯蔵稲荷様を感得した、元坊主の伯蔵主《はくぞうす》の弥平という男がな、その有象無象《うぞうむぞう》を束ねてな」

「頭目も狐か」

「あた棒よ。その配下にも狐の二ツ名を持つ連中がぞろりと揃ってるぜ。コンと鳴きゃケンと返すぞこの野郎。皆それぞれに立派なお狐様方がついてやがるから、悪いこたァしねェのよ」

「胡散《うさん》臭いなあ」

達磨は眉《まゆ》に唾《つば》をつけますな。

これは魔除《まよ》けの動作でございます。魔を破る——つまり嘘を見破る効果があると謂われております。嘘を眉唾と申しますのもここから出ましたもののようで——これ、魔除けのシンボルでもある達磨だから出来ること。普通の妖怪には真似《まね》出来ることではありませんな。

「しかしな久太郎。世の中にまともな義賊など居た例《ためし》がないぞ。義賊を名乗るのは大抵本物の賊だ。そうだ、おい豆腐、ほれ、あの道場な」

「はあ。狸の道場で？」

「おう。あの道場に集まっとった無頼の侍ども、あれもな、表向きは義賊を気取っておったのだぞ。あ奴ら、貿易なんかで儲《もう》けている大店《おおだな》を強請《ゆす》っては力ずくで金をせしめておっただろうに。あれはな、都におわす天子様のため——というのが建前なんだな。本来この国を治めているのは朝廷である、その朝廷が貧窮の憂き目に喘《あえ》いでおるのに他国との商いをして稼いだ金で贅沢《ぜいたく》するとは何ごとだ、さあご寄進せよ——というようなことを先《ま》ず言うのだな。これ、裏を返せば倒幕の資金稼ぎじゃ。西の方はもうキナ臭くなっておる。一触即発じゃな」

「はあ」

「戦になれば金が要る——鉄砲も要るわい。だから金が欲しい——こりゃまあそうなのじゃろうて。討幕を正義と信じておる者にとっては正しい行いなのかもしれんわ。しかしな、ありゃもう一枚裏がある」

「裏の裏で」

「あの連中はな、要するにぶん盗《ど》った金を自分達で使っておる。半分は遊興に費やしてしまうし、残りの半分はホレ、あの芝居者狸のくっついた商人が居たろ。あの爺《じじ》ィの懐に——ちゃりんだ」

「そうなんで？」

「そうなんだ。あの爺ィはな、芝居者がくっついておるだけあって中々の曲者《くせもの》であるぞ。まあそれでも奴らは天誅《てんちゅう》を叫び、義賊を名乗っておるのだ。義賊とはそういうものである」

違うって——久太郎、あくまで抗議致します。

「野狐党はな、達磨さんよ。そういうことはしないんだよ。慥《たし》かに、ご定法《じょうほう》に忤《さから》うようなこたァする、荒くれ者だがな。どれもこれも正義のためよ」

「その正義とやらが怪しいわ」

「怪しくねェよ。いいか、俺達はな、天朝方も幕府方も関係ねェの。尊皇も佐幕も攘夷《じょうい》も開国もねェんだよ。それからついでに銭儲けにも興味はねェやい。お庄屋だろうが悪党だろうが天子様だろうが将軍様だろうが、威張る奴はみィんな敵でござんすよ。けだものも、むしけらまでも引っ括《くる》め、貧乏人や身分の低い者を苛《いじ》める奴ァ――」

アッ、と見得を切ります。

「――この野狐党が許しちゃァ、あ、おかねえのよゥ」

ちょん。拍子木でございます。

くだらん――達磨、口をへの字に致します。

「偉そうに見得を切るなと言っておろうが。結局反体制ということだな。だから、それがどうして竹林の罠外しなんぞしているのかと尋《き》いておる」

「だからよ、おおっと」

九助が立ち上がったのですな。

「おや――何だか声が聞こえるな」

カブキ者の青年は三太郎狸の祠を覗きますな。

「あ。こんな処《ところ》に巣があるぞ。中にまだ居るのかな？」

「おいおい。どうするんだよぅ」

三太郎、慌てて祠に近付きますな。

九助は屈《かが》み込みまして三太郎一家の巣に手を差し込みます。

「ああ、齧《かじ》るな。齧るな。怖くねえ。怪我《けが》してるな。齧るなって。おお酷《ひど》い怪我だな。ああこんな小さい狸まで居るじゃねェか。大丈夫だって。助けてやるんだから」

「助けるゥ?」

三太郎狸、思わず九助の顔を覗き込みます。その面を、九助の頭上で腰に手を当てて直立しております久太郎狐が見下ろしますな。

「わっはっは。おい狸公。お聞きの通りだぜェ。この九助はな、お前の本体の命の恩人だ」

「恩人?」

九助、あちこち齧られたり引っ掻かれたりしながらも三太郎の一家三匹を引き摺《ず》り出しまして、用意していた竹籠に入れますな。

「ここは危ねェからな。罠はみんな壊したが、こんな怪我してちゃ餌も獲れねェだろ。死んじまうよ。怪我が治るまで俺達が面倒見てやる。治ったらまたここに放してやるからな。それまで辛抱するんだな」

「何だァ?」

達磨、三太郎狸の股を潜《くぐ》りまして、不思議そうに覗き込みます。

「この若造は狸を助けているのか?」

「物分かりの悪い達磨だな――」

久太郎、やはり達磨を見下ろします。

「――外《ほか》にどう見えるんだよ。風呂にでも入ってるように見えるってのか。ならお前さん、瞳《め》が入ってねえぞ、この目抜き達磨め。この九助はな、この竹藪の罠ァ全部外して怪我した狸を助けて回収してるんだよ」

「だから何でだ」

「だからよ。室田了軒の悪巧みをぶっ潰すためによ」

「室田？」

それはさっき言った村外れの学者のことだ、と袖引き小僧が申します。

「あ？　あの妖怪幽霊否定論者の過激派学者か？　おい久太郎。お前の寄居主《やどぬし》の所属しておる一味はその学者と対立関係にあるのか？」

「漸《よう》く呑《の》み込んだのかい。その通り、あのクソ学者よゥ。あの学者野郎はな、この村だけじゃねぇ、近在の百姓みィんな手懐《てなず》けようとしていやがるんだ。これからの世の中は愚者が損をする、くだらない迷信を信用しているから駄目なんだとか吐《ぬ》かしやがってな、ここいら辺の祠や社《やしろ》なんかをぶっ壊しやがったのよ」

「神社をか！」

「そうよ。俺達妖怪狐も、こりゃ大いに困るのよ。稲荷社ァ壊すなんてバチ当たりは昔は居なかったぜ。こりゃ信仰の存続に関わるこったからな」

「そうか――」

達磨神妙な顔を致しますな。

「そりゃまあ、深刻だわな。だがな久太郎。だからといって、お前達狐の方が人間どもを操ることは出来ぬであろう。幾ら感得されておったとしても、我ら妖怪は受動的なもの。感得された寄居主を操縦することなど出来ぬ相談であろうに。どうやって――」

「そうじゃねェのよ達磨さん」

久太郎、首をぐるりと回します。

「野狐党はこの辺りの稲荷社を繋《つな》ぎの場所やら根城やらにしていたのよ。だから壊されたりしたらこの九助達も困る訳だ。加えてこいつも、頭の連中も、頭目の弥平も狐を拝んでる訳だからな。肚《はら》ァ立つ」

「なる程」

「それだけじゃねェんだ。室田というクソ学者はよ、ことある毎《ごと》に野狐党を目の敵《かたき》にしやがるんだな。不届きな夜盗の類《たぐい》許すべからずとかほざいてな、村人集めて自警団とかいうものを拵《こしら》えた」

「それは良いことではないのか。そいつら一味は悪党なのだろうが」

「悪党じゃなくて義賊だって。しつこい達磨だな。いいかい、全然良くねェんだよ。慥《たし》かに野狐党は悪いことをするぜ。かっぱらいもするし、強請《ゆす》りもたかりもする。暴力もふるうぜ。でもな、弱い連中は狙《ねら》わねェ。狙うのは侍だの金持ちばかりだよ」

「それだって――」

「もう坊主の講釈はいいんだよ。悪いことと承知でしてるんだよ。こいつらァ、カブいてるんだ。それにな、ぶん盗った金品も懐になんかに入れねえぜ。ちゃんと施しもするし、困った連中には手を差し延べるし、橋だの塀だの壊れりゃ直すし、お社の手入れだってする。凶状持ちが流れて来りゃ追い出したり、時には身体《からだ》張って戦うのよ。だから野狐党は――寧《むし》ろ村を守ってたんだ。村の連中もそれを知ってたからな、これまではそれなりに巧《うま》くやってたんだよ。それが、すっかり壊れちまった」

ううむ――達磨、腕を組みます。

「まあ――そういう連中はいつの世にも居るものだが」

そうだろう――久太郎、胸を張りますな。

「だいたいその自警団たって何が目的だか知れたものじゃねェやな。百姓集めて竹槍持たせてよ、人殺す訓練させて、いったい何しようっていうんだよ畜生め。村の若い衆はよゥ、すっかり畑仕事ォ止《や》めッちまったんだぜ。ありゃ絶対《ぜってえ》何か裏があるよ。それこそさっきの話じゃねェがな、薩長か徳川か知らねェが、どっちかにつけて戦わせようって肚なんじゃねェか」

「そんなことするかなあ」

達磨、考えておりますな。

「まあ愚僧もな、過激な理想主義者は危険だと承知はしておる。それに無闇《むやみ》に神仏妖怪をないがしろにするのはどうかと思うがな」

「思うが何だ」

「お前達狐どもを頭から信用することも出来ぬと申しておる」

けッ——久太郎、舌を鳴らします。

「ケツの穴の小せェ達磨だぜ。まあ、達磨にケツの穴があるかどうかは知らねえがな」

「愚僧にそんなものはない」

「ねえのかい。それじゃあ小せェどころじゃねえや。屁も出せねえじゃねェか。あのな、野狐党はよ、とにかく室田の野郎を潰《つぶ》そうと考えているんでェ」

「潰すのか」

「あた棒よ。だってよう、室田の教えに気触《かぶ》れた連中は、軒並み迷信を粉砕しようとしていやがるんだぜ。そりゃ考え方は人それぞれだがな、じっちゃんばっちゃんがお参りしてる祠やお社ぶっ壊したりよゥ、こんな風に罪もねえ動物ぶっ殺してまで、迷信否定することたァねえだろうよ」

「そらそうだなぁ」

三太郎が間延びした声を発します。

「まあ、いい迷惑だんべえな、ここの狸どもはよォ。狸自体が化かす訳じゃねえだに。こいつらはただの獣だわ。餌喰って糞垂れて子供生んで育てて死ぬだけのもんだわ。人間に興味なんかないものよ。人間の方が化かされると思いたいからこそ、俺はここに居るだよ。その俺を消すために狸の方を殺すっちゅうのは、何だか妙な話ではあるだな」

「だろ。いいことというじゃねェか狸のおっさん」

「そうだべか」

純朴な三太郎、照れますな。

「そうなんだよ。あのクソ学者の発案で、この竹林の狸を撲滅せんとする動きがあるてェことを耳にした野狐党の頭目弥平はな、この九助と、赤麿白麿《あかまろしろまろ》てえ幹部に命じてよ、狸救出作戦をおっぱじめたと、まあこういう訳で――」

ちょん。

「――ござんすわいなァ」

「その見得が余計だと言うておるのだ。だが、なる程事情は諒解致した。つまり罠を外し、怪我した狸を回収して、やはりこの竹藪の狸には霊威があると、こう知らしめてやろうというのだな」

「ご明察。この物凄い量の罠は、普通のけだものには壊せねェだろ。もし壊せたとしても、だよ。一匹も罠に掛かってねェというのは怪訝《おか》しいだろう。それが一夜にして壊され、死骸は疎《おろ》か怪我した狸も居ないとなりゃ、こりゃあ、あの竹藪の狸は本当の化け狸だ、中々大した知恵者だ、一筋縄じゃ捕まらねェと、こういうことになるじゃねえか」

「ち、竹林の狸といえば」

お、俺のことだな――と、三太郎、自らの鼻を指さします。

「か、賢いかな」

「これから賢くなるんだ。この先怖がられるんだ。この九助のお蔭だぞ。いや、延《ひ》いてはこの俺様の――」

久太郎が見得を切ろうとしたその時に、九助は再び立ち上がります。

久太郎はがくっとこけますな。

拍子木も空振りでございます。

「さあ、これで全部だな。誰にも見つからずに、速《すみ》やかにことを運ぶことが出来たぞ。これも久太郎様のご加護のお蔭だぜ」

九助は手を合わせます。

途端に頭上の久太郎狐が一瞬白く光りますな。

「おお――九助の野郎の仕事が終わったから俺様は消えるぜ。あばよ」

久太郎、すうと九助の胸の中に消えます。どうやらこの狐、八百八狸などと違って、寄居主が胸に念じている間だけ出現するようでございます。

九助は狸の入った籠を担いで竹藪の出口に向かいます。

その後ろ姿を見ながら、達磨は複雑な顔を致します。

「まあ――」

狸を見ますな。

「――これでひとまず安心であるな。三太郎、お前は消えることなく、もう暫《しば》くは生き延びられるぞ」

「ああ、そうだんべえな。面倒臭いがもう少し出るか。本当に賢くなるなら、そらありがてェ話だしなぁ」

「うむ。場合によっては袖引き、お前も出番が増えるかもしれぬぞ」

達磨は袖引き小僧に目を遣ります。

「おいらも？」

「おう。まあ、良い悪い、正しい正しくないは横にどけておいてだな、それでもあ奴らの計画が巧く運べば、狸はやっぱり化ける——ということになろうよ。そうなれば、妖怪も居《お》るということにもなろうよ。妖怪が居るなら袖くらい引いてもいいだろうさ」

「ふうん」

袖引き小僧は素っ気なく答えますな。

「まあ出てすぐ消えるよりは出甲斐《でがい》があるだよ」

「そうだな。まあ油断は禁物だが、これで当分は安泰である——ん？」

そこで達磨、ふと豆腐小僧を見つめます。

狸面でございます。

「あ」

「何があ、なんですか先生」

「こ、小僧」

「へい」

「お前が——居《お》った」

「ずっと居りますよぅ。何を言ってるんですか。でも良かったですよ。ほっと一息吐《つ》きましたねえ。あの狸さん親子も助かったし。本当に親切な狐さんですねえ。めでたしめでたしだ。良かったなあ」

「よよよ、良くない」

「良いですよ」

「良くないわ馬鹿小僧。ひとまず安心どころかまるで安心出来んではないか、この馬鹿」

「どうしてでございますか。あんなちっこい子狸さんも助けて貰ったんですよ。あの狐の人は親切そうだし、安心じゃあないですか。三太郎さんも賢くなるそうだし、羨ましい限りでございますよ。ああ、あやかりたいあやかりたい」

馬鹿馬鹿馬鹿馬鹿と達磨は申します。

「もう。そう何度も言わずとも」

「馬鹿は馬鹿じゃ。ああ愚僧も馬鹿じゃ大馬鹿じゃ。あのなあ、小僧。問題は、お前のその顔じゃあなかったか？」

「どうせ顔は変ですよ」

「そうじゃないって。本来我らはお前のその馬鹿狸面を直すためにわざわざここまで来たのではないか！」

「そうだった」

「まったくもう。ううん、おう！　そうじゃ。さっき久太郎は野狐党の頭目は傳通院の伯蔵主を感得しておるとか申していたな？」

「そうでしたっけ？」

「そうだったわ。ええい」

急げッ——達磨、転がるように駆け出します。

その十　豆腐小僧、義憤に駆られる

滑稽達磨《こっけいだるま》、まるで独楽鼠《こまねずみ》のように走っておりますな。幼稚園児の駆けっこのような具合でございます。

その後から、ふるふると盆上の豆腐を揺すって豆腐小僧が続きます。

その後——意味も解らず、ただ袖引き小僧がついて参りますな。

「だ、達磨先生、どうしてそんなに速いんですか」

「おのれが遅いのだ馬鹿者。いい加減にその豆腐を捨てぇ」

「ば、馬鹿なこと言わないでくださいよ。そんなこと言われたら恐くなって腰が抜けちゃいますよ。ねえ、袖引きちゃん」

「さあ。それよりどうして走ってるんだ？　おいら走ったのは生れて初めてだ。気ン持ちいいだなあ。どこまでも走って行きてぇだよ」

そういえば豆腐小僧が廃屋《はいおく》を抜け出しました時も同じように思ったものでございます。どうも、そういうものなのでございましょうな。

しかし達磨は叱咤《しった》致します。

「なァにを気楽なことを言っておるのだ。遊んでおる訳ではないのだぞ。早いとこあの九助とかいう若者に追いつかなくてはならぬのだ。見失ったりしてしまっては取り返しのつかぬことになる」

「はあ」

達磨、怒鳴りながら横手の露地に入ります。豆腐小僧、行き過ぎそうになりまして二三歩足踏みをし、慌《あわ》てて曲がります。袖引き小僧が愉快そうにその後に続きますな。

豆腐小僧が叫びます。

「な、何だってあの人を追っかけるんですかぁ。狸さんを助ける手伝いをするんですか？　そんな暇はないんじゃなかったんですかぁ」

「暇なんぞあるか。一刻の猶予もないからこそこうやって追いかけとるのだ。追いついて、隠れ家までくっついて行って伯蔵主《はくぞうす》に会うのだ。伯蔵主なら――必ずその顔の悪戯《いたずら》を消せるであろうぞ」

「はくぞうって、やっぱり雑巾の一種ですか」

「馬鹿者。そんなこと言ったら張り倒されるぞ」

「それは痛いから厭《いや》です。でもほら、墨ィ消すのは雑巾だって」

「そうではない。伯蔵主は妖怪狐だ。しかも徳の高い僧侶であるぞ」

お坊さんなんですかと豆腐小僧は申します。

「左様。狐族はお稲荷《いなり》さんと結びついておるから神道系が多いように思われておるのだが、仏教系もそこそこ居《お》るのだ。伯蔵主は様々な伝説を複層的に持っておるが、いずれも慈悲深い仏教者に化けた狐——ということに変わりはない。書もよくするし絵だって描くわ。三太郎狸が言っていた通りだ。お前の馬鹿面直《づら》すにゃ適任である」

「やっほう」

豆腐小僧、よく解らない喜び方を致します。

つられて袖引き小僧も飛び跳ねますな。

「良かっただな」

「良かったよう」

「まだ良くないわ間抜けどもが」

あ——居った居ったと達磨大声を出します。

村外れの辻でございます。

狸の籠を担いだ九助が道祖神《どうそじん》の前に立っておりますな。

「赤麿《あかまろ》の兄ィ。白麿《しろまろ》の兄ィ。久太郎だぜ」

この青年、本名は九助なのでございますが、川越に伝わりますところの悪戯化け狐、久太郎狐を人生の範としておりまして、それにあやかろうと、仲間内では久太郎を名乗っておるのでございますな。

ややこしゅうございますから、以降は久太郎で統一することに致しましょう。

久太郎が兄貴兄貴と小声で呼びますと、笹藪がかさりと揺れまして、やがて妙な男が二人出て参ります。

齢《とし》の頃なら三十幾つ、白い着物に赤袴《あかばかま》。細面《ほそおもて》の顔に細い眼、細い眉《まゆ》、薄い唇。もう一方は赤い着物に白袴、色合いは真反対《まはんたい》でございますが、顔は見分けがつきません。双子のようでございます。

「首尾は如何《いかが》じゃ」

赤い着物が申します。

「上々ですよ」

久太郎は籠を示します。

「怪我《けが》した狸は全部で六匹。可哀想《かわいそう》に死んじまったのが五匹居ました。こりゃ奥の方に埋めて来ましたぜ。罠《わな》ァ全部ぶっ壊して来た」

「全部か」

白い着物が問いますな。

「ひとつでも残っていては意味がないのだ。それではあやかしの仕業とは思うて貰《もら》えぬぞ。霊威を持ったモノは見落としたりはせぬものだ」

「全部でさァ」

久太郎、胸を張ります。

「こう見えてもこちとらにゃア、久太郎狐のご加護があらぁ。悪戯仕事に抜かりはねェや」

ぼおっと久太郎の頭の上が白く発光致しまして、つむじの辺りからポンと久太郎狐が飛び出します。

既に見得を切った格好になっております。

白い着物が申します。

「悪戯ではない。頭目のお指図があったのだからな。これは仕事だ。お前はお前の奉ずる久太郎狐同様、どうにも調子が良くて困るわ――」

しゅう、と男の頭上から光が漏れます。

やがて――剣を手に持ちました、真っ白な狐が頭上に現れます。

続けて赤い着物の男の頭上からも同じように光が漏れまして。こちらは何とも鮮やかな真っ赤な狐が現れ出《い》でます。こちらは宝珠《ほうじゅ》を掌《てのひら》に載せております。

「おお、そなた達は――」

声を上げたのは達磨でございます。もちろん人間には聞こえませんな。

「麿《まろ》は赤狐」

「麿は白狐」

紅白のお狐さんだ――と豆腐小僧は目を円《まる》く致しますな。

「綺麗なもんでございますねえ」

「失礼なことを言うンじゃあねえ、この豆腐野郎ォ」

久太郎狐が眼を寄せて申します。

「ただじゃァおかねェぞォ」

「お見受けしたところ――その方ら、中々霊格の高い狐であろうな」

「そういうお前はァ」

「あ、達磨大師様ァ」

どうも久太郎同様芝居がかっておりますな。

しかもひと言を分割して二匹が喋りますから、少々間怠《まだる》っこしゅうございます。

「愚僧は菩提《ぼだい》達磨ではない。滑稽達磨である。学はあるが徳は高くない。その方達は――もしや東明《とうみようじ》寺の紅白狐ではないのか」

「あ、如何《いか》にも」

「あ、その通り」

「それはどんな狐さんなんです？　紅白饅頭《まんじゆう》が好きな狐さんとか。それとも紅白幕が好きな狐さんとか。いやあおめでたい狐だなあ」

「めでたいめでたい」

「めでたいね」

「おめでたいのはお前達じゃこの馬鹿小僧どもが。一人増えたから叱る方も大変だわい。このお二方はな、東明寺にありがたい仏体を持って行ったという伝説を持つ紅白狐だ」

「はあ」

まあ――本筋には関係ないのでございまするが――。

その伝説と申しますのは次のようなものでございます。

川越は志多町に、時宗《じしゅう》二祖、真教《しんきょう》上人のご開山ともされます、東明寺という古刹《こさつ》がございます。このお寺、本来宗派は時宗でございますから、念仏道場でございます。

ところが。

どういう訳かご本尊が薬師如来《やくしにょらい》でございました。これ、どちらかといえば密教系のご本尊でございまして、少々ミスマッチだったのでございます。それを気に致しましたのが、東明寺二世住職の臨阿弥《りんあみ》というお坊さんでございます。何か気になる。どうして薬師如来様がここに坐《おわ》すのだろうと、あれこれ調査致しますがさっぱり判らない。

どこが違うんだと仰《おっしゃ》る方も多いのでございましょうが、これは当事者にしてみますと結構違和感があるもんだとお思いください。

ウィンドウズを立ち上げる時にマッキントッシュの音がするようなもの。これとてコンピュータに興味のない人には区別がつきますまい。おまけに立ち上がった画面にアップルマークが現れたりしたら、困りこそしませんが、やっぱり変な気になりますな。気にならない人には気になりません。

野球場のバックネットがサッカーのゴールの形だったら変だなあと、こういうことでございまして——これとてスポーツに興味のない人間にはどうでもいいことでございますな。

正太郎少年がジャイアントロボを操縦するような違和感とでも申しましょうか。ああ、いっそう解り難《にく》くなっております。

とにかくそういうことでございますな。臨阿弥さんは、どうも居心地が悪かったのでございます。

そんなある夜——。

赤と白の二匹の狐が、何と仏像を口に銜《くわ》えて現れたというのでございます。

狐どもはうんしょうんしょと仏像を運んで参りまして、これを本堂の脇に置きますと、姿を消したのだそうでございます。

臨阿弥和尚、これを陰から見ておりました。何とも奇異なことよと、そう思うたそうでございますな。で、夜が明けましてから、和尚さんその仏像を確認しに参ります。

夢かもしれぬと、まあそう思うたのでございましょう。

これが立派なものでございました。

おつむには五仏の冠を戴《いただ》き、右手には光炎の剣、左手には宝珠の載った蓮華《れんげ》を持っておられます。このお姿は、虚空蔵菩薩《こくうぞうぼさつ》像でございます。

これは大変じゃ、勿体《もったい》無いことじゃと、臨阿弥和尚大慌《おおあわ》てで菩薩像を本堂に運

安置致します。

この仏様なら本尊様に丁度良いと、そうも思うたようでございますな。
ざいますから阿弥陀様などの方が良いのでございましょうが、冠の五体の
陀様がついております。そういう訳で、その後暫《しばら》く東明寺にはご本尊が
元々のご本尊、薬師如来像は、夢知らせにより他のお寺にお移しになっ

紅白狐が持って参りました虚空蔵菩薩様は、慈覚《じかく》大師の作とされ、秘仏とな
れなくなったとか。

まあ——これは場所も時代も特定されておりますし、所謂《いわゆる》伝説でございます。そしてこ
どもは、その時仏像を持って来た伝説上の狐——ということなのでございましょうな。

「麿は赤狐」

「麿は白狐」

「この男は赤麿。元は盗人《ぬすっと》なり」

「この男は白麿。赤麿の双子の兄弟なり」

「元盗賊か。しかし赤白狐程のものが何だって元盗賊なんかに感得されておるのだ？」

「これなる二人は、寺院専門の盗人なり。つまりは——」

「仏像泥棒であァる」

「ほう。それで仏像運びの先達である赤白狐をおのが護持神《ごじしん》として奉《ほう》じたのか。なる程な」

「少し違う」

「そうじゃ少し違う」

「どう違うのだ」

「この兄弟は東明寺へと忍び込み、かの秘仏、本尊虚空蔵菩薩像をば盗み出そうと企《たくら》んだ」

「そう、企んだ。剰《あまつさ》え、売り捌《さば》こうと企てた。ところが」

「ところがそこを」

「そこを和尚に捕まった」

「あ、捕まってしまったァ」

まあ、本当に面倒臭い連中でございますな。

達磨は少々辟易《へきえき》しておる様子。小僧どもは面白がっておりますな。

「ところがところが」

「捕えたもののこの和尚、慈悲の心を現して、この二人をば哀れみて、お役人には引き渡さなんだ」

「おう、渡さなんだ。飯を施《ほどこ》しとくとくと、人倫仏道を諭《さと》し導き、ついには足を洗わせた」

ホウ、と達磨感心します。

「和尚は秘仏を出して来て、この兄弟の前に置き、恐れ多くもこう説いた」

「ソラ盗め、さっさとどこへでも持って行け、欲に眩《くら》んだ目で見れば、これも金箔銅の塊。箔を剥《はが》して鋳潰《いつぶ》せば、銭何貫目になるじゃろう」

「しかしこうして有り難く、拝み崇《あが》めて見るならば、これなる物は仏なり。虚空の智慧《ちえ》をば衆《しゅ》生《じょう》へと、お授け下さる菩薩なり。銭何万貫にも替えられまい」

「同じ仏像運ぶでも」

「同じ仏像運ぶでも」

「盗人が運べば銭何貫」

「狐が運べば値は無量」

「人として、生れて来たと申すのに、思い行いが悪ければ、畜生にまで劣るのだと、和尚は説教くらわせた」

「荒くれ者とは申しても、腹ッぺらしのお人好し、和尚の慈悲に心を打たれ――」

見事盗人の足を洗ったァ――と声を揃《そろ》えて申します。

かかかかッと拍子木《ひょうしぎ》を打ち鳴らしますのは久太郎。

ちょん！

「解った解った。それでこ奴らは泥棒を辞めた、辞めたはいいが今さら素《す》ッ堅気《かたぎ》に戻ることも出来ないから、そこで野狐党《のぎつねとう》に入って地域のために貢献しようと考えたと、そういうことであるな」

おっと返事は結構であると達磨は止めます。ステレオで話されるのを聞くのは流石《さすが》の達磨も疲れる模様。

「それでその方らのような仏徳のある狐がこんな荒くれ者に感得されたという訳であるか」

「そうなのだが」

「そうなのだが」

「何だ。まだ何かあるのか」

「買い被《かぶ》られておるようで」

「おるようで」

「何じゃ。何を買い被っておると申すのだ」

「そなた、滑稽達磨が学はあれども徳がないように」

「同じく磨どもも、品はあれども位は低い」

「精々《せいぜい》が野狐《やこ》」

「気狐《きこ》にすらなれぬ」

「空狐《くうこ》にもなれぬ」

狐妖怪には位があるのでございますな。

てっぺんが天狐《てんこ》でございます。空狐、気狐、野狐と、徐々に下がって参ります。

これ、八百八狸のような格づけとは少々違っておりますな。

狸の場合は謂《い》わば軍隊の序列、会社の役職と同じでございます。役職のつかぬ社員もおりますし、軍隊に入らぬ者には無関係の階級なのでございますな。三太郎狸のように無関係な狸もおりましょう。

ところが狐の場合、これは名誉称号のようなものでございまして、謂わば勲何等というようなものですな。関わりを持つ稲荷社の格が上がれば、同時に持ち上がったりも致します。正一位なんぞになりますと、一気に空狐でございます。

何にもない場合は、これ全部野狐でございます。

「そうか。その方らは祀《まつ》られる祠《ほこら》もないし、お稲荷さんとも関係ないものなあ。野狐か」

「悪いか」

「悪いか」

「悪いってのかァ達磨よォ」

久太郎狐までムッと致しますな。

「悪かァないわい。このお二人がお前のような粗忽《そこつ》野郎と一緒の位というのがどうにも釈然としないと、愚僧はこう言うておるのだ久太郎」

「煩瑣《うるせ》ぇやいこのフンドシ達磨め。赤白狐様の御前だぞ。もそっと神妙にしねェかよう」

「まあ待て久太郎」

「その言い方は何とかならぬかなぁ。一回に纏《まと》まらないのかな」

「煩瑣えなこのヘッポコ達磨め」

「待てと言うておろう」

「待てと言うておろう」

「ほら。待て待てと仰《おお》せではないか。赤殿、まあ白殿でも良いが、実はな、折り入ってお願いがござるのだ。その——こ奴らは三人これからどうするのかな」

「まあもうすぐ夜明けじゃ。先《ま》ずは頭目のところに報告に行くであろうな」

「それから——寝ると思うがな」

「寝る前に頭目に会うか」

「会う」

「会う」

「さあ、早く戻ってお頭にご報告しましょう兄貴。これで例の仕掛けもし易くなるというもんだぜ——」

久太郎はそう申しまして、足を踏み出したのでございます。

「あ、そういう訳でおさらばだ」

頭上の久太郎は左手を振り上げ右手を前に翳《かざ》しまして、首をぐるりと廻します。

「あばよウ、達磨さんン」

赤麿白麿兄弟も踵《きびす》を返します。

「だから待ってくれと申しておる。そいつらのお頭は——いいや、伯蔵主《はくぞうす》殿はどこに居《お》られるのだ」

達磨が慌てて尋《き》きますな。

「お頭は野狐殿《やこでん》におられる」

「我らが帰りを待っておられる」

赤白狐が答えます。

さても奇妙な行列でございます。

頭のてっぺんにかぶいた狐を載っけました威勢のいい若者の後に、これまた珍妙な狐を一匹ずつ載せました、しかも紅白に色分けされた妙な男二人がしずしずと続きまして、その後に小達磨、豆腐小僧、袖引き小僧が続いているという——。

世にも奇妙な行列でございましょうな。

もちろん人の目に狐だの達磨だのは見えておりません。

「おいら、何だか楽しいよ」

袖引き小僧が申します。

「居るってことは面白いことだなあ」

「居る？」

妙に哲学的な台詞《せりふ》でございますな。

豆腐小僧なんかに解りますものかどうか――。

「だって、おいらは普通、居ないだからな。居ないから居るのがおいらの居る理由だもの」

いっそう解りませんが――これは以前達磨が説明した通りでございます。

袖を引かれる、振り向いても誰も居ない、だからこそ妖怪袖引き小僧は居るという仕組み。

居ないから居ると申しますのはそうした意味でございます。

「おいら、何だか妖怪じゃなくって生き物みてェな気になるだよ」

「はあ。袖引きちゃんに楽しんで貰えたのなら、手前の間抜けっぷりも少しは役に立てたということで」

「なぁにを馬鹿なことを言うておるのだこの豆腐は。緊張せい緊張――」

やがて。

しらじらと夜も明けて参ります。

人間の目にも、何となく人の目鼻がついて見えるようになった頃――。

一行は荒れ果てた古寺に辿《たど》り着きました。

「お頭──お頭、今戻ったぜ」

久太郎、草履《ぞうり》も脱がずに上がり込みます。赤白、そして達磨に小僧どもが続きますな。

本堂には十名程のむさ苦しい一団が車座になっております。

「ただ今戻りやしたぜ」

「戻り申した」

「戻り申した」

真ん中──本来ご本尊が座っているはずの場所に、ごつごつした顔のハゲ親爺《おやじ》が座っております。服装は所謂《いわゆる》お坊さんのそれでございますな。

「ご苦労じゃ。して首尾は」

「上々でやす」

「結構。狸の様子はどうであった」

「散々でさァ。何匹居たのかァ知らねえが、五匹死んでて──残りはほうれ、この通り」

「そうか。酷《むご》いことよなァ」

僧形の老人は一度首を捻《ひね》り、次に紅白兄弟に視線を向けます。

「赤麿白麿。そっちはどうじゃ」

「室田《むろた》の家に忍び込み」

「これこのように見取り図を」

「でかした――」

赤麿、懐から畳んだ紙を出しますと老人の前に恭《うやうや》しく差し出します。老人は紙を広げて眺めるとうむうむと頷《うなず》きます。

「どうであろうな与左衛門《よざえもん》殿。それから玄角《げんかく》殿――」

老人の目の前には奇妙な風体の男が二人座っております。

一人は兜巾《ときん》に鈴掛《すずかけ》、結袈裟《ゆいげさ》という風体。横には笈《おい》と錫 杖《しゃくじょう》が置かれておりますから、これは山伏でございましょう。

もう一人は角頭巾《つのずきん》を被《かぶ》りまして、紺と白のだんだら半纏《ばんてん》に手甲脚半《てっこうきゃはん》といういでたち。一見飴《あめ》屋《や》か何かのようにも見えますな。

こちらの方々は――と赤麿が問います。

「なあに、儂《わし》が江戸に居《お》ったころからの関わりでな、この度《たび》の学者退治の助っ人だ」

「助っ人で」

「助っ人で」

「こちらは飯綱《いいづな》の玄角殿」

山伏姿の男がいかめしい顔のまま会釈《えしゃく》を致します。

「それからこちらが管使《くだつか》いの与左衛門殿だ」

飴屋のような男は不敵に笑います。

「いずれも儂ら同様、体制に弾《はじ》かれた不逞《ふてい》の輩《やから》じゃ」

これが元盗賊の赤麿、あっちが白麿じゃと老人は申します。

「昔のことでございまする」

「昔のことでございまする」

二人がそう答えますと、老人は大いに笑います。

「何の何の、こうして警戒厳重な屋敷に忍び込み図面にしたためて来るなど、中々出来ることではないぞ」

「昔取った杵柄《きねづか》てェやつですやんすねェ、兄貴」

「さながら今様《いまよう》石川五右衛門、いやいや日本《にっぽんだ》駄右衛門《えもん》であろうかな」

「まあ、その面構えでは弁天《べんてん》小僧とは参るまいなぁ」

わっはっは、と声をあげて怪しげな連中は笑います。むさ苦しいったらありゃしない。朝っぱらから鬱陶《うっとう》しいことでございますな。

輪の外におりました久太郎、狸の籠を隅に置きまして申します。

「で――お頭、あとの手筈《てはず》はどうするんです。あの兵六玉《ひょうろくだま》、いつぎゃふんと言わせるんですかい」

「うむ」

老人――頭目の弥平は笑うのを止《や》めて目を閉じます。

「そうよな」

腕を組みます。

「さてもさても、あの室田の吃驚《びっくり》顔が目に浮かぶようじゃ。狸はけだもの、けだものは人より劣るもの——そんな驕《おご》った考え方が通る訳はないわ。学問だか文明だか知らぬが、あの愚か者めが——百姓から鍬《くわ》を取り上げ、村から鎮守を奪い取ってどうしようというのか——」

「百姓は作物を、職人はものを作る。商人は売る。戦うのは侍の仕事だ」

「それは分担であって格差ではない。そこまでは解る」

「だが、その百姓が戦う知恵をつけてどうなるというのか」

「神社壊して獣殺してどうするというのだ」

「そうだそうだ」

ご法度《はっと》の髭《ひげ》を生やした男やら、髷《まげ》を結わないものどもやら——まあ小綺麗な格好の者は一人も居《お》りません。

「ここは江戸に近い。西の方から戦火が上って来た時に、幕府方の兵隊にでも使う気なのだろうな」

玄角が申します。

つまり死ねということだろうと弥平は答えます。

「使い捨ての兵隊にする気だろうぜ」

「純朴な連中を騙《だま》しやがって」

「思い知らせてやる」

「今に見ろ」

「まあ——狸罠が壊されてしまったとなれば、自警団の若い衆はすぐに室田に相談に行くだろう。あいつが何と言い繕《つくろ》うか——そこが見物だな」

「狸は中々知恵のある獣。決して化かしたのではないぞ——とか申すのかのう」

「そんな言い訳がきくもンかい。あの罠は人間でも引っ掛かるぜ。獣に外せる訳がねぇ。しかもただ壊したんじゃない。俺は罠を跡形もなく取り外して、部材を藪の外に綺麗に並べ、竹藪を元通りにして来たんだ。あれが獣の仕業なら、化かしたんでなくとも大したもんだぜ」

「でかしたでかした。慌てるぞぉ」

「今日一日その慌てぶりをじっくり見てからことを起こすことにしたいとは思うのだがな」

老人は来い来いと手招きを致しますな。男どもは顔を寄せます。

いっそうむさ苦しくなります。

やがて——。

久太郎、赤狐白狐の他にも——ぽこんぽこんと男どもの頭上に奇っ怪な獣が次々立ち上がりますな。

御幣《ごへい》を胸の前に翳《かざ》しました白狐。

怪しい鬼火を伴いました貂《てん》。

フンドシ一丁の大鼬《おおいたち》。

藻や髑髏《どくろ》をそれぞれ頭上に掲げました、大小様々な狐ども——。

それから。

　どろどろと煙を出しまして——もちろん人間には見えてはおりませんが——立ち上がりましたのが、僧衣の狐でございます。数珠を持ち、白布を頭に被っております。

　野郎どもが頭を寄せておりますから、頭上の獣どもも密集して立っておりますけれども、こいつはどうやら頭目の頭上に涌《わ》いたようでございます。

「おおッ」

　それまで小悪党の密議を静観しておりました達磨、声を上げまして駆け寄りますな。

「尊公《そんこう》は伯蔵主殿であろう」

「如何《いか》にもそうじゃ。伯蔵じゃ」

　坊主の狐はゆるりと視線を下げますな。

「はて拙僧《せっそう》を知るそのチビは——その濁声《だみごえ》は滑稽達磨ではないか」

「左様。愚僧は滑稽達磨である。尊公を訪ねて遥々《はるばる》参ったのだ」

「禅問答は御免であるぞ。拙僧はもう暫く参禅をしておらぬ故《ゆえ》」

「そんなこたァせんて。頼みがあるのだ伯蔵殿——」

「はてさて妖怪同士の頼みごととは面妖な。そのようなことは過去に例がなかろうて」

「なかろうな。しかしこれはな、急を要する。のみならず重要なことじゃ。延《ひ》いては妖怪全体の命運に関わることじゃて——」

　さて。

　この伯蔵主なる狐は如何なるものでございましょうや。

狂言に『釣狐《つりぎつね》』という秘曲がございます。この狂言、笑うところがまるでないという、狂言らしからぬ狂言なのでございますが、この『釣狐』に出てくる狐が伯蔵主でございますな。

その筋書きはと申しますれば、一族郎党を悉《ことごと》く猟師に釣られてしまった——つまり獲《と》られてしまった哀れな老狐が、猟師の伯父である伯蔵主なる僧に化けて訪れまして、狐猟を止めるように猟師を諭す——というものでございます。

この狐、博学でございまして、玉藻前《たまものまえ》の故事などを引き合いに一度は説得なるものの、罠に仕掛けられた鼠の油揚げに獣の本性を擽《くすぐ》られ、逡巡《しゅんじゅん》葛藤《かっとう》の末に罠に掛かってしまう——というお話。シテの動きが中々に緊張感溢れる曲でございますが、これには元がございます。『和漢三才図会』などに拠《よ》りますッてェと、少林寺塔頭《たっちゅう》の耕雲庵《こううんあん》に伯蔵主なる僧が住んでおりまして、その僧が近くに棲《す》む独脚の狐を可愛がっていたのだそうでございます。この坊主と狐の取り合わせが様々な伝説を生みましたようで——。

天保の頃書かれました『続武将《ぞくぶ しょうかんじょうき》感状 記』にも伯蔵主が出て参ります。

こちらは次のような話でございますな。

紀伊の国に閉居しておりましたさる武士の許《もと》に、耕雲庵なる庵《いおり》から来たという旅の禅僧が訪ねて参ります。これが、禅問答をよく致します。武士もまた禅の嗜《たしな》みがあったようでございまして、大変に気が合《お》うたのだそうでございますな。

ところが気を許しますてェと、そこは獣。やがて尻尾《しっぽ》を出しますな。狐だった訳でございます。バレたとなりますと、そこもまた獣でございまして、襲いかかって参ります。

ところがそれも躱《かわ》され、それを恥じたのか、正体を晒《さら》して死んでしまいますな。

暫くしますとまた耕雲庵の伯蔵主と名乗る僧が訪ねて参りまして、これも禅問答が大変に上手《うま》い。前の狐の話を致しますと大いに哀しむ。そのうち妙なことを語り出します。侍、これも怪しい——と思ったのでございましょう。

その予感は当たっておりまして、やはり捕まってしまいます。ここで伯蔵主の方も更《さら》に年老いた化け狐であったということになっております。

この伯蔵主、どういう訳かその後、江戸は小石川傳通院の僧侶と知り合います。それのみならず、傳通院で修行したりもしておりますな。それは熱心かつ優秀で、実に立派な学僧だったそうでございますが、眠った際にやはり尻尾を出してしまいまして、やむを得ず身を隠してしまったそうでございますな。

伯蔵主と申します狐、いずれも大変に賢い狐のようではございますが、どうも間抜けではあるようでございます。どんな場合にも、すぐに尻尾を出してしまいますようで。

この老狐、それ以降は傳通院の鎮守神伯蔵稲荷《いなり》として境内に祀《まつ》られているそうでございますな。ただ祀られております伯蔵は紀伊の出ではなく、下総《しもうさ》は飯沼《いいぬま》の広教寺に居た狐であると伝えられているようでございます。

久太郎の話に依《よ》りますと、この野狐党頭目の弥平、その傳通院に居《お》った模様でございます。

そこで境内の伯蔵主を感得したのでございましょう。

弥平の頭上の伯蔵主、皺《しわ》の寄った顔で達磨を見据えます。

「妖怪全体とはまた、大きく出おったな。さて何と返そうか」

それから伯蔵主、首を傾《かし》げまして、数珠を胸に当てます。

「おお」

「如何《いかが》致した」

「駄目じゃな。このような見解《けんげ》では禅の開祖達磨殿には披瀝《ひれき》出来ぬわ」

「だから。これは禅問答ではないと言うておる」

「すまぬ。考えてしもた。公案というのは考えたらしまいだ」

「だから公案ではない。おい久太郎。赤殿でも白殿でもいいわい。この坊さんに話を聞くよう頼んでくれ」

「伯蔵様」

「蔵主様」

「なんじゃ赤白」

「この達磨、何やら妖怪同士の相談事があるようでございますぞ」

「相談事。妖怪同士の相談事とは稀有《けう》なことよなあ」

すこぉし。

耄《ぼ》けておるかもしれませんな。

「あ、申し上げます伯蔵様ァ」

久太郎でございます。

「あれなる――馬鹿をご覧ください。そこに控えたる阿呆面の小僧」

久太郎、本堂の端っこでほおっとしています小僧どもを指します。

「ああ？」

老狐眼を細めます。

「――あれは狸と猿――いや違うようだのう。果たして何者かな」

「おいら、袖引き小僧だ！」

「おいら――て、手前は豆腐小僧でございまして」

「で？」

「実は伯蔵殿。あの馬鹿面は悪い狸の仕業なのである。狸どもの野望を粉砕するためには消さねばならぬのだ」

達磨説明致します。

「それはいかんのう」

伯蔵、飄々《ひょうひょう》と答えます。

「狸めは好かんわい」

「のんびりしておるなあ。あのな、尊公は僧形でいるときは書もよくすると伺っておる。ならば顔の墨を消すことも出来ようかと罷《まか》り越したのだ。あれなる豆腐小僧の悪戯《いたずら》描きをば、消しては貰《もら》えまいか」

「それは出来ぬ」

「出来ぬ？」

「墨を塗ることは出来るがなあ。消すというのはどうもなあ。やったことがないわいなあ」

伯蔵主、筆を出します。

「大体は呑み込んだがな達磨殿。拙僧は筆は持っておるが手拭《てぬぐ》いは持っておらぬし、一度書いたものは消したり直したりしてはいかんのじゃ。何ごとも一期一会《いちごいちえ》の覚悟で臨まぬとな。良い書は物せぬ」

ううむ——達磨は太い眉《まゆ》を寄せますな。

「心配ない。方法はあるて」

「ほう、手立てがおありと仰せであるか。流石《さすが》は高僧ともさしで渡りあったと伝えられる伯蔵主殿。で？」

「だから今しがた申したであろう。真っ黒けに塗ってしまえばいいのだ。真っ黒けなら真っ黒小僧——炭団《たどん》小僧かな。もう狸にゃ見えぬであろうが」

「それは名案！」

久太郎が手を打ちます。

「流石は我が野狐党のお頭だ。あ、言うことが違うねェ」

「見得を切るなよ。ううむ。一理はあるがな。と、申すより大方の予想を裏切る実に禅的などんでん返しではあるのだろうがなあ——」

達磨、豆腐小僧をちらりと見ます。

「い、厭でございますよぅ。そんな、炭団小僧なんてものになりたくは」

豆腐小僧顔を歪《ゆが》めます。

「い」

「しかし手がないぞ」

「でもォ」

「そうしろよ面倒臭《くせ》ェ！」

そう言いますと久太郎、突然するすると腕を伸ばしまして、豆腐小僧の笠を攫《つか》んだのでございます。

「さっさと観念して炭団小僧になりゃあがれェ」

またもや危機一髪でございます。何と申しましても豆腐小僧、一方の手は盆で塞《ふさ》がっております。片手だけではどうにも出来ませんな。飴のように伸びました久太郎の腕が豆腐小僧の頸《くび》に巻きついてぐいぐいと引っ張りますな。

「うひゃあ気持ち悪いィ」

「お化けのくせに何を言いやがるゥ」

「だって腕が伸びるなんて、そんなのありなんですかァ」

「俺達ゃ元々ねェものだ。どんな形だってありじゃねェかい」

久太郎の腕は更にするすると伸び、幾重にも巻きつきますな。

だ、達磨センセェ――と、小僧は泣き声を出します。達磨とてどうしようもありません。

「ううむ――狐だの狸だの変化《へんげ》の連中はこれだから始末に悪いわい。まあこの際、諦《あきら》めてしまえ豆腐。炭団もまた良し。狸よりゃいいわい」

「ひ、酷《ひど》いィ」

「酷いったって仕方ないわい。身から出た錆《さび》じゃ。いや、豆腐だけに黴《かび》か」

「薄情ォォ」

豆腐小僧、ォォォォと語尾を引きながら吊り上げられ、引き寄せられて行きますな。

その真下では――むさ苦しいごろつきどもが密議を凝《こ》らしております。こ奴らもまさか己の頭上を、豆腐の載った盆を必死で守る大頭の小僧が移動しているとは思いますまいな。

「うげえ」

数匹の狐がさっと横に退《の》けまして、豆腐小僧愈々《いよいよ》伯蔵主《はくぞうす》の御前に引き出されてしまいます。

「やめてェ」

「これを塗れば良いのか。しかし広い面だなあ。緊張感のない顔だしなあ」

伯蔵主、筆を突き出します。

「お、お願いでございます。炭団は、炭団だけは厭ですぅ」

「何故《なぜ》だな」

「な――何か厭でしょ。黒いし」

ううん、伯蔵主筆を引っ込めて細い首をば傾《かし》げます。

「深いのう」

「感心してる場合じゃアねェですよ伯蔵様。こりゃお得意の禅問答じゃねェんです。そいつァただ馬鹿なだけで、深読みしちゃァいけねェや。俺だって辛《つら》い体勢なンすから、さっさと塗って——」

拍子木。

「——あ、おくンなせェ」

久太郎見得を切ります。

解った解ったと老狐は首肯《うなず》きまして、たっぷりと墨の沁《し》みましたる筆先を豆腐小僧の額へと差し出しますな。

「ああやめて」

少ォし穂先が震えております。伯蔵主、もう若くはありませんな。

「矯《た》めるのう。伯蔵殿」

達磨が見上げます。

「そりゃそうじゃ。書は紙との真剣勝負。一気に書き上げぬとな。躊躇《ためら》いがあってはなりませんぞ、達磨殿」

「手前は紙じゃないですよゥ」

「それにこれは書——でもないのだがなあ。あのな、伯蔵殿。勿体《もったい》をつけておってもその馬鹿小僧が怖じ気《おけ》づくだけだからな。さっさと引導渡して塗っちまってくれ」

薄情でございますな。

るのだ」

「堪《こら》えよ小僧。お前が炭団になることは大きな目で見れば妖怪全体の安泰に貢献することにな
「ほ、本当にそうなんですかねェ。今の今まで信じてましたけど、何だか嘘っぽく感じちゃう
なあ。あ、やめて」

す、っと筆が突き出されました。

その時でございます。

ひょい、と小僧が下がります。

「おっとっと」

伯蔵主よろけます。

「おっとっとっとっと」

豆腐小僧、空中でふらふらと揺れますな。

「な、何しやがんだ！」

久太郎の声でございます。

豆腐小僧、上体を捻《ひね》りまして無理に目を遣《や》りますってえと――。

「あ――袖引きちゃん」

何と、袖引き小僧が久太郎の袖をばずいと攫んで、ぐいぐいと引いているのでございます。

「や、やめろい。この袖引き野郎。手元が狂うじゃあねェかよゥ」

「だって豆腐小僧が厭がってるでねェか。他人《ひと》が厭がることをすンのはこれ、良くねェだよ」

「良くねェだよって――おい！　達磨さんよ。何とかしろよ。これもお前の連れなんだろうがよゥ」

「ううん」

「唸《うな》ってねえで――いたたたた」

袖引き小僧、思いの外《ほか》力が強うございます。

「おいら、長《なげ》ェ間袖引き袖引きと謂われて来ただが、ホントに袖ェ引いたこたァ、なかっただよ。そんだら袖引き小僧はねェだ！　だから、今までの分も思いっ切り引かせて貰《もら》うだよ」

「ひ、引くなら人の袖ェ引けよ」

「馬鹿こくでねェ。そもそもお化けは人の袖は引けねえだよ。おめえ、さっき言ってたでねェか。俺達はねェものだって。なら、おいらもねェんだ。だからおめえみてえなお化けの袖しか引けねェだよ。おいら名前が袖引き小僧だから、狐どんみてェに化けられやしねェが、袖ェ引かせたら天下一だぞ」

ぐいぐいと久太郎は後ろに下がります。もう大騒動でございますな。

さて――。

これ程の馬鹿騒ぎが頭上で繰り広げられておりますのに――下の人間どもはその様子に一切気がついておりませんな。密議を凝らしております。ただ人間の久太郎だけは、どうにも漫《そぞ》ろな気分になっておりまして、集中出来ておりません。

それが——この馬鹿騒ぎの起きた理由でございましょうな。そうでなくては化け物と雖《いえど》も自由に動き回ることは出来ませんな。

その時の人間久太郎の心境はこんな具合でございました。

——何だか少し気に入らねェ。

——俺様の奉る久太郎狐様はこんな尻の穴の小せェことは好かぬはず。

——寄ってたかって奸計《かんけい》を巡らせるような、こんなことはしねェと思う。

——もっとこう、誰もが吃驚《びっくり》するような、奇妙奇天烈な悪戯《いたずら》をするに違ェねェ。

そんなことを考えておりますな。奇妙奇天烈な悪戯——なんてェことを久太郎が考えた、それが豆腐小僧の難儀の始まりでございますな。

もちろん他の狐がおとなしくしておりますのは、それぞれの寄居主《やどぬし》が他のことに集中しているからでございます。

所詮《しょせん》妖怪は感得している人間次第でございまして——。

伯蔵主の場合は、これはやや霊格が高うございますから、少々の自由は利くようでございますな。それでもまあ、機敏には動けません。筆の穂先も震えようというものでございます。

ところが。

袖引き小僧やら達磨やらは縛られるものがございませんから、これは動き放題。特に今までシチュエーションのお約束に雁字《がんじ》搦《がら》めに搦め捕られておりました袖引き小僧なんぞは、ここぞとばかりに張り切っております。

ただ可哀想《かわいそう》なが豆腐小僧でござい。

空中を右へ左へ、まあ妖怪でございますから首を絞められましても死ぬようなこたァございませんが、何よりこの不細工な小僧には大きなハンディがございます。

そう、豆腐でございますな。

ここに至るまでの長いような短いような道のり、豆腐小僧はただ一途一徹《いちずいってつ》にこの豆腐を死守して参りました。その豆腐が——盆の上を右へ左へ。今や風前の燈火《ともしび》でございます。

「うひゃああ。おやめくださいまし」

「俺様だってやめてェが、この小僧めが放さねェ。やいやいそこな袖引き、いい加減に、やめねェかァ」

「やめない」

「やめてェ」

「放しやがれよこの小僧」

「放してェ狐様ァ」

「放せねえだろうがこの小僧は。だから放せよその小僧」

ややこしゅうございます。

袖引き小僧、踏ん張ります。

「久太郎が豆腐小僧を放すまでおいらも放さないだよ」

「馬鹿。俺様がこいつを放したらこいつは真《ま》っ逆様《さかさま》に奈落の底だ」

「それは厭《いや》ァ」

大騒ぎでございます。

その頃下では——。

「良いか皆の衆、よく聞くがいい」

弥平が説明をしております。

「この与左衛門という男はな、飴屋ではないのだぞ。中々どうして手強《てごわ》い男じゃ。実は二ツ名の通り、この男は管使《くだつか》いだ——」

管たァなんですと質問が出ますな。

「管とは憑物《つきもの》でござい」

オウ、と声が上がります。

これに就《つ》きましては、多少の説明が必要でございましょうな。

管とは、管狐《くだぎつね》という想像上の動物のことでございます。

松浦静山《まつらせいざん》の『甲子夜話《かっしやわ》』などにも出ておりますな。静山は文政五年、上方《かみがた》から江戸に持ち込まれました管狐を検分しておるのですな。これに拠《よ》りますってぇと、頭から尻までの長さが一尺二寸程と申しますから、まあ三十七、八センチの小動物でございます。ただこの管狐は尻尾《しっぽ》がやたらと長《なご》うございまして、尻尾が九寸五分。三十センチ弱でございますな。全長は六、七十センチになりましょう。これは随分大きゅうございます。普通、管狐と申しますのはもう少し小振りのものでございます。

どのくらい小さいかと申しますと、まあ竹筒の中にすっぽり入ってしまう程の大きさなのだそうでございます。それなら精々子鼠《せいぜいこねずみ》くらいのものなのでございましょうな。ならば狐ではございますまい。

まあ動物というより妖怪の類《たぐい》でございますから、これは仕方がございませんでしょうな。お察しの通りこの妖怪狐、平素はその竹筒――管の中に入っております。筒の中に入れて飼い馴《な》らすことが出来るそうなのでございますな。それ故に管狐と呼ぶのでございます。

但《ただ》し、甲州や信州、三河辺りではこれは家に憑く憑物とされておりまして、つまりはあまり良いモノではございません。家に憑く――と申しますのは、所謂《いわゆる》憑物筋という奴でございまして、現在の倫理に照らすなら、これ、謂《いわ》れなき差別の一因となるような要素を含んだものでもございます。

いいものじゃございません。その家筋の娘が他家に嫁に行くとついて行くのだそうでございまして、しかも嫁ぎ先で七十五匹に増えると謂《い》われております。これは床下などに巣喰っておりまして、村の中で色々と困ったことをするのだと伝えられます。

ところが。

この管狐、管に入れれば持ち歩けるという利点もございます。つまり携帯用憑物なのでございます。ただ憑物でございますから、誰でも使役《しえき》出来るというものでもございません。これは例えば、修験系の修行者――所謂山伏などが法力で飼い馴らすのだと伝えられます。中でも金峯山《きんぶせん》で修行致しました行者はよく管を使うとされますな。

しかし、こうなりますと、もう一般の憑物とは一線を画してしまいますし、使う行者の方もただの宗教者ではなくなってしまうようでございます。

管を使う連中と申しますのは、一種の見世物——大道芸人なのでございます。

この見世物は果たしてどんな芸かと申しますなら。

これは要するに管狐様にご託宣を述べて戴く——というものだったようでございますな。先《ま》ず竹筒をば取り出《い》だし、あれこれとお伺いを立てる訳でございます。そうしますってぇと、その質問に対しまして、竹筒の中から声が発せられまして、相談者に適切な回答をするのでございます。

今で申せば腹話術のようなものでございましょうか。

いずれにせよ、筒の中にいらっしゃいます何ものかにお伺いを立てているという体裁なのでございまして、これは一種の辻占いでございましょうか。

この大道芸人こそ〈管使い〉なのでございます。

これ、憑物筋とも関わって参りますし、一応は修行した修験者のありがたい霊験により霊物を操るのである——と、説明される訳ではございますけれども、その辺はどうも怪しいものでございます。他の霊験神通力に比べまするると、管狐の場合はいっそう見世物感が強うございましょうな。

と——いう訳でございまして。

この与左衛門もそうした芸人の一人なのでございましょうな。

与左衛門、懐から案の定竹筒を出しますな。

「あっしはね、皆の衆。この竹筒の中の管様を自在に操って、先のことを知ることが出来るんだ。のみならずこの管様はな、相手を呪《のろ》ったり貶《おとし》めたりすることも出来ましょうぞ――」

嘘じゃ嘘じゃ、こ奴は口八丁の詐欺者じゃと弥平が申します。

「そんな細ォい竹筒に入る動物が居《お》るかい。筒の中は空じゃ。こ奴は騙《かた》りよ。この与左衛門はな、声色《こわいろ》だの変装《かわりみ》だのが得意な小悪党なんじゃよ」

さあ、その時でございます。

下の会話と関係なく――。

竹筒が声を発しました。

もちろん人間の耳に聞こえるものじゃァございません。しかし妖怪どもにはよく聞こえております。

「わっははは。聞いたかね。あっしは管狐だぞぅ」

はい。

慥《たし》かに、それはそうなのでございましょうが――現在豆腐小僧はそれどころではないのでございます。

「わ、わ、わ、お助け」

そういう状態なのでございます。

「なんだよウルサイなあ。折角《せっかく》出て来たつうのに」

「お前は狐じゃない」

「狐じゃないぞえェ」

赤白狐のデュエット攻撃でございます。違うよ狐だよう、と竹筒は申します。そして――ぬるりと筒から顔を出しますな。

「よく見ろよ。狐の顔だろうが。別に気に入ってる訳じゃないんだがな。名前が管狐なんだから、あっしは狐だようだ」

「しかし」

「でも」

「わひゃああ」

豆腐小僧が赤白の鼻先を横切りますな。

竹筒から顔を出しました、やけに細っこい管狐、苦々しい顔でそれを睨《にら》みます。

「ウルサイなあお前。馬鹿か」

「ま、まあ馬鹿で」

「狸――じゃねェんだな」

違うんですう――と、小僧大きく回ります。

「て、手前は、ほれ」

わざと豆腐を示しますな。

「ん？　どっかで見たことあるぜ。お前は――へえ、豆腐小僧なんだな？」

そうでございますぅ——と情けない声を出しまして、小僧、今度は上下に揺すられます。

そしてその小僧の首を絞めております腕の大本《おおもと》——久太郎狐は、人間の久太郎の頭の天辺《てっぺん》で袖引き小僧と組んずほぐれつしておりますな。その久太郎の周りの板床の上、ちょこまかとただ達磨だけが行きつ戻りつ困っております。

「何でもいいから早《はよ》うせえ」

「そんなこと言うなら止めてようゥ」

「止めればいいのか!」

「と、止められるんで?」

小僧、空中でぽかんと口を開けますな。すると突然けたたましい笑い声が響きます。当然管狐のものでございます。

「馬鹿野郎。嘗《な》めるなよ小僧。あっしは天下の管狐だぞ。そんな状況は、これこの通りだ」

言うや否や。

ぴたりと。

久太郎の動きが止まります。

「どうだこの野郎。恐れ入ったかい。あっしには神通力がある——と、されているのだぞ。お前達野狐や鼬が束になってかかって来たって敵《かな》うものかい」

管狐、そこで口を大きく開けて笑います。

「わははははは。驚いているな。今度はこうだ」

管狐、目にも留まらぬ速さでするするすると竹筒から抜け出まして、久太郎狐の襟首から背中に入ります。

「や、やめろォ、やめやがれ」

久太郎、身を捩《よじ》りまして悶《もだ》えます。相当擽《くすぐ》ったいのでございましょうな。

腕がにゅるりと縮みます。

「やめてやめてッ」

豆腐小僧、あっという間に久太郎に引き寄せられます。まるで抱っこでもするような体勢でございますな。

そして――。

「ははは、あっしは袖の中に入るのも得意なんだ」

管狐、久太郎狐の袖に溜まりましてびくびくと暴れますな。袖をぎゅっと攫んでおりました袖引き小僧、思わず袖を放します。放された久太郎は前の方へとつんのめりますな。

「おっと。うひゃひゃひゃ、やめねェか気ン持ち悪いぜこの野郎」

「自分だってお化けのくせに気持ち悪がってるじゃないですかァ」

豆腐小僧不服そうに致します。

「イヤ我ながら恥ずかしい、肌のさわりが悪い悪いィ、こんな気持ち悪いことが、あ、あろうかえェ」

慌てているにも拘《かかわ》らず、どうも台詞《せりふ》廻しが芝居風でございまして。

「ナニ芝居がかっていやがるか。あっしはね、お前らみてえなただの狐じゃないのだ。そうれ今度はお前じゃ」

するり。

管狐、久太郎の袖から小僧の袖に移ります。

「わあどうして手前に」

もう大変な災難でございますが――。

この、妖怪どものドタバタ劇にも理由がございます。ご存知の通り妖怪は勝手に動き回れるものではございませんな。いずれ人間次第でございます。管狐も勝手に出て来た訳ではございません。

実を申しますと、管使いの与左衛門がデモンストレーションを行ったのでございますな。それ助《すけ》っ人《と》の腕試しじゃと、頭目の弥平が技の披露を指示したのでございます。そこで管使い、何をしたのかと申しますと――物品の引き寄せ術をお披露目したのでございます。遠くのものを引き寄せるという術でございますな。

憑物と申しますものは、これ様々な側面から捉《とら》えて行きませんと、さっぱり解らない、要領を得ないという、中々難儀な代物《しろもの》でございます。

近代以降は病理学的側面ばかり際立って語られることが多いようでございますが、これはいけません。あんまりそこにばかり固執致しますと、差別的な側面を助長するだけの言説になり兼ねません。

もちろん、憑物と差別は切っても切り離せないものなのではございますが、近代以降の差別と、憑物が社会的装置としての機能を持ち得ていた時代の差別と申しますのは、同じ土俵では語り得ないものでもございましょうな。

精神や神経の障碍《しょうがい》や疾患と申しますものは、近代以前は、現在程はっきりと認識されていた訳ではございますまい。そうしたものは本来病気、疾患でありまして、恥ずべきことでも忌まわしきことでもございませんな。

とはいうものの、差別的な文脈で語られることも未だに多ございます。

これはまあ、言語道断なことなのでございますけれども――これ、おかしなものでございまして、そうした差別は、それが妙なモノではなく、病気であるという認識が出来上がります過程で作られていったようでもございますな。普通に考えればこれは逆でございましょう。

それまでは無批判に忌み嫌われておりましたようなものでございましても、蓋《ふた》を開ければ何の科学的根拠もなかったとなりますれば、これは考え方を改めましょうと――普通ならこうなるはずでございましょう。

ところが現状はその逆なのでございますな。

まあ、この国も、文明開化、四民平等、近代化、民主主義化と、どんどんと変わった訳でございます。最初にまず迷信が排除されましたな。で、身分やら階級やらの差も表向きはなくなりました。そうして、憑物筋という前近代の装置が徐々に機能しなくなって参ります。

それは、まあ仕方がない。

しかし、よくよく考えてみますってェと、迷信に科学が、身分やら階級やらに貧富の差やら学歴やらが取って代わりましただけのことでもございまして、構造自体はそう代わり映えしていないのでございますな。結局、説明の体系やら解釈やらは大きく変わりましたものの、差別意識だの何だのというものはそのままの形で温存されておりましょう。

人間、そう進歩は致しませんな。

いいえ、そうなりますと、それまではそれなりに機能しておりました仕組みも、まるで意味を失ったり致します。方便も、ただの差別ともなり得ましょう。

ですから、現在残っております憑物筋は、あってはならぬもの――非常に悪《あ》しきものでございます。取扱いも非常にデリケートにしなければなりますまい。オカルトなんかで括《くく》ってはいけませんな。

しかし、この時代――豆腐小僧が闊《かっ》歩《ぽ》しております時代におきましては、若干事情が異なっております。

取り分けこの時代が良かったと申しております訳ではございません。当時とて厳然と差別も搾取もございましたし、理想とは程遠いご時世ではあったようでもございます。江戸の頃は良かったなどと申しますのは幻想でございましょう。いつの時代も酷《ひど》いものは酷いと、そういうことでございまして、これ、どっちが良いというようなお話ではございません。ただ、違っていたことだけは確かでございます。

そのあたりは是非ともお含みおきください。

さて、話が横道に逸《そ》れてしまいましたが——この憑物と申しますものは、先程申しました通りに多面的な捉え方をしませんと全体像が摑《つか》めないという厄介な代物でございます。所謂《いわゆる》狐憑き状態のような病理学的側面とは別に——別にと申しますかそれと寄り添うような形で——共同体の中での富の偏《かたよ》りを説明するという社会的機能も持っております。

簡単に説明致しますと——例えば村で一軒だけ裕福な家があると致しましょう。

これは、それまでの村の常識から申しますと不条理でございます。共同体は文字通り運命共同体でございまして、凸凹《でこぼこ》はなかった訳でございます。それが余所者《よそもの》だったり致しますと、余計に納得出来ませんでしょうな。

で——憑物の出番でございます。

ツいているのは憑物がツいているからだと——説明するのでございます。筋者《すじもの》は経済的には優位に立っておりますから村内での地位などは高いのでございますが、他のところで貶《おとし》めておりまして、バランスを取る訳でございます。

簡単な説明でございますから凡《すべ》ては言い得ておりませんけれども、これ以上はお話の妨げにもなりましょう。

で——管狐と申します憑物は、色々なところから富を運んで来るものなのだと、こう謂われておる訳でございますな。それが転じまして——。

遠くの品物を引き寄せる——そうした芸となった訳でございます。管使いと申しますのは、ですから占いやご託宣の他にも、こうした奇跡を見せる場合もあるのでございますな。

そこで――与左衛門でございます。

先《ま》ずハイッと気合いを入れまする。

「ただ今この筒より管めが出《い》でまして品物を持って参りまするぞ」

などと申しますな。

はい、この段階で管狐が筒から顔を出した訳でございます。

続きまして与左衛門、都合よく離れて座っておりました久太郎をば見据えます。

「それでは、まずあの若者の懐をば探りましょうか――」

エイ、と気合いを入れまする。

ここで管狐はするすると筒を抜け、久太郎の頭上で豆腐小僧を捕まえておりました久太郎狐の着物の中に潜り込んだ訳でございます。

その結果、妖怪どもの方は先程のようなドタバタになった訳でございますけれども、久太郎狐の主体でありますところの人間久太郎はと申しますと――これがぽかんとしているだけでございます。

それはそうでございましょう。何と言われましょうとも、管狐なんぞと申しますものは実在致しませんのですから、いくら気合いを入れられたって痛くも痒《かゆ》くもありませんな。鼻毛の一本も動きはしません。

ただ――。

内心は穏やかではございません。

何しろ目に見えない魔性のモノが己が懐を改めているのだと、そう断言されている訳でございます。人間、赤くなっていると言われれば痒くない鼻の頭も痒くなろうというもの。久太郎も何だかむず痒い気持ちになっておりますな。何の変化もないものの、もしかしたら何か入っているのじゃないかと——思わぬこともございません。

その気持ちが頭上の狐に影響している訳でございます。人間の久太郎に物理的な変化は一切ございませんが、想念の世界に住んでおります狐の久太郎にとってはこれは一大事。もしやと思えばその通りにもなりましょう。

飛んできたモノは存在しないのですから、実体のある久太郎に何も変化はございませんが、頭上におりますモノもまた存在しないモノなのでございますから、これは当然一騎打ちと相成る訳でございます。

しかし、そこで与左衛門はこう申しました。

「おやおや、そこな若者の懐は空っぽやいな。めぼしい物は何もない。これでは引き寄せられませぬ——」

一同久太郎に注目致します。

「そ、それはそうだろう。俺はおケラだ。何も持ってねェ——」

おう、という声。単純でございますな。一同術に嵌《はま》っておりまする。

はい。

これはまあ、前振りでございます。

超能力があるのかないのか、そんなことは存じませんが、普通に考えれば物品引き寄せなど出来る訳はございません。もちろんそれは江戸時代とて同じこと。浸透しておらずとも解明されておらずとも、天地開闢《かいびゃく》以来自然科学の法則に変わりはございません。出来ない物は出来ない訳で、虚空から物品を出すことは不可能なことでございます。当然与左衛門にだってそんなことは最初から出来ないのでございます。いやいや聖人だろうがグルだろうが、手から砂を出したり宙に浮いたりすることは本来絶対に出来るこっちゃありません。出来たならそれは手品——種のあるマジックでございます。

つまり——芸なのでございますな。

与左衛門は尊師でもエスパーでもございません。芸人でございます。しかし、奇跡とは普《あまね》く芸なのでございます。

実際、夜通し狸罠除去作業を致しまして戻ったばかりの久太郎は懐中に何も持っておりませなんだ。ですから、オウこれは凄い、ということになった訳でございますが——もし外見や状況に反して久太郎の懐にずしりと重たい財布なんぞが入っていたりしましたならば——これは失敗でございます。

ですから通常はサクラを使うのでございますが、そこは海千山千の大道芸人でございます。

この場合は長年の勘がモノをいった訳でございますな。

与左衛門、久太郎の身なりを観察致しましたうえ、状況を鑑《かんが》み場の空気を読みまして、咄嗟《とっさ》に判断したのでございましょうな。いずれ当たりでございます。

ツカミは万全といったところでございましょうな。

「これでは仕方がございませんな。それでは——」

与左衛門、眼力鋭く襖《ふすま》を睨《にら》みます。

「——はい、それでは次の間にございます厨子《ずし》の中に坐《おわ》しまする阿弥陀仏をば引き寄せましょう。はいッ」

ここで——管狐は久太郎狐の袖から豆腐小僧の袖へと移った訳でございますな。

漸《ようや》く話が重なります。

「うへへ、うへうへ、擽《くすぐ》ったい」

「大丈夫だか？　豆腐小僧」

袖引き小僧、今度は豆腐小僧の袖を引きます。

「うひゃひゃ、いっそう気持ち悪いよ袖引きちゃん」

「おいこら悪戯《いたずら》はよせ。ことは急を要すると申しておるのが解らぬか！」

達磨叫びます。しかし聞きやしませんな。その他大勢の狐はその様子を感心して見ております。それは即《すなわ》ち、この部屋におります破落戸《ごろつき》どもが、一様に与左衛門の策略に引っ掛かりまして、ことの成り行きを見守っているからでございますな。

与左衛門、そこでフン、と鼻から息を漏らします。

「戻れ管よッ」

するするする——。

「わあお助けえ」

管狐、目にも留まらぬ速さで竹筒の中に戻ります。

もちろん——豆腐小僧も一緒でございますな。

「おおおおッ」

一同に響動《どよめ》きが走ります。

これは妖怪も人間も同時でございますな。狐も鼬も貂も響動きます。

人間どもも、こうなりますと竹筒にしゅっと収まります小動物の幻影が見えた——ような気になっておりますな。今、何かがすっと筒に飛び込んだよな、などと思っている訳でございまして——。

「ああ、ととと、豆腐小僧！」

袖引き小僧大慌てでございます。

「だ、達磨さん、見ただか？　た、た、大変だだ、豆腐小僧があんな細っこい筒に吸い込まれちまっただよ！　どうするだ！　いくらなんでもあれでは細いだよ。死んじまうでねェか！」

「案ずるな」

達磨は落ち着いております。

「我らは元よりないものじゃ。質量のないものに太いも細いも関係ないわ」

「じゃあ——豆腐小僧はどうなってるだか」

「まあ平気だろうが。しかし——」

「しかし何だだよ」

「しかしあの馬鹿、豆腐が落ちると消えると思い込んでおるからなあ。こういう場合はどうなんだろうか――」

達磨躰《からだ》を傾《かし》げます。

頸《くび》がございませんから首を傾げる訳にも参りませんようで――。

さて与左衛門でございます。

巧みな弁舌と慣れた手捌《てさば》きで朴訥《ぼくとつ》な田舎の破落戸《ごろつき》連中を騙《だま》くらかしました与左衛門、まだ迫真の演技を続けておりますな。竹筒をば厳《おごそ》かに懐中にしまいますってえと、今度はびくりと懐が動き出すという仕掛け――。

「おおッ」

野狐党、いちいち驚きます。

「ううむ」

与左衛門はいちいち偉《えら》そうに致します。そして、

「はい、それなるはこちらにございましょう！」

と――やけに大袈裟な口調で申しまして、懐中より小さな阿弥陀仏の像をば取り出《い》だしました。

「おお、そりゃ慥《たし》かに」

「慥かに厨子の中にあった仏さんだあ」

「すげえ、すげえぞ――」

拍手喝采。

こりゃもちろんインチキでございますな。最初から仕込んであるのでございます。こうした状況が訪れることを予測致しまして、与左衛門、この野狐殿《やこでん》を訪れました段階でこっそりと仏像を盗み出し、ずっと懐中に忍ばせておいたのに違いありません。

「あの――」

久太郎狐、茫然としております。寄居主《やどぬし》の久太郎も同様でございますな。これは感心しているのでございます。

すっかり騙されておりますな。幸せなことでございます。

しかし狐の方はと申しますと――。

「え、えれえことになったぜェ」

責任を感じております。

「お、俺様ァその」

「お前が悪いだ」

袖引きが怒鳴ります。

「どうすんだ。おいらがこうして長いこと娑婆《しゃば》に出ていられるのも豆腐小僧のお蔭だだ。そうだったな達磨さん」

達磨口をへの字に致しまして頷《うなず》きますな。

「それを——おめえがあんな余計なことすっから、豆腐小僧が消えてしまったでねェか。おいらはどうなる！」

「どうも——」

あ、なってねえじゃねェかァ、と久太郎狐、見得を切りますな。

「本当だ、どうもなってねェだよ」

袖引き小僧、己の両手をマジマジと見つめますな。

「これはどういうことだ達磨さん」

「さて——それは」

「それはこういうことじゃ」

申しましたのは人間の弥平でございます。

「いいか野郎ども。この世に管なんて生き物ァ居ないのじゃ。今のは全部詐欺じゃぞ」

一同、ぽかんと致します。

「それじゃあお頭、こいつは俺達を騙したんですか？　贋物《にせもの》管使いで？」

「馬鹿たれ。だから——この与左衛門は役に立つということだ。仲間騙しても始まるまい。のう与左衛門」

与左衛門、にやりと笑います。

それじゃあ——今のは本当に嘘ッ八なのか——と、大狐を頭に載せた男が申します。

「本当に何か見えた気がしたが——」

「そう見せるのがあっしの仕事さァ。管ってのは、これ芸でしてね。だからこうした芸がある以上、管はいるんでやすよ。しかし——存在はしねェ」

与左衛門がそう言いましたその時でございます。

「あッ！」

先《ま》ず声をあげましたのは袖引き小僧でございます。その声を契機《きっかけ》に致しまして、茫然と管使いの方を見ておりました久太郎狐が振り返ります。続いて達磨が見上げますな。もちろん人間どもに妖怪小僧の声など聞こえはしませんから、反応しますのは狐やらお化けやらばかり。

「ど、どうなってるだ！」

袖引き小僧大いに慌てます。何故なら——。

はい。

入口の辺り。

大きな笠を目深《まぶか》に被りました不格好な小僧が突っ立っております。その小僧は、玩具柄《おもちゃがら》の単衣《ひとえ》を纏《まと》いまして、手には盆を持っております。その盆の上には——。

豆腐。

そう、どう見ても豆腐小僧でございます。豆腐小僧が元いた場所に、まるで何もなかったかのように突っ立っているのでございます。

「こりゃ魂消《たまげ》た、さっき、あ、あの細ッこい筒に吸い込まれただに——」

袖引き小僧、困惑しながら駆け寄りますな。

「――おい、豆腐小僧、おめえ豆腐小僧だな」

「ああ？　ええ、そうですが」

「おいらだ。判るか、袖引き小僧だ。しっかりしろや」

「ああ、袖引きちゃん――」

　豆腐小僧、すうと顔を上げますな。

「あッ！」

　袖引き小僧、再び声をあげます。

「こ、これは！　おいらの知っている豆腐小僧ではねェ。おいらの知っている豆腐小僧はこんなしまりのねェ顔ではねェ！」

「しまり――ないので？」

「おう。間抜けだだ。たァだべろんとしておって、一向に纏まりがねェだ。とうなすに鼻クソつけたみてェな、妙ちきりんな顔だ」

「で、では手前はその、何者なのでございましょうか」

「な、何者だべ」

「待て」

　そこに達磨が割って出ますな。

　そして繁々《しげしげ》と豆腐小僧の顔を眺めます。穴が開く程見詰めます。

「い、イヤだなァ。そ、そんなに見ないでくださいよ」

「何を照れておるかこの馬鹿は。あのな袖引き、残念だが、この間延びした馬鹿面こそがこの豆腐小僧の本当の面なのだ。お前の知っておる狸面はな、芝居者狸《しばいもんだぬき》が悪戯《いたずら》描きをしておった顔なのだ。まあ、図らずも目張りだのなんだのが入っておるような按配であったしな、無駄に広いところに髭だのなんだのが描いてあったからな。馬鹿面と雖《いえど》も、ややしまって見えたのであろう」

余白が少なかったのでございましょうな。

「あ、そうか」

それじゃあ——と、袖引き小僧、もう一度豆腐小僧の顔を覗《のぞ》き込みます。

「悪戯が消えた——だか？」

「消えたようだのう」

どうなっていやがるんだと久太郎狐が突っ込みます。

「何が何だか解らねェ。竹筒に入ったと思いきや、そんなところに突っ立って、まるで手妻《てづま》か放下師《ほうかし》の、幻眩《めくらまし》じゃあねェかいなァ」

「まったくだ」

「まったくだ」

紅白狐も申しますな。

「理に適《かな》わぬ」

「道理に合わぬ」

「それで顔の墨痕《ぼっこん》が消えるとは」

「いっそう理屈が解らぬわい」

「なァに簡単なことだ――」

達磨が申します。

「――こやつは先程、憑物に憑かれたのだ。管に憑かれて――そのまま取られてしまったであろう」

「おうよ」

「だから」

だから何なんでェと久太郎狐が尋《き》きますな。

「解らぬか。管狐が何故現れたか解るか？」

「なぜって、なあ」

「なあ」

紅白顔を見合わせます。

「あの管使いがこの座に居る者どもに管狐の存在を信じ込ませたから――あの管は出現したのだ。そしてあの管はこの座の者どもが信じるままに様々なことを仕出かしたのである。我ら妖怪は本来、人の思うがままであり、人の思うようにしか動かぬ――いや動けぬものなのだ。あの管狐が久太郎、お前に纏わり付き、それから豆腐小僧を攫《さら》ったのも、ここに居る連中が管の動きを夢想したからである――」

慥《たし》かにその時この場にいる野狐党の破落戸《ごろつき》どもの殆《ほとん》どは、管の存在を信じておりました。中には存在もしないその姿が見えていた者まで居《お》ったようでございますが——。

「しかし」

達磨サッと払子《ほっす》を振ります。

「しかし？」

「伯蔵主の弥平の言葉によってそれは嘘だった、とバレてしもうたのだ」

「だから何なのだ」

「だから何なのだ」

「ああじれってェ。はっきり言わねェかこの達磨野郎ォ」

気が短いのう——達磨は久太郎を睨みます。

「そのうえ頭も良くはないな。嘘だと解ってしまえば——管は消えよう。ただ消えるだけではないぞ。神通力も巧妙な詐欺仕事となる。そのときはいくら姿が見えておったとしても、それは錯覚ということになる。それまで見ていたあれこれも、全部嘘だと人間どもは知ることになる。つまり、時間を遡《さかのぼ》って、妖怪としての管狐は抹消されてしまうということだ。さっきまで暴れておった管狐は居なかった、ということになってしまう訳だ」

「なる程。それで？」

「いくら豆腐小僧が無意味な馬鹿妖怪だとしても——居なかった者、居ない者に攫われることは出来ぬわい。豆腐小僧が攫われたちゅう事実もまた否定されてしまうのだな」

「それで——そこに戻ったのか」

「元通りということか」

狐どもは感心致します。しかし達磨は眉根を寄せまして、戻ったのではない、と申します。

「——戻ったのではなく、あの豆腐小僧は初めからあそこを動いていない、否《いや》、あいつの身には何も起こっていない——ということになるのだな」

「しかし悪戯が消えておる」

「綺麗サッパリ消えておる」

「こりゃあ如何《いか》なる——」

ちょん。

「——ことじゃろかァ」

「見得を切るなと言うておろうが。いいか久太郎。時間を遡って認識が変更されたといってもだな、実際に時間が巻戻る訳ではないのだぞ。解釈が変わる説明が変わるというだけのことでな、実際に時間は経ってしまっておる訳であるから、結果が変わってしまうということはないな。ただ、我ら妖怪は別だ。愚僧もお前達も、人間どものそうした思いに左右される。消えたり変化したりするわい。だがな、どれだけ左右されてもだな、豆腐小僧が攫われたちゅう経過だけは変えようがないであろう。変えようはないが、それでも居ない者にゃ攫われようがない。大変な矛盾であるな。つまりな」

達磨、ぴょんと豆腐小僧に取りつきまして、その肩によじ登ります。

「――これはな、こう考えるよりないのだ。こ奴はな、憑物に取り憑かれた。そして、その憑物は――落ちてしまった」

「は？」

「憑物落としか」

「憑物落としか」

「つけもの、でございますか？」

当人が一番解っておりません。

「しかし達磨殿、妖物に憑物が憑き、それが落ちるなど、それこそ聞いたことが」

「ない」

「まるでない」

「我らは落とされる方じゃ」

「一緒に落ちるというならともかくも」

「憑物が落ちた妖怪など、史上初ではあるまいか」

「つ、憑物が」

落ちただとォ、と久太郎大口を開けて呆れます。

「左様。手品の種明かしがされてしまったのであるから、そこの男の操る管狐は憑物としてはもう解体しておる。ここに居《お》る連中全員から、憑物は落ちたのだ。だから」

「そうか」

袖引き小僧が手を打ちます。

「——だから、顔についていたものも落ちただか！　つきものが落ちた訳だだな！」

左様じゃ——と達磨は申しました。

「洒落《しゃれ》かよゥ」

「我らは概念。そんなものであろう。まさに瓢簞《ひょうたん》から駒だな。今後は思いもよらぬことが起きた場合、竹筒から豆腐と申すが良いぞ」

達磨太い眉をいからせまして、冗談とも本気ともつかぬことを申します。

豆腐小僧、己のでかい面を左手でつるりと撫でますな。

何はともあれ——一安心でございましょう。

が。

その十一　豆腐小僧、人間を懲らしめる

　さて——妖怪どものすったもんだとはまた別に、小悪党どもの方もあれこれ話を進めておりますな。

　口八丁の詐欺師、管使《くだつか》いの与左衛門に続きまして、今度は山伏風の男、玄角が何やらごちゃごちゃと語り始めておりますな。

　こちらは中々威厳がございまして、声も胴間声《どうまごえ》というやつでございます。

「わしはな、皆の衆。ご覧の通りの山伏である。しかし何と申しても修験は雑宗。わしとても所詮《しょせん》はお前達と変わらぬ山の民である。この与左と同じく、大道にて見世物紛《まが》い、詐欺紛いのことをして日銭を稼ぎ、どうにかこうにか暮しておるのだ。仕組みは一緒だな。ただ、わしが使うのは管ではない。飯綱《いいづな》である」

「いいづな——で？」

　玄角、不敵に笑います。

「左様。飯綱である。これは管狐《くだぎつね》と同じく、憑物《つきもの》とされる狐の一種であるな——」

ただ——そこで玄角、大声を出しますな。

「この飯綱はな、狐であって狐ではない。イイヅナ、イヅナは憑物でもあろうが、片や信仰の対象——所謂《いわゆる》神様でもあるのだ」

た、高尾山《たかおさん》の飯綱権現《ごんげん》様か——と、一人の男が申します。

「おら、お参りしたことがある」

「左様か。まあその通り。飯綱は権現様である——」

信州戸隠《とがくし》は飯綱山に端を発しまする飯綱信仰は中々古い歴史を持っております。また、その霊験に頼りました者も多いようでございますな。

代表的な飯綱信仰者と申しますと、先《ま》ず挙がりますのが応仁の乱の勃興者の一人、細川勝元《ほそかわかつもと》が嫡子《ちゃくし》・細川政元《まさもと》でございましょうか。この政元というお方は、高い身分にありながら妙なことに血道を上げておったようでございますな。『応仁後記《おうにんこうき》』などを見ますてェと——。

行年《こうねん》四十歳の頃まで、女人に近づくことを禁じ、飯綱の法、精進潔斎《しょうじんけつさい》、繁々《しげしげ》、魔法飯綱の法、愛宕《あたご》の法を行い澄まし、経を誦《しょう》し、陀羅尼《だらに》を呪《じゅ》し、さながら出家山伏の護《まもり》とす——なんてことが書いてありますですな。

この細川政元というご仁は、実際飯綱の魔法を使ったのだと伝えられております。曰《いわ》く空を飛んだとか、落っこったとか——そういう話には事欠かない邪法者であったようでございますな。しかしこの政元、何やかやと怪しげな大言壮語《たいげんそうご》が残っておりますわりには頗《すこぶ》るあっさりと家来に暗殺されてしまいます。

死して後に祟《たた》りをなしたなどという話もあるにはあるようでございますが、問題はそんな頃から飯綱の法なるものは認知されており、しかもそれが魔法なり――なんて書かれておることでございましょう。

「ま、魔法――」

「飯綱の魔法か」

そう、魔法なのでございます。

政元よりも百年ばかり下りました文禄年間――『大日本史《だいにほんし》』などを見ますてェと、前《さき》の関白九条《くじょう》 稙通《たねみち》が、余は嘗《かつ》て飯綱の法を学ぶ、などと仰《おつしや》ったという記事が載っておりますな。修行が必要というのなら、何らかの法があったのでございます。

ただ――この飯綱の法と申しますものがどんなものなのか皆目判りません。千日大夫《せんにちたゆう》なる修験者が大成させた法なのだと伝えられてはおるのでございますが、現在ではどのような法なのか、詳《つまび》らかにはなっておりません。先程の政元の記事に並んで書かれておりました愛宕《あたご》の法との関係など、手懸かりはいくつかございましょうが、それはそれでございます。但《ただ》し、修験道や密教との関わりから、所謂《いわゆる》、荼吉尼《だきに》の呪法との関わりはあったものと思われますな。

以前にも申し上げましたが、この荼吉尼天、狐族とは深い関わりがございます。荼吉尼天の乗り物は野干《やかん》という獣――今で謂うジャッカルでございます。日本にはジャッカルが居《お》りませんから、これが狐に当てられたのでございますな。

ここで、飯綱と狐との接点が生れますな。

一般に飯綱使いと申しますと、狐使いの意でございます。これは飯綱山で捕らえました雌雄の幼い狐をば飼い馴らし、その子孫を増やしましてあれこれ使役《しえき》するのだとも、京都伏見《ふしみ》の稲荷《いなり》社より管狐を釣って参りましてそれを使うのだ——とも申します。飯綱使いが飼い馴らすのも管狐なのだと謂われておる訳でございまして、伝承が錯綜《さくそう》しております。

尤《もっと》も憑物としての飯綱は、先程の管狐やらオサキ狐、トウビョウなどと並びまして、これ、単なる禍々《まがまが》しい小動物のようでございます。呼び方が違うだけでございましてあんまり変りはございません。混同されても仕方がない、という感じではございましょうな。

しかし、その背後に荼吉尼の呪法やら愛宕の呪法やらを透かししますると、これは中々恐ろしい姿にもなって参りましょうな。武田信玄《たけだしんげん》もこの飯綱権現を篤《あつ》く祀《まつ》っておりますし、その宿敵である上杉謙信《うえすぎけんしん》なども奉じていた節がございます。つまりは武神なのでございましょう。

こうした信仰があちこちに広まった訳でございましょうが——その段階でもう憑物からは大分ズレております。

そう、飯綱はどうも管狐なんかとは毛色が違います。戸隠山、愛宕山、そして高尾山と続きますと——これはもう、狐と申しますより天狗《てんぐ》でございますな。

飯綱《いづな》の三郎《さぶろう》——これは人の名前ではございませんな。飯綱の三郎は日本でも上から三番目に偉《えら》いと謂《い》われます、大物の天狗の名前なのでございます。飯綱使いとは天狗を奉じて狐を操る山岳修験道の者ども——そうした連中だということにもなりましょうか。

「さて」

　玄角は申します。

「ここいらでお前達は疑問に思うておるであろう。この与左衛門とこのわしとが、いったいどう違うのか——と。それはな」

　言うが早いか山伏は——ハッと気合いを入れまして、座ったまま何尺か飛び上がります。そして驚く間もないまま、そこにすっくと立ち上がります。どこぞの小僧と大違いの敏捷《びんしょう》な身の熟《こな》しでございますな。

「此奴《こやつ》は口八丁手八丁、ただ今の如く人を騙眩《だまくら》かすのが常套《じょうとう》である。しかしわしはな、このように——実戦を心得ておる」

「実戦とは」

「実戦は実戦じゃ。忍び込みから寝首の掻き方まで——何でもござれだ」

　ほう——と声が上がります。

「飯綱の法とはそうしたものよ。信玄を始め、何故戦国大名が飯綱の法を珍重したのか——それは我らが、そうした忍びの術に長《た》けていたからに他ならぬのだ。戸隠にはそうした流儀が伝わっておる。甲州は慈眼寺《じげんじ》に残る武田家道具目録の中にあると謂われる『飯綱二十法』という書物はな、忍びの兵術書なのだ。良いか皆の衆。わしはな、戸隠流忍術の使い手なのだ。この太平の世には意味のない——わしは忍術名人なのであるぞ」

　玄角がそう申しましてエイと印を結びますと——。

その頭上に――。

さあっと後光が差します。

そして、何とも奇ッ怪な姿のものが立ち現れたのでございます。

一同、目を瞠《みは》りますな。まあ、一同と申しましても主に妖怪どもの方でございますな。人間どもの目には、大したものは見えておりません。

何となくそんな感じだなあ、という程度でございましょう。しかし妖怪どもにははっきりと見えております。

「な、何だァ！」

叫びましたのは久太郎狐でございます。

玄角の頭上、閃光《せんこう》の中心部に立ち現れました白い不定型のものが、光を発しながらその形を人型《ひとがた》に整えて参ります。

どろどろどろ――と、太鼓が打ち鳴らされるような振動が響き渡ります。

もちろん、実際に太鼓など鳴らされてはおりませんから、これも人間の耳には聞こえておる訳ではございませんが、一同やはりそうした雰囲気は感じております。

これが漫画でございますれば、派手な集中線のバックと擬音の書き文字が記されておるところでございましょうな。それにしましても、鳴り物入りの登場とはまさにこのこと。

どろどろという和製ドラムロールに続きまして、バーンという弾《はじ》けるような大袈裟な擬音が致します。

そして――。

玄角の頭上にも、他の連中同様何やら奇怪なモノが現れますな。

白狐――でございます。しかし他の連中のそれとは明らかに違います。

その白狐は――どうやら乗り物なのでございます。狐の上に乗っかっておりますのが、どうやら本体のようでございますな。

一見不動明王《ふどうみようおう》のようにも見えます。

しかし、お不動さんと違いまして、こちらは背中に鷲《わし》か鷹《たか》のような立派な羽がついております。それに、顔も違っておりますな。喙《くちばし》がございます。

どう見ても――天狗でございます。鼻の高い天狗ではございません。世に知られた烏《からす》天狗の顔と申せばお解り戴《いただ》けますでしょうか。

「我こそは飯綱大権現《だいごんげん》なり――」

「ははあッ」

豆腐小僧、やにわに怖《お》じ気《け》づきまして、平身低頭致します。それを見まして袖引き小僧もぺたりと頭を下げますな。

「な、何卒《なにとぞ》お許しをォ」

ぽかり。

達磨《だるま》がその大頭を叩《たた》きます。

「何を平伏しておるのだ。でもって何を許して貰《もら》うのだ馬鹿」

「し、しかし」

「しかしも案山子(かかし)もないわい。こら小僧。豆腐の方だ。お前はどうしてそう権威やら威厳やらに弱いのかなぁ。見てみい、袖引き小僧まで感化されておるではないか。取り立てて悪いことをしてる訳でもあるまいに、何か世間に負い目でもあるのか? その天性の馬鹿を詫びておるのか？」

「しょ、庶民というのはそういうものでございますよ。長いものには巻かれろ、寄らば大樹の陰で。触らぬ神に祟《たた》りなしで」

「何を解ったようなことをほざきおって」

「そうは言いますがね達磨先生、でも、こちらは神様でございましょう」

「神様ったってこりゃ流行《はや》り神だ。愚僧《ぐそう》だって同じだわい」

達磨胸を張ります。

慥《たし》かに達磨が申します通り、この飯綱権現は流行り神ではあったようでございますな。

この、狐に乗った烏天狗のお姿を記しましたお札は、火伏《ひぶ》せの霊験があるとされまして、江戸でも随分と流行したようでございます。尤《もっと》も、専《もっぱ》ら流通致しておりましたのは飯綱権現ではなく、静岡赤石《あかいし》山脈南方、秋葉山《あきはさん》に祀《まつ》られております秋葉権現の方だったようではございますが——。

この秋葉権現、火難除《よ》けの霊験が当たりまして江戸で爆発的に広がりました。それに因《ちな》んだ秋葉原と申します地名まで残っておる程でございます。

現在も秋葉原はある意味で聖地となっているようではございますけれども、元は秋葉権現なのでございますな。まあこの秋葉様、当時は大流行だったようでございます。あまり持て囃《はや》されましたもので、一時期幕府が禁止令を出した程でございまして。アキバはその昔も流行の発信地であった訳でございます。

この秋葉山と、信州戸隠の飯綱山は浅からぬ因縁がございます。

この秋葉権現――正しくは秋葉山三尺坊《さんじやくぼう》大権現と申します、お坊さんなのでございます。

この三尺坊様が何を隠そう飯綱山の出身なのでございますな。

縁起に依《よ》りますとこのお方、母御が天狗の夢を見られてご懐胎、この世に生を享《う》けておられます。この夢の天狗、実は観音様が化生《けしよう》されたお姿であったとかなかったとか。その後七つで出家、越後国古志郡《えちごのくにこしごおり》蔵王堂《おうどう》十二坊の一つ三尺坊の主となりまして、七日間に亘《わた》ります不動三昧《ざんまい》の法を修した――とございます。

満願の朝。

焼香の火炎の中に烏の如き翼が生じまして、左右の手に剣と索《さく》を持ちます相《そう》――これはお不動さんの形でございますが――を感得されたのだそうでございますな。凡人には到底想像出来ぬことでございますが、そこでこの三尺坊、自ら本尊たらん――と思われたのだそうでございまするな。その途端、煩悩生死《ぼんのうしようじ》の業《ごう》が滅却《めつきやく》致しまして、飛行神通自在の法力を得たのだそうでございます。

そこで三尺坊、白い狐に跨《また》がりまして、越後から飛翔致しますな。

天翔《あまか》けまして南下され、遠州は秋葉山に至りました折りに、種々形を以《もっ》て諸国土を遍歴衆《しゅ》生済度《じょうさいど》する——と唱えごとを聞いたのだと謂われます。

この三尺坊のお姿を写しましたのが秋葉権現のお札なのでございます。

一方の、飯綱権現と申しますのも同じお姿だったようでございますな。飯綱山の祠《ほこら》の方は廃れてしまいましたが、その流れを受けました高尾山薬王院でもこれと同じお姿のお札を飯綱権現と称して頒布《はんぷ》しております。

飯綱権現の方は結局憑物としての側面だけが残ってしまった感がございますが、逆に秋葉権現の方にはそのような側面は殆《ほと》んどございません。後の神仏分離布告で秋葉山秋葉寺は解体致しましたが、その後も曹洞宗可睡斎《かすいさい》、曹洞宗秋葉寺、そして秋葉山本宮の三社寺に分かれる格好で、現在でも篤い信仰の対象となっておりますようで。

「秋葉権現ではなく、この者は飯綱権現だぞ。しかも高尾山に祀られるありがたい飯綱権現ではない。不逞《ふてい》の輩《やから》が使役《しえき》する使役神ではないか」

「でも——偉そうでございますよ。あの威厳あるお姿はどう見ても神様でございます。で」

小僧、上目遣いで飯綱神をチラチラと見ます。

それから小馬鹿にするように達磨を見ますな。

「失礼ですが達磨先生は玩具《おもちゃ》にしか見えませんし」

ぽかり。

達磨、払子《ほっす》で再び小僧を叩きます。

「煩瑣《うるさ》いわい。愚僧とて疱瘡《ほうそう》除けの流行《はや》り神として世に広まったのだ。歴史からいっても格からいってもひけは取らぬわ」

「何をごじゃごじゃ言うておるのだ」

飯綱が申します。

「それにしても妙な連中よなァ。こんな妙な場所に出たのは初めてだ」

「こりゃ飯綱の」

「その方は——達磨だな」

「達磨だな、はなかろう。お前さんを祀っておる秋葉寺は慥《たし》か室町の頃、曹洞宗に改宗しておるはずだ。愚僧は禅の祖でもあるのだぞ」

「まあなあ。しかし我は今、秋葉権現ではなく飯綱権現として顕現しておるからな。高尾山は禅宗ではないから無関係だぞ」

「ややこしゅうございますなあ」

ほんにややこしゅうございます。

高尾山薬王院《やくおういん》は真言宗智山派《ちさんは》の関東三山がひとつでございます。

ただ——その昔は茶吉尼天をお祀り致しました、関東でも名高い修験道場でもあったのでございます。『稲荷神社考』などには茶吉尼と称《とな》え、摩多羅《またら》と称え、飯綱権現と称え、夜叉神《やしゃじん》と称え、福大神と称え祭れるはいずれも妖狐《ようこ》——狐をあからさまに祀るのを憚《はばか》るからそう呼ぶのだというようなことが記してあります。

摩多羅神と申しますと天台宗の念仏道場に深く関わる秘神でございます。これらすべてを同じモノ——とするのは些《いささ》か無理がございましょうが、慥《たし》かに同じようなところもございます。修験道、密教、禅、神道、民俗信仰としての稲荷神——農業神信仰、そして道教や陰陽道などの外来の知識、更《さら》には憑物筋——それらが綯《な》い交《ま》ぜになりまして、独特の信仰を形作っておる訳でございまして、これはややこしい訳でございます。

多くの学者や研究者がその成り立ちにつきましてあれやこれやと考察を加えておる訳でございますが、それらをいちいち挙げていたのでは枚挙に暇《いとま》がございません。ただひとつだけ確実なのは、そうしたややこしいモノの、ある側面が信仰となり、またある側面が差別となり、神となり妖怪となって、様々な相に現れているということでございましょうか。

つまり。

「どうであれ、こ奴は神でもあるが、お前と同じ妖怪でもあるのだ。だからそんなに遜《へりくだ》ることはないと愚僧はそう申しておるのだ」

豪《えら》く不機嫌そうに達磨は申します。

「そんならこの野郎はそんなに偉かァねェってことかい」

久太郎、繁々と飯綱の顔をば見つめます。おお、そうよと達磨は申しますな。

「さっきの管狐と変わりはせんわ」

「失礼なことを申す達磨だな」

飯綱じろりと達磨を睨《にら》みます。

「我はあんなサンピンではない。狐は狐でもアマツキツネ、天狗の方じゃ。場所が場所なら大天狗だぞ」

その通りではございます。再三申し上げますように、天狗と狐は全く別のモノでございますが、ある側面では同じモノでもある訳でございます。

天狗ねえ——と久太郎は首を傾《かし》げますな。

「まァ狐って柄じゃねェな。大体その、狐に跨《また》がってるてェのが気に入らねェわいな」

「そうじゃ」

「そうじゃ」

紅白狐も声を揃《そろ》えます。

「我ら狐族、その凡《すべ》てが神ではないが、神に仕えるモノではある。空狐《くうこ》天狐《てんこ》となればこれは神なり」

「左様神なりィ」

「それを踏ん付けるとは」

あ、如何《いか》なる了見かえェ——と紅白狐は見得を切ります。

すると、それまで黙っておりました狐どもも口々に言葉を発し始めますな。

「そうだそうだ。俺様ァこんな汚《きたね》ェ態《なり》だがな、こう見えても王子《おうじ》の狐と謂やァ、ここいらじゃ一寸《ちょいと》は有名だぞ。稲荷神ならともかくも、天狗如きに踏みつけられたんじゃあその狐が可哀想《かわいそう》だぜ。やってられねェや」

そうだそうだと賛同する声。

「儂《わし》はな、何を隠そう稲荷社に祀られる神狐だぞ。小さい社《やしろ》だから神格は低いが、それでも神は神じゃ。その同類を踏みつけるとは不届き千万」

「そう言われてもなあ」

飯綱も困ってしまいますな。

さて、これはどういう状況かと申しますと――はい、野狐党《のぎつねとう》の連中が玄角を信用していない――ということなのでございましょうな。

ついさっきこの連中は管使いを信用し、一様に驚き、感心した訳でございます。ただ、それはあっさり詐欺だと知らされもしたのでございます。続けざまに飯綱使いが出て参りました訳で、これは頭から疑ってかかっておりますな。何を生意気な行者風情が、偉そうなことを言っても何が出来ようぞ――と、そう思っている訳でございますな。

玄角を見る目もどことなく白くなっておりまして――。

山伏、少々分が悪うございます。

「まあ待て待て」

そう申しましたのは頭目の弥平でございます。

「まあ待て待て」

同時に、その頭上におります伯蔵主《はくぞうす》もまた、同じように申しますな。

「そんな目で見るな。皆の衆、この玄角は仲間じゃ。信用せい」

のか」

「しかしお頭、いきなりこんな胡散《うさん》臭い山伏を連れて来て信用しろと言われても」

「胡散臭いのは我らも一緒じゃわい。それとも何か、お前達はこの弥平が、信じられぬと申すのか」

一同、黙ってしまいます。

「そんな目で見るな。皆の衆、この飯綱権現は敵に非《あら》ず、我ら狐一族の郎党であるぞよ」

こちらは伯蔵主の言葉でございます。

「しかし伯蔵様、こいつは不遜《ふそん》だ。ほうれご覧なさいまし。狐に乗っかってるんですぜ」

「狐に乗っておるのは仕方がなかろうて。狐だって別に虐《しいた》げられてる訳じゃなかろうよ。茶吉尼にしても何にしても、儂《わし》ら狐は乗られてなんぼじゃろう。古来、上に乗るモノの力を儂らは頂戴《ちょうだい》して来たのだぞ。そうした魔力霊力の強いモノが乗っかってくれたお蔭で、儂ら狐族は強い変化《へんげ》の力を得ることが出来たのであるからな」

真《まこと》にその通り。

「でもなあ――」

一同納得出来ぬ様子でございます。

これは人間どもの方も同じことでございます。

頭目が太鼓判を捺《お》す以上は、下手《へた》な口答えも出来ぬ訳でございますが、それぞれ内心では拭《ぬぐ》い切れぬ不信を抱いておる訳でございます。

当然、各々《おのおの》が感得しております妖怪どもも不信の眼差《まなざ》しを向ける訳でございます。

こちらの方は建前はございませんな。感得した人間の本心をそのまんま反映するだけでございますから、より辛辣《しんらつ》でございます。

「伯蔵様はそう言うが、その格好はどうも気に入らねェなあ」

「おうよなあ」

「な、何だその眼は」

こうなりますと流石《さすが》の飯綱権現もたじたじでございます。

「だから飯綱よ、そうして偉そうにしておるからそういう目に遭《あ》うのだ。愚僧のように、こう俗に振る舞えば良いのだ」

達磨は少々むくれましてそんなことを申しますな。こちらは多分に嫉妬《しっと》羨望《せんぼう》が雑《ま》じった発言でございます。達磨の場合、あまりにも庶民文化に浸透してしまったが故に、まるで尊敬の眼差しを向けて貰えなくなったというのが現状でございます。

「何サ」

突如――女の声が致します。

これは人間の声でございます。

その声がするのと同時に、ささっとむさ苦しい男どもの人垣が割れますな。板の間に何やら仇《あだ》っぽいお姐《ねえ》さんが横座りになっております。

「あ、あさぎ姐さん」

どうやら有象無象《うぞうむぞう》が一目置くような怖いお姐さんのようでございます。

「ガタガタ語ってるンじゃないよみっともない。寄って集《たか》って苛《いじ》めてるみたいじゃないか。よく見りゃいい男じゃないさ」

これはその姐さんの発言、耳に聞こえる言葉なのでございますが――そのお姐さんの頭上にも、やはりお化けは浮いております。そして、その頭上の妖怪もまた、同じような台詞《せりふ》を吐いておるのでございます。

「侃々諤々《かんかんがくがく》と聞き苦しい声を出しやるな。多勢に無勢で卑怯であるぞ。痩せても枯れても此方《こなた》は権現、神霊に対し非礼であろう」

これが――平安時代の姫君を思わせますきらびやかな黄色の衣装を身に纏《まと》いまして、羅《うすもの》を顔に掛けました高貴そうな牝狐《めぎつね》でございますな。鉄火肌のお姐さんの頭の上に、実に姿よく立っておりますな。

こちらの方は、まあ当然人間どもには見えません。

「き、貴狐天王《きこてんのう》様――」

久太郎以下妖怪狐一同、急に畏《かしこ》まりますな。

「あのう」

豆腐小僧、怖《お》ず怖《お》ずと達磨に尋《き》きますな。

「あの綺麗な牝狐さんは偉いのでございましょうか」

「ううむ」

達磨一瞬考えまして、

「貴狐天王とは——白晨狐王菩薩《はくしんこおうぼさつ》のことだな」

「それは——偉いので？」

「偉い偉いと煩瑣《うるさ》い小僧だな。権力に迎合する姿勢をどうにかせい。そりゃあな、荼吉尼天のことでもあるんだが——」

「ひえええ」

「何じゃその悲鳴は」

「だだ、だってその神様は、話には何度も出て来ますが——たいそう怖い神様なのでございましょう」

「あのな小僧。妖怪がそういうもんを怖がるなよ。荼吉尼天はまあ激しい神霊だがな、別にお前が喰われる訳でもお前が取り殺される訳でもないだろうがよ」

「でもですね、何だかその」

「ふん。どんな呼ばれ方したってだな、こんな処《ところ》に居るぐらいなんだから、単なる牝狐に違いはないだろうよ」

「失礼な」

「無礼な」

紅白狐が抗議致しますな。

「あちらのお方は数ある化け狐の中でも古参中の古参、かの平清盛入道《たいらのきよもりにゅうどう》が立身出世の端緒ともなられた貴狐天王様なるぞ——」

「わらわこそ、七十《しちじゅうし》四道《どう》の王である」

牝狐はそう申しました。

「何だァ？　では尊公《そんこう》は、『源平盛《げんぺいじょうすいき》衰記』の最初の方に出て来る狐かァ」

「そうじゃ」

達磨、呆《あき》れた顔を致します。

清盛入道がまだ若く貧しく身分も低かった時分のこと。京都は蓮台野《れんだいの》で狐狩りを致しました折り、追い詰めた一匹の大狐がいきなり美女に化けまして、望みを叶えてやるから殺すなと命乞《いのちご》いをしたというお話でございますな。

若き清盛、驚きましてそなたは誰かと尋ねます。その時の答えが、
吾《われ》は七十四道の王である——。

というものだったのでございますな。

そこで清盛、その言葉通り狐をば逃がしてやりまして——一説には契《ちぎ》ったとも伝えられるのですが——それを契機に信心の一念発起を致します。荼吉尼天を皮切りに、弁財天やら何やらと、あれこれ思案を重ねまして、観音菩薩に帰依《きえ》することを決め、以降運が向いて来た——という筋書きでございますな。

「へえ、あたしがここまで言っても、まだガタガタほざくのかい。え？　黙ってお頭の話をお聞きよゥ」

その貴狐天王を感得致しましたあさぎ姐さんが艶《つや》っぽく怒鳴っております。

姐さんがそこまで言うのなら——ってな顔をば致しますると、破落戸《ごろつき》どもは一斉に静まりましょうな。老い耄《ぼ》れの頭目なんかよりも余程威厳がございます。

「お前達はいったい何のために集まってるンだい。あれが気に入らないこれが気に入らないッて、百姓のかみさん連中が大根洗いながらくっちゃべってンじゃないいんだよ。いくら文句垂れたって、芸があるだけこの人達の方がマシじゃないかさ」

一方、妖怪狐どもも神妙な顔になりますな。何しろ源平時代からの古狐のお言葉でございます。

伯蔵主の言葉よりも、やはり重みがございますな。

「そなた達は何も解っておらぬようじゃのう。そうやって口を開けば狐じゃ狐じゃと馬鹿のひとつ覚えの如くに申しやるが、そのように獣の本性を誇示して何の得があるのじゃ。それでは狸と同じではないかえ——」

と、そこで貴狐天王、部屋の隅の籠《かご》をば見ますな。

もちろん、人間どもの方も同じものを見ております。部屋の隅の籠——中には怪我《けが》をした狸が入っております。

あの狸、いったい何のために苦労して助けたのさ——と、あさぎ姐さんが言ったのでございますな。

「あたしらァ別に獣が好きな訳じゃないだろうよ。狸はやっぱり化けるモンだと村の連中に知らしめて、あのへなちょこ学者ァへこますンだろう。違うのかい」

だよ」

「ただへこますだけじゃ駄目じゃないのさ。学者なんてェものは厚顔無恥なもんだよ。喉元過《のどもと》ぎれば熱さ忘れる、三日もすりゃまた威張り出すわさ。打って変わって百姓どもは人ォ疑うことを知らない連中だからね。威張る奴には自然と頭が下がっちまうものさ。威張ったモン勝ちだよ」

そうだよなあ、という声が上がります。豆腐小僧も首を竦《すく》めますな。

「だから最後の仕上げをしようってェお頭の計画なのじゃないか。あの学者自身にお化けを見せて、この村から追い出すって作戦だろうに」

「そりゃ解ってるだが」

姐さん、きつい流し目でそう言った男を睨みます。

「なら尋《き》くけどさ。お前、こっそり他人の家に忍び込んだり、人知れず罠《わな》ァ仕掛けたり、騙くらかして脅かしたり出来るのかい？」

「そ——そんな盗人《ぬすっと》みてェなこたァしねえよ。俺達野狐党は、ぶん盗《ど》る時には正々堂々かっぱらうか、はっきり、くれと言う」

「馬鹿」

「へえ」

「へえい」

「ぎゃふんと」

馬鹿だねェ——とあさぎ姐さん申しますな。

思わず返事をする豆腐小僧。もちろん人間には聞こえません。そんな妙な小僧は誰も認識しておりません。

「そんなでいったいどうやってあの学者を追い出せるってェのさ。村から出てってくれと頼むのかい。なら妙なことしないで正々堂々頼みに行きな。腕っぷしだけは強いけど、何の取り得もないようなお前達じゃ出来ないからこそ、この人達に助けて貰《もら》うンだろうが」

ああそうか——と、全員納得致します。

「先《ま》ずはあのお狸様に化けて貰わナくっちゃねェ」

姐さん、もう一度狸を見ます。一同もそれに倣《なら》います。すると——。

どろどろどろん——。

と、まあ煙も出ないし音もしないのでございますが——おまけに何も見えてはいないのでございますが——それでも籠の上には、あの三太郎狸が現れますな。

三太郎、例によってボケっとした団栗眼《どんぐりまなこ》で一同を見回します。

「ああ？　困ったなあ。何でこんなとこに。ここは狐の国だかな」

貴狐天王、寄居主《やどぬし》によく似た切れ長の眼——もっとも少々吊《つ》り上がっておりますが——で三太郎狸を見据えますな。狐連中も三太郎に注目致します。

「ご覧やれ。狸ってのはね、どこまで行っても狸なのじゃ」

「はあ？」

「まあ。俺は狸だからなあ。偶《たま》に化けるがね」

紅白狐が申します。

「どうせ野暮《やぼ》ったいものに」

「あ、化けるのであろうよ」

そうとも限らぬわえ――と、貴狐天王は申します。

「此奴ら狸類は、往時はともかく今は何にでも化けようぞ。我らと違うて他の妖怪にも平気で化けようぞ」

「ま、三つ目入道だの轆轤《ろくろ》っ首だののっぺらぼうだの――化けるけんどもな」

「と――いうことはどういうことか解るかえ？」

貴狐天王、一同を見渡します。

狐どもはみな小首を傾《かし》げますな。

貴狐天王の視線がぐるりと回り、豆腐小僧に止まります。

小僧、ふるふると首を振りますな。ついでに袖引き小僧も真似《まね》を致します。

達磨が情けない顔を致します。

「お前、というかお前達、本当にトリ頭だな。どうして解らぬのだ？」

「達磨先生解るンで？」

「当たり前である。愚僧に解らぬことなどないわい。大体お前、今の今まで何で慌《あわ》てていた？」

「そ、それは手前の顔に悪い狸が髭だの鼻だの描いたからで」

「だからよ。描かれて困ったのは何故であるか」

「え？　そりゃあその——何だっけ。あ、そうだった。ほっといたら手前も狸になっちゃうとこだったからでしょ」

「左様。それから——化け猫の三毛殿は狸に就《つ》いて何と言っておった？」

「はあ？　三毛姐さんですか？　そういえば怒ってましたっけ」

「怒っておっただろう。猫どもはな、猫族の魔力を狸族が横取りしたと思うておるのだ。この二つを併せて考えてみぃ」

「考えられません」

間髪を容《い》れぬ即答ですな。達磨顔を歪《ゆが》めます。

「狸というのはな、例えば猫の魔力を得たとしよう。それでも猫にはならぬのだ。猫だか狸だか判らぬモノってのは居ない。狸は狸、猫は猫じゃ。もう一方で轆轤っ首に化けたとしよう」

「て、手前の姉さんで」

「そういうことは覚えておるな。まあ狸が轆轤っ首に化けると」

「轆轤っ首の正体が狸——ということになるのじゃなァ」

貴狐天王が申します。

おう、と声を上げて、妖怪狐どもは納得致します。

「それで狸はどこまで行っても狸、ってェ訳ですねェ」

「そうじゃ。狸とはそうした貪欲《どんよく》なるもの。何と習合しようと狸は狸。しかし我ら狐一族は違うぞ」

「違いますか？　狸と狐は」

「我ら狐一族は誇り高き一族じゃからなあ。狸とは違う」

三太郎狸、つまらなさそうに口を尖《とが》らせますな。

「どうせ俺には誇りなんかねェだよ。埃《ほこり》だらけだけンどもなァ。でも狸も狐も似たようなモンでねぇかい。尻尾《しっぽ》もあれば髭もある。ただのけだものだ」

「似てはおらぬぞ。我ら狐は、そんな庇《ひさし》を借りて母屋《おもや》を盗るような浅ましい真似も、虎の威を借るようなめめしき真似もせぬのじゃ」

まあ、今でこそ虎の威を借るのは狐と相場が決まっておるのでございますが、狐に言わせればこれは少々違っておりますようで、不服そうではございますな。

それに本来、狡賢《ずるがしこ》くてセコいのは、海の向こうの狐でございますようで――我が国ではどちらかというと狸の方が狡猾なようでございますな。

カチカチ山の例はご存知でございましょう。あのお話の狸は狡猾で好色で貪欲なワルでございます。多少おつむが弱い訳でございますが。

「良いか皆のもの。我らは慥《たし》かに野干と習合した。そして茶吉尼天の呪力《じゅりょく》をば手中にした。結果、眷族《けんぞく》としてではなく、稲荷《いなり》神自体として祀《まつ》られるまでになったのじゃ。だが」

「だが？」

「茶吉尼天は茶吉尼天、稲荷は稲荷。我ら狐は稲荷や茶吉尼そのものともなるのだが――稲荷神や茶吉尼天は決して狐ではないのじゃぞえ」

AはBとなる。しかしBイコールAではない――これは矛盾しておるようでございますが、こと、妖怪の世界では成立致します。

「解りません」

解らないのは二人の小僧で。

「そうかえ。ならばこれを見よ――」

貴狐天王、す、と身構えまして、頭に掛けた羅《うすもの》をふわりと取り払います。

すると――。

その額には、何やらきらびやかなものがついております。一見、冠か髪飾りのようにも見えますな。しかしそれは、小さな小さな女人でございました。狐の尖った耳と耳の間に、小さな姫君がついているのでございます。

あさぎ姐さんの頭上に小さな貴狐天王が立っておりまして、その頭上にまた、更に小さな姫君が立っておるのですな。

「そ、それは？」

「これは茶吉尼天ぞえ」

ひええ、と豆腐小僧は平伏します。

「初めましてェ。手前は豆腐小僧でございますぅ。しっかし――」

上目遣いに見上げます。

「――何と小さな神様で」

ほっほっほと貴狐天王は笑います。

「これはただの飾りじゃ」

「飾り？　じゃあお人形かなんかなので？」

「人形ではない。ただ——今、わらわは狐として顕現しておるのじゃ。今のわらわはあくまで貴狐。尊いモノを導く狐じゃ。先程申した通り、尊いモノそれ自体ではないわえ」

「はあ」

しかし——と申しまして貴狐天王、奇妙なポーズをとりますな。躰《からだ》をくねらせまして、丁度印度《インド》舞踊のような動きでございます。

途端に後光が差しまして、周囲《あたり》が一度真っ白になります——と申しましてもそれは比喩《ひゆ》。そもそもこやつらは全部妖怪、始めから何も居ない訳でございますから、何も起きてはいないのでございますが——。

「おお、そ、そのお姿は——」

今の今まで牝狐《めぎつね》がいたはずの場所に居《お》りますするのは、異国風の衣裳を纏《まと》いました、半裸の女神——でございました。胸乳《むなち》も露《あらわ》に、四本の腕を左右に張り出しております。そのうち二本には剣と、宝珠を持っておりますすな。

頭にはきらびやかな冠をつけ、色とりどりの飾り物、腕輪やら首輪やらを身に纏《まと》っております。そして——足の下には一匹の狐がおります。

飯綱権現と同じように、狐に乗っておるのでございますな。

狐ども、一斉にううんと唸《うな》ります。

飯綱は、黙ってそのお姿を見ております。見ておりますうちに、すうっと姿が薄れて参りまして、やがて消えてしまいますな。

「こ、これはどうしたこと！」

「飯綱はどこへ消えた？」

「き、貴狐天王様はどうしたのだ！」

ケーン。

女神の足下の狐が鳴きます。

「ああッ」

声を上げましたのは久太郎。

「こ、これが貴狐様じゃねェか！」

そう。女神が乗っておりますその狐こそ、先程までそこに坐《おわ》した貴狐天王なのでございました。しかし——慥《たし》かに同じ狐の顔なのではございますけれども、先程までとは違っておりまして、既に人格は失われております。

「わ、わあ、お人形が大きくなったぞう。見たかい袖引きちゃん」

「珍しい人形だだなあ」

「オンダキニサハハラキャティーソワカ！」

「は？」

「わらわこそ茶吉尼天《だきに》なるぞ」

「へ?」

「天竺《てんじく》に於《おい》ては地母神《じぼしん》であり暗黒神《カーリー》の次女でもあり、仏教に於ては大黒天の眷族《けんぞく》飛天夜叉《やしゃ》でもあり、愛染明王《あいぜん》でもあり、また密教に於ては胎蔵界曼陀羅外院《まんだらげいん》南方焔摩天《えんまてん》四天衆の一人でもあり、本朝に於ては稲荷神三狐神《みけつかみ》でもある」

「なななんです?」

「人の寿命を知りその心の臓を喰らい凡百《あらゆる》願いを叶《かな》える陀天《だてん》の呪法の本尊である、わらわこそが、かの茶吉尼天なるぞ――」

うひゃあ畏《おそ》れ入りましてございまするうう――小僧ども、再び土下座。

「なる程そうか。茶吉尼天自身が顕現したもので、茶吉尼と同体と考えられてもいる飯綱の姿が消えたのだな」

達磨が膝を打ちますな。はァん――と一同は呆《あき》れます。

「解ったかえ」

「わ、解りましたが、その、要するにそりゃあ、主従が入れ替わるってェことなんですかい?」

久太郎も混乱している様子ですな。

「入れ替わりはせん。わらわはわらわじゃ。その方達の見方が変わっただけのことなるぞ。わらわはずっと同じくわらわであるぞえ」

「わ、わらわらわら」

豆腐小僧狼狽《ろうばい》ついでに馬鹿なことを口走りますな。達磨、ぽかりと叩《たた》きます。

「こら。調子に乗るな馬鹿小僧」

小僧、さっと青ざめます。

「あ、どどうかお許しをぉ。豆腐も心臓も食べないでくださいましィ。畏れ入りやのダキニ天様ァ」

「そりゃ鬼子母神《きしもじん》だよ」

達磨のツッコミでございます。

「大体お前らに心臓なんかないだろうによ。畏れながら茶吉尼天殿、この馬鹿どもが怖がるので元の姿に戻ってはくれまいかなァ」

「宜《よろ》しい――」

ポン、と、今度は一瞬で、茶吉尼天は元の姿に戻ります。

同時に飯綱権現もぱっと現れます。

「ややこしいのう」

「ややこしいのう」

紅白狐でございますな。

「仕方があるまい。我は茶吉尼天とは同体なのだが、貴狐天王とは別物なのだからな」

「そこがややこしいと」

「あ、言っておるのだァ」

貴狐天王が申します。

「解ったであろう皆の衆。我ら狐は、神霊と合一すると同時に、ちゃんと分離もしておるのじゃ。我らは荼吉尼天の乗り物でもあり、稲荷のお使いでもあるのじゃぞえ。ちゃんと獣としての立場を弁《わきま》えておるのじゃぞ。祀られる狐は狐ではなく、稲荷として祀られるのじゃ。ところが狸は狸のまんま祀られよる。自分の名前の下に大明神などつけよるしなあ。下品じゃのう」

へん――と三太郎狸はむくれます。

「俺は祀られてねえもの」

「お前はいいのじゃ。まあ、秋葉権現も飯綱権現も――神の名で呼ばれる時、それは狐ではないのじゃ。天狗とて同じこと。天狗の基には我らがあるが、我らは天狗ではないのじゃ。しかし飯綱は天狗として見れば大将格」

「飯綱三郎である」

威張ります。

「しかし狐として見れば――此奴は単なる管狐《くだぎつね》じゃ」

それを言うなよ貴狐天王――と飯綱権現急に萎《しお》れます。

「それに加えて化け方も違うぞ。我らも頭上に髑髏《どくろ》を掲げ、あるいは藻を載せて、狸同様変化《へんげ》の術を使うがのう、決して化けたモノを乗っ取ったりはせぬ。往《いにしえ》の作法に則《のっと》って古式床しく変化するだけぞえ。狐はな、狐としての誇りを決して捨てぬものなのじゃぞ。肝に銘じよ。解ったか皆の衆――」

おう——と歓声が上がります。

「へェんだ」

しかし納得の行かない獣が約一匹おりますようで——。

そう、三太郎でございます。

「何だかよう、さっきから聞いてると狸ばかり悪者みてェだなあ。こうしてこんなところに連れて来られてよう、寄って集《たか》って苛《いじ》められてよ。これなら本体の狸にも死んで貰って、消えッちまった方が楽だったど。ったくよ」

「まあそう拗《す》ねるなよ」

久太郎が申します。

「お前はお前だァな。消えなかったなァ良かったことと、素直に喜びねェ。これからもあの竹《たけ》藪《やぶ》で子供でも脅かして暮らせ。毒にも薬にもならねェ化け狸でよ、それで別にいいじゃあねェかよ」

「どうせ俺は田舎者だだよ」

「いい加減にせいッ！」

達磨が一喝致します。

「狸が悪い訳でも狐が偉い訳でもないわい。狸も狐もただの獣である。狸が間抜けに見えるなら、それはそう見ておる人間の所為《せい》である。狐が狡賢く見えるならそれも人間がそう思うておるだけのこと。動物はもちろん愚僧達妖怪にも、何の責任もないのだぞ」

ねえなあ、と三太郎は申します。

「愚僧らはみな、ただの概念だということを忘れるでないッ！　悪い狸がおるならば、それはそんなモノを感得した人間が悪いのだ」

「そうだなあ」

一同、しんみりと致します。

「さて――段取りを決めようぞ」

弥平が申します。

人間の方の密談でございますな。

「先《ま》ず、今日一日、あの学者の周章ぶりをとくと眺めてみようと――儂《わし》はこう思うておる」

「慌てますかねえ。あの野郎、また何やら難しい小理屈捏《こ》ねて、百姓連中を丸めこみやしませんかね」

「まァ心配ない。流石《さすが》の百姓どもも今回ばかりは素直には引っ込まぬわ。ちゃんと手は打ってあるのじゃ――」

そこで弥平、一人のむさ苦しい男に視線を送ります。

王子の狐を頭に戴いた男でございますな。

「へへェ。あっしはこの辺りじゃあんまり顔が知られてねェもんで、ちょいと騙《かた》りの真似事《まねごと》をして、庄屋の屋敷に下男として潜り込んだンで」

「それで」

「近頃姿を見ないと」

あ、思うたわァ——と、声を揃《そろ》える紅白兄弟——この二人、本体の人間の方も芝居がかっておりますな。

「まあ、下働きはお手の物——てェ訳で、すっかり信用されちまってね、自警団にも入ったんだな」

「自警団にか」

「おう。それでね、あっしァ得意の怪談咄《ばなし》を喋《しゃべ》りまくったんだな。連中、根はいい奴らだからよう、最初はあのクソ学者の話ィ鵜《う》呑《の》みにして、そんなこたねェとか迷信だとかおいら馬鹿にするような口振りだったがね。ありゃ内心結構気にしてる」

本当か——と久太郎が申します。

「王子の兄さんは慥《たし》かに口がうめェ。うめェけれど、うめェだけに、話ィ半分に聞かねェといけねェなあ」

「馬鹿こけ。お頭やお前らに嘘吐《つ》いてどうするか。奴らはな、賢《かしこぶ》振ってはいるものの、根っから賢い訳じゃねェ。知恵ってェのは耳から覚えるものじゃねェ。暮らして行く途中で、躰《からだ》で覚えるもんだんべェ。ごにょごにょ能書き垂れられてもよ、人はそうそう変わるもんでねェだろ」

「吉左《きちざ》の言う通りじゃ——」

弥平が申します。

「村の者は善良なのじゃ。だからこそあんなエセ学者の話も信用するのじゃな。だが——要は何が真実味を持っておるかという問題じゃなあ。善良なる者は結局、信用出来るものを信用するわい」

あっしの話ァ真実味があンぜ——と、吉左は申します。

「王子は狐の本場だかンな。化かされ話はごまんとあらァ。連中はな、そりゃ勘違いだの見間違いだのとそれらしいこと言ってたんだけどな、そのうち、ありゃ段々自信がなくなって来やがったンだな。そこで先生様にお伺《うかが》いたてに行ったのな。その結果だよ。あの竹藪の大仕掛けは——」

「そうだったのか——」

一同、もう一度籠《かご》を見ますな。

籠の上に涌《わ》いております三太郎、憮然《ぶぜん》と致します。

もちろん人には見えません。ただ何となくその辺が厭な空気になっております。

「獣は獣、所詮は知恵のないものなのだから、そんなものが人を化かすことなど金輪際《こんりんざい》、絶対にねェと、ま、先生様は仰《おお》せでね。ま、そういうことでな。狸狩りだ」

「いい迷惑だだよ」

三太郎、いっそう不機嫌な顔を致します。野狐党に一応命を助けられたとはいうものの、元を正せば仕掛けたのも野狐党だったというオチでございまして。何だか踏んだり蹴ったりではございますな。

「放っておいてくれればいいだに」

まったくでございます。

「中々うまい陽動作戦じゃな」

玄角が厳《おごそ》かに申します。

「それで——その狸狩りは大失敗に終わる、ということだな？」

そうなんで——吉左、自慢気に答えますな。

「あっしはね、今日これからね、そら見たことかと言いますぜ。ええ言いますともさ。やっぱり狸は化けるンだ、化けなくってもコンだけ知恵があるもンなんだと、こう、どかんと演説をぶちますぜ」

「どんな言い訳をするかのう」

久太郎がにやりと致しますな。

「首尾は上々ですからね。罠てえ罠を外して、こう綺麗に並べて置きやした。ありゃ普通の獣に出来る芸当じゃねエ」

いひひひひ、と破落戸《ごろつき》どもは笑いますな。

「まあ別にな、百姓どもが迷信を信じぬこと自体は構わぬのだ。だが、あの室田《むろた》の狙いは必ず別のところにある。きゃつは、百姓を兵隊に仕立てようとしておる。こればっかりは許せぬことだ」

「その学者はどっちじゃ」

与左衛門が問います。

「どっちというと？」

「倒幕派か佐幕派かということでやすよ」

「そこがよく判らぬのだがな。儂が思うに――あれは幕府方じゃろう。あの男は儒学者じゃ」

「すると討幕の軍勢が攻め上って来た時に百姓どもを護《まも》りに使う気なのかなぁ。しかし、こんな辺鄙《へんぴ》な場所が要害になり得るかな」

「いざとなればどんな者でも居ないよりマシじゃ。苦しくなれば猫の手だとて借りたくなるわい。俺達にはどっち側でも関係ないわ。村の暮しを乱すなら、どっちも敵じゃ」

そうじゃそうじゃと盛り上がりますな。

「それじゃあ吉左は計画通り中から揺さぶりをかけい。で――」

「この与左衛門が村人のおなごや老人どもを揺すぶりましょうぞ。話に聞けば年寄り連中はその学者に反発しているとか。口八丁で踊らせましょうぞ」

「では――わしは乗り込むか」

玄角が申します。

「室田の屋敷にか」

騒々《ざわざわ》と座が騒ぎますな。

「おう。早い方が良い。幸いにもそこの白波崩れの双子殿が図面を手に入れてくれたようじゃからな。これで仕掛けが出来るわい」

「ひとつ仕掛けを」

「あ、施《ほどこ》しましょうや」

玄角、眼を細めまして赤麿《あかまろ》と白麿《しろまろ》を見ますな。

「ううむ。この双子、芝居がかったのさえ何とかなれば、使い道があるのだがなあ」

「こればっかりはァ」

「しようがあンめェ——」

カン。

見得——でございます。

玄角でさえ呆《あき》れますな。

「まあどうであれ忍びが出来るなら便利は便利じゃ。助《す》けて貰おうかのう。お前さん達は徹夜明けであろう。ふた刻ばかり休んでから忍び込むぞ」

「白昼堂々ですかい」

「化け物騒ぎを起こすならば夜であろうよ。ならば仕込みは昼のうちだ。のう、伯蔵主の」

「そうじゃなあ。何にせよ早い方がええて」

「そうであろう。村の方の様子を見ながら——今晩にも仕掛けようぞ。ううむ、それでは役を振ろうぞ」

　相談相談——と、悪党どもは額を寄せます。その頭上に乗っかっております妖怪どもも、好むと好まざるとに拘《かかわ》らず密着致します。

狐の朝礼のようでございますな。

その様子を少し離れて見ておりますのが、我らが豆腐小僧、そしてその友袖引き小僧、その師滑稽《こっけい》達磨、そして三太郎狸の四《よ》ったりでございます。

達磨、豆腐小僧を見上げます。

「おい」

「はあ」

「お前どうする」

「へ？」

「へじゃないだろうに。まあ、すったもんだはあったものの、無事に顔の悪戯《いたずら》描きも消えたことだし――お前はもう、こんな処《ところ》に居ることたァないのだぞ」

「そうなんでしょうか」

「そらそうだろうに。用ないだろう。あるのか？」

「まあ――別に用はないんですが」

豆腐小僧、袖引き小僧の顔をちらりと盗み見ますな。

「ねェ」

「ん？」

これまた豆腐小僧に負けない間抜け面でございますな。何がねェ、だと達磨、怪訝な顔を致します。

「意味もなく同意を求めてどうする。袖引き小僧は理解出来ておらぬではないか。ほら、狐どもは密談しておるし、今が辞去する良い機会ではないのか」

「じきょ？」

「だからここを去るのだ」

「で？」

「で、と申されてもな」

達磨も困った様子。

豆腐小僧はもっと困っております。

「手前は別に行くところも遣ることもなーんにもないのでございますよ達磨先生。ただ、こうして——」

豆腐小僧、豆腐を載せました盆をば左右に揺すりますな。盆捌《さば》きが上手《うま》くなっております。

「——この豆腐を持って、只管《ひたすら》うろうろするだけなのでございますから」

目的もなければ意味もない。

「まあなあ」

「手前は暗いうちに涌いて、朝とやらがやって来て、またぞろ暗くなって、また朝とやらが参りましたが、それでもどうにもなりません。どうしようもない。ここでどっか行けと申されましても——」

再び袖引き小僧の顔をば見ます。

「——ねェ」

「あ？」

「それもそうだのう」

達磨、腕を組みます。これ、お得意のポーズになってしまった模様でございますな。それにですね——と、豆腐小僧、やけに神妙に申します。

「手前がどっか行っちゃったら、この袖引きちゃんは——どうなるんですか？」

「ああ」

袖引き小僧、漸《ようや》く反応致します。

「そういえばおいらが消えッちまわないのは豆腐小僧のお蔭だと、達磨さん言っていただな」

そうでしょう——と豆腐小僧は申します。

「ですから手前は」

「手前は——ってお前、それが本来の姿なんだから仕様がないじゃないか。そもそも居ないはずの袖引き小僧がこんなに長い時間出てる方がおかしいんだぞ」

「そうは申しますが達磨先生。袖引きちゃんだって、何だっけ」

「居るってことは楽しい——だか？」

「そうそう。ほら。楽しいって言っているじゃないですか」

「だからって、こうして永遠にぼおっとしてたって始まらないだろうよ。袖引き小僧は袖引いてナンボだわい」

「では手前は？」

お前の場合はなあ——達磨、いっそう真剣に考え込んでしまいますな。

「豆腐を持ってナンボなんじゃないだかね？」

そう申しましたのは三太郎でございます。

でもずっと持ってますからね、と豆腐小僧は申します。

「持ち続けてナンボだかな？」

「煩瑣《うるせ》えなァ」

久太郎が睨《にら》みつけますな。

「こちとら悪巧みの真っ最中なんだぜ。その横で間抜けな問答するなァよして貰おうかい」

「そうであるな。邪魔じゃ邪魔じゃ。行く先も定まらぬが——とにかくここからは引き上げようぞ」

達磨は二人の小僧の袖を引きます。

「これ、やめれ。袖引き小僧の袖引いてどうするだよ」

「迷惑だって」

達磨は結構な力で小僧どもを引きまして、入口の方に引っ張りますな。それを情けない顔の三太郎が目で追います。

「おめえ達、行っちまうだか。俺独り残してよう——」

何だか心細いべえよ——と、三太郎狸は手を伸ばします。

しかし本体である狸は籠の中で瀕死《ひんし》の状態、おまけに感得しているのは野狐党の面々でございます。これは一歩も動けない訳でございまするな。

「劫《こう》を経《へ》た大狸が何を情けないことを言うか。まあ達者でな——狐連中にも宜《よろ》しく言っておいてくれい——」

達磨、そう申しまして小僧どもの尻を押し、外へと押し出します。何するんだようと言いながらも二人の間抜け面は外へと出ますな。

すっかり明るくなっております。

「はあ、こりゃまた随分見通しがいいだなあ。こらあ凄い。いや、昼ってなあ、何だら明るいこったろか。おいら、昼間ってのも初めてだぞゥ」

袖引き小僧、眼を円く致しますな。

妖怪でございますから明暗順応が出来ていないという訳ではございません。文字通り初めての日中体験なのでございますな。豆腐小僧、やや自慢気に申します。

「手前なんかは二度目で。ただ、その一度目というのが、お天気とかいうのが悪いとかでしてね、こんなには明るくなかったような」

「ほおゥ、そうかい。しかし妙なもんだだなァ、豆腐小僧」

「何がさ」

「おいらの本義は刹那《せつな》の現象で、この顔形はその後講釈だ。そのおいらが、こうして明るい空の下で散歩してるだから」

袖引き小僧、そう申しまして二三歩飛び跳ねたり致しますな。

「不思議だだ」

「それは不思議ではなく、不自然なことなのだ――」

達磨、顰《しか》め面を致します。

「これはおかしいのだ。あってはならぬことなのだ。だから袖引き」

「何だ」

「お前は、これからお前を最初に一瞬でも感得したあの権太の許へ戻るべきだ。そして――消えるべきである」

「そう――だよな」

やっぱり、と袖引き小僧は下を向きます。豆腐小僧は頰《ほお》を膨らませまして達磨にでかい面を向けますな。

「そりゃ酷《ひど》いですよ先生。あんまりですよ。ねェ、小さいと思って油断していれば、なんちゅうことを言うんですか。消えろとは何です消えろとは」

いいんだ豆腐小僧――袖引き小僧、下を向いたまま豆腐小僧の笠を引きます。

「いいって、袖引きちゃん」

「いいんだって。それがおいらの定めだもの。おいら、いっぱい歩けただし、本当に袖も引けただし、昼間も見られただし、何より友達が出来ただから、これで満足だだよ。もういいだ」

「と、友達？」

「友達だろ」

「こ、小僧同士ですもんねえ」

「何がですもんねえ——じゃ。始末に悪い小僧であるぞ。おい、袖引き、お前は中々覚悟が出来ておる。豆腐小僧も見習うべし」

「べしって、でもォ」

「ごちゃごちゃ言うな。帰るぞ豆腐」

達磨、すっと豆腐小僧の着物の柄に戻りますな。

「あ、狡《ずる》い。歩くの面倒臭いものだからって柄になって。まったく以《もっ》て調子のいいチビ達磨だなあ」

「煩瑣《うるさ》いわい」

「あ、聞こえてるし。ねえ」

袖引き小僧、けたけたと笑います。

と、いう訳でございまして、珍妙な妖怪小僧の二人連れは、とぼとぼと帰路についた訳でございますが——。

丁度竹藪を抜けた辺りで、何やら騒ぎが起きておりますな。

これは、仕掛けた狸罠が外されていることに就いて、村の連中が集まってああだこうだと騒いでおった訳でございますが——。

緊張感のない小僧どもはまったく意に介しませんな。気がつきもしません。

アレお花が咲いている、こっちには水車があるぞと、まるでひと昔前の小学校の、新一年生の登下校状態でございます。

しかし――。

やがて。

豆腐小僧の足がぴたりと止まりますな。

その動きに驚きまして袖引き小僧も歩みを止めます。

「ど、どうしただ？」

「あ、あ、あれは」

「ん？」

豆腐小僧、道端で固まってしまいまして、ガタガタと震え始めます。袖引き小僧、流石《さすが》に異変に気がつきましてその視線の先を見ますてェと――。

はい。

明るいはずの空に暗雲が立ち籠《こ》めております。もちろん、それは肉眼で見えるものではございません。

そう。

邪魅《じゃみ》――でございます。そしてその下には――。

「ああッ！　おまんは、と、豆腐小僧じゃないがかね！」

突然、聞き覚えのある土佐弁が発せられたのでございます。

「まずいッ！　逃げよう」

豆腐小僧、大慌てで駆け出します。

「ど、どうしただ。何ごとだ」

袖引き小僧が続きます。

首の周りに狸を巻きつけました浪人どもが木の下で休息致しております。その中の一匹がにゅう、と首を伸ばしまして、小僧どもに顔を向けているのでございますな。もちろん――七百二番狸でございます。

「おおい豆腐、おまん、何でこんな在所《ざいしょ》に居るぜよ」

七百二番、更に首を伸ばします。

「おい、おい豆腐小僧、さっきからあの襟巻みてェな狸がおめェのことを呼んでるだぞ。あれは、知り合いだか？」

「し、知り合いだよう」

「何で逃げるだよ」

豆腐小僧、ひょい、と物陰に隠れます。

「なあ、何で逃げるだよ」

「駄目だよ袖引きちゃん。あれは悪い狸なんだから。そんな処に突っ立ってないで、こっちに入りなよ。顔に墨塗られちゃうよ」

豆腐小僧、ぐいと袖引き小僧を引き入れます。

あれがおめェの面に墨塗った狸なんだか——と言いながら、袖引き小僧、豆腐小僧の横に参ります。

「ありゃまたにょろにょろとしたモンだなあ。同じ狸でも三太郎とは随分違うど。何だかさっきの管狐《くだぎつね》みてェだな」

「たぶん同じようなもんじゃないかと思うよ。ああやって、人にとッ憑《つ》いてるンだから。それに、ほら——」

豆腐小僧、空を指さします。

邪魅がもくもくと、渦《とどろ》を巻いております。

「ありゃまた、おっかねェもんだな」

「あれは——あの人間どもが悪い心を持っているから涌くんだそうだよ。そういう悪い人間が感得してるんだから、あの狸だってろくなもんじゃないんだよぅ」

恐る恐る顔を出します。

七百二番、おおい、とおふう、などとまだ呼んでおりますな。

二人小僧はすぐに頭を引っ込めます。墨を塗られたりしたら堪らないと、こう思っている訳ですな。この度《たび》は何とか落ちましたけれども、それも偶然。次もこんな偶然があるとは思えません。臭い雑巾妖怪なんぞに顔を拭かれる憂き目に遭うのも御免でございましょう。七百二番は再度おおいと呼び掛けますな。

「おまん、顔の狸振りは消えたんかのう。それとも別の豆腐小僧なんかのう」

「さっきから何をごちゃごちゃ申しておる七百二番」

隣の男に憑いている狸でございますな。寄居主《やどぬし》の侍はえらくごつい顔の男でございます。当然狸も似て参りますな。まるで熊でございます。

「おう。話したじゃろ。道場で芝居者《しばいもん》が墨を塗った――」

「ああ、あのかんぴょう小僧とかいうへなちょこ妖怪か」

「かんぴょうではないいきに。忘れっぽいのう三百四番は。納豆じゃろ?」

「おまんも一緒じゃ二百八番。ありゃ豆腐じゃ。と、う、ふ。それにしてもあの豆腐、何でこがいな処に居《お》るのじゃろ」

七百二番、首を傾《かし》げますな。

「もしや――」

「もしや何じゃ」

声を発しましたのは人間の方でございます。

「この辺りではなかろうかと」

「権太の逐電《ちくでん》先がか?」

「左様じゃ。土地勘がないいきに随分迷うたが――どうもそんな気がする」

七百二番狸を首に巻きました浪人田村、豆腐小僧の居る方を見まして、

「あの辺が臭うぜよ――」

と申しますな。

「お主の鼻は犬並みじゃな。しッかしあのクソガキ、見つけ出したら膾《なます》にしちゃるわい」

そう申しましたのはごつい顔の侍でございますな。この連中、ご存知の通り倒幕派を標榜《ひょうぼう》致します痩せ浪人どもでございますな。権太によって悪事を奉行所にタレ込まれ、一網打尽にされかけましたもので、相当頭に来ておりますな。

「まあ待て。問題はあの猫じゃ。あの猫を見つけ出すことが先決じゃ」

「そうじゃな。まったくあのクソガキめ――ただの馬鹿だと思うておったに、とんでもない喰わせモンじゃ。しっかし、あんな田舎者ひとりのために我らが一党が壊滅するとはな。思うてもみなかったわい」

「まあ良い。同志はまだまだ居るからな。生き延びただけでも儲《もう》けものだ。それよりも――肚《はら》が立つのはあの播磨《はりま》屋だ。なんだあの爺《じじ》ィ」

播磨屋――倒幕資金調達を名目に、この痩せ浪人どもを使って商家などから非合法に金を集めさせておりました張本人でございます。そして――豆腐小僧の顔に悪戯《いたずら》描きを致しました芝居者狸を感得しておりますのも、この播磨屋なのでございます。しかしどうやらこの連中、自分達の親玉たる播磨屋に対してえらく反感を抱いているようでございますな。

「まったくじゃ。ヤバくなった途端に姿を晦《くら》ましおって。金だけはたっぷり持って行ったくせにな。あれは知らぬ存ぜぬを通すつもりだ」

「まあ、向こうにはそれ、大義名分があるわ。仮令《たとえ》嘘を吐《つ》いてでも、軍資金だけは護る――それがわての役目だす、とか申すのであろうな」

どうだか——異口同音に申します。

「命が惜しいだけじゃ」

「そもそも我らが集めた金は本当に都に届いておるのか」

「怪しいのう」

「あの爺ィの懐に入っとるんぜよ」

「汚いのう」

「盗人猛々《ぬすっとたけだけ》しいとはこのことだ」

強盗に言われたくはないですな。

「こんなこともあろうかと——思うたのだ。どうも商人《あきんど》は口が達者で信用罷《まか》りならん。僅《わず》かずつ抜き取った小判を備蓄しておって良かったであろうが」

「良くないわい」

「ホンマじゃき。頑丈な金箱に入れたままではええけんど、その鍵を、何だって猫の首なんぞにつけたぞね。蓋が開かなんだらあがいなもの、ただの重てえ箱じゃないがかね」

くう、とごつい侍が顔を顰《しか》めます。

「まったくじゃ。しかしなぁ田村、あれは拙者の発案ではない。あの道場に置いておいたのではどこに紛失するやも知れず、また播磨屋の手に渡らぬとも限らぬし、かといって誰か一人が持っていたのでは抜け駆けして持ち逃げされるやも知れず、いっそ猫につけておけと申したのは——そうだ、お主であろう」

「滅相《めっそう》もない。拙者はただ、猫は家につくと申す故、居なくなったりはせぬと申しただけ」

「もうええち。同じことじゃきに。まさかあのクソ権太が、そン猫持って逃げよるとは、誰も思わなんだぜよ」

どうも、ややこしいことになっているようでございますな。

一方、妖怪狸どもも――同じように話しております。

「あの芝居者の野郎には上手《うま》く乗せられたのう」

「同じ狸じゃ思うて信用したのが間違いじゃったな。やはり信用出来るのは八百八狸の眷族だけやで」

「おうよ。あンしたたかモンは、我ら八百八狸までただの狸にしようち企《たくら》んでおったんじゃからな――」

「油断ならんわ」

そんなことを申しております。

どうやら狸軍団は一枚岩とは言えなかったようでございますな。内部分裂やら派閥抗争やらがあるようでございます。

「しかしなあ。こんままでは我らが野望も頓挫《とんざ》してしまうわい。隠神刑部《いぬがみぎょうぶ》狸様に対しても申し訳が立たぬ」

「だから――あんな浪速気触《なにわかぶ》れの守銭奴《しゅせんど》狸なんざあてにしないで、鍋島《なべしま》の化け猫あたりと手を組もうと――そういう算段じゃ」

鍋島のう——と三百四番は申しますな。

「猫とは反《そ》りがあわんやろ」

「東国を制するためにゃ、先ず西の方を固めにゃいかんぜよ。しかして河童《かっぱ》どもはあれ、駄目じゃきに」

「河童はいかんな」

狸、どういう訳か河童にだけは化けませんな。

「化け猫は江戸でも人気ぜよ。あの三毛捕まえて——話ィつけるんじゃ」

「でもあの猫間は我らを大分嫌っておったぞ。まあ、ちょっといい女ではあったがのう」

「おまんもそう思うか。あの撥《は》ねっ返りがまたいいぜよ」

「そうかのう。あの猫化け、我らの顔を見る度《たび》に、悪態ばかり吐《つ》いておったやないか」

「良か良か。嫌よ否《いや》よも好きのうちじゃきに」

おやおや。

七百二番狸、あれだけ毛嫌いされていたにも拘《かかわ》らず、どうやら猫股《ねこまた》の三毛姐さんに岡惚《おかぼ》れしていたようでございますな。

いやはや何とも、困ったことでございまするが——。

実を申しますと——七百二番を感得しております田村という侍、大の猫好きなのでございますな。しかしかの道場に棲《す》み着いておりました猫は、むさ苦しくて野卑な浪人どもにはまったく懐《なつ》かなかったのでございます。

田村氏と致しましては、こう、頬を擦り寄せおおカワイイッとやりたかったのでございましょうが――そこは無頼を以《もっ》て良しとするような悪党連中の中にあっては、猫ちゃんに餌《えさ》をやったり可愛がったりは出来なかったのでございますな。その想いが、観念でありますところの七百二番に直接的に反映したと――まあこれが真相でございます。

「では――」

と、申しましたのは人間の方でございます。

「この辺りを一軒一軒虱《しらみつぶ》潰しに当たるとするか」

「あのクソ権太めを捕まえてぶち殺してくれようぞ」

どろどろと――中空の邪魅がその形をよりいっそう明確に致します。浪人どもの殺意が、より明確になった所為《せい》でございましょう。

「あわわわわ」

豆腐小僧、口に手を当ててますな。

「どうしただ豆腐小僧」

「た、大変だよう袖引きちゃん。このままじゃ、あの変な顔の人――」

「権太か？」

「そうそう。その権太さんが、殺されちゃうよう」

「はあん」

「はあんじゃないよ。報《しら》せてあげなくちゃ――」

豆腐小僧、何も考えずに飛び出しますな。

「待つだ豆腐小僧！」

「何で」

「そっちは今来た方だだ」

「おっとっと」

「待つだって」

「だから何よ」

「どうする気だおめェ」

「だから教えてやるんだよ」

「どうやって」

「うーん。とにかく」

「とにかくも三角もねェだよ。おいら達は存在すねェモンなんだから、人間に話しかけられる訳がねェでねェかいよ」

「そこを何とか」

「何ともならぬだろうよ」

「あッ！」

着物の柄——達磨が申します。

「無駄だ無駄。やめろって小僧」

「煩瑣《うるさ》いなあ。柄は黙っててくださいよぅ」

　小僧、すたすたと歩みます。

「だ、だってお前、どうも出来んだろうよ。どうする気だよ」

「為《な》せば成るですようだ」

　豆腐小僧、すたすたと浪人どもの方へ進みます。また随分と度胸が出て来たものでございますな。

「おゥ小僧。おまん——」

「百十九番さんッ」

「何を言うとんのじゃおまんは。そりゃ薩摩《さつま》の武士ンとこに憑いておる狸じゃき。わしは七百二番じゃ。まあ——おまんは馬鹿そうじゃき、そンだけ覚えとれば上等じゃろがな。それよりそン面どうやって洗うた？　何じゃってこがいなとこに居るがぞね」

「あっ、あっ、あのですね」

「何じゃ——早う言え」

　浪人どもは移動を始めます。

「は、話は途中です。そ、そっちに行かないでくださいよ」

「そがいなこと言われたってな、わしには自由には出来んきに。何ぞね、気持ち悪いぜよ。最後まで言いや」

「で、ですから、その、ええと、あのそっちには居ないんですよ。権三さんは」

「ごんぞう？　あ、権太のことか。そんなことわしに言ったたって仕様がないことは解っちょるじゃろ——お、おい小僧ォ」

「ああ。こりゃまずいッ」

豆腐小僧——走りますな。袖引き小僧も追いかけます。

「お、おい豆腐ゥ、そんなに走ったら豆腐が落ちるだよォ」

「大丈夫、慣れましたァ」

すたたたた——と、豆腐小僧、狸侍どもを追い越しますな。袖引き小僧が続きます。驚いたのは狸ども。

「な、何じゃお前ら？」

「お、おい七百二番、こりゃ何じゃい？」

「おいら袖引き小僧だよ」

去り際にそう名乗られましても、これではいったい何のことだか——。

二人——と申しましても人間ではございませんが——の小僧、ちょこまかと走り抜けまして権太の家に向かいますな。幸いにもと申しますか何と申しますか、侍どもは別の道に進んだようでございまして——。

「よしッ」

何が良いのかよく解りませんが、豆腐小僧は勢いをつけまして、例の生け垣を回り、権太の家に——。

「あ」

入れませんな。戸が開けられません。

「あ、じゃないだよ。まあ、おいらは走れたから面白かっただがな。おめえ、考えなしにも程があるだよ」

豆腐小僧、下唇を突き出しまして、袖引き小僧の着物を攫《つか》みます。

「折角《せっかく》ここまで来たのに悔しいでしょうに。あの侍がこの家を見つけるのは、きっと時間の問題ですよォ」

「そう言われてもなあ——」

と、袖引き小僧が首を捻《ひね》ったその瞬間でございます。

ぱッと、二人を囲む景色が変わったのでございます。

どう変わったのかと申しますと、先ず天井がございまして、それから床がございまして、壁がございまして、これはつまり室内でございます。おまけに目の前には襤褸《ぼろ》な着物がございまして、どういう訳か袖引き小僧はその袖を攫んでおります。ついでに申しますと、その襤褸を着ておりますのは、鼻の穴が異常に大きい、エステで百年磨いても到底垢抜《あかぬ》けない、馬鹿面の男でございます。

「あッ。また引っかかっただ。ほんに肚《はら》ン立つ釘だだよ」

権太、そう申しますな。

「おら、ガキの頃からここで何度も袖破いてるだよ。フんとにもう」

そう。

釘に袖を引っ掛けました権太が、意識下で袖引き小僧を感得したのでございます。

それで——袖引き小僧は一瞬のうちに召還されたのでございますな。

質量のないモノでございますから、こうした物理摂理に反することも可能なのでございますな。ついでに申しますと——豆腐小僧はおまけでございまして、袖引き小僧の着物を握っておりましたからくっついて来てしまったのでございましょう。

「ああッこの変な顔！」

もちろん豆腐小僧は狂喜乱舞です。

「ほら、虚仮《こけ》の一念なんとやらでございますよ。何とかなると言ったでしょうに。こんなこともあるんですねぇ」

「まあ、そんだなあ」

袖引き小僧、ぼけっとするばかりでございます。一方権太は——これは客を持て成しておる途中のようでございますな。客は百姓の青年達でございますな。

「おめえは変わらねェだな、権太。江戸ン出てから随分経《た》つから、少しは粋《いき》になってるかと思うただがな」

「粋？　ンなもんは飯のタネにはならねェだよ。おら、長い間貧乏道場で下男やって、侍ちゅうもんがいかにしょうもねェもんかを知っただ」

「そうか。畑捨ててもいいことはなかろ」

「うんにゃ、いいこともあるだよ。おら人生の目的ちゅうのを見つけただ」

「目的？　何だそら？」

「うっふふふふ」

「おめえ、笑うと気持ち悪いだなあ」

「ふふふ。驚ぐなよ。おらな、天狗《てんぐ》しゃんの弟子になって、不老長寿の神通力をば身につけようと、そう思うてるだよ」

　権太はそう申しました。

「お、おめエ、だ、だ、大丈夫か？」

村の若い衆、挙《こぞ》って顔を斜めに傾けますな。

「なんが悪いもンでも喰ったか」

「頭でもぶったんじゃねエだか」

あに言うだよゥ——と権太、実に不満げに、大きな鼻の穴から大量に息を吹き出します。

「おらの腹は何を喰ったって大抵平気だし、頭ァ釘打てるくれェ丈夫だど」

「そういうことではねェ」

「どういうことだかよ」

「だからよ。天狗だら不老長寿だらいうンが馬鹿だ、って話だ」

「ンだ。天狗なんてのは想像上のモノだだよ。ずつざいしねえ」

因《ちな》みに実在、と申したようで。

「あァン？」

権太、喩《たと》えようもない程間抜けな顔を致します。

「何驚いてるだ。おめェ江戸さ出てたんだべェ？　生き馬の目ェ抜ぐって噂の江戸に居で、何だってそんだら迷信ば語るか。何をか習って来ただかよ」

「迷信？」

「おう。天狗だらいう、うつけたモノがこの世に居《お》るかい。顔は赤ェわ鼻も長ェわ、それにおめエ、ありゃ羽根までついてるべ」

んだんだ――と青年団は首を振りますな。

「幼《おさな》馴染《なじ》みの権太が久し振りに村さ帰《けえ》って来で、こんだ真面目に働くと言ってるど、馬方の親爺《おやじ》に聞いたから来てみれば、はァ、天狗かい」

「馬鹿だ」

「ウツケだ」

「これがらは文明の時代だべェ。おら達百姓も学がねェと喰いはぐれるど。おめえいい齢《とし》ぶっこいて、今時天狗だの河童だの言ってでだら、そのうち童《わらし》にも笑われるど」

「ンだ。この村もな、変わっただよ。おめェが江戸で大根喰って屁《へ》ェぶっこいてる間にな、俺だぢもただぼおっとしてた訳じゃねェぞ。今や学者の室田先生のご指導の下《もと》、生れ変わろうとしでいるだよ。迷信排除、自立自衛だ」

「そんだそんだ」

どうやら権太の許《もと》に押しかけております幼馴染みの百姓青年団一行は、件《くだん》の室田塾に通う学問気触《かぶ》れの自警団構成員達――のようでございますな。この連中、師の教えに従順に従いまして、ケーモーケーモーと意味も解らぬまま叫びますな。

「学がねェ奴《やつ》は駄目だな」

「駄ァ目だ駄目だァ」

「おお駄目だ」

「ああん？」

権太、一声漏らしましてから、暫《しばら》く茫然《ぼうぜん》と致しますな。

そして徐《おもむろ》に――。

「おめェら馬鹿か」

と、申しました。

「ば、馬鹿はおめェだ」

「うんにゃ。おめ達だ。おめェら学がねェにも程があるど。おらァ江戸でも何本だかの指に数えられる、そりゃ偉ェ先生に習っただよ」

「えれェせんせえ？」

「んだ。鮃《ひらめ》だか厚揚げだかいう、国学たらいう学問の先生様のな――」

「ヒラメにアツアゲ？」

「そんだら食欲をそそる学者は居ねえべよ。なあ？」

「お、お、居《お》るだ。まあ、おらが師事したのはその偉ェ偉ェ先生様の一番弟子だか何番弟子だか——まあそういうお方だがな」

「格がずんと下がるでねェか」

だからって有り難みが下がるものではねェ——と権太は憤慨致します。

「その先生様に、おらべっこり教わっただよ。天狗しゃんつうのは、ちゃんと居るだ。居るだよ、ほんと。今を遡《さかのぼ》ること文化文政の頃、寅吉《とらきち》という小童《こわっぱ》が天狗しゃんに攫《さら》われでェ、あれこれ見聞きして帰《け》って来たつう話がな、ちゃあんとずっわとして残ってるだよ」

因みに実話、と申しておりますな。

察するに、国学者・平田《ひらた》篤胤《あつたね》が著しました『仙境《せんきょう》異聞《いぶん》』のことでございましょうな。

これは上編三巻、下編四巻——仙童寅吉物語二巻、門下人・竹内孫市記録するところの神童憑談略記一巻、七生舞の記一巻——からなる奇書でございます。

七歳の頃から頻繁に仙境——篤胤いう所の幽冥界《ゆうめいかい》——に出入りしていた寅吉なる少年と面会致しました篤胤が、自らが想定致しておりました幽冥界像のこれぞ証拠、とばかりに興奮をば致しまして、微に入り細を穿《うが》って聴き取り書き記しました、一大異界往還記でございますな。

まあ、与太といえば与太なのでございますが、これが後の平田派国学者達にも多大な影響を与えたようでございまして——。

権太が師事したと申しておりますのも、この平田派の国学者、篤胤門下の誰かであろうことは想像に難くありませんな。

しかし、何という学者かは判りません。判りませんが——どうにも権太、少々ピントが外れてはいるようでございますな。その学者の教え方が悪かったのか、はたまた権太の聞き方が悪かったのか、その辺の事情は詳《つまび》らかではございませんけれども、まあ後者の可能性が高《たこ》うございまするが、どうも、ここに至って高邁《こうまい》な思想の高邁な部分はすっ飛んでおりまして、幽冥界も不老不死の仙術に掏《す》り替わっておるようでございますな。

「あのな、天狗しゃんつうのはな、おめェらみでえな凡人にゃ見えねェのよ。この世ならぬ処《おわ》に坐すんだァ。その弟子になればおめェ、病気もしねェ腹も空《す》かねェ、変幻自在の神出鬼没だどォ。恐れ入ったか」

権太、まだ弟子になると決めただけなのでございますが、まるで天狗にでもなったかのように威張りますな。

一同、返す言葉がございません。

「何だ、驚いたか」

「呆《あき》れただよ」

ま、そんなもんでございましょう。間の悪ぅい沈黙が暫《しば》し滞《とどこお》ります。

「おい権太」

沈黙を破りますのは青年団。

「おめエ、そんなガキみてエなことほざいてねエで、もう少し考えれ」

「考えに考えた末の答えだが」

「馬鹿たれ。おい皆の衆、どうだべ、この馬鹿野郎を室田先生の処へ連れて行って鍛え直して貰《もら》うちゅうのは」

「しかし吾作、こんな馬鹿ァ連れて行ったら先生様も迷惑でねェか」

「馬鹿こけ。あの先生様ァ、狸だって説き伏せると仰《おつしや》ってたんだど」

「そんなことは言ってねえだよ。狸なんかはけだものだで、化けたりはしねェと、そう仰ったんだァ」

「そうだったかな」

甚《はなは》だ――心細い連中でございます。

「とにかくこんな愚か者が村に居たのでは村の恥だ。行くべェ行くべェと、青年団は権太を立たせますな。

「おいこら、何をすっだよ。そんだらとこには行がねえだ。おらァもう暫くすたら出羽の方さ旅発《たびだ》つつもりだで、おめェ達の指図はうけねェ」

「出羽だァ？」

「だから天狗しゃんの坐《おわ》す」

こン馬鹿がと、権太ぽかぽか叩《たた》かれますな。

「いい加減にせェ。いいが権太、そんだら幼稚なモノは居ねェ。よく聞けや。納戸に納戸婆は居ねェし、川に川太郎も居ねェ。裏山の川獺《かわうそ》は大入道に化けねェし、竹藪《たけやぶ》の狸も人様を化かしたりはしねェ。袖引き小僧も居ねェだよ！」

「居るのに」

と、豆腐小僧が申します。

「居るじゃない。ねぇ」

「居ねえだよ」

袖引き小僧は達観しております。

「おいらは居ねェモノだだよ。しっかし妙だな。あの連中は、おいらは居ないとはっきり言っているだに、どうしておいらは消えないんだろ」

首を傾《かし》げますな。

そんだらモノは居ねェだよ——と叫びましたのは権太でございます。

「あのな、おめェらはなんたら物忘れの激しい馬鹿だべか」

「何ィ」

青年団、権太の胸倉を攫《つか》みます。

「誰の物忘れが激しいだか！　ほれ、言うてみれ」

「おめェだ吾作。それから金助に孫八に作兵衛。おめェらもだ。あのな、童の時分に悪さして押入れ入れられた時に、納戸の婆ァが怖《こえ》ェようと泣いたのは誰だ？　裏山には大入道が出ると蕨《わらび》取りに行けなかったのはどこの誰だ？　狸に化かされて肥溜《こえだ》め落ちたと言い張ったのは誰だったべがのう」

「そ、それはコンまい時分の」

言い訳だだよ——と、権太は胸を張って申しますな。

「あのな、納戸婆なんて居ねェ、川獺は化けねェ、狸は狸でけだものだ、汁にして喰うべェと言っていたのは、この村の中でおらだけだど。おらはまァ粗忽《そこつ》だから、よく着物の袖引っ掛けるだがな——さっきも引っ掛けただが——ただの一度も袖引き小僧だとは思わねかったど。それを何だ、おめェ達は袖つっかける度にあら小僧だそれ小僧だと言っていたでねェか！」

慥《たし》かに権太、そうしたことには恐ろしく鈍感《たんぴ》なのでございます。

「まあ——その」

「何がまあそのだ。迷信を信じていたのはおめェらでねェか。改めてそんだらへボ学者に教わらなくとも、ンなもんは居ねェことぐらいおらァ昔から承知してるだよ。狸みでえな畜生と天狗しゃん一緒にすンなこのうすらボケ。こっちはずつわだって」

実話——でございます。

「みんな——心の中では信じてるんだよ。袖引きちゃんのこと」

豆腐小僧は申します。

「ずっと居るって信じてたんだ。だからさ——」

「ううん」

袖引き小僧、腕を組みますな。

何やら複雑な心境、といった面持ちでございます。

「解った。おい権太、とにかく先生様の所に行くだ。このままではおら達も収まりが悪いだ」

「ふんッ」

すごい鼻息でございます。

「先生様だか薫製様だか何だか知らねェだが、おらァちっとも怖くねェだぞ。何しろおらはヒラメのアツアゲ大先生様の孫弟子だからな。おおい、タマァ、タマやあ、出掛けるどぅ」

権太が呼びますと、裏手からにょろりと猫のタマ――三毛姐さんの本体が現れまして、ひょいと権太の懐に飛び込みますな。狸を巻きつけました痩せ浪人どもが捜しておりますのは、まさにこの猫なのでございます。

「おおタマ。おめェを置いて行くのは心配だからな。何せここいら田舎の連中は野蛮だで、猫なんか見たら喰っちまうかもしんねェしなァ」

「喰うか馬鹿たれ」

「油断は禁物だ。信用ならねェ。連れて行くだ」

勝手にせェと力なく申しまして、青年団は猫を懐に抱きました権太を伴いまして、ぞろぞろと家を出ようと致します。

豆腐小僧、それをただぼおっと眺めております。

「おい」

つんつん、と文字通り袖を引きます袖引き小僧。

「おい豆腐小僧」

「はァ？」

「はあでねえだろう。いいのか？」

「何が？」

「何がって、おめェ何で走ってまでここに来ただよ。このまんまでいいんだか？」

「あッ」

豆腐小僧、所期の目的をすっかり忘れていた模様でございますな。

「このままではあの変な顔の人が危ないッ！」

「それだけじゃないだよ」

「へ？」

「ほれ、戸ォ閉められたら――」

わあぁ、っと叫びまして豆腐小僧駆け出しますな。当然でございます。このままでは閉じ込められてしまう訳でございまして――。

「閉めないでェ」

聞こえる訳もございません。

間一髪――。

脱出に成功致します、二人の小僧。

盆の上の豆腐は、それはもう激しく波打っております。一方そんなことになっておろうとは露とも知らぬ権太一行、すたすたと歩き出しております。

「あのう、ええと――」

豆腐小僧は歩く権太に激しく話しかけておりますが、もちろん何も聞こえません。権太、風が吹いたとも思いませんな。

「困ったねえ。何も伝わらない」

「今更何を言ってるだか。そんだらことは先刻承知のことだだよ」

「そうだけどさ」

豆腐小僧、辺りを見回します。

袖引き小僧、空を見上げます。

「ほれ、あの辺だ」

「ああッ」

少しばかり離れました林の向こうの空の上——邪魅が凝《こご》っております。

「こういう時は便利だなあ。あいつらはあの下に居るんだな」

「方角が違ってるだから暫くは安心だべがなァ。あの辺りは今そこを歩いてる吾作の家だからなァ、権太の家が知れるのは時間の問題だだよ」

「そうなの？」

「何度も言うだが、この村ァそんなに広くないだよ。一日あれば全部の家を何回か廻《まわ》れるぐれえだから、いずれにしてももう駄目だ」

「じゃあ早く報せなくっちゃ。おおい権吉さん」

「無駄だって」

「権蔵さん」

「駄目だって」

「権平さあん」

「煩瑣《うるさ》いねエ――」

「あッ返事をしたッ」

豆腐小僧、一尺ばかり飛び上がりますな。しかし返事をしたのは、権太の濁声《だみごえ》とは似ても似つかない色っぽい女性の声でございました。

「何だよ、おや、お前――」

にょろり。

懐から顔を出しましたのはあら懐かしや――三毛姐さんでございます。

「豆腐小僧じゃないか。あら、お前、その顔どうしたのサ。臭い雑巾で拭《ふ》いたのかい？」

「ああ三毛様かぁ。手前の方も色々ありましてですね――それより三毛様、あれをご覧なさいまし」

豆腐小僧笠越しに眼で空を示しますな。生ッ白《ちろ》い首を伸ばしまして三毛も空をば仰ぎます。

「オヤ邪魅。あれが何だい」

「あれは道場に居た狸どもですよう。その権太郎さんを殺そうと、探し回っているんでございますよ」

「アラ。まあ」

「あらまあじゃないですよゥ。大変でしょうに」

三毛、ぺろりと右手を嘗《な》めまして、顔をぱつるりと洗います。

「どの辺が大変かェ」

「だ、だって、その人殺されますよ」

「だから？」

「報せてやってくださいよ。今逃げれば助かるかもしれないじゃないですか」

三毛、大きな眼を細めまして小僧を見据えます。

「あたいらは妖怪じゃないサ。だからそんなこと出来ないし、あたいの本体だってそんなこと出来やしないよ。猫が人に何か伝えられる訳ないじゃないサ」

「でも——その人死んじゃったら三毛様の本体だって命の保証はないじゃないですか」

「あたしゃ構わないもの。本体が死ねばあたいは解き放たれるだけサ。こんな老い耄《ぼ》れ猫の肉体に縛られることなく自由に化け猫としての暮らしを謳歌《おうか》出来るじゃないか。願ったり叶ったりだよ」

「ひ、酷《ひど》いなあ」

「酷かァないよゥ。馬鹿だねェお前。今だって本体が眠ったし権太がぼけっとしてるから出られたんだ。あたいは本体《こいつ》が生きているばっかりに、本体《こいつ》から離れられないンだからね。好き好んでこんな不細工な男の懐から涌きたかァないんだよ」

三毛、そう憎々しく申しまして、鼻の上に皺《しわ》を寄せて権太を睨《にら》みます。

権太、どうしたタマ、動くなよなどと申します。豆腐小僧は狼狽《うろた》えて続きます。

「あ、あの、そのう」

こりゃまた随分と綺麗なお猫さんだなァ——と袖引き小僧はうっとり申します。

三毛姐さん、流し目でその顔を見まして、

「何だいその小僧。物分かりが良さそうじゃないかえ」

と、しなを作りますな。

「ああ、そういえばさっきのあの狸野郎、仇《あだ》っぽい猫とか艶《つや》っぽい猫とか言ってただが——ありゃお前さんのことだか。なる程、狸が惚《ほ》れるのも解るだよ」

「た、た、狸がァ」

三毛姐さん、項《うなじ》の辺りの毛をフワッと逆立てます。

「ほ、惚れて——って誰にサッ」

「そりゃお前さんにだよ。他には居ないだ。なあ、豆腐小僧」

「惚れるって——よく解りません」

キィッと姐さん牙《きば》を剝《む》き出します。

「あ、あのクソ狸！　何番だい」

「ええと四百——いや、六百」

「そんな番号の奴は居なかったよッ。どうせあの七百二番辺りだろうサ。ちックしょう、狸公の分際で猫様に惚れようたァ、五千年早いわいな。もう、身の毛が弥立《よだ》つゥ」

「これ、タマや、何だってそんなに暴れるだよ。寝惚《ねぼ》けてるだか。こうれ、爪《つめ》立てるでねェ」

何てェことを申しておりますうちに、一行は村外れの一軒家に辿《たど》り着きますな。

そう、儒学者室田了軒《りょうけん》の家でございます。

「あら——どうしただかな？」

吾作が怪訝《けげん》な声を発します。

屋敷の門前に何やら人だかりが出来ておりますな。しかもわいわいと騒いでおります。

「先生様——説明ばして欲しいだよ！」

「狸がの、罠《わな》を壊して並べてただよ！」

「どういうこった！」

大騒ぎでございます。

やがて——建物の中から如何《いか》にも学者然と致しました男が悠然と出て参ります。

総髪《そうはつ》でございます。えび茶色の袖無《そでな》しに地味な袴《はかま》、腰には小刀を差しておりまして、手には扇子を持っておりますな。時代劇に出て参ります由井正雪《ゆいしょうせつ》のような出《い》で立ちでございます。

これが——。

予《かね》てより噂の儒学者・室田了軒でございますな。了軒先生、口々に叫び、慌てる百姓どもをざっと見渡しまして、むおっほん、と、偉そうな咳払《せきばら》いを致します。

「静まれ。静まれ」

静まるものではございません。

「先生様先生様」

「あのう先生様ァ」

「どうなってるだかァ」

「狸が、狸がよう」

「ポンポコポンのポン」

もう何を言っているのだか自分達でも解らなくなっておりますな。

「ええい、静かにせんかッ。狸がどうしたというのだ！」

怒鳴ります。

怒鳴られますとすぐに引くのが烏合《うごう》の衆の悲しい性《さが》でございまして――。

今度は閑寂《しん》としてしまいます。

「あのう」

一番年上らしき男が左右の朋輩《ほうばい》どもの様子を見回しまして、怖《お》ず怖《お》ずと前に出ますな。このままではどうもこうもないと、そう思ったのでございましょう。

「お伺い致しますだ」

「うむ」

学者、威厳を崩しません。

「先生様。先生様は――狸はけだもので、けだものは人を化かしたりはしねェと、こう仰《おつしや》いましただなあ」

「おう、申したぞ。いや、私が申すまでもないことである。そのような当たり前のことはお前達とて先刻承知のことではないか。この半年の間、確乎《しっか》りと学んだであろう」

　学んだ学んだと声が致します。

　うむうむと、学者は頷《うなず》きます。

「それでは尋《き》こう。お前達は何だ」

「百姓で」

「そうではない。お前達は人だ。私も人だ。侍も僧侶《そうりょ》も職人も、みな人だ。そうだな？　そうだったな？」

「んだ、んだ」

「では重ねて問おう。狸は人か？」

「は？」

「人ではないな。あれはけだものだ。けだものと人の違いは何だ？」

「け、毛があるかねェか――」

「違う違う。良いか皆の者。人は万物の長である。長たる所以《ゆえん》は果たして何か。それは知恵を持っておるということじゃ。人には知恵がある。分別がある。そうしたものを持たぬけだものが長たる人を誑《たぶら》かせる道理があろうか」

「ううん、ねェかな」

「ねェな」

「ねェかなあ」

「ないわ。現にお前達は裏山で川獺《かわうそ》を捕えたであろう。あれは化けたか」

「うんにゃ」

「化けなかっただ」

「そうであろうが。捕えられ、なす術《すべ》もなく怯《おび》えておったであろう。けだものは所詮けだものなのだ」

「んだ。あの川獺野郎、逃げようと必死だっただなあ」

そうであろう——学者は頷きます。

「けだものはな、ただ生きるためだけに生きておるのだ。大入道に化けられるならすぐにでも化けて、逃げ出していたはずであろうよ」

「まあ、ありゃあよく見るってェと、結構可愛いもんではあったしな」

「んだ、愛らしいものであった」

「ああいうの殺しちゃいけねェ」

「んだなァ。絶えてしまうどォ」

「保護保護」

「何でも良いわ。とにかくけだものは化けないのだ。お前達は私の教えを受けるまで、川獺が大入道に化けると、そう頑《かたく》なに信じておったのであろう？」

「まあ——そうですだ」

「それは迷信だと、お前達は自分達の手で、その手で実証したのではないか。な、そうであろうが。迷信に惑わされているようでは、この激動の時代は乗り切れぬと申したはずだが——」

でもォ——と一同が申しますな。

「慥《たし》かにおら達もそう思うだ。先生様のお言葉はご尤《もっと》もでございますだよ。だからこそ、先生様にこうしてお伺いを立てに参っておりますだ」

「そうですだ。だからこそ、おらァ得心が行かねェだよ」

おらもだおらもだと、百姓ども口々に申します。

「いったいどうしたと申すのだ」

「へえ——」

前に出ました初老の男が申します。

「——あのぅ、竹藪《たけやぶ》の罠《わな》が——外されていたのでございやす」

「竹藪の？　ああ、まあ狸も必死じゃろうからな、獣は知恵がないなりに懸命に警戒はするものじゃ。罠に掛からなかったとしても、そんなに騒ぐことはあるまい」

「うんにゃ、そらねェ」

一人の若者が前に出ます。

「あの竹藪の罠ァ別だ。武州一の狸捕り名人に頼んで、そりゃ念入りに場所決めて貰ったもんだで、猫の子一匹、蟻《あり》一匹でも出られねえはずだだよ」

そうじゃそうじゃ——合唱でございます。

「まあ——そうかもしれぬがな。だからといって仕掛けてすぐに掛かるとも限るまいて。野生の獣は用心深いものだ。そんなもの、罠を仕掛ければ必ず掛かると申すのなら、猟師も苦労はせぬだろうて」

「掛からなかったのではねェですだ」

「掛かったのかな？」

「罠ァぶっ壊されていただよ」

「そ——そりゃ罠の造作が悪かったのであろうよ。雑な作りだったのだ。狸なんてものは獰猛《どうもう》なものであるから——」

「うんにゃそれもねェ」

もう一人の若者が前に出ます。

「あの罠ァ関八州《かんはっしゅう》一の仕掛け名人と謂われた猟師殿に頼んで、そりゃあ丁寧に仕掛けて貰ったもんだで、人間でも熊でも掛かりますだよ。虎だって壊せねェ」

そうじゃそうじゃ——合唱でございます。

「丈夫で巧妙な、罠の中の罠だで」

「そうは申すが——だからといってだな、その、狸が化けるという証拠にはなるまい。それは短絡というものだ。形あるものは必ず壊れる。弘法も筆の誤り、猿も木から落ちる、河童《かっぱ》の川流れ——」

「カッパは——居るだか？」

「喩《たと》えだ喩え。丈夫な罠でも壊れることはある」

「うんにゃあ」

もう一人が前に出ますな。学者、いやァな顔を致します。

「何だまだ何かあるのか？」

「そのな、先生様。まあ先生様の仰る通り、仮令《たとえ》巧妙な仕掛けであっても、獣つうのは中々掛からないべえ。丈夫な罠も壊れることがあるべえよ。しっかしな、狸というのは——壊した罠の部材を綺麗に並べておく習性があるだか？」

「並べる？」

「罠ァよ、バラバラに壊されてだな、綺麗に揃《そろ》えて並べてあっただよ」

「んだ。竹は竹、紐は紐。竹なんか、長さの順番に並んでいただ」

「は？」

学者は一瞬眼を円く致します。

「しかも餌《えさ》だけァなくなってる。藪ン中にゃ、子狸一匹居ねェだよ」

「それは——だな、そうだ。人の仕業だ。そうに違いないぞ」

「誰が？　何のためにだ？」

「狸の味方する人間が居るだかね」

「居ねェと思うなァ」

居ねェ居ねェと大合唱。

「だ、だがな、慥《たし》かに——お前達の言う通り、そんな器用な真似《まね》は動物には出来んぞ。それは獣の仕業ではない」

「認めるだか先生」

「いや、だからそれは人の——」

「うんにゃあ」

「人だって」

「違うだ！」

一際《ひときわ》大きな声でございますな。続いて人垣の中から男が前に出ました。どうでも良いことではございますが、これで前に出た男は都合五人目でございます。

「な、何が違うのだ」

「人がわざわざ獣の命を救う——なァんて話は聞いたことがねェ」

現在とは違いますな。生類憐《しょうるいあわれ》みの令以来、動物愛護という概念はあまりございません。まあ、虐待も乱獲もそう多くはなかったようでございますが——。

「そらァやっぱり、竹藪の三太郎狸の仕業なんだ！　おっかねえ」

素《す》っ頓狂《とんきょう》な声を上げましたのは庄屋の下男——いえいえ、王子の狐を感得しております野狐党の吉左——でございます。

「や、やっぱり化け狸だったんだ」

「吉、おめェまだそんなこと——」

「しかしなあ」

「んだ。んだ」

「まあなあ」

おいおい、と学者はいっそう渋い顔を致しますな。

「納得するなよ」

「でも――」

なあ、と一同顔を見合わせます。

吉左、そこで頃良しと思ったか、名演技を開始致しますな。

「あ、あっしはここに来るまで王子に居やしたから、けだものがどれ程恐ろしげなものかはよく知ってるンでさァ。狐は女に化ける。いや、こりゃ本当だ。えェ、本当ですとも」

先生様、実に厭そォうなお顔を致しますな。

吉左はそれを横目で確乎《しっか》りと見ております。

「あっしなんかは、これ全然自慢じゃないんだが、何度も騙《だま》されてるんでやすよ。狐ってェのは、例えば男騙して連れ込み宿に入ってですね、旨《うま》いモノ喰って、喰うだけ喰ってドロンと逃げたりするんだ！」

「それはお前、たァだ質《たち》の悪ィ女に騙されただけでねェか？」

「うんにゃ、吾作。おらも最初はそう思っただがな。どうもそりゃ、本当かもしンねェど」

「お、愚かなことを申すな。狐が人に化ける道理がなかろう」

「でも先生様、この吉左は実際に被害に遭《あ》ってるだけでなく——」

一同吉左に視線を集中致します。

「ああ——あっしは見たんで。月夜の晩に、沼ン中にこう、狐が何匹も何匹も突っ立ってるんだよ。もちろん二本足で立っててな、頭にゃしゃりこうべ載っけてるんだ」

「しゃりこうべ！」

「おっかねエなあ」

「オウ。それでな、こう、藻を被《かぶ》ってだな、口にゃ何か咥《くわ》えてるのよ。それがな。こうドロンと——」

「化けたか」

「化けたね。娘だ。この眼で見たものな。化けたもの」

「ドロンと」

「ドロンとなあ」

そ、そんなのは錯覚だ——と、学者は叫びます。

「気の迷い、眼の迷いだッ」

そうなんですよと吉左は答える。

「へ？」

学者再び失語状態。

「ですからね先生、その——幻覚でやすかい？　錯覚？」

「同じことだ」

「まあそうした気の迷いを引き起こさせるのが、化けるってことなんでやすよ。形がぐにゃぐにゃ変わる訳じゃねェ。形が変わったように見せるんでやす」

「見せる？」

了軒、更に更に厭ァな顔を致しますな。

「――畜生が錯覚を引き起こすと申すのか？」

「へえ。だって先生、そりゃモノの形がペロッと変わっちまうなんてこたァ、先生の仰るようにね、理に適《かな》わねェことでしょうよ。そりゃ、無学なあっしもそう思いますぜ。思うけれども見ちまったんで。こりゃそう考えるより他、筋がねェもの」

そうじゃそうじゃと大合唱。

馬鹿な――と了軒口籠ります。それは錯覚だ――と喝破して、いや錯覚じゃないと切り返されたなら、それは返す言葉もあるのでございましょうが、ハイ錯覚ですと納得されては後がございません。

そのうえ、その錯覚を引き起こすことこそが化かすということなんだ――などと言われてしまっては、仮令《たとえ》違うと解っていても、言い返せはしませんでしょうな。

下手なことを申しますと逆効果にもなり兼ねません。ここで負けては権威は失墜。千丈《せんじょう》の堤《つつみ》も蟻の一穴《いっけつ》からの喩えもございます。つまらぬ躓《つまず》きが正論さえ曲げてしまうのが世の習いでございます。

曲りなりにも室田了軒、一応は学者でございまして、外見通り老獪《ろうかい》、かつ屁理屈《へりくつ》屋でございます。そこは先生と呼ばれる男でもございますから、その辺は十分に心得ておりますな。慎重に言葉を選んでおるようでございます。まあ、無学な者どもにディベートで負かされたとあっては、口先で世の中渡っております二流学者と雖《いえど》も面目が立ちませんようで――。

「だ――だからお前達は学がないと申すのだ」

了軒、先《ま》ず一発カマシます。この段階ではまだ考えが纏《まと》まっておりません。

しかし一瞬たりとも弱味を見せるのは、これ禁物でございましょう。明晰《めいせき》なる者の判断は常に迅速でなくてはならないのでございます。

「ば、馬鹿馬鹿しくてヘソが茶を沸かすわい。ちゃんと私の教えを聞いておったのか？　ちっとも身になってないじゃないか――」

まだ考えておりますな。

この辺りが二流でございます。

「ですから――」

吉左、少しわざとらしくツッコミます。

「あっしらァ愚かですから、すぐに迷うですよ。だからこそ、こうしてお伺いしてですな、先生様に縋《すが》っておりますので」

んだんだ――大合唱。

「謎《なぞ》を解いてくだせェまし」

「おら達に、やっぱり狸ァ化けないと断言してくだせェ」

「お導きくだせェ」

「おねげェしますだ」

「わ、解っておる。そ、それは」

「それは？」

「そ、それは――」

室田了軒危機一髪――。

その時でございます。

「馬鹿かおめェら」

無愛想な濁声《だみごえ》が響きました。

眉間《みけん》に縦皺《たてじわ》を刻みました了軒、顔を上げます。

群がる百姓どもも一斉に振り返ります。

はい。

幼馴染みに囲まれた――権太でございますな。権太、それまで腕を摑《つか》んでおりました幼馴染みを振り切りまして、巨大な鼻孔からブワッと息を吹き出します。

「狸なんかが化ける訳ねェでねェか」

「ご、権太お前――」

「つたくおめ達は仕方のねェ田舎者だだな。泥濘《ぬかるみ》の泥鰌《どじょう》より掬《すく》い難《がた》いべよ。情けなくて屁が出るわ。おい与吉、平助。それから茂作のとっつあんまで――雁首《がんくび》揃《そろ》えてよ、そんだら頭悪《わり》イこと真顔で語って、こッ恥《ぱ》ずかしくはねェだかよ」

「お、お前に言われたくないッ」

村人、異口同音にそう申します。

当然でございましょう。

「おら、童《わらし》ン時分、随分とあの竹藪で遊んだもんだど。狸だって捕まえただ。あの藪の狸はそんなに賢くないど。おめ達が化けるとか言って畏《おそ》れるがら、全然人を怖がらねェ。ガキでもほいほい捕まえられる。罠なんか要らねェだよ」

「でも」

「でももガンモもねェって。頭悪ィ奴ぁ何人寄っても馬鹿だべよ。罠外したのはどっかの悪戯《いたずら》者だべェ。狸がそんなことすっか？　しねェよ。そんだらこと真剣に考える方がどうかしてるだよ。せんだくのよつがねェこった」

因《ちな》みに――選択の余地がないと申したようでございます。

「そうだ！　そこの変な顔の男の言う通りだ」

「しっかし先生様――」

思わぬ助け船に了軒安堵《あんど》の表情を浮かべますな。

「な、何だ」

「この権太つうのは村一番の馬鹿、この在《ざい》きっての虚《うつ》け者として近在でも評判だった男でございやすで――そんだら大馬鹿の言葉を鵜呑《うの》みにするのは――」

「ば、馬鹿ァ？」

了軒、権太の顔を繁々《しげしげ》と見詰めますな。

見詰めるだに表情が複雑なものに変わって参ります。

「ば――馬鹿――なあ」

フンッ――権太、威張ります。

村人全員、腕を組み、首を傾《かし》げますな。村一番の馬鹿と、村一番の賢者の意見が一致したのでございますから、これは仕方がありません。

「な、何を悩んでおる！」

「ううん」

静かになってしまいますな。

静寂を破ったのは――女の声でございました。

「大変だよう、大事《おおごと》だよう」

畦道《あぜみち》を大慌てで女房どもが駆けて参ります。

「た、狸が出たよう」

「狸だと！」

「狸が化けて出たんだよう！」

腰巻きをたくし上げました女房ども、恥も外聞もあったものではございません。

「お、お前さん達、いったい何をしたんだね。狸苛《いじ》めたんじゃないだろね」

「い、苛めてはいねェが――」

「ちょっと罠を」

「罠ァ？　何て馬鹿なことをしたんだい。藪の三太郎狸は化けるんだよッ！」

「それは――」

「め、め、め、め、めいしんで」

徐々に――声が小さくなって参りますな。

「何が迷信だよぅ。畑仕事もしないで遊びくさって。毎日毎日何してンだい！」

「だから学問を――」

「そんな腹の足しにならないことしてどうするのさ、役立たず。爺ちゃんも婆ちゃんも泣いてるよ。おまけにロクでもないことやらかして狸ィ怒らせて――」

「おい、何があったのだ」

女房ども、吃度《きつと》了軒を睨みつけます。

「あんたがあることないこと吹き込むからこの村ァガタガタじゃないか。うちの宿六に竹槍持たせて何させようっていうのさ！」

「それは――この、時流というか」

「煩瑣《うるさ》いねッ」

相当な迫力でございます。

「百姓が狸だの川獺だの捕ってどうするんだい。そういう時流かい！　お蔭《かげ》で村の中はお化けだらけだよ。今だって辻《つじ》に見越しの大入道が出て、おろく婆さん腰抜かして寝込んだんだよ！」

「みみみ見越し入道！」

声を上げましたのは――そう、豆腐小僧でございます。

「見越し入道――今、見越し入道と言いましたよねッ」

豆腐小僧、袖引き小僧の袖をば強く引きますな。

「おいおい、袖引くなァおいらの仕事だってば。それより見越し入道がどうかしただか？」

「み、み、見越し入道ってのは手前のお父ッつぁんなんでございますよゥ」

「お父ゥ？　おめえ、お父ゥが居るだか？」

「は、はあ」

豆腐小僧、まだ会ってもいないというのに、じいんとしておりますな。

一方、女房どもの見幕は収まるところを知りません。

「そうさ！　もう大騒ぎだよ。おろく婆さんだけじゃないよ。おい与吉、お前のとこの爺さまだって、雪隠《せっちん》で轆轤ッ首に出会《でくわ》してサ、驚いて引っ繰り返ってサ、頭にこォんなたん瘤《こぶ》こさえて、おまけに肥溜《こえだ》めに」

う、うちの爺っちゃが――と、与吉さんも大慌て。

「こ、肥溜めに！」

「轆轤ッ首ィ！」

豆腐小僧、またもや大声を出しますな。

権太の胸から出ております三毛姐《ねえ》さん、にゃお、と首をば捻《ひね》ります。

「何だい、今度はおッ母さんかえ」

「ね、姉さんでございますぅ」

「つたくややこしい家系だよ。せめて喰い物で統一したらどうなんだい」

「はァ」

「川向こうの寺で法事の相談してた吾作ン家《ち》の兄貴は、一つ目小僧がお茶持って来たって逃げ帰って来たど」

「う、うちの兄貴が？　ひ、一つ目小僧と？」

吾作が声を上げますと、袖引き小僧と三毛姐さん、揃《そろ》って豆腐小僧の顔を覗《のぞ》き込みますな。

豆腐小僧、目を潤ませておりましょう。

「今度は何だい？」

「弟だか？」

「し、親戚《しんせき》ですぅ」

「親戚なんかで泣くンじゃないよぅ。しっかし、何だってそんな化け物ばっかりぞろぞろと出るンだい？」

三毛姐さん、怪訝《けげん》な顔を致します。

もちろん——これは幻術が得意な管使《くだづか》いの与左衛門と野狐党の連中がしていることでございましょう。村人を脅かしての陽動作戦でございますな。

「どうするだ！」

「さあ」

「さあさあ」

女房ども、学者に詰め寄りますな。これは相当に迫力があります。

何しろ生活がかかっておりますから必死でございますな。家を守っておりますかみさん連中にしてみれば、この学者は天敵なのでございますな。学問も理想も政治もクソ喰らえ、貴重な労働力を取られた怨《うら》みは並大抵のものではございません。

だ、黙れ——と、了軒逆ギレ致しますな。

「さ、さっきから聞いていれば、見越し入道だの轆轤首だの馬鹿馬鹿しいにも程があるッ。そんなモノは作り物だ作り物。頭の煤《すす》けた戯作者《げさくしゃ》やら、下品な興行主が考えた、巫山戯《ふざけ》た見世物だ。童の玩具《おもちゃ》だ。そんなモノが実際に出るかッ！」

「じゃあおろく婆さんの腰はどうなるんだよゥ！」

「んだ。与吉の爺さんの瘤はどうなるかねェ！」

「吾作の家の法事は」

「肥溜めに落ちただよ？」

「あの臭いは取れねえだ」

「そんなこと私が知るかッ！　あのなあ、よく聞け。私はこれでも江戸の文人版元なんぞには顔が利くのだ。そうした化け物を創《つく》っている連中だって大勢知っている。見世物小屋の轆轤首には仕掛けがあるし、大入道なんてのは、ありゃ戯《ざ》れ絵だよ。的当ての的だ。みんな人が創ったものなんだ！」

「お言葉を返すようですが先生様」

初老の男が申します。

「見越し入道ってのは、えらく古いモノだと聞くがな。何でもそらあ古い本にも載っておるそうでねェか」

「まあ、『和漢三才図会』などにも出ておることは出ておるが――それとこれとはモノが違うのだ」

「どう違うだか」

「は、話せば長くなる」

よく解っていない――ようでございますな。

百姓、次々と反撃致します。

「一つ目小僧だってそうだだ。おらのカカァの生れ在所《ざいしょ》じゃ、コト八日の晩にゃ一つ目小僧が家々ェ巡って来ると伝えられているど。そうした言い伝えは、カカァの親のそのまた親の親の頃から、ずっと伝えられているコンだで」

「それはそうかもしれぬが」

「ま、江戸には学のあるお方が居るのかもしれねェが、だからって、そんな言い伝えまでは勝手に創れねェべ。大入道や一つ目小僧がそんな昨日今日創られたって話は納得出来ねェだ」

「で──でもそうなんだッ」

了軒、遂《つい》に怒鳴ります。

「でも出ただよ」

百姓も負けずに怒鳴ります。

元々不安だったところに加えて、女房どもの見幕もございますから、やや強気になっておりますな。と、申しますよりも、この場の空気を読む限り、おかみさん連中に忤《さから》うことは出来ますまいな。圧倒的に強そうでございます。

「み、見間違いじゃないのか」

「本当だだッ！　見間違いで肥溜めには落ちねえ！」

「いいや違うッ！　そんなモノが出るはずがないわ！　いいか、もしそんなモノが出るというなら──そうだな、品川の化け猫女郎だって、そう、豆腐小僧だって本当に居るってことになるッ」

「て、手前？」

豆腐小僧、自《おの》が低い鼻をば指さします。

「あたいも？」

三毛姐さんも顔を洗います。

「化け猫も豆腐小僧も、芝居になったり黄表紙《きびょうし》になったり、江戸じゃ大評判だったがな、本当に見たなんて奴は、ただの一人も居ないわい。鬼娘だって大鼬だって、みんなただの見世物だ。流行が終わればみんな忘れているわッ」

百姓一同、顔を見合わせます。

「おら達はそんなものは知らねェだからなあ」

「字ィ読めねェし」

「だ、だから私が手習いを教えているんだろうがッ！」

「手習い覚えると、そういう新手《あらて》の化け物のことも解るだか？」

そうじゃないッ——了軒は足を踏み鳴らしますな。

「お、お前達、今、世の中がどうなっているか解らんのか？　この国は孤立しておるのだ。ぼおっとしていたらメリケンやらオロシャやらが攻めて来るぞ。攻めて来たらすぐに負ける。そうしたらお前達なんか——奴隷にされるぞ！」

「はァ」

「どれい、というのを知らんもんで」

奴隷は奴隷だと了軒声を荒らげます。

「解らんのかッ。ただ働かされて搾取されて、こき使われて死ぬんだぞ」

「今と同じだがな」

きいいッ——学者、ヒステリーを起こしますな。

「だから——それがいかんと申しておるのだ。この国の基盤は農業だ。お前達がこの国を支えているのだ。ならば自覚しろ。立ち上がれ。お前達が幕府を守《も》り立てて行くのだ。そのためには先《ま》ず知恵をつけるのだ。迷信を棄《す》て、学問を身につけて蜂起《ほうき》するのだ」

「まあ——解らないじゃねェですがねえ」

吉左が申します。

「その、幕府云々《うんぬん》というのがよく解らねェんで。何であっしらが将軍様に味方しなくちゃあいけねェんで？」

「それは——だな。その、昨今、天子様を擁立して幕府を倒そうなどと企《たくら》んでおる不届き者がおるのだ。だから」

「だから？」

「そ、その辺は難しいのだ。三百年続いた徳川の世を引っ繰り返してだな、世の中をぐちゃぐちゃにして、そのうえ国を開いたりしたらどうなるか」

「どうなるだ？」

「だ、だから——」

「だからまんず、おら達が竹槍持って立ち上がるだか？　ンで、誰と戦うだよ。異国と戦うだか？　お侍が勝てねえような異国の兵隊と、おら達が？　竹で？」

「まあ、そういえばそうだなァ。勝てるべか」

「んだ。よく考えればその通りだ」

了軒、たじたじでございます。

もしかしたら――と、一人が申します。

「おら達は何か考え違いをしていたのかもしれねェだなあ」

「んだなあ」

かみさん連中一斉に頷《うなず》きます。

「こら宿六ども。いい加減に目ェ覚ませや。百姓は戦《いくさ》するモノではねェ。学問なんざ畑耕しながらでも出来ンど。将軍様やら天子様やら異人やら、何やら大変な世の中だども、どれもおめ達が竹槍持ったってやっつけられるものではねェだよ」

「んだ。百姓には百姓のやり方があんべェ。将軍様でも天子様でも異人でも、同じことでねェかよ。頭ァすげ替えたっておら達は何も変わらねェんだから、誰かの味方しても無駄だァ」

説得力がございます。

「そ、そういう後ろ向きな考え方はよせ。私は何も、その」

「そうだ!」

と、申しましたのは吉左でございますな。

「皆の衆、ここで先生様を苛《いじ》めても埒《らち》が明くものではねえぞ。それに今まで教えて戴いた学問だって、強《あなが》ち無駄ばかりとは限らねェ。こんなことでこの塾辞めちまったら、これまでの苦労が水の泡だろ」

「しかし吉よゥ」

解ってる解ってると、吉左、一転して一同を宥《なだ》めます。

「要は狸だ。狸が化けるかどうか、そこが何より問題だい」

「それは大変な問題だべなあ」

「ま、あっしは狐が化ける場面を見ちまった。おろくさんは大入道を見ちまった。村にゃお化けが涌いている。吃驚《びっくり》こいて肥溜めに落ちた爺も居る。でも、こちらの先生は絶対に禽獣《きんじゅう》なんかは化けねェという。そこで——だ」

ふむふむ、と一同顔を寄せます。了軒も背伸びを致します。気になりますな。無関心なのは権太ただ独り。

「いいか皆の衆。狸が村に化けて出てるなァ、罠ァ仕掛けた報復だろうな」

「そりゃそうだんべェ」

「他に理由はねえ」

「なら——首謀者の処に化けて出ねェのは怪訝《おか》しいだろ」

「まあそうだなあ」

「首謀者は誰だ？」

一同了軒に視線を送ります。

「わ、私か？」

「先生様だ。ならばよ」

「こ、この家に狸が？」

「村に散々出て、ここにだけ出ないってェのは、こりゃ道理に適《かな》わねェってことになるのじゃねえかな。違うかなあ」

「違わねえな。正すい」

「そうだろう。で、もしここに出なかったなら——今、村に出てる色々な化け物ァ、狸なんかじゃねェと、そう考えた方がいいだろなァ」

「なる程なあ。正すい」

「わ、私の屋敷に化け物が出るというのか？」

怖いンですかい——と吉左、いやらしく問いかけますな。

「化け物なんざ居ねェ、全部迷信だと仰《おつしや》ってるンですから、先生様ァ怖いなんてェことは金輪《こんりん》際《ざい》、仰らないんでしょうがねえ」

怖いことなどあるものかと了軒、胸を張ります。

「怖くないよ私は」

「ならいいや。どうだい皆の衆、今晩一晩、様子を見ちゃあ。朝になってこのお屋敷に何ごともなかったら——先生が正しい、もし何かあったなら」

「あったなら？」

「先生にはここを立ち退《の》いて貰う」

「た、立ち退くゥ？」

そうだそうだそれがいいと、百姓どもは声を揃えて申します。

「し、しかし――吉左。それにしたって、出たか出ないか証人が要るだろう。例えば思いっ切り化け物が出てもだな、この先生様が出てねェとひとこと嘘こけば、それまでだど」

「そうよなあ。それじゃあ証人をおくとすっか。うーん、言い出しっぺだ。怖いけどあっしが今夜ここに泊まろう」

待て待て――と了軒慌てます。

「こ奴は狐が化けたなどと真顔で申すような男ではないか。頭から信じておれば何だって化け物に見えよう。ならば風で暖簾《のれん》が揺れても化け物だ、帚《ほうき》が倒れても化け物だと言うのではないか。何も出なくても出た出た言われたのじゃ堪らぬわ」

「ならおらが泊まるだよ」

手を挙げたのは――。

何と権太でございました。

「そんなよゥ、化け物なんて居る訳はねェだよ。くだらねェことだ」

「おめ、怖くねェだか」

「馬鹿こけ。おら墓場にだって泊まれるど。お棺風呂桶にしてもお札で尻拭いても平気だ。旦那寺の坊さんに屁ェかけたこともあっだよ。おめェ達腰抜けとは違うだよ」

「しかしなァ」

おめェは馬鹿だからなァ、と殆《ほとん》ど全員が申します。

「じゃあ儂《わし》も泊まるか」

最初に場を仕切った初老の男が申し出ますな。

「正直言って儂は半信半疑だ。先生様の教えもよく解るだが、村で起きていることもまた真実だんべェ。だから、謂わばつうりづだ」

中立――でございます。

「茂作のとっつぁんなら信用出来るわなあ」

「そうだんべェ。じゃあおめェら家さ帰れ。爺婆に女房子が怯《おび》えているべ。与吉は川で爺さまを洗ってやれや。それから風呂ォ入れれ。いいか、くれぐれも気ィつけれよ。もし本物の化け物だったら、童《わらし》ッ子が喰われてしまうかもしんねェど」

そりゃ一大事――と百姓どもは踵《きびす》を返します。

「ほんじゃ、明日の朝来るかンなァ――」

蜘蛛《くも》の子を散らすかのような退散でございますな。残りましたのは吉左、権太、そして茂作でございます。三人はずかずかと了軒の家に上がり込みますな。もう、主の意見などどうでもいいようでございまして――。

「ああ、腹が減っただな」

「厠《かわや》はどこだんべ」

などと申しております。

了軒、おろおろしておりましたが、結局帰れとも言えずに裡《なか》に入ります。

さて――。

馬鹿面下げて突っ立っておりますのは二人の小僧でございます。

「どうするだよ」

袖引き小僧が問いますな。

「どうするって――お父ッつぁんに会いに行くか、姉様に会いに行くか」

「そうでねえそうでねえ。おめえ、本当に頭が悪いんだなあ。あのよう、豆腐小僧、おめェは慥《たし》かあの権太に危険を報《しら》せるために、息急《いきせ》き切ってここまでついて来たのでなかったのか？」

「あッ」

豆腐小僧、慌てて空を見上げます。

邪魅は――。

「良かった。まだ遠いな。で、どうしようか袖引きちゃん」

「どうもこうもねェと思うだがなあ。あの色っぽい姐さんの言った通りだよ。まあ、あのお侍も、よもや権太が学者様の屋敷に居るとは思わないべえ。だけんど、村中が大騒ぎになってるがら――遠からずここにも辿《たど》りつくだよ」

それは困ったなァ――と、小僧は顔を顰《しか》めますな。

それからもう一度空を見上げます。そして――。

「あ」

と声を上げますな。

了軒の屋敷の屋根の上に――。

「ほら、袖引きちゃん、見て見て。あれはええと、何とか権現さん」

飯綱《いいづな》権現が顕現しております。どうやら天井裏に玄角が潜んでいる模様。

その左右にはまるで脇侍《わきじ》のように紅白狐が並んでおります。赤麿《あかまろ》と白麿《しろまろ》も居るのでございましょうな。

「どうしたのだ？　お前達、とうなす小僧と綱引き小僧ではないか。そんな処で何をしておるのだ」

「綱ではねェ。袖だ」

「手前も豆腐で。それより、そうだ、ねえ神様」

「そう明け透《す》けに呼ばれると何だか遣《や》り難《にく》いなあ。何だ豆腐小僧」

「あのですな、今。中に入って行った変な顔の男の人がですね、悪い狸に命を狙《ねら》われているのですよ」

「悪い狸？」

「はあ。三百五狸の四百二番――」

「八百八狸の七百二番と言っていたでねェか」

「あ、それでございます。そこで」

「狸ィ？　それじゃあ狸が、あいつを追ってここに来るとでも言うのか？」

「言うので。ほれ」

小僧が指さします先には――。

よりいっそう邪悪な形をはっきりさせました邪魅が牙を剝《む》き出しまして浮かんでおります。

「おやおや。あれじゃあ殺すつもりであろうかな。しかしあれは——」

「人の出す邪気。ならばどうしようも、あ、ないわなァ」

白狐が答えます。

「人間のことには干渉出来ぬゥ」

赤狐が答えます。

「干渉してるじゃないですか。そんな高い所に乗っかっちゃって、これから人間を驚かすのでしょうに。驚かすことが出来て、忠告は出来ないというのはどうもねえ。如何《いか》に手前が馬鹿と雖《いえど》も、納得出来ませんなあ」

「馬鹿」

「馬鹿」

「馬鹿モノ」

赤狐白狐飯綱権現の、見事なまでの連続罵倒《ばとう》攻撃でございますな。

「脅かすのは人間じゃ」

「驚くのも人間じゃ」

「我らは何をする訳でもない。何が出来る訳でもない。ただ我らを感得したる者が心に我らを念じる時、斯様《かよう》に立ち現れるだけのこと」

豆腐小僧、釈然と致しません。

「だって——村中で妖怪が出たって騒いでるじゃないですか。あれは野壺党《のつぼとう》の人達が——」

「の」

紅白狐そこで写楽の大首絵のような顔で固まってしまいます。

「——の、野壺ではない野狐《のぎつね》だッ」

豆腐小僧うへへ、と笑いまして、

「今のはわざと間違えたんですよう。お返しです。まあそれはそれとしてですね、村の妖怪騒ぎだって、その野狐党の人達がやってるんでしょう?」

「如何《いか》にも」

「人が人を脅かしてるんで?」

「だからそうだ」

「でも、出てるのは妖怪じゃないですかぁ。全部手前のまだ見ぬ縁者親戚ですよ。出演を依頼したのでしょ?」

「依頼などせぬわ。どうやって頼むというのだ。我らならともかく、我らを感得している人間どもは妖怪と話など出来ぬのだぞ」

「だって、見越し入道とか轆轤首とかが村の人を脅かしてるっていうじゃないですか。どこからか呼んで来たのでしょう?」

「んだんだ。この村に今までそんなものが出たことはねェだ。精々《せいぜい》裏山の大入道くらいのものだだよ」

袖引き小僧も申しますな。

飯綱権現が答えます。

「あれはな、与左衛門という芸人の教えに従って――ほら、管《くだ》が憑《つ》いておった男だ。あの男の指導の下に、野狐党の連中がやっていることだ。目眩《めくら》ましだな。錯覚でそう思い込ませるのだろうな」

「錯覚？」

「幽霊の、正体見たり何とやら、だよ。後は、ここの変な学者が言っていたように、見世物小屋で使ってるような作り物のハリボテなんかで脅かすのだよ」

「じゃあ――贋物《にせもの》で！」

豆腐小僧、珍しく怖い顔を致しますな。何しろ身内の贋物でございます。

何だ、どうしたァと紅白狐、例によって芝居がかった台詞廻しで問いますな。

「ゆ、許せないですよ。そんな、だってあなた、自分の父親の贋物が横行するなんて、許せますか」

「馬鹿」

今度の罵声《ばせい》は――小僧の身体《からだ》より聞こえましたな。

着物の柄――達磨でございます。

ぴょん、と抜け出しますな。

「――贋物ではない本物だ」

「だって作り物でしょうに」

「作り物というならお前だって作り物ではないか。そうだろうに。いいか小僧、幽霊の、正体見たり枯れ尾花――それは真実だろう。だがな、その逆もまた真なり。枯れ尾花、そうと知らねば幽霊なのだ」

「でも」

でもじゃない――達磨は申します。

「そんなことを言うならそこの袖引き小僧だって贋物ってことになるじゃないか。そいつは結局藪《やぶ》だったり飛び出た釘だったり勘違いだったりする訳だぞ」

そうか、おいら贋物か――と袖引き小僧は申します。

「そうじゃァないわい。着物が何かモノに引っ掛かったと知ってりゃお前なんかは涌かないのだ。引っ掛かったという物理現象と、引っ掛かったんじゃないぞという心的現象の狭間《はざま》にこそお前は居るんじゃないか。見越し入道だって同じだぞ。でっかいハリボテの作り物という現実と、大きな怪物はおっかないという恐怖心の隙間《すきま》にだってあのお方は居るのだ。ハリボテだろうが見間違いだろうが、それを見た者が吃驚《びっくり》すれば、それが本物だ」

慥《たし》かに人為的なものであろうとそうでなかろうと、驚く方は無関係でございますな。

「じゃあ、本物なんで」

「村人があいつらの企《たくら》みを見破らなければ本物ということになる。ま、轆轤首なんか本来はこんな田舎に出る妖怪じゃないのだが――」

「指導しておる与左衛門は町暮しでな。遊里などにも出入りしておる」

なる程なァ——と、達磨感心致しますな。

「町の妖怪が田舎に流れておる。粋《いき》が野暮《やぼ》に転じておるのだな」

「粋が野暮に？」

「そうである。本来お化けなどというモノは野暮ったいものなのだ。何かを本気で怖がる、畏《おそ》れるというのは格好の良いものではないであろう。頭隠して尻突き出して、布団被《かぶ》ってくわばらくわばら——これはな、通人《つうじん》の所業ではないのだ。時に痩《や》せ我慢をするのが江戸の美学であるからな」

「なる程」

「だから怪談妖怪の類《たぐい》もな、真剣に怖がってはいけないのだな。怖くたって娯《たの》しむ余裕がなくちゃあいけない。この辺の連中なんざ、狸が笹揺らしたって、怖い時はきゃーきゃー怖がるであろう？」

「昔はそうだっただよ」

袖引き小僧、同窓会通知を見た退職教師のような面相を致しまして、懐かしそうに中空を見つめますな。それから、今はそうでもないけどなあ、と溜《た》め息雑《ま》じりに申します。

「あんまり悲鳴は聞かねェよ。何でかなあ。ここの学者が、狸は化けないとか、お化けは居ないとか言うからだべかなァ」

溜め息を吐きます。

「うむ。しかしな、よく考えてみろ。動物の狸が化けないことは、誰よりもこの我ら妖怪が承知しておることではないか。あんなものはな、ただの獣である。昔からずっと同じだ。そんなことは今更言われずとも、人間どもも承知のことよ。この村の連中だってな、別に狸が怖い訳ではないのだ」

「そうなんで?」

「そうである。良いか小僧。あの学者がな、いくら狸は化けぬと力説しようとも妖怪は居《お》らぬと喧伝《けんでん》しようとも、怖い気持ち、怖がる心というのは消えぬのだ。それを克服することは生涯出来ぬのだ」

そういうものでございますかと、豆腐小僧頭を捻《ひね》ります。

真剣に考えておりますようで。

そういうものだよと達磨は答える。

「何かを畏れる気持ちと上手《うま》く添い遂げようという心の動きが、ただの獣を妖怪に仕立てるのだな。それを丸呑みで信じる、そうしたことが、人間には必要だったのだ。取り敢《あ》えず生きて行くためにな。ところがな、人も歴史を重ねているうち、そうもいかなくなったのだな」

「どうなったので?」

「そういう仕組み自体が知れてしまったのだ。都市にはな、人や物が集まるであろう。地方の色々な話も集まる。そうすると比較することが出来るようになる。個々の事物は記号化されて構造が知れることになる」

何のことだか――という顔の、小僧どもでございますな。

「怖いモノと怖がる人間の間に妖怪は涌いていたのだ。それがな、都市では囲い込みになる」

「囲い込み――とは？」

「直接的に妖怪と対峙《たいじ》するのではなく、お化けを怖がっている人間を外側から見るということだ。お化けを怖がるということ自体を愉しむ、つまり、物語化してしまうのだな」

「物語で」

「戯《げ》作《さく》でも見世物でも芝居でも構わぬのだ。実際に妖怪を見るのではない。怪異な体験をするのでもない。怪異な体験をしたという話を語り、聞き、それを楽しむのだ。それが粋というものだな」

「なる程――」

「そこではもう、創作も何もあったものではない。お前のような誰も出会ったことがない妖怪も簡単に生れ出るのだ。ところが」

「ところが何です？」

「話の中にだけ棲《せい》息《そく》する粋な妖怪が田舎に流れて――実体を持ち始めたのだな。怪異を説明するための狸の場所に戯作で作られた妖怪がぴたりと嵌《はま》ったりすることがあるのだ。それで、本来誰かがでっち上げた、誰も出会うはずのない創作妖怪と出会うような珍奇なことが起きる羽目になる。野暮と妖怪は箱根から先――などと謂うが、それはな、江戸では見世物として楽しまれている見越し入道も、田舎に行けば本当に居ると思われてしまう、ということだ」

「い、生きていましょうや」

「ん、まあな。お前の親父殿はな、だから江戸ではハリボテだが、この辺ではまだ生きている——ということになるかな」

「生きている——ので？」

「左様。だからな、あの学者のしているようなことは余計なことなのだ。我ら妖怪の生態系を無茶苦茶にしているだけのこと」

「生態系って何ですか？」

「まあいいわい。いずれにしてもあの手の男は邪魔じゃな。お化け妖怪をあのように否定し続けていっても、その先に待っているのは言いようのない、表しようのない不安だけだということが解っておらん。先程も申した通り、不安や恐怖という感情はどうやったって消せないのだからな。それを仮託する対象だけを消去して行けば、行き処がなくなるのは当然のことだ。怖がるモノが何もなくても、それでも怖いそれでも畏ろしいとなれば、正常な人格も健全な社会も、保つのが難しくなろう。隙間を埋めるようにして妙な宗教やら危険な思想やらが衍《はびこ》り出したら、手のつけられぬことになる」

よく解りませんねえ——と、小僧どもは申します。解る訳がございませんな。狐どもに至ってはもう屋根の上にはおりません。それもそのはず、中の寄居主《やどぬし》が移動しております。

「それより権太さんですよ達磨先生。このままじゃ死んじゃう」

「いいではないか」

「良くないですよ。そのうちあの狸侍どもがここに斬り込んで来るでしょ」

「狐連中も来るだよ」

「あ」

そうなのでございます。倒幕派の不良侍と、地元の破落戸《ごろつき》野狐党が、佐幕派の儒学者くずれの家で鉢合わせする確率は、かなり高いのでございます。

「ど、どうなるんでしょう」

どうなるかなあ——と、達磨は呑気《のんき》に構えますな。

「様子を見るしかないであろうな」

「のんびりしてていいんですか」

「愚僧は別にどうでもいいわい。どっちが勝とうとだれが死のうと、この世から達磨が消えることはないしな」

「ひどいなあ」

「酷《ひど》いかな。別に酷いとも思わないがな——ん？　あれを見ろ」

達磨、払子《ほっす》を振ります。

藪の上、森の陰、学者の家を取り囲むようにして、狐やら鼬《いたち》やら——もちろん妖怪の方でございますが——が、中の様子を窺《うかが》っております。藪の中、森の中に野狐党が潜んでいるのでございましょう。

「あ、あのお姫様狐も居るだよ」

家の背後に貴狐天王《きこてんのう》が浮かんでおります。あの仇っぽい姐《ねえ》さんが、その辺りの庭の草叢《くさむら》にでも隠れているのでございましょうな。

「さてどんな仕掛けをするのかのう。まあ、あの学者はへなちょこそうだから、大抵は怖がると思うがな」

袖引き小僧、きょろきょろと狐どもを見渡しまして楽しそうに致します。

「不謹慎だども、おいら、こんな面白いこと初めてだだよ。あ、大変だ。おい豆腐小僧よ、あれを見ろ」

「ん――」

遠くの空でございます。いつの間にやら天は曇っております。

その、やや薄暗くなり始めました空の上に、まるで墨でも流したかのようにどす黒く浮いておりました巨大な妖怪――邪魅が、その邪悪な姿を捩《よじ》りまして、伸び上がるようにして顔をこちらに向けているのでございます。そして、大きな口を開けまして――。

「ぐおう」

と一声吠《ほ》えたのでございます。

「お。どうやら殺意が明確になりおったようだな。きゃつら、この場所を嗅《か》ぎ付けたのに違いないぞ。大方先程戻った百姓連中に聞いたのであろうな。あそこからだと――あと半刻《はんとき》くらいでここまで来るかな」

「げげげのげ」

「狐どもの仕掛けは日が暮れた後だろうな。すると——」

どっちが先かなァ、と達磨は申します。

「まだ暗くはなるまいからな」

「どっちが先でもどうでもいいですが——とにかく中に入りましょうよ先生。権太さんに報せなくっちゃ——」

まだ諦《あきら》めておりません。

幸いにも戸口は開いておりました。豆腐小僧、ひょいと中に入りますな。

廊下をとことこと駆けまして、いつもの如《ごと》く考えなしの行き当たりばったりで家中探し回ります。何しろこの小僧、先ず戸を開けることが出来ませんから、行けるところを走るだけのことでございまして——その後を袖引き小僧と達磨がのこのこ付いて歩くような格好でございまして——。

「おい豆腐、どうする気だよ」

「どうもこうもないです。あ、居た」

大きな板間でございます。真ん中に円陣を組むようにして、権太、茂作、吉左、そして床の間を背にして室田了軒が座っております。

三人の見届け役は深刻な顔をしておりますな。

特に——茂作は顔を歪《ゆが》ませております。

「おい、吉よ。そんなに怖い話ばっかりするもんでねェ。何だかぞゝ気立ってくるでねェか」

「しかしね父っつぁん。こりゃ折角の機会じゃねェか。本当に、世の中にお化けが居ねェのなら、今話したことだって何か理由があるンだろうぜ、そこのところを先生様にだ——」

吉左、じろりと了軒を見ます。

「——詳《つまび》らかにお尋《き》きしてェと、まあこう思いましてね」

むおッほん——と、学者咳払《せきばら》いを致します。

「そんな作り話」

「作ってねェって。本当に見たもの。心中した女の幽霊」

「幽霊など居《お》らぬ」

「居たんですよ。それからね、こりゃ去年のことだが、夕涼みに出ましたらね」

「居ただか」

「居た。川ン中ですよ。女だ。ありゃ孕《はら》んだんだねきっと。不実な男に捨てられたか、はたまた誰とも知れぬ男の子を宿し世を儚《はかな》んだか——お産の途中で死んだのかな。こう、腰から下ァ血塗《ちまみ》れでね、川の真ん中に突っ立ってるンですわ。濡《ぬ》れ髪でしてね、こう、ぐっしょり濡れて——うらめしや」

もうやめれ、と茂作が申します。

「そりゃ近在の宿場女郎がうっかり孕んで川ン中で子供でも堕《お》ろしたんだ。そうに違いねェ。まったく困ったもんだ」

権太でございます。まるで怖がりませんな。

「おらは借金取りの方が怖いだ。付け馬ァ雪隠《せっちん》の中まで来るだからな」

「雪隠なァ」

茂作、もじもじしております。

「父っつぁん、なんだ、もよおしただか？　なら早く行け。しょんべん堪《こら》えると躰《からだ》に悪いど」

「そ、そりゃ解ってるけんども」

「怖いンか？」

吉左が突っ込みます。

「そうよなァ。そういえば朋輩《ほうばい》の渡り中間《ちゅうげん》がこんなこと言ってたなあ。あのな、出る、って噂《うわさ》の便所があってね」

「便所は出るのではなくて出す処だんべェ」

そうじゃないこれだと、吉左は両手をだらりと垂らします。

「幽霊が出るという噂よ。でな、誰も使わない。ところがそいつは剛胆な男だったから、平気で使ってたのよ、その厠。幽霊なんか居るものか、ということよ。案の定、何にも出ない」

そうだ出る訳がないッ――と了軒が申します。

「でね、ある日そいつは、昔そこで卒倒したという男に会って、臆病《おくびょう》を揶《からか》ったンだな。何も出ないぞ――と」

「その通り。臆病者ほど幻覚を見るのだ。わ、解ったか茂作」

了軒がそう申しますと、いやいや、と吉左は手を振ります。

「その臆病男はこう言った。あそこは出るんじゃない、居るんだ——と」

「居る？」

「そう。まあ中間は笑った。なんじゃそら、と大笑いだ。で、その夜に、その厠に行って、いつも通りに用を足しやしてね、それでこう——」

吉左、顔を天井に向けます。

全員が同じく上を向きます。

「——上を見た。厠じゃ大抵下向いてますからね。で、上を見ると——」

「見ると？」

「天井に血まみれの女が張りついていて、じいいっとそいつを見てたんでさ」

ひゃあ、と茂作が叫びます。

「おい、やめてけれ漏らすのだけは」

「じゃあ、その、その幽霊は」

「それまでも毎晩毎晩ずっと天井に居て、見てたんでしょうねえ」

その時でございます。

カタカタカタッと、何かが鳴りますな。三人は顔を見合わせます。

次に何が鳴ったのかと、部屋の中を見渡しますな。至極当然の行いでございましょう。

続いて。

パラパラパラッと音が致しました。

これは上――間違いなく天井からでございます。

「鼠《ねずみ》だ」

権太が申します。

「鼠だべェ」

そうかな、と申しましたのは吉左でございますな。

「鼠はあんな音は立てねェよ。サテ、何だろうなァ」

立ち上がります。

「こりゃ朋輩《ほうばい》から聞いた話ですがね。何でも江戸の外れの麻布《あざぶ》の御家人の屋敷にね、小豆計《あずきはか》りとかいう化け物が居るんだそうですぜ」

「小豆計り？」

へえ――と言いながら吉左、天井の方を見まして首を捻《ひね》ります。

「これがね、天井で小豆――小豆かどうかは判りませんがね、まあ豆よりゃ小さい米よりゃ大きいぐれェのモノをばら蒔《ま》く――いや、ばら蒔くような音をさせるンだそうでね」

「勿体《もったい》ねェ」

権太、鼻をひくひくとさせます。吉左、ちょいと眼を細めますと、その不細工な顔を睨みつけまして、構わずに話を続けます。

「最初はね、やっぱり今みてェにパラパラッて音がする」

「ほう」

茂作も天井を見上げます。

ついでに——二人の小僧も見上げますな。

「何でしょうねえ達磨先生」

「何もかにもない。野狐の連中がやっておるのだろうよ——」

そうでございましょうな。これは天井裏に潜みましたる野狐党の連中がしていることでございます。吉左、いっそうに熱弁をふるいますな。

「それがね、その天井裏の音がね、最初は小さかったのが、段々と大きな音になって来るんだそうで。バラバラ、バラバラッと——」

それまで腕を組んで顰《しか》め面《つら》で正面を睨みつけておりました学者も、そろそろと、天井の方に視線を上げて参ります。

「——最後は一斗樽《いっとだる》の小豆ぶちまけたような音が」

途端に、ザァーッという音が致します。

うひゃあと声をあげましたのは茂作でございますな。

「先生、い、今の音は何で——」

わざとらしく問いましたのは吉左でございます。

了軒、やや狼狽《うろた》えた様子でございまして、適当な回答を見つけられずに結局立ち上がりますな。立ち上がりますけれどそれで天井裏など調べる訳ではございません。偉そうに申すだけ。

「き、気の迷いだ」

「気の迷い？　そうなんで？」

「しかし先生様。おらも聞いただ。おい権太、おまえも聞いたな？」

「鼠だべ」

「鼠があんな音立てるか」

「あぁッ」

吉左、頓狂《とんきよう》な声をあげまして部屋の隅をば指差しますな。一同そちらに顔を向けます。

納戸の戸が半分程開いております。

「あそこの戸——開いてたかのう」

うんにゃあと茂作が怯《おび》えて後ずさりますな。

「あそこの戸は閉まってただよ。この座布団出した後に、おらが閉めただから」

「じゃあ誰が開けたんだ」

「閉め忘れたんだべェ」

権太がつまらなさそうに申します。

「そ、そんだらことはねェ」

茂作、ムキになります。

「絶対閉めただッ」

これは——久太郎の仕業でございます。全員が上を向いている隙《すき》にこっそりと忍び込みまして、開けたのでございますな。

「じゃあ、し、自然に開いただか」

「お、おっかねえ」

茂作がそう言った時でございます。

「あッ！　お婆さんだ」

豆腐小僧が声をあげます。

納戸の戸の隙間から——皺《しわ》くちゃの婆ァが覗《のぞ》いております。そう、納戸婆でございます。たぶん茂作が想像したのでございましょう。豆腐小僧、とことこと駆けまして納戸婆の前に出ますな。

「お婆さん！　お元気でしたか」

「おや？　お前は——ああ、あの間抜けな狸小僧じゃないか。はん？　こりゃまた随分と間延びした顔になったものだなァ」

「はあ。悪戯《いたずら》描きが消えまして——それよりお婆さん、何でこんなとこに居るンです？」

「こんなところもどんなところもないわさ。あたしゃいつだって納戸に居ずっぱりのモノじゃないか。今更何を問うんじゃお前は。しかしこんな形で出るなァ初めてだわさ。これだと外の様子が見えるじゃないのサ」

納戸婆、顔を半分程戸板で隠しまして、怯える百姓を凝視《ぎょうし》しております。視線を感じているのは——茂作でございますな。

「お婆さん、出て来ればいいじゃないですか」

「出られるかいね。こっから出たら納戸婆じゃなくなっちまうだろ。言ったじゃないか。あたしゃ今、あそこに居る爺ィ——ありゃ寝小便垂れの茂作だな。やけに老《ふ》けたねえ、驚いた。あれが、あたしがこっから覗いてるような気になってるから、あたしはここにいるンだよ。あれは餓鬼《がき》の頃よッく納戸に入れられてたからねエ——」

婆ァ、恐ろしげな顔を致しまして茂作を睨みつけます。婆の言う通り、茂作は睨まれてるような気分になっているのでございますな。

「お、おい、な、中に誰か居るンじゃないのか」

茂作、怯《おび》えております。

「おらが見てみるか？」

日本一の鈍感男、権太が納戸の方に行こうと致します。それを吉左が止めますな。

「誰も居ないよ。ねェ先生」

室田了軒、何度も頷《うなず》きます。

吉左が止めるのにはそれなりの訳がございます。納戸の中には納戸婆ではなく、実は久太郎が隠れているのでございますな。

ガタガタ、と再び音が致します。

「表の方だだな」

権太、今度は廊下の方に参ります。

しかし、今度は反対側の雨戸が鳴りますな。

「風——でしょうかね先生」

「そ、そうだ。風だ風。風に決まっているぞ——うわッ」

今度は足許《あしもと》でございました。

ボコン、と了軒の足の真下に衝撃が走ったのでございます。

これは、床下に賊が潜んでいるのでございましょうな。

「な——何だァ？」

ぎし、ぎし、ぎし——と家が揺れます。

これも大勢の野狐党が柱を揺すっているのでございます。

「ひゃあ、で、出たァ」

茂作、腰を抜かしますな。

どたどたと駆けまして、玄関に向かいます。しかし——どうした訳か戸が開きません。

はあ。

外で押さえておりますな。

「う、うわあ、許してくれ三太郎」

茂作には——戸を押さえているのは三太郎狸だとしか思えないようでございますな。濡れ衣でございますな。濡れ衣ではございますけれど——。

当然——三太郎が涌きましょう。

「おのれ憎《にっく》き百姓めえ、よくも俺を罠に掛けようなどとしてくれただなァ——」

茂作の耳にはそう聞こえているのでございます。

「堪忍、堪忍じゃ」

そこに駆けつけましたのは吉左でございます。

「ああ、とっつぁん、そこはいけねェよ！　か、壁一面にでっけえ顔が」

嘘でございます。

しかし――。

「うわああッ」

見えております。茂作の目には戸板一枚が巨大な顔に見えております。

大慌てで元の部屋に逃げ帰ります茂作――その後に続きます吉左――の後ろには、間抜けな顔の三太郎狸が、似つかわしくない怖い顔で、どたどた追いかけて参りますな。

「先生様ァ――助けてくだせえ」

狸の復讐《ふくしゅう》ですだァと喚《わめ》きまして茂作、部屋へと駆け込みますな。室田了軒、部屋の真ん中に茫然と立っております。

「ばばば、馬鹿な」

「あッ三太郎さん！」

豆腐小僧、またもや旧知の妖怪が現れましたもので、やけに高揚しております。

袖引き小僧が怪訝《けげん》な顔で三太郎を見ますな。

「何だおめェ。あの古寺に居たんじゃなかったのかよぅ」

「ああ。まだ居るだよ。それが急にこんなところに引っ張り出されてな。俺ァ、茂作を追いかけてるだよ」

茂作――もう真剣でございます。

「た、た、狸が追いかけて来るだよ！」

「この家に狸なんかは居ない。だから追いかけてなど来ないッ」

「でもそこに」

三太郎、すっと襖《ふすま》の陰に隠れます。

「どうして隠れるだか？」

「俺ァ、存在しないいんだからよ。絶対見えないだからな。でもあの茂作は居ると思ってるからよ。居るのに見えないなら――これ、隠れてることになるべェ。だから隠れてンだァ」

いい加減にしろッ――了軒は叫びます。

「何も居ないじゃないかッ。それをそうやってただ怯えて。だからお前達はいつまで経《た》っても弱者なんだッ」

ぎし、ぎし、ぎし――と、家が軋《きし》みます。

「じゃ、じゃあ、こ、この音は何なんだ！　こりゃ鳴屋《やなり》じゃないだか？」

「鳴屋ィ？」

「よう、小僧――」

四方八方から声が致します。

天井の暗がりにもぞもぞと猫くらいの大きさのものが蠢《うごめ》いておりますな。

「——よくもまあ、こんなところまで来たもんだな」

「あららら、鳴屋のおじさんじゃないですか！」

それは——どうやら小鬼の格好をした集団妖怪——鳴屋でございました。

「わっはっは。こりゃ鳴らし甲斐《がい》があるわい。そうれ！」

ぎし、ぎし、ぎし——と、揺らしているのは野狐党ですが。

「おじさん、その節はお世話になりました。お蔭様で手前は消えもせず、あのアバラ家を出てこんな処まで来られたンでございます」

「何のことだかよく解らねェけどよ。まあ、達者で何よりだ。この俺様をよく見てよ、立派なお化けになりな。そォれ、怖がれェ」

ぎし、ぎし、ぎし——。

バタン。

バタバタバタ。

庭に面した雨戸が次々と倒れます。

屋外は結構暗くなっておりますな。

「お、おのれ、これはいったい」

了軒、堪《こら》え切れずに庭の方に踏み出します。しかし——。

「ああッ」

その時庭に——ぼっと怪しい火が燈《とも》ったのでございます。

「鬼火だッ」

「狐火だッ」

「ひ、人魂《ひとだま》だッ」

三者三様の事を申します。

同じモノを見ましても解釈というのはまちまちでございますから、これは仕方がございません。それぞれの育った環境、学んだ事柄、読んだ本聞いた話——そうした条件に著しく規定されてしまうのでございます。

茂作は子供の頃よく見た、川向こうの狐火だと思ったのでございますな。了軒は、ものの本で読みました霊魂の光——人魂だと思ったようでございます。

我々はこの広い世界の真ン中にでん、と幅を利かせて生きているようなつもりになっておりますが、実のところは大変限られた情報の中だけでせせこましく暮しているだけだ——ということが解りましょう。

お蔭で庭には沢山の妖怪が涌きますな。おまけに小僧達には火を燈している野狐党の頭上に出現した狐どもも見えている訳でございまして、それは賑《にぎ》やかな眺めでございますな。

「あ、あの綺麗な狐の姐《ねえ》さん」

袖引き小僧が申します。貴狐《きこ》天王《てんのう》のことでございますな。

その横には——。

「ああッありゃ管狐だァ」

豆腐小僧、慌てて身を隠します。

貴狐天王の寄居主《やどぬし》、あさぎ姐さんの横に、管使いの幻術師、与左衛門が控えているのでございましょう。

すっ、と影が立ち上がります。

「な、何者だッ」

室田が叫びます。影は女でございますな。思うにあさぎ姐さんが立ち上がったのでございましょう。姐さん、かなり俯《うつむ》き加減になりまして、こう、斜《しゃ》に構えましてな、むゥろォたァ、りよォォけェんと、何やら恨めしそうな声を発します。まあポーズから考えますに幽霊のつもりはないようでございます。

「室田了軒ンン」

「呼んでるだぞ」

権太、茶を啜《すす》りながら平然と申します。

「知り合いだかね？」

「ち、違う。くそう、おまえは誰だ。これは何の企みだッ」

要らぬ知性がございます。しかし素直に怖がらないから、余計に身の振り方が決まりませんのですな。おろおろ致しております。ただ、どうしても化け物だとは思いません。

思いませんが——。

室田了軒、遂に小太刀を引き抜きます。

その時、了軒の影がくにゃりと変形致しまして、明滅するかのように、ササッと伸び縮み致しました。やがて、行燈《あんどう》の火が――フッと消えます。月明かりが庭を照らし出します。

どろどろどろ――。

そんな擬音がピッタリでございますな。やがて――あさぎ姐さんの白い頸が、にゅ、と伸びます。そして細くなりながら、にゅう、と長くなりますな。

「ろろろろ、轆轤ッ首だァ」

茂作、ひっくり返ります。

「室田アァ」

「お、おのれ、よ、妖怪ィ」

学者、まるで勇ましくありません。そう叫ぶのが精一杯のようでございますな。

一方、頸の方はするするするッと伸びますな。

もちろん、種も仕掛けもたっぷりとある訳でございますけれども、了軒や茂作はこれが無頼どもの陰謀だ、などということは知りません。

了軒は混乱しておりますが、茂作はガタガタと震えまして只管《ひたすら》怯えておりますな。これはもう本物だと、そう思っているようでございまして――。

「ね、ねねね、姉様ァ」

はい、豆腐小僧でございます。

それまで小僧は人間の仕掛けが見えておりましたから、何を馬鹿なこととしてるんだろう、くらいに思っていた訳でございますが、茂作が信じ込んだお蔭で本物が現れたという案配でございます。

豆腐小僧が姉の名を呼んだ丁度その時、残りの燭台《しょくだい》の火が一斉に消えます。

これは納戸に潜んでおりました久太郎の仕業なのでございますが、もうそんな細かい説明はどうでもいいようでございますな。とにかく真っ暗になります。

暗闇《くらやみ》の中、にゅうと伸びました轆轤首がふわふわと浮遊致しております。

「姉様、て、手前豆腐小僧でございますよゥ」

「豆腐――小僧？」

「お、弟の、豆腐小僧でございますよ」

「ああ、お前――」

ぎぎぎぎぎ――鳴屋、益々《ますます》強く家を揺すります。

「先生様、せんせいさまァ」

「お助け、お助けェ」

「おのれ、おのれおのれ妖怪イイイイッ」

ついに――怪異否定学者・室田了軒も身の回りで起きております怪異を妖怪と認めたようでございます。

と、申しましても実際には庭に松明《たいまつ》が燈っておりますだけで、他には何もございません。

あさぎ姐さんとて、とっくに身を隠しているのでございます。ところが屋敷の中には鳴屋だの轆轤首だの狸だの鬼火だの納戸婆だのという魑魅魍魎《ちみもうりょう》が軒並み涌きまして、我が物顔で跋扈《ばっこ》しておりますな。

やがて天井裏でダン、ダンという音が致しますな。天井板を外しまして山伏の玄角がすっと飛び降りて参ります。ハッと気合いを入れますと——。

どおん、という感じで巨大なモノの気配が部屋に充満致しました。

「ああッ」

「うわああッ」

誰のものとも知れませぬが——悲鳴でございます。

闇——でございます。

闇は、人の持つ一種根源的な感覚を呼び覚ましますな。

ただ、闇によって喚起されるものを、恐怖と一言に括《くく》ってしまうのは憚《はばか》られましょうな。好きだ嫌いだ楽しい嬉《うれ》しい悲しい悔しい怖い可笑《おか》しい——闇は、そうしたモノをのろりと呑み込んでしまうものでございます。

闇は、優しくもあり、怖くもあり、可笑しくもありましょう。希望でも絶望でもあり得るのでございます。何故《なぜ》なら——生き物は無明《むみょう》から立ち現れ、無明に消えるものだからでございましょうな。闇は生き物の故郷でもあり、行く末でもある訳でございます——とは些《いささ》か文学的に過ぎる説明でございましょうや。

目先を変えると致しましょう。

人間は、人間である前に生物でございます。

生物とは、そのまんま、生きる物でございますな。生きること、生命を維持することこそが生物の本分でございます。それは原虫類だろうが爬虫《はちゅうるい》類だろうが変わるものではございません。もちろん人間も――で、ございます。

生命維持を能率的且《か》つ確実に遂行するためには種として生活環境に順応する性質を獲得する必要がございます。そのためには、先ず己の置かれた環境を把握する必要がございます。

そのためには――。

出来る限り多量の情報を摂取することと、摂取した情報を効率的に処理することが、肝要になって参りましょうな。

そして生き物は、進化の過程で知覚と記憶を獲得したのでございます。

情報をパターン化して認識する能力と、パターン認識を集積し、接続することで全体を類推する能力でございますな。これを発展させますことで、人間は時間や歴史、感情や社会をも獲得したのでございます。

さて、知覚――五感の中で一番情報量が多いのが視覚でございます。視覚を備えた生物は日常生活の多くを視覚に寄り掛かって送っておりましょう。これが、いきなりスポッとなくなりますてェと、大いに困る訳でございます。突然の闇の到来――視覚遮蔽《しゃへい》は、生き物から多くの情報を奪ってしまう訳でございますな。

正確な現状認識が出来なくなる訳でございますから、これは生命の維持という生物の大命題を揺さぶることにもなりましょう。

ですから闇に包まれますってェと、生き物は残る知覚——嗅覚《きゅうかく》、聴覚、味覚、触覚で、視覚の穴を埋めようとする訳でございますな。

ところが、これはそうそう上手《うま》くは参りません。

五感から視覚を外して常態を保つためには、それ相当の経験学習が必要なのでございます。

付け焼き刃で上手く行くものではございません。

そこで——最後の手段に出る訳でございますな。

記憶による補完——でございます。

欠落した情報を記憶で補完しようとする訳でございます。

ここで——。

私ども人間は、現実と非現実の間を行き来してしまうのでございます。

補完すべく提出された情報が正しいものとは限らないのですな。記憶なんぞと申しますものは、甚《はなは》だいい加減なものでございます。スチャラカでございます。足りない情報をスチャラカが補う訳でございます。ところがそれがどの程度スチャラカなのかチェックする機能と申しますものを、我々は持っていないのでございます。

加えまして、人間は他の動物に比べますと、ほんの少ォしばかり複雑な仕上がりになっております。これでいっそう混乱致しますなあ。

動物には、時間経過という概念がございません。それから動物は感情だのという面倒なものも、明確には持ち合わせておりません。

ところが人間にはそれがございます。

と、申しましても、だから偉いとかいう訳ではございませんぞ。感情なんてものもまた、元を正せば生物としての反応でございます。どうであろうと個体の生命を維持する——種を保存する——ために備わった機能であることに違いはないのでございますな。人は何だかんだと理屈をつけまして、そうした己の在り方を美化したり正当化したりする訳でございますが、鰡《とど》の詰まりはどんな感情もそうしたモノでございましょう。

崇高な理由などなくッても、簡単に混乱するのでございます。

過去と現在、喜怒哀楽、虚と実、突然の闇の到来は、そうしたモノに悉《ことごと》く影響を与えるということでございます。あるはずのないモノが見え、感じるはずのないモノを感じる——現実と非現実が地続きになり、そうして妖怪は涌くのでございます。

見えております。

百姓、茂作には、部屋一杯に膨らんだ巨大な大入道が見えております。

昼間女房どもから大入道が出た、見越し入道が出た——と、聞かされていた所為《せい》でございましょう。とはいえ、当然茂作はそんなモノ見たことがございません。そこで——茂作自身は気づいておりませんが——それは遥か昔、まだ茂作が幼かった頃、顔を見て大いに泣いた菩提寺《ぼだいじ》の先代住職の顔をしておりますな。人間の想像力など、その程度のものでございます。

了軒の見ておりますのも見越し入道でございますが、こちらは少々像《かたち》が違っております。

ただの大坊主ではございませんな。頸がにゅるにゅる長うございます。おまけにその頸は毛深くって、そのうえ蛇腹《じゃばら》になっております。これは明らかに黄表紙の影響でございますな。頸が長いのは、見越しの松の形に洒落《しゃれ》ているのでございます。また、絵の中で伸び上がることを表現しようと致しますと、どうしてもこうした形になるという事情もございましょうな。それに、見世物や遊具玩具などの影響もございますでしょうか。にゅうと伸ばすためには蛇腹に造らなければなりますまい。

その結果、見越し入道は轆轤首と親類——親娘ということになったようなのでございます。

いずれにしろ、学者の目にはにょろりと頸を伸ばしました、野卑な面相の大入道と、やはりにょろにょろ頸を伸ばしました遊女型の轆轤首が見えておるのでございます。

権太には——残念ながら具体的なモノは見えておりません。

ただ何だか知らないが大変だ、とは思っているようでございます。如何《いか》に鈍感な男でも、山伏の気配くらいは感じております。

「ち、父上ェ——」

豆腐小僧、声を限りに叫びます。しかし父も姉も知り合いも、人間を脅かすことに気が行っておりまして、中々振り向いてはくれませんな。

「父上ェ。無視しないでくださいィ」

「こら止せ小僧。入道殿の気が散るであろう」

達磨が引き止めますな。

まあ、気づかないのも当然でございましょうな。妖怪どもはどれも、怖がっている——感得している人間が見ている像で涌いているのでございます。のんびりと親子の邂逅《かいこう》に浸っている姿なんかで見えている訳がございませんな。妖怪さんには親子の再会を喜ぶ暇など、毛程もないのでございます。

「しかし——こんなに見事な大入道殿の勇姿を見るのは何年振りかのう。いやはや立派なものじゃ。流石《さすが》は妖怪の総大将だわい」

「そ、そうですか？」

小僧には父、見越し入道の姿が何ともはっきり見えておりません。これは複数の人間が別々の姿を感得しているからでございます。

しかしこうなりますってェと学者も百姓もございませんな。

あっちへ逃げるこっちで転ぶ、そのうちに不気味な声が部屋に響き渡ります——。

「おのれ小癪《こしゃく》な者どもよ、よくも馬鹿にしてくれたなァ」

野太い声でございます。

「お、お助けェ」

茂作が叫びます。了軒も悲鳴を上げますな。幻聴ではございません。声がはっきりと聞こえます。まあ実際には玄角が発している声なのでございますが、誰もそうは思っておりません。

「だ、誰だ、誰の声だァ。おいこら、誰か居るだか——」

権太は取り敢えず人だとは思うております。思うてはおりますが、誰とも判りは致しません
から、何だかよく解らぬまま、大暴れ致しておりますな。

吃驚《びっくり》しましたのは権太の懐で温《ぬく》まっておりました猫でございます。

にゃあ、などと申しますな。慌てて飛び出します。その際権太を引っ掻《か》いたり致します。権
太、痛たたと悲鳴を上げます。

「こ、今度は何だ？　ひゃあ！」

学者は腰を抜かします。

まあ、猫が股《また》の間を潜《くぐ》り抜けただけなのでございますが——。

「ば、化け猫ォ」

下手に黄表紙を読んでいたのがいけませんでしたな。

ついに——猫本体から乖離《かいり》致しまして、猫股の三毛姐さんが、かの有名な品川の化け猫女郎
の姿を取って華やかに登場致します。

「にゃあおう」

「た、助けてくれッ」

「三毛姐さんッ」

「おや小僧、お前も居たのかえ。いいねえ、いいじゃないかサ。こんな場面に登場出来るなん
ざ、化け物冥《みょう》利に尽きるじゃないかえ。お前も気張って脅かしやァ」

ぺろりと拳を嘗《な》めまして、姐さんみるみる大猫に変化《へんげ》致しますな。

おいでおいでと、猫招きの猫操りでございます。

もう大混乱——でございましょうな。

「おのれェ室田めただではおかぬぞォ、呪い取り憑き、取り殺してくれるゥ、末代までも祟《たた》ってやるゥ」

玄角、胴間声を張り上げまして脅します。合わせてぎっしぎっしと家が揺れますな。庭には怪しい火が燈っております。これは芝居で使う焼酎火《しょうちゅうび》でしょうな。

「ば、化け物だァ、た、狸の復讐《ふくしゅう》だァ」

思い切り大声で叫んだのは吉左でございます。

途端に、あのおとぼけ三太郎までが凶暴な面構えになりまして、ぐいと体積を増やします。

毛の生えた風船のようでございます。

「よくもおらの眷族を殺してくれただなァ——」

多分、茂作あたりの耳にそう聞こえているのでございましょう。

三太郎、平素のおとぼけキャラに似つかわしくない台詞《せりふ》を吐いたり致します。部屋の上の方には何匹もの狐が浮かんでおりまして、ことの成り行きを見つめておりますな。野狐党の連中の守り神達でございますな。

「ううむ——」

唸《うな》りましたのは達磨でございます。

「これぞまさに化け物屋敷の王道、百鬼夜行《ひやっきやこう》の有様じゃ。大した演出じゃのう」

「ははァん。江戸の化け物は派手だだなァ」

袖引き小僧が申します。

「それに、あの頸の長い姉ちゃんは別嬪《べっぴん》だなァ」

手前の姉さんでございますよ——と、豆腐小僧が自慢致します。

「美人で良かった。前に達磨先生が狸の化けた轆轤首は不細工だとか言ってたから手前も心配してたんですゥ」

でれでれ致しますな。

「何が心配してたんですゥ、だ。この馬鹿。それにしても——こりゃいったいどうやって収拾するんだ？　おい久太郎、お前の主《あるじ》はどうする気なんだ？」

「けッ。何を言いやがるクソ達磨め。主は俺の方だぞ。こいつの方が俺を崇《あが》め奉《たてまつ》ってるんだからな」

「崇めてたって主導権は人間の方にあるんじゃないか。お前は浮いてるだけだ。そんなことはどっちだっていいんだよ」

「良くねェよ。大事なことじゃねェかよ。まあ、見てな。このクソ忌ま忌ましい学者を捻《ひね》り潰《つぶ》してくれるから。ほら——管狐《くだぎつね》の登場だ」

細長いけだものの形を致しました管狐、妖怪どもの間をするする縫って了軒の懐にするりと入ります。これは野狐党の連中の目にそう見えているということでございましょう。連中は与左衛門が動いたことを知っておりますし、どんな技を遣うかも知っております。

「わ、わ、何だ――」

与左衛門、了軒の躰《からだ》に触れて散々脅かした後、今度はふわりと権太の背に被《かぶ》さりますな。

「負《お》わりょう、負わりょう」

「な、何だ何だやめれ、茂作か。誰だべ」

権太、与左衛門を背負ったままどたどたと部屋中を駆け回り、勢い余って廊下に出ます。

その時――。

玄関先から悲鳴が聞こえました。

中空に浮かんでおりました狐どもが一斉に振り向きますな。

「何じゃ」

「何の悲鳴じゃ」

どうやらこれは野狐党も予想外の出来事だったようでございます。悲鳴に続いてばきばきと粗暴な音を立てて玄関が打ち破られます。

「ひゃあああ」

了軒なんぞはもう、何が起きても怖がるだけの腰抜けでございます。

「あれは！」

袖引き小僧が叫び、豆腐小僧が眼を円く致します。

戸板の隙間《すきま》から、どろどろと、ドス黒いものが流れ込んで来るのでございます。

「邪魅じゃ。狸が来よったぞ！」

達磨、大いに慌てまして、豆腐小僧の帯をば引っ張ります。

「まずいぞ」

「何がまずいんで——ああ、権太さんが危ないのか」

「そうではない。邪魅が侵入して来たではないか。あれはな、天に浮いている分には良いのだが——愚僧達が交わると取り込まれるぞ」

「へ？」

そこで小僧は思い出しますな。

解体した邪魅——魑魅《ちみ》の粒子が小僧の指に同化してしまったことを——でございます。あれは妖怪の素《もと》なんだと、慥《たし》か三毛も言っておりました。

「と、取り込まれるって」

「邪悪な妄念に染まるということだッ」

達磨がそう申しました時。

与左衛門を背負いました権太が、傾《なだ》れ込んで参りました痩せ浪人どもとばったり鉢合わせ致しますな。

「おッ——おまん——権太じゃないきに！」

「そ、その声は田村さんでねェか」

「何が田村さんじゃ。貴ッ様アッ」

「やっと見つけたぞ、この裏切り者めッ」

背後に居た浪人が田村を追い越し、いきなり権太に斬りかかります。権太は身を躱《かわ》しますが、凶刃《きょうじん》の切っ先は権太の背に乗っておりました与左衛門の背をサッと斬り裂きますな。

「うッ、お——おのれ、何者だッ」

「貴様こそッ」

「しかし、な、何じゃこの騒ぎは——」

浪人どもも押し込んでから漸《ようや》く異変に気づいたようでございます。浪人どもの頸に巻きついておりました八百八狸、するすると回りまして、その肩口に立ちます。

「何じゃいこりゃァ」

「てめえこそ何もんだッ！」

飛び出して参りましたのは久太郎。

当然、狸に啖呵《たんか》を切りましたのも久太郎狐でございます。

「俺達ァ伊予国隠神刑部《いよのくにいぬがみぎようぶ》狸様配下の八百八狸が一人やがな。それにしても、何やこのお化け屋敷は！」

「てめェらが悪名高ェクソ狸かい。悪いが邪魔ァしねェで貰《もら》おうか。今ここは俺達狐が仕切ってるんでェ」

「そうだぞコン畜生。お前らも呪《のろ》い殺してくれるわァッ」

管狐、果敢に狸に襲いかかります。

負傷した与左衛門が応戦しているのでございますな。どた、どたっと天井から野狐党が下りて参ります。狐と狸の乱闘が始まりますな。

驚いたのは室田でございます。

いつの間にやら見知らぬ人間が大勢涌き出ておりまして、しかも双方が戦っているのでございます。暗闇とはいえ、刀を振り回して乱闘していれば十分気配は致します。

「だだだ、誰だぁッ——お前達は誰なんだァ」

お化けを怖がる気持ちと暴力に対する恐怖感は似て非なるもの、やはり別物でございましょうな。それが一気に綯《な》い交《ま》ぜになりますな。

大入道、見る間に侵入して参りました邪魅と同化致します。

ぐんぐんと凶悪な顔になりますな。

「ああ、お父ッつぁん！」

手を伸ばす豆腐小僧を袖引き小僧と達磨が引っ張ります。

「ば、馬鹿者、お前まで同化してしまうわい。凶悪な豆腐小僧など想像もしたくないわい。ほれさっさと納戸に入れ！」

「で、でも」

ズバッと闇を斬り裂く凶刃の光、抜けば玉散る氷の刃《やいば》。

ぎゃあ、と渡るは断末魔か——。

狐と狸の縺《もつ》れ合う中に、何やら怪しげな爺ィが浮かび上りますな。

「あッ！　し、死に神さんだッ」

浪人どもが破落戸《ごろつき》を斬ったのでございましょうな。死に神、じろりと小僧を睨《にら》みます。しかし瞬間、ふっと消えてしまいます。致命傷ではなかった模様でございますな。

しかし死に神、またその横に現れますな。

闇の中の乱闘でございますから仕方がありますまい。こうした場合いつもいつも、一番忙しい役回りなのが死に神なのでございます。

「コンのクソ餓鬼ィ、よくも俺達を奉行所に売ったな！」

「ああッ。お前さん方——意趣返しだか」

「黙れッ——」

斬りかかります。田村が必死で止めます。

「待つんじゃ。待ちいて。殺しちゃ駄目ぜよ。こら権太ッ！　猫を出せ猫を！」

「ね、猫だあ？　あッ、そういえば、タマッ、どこに行っただ」

「そうか！　猫は今ここに居るのか」

「い、居るのか。三毛ちゃんが——」

叫びましたは七百二番狸でございます。この狸、狸の分際で三毛姐さんに岡惚《おかぼ》れしております。

「にゃあおゥ」

化け猫も半ば邪魅に同化しております。もう怪獣でございますな。

「で、でかいぜよッ」

「来たねェ色惚け馬鹿狸め。喰い殺してくれるわァ！」

部屋の隅では騒動に怯《おび》えた猫が毛を逆立て、フーフー唸って怒っております。

化け猫の方も牙《きば》と爪を剝《む》き出しに致しますな。最早《もはや》収拾のしようがございません。

室田了軒が裏返った声を発します。

「悪かった、私が悪かった。全部私が悪い。妖怪か盗賊か知らないが、頼むから、後生だから命だけは助けてくれェ――」

「妖怪ィ？」

了軒の悲鳴に浪人の一人が耳聡《みみざと》く反応致します。

浪人、すっと剣を引きますな。

「そういえば、さっき村の連中が妖怪《ばけもん》が出た、とか申しておったが――」

「ここは、ば――化け物屋敷か？」

「た、たわけたことを言うたらいかんぜよ。ん？」

田村、ふと我に返ります。

欲と憎悪に目が曇り、闇雲《やみくも》に斬り結んではおりましたが――。

果たして自分達は誰と戦っているのか――漸《ようや》くそこに気が行ったようでございますな。

そもそも村人に聞いた話では、権太が居るのは村外れに住む学者の屋敷。その屋敷には使用人も居《お》らず、ただ百姓一人と渡り中間《ちゅうげん》が居るだけ――だったはず。

慥《たし》かに権太、居るには居たのでございますが――。

入口はやくざ風の男達で固められておりましたし、裡《なか》に入れば入ったで、次々と得体の知れぬ連中が襲いかかって参ります。話が違いますな。

そこは怖いもの知らずの無頼どもではございますから、徒《いたずら》に怯えたりは致しませんが、流石《さすが》に不安になった様子。

ふ、と庭の方に目を遣ります。

「あッ！」

浪人、指を差します。

「に、西村」

「西村？」

ご記憶にございますでしょうか。

七百二番を感得しております浪人・田村が斬り殺し、豆腐小僧に看取られて死にました、無頼侍の同志の一人でございます。

「そ、そがいなはずはないきに。あの怪火《けちび》はわしが斬り散らしたぜよ」

「で、でも」

ぼう、と燐光《りんこう》が光っておりますな。茂作が狐火、了軒が人魂と申しました怪しの火でございます。浪人どもの目には自分達が謀殺した男の恨みの火と映った訳でございます。

「あッ！　火のお侍さんだ。お侍さぁん、やっぱり生きていたんですねェ」

馬鹿なことを申しますのは豆腐小僧でございますな。納戸から首を出しまして、手まで振っておりますな。納戸婆ァがポカリと叩《たた》きます。

「出るなと達磨が言うとるじゃろが。ありゃお前、ただの燐火じゃ」

「でも——死んだお侍さんが」

どろどろどろん。

慥《たし》かに火の中には顔がございます。しかし顔が見えておりますのは浪人どもと豆腐小僧だけでございます。他の者は西村某を知りません。記憶にないものは見えようがございませんな。

「ば、化け物ォ」

「クッソォ」

田村、抜き身を振り回しまして突進致します。野狐党がそれを阻止せんと襲いかかります。再びの乱闘でございますが、前にも増して人心は混乱しておりますな。

「ああッ」

「どうしただ豆腐小僧」

袖引き小僧が顔を出します。

「あの、火のお侍さんの顔が——どんどん怖くなって行きますゥ」

「そりゃ当たり前だて。幽霊なんだから怖いさ。ありゃ殺した連中の罪悪感が見せておるものだろう。笑ってる訳がないではないか」

「そう仰《おつしや》いますがね達磨先生」

小僧、ちっこい眼でちっこい達磨を睨《ね》めつけますな。

「あのお侍さんはいい人でございましたよ。夜明けは近いと言ってたし」

よく解らない理屈でございます。

「それが――ああ、もう人というより鬼みたいだ」

慥《たし》かに――炎の中の顔は醜く歪み、最早《もはや》人とは思えませんな。

「邪魅だ」

達磨が申します。

「邪魅の影響を受けているのだ」

邪魅とは――人の持つ邪悪な想念そのものでございます。

その場に居合わせた人間の心中に、恐怖や不安、嫉妬《しっと》や憎悪、或《あるい》は殺意などの負の想念が涌き出ずる《い》時――邪魅は生れるのでございます。マイナスの磁場のようなモノでございましょうか。

「今、この屋敷の中に居《お》る者どもは、皆一様に怯えておる。学者百姓は言うに及ばず、脅かす方の野狐党の方も、凶器を持った野蛮な浪人どもの乱入で乱れておるし、浪人どもも異様な雰囲気の場に躍り込んで動揺しておる。いずれ――この家は邪魅で充満しよう」

「すると――どうなるので？」

「よいか豆腐小僧。愚僧達妖怪は主体を持たぬ概念じゃ」

「へえ。それは何度も聞きました」

「例えばこの袖引き小僧は——袖が引っ掛かって吃驚《びっくり》したことに対する後講釈だ。この納戸婆は納戸の中の一種異様な雰囲気に人格が与えられたものであろう。いずれ感じ、解釈し、感得してくれる人間が居てこそのものだ」

「そうなんでしょうね」

「そこで——こいつらを感得する人間が強い恐怖心に囚《とら》われていたとしたらどうだ？　この状況で袖引っ張られて袖引き小僧だと思うか？　それはまず思わないのだ。何しろ闇の中に得体の知れない、しかも凶器を持った連中が犇《ひし》めき合っているのだぞ。もっと恐ろしいモノだと思うに違いないではないか。良きにつけ悪しきにつけ、我らは強い想念には敵《かな》わないのだ」

「では、この状況では——」

「見ろ」

達磨、ない顎《あご》で示します。

中空では猛獣の本性を露《あらわ》に致しました狐と狸が噛み合って争っておりますな。悪魔のような形相《ぎようそう》の鳴屋《やなり》があちこちに取り就き、怪獣のようになりました化け猫が咆吼《ほうこう》し、鬼より怖い面相の凶暴な大入道が、躰《からだ》を揺らして暴れております。その中を管狐《くだぎつね》と轆轤首が乱舞しておりますな。その顔も、今や邪悪な魔物の様《さま》を呈しております。そしてあちこちに陰気な死に神が出ては消え、消えては出て、庭には思い切り恐ろしげな侍の亡霊と陰火《いんか》がめらめらと恨みの炎を燈しております。

「こ、怖いですよゥ」

「怖いな。皆ああなってしまうのだ。よく見ろ小僧。連中はもう、個々の特性を失いかけておる。狸も狐も大入道も化け猫も、単なる魔物――巨大な邪魅になりかけておる」

「え？」

そう言われて改めて見ますと、慥《たし》かにどの妖怪どもも失敗した写真のようにブレ始めております。それぞれの境界が曖昧《あいまい》でございます。しかもそれらは、うっすらとではございますが巨大な顔を形成しております。この世のものとも思えない――まあ最初からこの世のものではないのでございますが――究極の悪相でございますな。

「あれは――古いモノだ」

「古い――ので？」

「左様。物が生き物になった時から居る――あれが所謂《いわゆる》、霊《モノ》だ。恐ろしいモノだ。恐怖そのものだ。人間は――いや、動物は、あれから逃れるために様々な発達を遂げ、知識を蓄えて来たのだ。その成果のひとつが、我ら妖怪だ」

「そうなんですか？」

「そうだ。ただ怖い、ただ恐ろしい、おっかない――これはな、獣でも思うことだ。その、何だか解らないモノと戦うことが生き物の歴史なのである。しかし戦うばかりが戦術ではなかろう。封じ込め、祀《まつ》り上げ、共存するという手もあるわい。訳の解らぬ怖いモノを、畏怖心《いふしん》、嫌悪感、不快感と細分化し、更に様々な解釈を加え、それぞれに規定して、爪《つめ》を抜き牙《きば》を抜いて飼い馴《な》らし、最後には笑い物にしてしまう――その笑いモノこそが我ら妖怪なのだ」

「なる程――」

「だからな、思うにお前が、豆腐小僧が妖怪の完成型だ。お前を見ても怖がる者はそうは居《お》らぬ。しかしてお前は――総大将の血を引く純粋な妖怪だ」

「手前が――」

豆腐小僧ぐっと凜々《りり》しい顔を致します。このお話が始まって以来、初めてのことでございましょう。

「我らは文化なのだ。知性なのだぞ。それが――どうだ。あの様《ざま》は。知性のかけらもない。結局あいつらは文化を捨てているのだ」

「捨てて？」

「そうだ」

達磨も滑稽ではない、神妙な表情になって続けますな。

「見ろ。あさましい。暴力の、争いごとの如何《いか》に無意味なことか。長い時間をかけて造りあげて来たよく解らないモノに対する処方を、奴らはあんな些細《ささい》なきっかけで忘れてしまうではないか。大入道も狸も化け猫もないわ。結局は元の木阿弥だ。あんな邪魅みたいなモノしか怖がれぬなら、人などやめて猿にでもなった方がマシじゃ。そもそも幽霊だとか悪魔だとか、ちゃんちゃら可笑《おか》しいわい。怨霊《おんりよう》やら悪霊なんてモノは妖怪よりずっと古臭い、昔々の黴《かび》の生えた概念ではないか。霊だなんだと吐《ぬ》かしくさって、時代に逆行しておるわ」

達磨、吐き捨てるようにそう申します。

慥《たし》かに、どろどろと妖怪どもは混じり合い始めております。逃げ惑い争い合う人間どもを見下ろすように、部屋の中は巨大な邪魅で満ちつつあるのでございます。

うぅん――小僧、唸ります。

「先生」

「何じゃ」

「手前は――消えない妖怪でございましたね」

「如何にも」

「妖怪の完成型なのでございますね」

「如何にも」

「手前と共にあれば――袖引きちゃんも消えませんでしたね」

「左様――であるな」

「そうですか」

小僧、すっと立ち上がります。

もちろん右手には盆を持っております。盆の上には紅葉《もみじ》豆腐が一丁載っかっております。小僧、左手でくい、と笠を上げますな。

「おい豆腐小僧、お、お前どうする気だ」

「行きます」

「行くって――」

豆腐小僧、納戸から踏み出します。

「死ねェッ」

浪人が権太目がけて刀を振り下ろします。

流石《さすが》の鈍感権太も命の危険を感じまして、お助けェと叫びますな。そこに誰かに蹴《け》ッ飛ばされたらしい室田了軒が倒れ込んで参ります。

「うひゃあ」

ぼわん、と死に神が浮きます。

「死に神のおじさんッ」

豆腐小僧が大きな声を上げます。

「うん？　お前――豆腐小僧じゃないか」

ざざッと玄角が錫杖を翳《かざ》しまして躍り込み、刃《やいば》を受けますな。権太も了軒も、危ういところで九死に一生を得ます。

「おた、おた、お助けェ」

そこでこの学者先生、心に何を念じたかと申しますと。

偏《ひとえ》に、しかも強く、日常回帰を願ったのでございます。

「こ、これは夢だ、悪い夢だ、こんなことは黄表紙の中でしか起きないことだ。何もかも造り物だ、妖怪なんかはみんな創《つく》り物だァ――」

そこで室田了軒――。

豆腐小僧を感得致しました、、、、、、、、、、、、。

明るうて暗きもの。

円《まる》くて四角きもの。

長《な》ごうて短きもの。

月夜の晩に笠をば被り。

盆の上には豆腐を載せて。

片足曲げてぴょんと出《い》でるは。

御存知――。

「豆腐小僧にござりまする」

小僧、学者の前に、ぴょんと軽快に躍り出ますな。

「あ、あああ。と、とうふ」

「そうでございます。手前が――」

豆腐小僧、すっと豆腐を差し出します。

「豆腐小僧でございます」

「と、豆腐。豆腐こ、こ」

「ご機嫌よろしゅう」

ぺろりと舌を出しますな。

「と、とと、豆腐小僧だああッ」

お化けなどこの世におらぬと豪語しておりました儒学者室田了軒、こともあろうに世の中で一番怖くない、誰より間抜けな妖怪を感得致しまして、絶叫したのでございます。

「豆腐小僧だとぉ？」

了軒の場違いで素《す》っ頓狂《とんきょう》な台詞《せりふ》に、一同の動きが止まります。

全員が注目します。そして――。

全員が、大頭の間抜け小僧を見てしまったのでございます。

何故なら、そこに居た人間の凡《すべ》てが、豆腐小僧を知っていたからでございます。

少し前、大流行した黄表紙お化けでございます。あの鈍感権太でさえその姿形は記憶しておりました。

百姓茂作もやくざ久太郎も、赤麿白麿も玄角も与左衛門も、野狐党の破落戸《ごろつき》どもも、田村や仲間の浪人どもも、豆腐小僧の絵姿を一度や二度は目にしております。まさか――。

それがそこに居ようとは。

豆腐小僧、一同をぐるりと見渡しまして、丁寧に礼をば致します。

「御存知、大頭の間抜け面、豆腐小僧にございまする」

全員、唖然と致しますな。

小僧、頭を上げましてぴょんと跳ね、その後、左手で背後を指し示しました。

「あれなるは、手前自慢の姉でございまして、お化け小町と誉《ほま》れも高い、轆轤ッ首でございまするゥ」

途端に――それまで茫洋《ぼうよう》と闇に溶けかけておりました轆轤首、しゅっと元の像《かたち》に戻りまして小僧の横にしんなりと座ります。

豆腐小僧、にこりと致します。

「あちらにおわすは品川でも大評判の化け猫女郎、当代一の美人猫股、三毛姐さんでございまするゥ」

半《なか》ば怪物と化しておりました猫股の三毛も、小僧の紹介を耳に致しまするると突如元の色っぽい姐さんに戻りまして、小僧の横でしなを作ります。

「にゃあおぅ」

タマが鳴きますな。

「綺麗どころに囲まれまして、手前まことに幸せ者にございまするが、まだまだ忘れてはなりません。家を鳴らすは鳴屋の方々――」

ぽたぽたぽたッと天井から愛敬のある小鬼が落ちて参ります。

「あれなるは竹藪に巣喰うて幾星霜《いくせいそう》、狸惑《まど》わしもご愛嬌、ご当地じゃ、すっかりお馴染み化け狸、三太郎狸さんにございまする」

三太郎、己の姿が人間どもに見えていることに気がつきますと、漸く平素の惚惚面《とぼけづら》に戻りまして、ぽぉんと腹鼓《はらつづみ》を打ちますな。お約束を諒解しております。

「それからそれから、納戸に坐《おわ》すは納戸の婆さま。袖引きますは袖引き小僧にございますぞ」

「へ？」

「は？」

突然呼ばれまして、納戸婆も袖引き小僧も、大いに吃驚《びっくり》致します。

さあこちらへと誘われまして、皺くちゃ婆ァと汚れた童が真っ赤に照れて出て参ります。

「おっと忘れてはなりませぬ。妖界一の物知りと、唐天竺《からてんじく》まで名の知れた、玩具《おもちゃ》のくせに求道《ぐどう》者《しゃ》で、お化けのくせに御利益《ごりやく》もある、滑稽達磨大先生」

達磨ちょこちょこと走り出て参りまして、戯《おど》けた仕草で二三度跳ねて、小僧の笠の上にちんまりと留まります。

「そして――あちらに坐《おわ》すお方こそ、前《さき》の妖怪総大将、我が父、見越し入道様にございまするぞォ。頭が高いィ」

ははァ、と了軒平伏致します。茂助も久太郎もつられて頭を下げますな。

そうなりますともう、済《な》し崩《くず》しでございます。それまで争っておりました人間ども、ずらりと並びまして、お化け風情に礼を尽くします。

大入道、しゅうと縮みまして小僧の後ろにでん、と立ちます。

長い鉄棒を手にしました、偉丈夫でございます。

「豆腐小僧、久し振りであった！」

「へえ。手前の方は初めましてという気持ちでございますが――お懐かしゅうもございます」

うむ、と入道頷きます。

「まあ、この際でございます。上の方の狐の方々、狸の方々、鼬さんも貂さんも、何なら庭の怪火《けちび》さんもお上がりください——」

庭で火を操っておりました野狐党員も、何ごとかと思ったのでございましょうな。座敷に上がって参ります。

ぞろぞろと妖怪どもが並びます。

上で争っておりました狐と狸も、戦いをやめて呆《あき》れております。

「さて——大変寂しいことではございますが——」

小僧、死に神に目を遣ります。

それまで出たり消えたりして忙しくしておりました死に神も、小僧の名が呼ばれましてからは像が定着しておりますな。

「この場では少々差し障《さわ》りがございます。死に神さんにおかれましては、お引き取りをお願い致しまする」

「相解《あい》った。仕事は沢山あるからな。小僧、中々良いぞ——」

ふっと死に神が消えますな。

途端に——部屋に満ちておりましたあの禍々《まがまが》しい邪魅が、ぱッと粒子に分解致します。そして柔《やわ》らかな光を発しながら、緩々《ゆるゆる》と部屋に降り積もりますな。妖怪どもに触れる度《たび》、それはぼうっと光って、そして吸収されて参ります。邪魅が魑魅《ちみ》に還元したのでございます。

ふうっ、と殺意やら恐怖やらが薄らいで行きます。

浪人達も破落戸《ごろつき》も、その場にバタバタと座り込みますな。何しろ他ならぬ豆腐小僧の仕切りでございますから、気も抜けようというものでございます。大体こんな巫山戯《ふざけ》た絵草紙《えぞうし》妖怪が居並んでおるのですから、どんな戦意も喪失しようというもの。

「お、お前、大したものだな」

達磨が呆れます。

「先生のお蔭です。手前は気づいたんでございますよ。手前は笑い物。しかし消えない。今や妖怪は来歴でも特性でもない、完成型の妖怪は――」

キャラクターだ、ということでございましょう。

「それぞれに名前があり像《かたち》が決まっている――それこそが大事なのでございましょう。みんな手前のようになれば、邪魅になることはない――」

そこで小僧、くるりと人間に向き直ります。そして最初に小僧を感得した了軒の前に歩み出ますな。

「無益な争いはするだけ損でございますよ。手前、根が臆病でございまして、諍《いさか》いごとは好みません。斬ったはったと物騒な、おっかないことはおやめになった方が、御身のためでございますよ」

これは――了軒の本音なのでございましょうな。

「む、無益な――争い」

「ほうだ。その通りだ」

権太、這《は》うように行燈に近付きまして火を入れます。

すう、と明かりが燈ります。

その途端――。

薄闇にぼうと浮かんで見えておりました妖怪《ばけもの》どもが、すうっと見えなくなりますな。

しかし――消えてはおりません。存在せずとも居る――のでございます。人間どもに見えなくなっただけ。そこで人間どもは、我に返りますな。

「い、今のは何だったんだ?」

「と、豆腐小僧って」

そんな馬鹿なと、全員が顔を見合わせます。

もしもこの世に妖怪変化があったとしても、万が一にも豆腐小僧は居ないだろうし、目の迷い気の迷い、妄想幻覚もあろうけれども、それでも豆腐小僧は見ないだろうと、誰もが思っておりましたような次第。

こうなると敵も味方もございませんな。

豆腐小僧、もう一度くるりと振り向きまして、部屋の隅に退《ひ》いておりました玄角の頭上の飯綱権現に恭《うやうや》しく一礼を致します。

「後は神様、宜《よろ》しくお願いします」

飯綱権現、一瞬きょとんと致しましてすぐに呑み込み、厳《おごそ》かに頷《うなず》きます。

玄角が申します。

「ご一同、鎮《しず》まれ。そこな男の言う通り、慥《たし》かに訳もなく斬り合っても無意味であろう。我らには——素姓も知らぬお前達と斬り合う謂《いわ》れはないわ」

「拙者達にしてみても同じこと。拙者達はただそこな権太を——」

権太、玄角の後ろに隠れます。

「し、子細は知らぬが無益な殺生《せっしょう》はいかん」

「まあなあ」

田村が申します。

「その権太はわしらを売りよった裏切り者じゃ。じゃが——わしらも真っ当なもんではないきに。ううん、そうじゃ。おい、権太、そこの猫をくれ」

「い、嫌だ。喰う気だな」

「喰うかい。こう見えてもわしゃ猫好きじゃきに。まあのう」

田村、暫《しば》し考えます。

「そんなに嫌なら——首に巻いてある鍵だけこっちに寄越《よこ》すぜよ」

権太、三毛を捕まえまして、首輪に提げられた鍵を毟《むし》り、田村に向けて放ります。田村はそれを受け取りまして、仲間に翳《かざ》し、これで勘弁しちゃろうぜよ、と申しますな。

さて、平伏したままガタガタ震えておりますのが室田了軒。

その前に、玄角、与左衛門、赤麿白麿《あかまろしろまろ》、久太郎、そして吉左が並びます。

「おいへぼ学者。お前はこの村ではもう駄目じゃ。権威もない。信用もない。とっとと去るが良かろう」

「さ、去ります。怖いです。こんなお化け屋敷には住めないですよォ」

「あのう――」

茂作が前に出ます。

「どこのどなたか存じませぬが、あのその、ええと、今の狸やお化けは？」

玄角、背後の野狐党員をちらと見ましてにやりと笑い、

「案ずるな。妖怪変化はこの儂《わし》が、大天狗《だいてんぐ》飯綱三郎の法力を以《もつ》て凡《すべ》て祓《はら》い清め祈り鎮めた。もうこの村に怪異は起きぬわ」

と申しました。

有り難うごぜえやす、有り難うごぜえやすと、茂作、畳に額を擦《こす》り付けますな。

玄角、偉そうに申します。

「迷信とて馬鹿にしてはいかん。良いか百姓、この世に意味のあるものなどないし、逆に意味のないこともないのだ。学ぶのは良いことだが、学に溺れれば日々の暮らしの道さえ見失うてしまうぞ。いずれ諍《いさか》いは無益だ。己の本分を弁《わきま》え励むが良いぞ」

「へへッ」

中々良いことを申しますな。

「お、お前様――天狗しゃんの知り合いか」

権太、不細工面の大きな鼻の穴を膨らませます。

「そんならよ、お、おらを弟子にしてくれ――」

「弟子――か。儂はこれから出羽に行くのだが」

おらもだおらもだ、偶然だなあと、権太必死で訴えます。

仕方がないなと玄角は申しますな。

「タマ、来い――」

権太の懐にタマが滑り込みます。

「おっと、あたしはおさらばだ」

三毛姐さん、ふうっと権太の懐に吸い込まれますな。

やがて、すっと朝日が射し込みます。

はい。

こうして武州のとある村を騒がせました化け物騒動は一件落着致しました。

まあ、色々ございましたが結局人死にもなく、野狐党の破落戸《ごろつき》と痩せ浪人どもの幾人かが大怪我をしただけでございまして、まあこ奴らはいずれも身から出た錆《さび》。村人の被害はと申しますと、大入道に腰を抜かした婆様が強《した》たかに臀《しり》を打ちましたのと、轆轤首に慌てたお父っつぁんが瘤を出し、肥え壺におっこちました二件だけ。

攘夷派儒学者室田了軒はその日のうちに逐電致しまして、室田の屋敷は以後、ご一新の頃まで化け物屋敷のレッテルが貼られることに相成りました。

それもそのはず、その屋敷にはそれ以降、見越し入道やら轆轤首やら化け猫やらが棲みついてしまったのでございますから、これは無理もございません。もちろん、化け物どもが好きで棲みついた訳ではありませんな。百姓茂助やら、久太郎こと、やくざの九助が語り伝えた訳でございます。

ええ、妖怪は所詮人間次第。ここは出るぞと謂われれば、まあ出なくっちゃなりますまい。因果なものでございますなあ。

気になりますのは田村を始めと致します勤皇浪人どもの動向——八百八狸の『妖怪総狸化計画』の行く末——でございます。

連中は権太より金箱の鍵を手に入れております。

当面の軍資金は手の内にある訳でございますし、江戸に舞い戻りまして、またぞろ良からぬことを企みますのは——まあ必定でございましょうな。

狸といえば竹藪の狸どもでございますが、柄に似合わず面倒見の良い九助が、あれやこれやと世話をしておるようでございますから、まあ遠からず藪に戻れることでございましょう。

で。

権太でございますが——これはまあ、その不細工な顔面と同じく救い難《がた》い男のようでございまして、飯綱権現を頭上に戴きます山伏玄角の尻にくっつきまして、出羽を目指して本当に旅発ってしまったのでございます。

何を考えておりますのやら——。

「手前も──一緒に行こうかな」

豆腐小僧が申します。

「おい本気か？」

達磨が問いますな。

「お、お前、折角親子姉弟の対面を済ませ、友人も出来たと申すのに。それに、この屋敷、こりゃ当分棲めるぞ。あれだけ出まくったのだからな」

小僧、小首を傾げます。

「へえ、まあそうなのでございますが──手前も、前の総大将見越し入道の息子でございますから──修行をせねばなりますまい。そうでございましょう、お父上」

見越し入道大きく首を揺らします。

「天晴《あっぱ》れな心掛けであるぞ、豆腐小僧──」

仕方がないのうと申しまして、達磨、小僧の着物の柄に戻ります。

袖引き小僧が別れを惜しみますな。

「おいらも行きたいが、おいらはこの土地限定のお化けだからな。たぶん、ここから離れれば消えてしまうだよ」

「またいずれ、ここに戻って参ります。その時はまた」

そこいらを散歩でもしましょうねと、豆腐小僧は丸盆の紅葉豆腐を差し出しまして、ぺろりと舌をば出しまする。少し淋しげな間抜け面でございます。

こうして――。

当代一のキャラクター妖怪、豆腐小僧の諸国行脚《あんぎゃ》の武者修行が、漸く始まるという次第でございまするが――。

それはまた、別の機会に。

ご機嫌よろしゅう。

豆腐小僧双六道中ふりだし／了

解説　「僕の豆腐小僧」

市川染五郎

なんだ、これは？　洒落《しゃれ》てるじゃない！

〝豆腐小僧〟に出会ったのは、もうかれこれ七、八年前です。

おまけつきの駄菓子〝食玩《しょくがん》〟で〝妖怪《ようかい》根付シリーズ〟というものが発売され、それを収集するのがマイブームの時期がありました。

小豆《あずき》洗い、文福茶釜《ぶんぶくちゃがま》、ぬらりひょんなど意味不明な妖怪たちの、精巧なデザインと色付けで作られたフィギュアです。その中に豆腐小僧がありました。僕の知らない妖怪だったこともあり、他のものとはちょっと異質な雰囲気でもあり、一番興味を引きました。それが初めての出会いでした。

大きな笠《かさ》を被り、お盆に載せたもみじ豆腐を一丁、両手で大事そうに持って歩く小僧。

「なんだ、これは？」

さては……僕の妄想頭脳が働き始めました。この何の変哲もなく見えるもみじ豆腐は実は〝激熱〟で、人間に向かって、なりふり構わず投げつける武器。しかも、もみじの模様もただの模様ではなく、もみじ型の手裏剣になっていて、人間どもの息の根を止める。逆に自分の身が危うくなったら、大きな笠にスッポンのように身をすっぽり隠して防御する。……つまり、かわいい顔をしているが、実は怖いというパターンの妖怪ではないかと勝手に妄想を膨らましていました。妖怪なのに怖くない。妖怪なのにかわいい。逆にそれが相手の隙を誘って、危害を加える。これで決まり！　と勝手にキャラクターを作り上げて楽しんでいました。

しかし調べてみると……妖怪なのに怒らない。……妖怪なのに危害を加えない。……もみじ豆腐は持っているだけ。もちろん武器じゃない。しかも腰にぶら下げている徳利の酒で時々晩酌をするらしい。

〝なんだ、これは？〟

ただの〝ご機嫌なおじさん〟じゃないか！

晩酌するんじゃあそもそも小僧じゃないじゃん！

しかもお父さんは見越入道。お姉さんはろくろ首という（いろいろ説はあるそうですが）、梨園《りえん》の御曹司並みに妖怪界ではサラブレッドらしいのです。確かに梨園の御曹司は……つまりほぼ僕に限ってのことですが、ポヤーッとしていて、浮世離れしているのかもしれません。でも妖怪なのに怖くない、危害を加えないなんて、〝歌舞伎役者なのに歌舞伎をやったことがない人〟のようで、どうも腑《ふ》に落ちない。妖怪の定義を外れているのではないか。妖怪ではないじゃないか。……僕の妄想頭脳では理解しかねるものでした。いろいろ考えるうち、めぐりめぐってこの不可解さ、謎が謎を呼ぶキャラクターこそが、

〝妖怪の妖怪たる所以《ゆえん》ではないか〟

と僕の中で結論を出しました。

〝これぞ！　妖怪！〟

しかも煮え切らないキャラクターなのに、江戸時代にどこからともなく登場して、一瞬のうちに爆発的に人気が出たと思ったら、一瞬で忘れ去られ、消えていったという〝潔い妖怪〟だったそうです。もちろん流行《はや》るも廃るも豆腐小僧の意思ではないのですが……。まだまだ知りたくなりました。だれが産みの親なのか。何が目的で世に出たのか。誰の間で流行ったのか。そもそもどういう流行り方なのか。そして何がきっかけで忘れられていったのか。すっかりハマッてしまいました。

それからというもの何の意味があるのか僕自身にもわからないまま、豆腐小僧のフィギュアだけを集め始めました。いつのまにかその数は七体に増えていました。さあこれをどこに飾ろうか。ただ並べて飾っているのではつまらなく、また豆腐小僧の性質上⁉　常に見えるところに堂々といるのではないと思い、引き出しの中や、食器棚の隅の方、本棚の端、洋服ダンス、靴箱など七体すべてをさまざまな場所に隠すように置きました。常に見えるわけではないのですが、家の鍵《かぎ》をとるために引き出しを開けると、豆腐小僧がおとなしくちょこんといる。朝食を作って皿を出そうと食器棚を開けると「おはよう」とでも言ってくれているようにちょこんと佇《たたず》んでいるのです。ややこしいところに置いてあるので、自分でもどことどこに置いたのかを忘れて、思いがけず豆腐小僧に出会う時、

「嬉《うれ》しい！　かわいい！　愛くるしい！」

小さな幸せを感じます。こんなことをしていたのがたしか結婚したばかりの頃で、朝食の支度をしている妻の

「なにこれ？」

という声が台所から聞こえると

「どうかした？（あ、見つけたな）」

と妻からちょっと離れたところで一人でほくそ笑んでいました。新婚生活のなかのひとつのアクセントに……なっていたのか、いないのか……それはわかりませんが、とにかく二人の微妙なコミュニケーションになっていました。妻にはこの小さな幸せは理解できないようですが……。

あまり知られていないけれど、とても魅力的でバイプレーヤー的なポジションにいる豆腐小僧を僕の〝妄想の友〟としていたところ、ある日、京極夏彦さんが豆腐小僧を主人公にしたお狂言を書かれたと僕にとって衝撃的なニュースが飛び込んできました。確か新聞だったか。狂言師茂山さんの公演で新作狂言をやる。茂山宗彦さんや逸平さんとはともに伝統芸能に携わる同年代の仲間として親しくさせていただいていますが、この話は知らなかった。

「なんだ、これは！」

公演時期が仕事にぶつかり観に行けなかったのですが、どうしても気になってその公演のパンフレットを極秘ルート!?　で入手しました。あえて茂山さんたちには聞かずに、どのような内容のものか調べました。そもそも〝京極夏彦さん〟と〝狂言〟の組み合わせに興味深さを感

じる上に、題材が豆腐小僧となると、ちょっと嫉妬《しっと》してしまううらやましい企画でした。幸いパンフレットに台本が載っていてふむふむと読ませていただきました。僕のイメージする〝ゆるキャラ〟で、たよりなさげだけど見守ってあげたくなる、愛すべき豆腐小僧がそこに描かれていて、実際の舞台を想像しながら読みました。少し嫉妬の念も含めて。

「こうなったら豆腐小僧を主人公にした歌舞伎を書いてやるぞ！」

と妄想の中では納まりきれず、僕の手でもう一度世に出してあげたいと思うようになり、チャンスを狙っていました。不定期に公演をしている僕の創作舞踊公演でその日がやってきました。

「歌舞伎」という字はそもそも当て字で、以前は「傾奇」と書いていました。「傾く（かぶく）」に「奇妙」の「奇」と書く方が、尖《とが》っていてカブキの精神を表しているように思えたので、「傾奇おどり」と銘打って和太鼓や津軽三味線に洋楽器を使った現代邦楽に合わせた曲に合わせて踊りまくる創作舞踊を上演しました。一応台本は書きましたがとにかく１００分激しく踊りまくる作品です。そこに張りぼてで作った豆腐小僧を被って意味なく歩く。廻《まわ》り舞台を無意味に逆走する。もみじ豆腐を大事そうに持って。これが僕の妄想から現実世界に初めて飛び出した豆腐小僧でした。登場する意味や姿、かたちは観客に作ってもらう。僕のコンセプトはただ張りぼての豆腐小僧を登場させる、それのみ。この極端な自己満足に無類の楽しさを覚えました。観客の反応は当然のごとくビミョーで、意味がわからない空気に包まれていましたが

「染五郎はこの訳のわからない妖怪を登場させることに何か深い意味があるのではないか?」と無意味に考えているようでした。

「大成功!!」

僕は心の中で叫びました。このキャラクターに性格づけをしたり、存在に意味をつけたりすることこそ無意味ではないか。性格も存在もそのどちらも出会った第三者が妄想を膨らませ、深読みをする。いわば他人の先入観で形成されていく。本人の意思とは関係なく。まるで芝居の役のイメージで、その人本人を性格づけされてしまう僕ら役者と立場がおんなじ気がしました。しかし、その正解は当の本人にしかわからない。豆腐小僧は妖怪。本当を知るすべがない。そもそも架空のもの。この割り切れない、やり切れない気持ちになるところが魅力的に思うのです。

そんな思い入れの強い〝我が豆腐小僧〟を京極さんが書かれた、この『豆腐小僧双六道中ふりだし』では豆腐小僧が歩いてる、しゃべってる。京極さんの世界で現代に蘇《よみがえ》ったことに少しのやきもちとともに読ませていただいていました。あの装丁から嬉しく、愛くるしい豆腐小僧が頼りなく、しかし必ず前に進んでゆく姿にいちいち〝嬉しいほくそ笑み〟を浮かべて読みました。豆腐小僧が〝きりりと凜々《りり》しい顔〟をするなんて想像するだけで癒されます。でも成長して欲しい反面、何も変わらずそのままでいて欲しい。きっちりと四角いもみじ豆腐を大事に持って、彼なりに元気にただただ歩いていて欲しい。そんな思いにもなりました。なんだか子を思う親心みたいです。

それが文庫化されこの本に僕が文章を寄せるだって⁉

なんだ、それは！

ならばと、勝手気ままに豆腐小僧への思いをつれづれなるままに書かせていただきました。

そして思いもよらず京極さんとの接点を作っていただきありがたく思っています。

なんでも合理的な時代になっている中でこの豆腐小僧の存在は癒しにもなり、心強く感じる、人間にとって大事な優しさを思い出させてくれるのではないでしょうか。

多くの人に知られることに一抹の寂しさを感じますが、そろそろ〝子離れ〟しないといけないのでしょうか……。

とにかく僕は豆腐小僧が好きです。

そしてそれを主人公にしてこの本を書かれた京極さんは絶対に良い人です。

本書は平成十五年十一月、講談社より刊行された単行本『豆腐小僧双六道中ふりだし　本朝妖怪盛衰録』に加筆修正し、文庫化したものです。

文庫版《ぶんこばん》

豆腐《とうふ》小《こ》僧《ぞう》双六《すごろく》道中《どうちゅう》ふりだし

京極《きょうごく》夏彦《なつひこ》

角川文庫 16495

平成二十二年十月二十五日　初版発行
平成二十三年一月十五日　四版発行

発行者—井上伸一郎
発行所—株式会社角川書店
東京都千代田区富士見二—十三—三
電話・編集 (〇三)三二三八—八五五五
〒一〇二—八〇七八

発売元—株式会社角川グループパブリッシング
東京都千代田区富士見二—十三—三
電話・営業 (〇三)三二三八—八五二一
〒一〇二—八一七七
http://www.kadokawa.co.jp

印刷所—暁印刷　製本所—本間製本
装幀者—杉浦康平

き 26-45　ISBN978-4-04-362008-1　C0193

角川文庫発刊に際して

角川源義

第二次世界大戦の敗北は、軍事力の敗北であった以上に、私たちの若い文化力の敗退であった。私たちの文化が戦争に対して如何に無力であり、単なるあだ花に過ぎなかったかを、私たちは身を以て体験し痛感した。西洋近代文化の摂取にとって、明治以後八十年の歳月は決して短かすぎたとは言えない。にもかかわらず、近代文化の伝統を確立し、自由な批判と柔軟な良識に富む文化層として自らを形成することに私たちは失敗して来た。そしてこれは、各層への文化の普及滲透を任務とする出版人の責任でもあった。

一九四五年以来、私たちは再び振出しに戻り、第一歩から踏み出すことを余儀なくされた。これは大きな不幸ではあるが、反面、これまでの混沌・未熟・歪曲の中にあった我が国の文化に秩序と確たる基礎を齎らすためには絶好の機会でもある。角川書店は、このような祖国の文化的危機にあたり、微力をも顧みず再建の礎石たるべき抱負と決意とをもって出発したが、ここに創立以来の念願を果すべく角川文庫を発刊する。これまで刊行されたあらゆる全集叢書文庫類の長所と短所とを検討し、古今東西の不朽の典籍を、良心的編集のもとに、廉価に、そして書架にふさわしい美本として、多くのひとびとに提供しようとする。しかし私たちは徒らに百科全書的な知識のジレッタントを作ることを目的とせず、あくまで祖国の文化に秩序と再建への道を示し、この文庫を角川書店の栄ある事業として、今後永久に継続発展せしめ、学芸と教養との殿堂として大成せんことを期したい。多くの読書子の愛情ある忠言と支持とによって、この希望と抱負とを完遂せしめられんことを願う。

一九四九年五月三日

怪

京極夏彦、「巷説」シリーズ最重要作！

前巷説百物語《さきのこうせつひゃくものがたり》

角川文庫

大損まる損困り損、泣き損死に損遣られ損。ありとあらゆる憂き世の損を、見合った銭で肩代わり。銭で埋まらぬ損を買い、仕掛けて補う妖怪からくり。小股潜りの又市が、初めて見せる御行姿。明治へ続く巷説が、ここから始まる百物語――。

「御行奉為《おんぎょうしたてまつる》――」

京極夏彦の本

巷説百物語《こうせつひゃくものがたり》

戯作者を志す山岡百介は、越後の山小屋で御行一味と出会う。彼らは闇に葬られる事件を金で請け負い、あやかしを操って始末をつける集団だった。妖怪時代小説第一弾！

角川文庫

角川文庫

続巷説百物語《ぞくこうせつひゃくものがたり》

狐者異、野鉄砲、飛縁魔……闇にびっしり蔓延る愚かで哀しい人間の悪業は、御行一味の妖怪からくりで裁くしか道はない。奇想と哀切の妖怪時代小説第二弾！